世界文學
經典名作

娜　娜

NANA
ÉMILE ZOLA

左拉　著
羅國林　譯

前言

娜娜（Nana），是法國寫實主義作家左拉的《盧貢－馬卡爾家族》系列作品的第九部。一八七七年，該系列的第七部小說《小酒店》（L'Assommoir）出版，轟動全巴黎，左拉一舉成名，這時他已經開始在構思娜娜的角色。

娜娜．古波是《小酒店》中白鐵匠古波的女兒，喜歡酗酒的父親常對她施展暴力，她受不了只好跟一名商人私奔，後來成爲歌劇院的一名演員，演出下流的喜劇《金髮維納斯》，她毫無藝術才能，演技低俗，老闆博德納夫讓她裸體上場，迷惑當時法國上流社會的男性貴族，銀行家斯泰內爲之傾倒，爲她買下的一座郊外別墅「藏嬌樓」。供養她的男人，一旦耗盡家產，就被她拒之門外；娜娜有時又是一名輕浮的妓女，用肉體迷惑俄國王子、軍官、新聞記者、侯爵、伯爵，甚至是黑人，這些有錢人甘心爲她揮霍大量金錢。但另一方面娜娜富有同情心，她把僅有的錢捐給窮人；她嚮往小家庭生活，與丑角演員溤丹婚後，斷絕了與原先所有情人的關係，努力當個好妻子，像家庭主婦一樣到市場買菜。她也是一名慈母，去姑媽家裏看望兒子小路易，最後卻感染天花，病死在一家旅館，這時正是第二帝國即將在普法戰爭中崩潰。

娜娜始終未能擺脫紙醉金迷的生活，從小家境貧窮、父親酗酒、出外賣淫，一連串的墮落史，造成了娜娜本身的悲劇。作者以娜娜一生的興衰，反映了第二帝國腐化墮落的社會的寫照，惡勢力太強，使得娜娜無法擺脫這樣的環境，她的靈魂被腐蝕，始終未能斷絕娼妓的生活。

故事於一八七九年10月15日開始在《伏爾泰報》連載，一八八〇年2月5日載完，同年小說出版，空前暢銷，前後再版10次，第一天出貨超過5萬5千冊。

《娜娜》——暴露文學的典範

柳鳴九

《娜娜》是左拉家族史小說的第九部，早在寫作《酒店》的時候，左拉就已經有寫《娜娜》的意圖，這種意圖甚至對《酒店》的寫作也有所衝擊。一八七八年八月，他在給福樓拜的信裏宣告「我剛完成了《娜娜》的提綱」，此後，他又進一步搜集了素材與資料。小說的最後尚未完成，即開始在《伏爾泰報》分期刊載，由於題材的特殊，並涉及了當時上流社會的醜聞，小說一發表，就在巴黎引起了很大的轟動，同時也遭到不少的嘲罵與攻擊。一八八〇年初出版後，大爲暢銷，發行量達五萬多冊，並且連續再版了十次。

娜娜是《酒店》男女主人公古波與綺爾維絲的女兒，從十五歲起，就浪蕩街頭，淪爲下等妓女，小說開始的時候，她被低級劇院的經理博德納夫捧上遊藝劇場的舞台，主演一齣低俗下流的歌劇《金髮維納斯》，儘管她毫無藝術才能，演唱極爲笨拙，但她的裸體的色情表演卻贏得了狂風暴雨般的掌聲，使得觀衆痴迷心醉，她轟動了整個巴黎，上流社會的淫徒色鬼紛紛群集在她耳旁，競相爭寵，她與這些紳士們周旋的同時，仍到妓院中去賣淫。不久，她得到了銀行家斯泰內的包養，儼然像一個上流貴婦住在斯泰內專爲她購置的郊外別墅裏，而在這別墅的臥室裏，她又開始接待未成年的資產階級小少爺喬治・于貢與朝廷大臣繆法伯爵。斯泰內陷於經濟困境後，娜娜拋棄了他，轉向了繆法伯爵，但繆法伯爵並沒有給她多少經濟上的實惠，加以她又愛上了丑角演員馮丹，因此，對繆法的纏擾不休極爲厭煩，在狂怒之中，向他揭發了他家裡的醜事：他夫人與新聞記者福什里的姦情，而一腳把他踢開。

娜娜對馮丹的愛情專注而狂熱，她拒絕了其他男人的追求，正式與馮丹結了婚，過正常的家庭生活。婚後，她受盡了馮丹盤剝、虐待與毆打，迫於經濟困難，她再度淪爲流娼，生活相當悲慘。遊藝劇場排演《小公爵夫人》時，她又被邀約扮演其中的蕩婦，她卻渴望演正經的女人，她藉著與繆法伯爵恢復關係，慫恿他買下公爵夫人的角色由她扮演。從此，娜娜在繆法伯爵的供養下，過著像王妃一樣闊綽奢華的生活，但她並不忠於繆法，對巴黎那些有錢男人，她一概來者不拒。錢財像流水湧進她家，又被她像流水一樣花費掉。她達到了虛榮的頂點，簡直成了「巴黎的王后」。她的色情與淫亂，使上流社會那些紳士迷醉不能自拔，她的家成爲一個深淵，「一切男人，連同他塵世間的所有物，他們的財產和他們的自己的姓名，都一齊被這深淵吞下，連一把塵土都不給留下」，不少男人爲她傾家蕩產，身敗名裂。一天，娜娜突然失踪，傳聞她到了非洲與俄國，又得到了當地王公貴族的寵愛，她從俄國帶回大筆的錢財，但她一回到巴黎，就從她兒子那裏染上了天花，不久就病死在旅館裏，這時，正是普法戰爭的前夕。

這部長篇具有尖銳的揭露性，是暴露文學的一個成功的典型。作者力圖透過娜娜的沉浮與衰，表現第二帝國時期那種令人難以置信的糜爛，暴露娼妓社會所賴以存在的資產階級上流社會的淫亂與腐朽。

正如《盧貢．馬加爾家族》其他的一些作品那樣，《娜娜》同樣具有風俗畫的性質，左拉在這部作品裏，著意以各種生活場景，構成第二帝國社會生活的一個特定方面的風俗畫，即資產階級社會享樂腐化風氣的風俗畫：劇院裏老鴇穿梭往返，演出與拉皮條同時進行；大街小巷、飯店酒館色鬼淫娃不斷出沒；巴黎布洛涅森林成了人肉市場；蕩婦的住所，男女混雜，飲宴通宵達旦；郊外大道上，娼妓與紳士成群結隊，喧鬧成一團；權貴人物的府第裏，舞會上奏著下流的樂曲；賽馬場上竟出現了對妓女頂禮膜拜的場面……這是第二帝國時期一片沈於肉欲與淫樂的瘋狂景象，左拉在描寫的時候，既有自覺地暴露的意圖，又貫注了自己無情的嘲諷，因而使得他筆下的這些圖景，成爲了辛辣的諷刺畫。

對遊藝劇場的描寫，就是這種諷刺圖景中出色的一例。左拉在某種程度上，把這個劇場表現爲巴黎下流墮落生活的一個縮影。這個低級下流、充滿烏烟瘴氣的所在，竟充斥了巴黎政界、文藝界、經濟界的要人和貴婦，「這是一個特殊混成的世界，包括著被一切惡德所污誘的天才」，他們都受一種隱秘的耽於淫樂的低級趣味的驅使，來到這裏，以觀賞戲劇爲名，尋找色情刺激之實。左拉第一次在法國文學中揭示了資產階級的淫靡之風如何融入到公共文化生活中，使文藝娛樂糜爛變質成爲了色欲的工具。娜娜主演的《金髮維納斯》雖以希臘神話爲題材，但除了胡鬧就是裸體表演，是「對整個宗教、整個詩歌世界的嘲弄」，「褻瀆神聖的狂熱」與胡編亂造的淫穢劇情，使得「史詩的傳說被踐踏，古代的形象被摧殘」，觀衆卻都「泰然地認爲這是高雅的娛樂」，並在娜娜的色情表演前狂熱到極點。

如果說，舞台上演出的是庸俗下流的節目，台下扮演的則是醜惡的巴黎的眞實戲劇，舞台上的女演員在台下就成爲了妓女，女歌手就是有錢人公開的姘頭或小老婆，觀衆三三兩兩，處處可見三角關係：丈夫、妻子與情夫，王公權貴不惜丟失體面，出入後台，跟著裸體女演員打轉，在這裏，不是公開的賣淫，就是隱秘的通姦，這個劇院厚顏無恥的經理直言不諱地承認：「就把我的戲院叫做我的妓院好了」。

在《娜娜》中，左拉著意暴露的並不是一般社會風氣的腐敗，而是資產階級上流社會的糜爛，在這裏，人物的身分各有不同，從資產階級的浪蕩子到宮廷中的權貴，性格互有差異，有的道貌岸然，有的厚顏無恥，但所有這些人物都有一個共同點，即瘋狂地追求色欲，生活糜爛透頂，左拉一一勾畫出他們醜惡的臉譜，給他們安排下種種不光彩的下場——

喬治·于貢是一個尚未成年的資產階級少爺，被娜娜在《金髮維納斯》中的表演煽起欲火之後，日夜受到煎熬，他不務正業，狂熱地耽於淫欲，直到喪失自我控制的能力，爲娜娜自殺而死。他的哥哥菲力普·于貢，受母命來管教喬治，企圖把喬治從娜娜身邊拉開，但自己一見娜娜，就與這個尤物勾搭上了，爲了她不惜貪污公款，最後案情敗露，被捕入獄；旺朶夫伯爵更是瘋狂縱情聲色的典型，他出身名門，擁有大量產業，在窮奢極欲的享樂中，揮金如土，爲了賽馬，他在養馬上耗費的錢財多得令人難以置信，他在皇家俱樂部所賭輸的款子，數目也大得「叫人咋舌」，他每年要換一個情婦，每個情婦都要花掉他一份巨額的地產，他在如火如荼的邪遊裏，逐漸耗盡了他的巨額財產，而「他的腦子也早已被賭嫖耗乾」，開始有點神經錯亂，他爲了娜娜揮霍掉剩餘的一筆錢之後，不得不在賽馬中作弊，因而身敗名裂，最後放火把自己燒死；拉·法盧瓦茲也是這類人的一個典型，他「醉心虛榮」，「早就渴望去受娜娜毀掉的光榮」，於是，把他所繼承的全部遺產都扔擲在娜娜這個無底洞裏，最後他被債務壓碎，不得不從巴黎消失了；資產家色鬼斯泰內作爲銀行家是狡猾精明、神通廣大的，他善於刺探經濟情報，在交易那裏投機取巧、興風作浪，他還在阿爾薩斯開設煉鐵廠，在他殘酷的剝削下，工人「夜以繼日地緊張勞動，聽見自己的骨頭嘎嘎地折碎」，他的銀行更是一個貪婪的怪物，「所有男人們的積蓄，投機家的金鎊，窮人們的小錢」，全都被它吞食，但他一到娼妓蕩婦面前，就成爲了痴呆傻瓜，任憑她們欺騙盤剝，因此，他的下場同樣不妙，以徹底破產而告終。這些資產階級男人，在文學人物畫廊中，都屬於《貝姨》中于洛男爵的系列，他們都是色情偏執狂，被情欲所控制、被蕩婦所左右而陷入絕境，走向毀滅。

如果說，左拉在一些資產階級色鬼身上突出了那種不計一切後果的瘋狂的話，那麼，他在另一些資產階級人物身上，則突出了那種在淫逸生活中形成的卑劣。這種人物把對肉欲的追求與自己的現實利害結合起來，以冷靜的資產階級利己主義引導著淫行，並使之爲自己的利益服務。達蓋內與福什里就是這種人物的代表。

達蓋內原來也是一個資產階級浪蕩子，娜娜的舊情人，「曾經爲了追求女人花費過三十萬法郎」，後來不得不到交易所混耗子，爲了擺脫「連一個小錢也沒處去借」的困境，他企圖向擁有大筆財產的闊小姐求婚，雖然繆法伯爵的這個女兒貌醜不堪，當他一時達不到目的時，就在枕邊向娜娜提出了要求，與她達成了一筆骯髒的交易，娜娜對被她玩弄於掌上的繆法伯爵施加了影響，促成了這樁婚事，而在婚禮的那一天，達蓋內果然把新婚的妻子拋在一邊，先投入了娜娜的懷抱表示「酬謝」。

福什里是一個以新聞記者爲職業的文痞，頗有一點舞文弄墨的本領，但全身都是邪氣，正如小說中一個人物所說的：「他也是一個骯髒的紳士之一，釣上一個女人甩一個女人，借著這個往上爬。」一開始，他就以淫邪的眼光，窺測繆法伯爵夫婦之間的隱私，一旦發現隙縫，稍有機會，即乘虛而入，他幾乎是帶著通姦的預謀介入了繆法伯爵的家庭，成爲了伯爵夫人的情夫，使得這位夫人爲了逢迎他而極盡奢華之能事，甚至變賣掉自己繼承的遺產以維持兩人的享樂生活。對於娜娜，福什里既刁鑽，又貪色，他以諷刺的筆調在劇評中嘲笑娜娜的演技，然而對娜娜的色相又作肉麻的恭維；他還在報紙上發表過一篇刻薄的文章，含沙射影嘲罵娜娜，然而，這又不妨礙他不久以後成爲娜娜入幕之賓。最後，他對繆法伯爵夫人感到了厭倦，就將她拋棄，再又介入米尼翁的家庭，成爲歌女羅絲的情夫，並且，「像個親戚似的」住在這對夫婦的家裏。達蓋內與福什里這兩個人物，是放蕩無行、卑劣無恥的資產階級青年拆白黨的典型，在文學史上，是莫泊桑筆下的杜洛華的兄長，他們共同開僻了十九世紀文學中「漂亮朋友」這一個著名的人物系列。

左拉在《娜娜》中暴露之無情、諷刺之辛辣，莫過於對第二帝國時期的兩個資產階級權貴人物德．舒阿侯爵與繆法伯爵，舒阿侯爵是政府的顧問，繆法伯爵則是皇后的侍臣，他的妻子伯爵夫人就是侯爵的女兒。當他們一家出現在遊藝劇院的時候，似乎不愧是名門世家的顯貴，國家社稷之棟樑，面對著娜娜的表演，表情嚴肅，道貌岸然。然而，第二天，卻正是這兩位國家的要員，不惜屈尊，雙雙來到這個娼妓的家裏，這個場景，無疑是左拉小說中最富有諷刺才情的描繪，這一對翁婿明明是顯貴的大人物，卻謙稱「本區慈善會的會員」，明明是爲了淫邪的目的來結識一個下流的娼妓，卻自稱是爲了「三千以上的貧民」前來的「一位大藝術家」募捐，特別具有諷刺意味的是，這兩個擁有巨額財產的慈善家，居然從娜娜手裏募走了五十法郎，而這筆錢正是她剛到街上賣了一次淫的所得。

隨著情節的發展，左拉把這兩個人物的面目與性格更加充分地暴露了出來。德．舒阿侯爵是一個年過花甲的老色鬼，其下流的程度幾乎像一個低等的動物。由於長期的荒淫生活，他早已衰老不堪，但他仍然出入下流場所，他追求娜娜一時沒有得手，就不惜用重金把一個妓女的小女兒買來當作玩物。他的女婿與娜娜的關係在社會上張揚開後，他竟然以「怕繆法伯爵的行為玷污他的名聲」爲藉口而與之公開斷絕來往，並且以衛道者的姿態忿怒地申稱：「統治階級不該這樣屈就現代的墮落作風，對下層階級作可恥的讓步，而叫自己的階級解體」，但不久，繆法伯爵卻撞見他在床上像一堆殘骨攤在娜娜的懷裏。這是一個令人噁心的場面，其醜惡的程度令人觸目驚心，左拉如此無情地展示出來，正表現了他對第二帝國時期腐朽的統治階級的厭惡。

同樣，左拉對繆法伯爵也有類似的厭惡，只不過在描繪這個人物的時候，帶有更大的鄙視。這個拿破侖第三朝廷的大臣，迷戀上娜娜後，瘋狂地在淫欲的泥坑裏沉淪，他把家庭拋在一邊，給福什里以可乘之機，他得知自己的妻子與福什里的姦情後，由於怯懦不敢捉姦，他在福什里門外遊蕩、守望了半夜的那一節，是左拉筆下很富有嘲諷情趣的篇章，充滿了辛辣的諷刺，在娜娜成爲他的情人以後，他不僅消耗了大量財產保證娜娜奢侈揮霍的生活，而且在娜娜的操縱下，把自己的女兒嫁給了娜娜的姘頭達蓋內，在娜娜骯髒的交易裏成爲了一個可悲的角色，更爲悲慘的是，他爲了不失去娜娜，還聽從她的要求，在掌握了確鑿證據的情況下，反倒認可和容許自己的妻子與福什里的關係，在大庭廣衆之下與福什里握手言和，把自己大臣的尊嚴、世家的光榮、丈夫的體面全都扔在娜娜的腳下，成爲社會上的笑柄。

小說中有一個場面是帶有某種象徵意味的，繆法在娜娜面前裝畜生，讓娜娜把自己當馬騎，當狗打，還按娜娜的命令在自己的徽號與勛章上踐踏，這個場景集中地表現第二帝國的棟樑墮落到了何等地步，正如小說中一個妓女所說：「許多偉岸的上流人物，比平常人放縱得更顯出豬形」，或者就像馮丹所說的：「上等人都是禽獸」。更有意義的是，左拉在賽馬的那一章中，安排了皇后、繆法伯爵以及蘇格蘭王子出現在看台上的細節，並且讓娜娜針對這些至尊至貴的人物，含沙射影地罵了一通：「一看他們的私生活……樓下骯髒，樓上也骯髒，沒有一處不骯髒」，直接揭露了第三帝國的最高層。

如果說，左拉對繆法伯爵的描寫僅限於漫畫式的暴露，那顯然是不夠的。透過這個人物，左拉提出了一個有普遍社會意義的現實問題，即天主教國家中資產階級家庭解體的問題。恩格斯曾經指出：「法國小說是天主教婚姻的鏡子。」而在反映了資產階級社會中天主教婚姻不合理的小說中，《娜娜》無疑是描繪得較爲充分的一部代表作，它透過繆法伯爵家庭的變化，不僅表現了天主教婚姻的弊端，而且表現了這種道貌岸然的婚姻必然會糜爛到什麼程度。在小說裏，左拉特意描繪了繆法家的兩個場面，即第三章繆法家的沙龍聚會與倒數第三章繆法家的舞會，兩者遙遙相應，形成強烈的對照，正象徵著繆法家驚人的變化。繆法伯爵的父親是位將軍，曾被拿破侖一世封爲伯爵，拿破侖第三政變後，他家又開始得寵，繆法從小深受天主教教育的熏陶，他每天都要進懺悔室，還要定期齋戒，結婚後，天主教禁欲主義也主宰了他們的夫妻生活，他家的每個地方都無不打上禁欲主義的烙印，房子「那麼陰沉，又那麼像修道院」，客廳裏充滿了一種帶宗教氣味的冰冷的尊嚴，陳設刻板，拘泥成法，來到這裏的客人，是上流社會裏道貌岸然的人士，談話嚴肅而沉悶，始終還有一個專門維護繆法家宗教感情與純潔性的精神導師、某個教堂的教會委員在座。

在天主教婚姻的關係中，繆法夫婦外表上過著禁欲主義的生活，內心卻都窩藏著熾熱的欲火，在《金髮維納斯》一陣淫靡之風吹拂下，這個天主教道德的家庭就迅速風化了，其結果就是天主教婚姻經常有的那種情況：「丈夫得到了綠帽子」。在第三章繆法伯爵家沙龍聚會中，福什里已經在伺機而動，不久，他果然達到了目的，繆法夫婦天主教婚姻在瓦解與糜爛，由於繆法本人的墮落而愈演愈烈，不可收拾，表現在倒數第三章中，繆法的家整個變了樣，那是因爲伯爵夫人爲了逢迎自己的情夫、追求淫佚享樂的生活方式，竟把原來充滿肅穆的宗教氛氣的家，改建得像「一個豔麗俗氣的市集」，這裏的舞會上播放著《金髮維納斯》中輕浮而下流的調子，把原來家族的尊嚴吹得一乾二淨，而正是在這個場合，繆法伯爵在不貞的妻子的面前，與她的情夫握手言歡。後來的事情比這更糟，伯爵夫人被福什里拋棄後，又瘋狂地追求別的情夫，甚至與下人私奔，在外邊經歷了種種放蕩的生活後才回到家裏，這是左拉對天主教婚姻的糜爛性的無情暴露，以道德外衣爲掩蓋的資產階級家庭婚姻，竟糜爛到如此程度，確乎是令人觸目驚心的。

《娜娜》是法國文學中最詳盡地描寫了娼妓生活的作品，在這裏，出現有形形色色的娼妓，從高級的交際花、被包養的小老婆、歌女、演員，直到低級的流鶯，小說藉著表現她們的興與衰、放蕩與希求、奢侈與窮困、得意與辛酸，全面反映了娼妓的生活習俗、社會關係、經濟狀況、心理狀態，對以統治階級爲生存條件的娼妓社會這一資本主義制度下的膿瘡，提供了一份雛形資料，有助於讀者認識與了解資本主義社會與資產階級的腐朽。在所有的娼妓人物中，女主人公娜娜當然居於中心的地位，左拉不僅描寫她的生活與經歷，而且注意刻畫她的心理，不僅表現她性格與行爲中娼妓職業所必然帶來的那些庸俗、輕浮、放蕩、無恥、奢侈、揮霍等等缺陷，而且展示了她作爲出自社會下層的女子所具有的某些可取的特點，而左拉之所以這樣做，又是爲了對比地揭示那些上流社會的衣冠禽獸在某些方面並不如這個下流的蕩婦，在左拉的筆下，雖然娜娜身上很少有純正的感情，但她對自己的兒子小路易卻保持著深摯的母愛；雖然她沉溺在享樂的脂粉生活裏，但卻向往鄉間的純樸而健康的生活；她與那些追求放浪形骸、樂此不疲的資產階級紳士也有所不同，還講究一點體面，對這些紳士把她的宴會糟踏得不成體統而感到忿怒；她在被人玩弄同時又玩弄人的生活中，有時也發出「我要人們的尊重」的痛苦的喊聲；她並不甘心在舞台上老扮演放蕩的女人，而渴望扮演正經高貴的婦女；在實際生活裏，她看透了上流社會中那些紳士與太太表面上一本正經、骨子裏糜爛透頂，自認爲不像她們那樣虛僞而甚至有一種優越感與排我的態度，她直率地宣稱：「你們這些豬，我比你們乾淨得多」；與資產階級鬼蜮心腸的世道相比，娜娜畢竟「還是一個天性良善的娼婦」，她希望人與人「永遠和睦」，不要算計與謀害，她心腸很軟，「連一個蒼蠅也不肯打死」，她也很容易動惻隱之心，即使是對她所厭煩的人物如繆法伯爵；她在與馮丹的共同生活中，表現了從良向上的意志，也表現出慷慨與自我犧牲的品德，但是禽獸一般的馮丹與骯髒的生活，卻又逼得她回到了老路，而經過這樣的反覆，她以變本加厲的玩世不恭來對付那些來玩弄她的資產階級紳士時，她作爲妓女的腐蝕性與禍害性就更加觸目驚心了，面對著這些男人的破產、入獄與自殺，娜娜不得不爲自己辯護，她倒的確道出了事情的根本原因：「這是不公平的，社會全盤都是不公平的，男人們要女人們做這個做那個，可是，做不了就全來罵女人……如果我不是爲他們，如果不是他們硬要我那麼幹，我早就到一個修道院裏去向慈悲的上帝做禱告去啦，我一直深信宗教的。」左拉對娜娜的這些描寫，既使得這個人物形象具有眞實的性格與一定的心理深度，又揭示了萬惡之源並不在於某個帶有破壞性的妓女，而是資產階級社會所需要的娼妓制度。

在《娜娜》中，左拉自然主義的描寫有時不免流於繁瑣，如娜娜如何梳妝、娜娜家宴的席次，等等，但畢竟還是展現出了一個個眞切的生活場景，其中對遊藝劇院前台後台的細緻描寫，可說是十九世紀下半期法國劇場設備、條件、氣氛、情景的一份詳盡的文學資料，其他如對繆法家舞會的描寫也相當出色，各種人物在其中穿梭出現，他們的性格繼續在這裏深化，情節也在這裏進一步開展。由於左拉在《娜娜》中是以批判的態度處理醜惡的社會生活題材，他的自然主義描繪暴露的時候，往往達到極爲強烈的效果，他筆下的資產階級人物的醜態有時近乎低等動物，最突出的一例就是繆法撞見他的岳父在娜娜房間裏的場景。對於小說中人物的肉欲與淫亂，左拉的描寫有一定的節制，他避免對性生活作具體的描寫，但是，他從自然主義的觀點出發，強調娜娜由於父祖輩酒精中毒的遺傳，在生理上與神經上形成了一種性欲本能特別強旺的變態，因而在描寫中，大幅地渲染了娜娜的「色欲的光波」、「肉體的魔力」、「性欲的火焰」，對娜娜的淫亂生活也有很深的刻畫，如她與薩丹的同性戀等，這些形成了小說明顯的黑暗面。

目錄

第一章

九點鐘了，遊藝劇院的大廳裡還空蕩蕩的。二樓樓廳和正廳前座有幾個等待開演的觀眾，在只亮一半的枝形吊燈暗淡的光線下，隱沒在石榴紅絨面座椅裡。被暗影淹沒的幕布像一塊大紅斑；台上靜悄悄地，腳燈都沒有亮，樂譜架七零八落。只在上面的第四層樓座；不斷有人喧嘩，夾雜著呼喚聲和笑聲；那裡，在金色框架的大圓窗下，坐了一排排觀眾，頭上戴著便帽或鴨舌帽。而天花板的圓拱頂四周，畫了一些女人和裸體小童，在被煤氣燈光映成綠色的天空飛翔。不時出現一位女引座員，手裡捏著票根，把一位先生和一位太太領到他們的座位。先生穿禮服；太太體態苗條，挺著胸部，抬眼慢慢地四下張望。

正廳前座出現了兩個年輕人，站在那裡舉目四顧。

「我說對了吧，埃克托，」年齡大的一個，即蓄小黑鬍子的那個高個子青年說道，「我們進來得太早了。你應該讓我把雪茄抽完的。」

一位女引座員正好走過。

「喲！福什里先生，」她親熱地招呼道，「半個鐘頭還開演不了呢！」

「那麼廣告上為什麼寫九點開演？」埃克托瘦長的臉上現出惱火的樣子，咕噥道，「今天早上，在戲裡擔任角色的克拉莉絲，還肯定地告訴我準八點開演呢！」

他們沉默了一會兒，抬眼搜索黑暗中的包廂，可是包廂裡都糊著綠紙，更顯得黑糊糊的。樓下的包廂完全隱沒在黑暗裡。樓廳的包廂裡，只有一位胖太太，趴在絲絨包的欄杆上。左右兩側高高的柱子間，那些掛著帶蕾絲的垂飾的包廂裡還空無一人。白色和金色的正廳，襯托著淺綠色，在水晶大吊燈半明半暗的燈光映照下，彷彿彌漫著微塵。

「你爲露茜買到了側包廂票嗎？」埃克托問道。

「買到了，」另一個答道，「不過，沒少費勁……啊！別擔心，露茜是不會早到的。」

他有點想打呵欠，忍住了，沉默片刻說道：

「你運氣眞好，頭一回看首場公演就遇上《金髮維納斯》。這齣戲的演出肯定是今年的一件大事。大家都議論半年了。嘿！親愛的，那音樂才眞叫棒哩！……博德納夫實在精明，把這戲留到博覽會期間才公演。」

埃克托畢恭畢敬地聽著。他問道：

「還有扮演愛神的那個新明星娜娜呢，你認識嗎？」

「哎，行啦！又是這個問題！」福什里雙手一揚嚷起來，「從早上起，誰都拿娜娜來煩我。我遇到不止二十個人了，這個也問娜娜，那個也問娜娜。我怎麼知道！難道巴黎的妞兒我都認識嗎？……娜娜是博德納夫的新發現，不消說是個好貨！」

之後，他沉默了。但這空蕩蕩的大廳，這昏暗的燈光，這教堂般靜穆的氣氛，以及靜穆中嘰嘰咕咕的說話聲和開關門的聲音，還是使他感到不快。

「哎！不行，」他突然又說道，「在這裡乾等，人都要等老啦。我可得出去……說不定到下面能碰上博德納夫呢。他會向我們提供一些細節的。」

樓下大理石鋪的寬大前廳是驗票處。觀眾開始進場了。從敞開的三道柵欄門望出去，四月迷人的夜晚，大街上車水馬龍，燈光燦爛，好一派熱鬧景象。轔轔駛來的馬車戛然停住，車門打開又搧的一聲關上，三五成群的觀眾進了大門，停留在驗票處，然後走到前廳緊裡登上左右兩邊的樓梯。女人們扭動著腰肢，慢吞吞地拾級而上。這間前廳的裝飾是拿破侖時代式的，非常簡單，看上去像紙板做的聖殿列柱廊。光禿禿的灰白色牆壁上，張貼著黃色的巨幅海報，在強烈的燈光照耀下，格外觸目，上面用大黑體字寫著娜娜的名字。

一些人像是經過時被吸引住了，在海報前駐足觀看；另一些人則站在旁邊閑聊，堵住了入口。售票處一個粗壯的男人，寬大的臉龐刮得乾乾淨淨，粗聲粗氣回答著央求買票的人。

「那就是博德納夫。」福什里一邊下樓梯、一邊說道。

經理已經瞥見他，遠遠地嚷道：

「喂！你這個人眞夠交情呀！你就是這樣答應爲我寫文章的嗎……今早上我翻開《費加羅報》一看，一個字也沒有！」

「別急嘛。」福什里回答，「總得讓我先認識你的娜娜，才能寫文章介紹她……再說，我什麼也沒答應過你。」

爲了不讓對方繼續說下去，他就介紹他的表弟埃克托·德·拉·法盧瓦茲，一位到巴黎來完成學業的小伙子。經理一眼就把小伙子看了個透徹，而埃克托卻激動地上下打量他。啊，此人就是博德納夫，這個馴服女人的專家。他調教女人，就像一位苦役犯的獄卒；腦子裡經常冒出做廣告的新招，說話粗聲粗氣，又吐唾沫，又拍大腿，厚顏無恥，思想專橫！

埃克托覺得應該說句恭維話，便用笛子般的聲音說道：

「你的戲院……」

博德納夫是個喜歡一針見血的爽快人，不動聲色地用一句粗話打斷他：

「你就說我的妓院吧。」

福什里贊同地笑起來。拉．法盧瓦茲呢，想說的恭維話給堵在嗓子眼裡，覺得博德納夫的話很刺耳，還是裝出很有品味的樣子。這時，經理看見一位戲劇評論家，趕忙過去和他握手；那位評論家的專欄文章頗有影響。等到經理回來時，拉．法盧瓦茲已恢復常態。他擔心自己顯得過於拘謹，被對方看成鄉巴佬。

「據說，」他非要搭訕兩句話不可，便又說道，「據說娜娜有副好嗓子。」

「她呀！」經理聳聳肩膀大聲說道，「好副破鑼嗓子！」

小伙子趕緊補充一句：「而且據說她是一位出色的演員。」

「她！……一堆肥肉。在舞台上連手腳都不知往哪兒放。」

拉．法盧瓦茲臉微微一紅。他都給鬧糊塗了，期期艾艾說道：

「今晚的首場公演我是不會放過的，我早就知道你的戲院……」

「你就說我的妓院吧。」博德納夫儼然是個很自信的人，又一次冷然地、固執地打斷他。

福什里一聲不響打量著進來的女士們，這時見表弟張口結舌，笑也不是，生氣也不是，便來給他解圍。

「你就滿足博德納夫，按他的雅興稱呼他的戲院吧，既然他高興這樣稱呼……而你，老兄，別對我們賣關子了。如果你的娜娜既不會唱歌，也不會演戲，那麼你這齣戲就會砸鍋，不會有別的結果。再說，我還眞擔心你會砸鍋哩。」

「砸鍋！砸鍋！」經理脹紅了臉嚷道，「難道一個女人就非懂得唱歌和演戲不可嗎？老弟，你眞是個榆木腦袋。娜娜有別的玩意兒，眞是的！足以抵得上其他一切的玩意兒。我早就覺察到，那玩意兒在她身上表現得特別強烈哩！除非我是個嗅覺不靈的笨蛋……等著瞧好了，等著瞧好了。她一出場，全場不垂涎三尺才怪呢！」

他興奮得發抖的雙手一揚。這番話一吐出，如釋重負，他又低聲自我咕噥道：

「是的，她很有出息。哎，眞見鬼！對，她很有出息……一個婊子，哈，一個婊子！」

在福什里一再追問下，他不得不提供了一些細節，其語言之粗俗，令拉．法盧瓦茲感到難堪。他認識了娜娜，想把她推上舞台，恰巧他正缺一個人扮演愛神。他是不會爲一個女人費很長時間心思的，迫不及待地立刻把她推出去讓觀衆一飽眼福。可是，這個高個子姸兒的到來，在他的戲班子裡引起了一大堆麻煩。他原來的明星羅絲．米尼翁，一個出色的女演員和討人喜愛的女歌手，感到來了一個競爭對手，非常惱火，威脅說要甩手不幹了。爲了登海報的事，他媽的簡直吵翻了天！最後，他決定把兩個女演員的名字用同樣大小的字印在海報上。他可不能容忍別人來煩他。他的那些小娘兒們——他這樣稱呼他的女演員——不管哪一個，西蒙娜也好，克拉莉絲也好，行動上稍稍出點差子，他就會朝她屁股上踢一腳。不這樣，日子就沒法過。這些婊子，他拿她們賣錢，清楚她們每個人的身價！

「瞧！」他打住話頭道，「米尼翁和斯泰內來了。這兩個人總是形影不離。你知道，斯泰內開始厭倦羅絲了，所以羅絲的丈夫就寸步不離跟著他，生怕他溜掉。」

劇院屋檐下一排煤氣燈，把白熾的光射在人行道上，道旁兩棵翠綠的小樹被映照得清清楚楚，一根柱子也給照得白白的，連上面所貼海報的字也歷歷在目。燈光之外的大街，則夜色濃重，閃爍著點點燈火；朦朧之中，行人熙來攘往。許多觀眾並不馬上入場，待在劇院外聊天，抽雪茄；排燈照得他們臉色灰白，把他們黑黑的、短短的影子投在柏油馬路上。

米尼翁是個五大三粗的漢子，生著一個方腦袋，看去像集市上賣藝的大力士。他挽住銀行家斯泰內的胳膊，拖著他在人群裡擠開一條路。銀行家個子矮小，但已有點大腹便便，圓圓的臉盤兩邊，蓄了一圈灰白頰鬚。

「怎麼樣？」博德納夫對銀行家說道，「你昨天在我辦公室裡見到的就是她。」

「哦！那就是她。」斯泰內叫起來，「我當時是猜想是她。只是她進去時我正好出來，根本沒看清。」

米尼翁垂著眼皮在一旁聽著不耐煩地轉動著指頭上一枚大鑽石戒指。他聽出他們議論的是娜娜，注意到隨著博德納夫對他的新明星的描繪，銀行家眼裡燃起了欲火，他便插嘴說：

「不要再談下去了，親愛的，一個臭婊子！觀眾會毫不客氣地把她轟出去的……你知道，斯泰內老弟，我太太在她的化妝室等著你呢。」

他想把斯泰內拉走，但斯泰內不肯離開博德納夫。在他們面前，觀眾排著隊把驗票處擠得水泄不通，一邊吵吵嚷嚷，而在他們的吵嚷聲中，不時傳出娜娜這個兩個音節的名字，又清脆又響亮。站在海報前的男人，大聲念著這個名字；其他從海報前經過的男人，也用詢問的口氣念著這個名字；女人們則臉上露出幾分不安的微笑，也好奇地重複著這個名字。沒有人認識娜娜。這個娜娜是從什麼地方冒出來的？於是，人群中傳開了種種流言，有些人還相互咬著耳朵打趣，這個名字，這個小名，叫起來親切，簡直像一種撫摸，每張嘴都愛呼喚。只要發出這兩個音節，人群就興奮、快樂起來。一種好奇的熱熾激動著每個人。這是巴黎式的好奇，其強烈程度不亞於熱病發作，人人都想看娜娜。一位太太裙子的鑲邊給踩掉了，一位先生的帽子也給擠丟了。

「哎！你們問得太多啦！」埃克托沖著二十來個圍住他問這問那的人嚷道，「你們馬上就要看到她啦……我走了，有事等著我呢。」

他跑掉了，看見觀眾的熱情被點燃了，不禁喜在心頭。米尼翁聳聳肩膀，提醒斯泰內，羅絲正等他去看看她準備第一幕穿的服裝。

「看！露茜來了。在那邊，正下馬車。」拉·法盧瓦茲對福什里說道。

不錯，露茜·斯特華來了。這是一個又矮又醜的女人，四十歲上下，脖子太長，面容消瘦而疲乏，兩片厚嘴唇顯得既親暱又熱烈，倒是給她增添了幾分魅力。她帶來了卡羅莉娜和她母親。卡羅莉娜花容月貌，卻冷若冷霜；她母親則端莊持重，步履遲緩。

「你來和我們一塊看吧。我給你留了一個位置。」露茜對福什里說。

「啊！我可不去，坐在包廂裡什麼也看不見！」福什里回答，「我有一張座票，寧願坐在正廳前座。」

露茜生氣了。難道福什里不敢與她一塊公開露面嗎？不過，她的火氣很快消了，轉到另一個話題：

「你爲什麼不早告訴我你認識娜娜？」

「娜娜！我從來沒見過。」

「眞的嗎？有人肯定你和她睡過覺呢。」

這時，站在他們面前的米尼翁將一個指頭貼在嘴唇上，示意他們不要再說了。露茜問爲什麼，他指一指從旁邊經過的一個青年，悄聲說道：

「那兒是娜娜的情郎。」

大家轉過頭看那青年。他的確風度翩翩。福什里認出他是達蓋內，一個在女人身上花了三十萬法郎的小伙子，現想做點小的股票投機買賣，以便賺點錢，不時給女人送送鮮花，或請她們吃一兩頓晚飯。露茜覺得他有一對漂亮眼睛。

「啊！瞧，布朗施來了。」露茜叫起來，「就是她告訴我你和娜娜睡過覺。」

布朗施．德．西弗里是位胖胖的金髮女郎，一張俊俏的臉圓乎乎的，陪伴她的男子卻很瘦小，但儀表講究，十分高雅。

「克薩維耶．德．旺朵夫伯爵。」福什里悄聲向拉．法盧瓦茲介紹道。

伯爵和記者握了握手，而布朗施卻和露茜激烈地爭執起來。她們倆的裙子，一條藍色，一條紅色，都鑲了邊飾，堵住了通道；她們嘴裡一塞說出娜娜的名字，聲音尖尖的，引得過路的人都駐足傾聽。德．旺朵夫伯爵領著布朗施走了。現在，娜娜這個名字像回聲似的，響徹前廳的各個角落，而且等待越久，呼喚的聲音越來越高，欲望越來越強烈。這戲倒底還開演不開演？不少觀衆掏出懷錶看時間；遲到的觀衆不等馬車停穩就往下跳；一群群觀衆離開人行道進入劇院。閑逛的人慢步穿過煤氣燈照亮的空地，伸長脖子往劇院裡張望。一個頑童吹著口哨走過來，在劇院門口的海報前停下腳步，扯開嗓門怪聲怪氣地喊道；「喂！娜娜！」隨即跟著破拖鞋，屁股蛋兒一扭一扭地走了，引起一片轟笑。一些衣冠楚楚的紳士也跟著喊起來：「娜娜，喂！娜娜！」人們你推我擠，在驗票處吵了起來，喧嘩聲越來越響，只聽見嗡嗡的人聲裡這裡呼喚娜娜，那裡要求娜娜。一種愚陋的思想、粗俗的性感支配了人們的頭腦。

在這片喧鬧聲中，終於響起了開演的鈴聲。就聽見從劇院門口直到大街上一片嚷聲：「響鈴啦！響鈴啦！」人們你推我擠，爭先恐後，驗票處不得不增加了人數。米尼翁一副不安的樣子，終於又抓住了沒去看羅絲著戲裝的斯泰內。拉．法盧瓦茲聽見第一聲鈴響，就趕忙拉著福什里，在人群裡擠出一條路，生怕錯過了序曲。觀衆一樣互不相讓地擁擠，使露茜．斯特華大為惱火。眞是一些粗鄙的人，居然對婦女也推推搡搡！她與卡羅莉娜．埃凱母女倆走在最後面。現在前廳裡已經沒有人了；外面的大街上，仍保持著持續不斷的嘈雜聲。

「就好像他們演出的戲齣齣都精彩似的！」露茜一邊上樓梯，一邊嘮叨。

劇場裡面，福什里和拉．法盧瓦茲站在他們的座位前面，再次舉目四顧。現在整個劇院燈火輝煌，枝形水晶吊燈長長的煤氣火苗，放射出黃色和玫瑰色的光芒，從拱頂上折射下來，把一層的正廳照得通亮。座椅石榴紅的絨罩布閃閃發光，黃色的牆壁金光奪目；天花板的色彩過於強烈，但下面各種淺綠色的裝飾，使耀眼的金光變得比較柔和，舞台前那排腳燈升高了，強光突然射到大紅幕布上，像著了火似的；幕布又厚又重，有著童話裡的宮殿般的富麗堂皇，與台口兩邊粗陋的框壁適成鮮明對照。金色的框壁現出一條條裂紋，露出了裡面的泥灰。場子裡開始熱鬧起來，樂師們對著樂譜架調整樂器，笛子發出輕快的顫音，號角像在低沉地嘆息，小提琴悅耳的聲音在沸沸揚揚的人聲之上飄蕩。所有觀眾都在說話，你推我搡，衝鋒似地爭占座位。外面的走廊裡更是擁擠不堪，無盡的人流好不容易才通過各道門擁進場子。人們相互打招呼，衣裙相互摩擦；在連續不斷的女人裙子和帽子中間，夾雜著黑色的男人燕尾服或長禮服，一排排座位漸漸坐滿了人，就見這裡露出一個女人特別顯眼鮮豔的衣服，那裡一個輪廓秀氣的頭低下珠光熠熠的髮髻，一個包廂裡露出一角白若凝脂的肩膀。大多數女人安閑地坐在座位上，懶洋洋地搖動著扇子，一邊觀看擁擠的人群。前座的一些年輕紳士站在座位旁，敞開坎肩，鈕孔上別著梔子花，戴手套的手舉著望遠鏡。

兩位表兄弟尋找著熟悉的面孔。米尼翁和斯泰內並肩坐在樓下的包廂裡，手腕擱在天鵝絨包的欄杆上。布朗施·德·西弗里似乎一個人獨占了樓下的一個邊包廂。但拉·法盧瓦茲特別留心達蓋內。達蓋內坐在正廳前座，在他和福什里前兩排。他旁邊坐著一個很年輕的小伙子，頂多十七歲，看樣子是個逃學的中學生，瞪著一雙天真的大眼睛。福什里打量他時還衝他微微一笑。

「二樓樓廳的那位太太是誰？」拉·法盧瓦茲突然問道，「旁邊坐著一位穿藍衣服姑娘的那位。」

他指了指一位胖婦人。那婦人的胸褡繃得緊緊的，一頭已變成白色的金髮染成了黃色，一張圓胖胖的臉，給胭脂抹得紅紅的，額上像小姑娘似的垂著短髮，使整個臉顯得臃腫。

「那是佳佳。」福什里淡然答道。

見表弟聽了這名字現出摸不著頭腦的樣子，他補充道：

「你不認識佳佳？在路易—菲力普在位初期，她曾經是一代尤物呢，現在不管去哪裡，總帶著她女兒。」

那姑娘，拉·法盧瓦茲一眼都沒看。有幸一睹佳佳的丰采，他萬分激動，目光再也離不開她，他覺得她還很有風韻，只是不好意思說出口。

這時，樂隊指揮將指揮棒一揮，樂師們開始演奏序曲。還不斷有觀眾進來，劇場裡亂騰騰的局面有增無減。都是專門來看首場公演的觀眾，每次總是這些人，其中不少是親密朋友，彼此重逢，笑容滿面。一些老觀眾，見面就打招呼，隨隨便便，輕輕鬆鬆，連帽子也不脫。整個巴黎——文學界、金融界、娛樂界的巴黎全在這裡，還有許多新聞記者，為數不多的作家，交易所的投機客，數量比良家婦女多的煙花女子。

總之，這是奇特地聚集於一堂的一批人，其中有形形色色的天才，卻受到形形色色的惡名殘害，每張臉上都流露出同樣困乏，同樣興奮的神色，福什里經不住表弟問這問那，就指點他看各報社和各俱樂部的包廂，然後一一向他介紹戲劇評論家。其中有一個形同槁木的瘦子，兩片薄薄的嘴唇，儼然是一副愛惡語傷人的樣子；尤其是一個胖子，一副挺慈厚的樣子，懶洋洋地靠在旁邊一個純樸的姑娘肩頭，用充滿父愛的目光深情地注視著她。

福什里突然停止介紹，因為他驚奇地發現，拉·法盧瓦茲正與對面包廂的一個人打招呼。

「怎麼！」他說道，「你認識繆法·德·伯維爾伯爵？」

「唔。早就認識啦。」埃克托回答，「繆法家有個田莊與我家的田莊相鄰，我經常上他們家。伯爵夫婦倆與他的丈人德·舒阿侯爵住在一起。」

埃克托見表兄現出驚訝的樣子，十分得意，出於虛榮心，又進一步介紹了一些細節：侯爵是國務參事，伯爵則在不久前被任命為皇后的內侍。福什里抬起望遠鏡觀察伯爵夫人，只見她有一頭褐髮，肌膚白皙豐潤，一對黑溜溜的眼睛十分動人。

「幕間休息時，你幫我引見一下，」福什里說道，「伯爵我見過面，不過我希望成為他們家星期二聚會的常客。」

從上面的樓座傳來有力的噓聲。序曲已經開始，人還在不斷進來。遲到者使整排人站起來為之讓路；包廂門開關得吱吱響；有人在走廊裡扯開嗓門爭吵。說話聲一刻不停，恰如黃昏時分一大群麻雀嘰嘰喳喳。劇場裡一片混亂，人頭攢動，手臂揮舞，坐下的人儘量想把腿腳伸得舒服些，站著的人硬是佇在那裡想最後向全場望幾眼。正廳昏暗的後排傳來憤怒的「坐下！坐下！」的呼喊。一種激動的情緒傳遍了全場：終於就要看到這個名字如雷貫耳的娜娜，看到全巴黎議論了一個星期的娜娜了。

「瞧！」一直沒有停止說話的拉·法盧瓦茲突然叫起來，「有一位先生陪伴露茜。」

他目不轉睛地盯住舞台右側的包廂。卡羅莉娜和露茜坐在前面，後面依稀看見卡羅莉娜母親端莊的面容和一個高子青年的側影。那青年有一頭漂亮金髮，儀表非常講究。

「看呀，」拉·盧瓦茲又一次說道，「露茜包廂裡有位先生。」

福什里這才用望遠鏡向舞台右側的包廂望去，但立刻轉過頭來。

「唔！那是拉博德特嘛。」他以滿不在乎的口氣咕噥了一句，意思似乎是說：那位先生坐在露茜包廂裡，不論誰都會覺得是一件自然的、無關緊要的事。

後面有人喊：「安靜！」他們不得不閉嘴。現在整個劇場一片肅靜，從正廳前座到樓座，一排排腦袋挺得筆直，目不轉睛地注視著台上。

這齣《金髮維納斯》第一幕的地點是奧林匹斯山。山用紙板做成，背景是幾朵浮雲，右邊是主神朱比特（羅馬主神，即希臘的宙斯）的寶座。首先出場的是彩虹女神和酒僮。他們在一隊天國僕人的幫助下，一邊齊聲歌唱，一邊爲諸神開會布置座位。只有雇來捧場的人鼓掌喝彩，觀衆暫時還摸不著頭緒，還在等待。然而，拉．盧瓦茲卻爲克拉莉絲．貝尼鼓了掌。克拉莉絲是博德納夫的小娘兒們中的一個，扮演彩虹女神，身穿藍色戲裝，腰繫一條寬大的七色彩帶。

「你知道，爲了繫那條彩帶，她脫掉了襯衣哩！」拉．盧瓦茲對福什里說道，故意亮開嗓門，讓其他人聽見，「今早我們試過，襯衣如果不脫掉，就會在腋下和背上露出來。」

這時，場子裡微微騷動起來。原來羅絲．米尼翁扮演成月亮女神登台了。她又瘦又黑，像一個又醜又可愛的巴黎頑童，無論身體和相貌，都不配演這個角色，但她在醜中頗顯示出魅力；彷彿她本身就是對她所扮演的角色的諷刺。她上場時唱的曲子和歌詞都非常蹩腳，意思是埋怨戰神想拋棄她去追求愛神。她唱得十分拘謹，有點差答答的，但充滿輕佻的暗示，挑逗得觀衆興奮起來了。她丈夫和斯泰內並肩坐在一起，露出了得意的笑容。當觀衆非常喜歡的男演員普呂利埃登場時，全場歡呼起來，因爲他裝扮成將軍，即田舍花園裡的戰神模樣，頭上揮一根很大的羽翎，腰間佩一柄高及肩頭的長劍。他厭倦了月神，因爲月神在他面前總擺出一副盛氣凌人的架勢。爲此，月神發誓要監視和報復他。這段二重唱以滑稽的蒂羅爾山歌調結束。普呂利埃的聲音像只發怒的公貓，唱得令人捧腹。他以走紅的青年男主角自居，擺出一副自命不凡的派頭，但又十分討人喜歡，一對眼珠子骨碌碌轉動，儼然像一個英雄好漢，引得包廂裡的女士們不停地尖笑。

隨後，觀眾的熱情低落了。接下來幾場戲十分沉悶乏味。直到老演員博斯克頭戴一頂大得出奇的王冠，扮演成愚笨的主神朱比特登台，爲了廚娘的眼目，與天后朱諾吵嘴，觀衆的情緒才稍許活躍起來。但海神、地獄神、智慧女神和其他衆神一個接一個出場，幾乎又把氣氛破壞了。觀衆不耐煩了，場子裡一片令人不安的低語聲，而越來越響。大家都覺得興味索然，抬起頭東張西望。露蕾和拉博德特說說笑笑；德．旺朵夫伯爵在布朗施寬闊的肩膀後面探頭探腦；福什里用眼角偷偷觀察繆法夫婦。繆法伯爵神情嚴肅，像沒看懂；伯爵夫人則似笑非笑，目光渙散，一副沉思的樣子。突然，在這微微騷動的氣氛中，被雇來捧場的人鼓起掌來，掌聲很有節奏，像一隊士兵在放槍。大家都轉向舞台。這回總該是娜娜出場了吧？這個娜娜眞是千呼萬喚不出來。

出場的卻是酒僮和彩虹女神引領的一幫凡人，全是有身份的紳士，又全是受騙的丈夫。他們來向主神控告愛神，說她過分點燃了他們的妻子的慾火。這段合唱哀切而天眞，問以流露眞情的沉默，饒有興味。劇場裡一傳十十傳百地叫開了：「王八合唱！王八合唱！」大家希望這嚷聲持續下去，便高喊：「再來一遍！」每個合唱隊員長相都挺滑稽，的確配得上「王八」這個稱呼，尤其有一個胖子，一張圓臉像一輪滿月。這時火神怒氣沖沖地上場，要找他已離家出走三天的妻子。合唱又開始，向火神這個王八神祈求幫助。火神這一角色由馮丹飾演。他是一個丑角，具有下流和獨創的天才，身體隨心所欲地狂扭亂擺，一副鄉村鐵匠的模樣，套一頭火紅的假髮，光著的膀子上文了許多被箭穿透的心。只聽見一個女人情不自禁地高聲嚷道：「啊！他眞是個醜王八！」所有女人都笑著鼓起掌來。

接下來的一場戲顯得特別冗長。朱比特沒完沒了地召開諸神會議，研究受騙的丈夫們的請求。娜娜總是不出場！難道要留著她來謝幕不成？過久的等待終於使觀眾不耐煩了，場子裡又響起嗡嗡的低語。

「情況不妙啊，」米尼翁喜形於色地對斯泰內說，「這一下夠她好看的，你等著瞧吧！」

這時，舞台背景的雲彩散開，愛神出現了。娜娜，一個年方十八的姑娘，個子確實很高大很健壯，她穿著潔白的女神緊身衣，金色的長髮自然地披在肩上，泰然自若地走到前台，向觀眾嫣然一笑，便唱起了主題歌：

薄暮時分，愛神遊蕩……

當她唱到第二句，全場觀眾立刻面面相覷。博德納夫是開玩笑、還是別出心裁？大家從來沒有聽過唱得這樣不合調、這樣蹩腳的聲音。她的經理的評價是對的：她唱起歌來像面破鑼，連在台上該保持怎樣的姿勢都不懂，一雙手拼命往前伸，整個身體亂搖亂晃，令人覺得很不得體，甚至很俗氣。正廳後座和樓座已經有人喝倒彩，還有人吹口哨。正在這時，前座一個正處於發育變嗓音階段的少年，嚴肅地嚷了一句：

「棒極啦！」

全場觀眾望去，原來是那個天真可愛的逃學的中學生。他瞪著一雙漂亮的大眼睛，金髮下的臉蛋因為看到了娜娜而顯得非常興奮。他發現大家都扭頭看他，才意識到自己剛才情不自禁大嚷了一聲，於是頓時滿臉通紅。觀眾都笑了起來，彷彿把剛才的不滿全拋到九霄雲外，再也沒人吹口哨。那些戴白手套的年輕紳士被娜娜優美的線條迷住了，如痴似醉地鼓起掌來。

「對！唱得好！棒極了！」

娜娜見全場笑了，自己也笑起來。愉快的氣氛頓時倍增。這個漂亮妞兒，倒是滿有趣哩！她笑的時候，下巴上現出一個討人喜歡的小酒窩兒。她等待著，無拘無束，隨隨便便，一下子就與觀眾打成了一片。她向觀眾眨眨眼睛，彷彿是說：論演戲的本事，她一文不值，不過沒關係，她有別的長處。她向樂隊指揮擺擺手，意思是說：「繼續吧，老伙計！」接著就開始唱第二段：

午夜時分，愛神經過……

聲音還是那樣酸溜溜的，但現在它巧妙地搔著了觀眾的癢處，使他們不時產生微微的顫慄。娜娜始終笑吟吟的，櫻桃小口顯得十分光鮮，微微發藍的大眼睛熠熠生輝。她興奮得鼻子向上翹起，粉紅色的鼻翼不斷翕動，面頰像火一樣通紅。現在，觀眾一點也不覺得她看不順眼了；相反，男士們都紛紛把望遠鏡對準了她。唱到欲一段末尾時，她的嗓子全啞了。她知情唱不到尾，便不慌不忙地將腰肢一扭，讓薄薄的緊身衣下面圓圓的臀部凸現出來，同時收腹，使胸部高高挺起，向前伸出雙臂。全場爆發出暴風雨般的掌聲。她立刻轉過身，向台裡走去，讓頸背對著觀眾；頸背上長滿紅棕色短髮，像動物的茸毛一樣。掌聲更熱烈了。

這一幕結尾的場面比較冷清。火神想給愛神一記耳光。諸神開會，決定先去凡間調查，然後再對受騙的丈夫們的控告作出答覆。就在這時，月神偷聽到愛神和戰神談情說愛，便決意在凡間調查期間監視他們倆。在這二幕裡還有一場戲：由一名十二歲的小女孩扮演的小愛神，不管聽到什麼問題，總是用哭喪的聲音回答：「是的，媽媽……不是，媽媽……」還一邊用手指掏鼻孔。這一下惹火了朱比特，他擺出主神的威嚴，把小愛神關進一間小黑屋子，罰她把「愛」這個動詞的變位背二十遍。第二幕最後的大合唱比較吸引人，演員和樂隊都演得十分精彩。幕布一落，被雇來捧場的人拼命鼓掌，想讓全體演員出來謝幕，可是觀衆都已離開座位，向門口走去。

人們擠在一排排座椅之間，想走走不動，你推我搡，一邊交換看法。只聽見衆口一詞：

「糟透了！」

一位戲劇評論家說這齣戲要大加刪節。不過，戲本身怎麼樣無所謂，大家議論的主要是娜娜。福什里和拉．盧瓦茲是頭一批出來的，在正廳前座外面的走廊裡遇見了斯泰內和米尼翁。這條走廊又矮又窄，像礦井裡的坑道令人窒息，只有幾盞煤氣燈照明。他們在右邊的樓梯腳下停了一會兒，那裡是樓梯扶手拐彎處，不受擁擠。樓上廉價座位的觀衆接二連三下來，大頭鞋踩得樓梯咔咔響，黑禮服潮水般通過；一位女服務員推著一張椅子，裡面推滿衣服，拼命護著它不讓人擠翻。

「我認識她！」斯泰內一見到福什里就大聲說，「我肯定在什麼地方見過她……我想是在俱樂部。當時她喝得醉醺醺的，是被人家攙扶離開的。」

「我也記得不大清楚了。」記者說，「我同你一樣，肯定也見過她……」

他壓低聲音，笑著補充一句：

「可能是在老鴇特里貢家。」

「當然囉，肯定是在一個下流地方！」米尼翁說道，他顯得義憤塡膺，「隨便一講一個下流女人登台，觀衆還鼓掌歡迎，這好不叫人噁心。要不了多久，舞台上就沒有正經女人了……是的，我早晚要禁止羅絲演戲。」

福什里情不自禁地露出微笑。樓梯上大頭鞋響聲不斷，一個戴鴨舌帽的矮子拖長嗓門：

「哎喲喲！她那身肉眞肥，夠飽餐一頓的。」

走廊裡有兩個年輕人，頭髮燙得很卷曲，衣著考究，假領子露出兩個硬領角，站在那裡爭論。其中一個連聲地說道：「糟透了！糟透了！」並不說明理由；另一個則反駁說：「好精彩！好精彩！」也不屑於陳述理由。

拉．盧瓦茲認爲娜娜演得很好，但也小心翼翼地指出，她如果對自己的嗓子加以訓練，就會演得更好。斯泰內本來已不再交談，聽到這評價，彷彿驚醒過來了。究竟怎麼樣還得等著瞧，後面幾幕也許會徹底砸鍋。觀衆的臉上雖然露出了好感，但他們的心還沒有被打動。米尼翁斷言，這齣戲演不到終場。福什里和拉．盧瓦茲去樓上的休息廳，米尼翁便抓住斯泰內的胳膊，靠在他肩上，咬著他的耳朵說道：

「親愛的，你去看看我太太準備第二幕穿的服裝吧……簡直不像話。」

樓上的休息廳裡，三盞水晶吊燈大放光明。表兄弟倆在門口猶豫了片刻。通過對開的玻璃門，只見整個廳裡人頭鑽動，分成一進一出兩股，不停地流動著。表兄弟倆還是邁進了門。有五六堆人在指手畫腳地高談闊論，硬是站在兩股人流之間不肯挪地方；其他人隨著人流走動，腳後跟一扭一扭，摩擦得打蠟地板吱嘎響。左右兩邊的彷碧玉大理石柱子之間，一些婦女坐在套紅絲絨罩布的長凳上，望著來往的人流，現出困乏的樣子，彷彿熱得打不起精神。身後的幾面高鏡子，映出她們的髮髻。廳子緊裡的酒吧檯台前，一個大腹便便的男人在喝果子露。

福什里去陽台上呼吸新鮮空氣，拉．盧瓦茲則站在與鏡相間掛在柱子之間的相框前面，研究鑲在裡邊的女演員玉照。研究了一會兒，他也去陽台上。劇院門口那排煤氣燈熄滅了，陽台上黑漆漆的，挺涼爽，似乎一個人也沒有。其實右邊靠窗子有個年輕人，獨自待在黑暗中，趴在石頭欄杆上抽煙，煙頭的火光一閃一閃的。福什里認出是達蓋內，就走過去和他握手。

「你待在這裡幹什麼，親愛的？」福什里問道，「每次看首場公演，你從來不離開座位的，今晚怎麼一個人躲在這個角落裡？」

「我來這裡抽煙，你不是看到了嗎？」達蓋內答道。

福什里想讓他難堪，故意問道：

「喂，那個初次登台的女演員你覺得怎麼樣？……走廊裡對她的議論可不大好啊。」

「哼！」達蓋內咕噥道，「這些都是她不想要的男人！」

他就這麼一句話評價了娜娜的才幹。拉．盧瓦茲探身俯看下面的大街。對面一家旅店和一家俱樂部的窗戶燈火通明；馬德里咖啡館擺在人行道上的桌子坐滿了顧客，望去黑壓壓一片。夜已深，但街上仍擁擠不堪，走路都邁不開步子，儒弗魯瓦小巷不斷有人出來，加上車輛排著長龍，行人要等五分鐘才能穿過馬路。

「眞是車水馬龍，熱鬧非凡啊！」拉．盧瓦茲感嘆道。巴黎還是使他感到驚奇。鈴聲響個不停，休息廳已沒有人。走廊裡的人步覆匆匆。幕布早已拉開，還有人成群結隊往裡擁，已坐好的觀衆十分惱火。大家都回到了自己的位置，一張張興奮的臉又集中了注意力。拉．盧瓦茲頭一眼就是看佳佳，可是使他大爲吃驚的是，坐在佳佳旁邊的，竟是剛才坐在露茜包廂裡那個大個子金髮男人。

「那位先生叫什麼名字？」他問道。福什里沒看見。

「噢，看見了，那是拉博德特嘛！」他終於說道，還是那副毫不在乎的樣子。

第二幕的布景出人意外。那是城門邊一家叫「黑球」的小酒店的舞場。正値狂歡節高潮，一些戴假面具的人唱著輪舞，唱到結尾的疊句就跺腳。這種低級的新花樣是觀衆不曾料到的，使他們大爲興奮，一個勁地喝彩再來一遍。這時，諸神一行登場。他們在自誇對人間了如指掌的彩虹女神帶領下迷了路，竟跑到這裡來調查。爲了不暴露眞實身份，他們都化了裝。主神朱比特化妝成國王達戈貝爾❶，反穿著套褲，頭戴一頂很大的白鐵皮王冠；太陽神化妝成隆居摩地方的驛車夫；智慧女神裝扮成諾曼第地方的奶媽。戰神一出場就引得哄堂大笑，他裝扮成瑞士海軍司令，卻穿了一身奇裝異服。當海神登場時，全場更笑得前仰後倒，因爲海神穿了一件大褂，頭戴一頂高高鼓起的鴨舌帽，卷曲的鬢髮貼在太陽穴上，腳上趿著拖鞋，用沉濁的聲音嚷道：「什麼！既然是男子，就得讓人愛嘛！」場子裡發出幾聲：「嗬！嗬！」的怪叫，女士們略抬高扇子半掩住

❶ 達戈貝爾（公元六二九——六三九），法蘭克國王。

臉。露茜在側包廂裡哈哈大笑，卡羅莉娜·埃凱不得不用扇子輕輕地敲了她一下，叫她別笑得那麼響。

現在這齣戲得救了，顯示了獲得成功回響的希望。這種讓眾神參加狂歡節，褻瀆奧林匹斯山，嘲笑整個宗教，使詩意一掃而光的場面，觀眾似乎看得非常過癮。對神聖事物不予尊敬的狂熱，更讓專愛首場公演的文人墨客大為著迷。史詩的傳說遭到踐踏，古人的形象盡被歪曲，主神朱比特變得心慈面善，戰神變得瘋瘋癲癲，王權成了鬧劇，軍隊成了耍寶的對象。朱比特突然愛上了一個嬌小的洗衣婦，和她一塊跳瘋狂的康康舞；而扮演洗衣婦的西蒙娜，朝主神鼻子上踢一腳，怪聲怪氣地沖著他叫道：「我的胖大爺！」引得全場狂笑不止。在諸神跳舞的時候，太陽神用沙拉盤端了好幾盅酒請智慧女神喝；海神則坐在七八個女人中間，津津有味地吃她們獻上的蛋糕。觀眾抓住那些帶暗示的台詞，給它們增添種種淫穢的含義。本來是無傷大雅的台詞，只要正廳前座的觀眾一起哄，就立刻變得猥褻了。舞台上這種低級下流、褻瀆神靈的場面，觀眾好久沒有領略過了，身心感到無比舒暢。

劇情就在這種胡鬧中繼續發展。裝扮成花花公子的火神，從頭到腳一身黃，連手套也是黃色，眼窩裡嵌著單片眼鏡，始終不放顯對愛神的追求。終於又出場了的愛神打扮成一個粗俗女人，頭上包塊手帕，胸部鼓得老高，佩滿粗陋的首飾。本來又白又胖的娜娜，扮演臀部豐滿、臉蛋也豐滿的女人，真是惟妙惟肖，全場觀眾立刻為之傾倒。她一出現，大家立刻把羅絲·米尼翁忘到了腦後。羅絲裝扮成一個嬌小可愛的小姑娘，頭戴柳條編的遮陽帽，身穿平紋細布短裙，用迷人的歌喉傾吐著月神的幽怨。而另一方，那個胖姑娘，則拍著大腿，像母雞般咯咯叫喚，全身洋溢著生命的氣息，洋溢著女人無比的魅力，令觀眾迷醉。

從第二幕起，她怎麼演怎麼行，即使在台上舉止粗俗，即使唱走調，即使忘記台詞，只要她回眸一笑。就會立刻博得滿堂喝彩。只要她做一下那引人注目的扭屁股的動作，整個正廳前座馬上就興奮起來，而且一層層傳染，從底層到帶頭起舞時，就取得了輝煌的成功。她像在自己家裡一樣自由自在，兩手叉腰，遇到人行道旁一條陰溝，這位愛神便一屁股坐在裡面。就是音樂，彷彿也是專爲她那俗裡俗氣的嗓音創作的：那蘆笛奏出的曲子，加上單簧管打噴嚏似的聲音和短笛歡快的跳蕩，活像聖克魯集市上賣藝人的音樂。

有兩首曲子在觀眾「再來一次」的呼聲下重演一遍。其中一首是序幕的圓舞曲，就是那首淫蕩的華爾茲。重演之時，諸神隨著它的節奏起舞。打扮成農婦的天后朱諾，當場抓住了和那個洗衣婦調情的朱比特，給了他一記耳光。月神偷聽到愛神正與戰神幽會，趕忙把他們幽會的地點和時間告訴火神，火神大聲說：「我自有捉姦妙計！」以下的情節則稀哩糊塗。這次下凡調查以快節奏的加洛普舞結束。跳完之後，主神朱比特汗流浹背、氣喘噓噓地宣布：「人間的小娘兒們個個迷人可愛，該挨板子的是男人。」

幕布落下，全場喝彩，但有幾個人的喊聲蓋過了喝彩聲：

「全體演員！全體演員！」

於是，布幕又拉開，所有演員手拉手出現在台上，當中是娜娜和羅絲．米尼翁，一齊向觀眾行禮。全場鼓掌，雇來捧場的人扯開嗓門大歡呼。隨後，場子漸漸空了一半。

「我得去向繆法伯爵夫人致意。」拉．盧瓦茲說道。

「對，順便把我介紹一下。」福什里說道，「然後我們下樓。」

可是，要去第二層包廂並不那麼容易。樓上的走廊非常擁擠，必須側著身體，連擠帶鑽，才能在人群中前進。那個胖評論家靠在一盞燃著煤氣火焰的銅燈下，對身邊一圈聽得入神的人評論這齣戲。從旁邊經過的觀眾，悄聲地互相告訴這位評論家的名字。走廊裡的人傳說，剛才那幕戲演出時，他一直笑得挺開心，可是現在卻在很嚴厲的口吻，大談風格和道德問題。更遠一點，那位薄嘴唇的評論家也在發表意見。他倒是充滿善意，但言詞中流露出一種酸溜溜的情調，像變了質的牛奶似的。

福什里通過門上的圓洞向每個包廂裡窺探。旺朵夫伯爵叫住他，問他找誰，得知他們要去問候繆法太太，便告訴他們去七號包廂。他剛從那個包廂裡出來。接著，他附到記者耳邊說：

「喂，親愛的，這個娜娜，有一天晚上我們在普羅旺斯街角碰見的那個女人肯定就是她，對不對？」

「哦！你說得對，」福什里叫起來，「我就說我認識她哩！」

拉．盧瓦茲向繆法．德．伯維爾伯爵介紹他的表兄，但伯爵顯得很冷淡。倒是伯爵夫人一聽見福什里這個名字，就抬起頭來，用一句很含蓄的話，恭維這位專欄作家在《費加羅報》上發表的文章。她雙肘支在天鵝絨欄杆上，雙肩動人地一扭，半轉過身來。大家聊了一會兒，話題轉到萬國博覽會。

「那一定很吸引人，」伯爵說道，他那張端正的方臉上保持著官方人士的嚴肅。「今天我去校場那裡看了看，覺得那眞是了不起。」

「有人說肯定不能如期開幕，」拉．盧瓦茲插嘴道，「準備工作一片混亂……」

伯爵嚴肅地打斷他：

「一定會如期開幕，這是皇上的意願。」

福什里興致勃勃地說：有一天他去那裡採訪，差點被困在還沒完工的水族館裡了。伯爵夫人滿面微笑，不時向樓下的廳裡望一眼，白手套一直戴到腕子的手裡捏著扇子，緩緩地搖動。觀眾幾乎全走空了的大廳，彷彿昏昏欲睡；前座有幾位先生在看報；一些女人像在自己家裡一樣，自由自在地接待訪客。現在場子裡只聽見人們的竊竊私語；觀眾離場揚起的灰塵，使枝形吊燈的光線變得柔和了。每個出口都滯留著一些男人，在那裡觀看沒有離開座位的女人。他們停留在那裡，一動不動地站著，伸出脖子，露出白色的胸甲。

「下星期二請你一定賞光。」伯爵夫人對拉．盧瓦茲說道。

她也邀請了福什里。福什里欠身接受邀請。大家都不談戲，娜娜的名字更連提都沒提。伯爵給終神態嚴肅、冷淡，像在參加立法會議似的。為了解釋他們來看戲的原因，他只是淡淡地說他岳父喜歡看戲。包廂門一直開著，德．舒阿侯爵為了給客人讓位子，剛才出去了，站在外面。他那高大而衰老的身子挺得筆直，寬檐帽下一張臉卻顯得鬆弛而蒼白，混濁的雙眼打量著從面前經過的女人。

福什里覺得在這裡談論剛演出的戲不合適，所以一得到伯爵夫人的邀請便告辭了。拉．盧瓦茲後出來。他瞥見金頭髮的拉博德特大模大樣地坐在旺朵夫伯爵的包廂裡，正與布朗．施．德．西弗里促膝交談。

「怎麼！」他趕上表兄說道，「那個拉博德特什麼女人都認識嗎？……瞧，他現在又與布朗在一起了。」

「大概他什麼女人都認識吧。」福什里不動聲色地說道，「親愛的，你是從什麼星球上掉下來的？」

走廊裡暢通點了。福什里正要下樓，露茜．斯特畢叫住他。她站在走廊盡頭的包廂門口，說是包廂裡悶熱難受。她與卡羅莉娜母女倆待在走廊裡，嚼著杏仁糖。一位女引座員在與她們親切交談。露茜挖苦記者，說他真殷勤，上樓來看望別的女人，卻不屑於來問一句她是否口渴。接著，她脫口說道：

「知道嗎，親愛的，我倒覺得娜娜挺不錯哩！」

她想留福什里在她包廂裡陪她看最後一幕，但福什里婉言謝絕，只答應到門口等她們。他和拉．盧瓦茲下樓出了大門，每人點燃一支香煙抽起來。觀衆一個接一個走下台階，聚集在那裡，堵塞了人行道，在大街已經減弱的喧囂聲中，呼吸著夜晚清涼的空氣。

這時，米尼翁拉著斯泰內進了遊藝咖啡館。現在娜娜成功了，他故意熱烈地談論她，一邊用眼角觀察銀行家的反應。他很了解銀行家這個人，曾兩次幫助他欺騙羅絲，等他的新歡過去後，又把他領回羅絲身邊，而這時的銀行家已表示悔過，變得更忠實於羅絲了。咖啡館裡顧客太多，每張大理石桌子四周都擠得滿滿的；有些人乾脆站著，匆匆忙忙喝完就走。牆上的大鏡子，沒完沒了地映照出攢動的人頭，把這間窄小的咖啡廳，連同它的三盞吊燈、仿皮漆布長凳和鋪紅地毯的螺旋形樓梯，反映得非常大。斯泰內走進第一間咖啡室，找了張桌子坐下。這間咖啡室臨大馬路，門板已經取下；按季節來說，可取下得太早了點兒。銀行家看見福什里和拉．盧瓦茲經過，就叫住他們：

「過來和我們一起喝杯啤酒吧。」

他叫是這樣叫，腦子裡卻正轉動著一個想法：想給娜娜送一束鮮花，便叫來一位侍者——他親切地叫這位侍者奧古斯特。米尼翁在一旁聽見了，目光犀利地盯住他。他十分尷尬，結結巴巴說道：

「去買兩束鮮花，奧古斯特，交給女引座員，給兩位女主角一人送一束。要選擇適當的時機，懂嗎？」

咖啡室另一頭，一位頂多只有十八歲的姑娘，後頸靠在鏡框上，面前擺著一隻空杯子，一動不動地坐著，彷彿等待什麼空等了好長時間，顯得痲木不仁。她有著一頭天然卷曲的灰色秀髮，一副純潔的處子容顏，一對柔媚、溫和、天真的眼睛，身穿褪色的綠綢衣裙，頭戴一頂拍打得癟癟的圓帽，被夜晚的涼氣凍得臉色發白。

「瞧！那不是薩丹嗎？」福什里瞥見了那姑娘，悄聲說道。

拉．盧瓦茲問薩丹是何許人。唔！只不過是馬路邊一名暗娼，不值一提。不過，她流氣十足，大家都愛逗她說話。新聞記者提高嗓門問道：

「薩丹，你在那裡幹什麼？」

「無聊啊！」薩丹平靜地答道，依然一動不動。

四個男人樂了，笑起來。

米尼翁說不必忙著進場，光置放第三幕布景就得二十分鐘。但表兄弟倆覺得外面有點冷，喝完啤酒就返回了劇院。只剩下米尼翁和斯泰內。米尼翁雙肘支在桌子上，盯住斯泰內說道：

「怎麼樣？一言為定，我們去她家，我把你介紹給她……你明白，這件事只能你知我知，可不要讓我老婆曉得。」

福什里和拉．盧瓦茲回到自己的座位，注意到二等包廂裡有一個容貌漂亮、打扮莊重的女人，旁邊坐著一位神態嚴肅的先生。那位先生是內政部一位辦公室主任，拉．盧瓦茲在繆法家見過，所以認識。福什里則說記得那女人名叫羅貝爾太太，是個正派女人，只有一個情人，絕沒有第二個，而且她的情人總是一個可尊敬的男人。

他們不得不轉過頭來，因為達蓋內在對他們微笑。現在娜娜成功了，達蓋內不再掩飾自己，剛才在走廊裡他就顯得得意非凡。他旁邊那個逃學的學生，一直沒有離開座位，崇拜娜娜崇拜得痴痴呆呆地。對，這才叫女人！他反覆地摘下手套又戴上，臉漲得通紅。聽見鄰座在議論娜娜，他壯了壯膽子問道：

「對不起，先生，那位女主角你認識？」

「對，算認識吧。」達蓋內有些驚訝，猶豫地答道。

「那麼，你想必知道她的住址？」

這問題，問得如此冒失，達蓋內真想給他一記耳光。

「不知道。」他冷冷地回答。

說完，他就轉過身去了。金髮小伙子明白自己失禮，臉漲得更紅了，顯得很不安。

響起了三下鈴聲。幾個女服務員不願進場的觀衆擁擠，抱著皮大衣和短外套往外送。受雇來捧場的人爲布景鼓掌。那是埃特納火山上的一個洞穴，開鑿在一座銀礦裡，洞壁像簇新的銀幣般光彩奪目。洞穴深處，火神的煉鐵爐放射出落日般的光輝。

第二場戲一開始，月神就與火神商量好，火神佯裝外出旅行，讓愛神和戰神大膽地幽會。火神剛走，只剩下月神時，愛神就登場了。這時，全場產生了一陣微微的騷動。原來娜娜是裸體的。她泰然自若、毫無顧忌地裸露著全身，對自己的肉體不可抵擋的魅力充滿信心。她身上只裹著一層薄紗。渾圓的雙肩，豐滿的胸部，兩個硬突突像槍頭般挺起的玫瑰色乳頭，肉感地扭來扭去的寬大的臀部，滾圓的金色大腿，總之全身上下每個部位，都透過那層薄薄的泡沫般的白紗，隱約而清晰地呈現在觀衆面前，宛若正從波濤中誕生的愛神，只有一頭秀髮風帆般飄揚。當娜娜抬起雙臂時，在舞台腳燈映照之下，她金色的腋毛看得清清楚楚。沒有人鼓掌，也不再有人笑。男人們的臉都十分嚴肅，繃得緊緊地，鼻息艱難，嘴裡乾渴，一點唾液都沒有。場子裡彷彿刮過了一股無聲的、令人顫慄的微風。突然，從這個眞的姑娘身上，人們看到了一個騷女人，她施展著女性顚倒衆生的魅力，敞開著未知的欲望的大門。娜娜臉上一直掛著微笑，一種急不可待要吞噬男人的微笑。

「我的天！」福什里只這麼對拉．盧瓦茲說了一句。

這時，戰神頭插羽翎，趕來幽會，卻受到兩個女神的夾攻。這場戲普呂利埃演得極精彩：一方面，戰神接受月神的求愛，月神試圖在把戰神出賣給火神之前，最後作一次努力，讓戰神回心轉意；另一方面，他也接受愛神的勾引，愛神面對情敵，對戰神更是百般獻媚。他沉醉於兩方的柔情蜜意之中，儼然是一個大走桃花運的幸運兒。

接下來，一大段的三重唱結束了這場戲。這時，一個女服務員出現在露茜．斯特華的包廂裡，向台上扔了兩束白色丁香花。觀眾鼓掌。娜娜和羅絲．米尼翁鞠躬致謝，普呂利埃撿起那兩束鮮花。前座部分觀眾轉過頭，沖著斯泰內和米尼翁微笑。銀行家漲紅了臉，下巴微微抽動，好像有什麼東西卡住咽喉似的。

緊接下來的一場戲更使全場神魂顛倒。月神剛怒氣沖沖地離去，坐在青苔凳子上的愛神，立刻把戰神叫到自己身邊。如此露骨地勾引男人的場面，從來還沒有人演出過。娜娜雙手勾住普呂利埃的脖子，讓他緊緊貼近自己。始在這時，扮演火神的馮丹出現在洞穴深處，當場抓住通姦的妻子，而且大發雷霆，誇張地表現出一個被侮辱的丈夫的情態，顯得十分滑稽可笑。他手裡拎著那著名的鐵絲編的網，晃了幾下，然後像漁夫撒網一樣，靈巧地一甩，便把愛神和戰神罩住了，將他們雙雙裹在網裡，動彈不得，依然保持著一對幸福情人的姿勢。

劇場裡一片微風般的絮語，越來越響。只有少數人鼓掌。所有望遠鏡都對準娜娜。漸漸地，娜娜控制了觀眾，所有男人都被她迷住了。從她身上流露的春情，猶如從發情的野獸的身上所流露出的一樣，不斷感染著觀眾，漸漸主宰了全場。現在，她的每個細小動作都煽起欲望之火；她的小指頭動一動，就能挑動肉欲。許多男人弓起背，渾身瑟瑟發抖，彷彿有人撥動了他們肌肉裡無形的琴弦；他們後頸上毛茸茸的短髮，彷彿被什麼女人嘴裡呼出的溫暖而遊動的氣息吹得卻衝動，從座位上站了起來。出於好奇心，福什里望一眼旺朵夫伯爵，只見伯爵臉色蒼白，雙唇緊閉。胖子斯泰內像中了風似的，臉也毫無血色；拉博德特像個馬販子，帶著驚異的神色，用望遠鏡欣賞著一匹中意的母馬；達蓋內兩個耳朵漲得通紅，興奮得一扇一扇。接著，福什里回過頭向後望去。繆法夫婦包廂裡的情景使他大為驚訝：在白皙而嚴肅的伯爵夫人身後，伯爵伸長脖子，張大嘴巴，臉上紅一塊白一塊，而坐在他旁邊的德．舒阿侯爵，一雙混濁的眼睛變得像貓眼一樣，熠熠閃著金光。

觀眾個個透不過氣來，頭髮被汗水浸濕了，沉甸甸地。戲已經演了三個鐘頭，觀眾呼出的氣使空氣都變熱了。彌漫了人的氣味。在煤氣燈強烈的燈光照耀下，空氣中的浮塵越來越稠，凝滯在大吊燈底下。整個大廳彷彿在微微搖蕩，充滿既困倦又興奮的氣氛，令人頭暈目眩，就像半夜裡躺在床上，於睡意朦朧中發出肉欲的囈語。戲已接近尾聲。面對全場痴迷的觀眾，面對一千五百名筋疲力竭、神經麻痺的看著，娜娜憑著她白嫩結實的肉體，憑著她那足以摧毀所有人而不受任何損害的性感，始終保持著勝利。

戲演到了結局。在火神得意的呼喚下，奧林匹斯山的所有天神列隊從那對情人面前經過，一邊驚訝而放蕩地發出「啊！」「喔唷！」的喊聲。主神朱比特對火神說：「你就叫我們來看這個？也未免太輕浮了吧。」於是，劇情突然一個轉折，反而變得對愛神有利了：一支王八合唱隊再次被彩虹女神帶上場，紛紛懇求主神不要受理他們的申訴，因為自從女人成天待在家裡，生活變得讓男人們更無法忍受了，他們寧願當受騙的丈夫，心情還舒暢些——這就是這齣戲的寓意。於是，愛神被釋放，火神獲準夫妻分居，戰神與月神破鏡重圓。主神朱比特為了家庭的安寧，把他的小洗衣婦打發到一個星座去了。小愛神終於從禁閉室放了出來。她在那裡並沒有練習動詞「愛」的變化，而得折紙玩兒。布幕在高潮的氣氛中徐徐落下，王八合唱隊跪在愛神面前，向她唱感恩的頌歌；愛神眉開眼笑，她那裸露無遺的肉體顯得更加高大。

觀眾已站起來向出口走去。台上還在宣布劇作者的名字；在雷鳴般的歡呼聲中，演員兩次謝幕：「娜娜！娜娜！」的喊聲狂濤般在劇場裡滾動。觀眾還沒走光，劇場裡已暗下來，排燈熄滅了，大吊燈的燈光調弱了；長長的灰色罩布，從包廂上中輕垂下，蓋住了樓座金色的裝飾。剛才還那樣熱鬧、喧嘩不已的劇場，現在突然沉睡了，同時升起一股塵封的霉味。

繆法伯爵夫人穿著皮大衣，筆直地站在包廂門口，凝望著黑暗，等待人潮過去。

走廊裡，在觀眾的擁擠下，女服務員們面對一堆堆被擠倒的衣服，不知所措。福什里和拉．盧瓦茲拼命往前趕，想到大門口去欣賞散場的情景。前廳裡已排了長長一行人；從兩邊的樓梯上，兩股整齊而密集的人潮，還在沒完沒了地慢慢往下流瀉。米尼翁拉著斯泰內，早隨著頭一批人出了大門。旺朵夫伯爵手臂挽著布朗施．德．西弗里走了。佳佳和她女兒待在門口，似乎不知如何是好，拉博德特特趕忙過去為她們找了一輛馬車，等她上車後又殷勤地為她們關上車門。誰也沒見達蓋內出來。那個逃學的中學生臉頰滾燙，決心要到演員們出入的門口去等待，便跑到全景小街那邊，卻見柵欄門關閉著。這時，站在人行道上的薩丹，過來用裙子蹭了他一下，但他絕望之下粗暴地拒絕了她，眼裡噙滿欲望和沮喪的淚水，消失在人群之中。一些觀眾嘴裡叼著香煙，一邊離去一邊哼唱：「薄暮時分，愛神遊蕩……」薩丹回到遊藝咖啡館。服務生奧古斯特拿客人吃剩的糖給她吃。終於有個胖男人興奮地過來領著她走出咖啡館，隱沒在漸漸沉睡的街道的黑暗中。

還不斷有觀眾從樓上下來。拉．盧瓦茲等待克拉莉絲。福什里講好在門口等待露茜．斯特華和卡羅莉娜·埃凱母女倆的。她們已經下來，站在前廳那裡嘻嘻哈哈說笑。繆法一家人冷冰冰地從她們身邊走了過去。這時，博德納夫推開一扇小門出來，要福什里明確答應爲他寫一篇評論。他汗流浹背，滿面紅光，似乎被成功沖昏了。

「你這齣出戲可以連續演二百場，」拉·盧瓦茲討好地對他說道，「整個巴黎都會排隊來你的戲院觀看的。」

可是，博德納夫似乎一聽就火了，下巴朝擠滿前廳的觀衆一擺，讓拉·盧瓦茲看擠在一堆的男人，他們個個嘴唇發乾，眼睛發紅，渾身發燙，彷彿還處在娜娜的支配之下。

博德納夫很不客氣地嚷道：

「你就說我的妓院吧，固執的傢伙！」

第二章

第二天，上午十點鐘，娜娜還沒有起床。她住在奧斯曼大街一棟新建的大樓的三樓。大樓的主人把房子租給一些單身女子，讓她們成爲頭一批住戶。娜娜是被來巴黎過冬的一位莫斯科富商安頓在這裏，並幫她預付了半年房租。這間套房就她一個人住，未免顯得太大，家具從來沒有配齊過，陳設華麗而刺眼，幾張蝸形腳的桌子和椅子，幾張獨腳小圓桌，還有一些仿佛羅倫斯青銅製品的鋅製燭兒，極不協調地擺在一起，看上去像家舊貨店。這一切讓人覺得，居住在這裏的女子，是被一個正經男人拋棄了，落到了一些不三不四的情人手裏，眞可謂出師不利，頭一次下海就沒有成功，告貸累遭拒絕，正面臨掃地出門的威脅。

娜娜俯臥著，赤裸的雙臂摟著枕頭，熟睡中蒼白的面頰埋在枕頭窩裏。臥室和梳洗室，是僅有兩個裝修了的房間，由附近一位地毯商負責包工的。窗簾下漏進微弱的光線，朦朧地映照出紅木家具、牆飾和灰底大藍花的錦緞套椅子。在這間空氣潮濕、充滿睡意的臥房裏，娜娜突然醒來了，彷彿是感到身邊空蕩蕩而驚醒了似的。她看一眼自己的枕頭旁邊的另一個枕頭，那個枕頭的鏤空花邊中間凹進去的窩兒，還留著一腦袋的餘溫。她伸手摸到床頭的電鈴開關，按了一下。

「他走了？」她問進來的貼身女僕。

「是的，太太，保羅先生走了，還不到十分鐘……他見太太很疲乏，不想驚醒太太。不過，他叫我告訴太太，他明天再來。」

女僕佐愛說著打開百葉窗。明亮的日光照射進來。佐愛有著深棕色頭髮，繫了許多細頭帶，臉長長的，形同狗臉，蒼白而帶有長條傷痕，扁鼻子，厚嘴唇，一對黑眼睛不停地滴溜溜亂轉。

「明天，明天，」娜娜睡眼惺忪地重覆道，「明天是他來的日子嗎？」

「沒錯，太太，保羅先生總是星期三來的。」

「哦！不行，我想起來了！」少婦嚷著坐起來，「情況變啦。我本來是打算早上才要告訴他的……他星期三來可能會遇到那黑鬼，那樣我們就麻煩了。」

「太太你不事先打聲招呼，我可沒法兒知道。」佐愛咕噥道，「以後太太要變更日期，最好先說一聲，讓我心中有數……這麼說，那個老吝喬鬼也不一定是星期二來了吧？」

她們私下裏一本正經地稱為「老吝喬鬼」和「黑鬼」的，是兩位肯花錢的嫖客。其中一個是聖德尼老城區的商人，秉性節儉；另一個是瓦拉幾亞❶人，自稱伯爵，他的錢付得很不準時，而且來路不明。小伙子達蓋內叫娜娜安排他在老吝嗇鬼來的第二天來，因為那個商人必須在早晨八點鐘到他的店裏，這樣他就可以一大早溜進佐愛的廚房，見商人一走，便馬上去鑽進他的熱被窩，一直待到上午十點鐘，才去辦他的公事。娜娜和他都覺得這樣安排很方便。

「算了，」娜娜說道，「今下午我給他寫封信……萬一他沒收到，明天你可小心，別放他進來就成了。」

❶舊時為公國，現為羅馬尼亞南部一地區。

佐愛悄悄地在房間裏走動，一邊談起昨晚演出的熱烈回響。太太表現了多麼卓越的才華，唱得多麼出色！啊，這一下子太太不用犯愁啦！

娜娜雙肘支在枕頭上，並不答話，只是點點頭。她的睡衣滑落了，散開的頭髮亂蓬蓬地披在肩上。

「也許吧，」她顯出沉思的樣子，自言自語般說道，「可是眼前怎麼應付呢？今天我就有一大堆麻煩……得啦，房東今早晨上來過嗎？」

於是，兩個人認眞地談起來。娜娜拖欠了三期房租，房東已經揚言要扣押財產了。此外，還有一大堆債主，包括馬車出租人、洗衣婦、裁縫和煤炭商等，每天都來討債，坐在前廳的長椅子上不走。煤炭商尤其可怕，經常跑到樓梯大叫大罵。可是，最令娜娜憂心如焚的，還是她的小路易。那是她十六歲上生下的一個男孩。她把他留在朗布依埃附近一個村子裏，交給一位奶媽看管。現在她想把孩子領回來，可是奶媽非要她付三百法郎不可。上回她去看望了孩子之後，母愛之心一發不可收拾，便決計籌足錢付給奶媽，把孩子領回來，送到巴蒂尼奧勒她姑媽勒拉太太家，那樣她愛什麼時候去看望，就可以什麼時候去看望。這個計劃時時縈繞在她心頭，可是無法實現，令她感到絕望。

談到這裏，女僕暗示太太，何不把眼下窘迫的處境告訴老吝嗇鬼。

「唉！我早就把一切都告訴他了，」娜娜嚷了起來，「可是他回答說，他有幾筆數額挺大的債款，到期了硬是收不回來。他每月給我錢不能超過一千法郎……那個黑鬼嘛，目前身無分文，我相信他是賭博輸光了……至於那可憐的咪咪，他自己正急需找人借錢呢，股市暴跌使他賠了個精光，現在連給我送花都送不起啦。」

娜娜講的是達蓋內。剛從睡夢中醒來，精神恍惚，她什麼私事都對女僕講。佐愛呢，這類心腹話早聽慣了，聽的時候總是恭順中帶幾分同情。既然太太不忌諱同她扯這些事，她也就不掩飾地講出自己的想法。首先，她很喜歡太太，就是爲了能待在太太身邊，她辭掉了布朗施太太那裏的活兒。天曉得布朗施太太費了多少腦筋想把她要回去呢！女佣的位子並不難找，而她又相當有聲譽。但是，她情願留在太太身邊，境況窘迫也不在乎，因爲她相信太太前程無量。

最後，她向太太提出明確的忠告：人嘛，年輕的時候往往做傻事。這回該睜開眼睛了，男人們只想逢場作戲。嘿！發跡就在眼前啦！太太只消一句話，就能叫債主們不再來糾纏，所急需的錢也會到手的。

「可惜你這些話不能給我帶來三百法郎。」娜娜說道，同時將手指插進散亂的髮髻裏，「我今天就需要三百法郎，立刻需要……連一個能提供三百法郎的人都不認識，實在太笨了。」

她尋思著，她本來約好姑媽勒拉太太今早上來，讓她去朗布依埃接孩子。可是這心血來潮的打算無法實現，昨晚的成功也就黯然失色了。那麼多男人爲她喝彩，就是沒有一個給她送來十五個金路易❷！再說，也不能這樣接受人家的錢啊。天哪！她多麼不幸！她腦海裏總是浮現出她的小寶貝，一雙眼睛藍盈盈的，像個小天使，會牙牙兒語叫「媽媽」了哩，聲音那樣好聽，叫人聽了樂得要命！

---

❷一個金路易相當於二十法郎。

就在這時，大門口的電鈴急促地、顫悠悠地響起來。

剛剛才出去的佐愛又跑回來，神祕地悄聲說：

「是個女人。」

這個女人佐愛已經見過許多次，可她卻裝作根本不認識，而且裝作不知道她與手頭拮据的女人們的關係。

「她通報了姓名……是特里貢太太。」

「特里貢！」娜娜叫起來，「哎！眞是的，我倒把她忘了……叫她進來。」

佐愛領進來一個老太婆。老太婆高高的個子，鬢角垂著髮卷，看模樣，像一位訴訟代理人厭煩的伯爵夫人。佐愛把人領到，立即退出，無聲無息地消失了，動作像水蛇一樣快捷。正像有男客來時，她立刻退出太太的臥室一樣；其實，她留下來也不礙事。特里貢太太連坐都沒坐，只與娜娜簡短交談了幾句。

「今天我給你物色了一個客人……你意下如何？」

「好的……多少錢？」

「二十個金路易。」

「幾點鐘？」

「三點……那麼，就說定了。」

「說定了。」

特里貢隨即談起天氣，此時乾燥無雨，到外面走走挺好。她還要去看望四五個人，掏出小記事本來翻了翻，就告辭了。房間裏剩下娜娜一個人。她心頭輕鬆多了，但突然雙肩微微打了一個寒顫，她便懶洋洋地又鑽進被窩，像隻雌貓。她慢慢閉上了眼睛，一想到第二天就能給小路易穿戴一新，臉上浮現了笑容。她漸漸又睡著了。又是那作了一整夜的激動人心的夢，那此起彼落、經久不息的喝彩聲，宛似低音伴奏，輕飄飄地驅散她的疲勞。

十一點鐘，佐愛領著姑媽勒拉太太進來時，娜娜還在夢鄉之中，但聽到響聲就突然醒來，馬上說道：

「是你呀……你今天就去朗布依埃。」

「我就是爲這事來的，」姑媽說道，「中午十二點二十分有趟火車，還趕得上。」

「不，我要下午才有錢，」少婦說著胸部一挺，伸個懶腰，「你先去吃中飯吧，然後咱們看情形再定。」

佐愛拿過來一件室內便袍，低聲說道：

「太太，美髮師來了。」

可是，娜娜不想去梳洗室，就直接呼喚道：

「請進來，弗朗西斯。」

一位衣冠楚楚的先生推門進來，鞠了一躬。娜娜剛從床上下來，裸露著兩條腿，不慌不忙地伸出雙手，讓佐愛替她穿便袍袖子。弗朗西斯呢，則瀟灑自如，不卑不亢，等待著，並不轉身回避。等娜娜坐好了，他便著手給她梳頭，一邊說道：

「太太可能還沒看報吧……《費加羅報》刊登了一篇很好的文章。」

他買了一份《費加羅報》。勒拉太太戴上眼鏡，湊近窗口，大聲念那篇文章。她像警察似的腰板挺得筆直，每念到一個酸溜溜恭維的形容詞，鼻子就聳一聳。這篇文章是福什里昨夜看完戲之後寫的，整整占了兩欄，語氣十分熱烈，對作爲演員的娜娜肆意冷嘲熱諷，而對作爲女人的娜娜則肉麻地大加贊賞。「寫得好極了！」弗朗西斯說道。

聽到文章譏諷自己的嗓音，娜娜並不怎麼介意。這個福什里倒是蠻可愛，對他的這種殷勤表現，她一定要給予回報的。勒拉太太把文章再看一遍，看完之後突然宣稱：男人個個肚子裏有鬼。她這個輕薄的諷喻究竟是什麼意思，只有她一個人知道，她對之挺得意，不肯作任何解釋。弗朗西斯把娜娜的頭髮撩起來，紮好，鞠一躬說道：

「我會留意各家晚報的……還是像往常一樣，我五點半鐘來，對嗎？」

「給我帶一瓶髮油和一磅糖衣杏仁來，要布瓦西埃店的！」弗朗西斯正要拉上身後的大門時，娜娜隔著客廳衝他喊道。

房裏只剩下姑媽和侄女了。她們想起見了面相互還沒親過，便在對方面頰上熱情地親吻幾下。那篇文章使她們很興奮。娜娜一直睡意未消，此時重新沉浸在演出成功的激動之中。好啊！這回該輪到羅絲·米尼翁整個上午不好受了！姑媽不肯來看戲，說是一激動就胃疼。娜娜便給她敍述昨晚演出的情形，漸漸地竟被自己的講述陶醉了，彷彿整個巴黎都被掌聲震塌了似的。她在講述中突然停住，笑嘻嘻地問，想當年她還是個女孩子，在古道爾街扭著屁股閑蕩時，誰能料到她會有今天呢？勒拉太太連連搖頭。不，不，誰也沒料到。於是，她接著說起來，一副莊重的神態，叫娜娜「女兒」。難道她算不得娜娜的第二個母親嗎？既然娜娜的親生母親與她爸爸和祖母一樣作了古。娜娜深爲感動，幾乎落淚。勒拉太太安慰說，過去是過去，唉！不堪回首的過去，不必經常重提。她好久沒來看望姪女了，因爲家裏人責備她，說她與這小姑娘在一起，會落得身敗名裂的。天哪，這怎麼可能！她並不盤問娜娜的私生活，相信她一直是規規矩矩做人的。現在看到娜娜處境挺不錯，對兒子又充滿慈愛的感情，她也就滿足了。人生在世，看來還是惟有老實、勤勞爲最根本。

「這孩子是和什麼人生的？」勒拉太太思路一轉，這樣問道，眼睛睜得亮晶晶的，流露出強烈的好奇。

這個問題出其不意，娜娜猶豫片刻，這才答道：

「和一位紳士。」

「哦！」姑媽說道，「有人說是你和一個泥瓦匠生的，還說那泥瓦匠經常打你……好吧，改天你再把詳細情況告訴我。你知道，我的嘴巴緊得很！……行，孩子我會照顧的，就像照顧貴族老爺的公子一樣。」

勒拉太太原來以賣花爲生，但早就不幹了，靠自己的積蓄，即一個子兒一個子兒攢起來的六百法郎年金過活。娜娜答應給她租一套小小的漂亮住宅，每月還給她一百法郎。聽到這個數字，姑媽得意忘形，大聲對姪女說：既然他們落到了她手裏，就應該焰住他們的脖子。她所說的「他們」是指男人。姑姪倆再次親吻。可是，正滿心歡喜的娜娜，再次把話題轉到小路易身上時，突然想起一件事，臉上又罩上了陰雲。

「你說煩人不煩人，我三點鐘還得出去！」她嘟囔道，「眞叫人受不了！」

正在這時，佐愛進來告訴太太，準備開飯了。大家進到餐室。已經有一位太太坐在餐桌邊。老太太沒有摘下帽子，身上所穿的深色長袍，介乎於棕褐色和淺黃綠色之間，很難說清楚究竟是什麼顏色。見到她坐在那裏，娜娜並不顯得驚訝，只是問她爲什麼沒進臥室去。

「我聽見裏面有說話聲，」老太太答道，「我想你一定有客人。」

老太太姓馬盧瓦，看上去挺體面，彬彬有禮。她是娜娜的老朋友，經常陪她，給她作伴。看見勒拉太太在場，馬盧瓦太太起初有點拘謹，後來得知勒拉太太是娜娜的姑媽，便向她投去溫和的目光，同時淡淡地一笑。娜娜說自己快餓扁了，立刻撲向紅蘿蔔，不等送來麵包就大嚼起來。勒拉太太卻變得講究了，不吃蘿蔔，說蘿蔔吃了產生胃酸。過一會兒，佐愛端上來排骨。娜娜不大願意吃肉，只吮骨頭。她不時瞟一眼她的朋友的帽子。

「這就是我送給你的那頂新帽子嗎？」她終於問道。

「是的，我改了改。」馬盧瓦太太嘴裏塞滿食物，低聲答道。

這頂帽子樣子古怪，前面的帽檐是喇叭狀，頂上高高地插一根羽毛。馬盧瓦太太有個癖好，凡是新帽子她都要拆了重做；只有她自己知道，什麼樣子對她最合適。她不費多少工夫，就能把一頂鴨舌帽改成一頂最時髦的帽子。娜娜給她買了這頂帽子，是爲了帶她出去時不至於臉紅，現在見她改成這種樣子，差一點兒火了，嚷道：

「起碼你該把它摘掉。」

「不，謝謝。」老太太自尊地答道，「它不礙事，我戴著吃飯挺好的。」

排骨之後，是一道花椰菜，還有一盤吃剩的冷雞肉。每端上一道菜，娜娜都撇一撇嘴，猶豫地聞一聞，動都不動留在盤子裏。她只吃了點果醬了事。

餐後的甜點吃了好長時間。碗盤都沒收拾，佐愛就上了咖啡。三位太太順手把碗盤推開，談話始終是圍繞著昨天晚上那不平凡的場面。娜娜卷了幾支烟，點燃一支，身子往椅子靠背上一仰，一邊搖來晃去，一邊吞雲吐霧。大家見佐愛還待在餐室裏，背靠食櫥站著，雙手閑著沒事，就要她講講自己的身世。

佐愛說，她是貝西一位接生婆的女兒，接生婆這工作很難做。最初，她在一位牙醫家工作，後來又到一個保險經理人家裏，但這兩處工作對她都不合適。於是，她就給一些太太當貼身女僕。她有點自鳴得意地列舉她服侍過的太太的姓名；談起些太太，她頗有點似她們命運的主宰人自居。老實講吧，沒有她，她們之中準有不少人要鬧大笑話。例如，有一天，布朗施太太正與奧克塔夫先生在家裏幽會，不料老頭子突然回來了。這可如何是好？佐愛走到客廳中間，假裝暈倒在地，老頭子一見慌了神，趕緊跑到廚房給她倒杯水來，奧克塔夫先生便趁機溜掉了。

「啊！是呀，這姑娘心眼好！」娜娜說道。佐愛的敘述她聽得津津有味，爲之嘆服。

「我就吃過不少苦頭……」勒拉太太說道。

她湊過馬盧瓦太太，說起了悄悄話。兩個人一邊談，一邊嚼蘸燒酒的方糖塊。但馬盧瓦太太只聽別人洩露隱私，對自己的事守口如瓶。據說，她靠一筆來源誰也摸不清的年金生活，住在一個房間，但那房間從來沒人進去過。

突然，娜娜惱火地說道：

「姑媽，別擺弄那些餐刀……你知道，這使我心神不安。」

勒拉太太剛才無意中把桌子上的兩把餐刀交叉成十字。少婦並不承認自己是迷信，例如，鹽打翻了她無所謂，也不忌諱禮拜五。可是，餐刀她不能不忌諱，因為這玩意兒從來就應驗的。看樣子，她準要遇到不順心的事了。她打個呵欠，不勝煩惱地說。

「兩點鐘了……我得出去一趟。真煩死人。」

兩個老太太相互看了一眼。三個女人都默默地搖著頭。當然，生活並不總是那麼有意思。娜娜又往椅子靠背上一仰。點燃一支烟。兩個老太太緊閉雙唇，很知趣地一聲不吭。

沉默了一陣子，馬盧瓦太太說道：

「我們來玩紙牌，等你回來。這位太太會玩紙牌嗎？」

不用說，勒拉太太不僅會玩，而且玩得挺精。佐愛已離開餐室，不必麻煩她，只需一個桌子角就夠了，把桌布一撩，蓋住碗盤就成。當馬盧瓦太太站起來，去食櫥抽屜裏拿牌時，娜娜說，馬盧瓦太太如果能在玩牌之前，幫她寫封信就好了；她自己一提起筆就心煩，況且對拼字也沒有把握，而她這位年邁的好友信寫得又好又充滿感情。娜娜跑到臥室裏去拿漂亮信箋。一張桌子上隨便扔著三個蘇一瓶的墨水和一支生銹的羽毛筆。信是寫給達蓋內的。馬盧瓦太太不用吩咐，就用漂亮的斜體字寫道：「我心愛的小男人」，接著告訴他明天不要來，因為「明天不行」。不過，不管遠在天涯還是近在咫尺，她的心每時每刻都思念著他。

「結尾就寫上〔一千個吻〕吧。」馬盧瓦太太自言自語道。

勒拉太太對每句話都點頭表示贊同，兩眼閃閃發光。她很喜歡介入別人戀情方面的事，也想加進自己的話，便露出情意綿綿的樣子，私語道：

「一千個吻，吻在你漂亮的眼睛上。」

「好極了！『一千個吻，吻在你漂亮的眼睛上！』」娜娜接過姑媽的話說道。

兩個老太太一起現出一副好得意的神情。

娜娜按鈴，叫佐愛拿了信，到樓下找個跑腿的送去。這時，佐愛正在與劇院的聽差談話，聽差是來給太太送優待入場券的，早晨忘記送了。娜娜叫他進來，請他回去時順便把信送到達蓋內家；接著，她向聽差打聽劇院的情況。啊！博德納夫先生可高興啦。一個星期的票已經預訂一空。太太想像不到，從今早上起，有許多人打聽她的住址呢。

聽差走後，娜娜說她在外面頂多逗留半個鐘頭，如果有人來訪，佐愛就讓他們等一等。她正說著，電鈴響了。登門的是一位債主，即馬車出租商，已經在前廳的長椅上坐下。這人可以在那裏一直坐到天黑，一點也不必著急。

「哎！打起精神來！」娜娜對自己說道。可她懶洋洋的不想動，打了個呵欠，又伸了個懶腰，「該去了！」

然而，她還是一動沒動，觀看姑媽打牌。姑媽宣布抓到了四張A，夠一百分了。娜娜手托著下巴，全神貫注地觀看，突然聽到時鐘敲響了三點，這才驚跳起來。

「他媽的！」她脫口罵了一句粗話。

正在計算分數的馬盧瓦太太，有氣無力地鼓動道：

「親愛的，你還是立刻去跑一趟算啦。」

「快去，」勒拉太太一邊洗牌、一邊說，「如果你四點鐘能拿了錢回來，我就坐四點半的火車走。」

「唔！我不會耽擱太久的。」娜娜喃喃道。

僅十分鐘，佐愛就幫助她穿戴好了衣帽。娜娜對穿戴好壞並不在乎。她正要下樓，又傳來一陣門鈴聲。這次是煤炭商。好啊，讓他一起去馬車商作伴吧。這種人，只要有人作伴，就不會感到無聊的。可是，娜娜怕他們糾纏不休，便從廚房佣人樓梯溜了出去。她經常走這架樓梯，只不過把裙子撩起一點而已。

「只要是慈母，幹什麼都可以原諒。」餐室裏只剩下兩個人時，馬盧瓦太太說道。

「我摸到四張王，夠八十分了。」勒拉太太打牌入了迷，這樣說道。

兩個人便一門心思，一盤接一盤玩起來。

餐桌還沒收拾。房間裏彌漫著水氣、午飯的氣味和煙霧。兩位太太又開始嚼蘸燒酒的方糖塊，一邊嚼、一邊打牌。時間過了二十分鐘，突然傳來第三次門鈴聲。佐愛急匆匆跑進來，像對待老朋友一樣，推她們走開。

「我說，又有人按門鈴了……你們倆可不能待在這裏。如果來的人多，那就要占用整套房間……你們走開，喂！快走開！」

馬盧瓦太太想打完手裏這一盤，但佐愛裝作要奪過牌踩在腳下，她只好把桌上的牌原封不動地搬走；勒拉太太則貪婪地把燒酒、酒杯和糖帶走。兩個人跑進廚房，在廚房的一頭坐下，旁邊是晾著的抹布和還盛滿洗碗水的水槽。

「剛才打到三百四十分了，該你出牌啦。」

「我出紅桃。」

佐愛進來時，看她們還像剛才一樣全神貫注在打牌。

一陣沉默過後，勒拉太太開始洗牌，馬盧瓦太太問道：

「誰來了？」

「咳！沒有誰來，」女僕漫不經心地答道，「一個小毛頭……我眞想打發他走，可是他長得那樣漂亮，嘴上還沒根鬍子，一對眼睛藍藍的，臉蛋兒像個姑娘，所以我叫他等著……他手裏拿著一大束鮮花，說什麼也不肯放下……一個拖著鼻涕的毛孩子，看樣子還在中學裏念書呢，不然眞該給他幾個耳光！」

勒拉太太找來一壺水，往酒裏倒，因爲方糖吃得口渴。佐愛嘀咕著，她好歹也得喝一點兒，她口裏苦得厲害，像嚥了苦膽似的。

「那麼，你叫他待在……」馬盧瓦太太問道。

「哼！我叫他待在最裡面的那個房間，就是連家具也沒有的那個小間，裏面只有太太的一口箱子和一張桌子。凡是來了俗不可耐的人，我就把他們塞在那邊。」

她猛往自己那杯加水的燒酒裏加糖。這時，電鈴又響了，她一驚。他媽的！連安安靜靜喝杯酒都不成！要是門鈴這就響個不停，那可夠嗆。不過，她還是跑去開門。等她回來時，馬盧瓦太太用探詢的目光望著她。

「沒什麼，有人送來一束花。」

三個人彼此點點頭，喝起酒來。

當佐愛終於起身去收拾餐桌，把碗盤一個個拿到洗碗槽裏時，又連續傳來兩次門鈴聲。她兩次回來都把情況告訴廚房裏的兩位老太太，兩次都現出嗤之以鼻的樣子說道：

「沒什麼，一束花。」

佐愛趁兩局牌之間的空檔，描述了前廳的兩位債主看見有人送花來時的模樣，兩位老太太聽了哈哈大笑。等會兒太太回來，會在梳妝台上看見這些鮮花。只可惜，這些鮮花雖然很貴，卻不能給太太帶來一個子兒。說起來，買花的錢算是白白浪費了。

「我呀，」馬盧瓦太太說道，「只要把巴黎男人每天爲女人買花的錢送給我，我就別無所求了。」

「看來你倒是要求不高嘛！」勒拉太太咕噥道，「只不過夠買針線的錢而已……親愛的，四張王后六十分。」

差十分四點鐘了，太太在外面待了這麼長時間，佐愛感到莫名其妙。平時太太下午不得已出去，總是趕得很，沒多大工夫就回來。不過，馬盧瓦太太說得也對，辦事情嘛，不能總是遂心如意的。勒拉太太也說，生活中肯定會有不順心的事情，最好的辦法就是等待。她姪女遲遲不歸，多半是給什麼事情拖住了，是不是？況且，她並不感到無聊，待在廚房裏挺舒服。勒拉太太手裏沒有紅桃，就打出一張方塊。

門鈴又響了。佐愛回來時樣子挺興奮。

「乖乖，胖子斯泰內來了！」她剛到廚房門口就壓低聲音說道，「這一位嘛，我請他進了小客廳。」

馬盧瓦太太向勒拉太太介紹這位銀行家的情況，因爲這些先生勒拉太太全都不認得。莫非斯泰內要甩掉羅絲．米尼翁？佐愛點點頭，她聽到一些風聲。話沒說完，又得去開門了。

「哎！這下子可糟了！——」她回來時嘀嘀咕咕道，「來的是黑鬼！我告訴他太太出去了，他硬是不聽，跑進臥室待著去了……本來約定他晚上來的。」

四點一刻了，娜娜還沒回來。她究竟幹什麼去了？眞沒頭緒。又有人送來兩束鮮花。佐愛心煩意亂，看看是否還剩有咖啡。不消說，咖啡這兩位太太肯定喝光了，這玩意兒可以提神嘛。她們蜷縮在椅子裏，你一張我一張抓發剩的牌，總是重複同一個動作，人都睏得不行了。時鐘敲響了四點半。太太準是遇到什麼意外了。她們低聲議論起來。

突然，馬盧瓦太太得意忘形地大聲宣布：

「我滿五百分啦！王牌大順。」

「別嚷嚷！」佐愛生氣地說道，「叫那幾位先生聽見了算什麼？」

廚房裏寂靜下來，兩個老婦人爭論時儘量壓低聲音。這時，佣人樓梯上傳來急促的腳步聲。娜娜終於回來了。沒等她推開門，就聽見她呼哧呼哧地喘氣。她進入廚房，滿臉通紅，一副氣呼呼的樣子，裙子的束腰看來扯斷了，裙邊在樓梯上一級級拖上來，被二層流下的污水尋得髒兮兮的。二樓的女佣人是個邋遢鬼。

「你可回來了，總算還不錯！」勒拉太太說著咬緊嘴唇，還在爲馬盧瓦太太得了五百分而憤憤不平。「你大概很得意吧，叫人家久等。」

「太太的確欠思量。」佐愛附和道。

娜娜心裏本來就不痛快，聽到這些責備，更是氣不來。在外面剛受了滿肚子窩囊氣，回到家又受到這種對待！

「讓我安靜點好不好！」她叫起來。

「噓！太太，家裏有客人。」女僕說。

於是，少婦壓低聲音，上氣不接下氣地期期艾艾道：

「你們以爲我心裏快活嗎？嘮叨個沒完沒了，你們親眼看見就好了……我正滿肚子火沒處發呢，恨不得給什麼人幾記耳光……回來時連輛馬車都找不到，好在路不算遠，我也顧不了許多，拼著命跑回來的。」

「拿到錢了嗎？」姑媽問道。

「哎！這還要問嗎？」娜娜答道。

她在一張椅子上坐下，背靠爐子，兩條腿像跑斷了似的，還沒喘過氣來，就從胸衣裏掏出一個信封，裏面裝有四張一百法郎的鈔票。信封裂了一點，鈔票露了出來。那裂口是在路上爲了看看錢在不在，用手指硬撕破的。三個女人圍著她，目不轉睛地盯住那個信封。信封厚厚的紙又皺又髒，緊緊攥在娜娜戴手套的小手裏。時間太晚了，勒拉太太只好明天去朗布依埃了。娜娜開始詳細講述事情的經過。「太太，家裏有客人等著。」貼身女僕又提醒道。

可是，娜娜火了。客人就不能等待嗎？讓他們等到她辦完了事再說。

她見姑媽伸手要拿錢，忙說：

「啊！不，不能全拿去。三百法郎給奶媽，你來回車票和開銷五十法郎，一共三百五十法郎……我留下五十法郎。」

最大的困難是把錢換零。家裏連十法郎都找不出：馬盧瓦太太不用說，她在一旁漠不關心地聽著，因爲她身上從來只帶六個蘇，剛好夠坐公共馬車。最後，佐愛出了廚房，說要去她的箱子裏找找看。結果她拿來一百法郎，全是一百蘇的硬幣。錢在桌角上點清之後，勒拉太太立刻起身走了，答應第二天把小路易領回來。

「你說家裏有客人？」娜娜問佐愛，依然坐在椅子裏沒有動。

「是好，太太，有三個。」

佐愛頭一個提到銀行家。娜娜撇撇嘴。這個斯泰內，他以爲昨天晚上給她投了一束鮮花，她就會讓他來煩她吧？

「再說，」娜娜說道，「我受夠了，不要接待任何人。你去告訴他，我還沒回來。」

「請太太斟酌，斯泰內先生是非見不可的。」佐愛站著沒動，嚴肅地說道，見女主人又要做傻事，顯得很不高興。隨後，佐愛提到那個瓦拉幾亞人。他待在臥室裏，很可能已經等得不耐煩了。娜娜一聽火冒三丈，更加堅持不肯接見。不見就是不見，她什麼人也不想見！誰給她找來這樣一個糾纏不休的男人！

「統統給我趕出去！我要同馬盧瓦太太玩一會兒紙牌。我對紙牌更有興趣。」

門鈴聲打斷了她的話。眞叫人煩透了，又來一個討厭的傢伙。娜娜不准佐愛去開門。佐愛不聽她的，走出了廚房，回來時交給娜娜兩張名片，同時用專橫的口氣說：

「我已經告訴他們太太就去見他們……這兩位先生在客廳裏。」

娜娜氣哼哼地站起來。不過，看到名片上印著德．舒阿侯爵和繆法．德．伯維爾伯爵兩個名字，她平靜下來了，默默地待了一會兒。

「這兩個是什麼人？」她終於問道，「你認識他們？」

「我認識那個老的。」佐愛說罷就閉上嘴，不肯多講。見女主人依然用詢問的目光望著自己，她簡單補充一句：

「我在某個地方見過他。」

這句話似乎使少婦下了決心。她戀戀不捨地離開廚房這個溫暖的避難所。在這裏，她可以閑聊，可以自由自在地聞餘火上溫熱的咖啡香味。她撇摶下馬盧瓦太太走了；馬盧瓦太太只好一個人用紙牌占卜。這位太太一直沒有摘帽子，爲了舒服點兒，解開了帽帶，讓它們垂在肩上。

在梳妝室裏，佐愛匆匆忙忙幫忙娜娜換上室內便袍。娜娜嘟嘟嚷嚷罵罵男人，以報復他們給她帶來的麻煩。聽到她滿嘴粗言穢語，女僕感到不快，因爲她難過地看到，太太不能很快擺脫早年養成的粗俗習慣。她大膽有懇求太太息怒。

「哼！呸！」娜娜生硬地回答，「他們都是混蛋，就愛聽粗話。」

話雖如此說，她還是像她經常自誇的那樣，裝出一副公主的樣子去見客人。在她正要向客廳走去時，佐愛拉住她，說讓她去把德．舒阿侯爵和繆法伯爵引到梳妝室來，這樣方便得多。

「兩位先生，」少婦裝出禮貌有加的樣子說道，「眞抱歉，讓你們久等了。」

兩個男人行過禮坐下。提花珠羅紗窗簾使梳妝室裏光線朦朧，這是整個套房中最雅致的一個房間，四壁貼著淺色壁紙，有一個寬大的大理石梳妝台，一面細木鑲嵌的穿衣鏡，一張長椅和幾張藍緞面扶手椅。梳妝台上放著一束束玫瑰花、丁香花、風信子花，橫七豎八堆在一起，芳香馥郁，沁人心脾；而在潮濕的空氣中，在洗臉台散發的淡淡氣味中，不時聞到一種刺鼻的香味，那是一個杯底碎裂的廣藿香精散發的。娜娜蜷縮著坐在椅子裏，拉緊輕軟的便袍，蕾絲花邊散開在四周，身上的皮膚還是濕潤的，臉上掛著微笑，像在梳妝時突然有人闖進來，現出受驚的樣子。

「夫人，」繆法伯爵莊重地說，「請原諒我們堅持要見你……我們是來募捐的……這位先生和我，我們是本區濟貧所成員。」

德．舒阿侯爵連忙殷勤地補充道：

「我們了解到這座房子裏住著一位大藝術家，就決心以特別的方式，請求她關心我們的窮人……天才和慈善是並存的。」

娜娜故作謙虛，微微點頭作答，心裏卻在飛快地思考。看來是這個老傢伙把另一個帶來的。他那雙賊眼睛太淫蕩啦；不過，另一個也不能不防，瞧他的太陽穴鼓得多滑稽。他完全可能獨自來。對了，一定是門房說出了她的名字，他們就相互攛掇進來了，其實心裏各懷鬼胎。

「當然，」娜娜現出很高興的樣子，「兩位先生登門拜託是對的。」

可是，又一陣電鈴聲使她哆嗦了一下。又來一個，這個佐愛又去開門！

她接著說道：

「能夠施捨是莫大的幸福嘛。」她的確感到很得意。

「咳！夫人，」侯爵又說道，「你不知道苦難有多深重！本區有三千多窮人，還算是最富裕的區之一呢。你想像不到他們有多悲慘：兒童沒有麵包，婦女受疾病折磨，全都無人救助，眼看快要凍死啦……」

「可憐的人們！」娜娜很動情地感嘆道。

她大動惻隱之心，美麗的眼睛裏噙滿了淚水。感情一衝動，就再也顧不得做作，她身子往前一彎，便袍鬆開，脖子露了出來，兩膝一伸直，薄薄的料子下便現出了滾圓的大眼的輪廓。侯爵青灰色的面頰現出淡淡的紅暈；繆法伯爵本來正要說話，也垂下雙眼。這梳妝室裏太熱了，像暖房裏一樣悶熱，一點也不通風。玫瑰花都枯萎了，玻璃杯底的廣藿香精散發著使人微醺的香味。

「遇到這種情況，眞希望自己腰纏萬貫啊。」娜娜補充道，「可是歸根到底，各人只能盡力而爲……請兩位先生相信，要是我早知道……」

衝動之下，她差點兒說出蠢話，好在最後一句話沒說完就收住了。她尷尬地待了一會兒，想不起剛才脫連衣裙時，把那五十法郎放在哪裏去了。哦，想起來了，大概是放在梳妝台的一個角落，壓在一瓶打翻的髮蠟下面了。她剛站起身，門鈴又響了，而且響得很長。好呀！又來一個！看來沒完沒了啦。伯爵和侯爵也站了起來。侯爵側起耳，傾聽大門口的動靜；這一下一下的鈴聲，看來他挺熟悉。繆法看他一眼，隨後兩人都避開對方的目光。他們感到局促，但很快鎮靜下來。兩個人，一個肩寬背闊，身體結實，濃密的頭髮硬撅撅的；另一個挺了挺瘦削的雙肩，上面垂著稀疏的白髮。

「眞不好意思，」娜娜找出那十枚大銀幣，笑呵呵地交給他們，「就請二位先生代勞啦，把這些捐給窮人……」

她下巴上現出一個愛煞人的小酒窩，一副天眞善良、毫不做作的樣子，攤開的手掌裏的一把銀幣，伸向兩個男人，彷彿對他們說：「來呀，誰拿？」還是伯爵眼捷手快，接過那五十法郎，但有一枚沒接過來，不得不從少婦手掌心的皮膚上拈起來；那皮膚溫暖、柔潤，他一接觸，不由得渾身顫慄了一下。娜娜樂呵呵的，一直滿面笑容。

「好啦，先生們，」她又說道，「下次，但願我能捐獻得更多。」

兩位先生沒有再逗留的藉口了，便行了禮，向門口走去。他們正要邁出門檻時，門鈴又響了。侯爵禁不住淡淡一笑，而伯爵卻臉一沉，神情變得更嚴肅了。娜娜請他們稍留步，好讓佐愛找個角落。她不喜歡客人們在她家裏相互撞見。不過，這回家裏大概客滿了吧。看見客廳空著，她這才鬆了口氣。莫非佐愛把客廳裏兩個人藏到衣櫃裏去了？

「再見，先生們。」娜娜停在門口說道。

她笑吟吟的，目光明亮，上下打量著他們。繆法伯爵雖然閱歷豐富，但還是不免有點慌張，急於呼吸新鮮空氣，便欠欠身子，帶著梳妝間的眩暈，帶著鮮花和女人令人窒息的香味走出房間。德·舒阿侯爵走在他後面，肯定他看不見自己，頓時堆出笑臉，舌頭舔住嘴唇，向娜娜送了一個秋波。

少婦回到梳妝室，佐愛拿著信和名片在那裏等她；少婦哈哈大笑嚷道：

「你看，這兩個壞蛋刮走了我五十法郎！」

她並沒有生氣，只是覺得男人從她手裏拿走錢挺好笑的。

不過，這兩個人眞是兩個豬玀，弄得她分文不名了。可是，當她看到信和名片，就更加氣不過來了。信嘛，向情有可原，它們出自一些紳士之手，他們昨晚爲她喝彩，今天便投書向她表示愛慕之心。至於登門拜訪者，滾他媽的蛋！

佐愛到處安置來訪的客人，還說這房子非常方便，每個房間的門都朝走廊，不像布朗施太太家，來了人非得經過客廳不可，布朗施太太因此遇到不少麻煩。

「你去把客人打發走，」娜娜順著自己的思路說道，「頭一個打發掉黑鬼。」

「黑鬼嗎，我早打發走了。」佐愛微笑道，「他只是來對太太說一聲，今晚他不能來。」

這太叫人高興了，娜娜直拍掌叫好。黑鬼不來，求之不得！她就自由了！她如釋重負地連連嘆息幾聲，彷彿被免除了最慘無人道的酷刑似的。她第一個念頭就想到達蓋內。那隻可憐的小貓，剛才她還寫了一封信，叫他等到星期四呢！快，趕快叫馬盧瓦太太再寫一封信。但佐愛說，馬盧瓦太太按老習慣，已經不聲不響地溜走了。於是，娜娜提出派一個人去通知達蓋內，不過話一出口，她又猶豫起來。她太疲乏了，能夠睡上一整夜，多美啊！這享受一下的念頭，終於降伏了她。她可以讓自己清靜一回啦！

「今晚，我從戲院回來就上床睡覺，」她帶著貪婪的神情喃喃道，「到明天中午之前不要叫醒我。」

接著，她提高聲音說道：

「喂！現在去把其他人趕下樓！」

佐愛待著不動。她不敢公然指責太太，不過每當太太任性發火時，她總是用自己的經驗，委婉地開導她。

「包括斯泰內先生在內嗎？」她生硬地問道。

「當然，」娜娜答道，「頭一個就趕走他。」

女僕仍然等待著，好給太太時間考慮。如果能從敵手羅絲．米尼翁手裡，把一位如此有錢、在每家劇院都大名鼎鼎的先生搶過來，太太難道不覺得光彩嗎？

「那麼你就快去，親愛的，」娜娜說道，她當然完全理解女僕的意思，「去告訴他，我討厭他。」

但話一出口，她突然念頭一轉；明天她也許會想要他的。想到這裡，她像調皮的女孩子一樣，又是笑，又是眨眼睛，手一甩，大聲說道：

「不管怎樣，即使我想得到他，最有效的辦法，還是把他攆出大門。」

佐愛驚訝不已，端詳太太一會兒，突然佩服得五體投地，便毫不猶豫地把斯泰內趕出大門。

娜娜耐心地等了幾分鐘，讓女僕有時間「清掃地板」——正如她通常所說的。客人如此猛烈的襲擊，眞是難以想像！她抬頭望一眼客廳，裡面已經沒有人；餐廳裡也沒有人了。她放心了，繼續一個房間一個房間的檢查。滿以爲再也沒有留下任何人了，誰知道推開一個小房間的門，卻發現裡面有個小伙子，乖乖地坐在一口箱子上，不聲不響，膝頭上擱著一束鮮花。

「哎喲！天哪！」娜娜喊起來，「這裡面還有一個。」

小伙子看見她，便一躍而起，面孔漲得通紅，不知將手裡的花束怎麼辦才好，一個勁地在兩隻手裡倒來倒去，激動得說不出話來。看見他那樣年輕，那樣拘束，尤其是折騰花束那種滑稽樣子，娜娜感動了，爽朗地大笑起來。這麼說，連小孩子也登門啦？現在連襁褓裡的男人也來找她啦？她非常開心，顯得慈母般親切，拍著大腿，逗樂地問道：

「寶貝，你來找我給你擦鼻涕嗎？」

「是的。」小伙子懇求似地低聲答道。

這回答使娜娜更開心。小伙子今年十七歲，名叫喬治·于貢。昨天晚上他在遊藝劇院看了演出，今天特意來看娜娜。

「這些花是送給我的嗎？」

「是的。」

「那就給我吧，小傻瓜！」

可是，當娜娜接花束時，小伙子以青春期待的貪婪，猛撲過來吻她的手。娜娜不得不打了他一下，讓他鬆開她的手。瞧這個乳臭未乾的孩子，行事倒是挺乾脆俐落哩！娜娜嘴裡罵他，臉上卻飛起紅潮，笑吟吟地。她打發他走了，允許他以後再來。小伙子踉踉蹌蹌，連門都找不到了。

娜娜前腳回到梳洗室，弗朗西斯後腳跟了進來，爲她把頭髮最後修飾一番。娜娜要到傍晚才著裝。現在她低著頭，坐在鏡子前面，任由美髮師靈巧的手擺弄，默默無語，一副沉思的樣子。正在這時，佐愛進來說：

「太太，有一個人不肯走。」

「那就讓人留下。」娜娜滿不在乎地回答。

「這樣的話，就會不斷有人來。」

「唔！叫他們等著好了。等到肚子餓了，他們就會走的。」

她的想法變了。如今叫男人們空等，她感到非常高興。她起了一個挺開心的念頭，便從弗朗西斯手底下溜出來，親自跑去把門插銷插上。現在讓他們擠在隔壁房間裡好了，他們總不至於把牆壁鑿穿吧。佐愛可以從廚房那扇小門進來。這時，電鈴響得更頻繁了，每五分鐘就響一次，急促、清脆，又很有節奏，像一台調得很準的機器。娜娜為了散散心，就數下鈴聲的次數。可是，她突然想起一件事：

「我要的杏仁糖呢，你帶來沒有？」

弗朗西斯把帶來的杏仁糖忘到腦後，這才從衣口袋裡掏出一個紙袋來，像上流社會的男人給女友送禮物一樣，小心翼翼地送到娜娜手裡。不過，到記帳的時候，他絕不會忘記把杏仁糖記在帳單上的。娜娜把那包杏仁糖放在雙膝之間，開始嚼起來，頭在美髮師輕輕的推動下轉來轉去。

「見鬼！」沉默了一會兒之後，她喃喃道，「啊！這回來了一幫子。」

這回門鈴連響了三次，一次比一次急促。這門鈴聲，有些是羞澀的，像初次傾吐愛情，吞吞吐吐，顫顫悠悠；有些是放肆的，被粗魯的手指頭按得震天價響；有些是迫不及待的，只聽見急速的震盪從空中傳過來。正如佐愛所說，這確實堪稱排鐘齊鳴，足以震動整個街區的排鐘齊鳴。許許多多男人紛至沓來，一個接一個按那象牙電鈴。博德納夫那個愛開玩笑的傢伙，他把娜娜的地址告訴了許多人，看來昨晚觀看演出的所有人都要來按鈴了。

「對了，弗朗西斯，」娜娜說道，「你身上有五個路易嗎？」

弗朗西斯退後一步，端詳一下她的頭髮，不緊不慢地說道：

「五個路易？那得看情況。」

「啊！你知道，」娜娜又說道，「如果你要擔保的話……」

她就把話說完，而是用手指了指旁邊幾間房子。弗朗西斯借給了她五路易。在間歇的當兒，佐愛進來爲太太化妝作準備。她馬上要給太太穿衣服了，美髮師還等在那裡，要對頭髮最後修飾一下。可是，不停的門鈴聲攪得佐愛手忙腳亂，一根鞋帶繫了一半，一雙襪子穿上一隻，就不得不撂下太太跑去開門。這位女僕雖然經驗豐富，這回也忙昏了頭。她到處安置登門的男人，把所有角落都用上了，最後還是不得不讓三四個人待在一起。他們要是相互吃掉對方，活該！那正好可以騰出地方。娜娜把房門關得嚴嚴的，躲在裡面嘲笑他們，說他們的喘息她都聽得一清一楚。他們的模樣兒多半挺好看呢，一個個伸著舌頭，像狗一樣，圍成一圈席地而坐。這是娜娜昨晚演出成功的結果，這群狗男人是跟蹤而來的。

「只要他們不把東西砸碎就行。」娜娜自言自語道。

門縫裡進來那幫人熱烘烘的呼吸，娜娜開始感到不安了。正在這時，佐愛引了拉博德特進來。少婦如釋重負地大叫了一聲。拉博德特是來告訴她，他在治安裁判所爲他結了一筆帳。娜娜並沒有聽他講什麼，只顧連聲說道：

「我要帶你……一起去晚餐……然後你陪我去遊藝劇院。我要九點半鐘才登台呢。」

這個好心的拉博德特，來得多及時！他從來不要求什麼，是女人眞實誠摯的朋友，經常爲女人處理一人瑣碎小事。剛才進來的時候一他就打發走了前廳裡的幾個債主。其實，那些誠實的債主並不是來討錢的；相反，他們之所以待在那裡不走，是因爲昨晚太太成功地獲得熱烈的回響，他們想對太太表示恭維，同時表示願意進一步爲她效勞。

「走吧，咱們快走。」娜娜穿好衣服說道。

這時，佐愛進來說道。

「太太，我不再開門了……樓梯上排成了長隊。」

樓梯上排成了長隊！弗朗西斯平時總裝得像英國人一樣事事漠不關心，這時也笑起來了，一邊收拾梳子。娜娜挽住拉博德特的胳膊，推著他進了廚房。她終於逃脫了，擺脫了那些男人，因而滿心歡喜，知道她現在可以自己把握自己，不管在什麼地方，都不必擔心會做傻事了。

「回頭你要把我送到家門口。」他們一塊走下僕人用的樓梯時，娜娜對拉博德特說道，「那樣我才安全……你想像一下吧，我希望晚上一整夜，自己一個人睡一整夜。這是醉心的渴望，親愛的！」

第三章

大家習慣於把薩比娜伯爵夫人稱爲繆法·德·伯維爾太太，免得把她與伯爵的母親搞混；伯爵的母親已在一年前去世。繆法·德·伯維爾太太每逢星期二在公館接待賓客。她的公館位於米羅梅斯尼爾街，正好在龐蒂埃夫街拐角處。這是一座高大的方形建築，繆法家在這裡已居住一百多年。公館臨街的正面死氣沉沉，又高又黑，像修道院一樣陰鬱，高高的百葉窗幾乎總關閉著；背面有一個陰濕的花園，長了幾棵樹，爲了獲得陽光，全都攛得又高又細，枝椏高過了石板蓋的屋頂。

這個星期二晚上快十點了；客廳裡才到了十來位客人。伯爵夫人只邀請一些密友來聚會時，不開放小客廳，也不開放餐廳。大家圍坐在火爐邊閑談，氣氛更加融洽。這間客廳又高又大，臨花園有四扇窗戶，在這四月末多雨的夜晚，儘管壁爐裡燃燒著大塊的劈柴，還是可以感覺到花園潮呼呼的氣息。陽光從來照射不到這間客廳裡。白天，裡面的光線綠幽幽的，顯得朦朦朧朧，可是一到夜晚，壁燈和吊燈都點亮後，這間客廳則顯得十分莊嚴，陳設著帝國時代的笨重的桃花心木家具，還有帶螢光大圖案的黃色絲絨帷幔和椅套。踏進這間客廳，就彷佛置身在冷冰的莊嚴氣氛中，置身在古老的習俗之中，置身在那個逝去的，但仍散發著虔誠的宗教氣息的時代之中。壁爐的一側放有一張方形扶手椅，木質堅硬，布面粗糙，伯爵的母親就是坐在那張椅子辭世的；壁爐的另一側，正對著這張扶手椅，放有一張很深的軟椅，紅緞面子的座墊，像羽絨墊一樣柔軟。這是整個客廳裡僅有的一件入時的家具，是嚴肅的氣氛中一件新奇的東西，顯得頗不協調。

「這麼說，波斯國王就要來到我們這裡囉……」年輕的伯爵夫人說道。

幾位太太圍坐在壁爐前，談論著要來巴黎參觀萬國博覽會的王公貴族。杜·榮古瓦太太有位兄弟是外交官，剛出使東方歸來，所以她介紹了不少有關納扎爾─埃丹❶宮廷的具體情況。

「親愛的，你不舒服嗎？」尚特羅太太問道。她是一家冶金作坊老板的妻子，見伯爵夫人微微發抖，臉色蒼白，所以這樣問。

「沒有，一點也沒有。」伯爵夫人微笑著笑道，「我剛才只是有點冷……這間客廳，火生了老半天都暖和不過來。」

說著，她抬起陰鬱的眼睛打量四壁，一直望到天花板。她女兒愛絲泰，正當十八歲青春妙齡，卻身材瘦長，毫不引人注意，這時離開自己的座位，一聲不響走過來，把一塊滾落的劈柴重新架好。而薩比娜在修道院時期的一位伙伴，比她小五歲的德·謝澤勒太太大聲說。

「啊！我倒是希望能有你這樣一間客廳！至少，你有地方接待客人……現在蓋的全是盒子式的房子……如果我是你……」

這位太太說話冒冒失失，比手畫腳，她告訴大家，打算把家裡的帷幔、座椅統統換成新的，然後舉行一個舞會，讓全巴黎的人都來參加。她背後坐著她的丈夫，一位行政官員，神情嚴肅地

❶當時的波斯國王。

聽著她說話。據傳，她偷漢子可從不隱瞞丈夫，不過大家都不計較她，依然接近她，因爲有人說她是個瘋女人。

「這個萊昂妮德！」薩比娜伯爵夫人淡然一笑，只這麼自言自語了一句。

隨即，她懶洋洋地揮一下手，以補充她沒有言明的想法。她在這裡已生活了十七年，當然不會再來改變這間客廳。現在，就讓它按照婆婆生前時所喜歡的樣子，繼續保持下去吧。這樣想過之後，她才回到剛才的談話上：

「有人肯定地說，普魯士國王和俄國皇帝也要來哩！」

「是的，已經宣布要舉行盛大的慶祝活動。」榮古瓦太太說道。

銀行家斯泰內，剛由熟悉整個巴黎社交界的萊昂妮德·德·謝德勒引見過來不久，坐在兩扇窗戶之間的一間長沙發上，正在向一位參議員提問問題，憑他所嗅出的交易所的某些動向，試圖巧妙地從參議員嘴裡套出某些情報。繆法伯爵站在他們面前，默默地聽他們交談，臉色比平時更灰白。門旁邊，四五個年輕人組成另一個小圈子，圍住薩比娜·德·旺朵夫伯爵，聽他悄聲地講故事；那故事大概很下流，聽得那幾個年輕人只是竭力忍住才沒笑出聲來。客廳當間，一個沉甸甸的大胖子，獨自坐在一張扶手椅裡。此人是內務部的一位辦公室主任，正睜著眼睛打盹兒。這時，一個年輕人對旺朵夫講的故事表示懷疑，旺朵夫就提高嗓門說道：

「你疑心太重，富卡蒙，這會破壞自己的樂趣。」

說完，他就滿面春風地回到太太們這邊。旺朵夫一個名門旺族的末代子孫，氣質頗像女性，但十分風趣，正以無法抑制的瘋狂慾望，坐吃祖傳。他餵養的一圈比賽的馬，在巴黎堪稱首屈一指，而爲之所花的錢，則令人咋舌。他在帝國俱樂部每個月賭博所輸的錢，數額令人驚訝，他的情婦，不論年成好壞，每年要吃掉他一個農場、數公頃土地和森林。總之，要把他在庇卡底擁有的廣闊產業吞掉一塊。

「我說呀，你盡說別人疑心太重，可是自己什麼也不相信，」萊昂妮德一邊數落旺朶夫，一邊在自己旁邊給他讓地方，「正是你破壞了自己的樂趣。」

「正是啊，」旺朶夫答道，「我要讓別人吸取我的經驗教訓嘛。」

大家都叫他不要大聲嚷嚷，因爲他惹得韋諾先生生氣了。太太們閃開一點兒，大家終於看見一張長椅子上，坐著一位年逾花甲的小老頭兒，臉上掛著狡黠的微笑，露出一口壞牙齒，坐在那裡，就像在自己家裡一樣，光聽別人說話，自己一言不發。他搖搖手，說他並沒有生氣。旺朶夫又神氣起來，嚴肅地補充一句：「韋諾先生知道我信仰該信仰的東西。」

他這是表明自己信仰宗教。萊昂妮德顯得挺滿意。客廳裡的年輕人不再笑了。他們覺得整個客廳的人都裝得一本正經，在這裡沒有令他們開心的東西。一股冷風吹過。寂靜中只聽見斯泰內帶鼻音的聲音在說話，幾位參議員都守口如瓶，使得斯泰內終於惱火了。薩比娜伯爵夫人望著壁爐的火出了一會兒神，然後重新接上話題：

「去年我在巴登看見普魯士國王。按年齡來說，他精力還是挺旺盛的。」

「國王將由俾斯麥伯爵陪同前來。」杜·榮古瓦太太說道，「諸位認識俾斯麥伯爵嗎？我與他在我兄弟家裡共進過午餐。啊！那是許久以前的事了，當時他是普魯士駐巴黎的代表……這樣一個人，最近竟獲得了那麼大的勝利，真讓我摸不著頭緒。」

「爲什麼摸不著頭緒？」尙特羅太太問道。

「天哪！怎麼對你說呢……我不喜歡這個人，看上去他很粗暴，缺乏教養，而且我認爲他很愚蠢。」

於是，大家都談論起俾斯麥來了。對他的看法分歧很大。旺朶夫認識俾斯麥，肯定他是一位喝酒的好手和賭博的好手。爭論到最激烈的時候，門開了，埃克托·德·帶著福什里進來；福什里走到伯爵夫人面前，鞠一躬說道：「夫人，我念念不忘你美意的邀請……」

伯爵夫人嫣然一笑，說了句客套話。記者向伯爵也行過禮之後，在客廳中間愣了片刻。這裡除斯泰內之外，他誰也不認識，不免感到不自在。好在旺朶夫轉過身，過來與他握手。在這裡遇見旺朶夫，福什里挺高興，突然渴望表露內心的感情，便拉一下他，低聲說道：

「說定了明天，你準備好了嗎？」

「當然！」

「十二點鐘到她家。」

「知道，知道……我與布朗施一塊去。」

旺朶夫說完就想回到女士們身邊去，提出一個新的論據爲俾斯麥辯護。但福什里留住他。

「你絕對猜不到她托付我邀請誰。」

說著，他將頭朝繆法伯爵微微擺了擺。繆法伯爵正與參議員和斯泰內討論預算問題。

「不可能！」旺朶夫說道。他既吃驚又想笑。

「絕對不假，我還向她保證把他帶去呢。這也是我今晚來這裡的目的之一。」

兩個人都不出聲地笑了。旺朶夫急忙回到女士們圈子裡，大聲說道：

「我可以肯定，情況恰恰相反，俾斯麥先生是個很風趣的人……譬如，有一天晚上，他對我說了一句很有意思的話……」

拉．法盧瓦茲剛才聽見了旺朶夫和福什里匆匆忙忙悄聲交談的那幾句話，這時便盯住福什里，希望他解釋一下，但福什里不予理睬。他們剛才談的是誰？明天半夜他們要幹什麼？他再也不離開表兄半步。福什里走過去坐了下來。他感興趣的主要是薩比娜伯爵夫人。他過去常常聽見人家提起她的名字，知道她十七歲結的婚，現在該有三十四歲了，婚後她一直過著隱居生活，與丈夫和婆婆為伴。在上流社會，有人說她擺出一副虔誠教徒的樣子，冷若冰霜；有人對她表示同情，說她被幽閉在這座舊公館之前，笑聲非常爽朗，對大眼睛充滿熱情。福什里注意觀察伯爵夫人，心裡嘀咕開了。他有一個朋友，是個上尉，最近在墨西哥捐軀沙場。出發前夕，他同福什里一塊吃晚飯，飯後出乎意料地向福什里吐露了一段隱情；這種吐露，即使最謹慎的男人，在某些情況下也在所難免。不過，這件事在福什里的記憶裡已變得模糊了，他只記得那天晚上他們倆都酒足飯飽。現在看見伯爵夫人身穿黑服，臉上浮著安詳的微笑，坐在這間古色古香的客廳裡，他心裡疑惑起來。伯爵夫人後面有盞燈，把她豐腴、微黑的臉龐的側面，映照得輪廓分明，只有嘴唇略厚，流露出難以抑制的性慾。

「他們怎麼啦？儘談俾斯麥！」拉．法盧瓦茲嘟囔道，他裝出一副在社交場合感到無聊的樣子，「這兒無聊得要命，你卻偏要來，眞是好主意！」

福什里突然問他：「你說，伯爵夫人不跟任何男人睡覺嗎？」

「啊！不，啊！不，親愛的。」拉．法盧瓦茲結結巴巴，顯然不知所措，忘了裝腔作勢，「你也不看看我們現在是在什麼地方！」

說完，他認識到自己這樣生氣不夠瀟灑，於是往長沙發裡一靠，補充道：

「當然，我說不，其實我知道的情況也不多。那邊有個小矮個兒，名叫富卡蒙，什麼地方你都能見到他。當然，比這更令人難以置信的事，也有人見過。不過，這類事我從來不聞不問……總之，有一點可以肯定，如果伯爵夫人以越軌行為來消愁解悶的話，那她夠機靈的了，因為事情一點也沒傳出去，也沒有聽見什麼人議論。」

隨後，不等福什里打聽，拉．法盧瓦茲又談起了他所了解的繆法夫婦的情況。壁爐邊的女士們繼續交談。這時，大家看見這兩個年輕人繫著白領帶，戴著白手套，坐在那裡低聲說話，還以為他們是在鄭重其事地討論什麼問題呢。說起來，老繆法夫人拉．法盧瓦茲是很了解的，她是一個令人無法忍受的老太婆，經常與神父們廝混，而且架子很大，她一個威嚴的手勢，就足以讓每個人俯首帖耳。至於繆法，他是拿破崙一世封為伯爵的一位將軍晚年所生的兒子，所以十二月二日❷以後，他自然受到恩寵。他也是一個鬱鬱寡歡的人，以為人老實、思想正直著稱。除此而外，他有著過時的見解，對自己在宮廷裡供職以及自己的爵位和美德，看得很了不起，所以總是高視闊步，儼然像個聖人。他的母親老繆法夫人使他受到良好教育，她要求他每天去懺悔，不准

❷拿破崙三世即路易．波拿巴一八四八年二月革命後，結束在國外的流亡返回法國，同年十二月二日被選為共和國總統，一八五二年十二月稱帝，建立法蘭西第二帝國。

逃學，不准有年輕人的任何輕浮舉動。他參加宗教儀式，經常被宗教教義搞得神魂顛倒，像一般多血質型的人一樣，狂熱勁一上來就像患熱病發高燒。最後，爲了給這幅景像，再增添一個細節，拉·法盧瓦茲附在表兄耳邊說了一句話。

「不可能！」表兄說道。

「人家對我賭咒發誓，說是千眞萬確的……直到結了婚還是那樣。」

福什里望著伯爵笑了。伯爵蓄著頰鬚，沒有小鬍子，臉形看上去更顯得四方了，而且他在向斯泰內列舉一些數字時，樣子顯得冷酷；斯泰內竭力反駁他。

「眞的，從長相看他，的確是這種人。」福什里自言自語道，「他給了他妻子一份好禮物！……啊！可憐的小娘兒們，她一定討厭透他了！我敢賭，她至今什麼也不懂哩！」

正在這時，薩比娜伯爵夫人對他說話，他沒聽見，因爲他還在想她與繆法夫婦倆的事。他覺得這對夫婦眞是既有趣又異乎尋常。薩比娜伯爵夫人重覆一遍她的問題：

「福什里先生，你不是發表過一篇描寫俾斯麥先生的文章嗎？你同他交談過嗎？」

福什里慌忙站起來，走近女士們的圈子，已經想好了如何回答，便從容不迫地說道：

「天哪！夫人，我向你坦白，那篇文章我是根據德國已發表的傳記寫的，我從來沒有見過俾斯麥先生。」

他待在伯爵夫人身邊，一邊閑聊，一邊繼續想他的問題。伯爵夫人看上去比實際年齡更年輕，頂多只看得上二十八歲，尤其那對眼睛還保持著青春的火焰，長長的睫毛，把一對明眸籠罩在藍色的陰影中。她是在一個父母離異的家庭裡長大的，在德·舒阿侯爵身邊生活一個月，又在侯爵夫人身邊生活一個月。母親過世之後，她很年輕就結了婚；她的早婚，可能是她父親促成的，因爲父親覺得她礙事，侯爵是個可怕的人，雖然非常虔誠，可是有關他的種種荒唐事，已開始在外面風傳。福什里心裡嘀咕，今晚他是否有幸會見侯爵。薩比娜的父親肯定會來，不過會到得很晚。他有許多工作要做嘛！這老頭子每天晚飯後去什麼地方打發時光，記者心裡有數，但還是裝出一副嚴肅的樣子。這時他發現，伯爵夫人左邊面頰上離嘴巴不遠，有一顆黑痣，不禁暗暗吃驚，因爲他記得娜娜也有這樣一顆痣，兩者完全一樣。眞蹊蹺。痣的細毛鬈曲，只不過娜娜那顆痣的毛是金黃色，而伯爵夫人這顆痣的毛像黑玉般烏黑。這沒啥可大驚小怪的，這個女人不跟任何男人睡覺。

「我一直想認識奧古斯塔王后，」伯爵夫人說道，「大家都說她非常善良，非常虔誠。你認爲她會陪國王一起來嗎？」

「看來不會來，夫人。」福什里答道。

伯爵夫人不與任何男人睡覺，這顯而易見。只要看看坐在她旁邊凳子上的女兒，看看她那個毫無姿色、局促不安的女兒，一切就明白了。這間毫無生氣，充滿教堂氣氛的客廳，也十分清楚地表明，伯爵夫人處在什麼樣的鐵腕之下，過著多麼枯燥乏味的生活。在這座古老、陰暗而又潮濕的公館裡，絲毫看不出具有她的特色的任何印跡。這裡的主宰者是繆法，他以自己所受的教育，以悔罪和齋戒進行統治。福什里突然發現，女士們背後的一張扶手椅裡，坐著一個矮小的老頭兒，露出一口殘缺不全的牙齒，臉上浮著狡黠的微笑。這個發現向他提供了更加不容置疑的理由。那個小老頭他認識，就是泰奧菲爾．韋諾，從前是訴訟代理人，專辦教會案件，現在已退休，擁有一筆可觀的財產，過著相當神秘的生活，到處受到畢恭畢敬的接待，甚至到處有點令人生畏，似乎代表著一股強大的力量，一股看不見而感覺得到、在背後支持他的力量。然而，他表現得非常謙遜。他是馬德蘭教堂的財產管理委員，又在第九區區政府接受了一個副職，照他自己的說法，只不過是爲了「打發時間」。唉！伯爵夫人被團團包圍啦，休想打她的主意。

「你說得對，這裡無聊得要命。」福什里離開女士們的圈子，對表弟說道，「咱們走吧。」

這時，被繆法伯爵和參議員撂下的斯泰內，氣鼓鼓地走過來，低聲抱怨道：

「眞見鬼！他們既然什麼也不想透露，就乾脆閉嘴什麼也別說，我會找到願意提供情況的人。」說罷，他把新聞記者拉到一個角落裡，換了個口氣，挺神氣地說道：「喂！是明天吧，我也算一個，老兄！」

「哦！」福什里含糊地答應，心裡有點驚訝。

「你不知道，唉！我好不容易才找到她家、見到了她！就爲了這個，米尼翁始終寸步不離跟著我。」

「可是，米尼翁夫婦也要去呀。」

「不錯，她告訴過我……總之，她接待了我，邀請了我……約在散場後，午夜十二點正。」

銀行家容光煥發，眨了眨眼睛，又補充一句，故意使這句話聽起來有特別的含義：

「你呢，成了嗎？」

「什麼成了？」福什里假裝不懂，反問道，「她想對我那篇文章表示感謝，就來到我家。」

「啊，是的，你這種人都艷福不淺。人家總是要酬謝你們……順便問一句，明天誰作東？」

記者雙手一攤，似乎是說他根本搞不清楚這時旺朵夫叫斯泰內過去，因爲斯泰內認識俾斯麥先生。杜・榮古瓦太太差不多被說服了，以這樣幾句話歸結道：

「他給我留下了一個壞印象，我覺得他滿臉凶相，不過我願意相信他很有才智，不然怎麼能取得那些成就？」

「也許吧。」銀行家淡淡一笑說道，「法蘭克福的一個猶太人。」

這時，拉・法盧瓦茲鼓起勇氣，用手摟住表兄的脖子，追著他問道：

「明天你們去一個女人家裡吃夜宵？去誰家？嗯，去誰家？」

福什里示意他們的交談大家聽得見，應該注意點。門再次開了，進來一個老太太，後面跟著一個小伙子，記者認出就是那個逃學的中學生，曾在演《金髮維納斯》那個晚上，引人注目地大喊大叫「太妙了！」至今大家還在議論。那個老太太的到來，引起客廳裡一陣騷動。薩比娜伯爵夫人趕忙起身相迎，抓住她的一雙手，稱她「親愛的于貢太太」。拉・法盧瓦茲見表兄好奇地注視著這場面，爲了打動他，便簡單地向他介紹說：于貢太太是一個公證人的遺孀，隱居在奧爾良附近她家的老莊園豐岱特，在巴黎也有個落腳的地方，即在黎士留街擁有一所房子。目前她在巴黎小住幾星期，目的是安置她那個上法學院一年級的小兒子。她當年曾是德・舒阿侯爵一位很要好的朋友，親眼看見薩比娜伯爵夫人出生，在伯爵夫人結婚之前，還把她拉到自己家裡住了幾個月，到現在仍用愛稱呼喚她。

「我把喬治給你帶來啦，」于貢太太對薩比娜說道，「他長大了吧，是不是？」

小伙子兩眼明澈，有一頭金黃的鬈髮，看上去像是女孩子裝扮成的男孩子。他大大方方向伯爵夫人行了禮，還提醒她，兩年前在豐岱特，他們曾一塊打過一場羽球。

「菲力普還在巴黎？」繆法伯爵問道。

「咳！不在，」老太太答道，「他一直駐防布爾日。」

老太太坐下來，自豪地談起大兒子，說他已經是個高大威武的男子漢，一時興起入了伍，很快在前不久晉升為中尉。在場的所有女人都很尊重于貢太太對她抱有好感。交談繼續進行，比剛才更親切、更高雅了。福什里看見這位可尊敬的于貢太太坐在那裡，兩鬢白髮如霜，慈祥的臉上燦然浮著和善的微笑，就不由自主地感到，剛才自己懷疑薩比娜伯爵夫人，未免太可笑了。

然而，伯爵夫人所坐的那張紅緞軟墊大椅子，引起了他的注意。他覺得在這間煙霧繚繞的客廳裡，那張椅子顯得唐突、花俏、撩人。可以肯定，這件舒適、安逸的家具，不是伯爵要添置的。添置這張椅子是一種嘗試，是慾念和淫樂的萌生。福什里忘記了自己在什麼地方，陷入了沉思，而在沉思之中，一天晚上在一間餐館的小間裡那段隱情的吐露，儘管記憶已經模糊，還是又一次湧進他的腦海。他是出於色情方面的好奇心，才請人引薦進入繆法家的客廳的。既然他那位朋友已經長眠在墨西哥，這方面的情況誰還搞得清呢？等著看吧，他很可能是在幹一件傻事，但這想法一直在糾纏著他，吸引著他，使他又患了老毛病。那張椅子墊面皺巴巴的，靠背倒了，現在他看上去倒覺得挺有趣。

「怎麼樣，咱們走吧？」拉．法盧瓦茲說道。他打算，一旦從這裡出去，就要刨根問底，搞清明晚去哪個女人家吃宵夜。

「再待一會兒吧。」福什里說道。

他不急於走了，藉口說，他受人之託，要在這裡邀請一個客人，可是一直沒有機會提出。女士們正在談論一次修女入會儀式，那是一個很感人的場面，三天來巴黎上流社會一直爲這件事激動不已。是德．福日萊男爵夫人的長女，在不可違逆的神召下，剛剛加入加默羅修會當修女。與福日萊家掛點表親的尙特羅太太說，男爵夫人直哭得透不過氣來，第二天都臥床不起了。

「我當時站的位置很好，」萊昂妮德說道，「我覺得那情景實在稀奇。」

然而，于貢太太對那可憐的母親表示同情。這樣失去女兒該多麼痛苦！

「大家都說我挺虔誠，」她安詳而坦率地說道，「可是，看到孩子們這樣固執地去毀滅自己，我還是覺得太慘不忍睹。」

「是呀，這確實是件可怕的事。」伯爵夫人低聲附和道。她像怕冷似的渾身直哆嗦，更深地縮進了火爐前那張大椅子裡。

於是，女士們你一言我一語爭論起來，但她們的聲音都很低，只是不時有輕輕的笑聲打斷嚴肅的交談。壁爐台上的兩盞燈，罩著粉紅色的燈罩，微微照亮著她們；遠一些的家具上，也只有三盞燈。因此，這間寬大的客廳沉浸在柔和的暗影裡。

斯泰內感到無聊，便對福什里講嬌小的謝德勒太太的一件風流韻事。他只叫她的名字萊昂妮德，而且就站在太太們的椅子背後，壓低聲音說她是個「臭娘兒們」。福什里抬眼觀察這位太太，只見她身著寬大的淺藍色長袍，古怪地坐在扶手椅的一個角上，像男孩子一樣乾瘦和放肆。福什里覺得奇怪，她這樣的人怎麼跑到這裡來了呢？在卡羅莉娜．埃娜家，客人們的舉止就文雅些，因爲卡羅莉娜的母親治家挺嚴。這方面的題材足可以寫篇文章。巴黎的上流社會眞是一個奇怪的世界，最古板的客廳也會高朋滿座。瞧那個泰奧菲爾．韋諾，坐在那裡一言不發，只一味地微笑，露出一口殘缺不全的牙齒。他顯然是已故的伯爵夫人遺留下來的客人；還有幾位上了年紀的太太，如尙特羅太太、杜．榮古瓦太太等，以及一動也不動待在角落裡的幾個老頭兒，顯然也都是遺留下來的。繆法伯爵領回來的客人都是官員，個個衣冠楚楚，正如杜伊勒里宮裡人人所崇尚的那樣。其中比如那位內務部辦公室主任，始終一個人坐在客廳中間，臉刮得乾乾淨淨，兩眼無神，衣服緊裹著身體，連動都不敢動一下。所有年輕人和幾位文質彬彬的人物，幾乎都是德．舒阿侯爵引薦來的，因爲侯爵在歸附並進入行政法院之後，仍與正統派保持著經常的聯繫。剩下的就是萊昂妮德．德．謝德勒、斯泰內等幾個形跡可疑的人，他們與安詳、討人喜歡的于貢太太形成鮮明對照。福什里的文章已考慮成熟，題目就叫做《薩比娜伯爵夫人的客廳》。

「又有一次，」斯泰內繼續低聲說道，「萊昂妮德把她的男高音歌手叫到蒙托邦。她自己住在兩法里以外的波爾科，每天乘坐敞篷馬車，由兩匹馬拉著，到他下榻的金獅客棧看他。馬車停在大門外，萊昂妮德一待就是幾小時，許多人聚在客棧門口看那兩匹馬。」

大家都沉默了，這間天花板很高的客廳裡出現了肅穆的氣氛。有兩個年輕人還在竊竊私語，但很快也閉了嘴，客廳裡只聽見來回踱步的繆法伯爵輕柔的腳步聲。燈光似乎暗淡了，爐火快要熄滅，濃重的暗影籠罩了這個家族的老朋友們；他們每次來都坐的是各自坐慣的扶手椅，屈指已有四十個春秋。剛才客人們在交談之中，彷彿突然感到伯爵已故的母親來到了客廳，依然是那副高傲而冷冰冰的神態。這時，薩比娜伯爵夫人打破了沉默：

「總之，各種風言風語傳開了。據說那小伙子死了，所以可憐的姑娘就進了修道院。另外有人傳說，這樁婚事福日萊先生橫豎不同意。」

「傳說的事還多著哩！」萊昂妮德冒失地大聲說道。

她笑起來，但不願意講下去，薩比娜受到她這種樂天派性格的感染，用手絹掩嘴而笑。

在這間氣氛嚴肅的客廳裡，這笑聲令福什里感到吃驚，聽起來就像水晶被摔碎發出的聲音一樣。顯然，這就是裂痕的起始。於是，每個人又都說起話來。杜．榮古瓦太太表示異議；尚特羅太太說，據她所知，婚事本來已籌備好了，卻最終沒辦成。連男人們也都發表了看法。一時，世俗懷疑派，大家不分彼此，七嘴八舌，各抒己見。愛絲泰按鈴叫僕人來添劈柴；僕人添了柴又把燈挑亮，整個客廳彷彿從昏睡中醒來了。福什里臉上露出了微笑，似乎感到自在了。

「見鬼！她們不能嫁給表哥，就去嫁給上帝好了。」旺朵夫咕噥道。他被這件事搞得心煩，便走到福什里身邊問道：「親愛的，有人愛她，她卻偏去當了修女，這樣的姑娘你見過嗎？」

這些議論他聽夠了，所以不等福什里回答，他又悄聲問道：

「喂，明天咱們一共多少人？……有米尼翁夫婦、斯泰內、你、布朗施和我……還有誰？」

「我想還有卡羅莉娜、西蒙娜，也許還有佳佳。究竟多少，誰也搞不清。不是嗎？這種場合，預計二十個人，總要三十個的。」

旺朵夫朝女士們那邊看一眼，突然轉到另一個話題：

「這位杜．榮古瓦太太，十五年前一定頗有姿色……可憐的愛絲泰，越來越瘦長了，墊在身子下，倒是一塊好床板！」

但他打住話題，又回到明天的宵夜了：

「這種聚會沒勁兒，總是那麼幾個女人，要有點新鮮貨色才成。你想想辦法搞個新鮮的來吧……嘿！有啦！我去找那個胖子，請他把那天晚上帶到遊劇院的那個女人帶來。」

他說的是那個內務部辦公室主任，正坐在客廳中間打盹兒的那個胖子。福什里懷著濃厚的興趣，遠遠地注視著旺朶夫與那個胖子之間微妙的談判。旺朶夫在變得神氣十足的胖子身邊坐下。開始，兩個人似乎是有節制地討論那個懸而未決的問題：是什麼眞正的感情促使一位姑娘出家當修女的。不一會兒，旺朶夫伯爵回到福什里身邊，說道：

「不行。他賭咒說，他那位女件是個規矩女人，絕不可能答應……然而我敢打賭，我曾經在洛爾餐館見過她。」

「怎麼！你也去洛爾餐館！」福什里笑著低聲說道，「你居然也去那種地方！我還以爲只有我們這些可憐蟲才……」

「哎！親愛的，什麼都應該見識一下嘛。」

兩個人相視一笑，眼睛閃閃發光，你一言我一語議論開了殉道者街那家餐館的客飯。肥胖的洛爾．彼埃德費，專門招徠那些生活窘迫的小娘兒們登門就餐，每人才收三法郎。好一個偏僻去處！所有小娘兒們見面都與洛爾親嘴。薩比娜伯爵夫人偶然聽見了他們倆的一句話，轉過頭看他們一眼，他們倆連忙退開，身體相互碰撞，樂呵呵的滿臉通紅。他們沒有留意，剛才喬治．于貢一直在旁邊聽他們交談，聽得滿臉緋紅，從耳根到姑娘般的細頸子，湧起陣陣紅潮。這孩子又羞澀又興奮。他母親把他帶進客廳之後，就不再管他，他一直在萊昂妮德後面轉來轉去，認定整個客廳裡的女人只有她漂亮；不過和娜娜相比，她又差遠了！

「昨天晚上，」于貢太太說道，「喬治帶我上戲院看戲。對，是上遊藝戲院。我肯定有十年沒進這家戲院了。這孩子酷愛音樂，我嘛，沒有多大興趣，但他高興得什麼似的！……如今演的戲稀奇古怪，而且，老實說，音樂響起來也不對勁。」

「怎麼！太太，你不喜歡音樂！」杜．榮古瓦太太抬眼望著天花板，大聲說，「居然有人不喜歡音樂！」

大家爲之喝彩，但全都閉口不談遊藝劇院上演的那齣戲。那齣戲，老實單純的于貢太太根本沒看懂，這些女士們當然都很熟，但全都諱莫如深，而是立刻大談對音樂大師們的看法，一個個都對大師們表示誠摯而痴迷的景仰。杜．榮古瓦太太只喜歡韋伯❸，尚特羅太太則推崇義大利音樂家。漸漸地，這些女士們的聲音變得得氣無力，沒精打采了。壁爐前的氣氛，恰如教堂裡在進行默禱，像小聖殿裡正在低聲而癡迷地唱讚美歌。

「哎，」旺朵夫領著福什里回到客廳中間，悄聲說道，「總得爲明天搞到一個女人才行。我們去問問斯泰內怎麼樣？」

「唔！斯泰內！」記者說道，「他要是有個女人，那準是在巴黎沒人要的。」

旺朵夫向四下裡張望。

「等一等，」他又說道，「有一天，我遇見富卡蒙和一個迷人的金髮女郎在一起，我去請他帶那個女郎去。」

❸ 韋伯（一七八六——一八二六），德國著名作曲家。

他招呼一聲富卡蒙，同他簡短交談了幾句。大概又遇到了麻煩，因爲兩個人躡手躡腳跨過女士們拖在地上的長裙，去找一個年輕人，三個人站在一個窗口商談。只剩福什里一個人，就決定去壁爐邊。這時，他聽見杜．榮古瓦太太宣稱，她只要一聽見演奏韋伯的樂曲，眼前就會馬上浮現出湖泊、森林和朝露滋潤的原野上的日出。這時，有一隻手拍了拍他的肩膀，同時背後一個聲音說道：「你眞不夠意思。」

「什麼？」福什里說著回頭一看，原來是拉．法盧瓦茲。

「明晚的宵夜，你完全可以關照一聲，邀請我參加。」

福什里正要回答，旺朵夫回來對他說：

「那女人看來不是富卡蒙的朋友，而是那邊那位先生的姘頭……她不能來。眞倒楣！不過，我總算抓住了富卡蒙，他答應想辦法把王宮劇院的路易絲帶去。」

「旺朵夫先生，」尙特羅太太提高了嗓門叫道，「星期天的華格納❹音樂會，是不是有人喝倒彩？」

「啊！倒彩還喝得滿厲害哩！」旺朵夫禮貌有加地趨前答道。

說完，見沒人留他，他連忙走開，繼續對記者耳語道：

「我再去找找。那幾個年輕人應該認識一些小妞兒。」

於是，只見他和顏悅色，笑容可掬，在客廳裡到處找人攀談。他鑽到人群裡，湊到每個人耳

---

❹華格納（一八一三——一八八三），德國作曲家。

邊悄悄說一句話，又回頭眨眨眼睛或打個暗號。他彷彿是在不慌不忙傳遞一個口令。只不過，女士們對音樂饒有興趣的高談闊論，掩蓋了這場熱情拉人赴約的小風波。

「得啦，別提你那些德國人了。」尚特羅太太一再說道，「歌聲，快樂，是閃閃發光的東西。你們聽過帕蒂演唱的《理髮師》❺嗎？」

「唱得妙極啦！」萊昂妮德低聲說道，她平時只在鋼琴上彈些輕歌劇曲子。

這時，薩比娜伯爵夫人按了按鈴。星期二晚上客人不多的時候，就在這間客廳裡用茶點。伯爵夫人一邊叫僕人擺小圓桌，一邊留意旺朵夫伯爵，臉上依然掛著微笑，微微露出雪白的牙齒。見伯爵從身邊經過，她叫住他問道：「你在搞什麼鬼，旺朵夫伯爵？」

「我嗎？夫人，」旺朵夫泰然自若地答道，「我可沒搞什麼鬼。」

「是嗎！我看你那麼忙碌……行啦，請幫個忙。」

她把一本相簿交到旺朵夫手裡，請他放在鋼琴上。旺朵夫還是想辦法告訴了福什里，明天到場的會有塔唐·妮妮，在冬天，她是胸部袒露得最厲害的女人；還有瑪麗亞·布隆，一位剛剛開始在遊樂劇院登台演出的明星。在這段時間，他每走一步都撞到拉·法盧瓦茲；拉·法盧瓦茲在等待他邀請，最後等得不耐煩了，只好毛遂自薦。旺朵夫立刻邀請了他，但是讓他答應帶克拉莉絲去。拉·法盧瓦茲現出有顧慮的樣子，旺朵夫安慰他說：

❺帕蒂（一八四三——一九一九），義大利女歌唱家；《理髮師》即《塞維勒的理髮師》，原劇本作者為博馬舍，改編成歌劇由羅西尼譜曲。

「既然邀請了你本人一塊去，還顧慮什麼！」

不過，拉．法盧瓦茲很想知道女主人的名字。可是，伯爵夫人又把旺朵夫叫了過去，問他英國人烹茶的方法，因爲旺朵夫常去英國，他的馬還在英國參加過比賽。旺朵夫認爲，只有俄國人會烹茶，所以他向伯爵夫人介紹了俄國人的烹茶方法。旺朵夫似乎一邊與伯爵夫人說話，一邊在心裡盤算著活動，因爲他突然改變話題，問道：

「順便問一句，侯爵呢？今晚我們見不著他了嗎？」

「怎麼會見不著呢？家父親口答應我要來的。」伯爵夫人答道，「不過，我也有點不安啦，一定是公事讓他脫不了身。」

旺朵夫不動聲色地微微一笑。他似乎也懷疑德．舒阿侯爵忙的是什麼性質的公事。他想起侯爵有時帶著一個漂亮女人去鄉間。明天也許會有人把那個漂亮女人帶來的。

這時，福什里覺得是該向繆法伯爵下邀請的時候了，因爲時間已經很晚了。

「當眞嗎？」旺朵夫問道，他還可以福什里是開玩笑。

「當然是當眞……要是我不完成任務，她會挖掉我的眼睛。你知道，她迷上了繆法。」

「既然如此，我助你一臂之力，親愛的。」

十一點鐘了。伯爵夫人在女兒幫助下招待客人用茶點。在座的都是親密的老朋友，所以茶杯和盛小點心的盤子，就不拘禮節地傳遞下去。女士們甚至都沒離開椅子，就著火爐，小口地呷著茶，用指尖抓住點心小口地嚼著。閑聊的話題從音樂轉到了供應商。要說易溶於口的糖果，莫過於布瓦西埃店的，而冰淇淋則只有凱薩琳的好。可是，尙特羅夫人堅持只有拉丁維爾店最可信。

談話的節奏愈來愈慢，整個客廳的人都困乏得直打盹兒。斯泰內把參議員擠到一張沙發角上，又開始不動聲色地探參議員的口風。韋諾先生大概從前糖果吃得太多，吃壞了一口牙，現在只吃脆糕點，小口小口地吃著，像耗子啃嚙食物一般，發出輕微的響聲。那位內務部主任，則把鼻子伸進茶杯，喝個沒完沒了。伯爵夫人不慌不忙地給客人們逐一送茶點，客人們要不要並不勉強，只在每個人面前停留片刻，默默地用徵詢的目光問要不要添一點兒，然後微微一笑，走了過去。熊熊的爐火映得她滿臉紅撲撲的，看上去像是女兒的姐姐；她女兒與她相比，顯得又乾瘦又呆板。伯爵夫人向福什里走來，本來福什里正與她丈夫和旺朵夫交談，及至她走近時，他們全都噤若寒蟬，所以她沒有停留，而是一直走了過去，端起一杯茶遞給了喬治．于貢。

「是一位夫人想邀請你吃宵夜。」記者愉快地對繆法伯爵說。

繆法整個晚上臉色發灰，聽了福什里的話，覺得非常意外，問：「哪位夫人？」

「哎！是娜娜！」旺朵夫說道，想使繆法趕快接受邀請。

伯爵顯得更嚴肅了，只是眼皮眨了一下，而臉上現出很不自在的表情，像突然偏頭疼似的。

「可是，這位夫人我不認識啊。」他咕噥道。

「得了吧，你還去過她家呢。」旺朵夫指出。

「什麼？我去過她家……哦，對了，那天我代表濟貧所去過，我早給忘了……這算什麼，我並不認識她，不能接受她的邀請。」

他擺出一副冷冰冰的面孔，想讓他們明白，像他這樣有地位的人，是不可能去這樣一個女人家用餐的。旺朵夫大聲說，如果是藝術家們聚會的夜宵，參加是爲了尊重藝術天才，那應該是無妨的。福什里也幫忙說，在一次晚宴上，蘇格蘭王子，即王后的親生王子，曾經與一位在咖啡歌舞廳賣過唱的女歌星同席哩。但繆法根本不想聽下去，反而更加堅決地拒絕了邀請，甚至情不自禁地露出生氣的樣子，雖然他一向是很講究禮貌的。

喬治和拉．法盧瓦茲正面對面站著喝茶，聽見了旁邊這三個人的對話。

「哦！他們是要去娜娜家，」拉．法盧瓦茲嘀咕道，「我怎麼就沒想到呢？」

喬治一聲沒吭，然而他的熱情火一般燃燒起來。他的頭髮飄蕩著，他藍色的眼睛發光，幾天來他所陷入的墮落思想，使他情懷激蕩，騷動不安。他終於可以去領略他所幻想的一切了！

「可惜，我不知道她的住址。」拉．法盧瓦茲又說道。

「奧斯曼大街，拉卡德路與帕斯傑路之那棟樓的四樓❻。」喬治一口氣說道。

見拉．法盧瓦茲驚愕地看著自己，他得意得要命，又窘得要命，滿臉通紅地補充道：

「明晚我是她的客人之一，她今早晨邀請我的。」

這時，客廳裡騷動起來，旺朵夫和福什里無法繼續勸動繆法伯爵，因為德．舒阿侯爵進來了，人人都匆忙站起來打招呼。侯爵舉步艱難，兩腿發軟，站在客廳中間，臉色蒼白，眼睛一眨一眨，彷彿剛從一條黑暗的死小街裡走出來，承受不了燈光的照射。

「我還以為你不來了呢，爸爸。」伯爵夫人說道，「那樣直到天亮我們都不會安心的。」

侯爵看她一眼沒有回答，彷彿沒聽懂她的話。他刮得乾乾淨淨的臉上，凸起一個大鼻子，像

❻上一章說三樓，此處說四樓。原文如此。

腫起一個大包，下嘴唇顫抖著。于貢太太見他那副精疲力竭的樣子，同情又憐憫地說道：

「你工作太辛苦了，該休息才是。這麼一大把年紀了，工作應該讓給年輕人去幹。」

「工作，啊！是的，工作，」侯爵終於結巴道，「總是有幹不完的工作……」

他恢復了常態，挺直了駝著的背，習慣性地舉手摸摸白髮——那只剩下稀疏的幾綹飄在耳朵背後的銀白鬈髮。

「是什麼工作，讓你幹得這麼晚？」杜．榮古瓦太太問道，「我還以為你出席財政部的招待會去了呢。」

這時，伯爵夫人插話道：「對，我父親在研究一項法律的草案。」

「對，一項法律的草案，」侯爵說道，「一項法律草案，一點不錯，……我關起門來在家裡研究……是關於工廠的法律。我希望人們遵守主日休息的制度。政府不願意實行這個制度，實在不光彩。星期日都沒人上教堂了，我們正在走向災難。」

旺朵夫瞟福什里。他們倆正好站在侯爵背後，可以聞到他身上的氣味。旺朵夫瞧準時機，把侯爵拉到一旁，問他帶到鄉下去的那個美人兒是誰。老頭子裝出大為吃驚的樣子。他與德凱夫人在一塊的時候，大概讓人看見了吧，或許也有人注意到他有時去維羅弗萊她家裡住幾天？旺朵夫施展出惟一的報復手段，冷不防問道：

「說說看，你到底去哪了？你的胳膊肘沾滿了蜘蛛網和灰泥。」

「我的胳膊肘，」侯爵有點發慌，期期艾艾說道，「哦！眞的……有點弄髒了……大概是我離開家下樓時沾上的吧。」

好幾個人告辭走了。時間已近午夜。兩個僕人悄沒聲息地收拾空茶杯和點心盤子。壁爐前面，女士們挪動座椅，把圈子縮小了，在晚會即將結束的懶散氣氛中，更加無拘無束地閑聊著。客廳裡睡意朦朧，一片片暗影慢慢地從牆上移到地板上。於是，福什里說該走了。然而，他打量著薩比娜伯爵夫人，又把什麼都忘了。伯爵夫人作為女主人忙了好一陣子，現在坐在她慣常坐的椅子裡養神，默默無語，眼睛盯住正化成火炭的木柴，臉色十分蒼白，一副令人捉摸不透的神情，使福什里心頭不禁又起了疑雲。她嘴邊那顆痣的黑毛，給爐膛裡的火光映成了金黃色。與娜娜那顆痣完全一樣，連顏色也相同。他禁不住附在旺朵夫耳邊說了一句話。啊，真的！旺朵夫從來沒注意到。兩個人繼續將娜娜和伯爵夫人做比較，發覺她們的下巴和嘴也隱約有些相像！不過，眼睛完全不同。此外呢，娜娜看上去像一個天真善良的女孩子，而伯爵夫人卻叫人捉摸不透，像一隻正在打盹的母貓，爪子縮了進去，只是四腳微微有點神經質地顫慄。

「要想和她睡覺還是辦得到的。」福什里說道。

「對，是辦得到的。」旺朵夫附和道，「不過，你知道，我並不在乎什麼樣的大腿，她的大腿準不豐滿，你敢打賭嗎？」

他住了嘴，因為福什里猛碰了一下他的胳膊肘，指了指坐在他們前面圓凳上的愛絲泰。他們剛才沒有注意到她，說話提高了聲音，可能讓她聽見了。不過，愛絲泰依然直挺挺地坐著，一動沒動，伸著長得太快的姑娘細長的脖子，連一根頭髮絲都沒動一下。於是，他們退開三四步。旺朵夫賭咒說，伯爵夫人是個很正派的女人。

這時，壁爐前說話的聲音提高了。杜．榮古瓦太太說道：「我同意你們的說法，俾斯麥先生可能是個風趣的人，不過如果你們硬要說他有天才……」

這些女人回到了她們最初談論的話題。

「怎麼！又談俾斯麥先生！」福什里嘟囔道，「這回我可眞的要走了。」

「再等一等，」旺朶夫說道，「我們應該得到伯爵的一句同意。」

繆法伯爵正與他的岳父及幾個神情嚴肅的人在交談。旺朶夫把他叫到一邊，再次提出邀請，並強調說，他本人也要參加這次宵夜。男人嘛，什麼地方都可以去，頂多引起別人的好奇，絕不會招致什麼風言風語。伯爵低眉垂目，毫無表情地聽著這些理由。旺朶夫覺得他有點動心了，正在這時，德．舒阿侯爵帶著詢問的神色走過來。福什里向他說明是怎麼回事，並邀請他也參加。侯爵偷偷瞟一眼女婿。一陣沉默和尷尬過後，翁婿倆鼓起了勇氣，看上去終於準備接受邀請的時候，繆法伯爵發現韋諾先生正死死地盯住他。

那小老頭兒的笑容消失了，臉色鐵青，兩眼像鋼一樣寒光逼人。

「不去。」伯爵立刻答道，口氣十分堅決。再鼓動他也沒有用了。

於是，侯爵也以更嚴肅的態度拒絕了邀請，並且談到道德問題。上層階級應該作出榜樣才對。福什里一笑，與旺朶夫握手，不再等他，立刻告辭，因爲他還要上報館一趟。

「明天半夜十二點娜娜家，對嗎？」

拉．法盧瓦茲也告辭了。斯泰內向伯爵夫人告辭後，其他男人都跟著走了。在門廳裡穿大衣時，每個人都重覆著同一句話：「明天半夜十二點娜娜家見。」喬治要等他母親一塊走，這時站在門口，把娜娜的正確住址告訴大家：四樓左手邊那一家。福什里邁出大門之前，最後回頭看了一眼。旺朵夫又坐回到女士們中間，正與萊昂妮德．德．謝澤勒開玩笑。繆法伯爵和德．舒阿侯爵也參加閑聊，而那位老實和藹的于貢太太，則睜著眼睛睡著了。韋諾先生微微露出在女人的裙子中間，顯得那麼矮小，滿臉笑容。在這間寬大而莊嚴的客廳裡，時鐘緩緩地敲響了十二點。

「怎麼！怎麼！」杜．榮古瓦太太嚷道，「你們認為俾斯麥先生會向我們宣戰，會打我們？……哼！眞是無稽之談！」

尚特羅太太身邊的人都笑起來，因爲俾斯麥要打仗的話是她說的，她又是在阿爾薩斯省聽說的；她丈夫在那裡開了一家工廠。

「幸好有皇上！」繆法伯爵用官方人士的嚴肅口氣說道。

這是福什里聽到的最後一句話。他再次回頭望一眼薩比娜伯爵夫人，便拉上了身後的門。伯爵夫人正嫻靜地與內政部辦公室主任交談，似乎對那個胖子的話挺感興趣。顯然，福什里搞錯了，這個家庭並沒有裂縫。眞遺憾。

「喂，你還不下來嗎？」拉．法盧瓦茲在前廳裡向他喊道。

在走道上分手時，大家又都重覆道：「明晚娜娜家見。」

第四章

早上起來，佐愛就把房間交給一位外燴部的領班去佈置；這位領班是布雷邦酒店派來的，還帶了一班助手和侍者。由布雷邦供應一切，包括食物、碗碟、水晶玻璃杯、餐巾、桌布、鮮花，甚至椅子和櫥子。娜娜的碗櫥裡連一打餐巾也湊不齊，可是初次登台大獲成功之後，她還沒有機會露面，又不屑到酒店去請客，而寧願把酒店搬到家裡來。她覺得這樣更瀟灑。她想用一次宵夜來慶祝她躋身演員行列的巨大勝利，讓人們傳爲佳話。她家的餐室太小，外燴部領班便把餐桌擺在客廳裡；一張桌子擺二十五副餐具，還是擠了點兒。

「都準備好了嗎？」娜娜半夜一回到家就問道。

「啊！我不知道。」佐愛顯得很惱怒，沒好氣地答道，「謝天謝地！我什麼事也不用管。他們把廚房和整個房間折騰得亂七八糟，我見了禁不住與他們吵了一架。另外，那兩個老傢伙又來了。老實講，我把他們趕了出去。」

她說的是過去供應太太物品的那兩位先生，一位是那個批發商，另一個是那個瓦拉幾亞人。娜娜決定不再要他們，因爲她覺得自己的前途已經十拿九穩，而且正如她自己所說：她希望讓人們刮目相看。「這兩個傢伙眞能糾纏！」她嘟囔道，「要是他們再來，就說要去報告警察局，嚇唬嚇唬他們。」

說完，她就叫達蓋內和喬治，他們落在後面，還在門廳裡掛外套。娜娜是在全景小街演員出入口遇上他們的，順便用出租馬車把他們帶來。見家裡還沒有來客人，她便叫他們倆進到梳洗室，這時佐愛正在裡面整理。娜娜連衣服還沒換，就迫不及待地撩起頭髮，往髮髻和胸衣上插了幾朵白玫瑰。梳洗室裡塞滿了從客廳裡推過來的家具，小圓桌、長沙發、扶手椅，全都腳朝上胡亂擠在一堆。娜娜剛換好衣服，裙子卻被一個小輪子勾住，嘩地一聲嘶了一個大口。她勃然大怒，罵罵咧咧，這種事偏偏落到她頭上。她氣鼓鼓把裙子脫下來。這是一條白綢裙，款式雖很簡單，但又軟又薄，穿起來像件長襯衣一樣貼身。她剛脫下又立刻穿上，因爲再也找不到其他中意的衣服了，她差點兒哭起來，說自己成了一個衣衫襤褸的女人。達蓋內和喬治不得不爲她把那破口用別針別起來，再叫佐愛重新給她梳頭。三個人圍著她忙得團團轉，尤其那個小傢伙，雙膝跪在地上，兩手伸在她的裙子裡。達蓋內安慰她說，《金髮維納斯》第三場她是草草演完的，省略了許多台詞，跳過了不少唱段，所以現在頂多才午夜一刻鐘。這樣，娜娜才消了氣。

「對那班傻瓜來講，我演得還太到家了呢。」娜娜說道，「你注意到沒有？今晚就有不少笨頭笨腦的觀衆……佐愛妹子，你可得在這兒等著，別去睡覺，我可能用得著你的……哎呀！到時間了，瞧，有客人來啦。」

她跑了出去。喬治還跪在地上，禮服的燕尾掃著地板。看見達蓋內正注意著自己，他的臉騰地紅了。這時，他們彼此產生了好感，一起到大穿衣鏡前結正領帶，並且給對方刷一刷從娜娜身上蹭來的白粉。

「像白糖似的。」喬治像個嘴饞的孩子笑嘻嘻地低聲說道。

一個當晚臨時雇用的聽差，把客人引進小客廳。這間客廳太小，裡面只留了四把扶手椅，好讓客人們能擠得下。從旁邊的大客廳裡，傳來擺放碗碟和銀刀叉的聲音，門底下透出一條強烈的光線。娜娜進到小客廳時，看見克拉莉絲．貝魯已經坐在一張扶手椅裡。克拉莉絲是拉．盧瓦茲領來的。

「怎麼！你是頭一個！」娜娜說道。她演出成功以來，對克拉莉絲很親切。

「喏！是他催的。」克拉莉絲答道，「他生怕遲到……我連裝也來不及卸啦！」

拉．法盧瓦茲是頭一次見到娜娜，連忙鞠一躬，並且恭維她幾句，接著又談起他的表兄，以誇張的禮貌掩飾自己的局促不安。可是，娜娜根本沒有聽，也不問他尊姓大名，只同他握了握手，就連忙迎向羅絲．米尼翁，頓時變得十分高雅。

「啊！親愛的夫人，承蒙你賞臉！……我可是特別盼望你光臨啊！」

「受寵若驚的是我，請相信。」羅絲說道，態度也非常親切。

「請坐……你需要什麼東西嗎？」

「不，謝謝……哦！我把扇子忘記在皮大衣裡了。斯泰內，看看右邊的口袋裡。」

斯泰內和米尼翁是跟在羅絲後面進來的。銀行家轉身出去。不一會兒帶著扇子回來了；米尼翁友好地擁抱了娜娜，使得羅絲也不得不擁抱她一下。大家在戲院裡難道不是一家人嗎？接著，他向斯泰內眨眨眼睛，似乎是鼓勵他也這樣做。但是，斯泰內被羅絲明亮的目光盯得有些發慌，只親了親娜娜的手。

這時，德．旺朵夫伯爵偕同布朗施．德．西弗里進來了。大家彼此行大禮。娜娜非常客氣地把布朗施引到一張扶手椅邊。這時候，旺朵夫笑著告訴大家，福什里正在樓下爭吵，因爲門房不讓露茜·斯特華的馬車進來。大家聽見露茜在門廳裡罵門房是個沒有教養的賤貨。然而，等聽差把門打開，她卻滿面春風，笑容可掬地走進來，自己通報了姓名，抓住娜娜的雙手，說她一見面就喜歡上了她，誇她具有難得的天才。

娜娜呢，頭一回充當女主人，十分得意，連忙表示謝謝，的確感到有些不好意思。然而，福什里一進來，她就似乎有點心事，等到走近他身邊，就低聲問道：

「他來嗎？」

「不來，他不肯來。」記者經不住娜娜突如其來的一問，唐突地答道，儘管他事先編了一套謊話，說明繆法伯爵不來的理由。

看到少婦的臉刷的變白了，他才意識到自己做了蠢事，便設法彌補剛才的回答：

「他不能來，今晚他要偕同伯爵夫人去參加內政部的舞會。」

「好啊，」娜娜懷疑福什里沒有誠意，低聲說道，「這筆帳以後跟你算，我的寶貝。」

「啊，隨你說吧。」福什里受到這威脅的傷害，說道，「這種差事我本來就不樂意幹，以後你找拉搏德特吧。」

兩人相互背轉身去，都生氣了。正在這時，米尼翁把斯泰內推到娜娜身邊。等到娜娜身邊沒人時，他爲了替朋友尋找樂趣，以天眞無邪而又厚顏無恥的口氣，低聲對她說道：「你知道，都快想死她啦……只不過，他怕我老婆。你會保護他的，不是嗎？」

娜娜好像沒聽懂，臉上掛著微笑，望一眼羅絲，又望一眼羅絲的丈夫和銀行家，稍停了停，對銀行家說道：

「斯泰內先生，等會兒請你坐在我旁邊。」

這時，門廳裡傳來陣陣笑聲、竊竊私語和愉快的嘰嘰喳喳的說話聲，彷彿在修道院的所有寄宿女生都逃出來跑到了那裡。不多一會兒，拉博德特進來了，後面跟著五個女子，即他的全體寄宿女生！正如露茜．斯特華挖苦的一樣。其中包括佳佳，穿著藍色的緊身天鵝絨長袍，顯得雍容華貴；卡羅莉娜．埃凱，總是穿著蕾絲花邊的黑緞裙；萊婭．德．霍恩，像平常一樣穿得怪模怪樣；塔唐．妮妮，一個天眞快樂的金髮女郎，乳房大得像個奶媽，引起大家的嘲笑；最後一個是瑪麗亞．布隆，一個才十五歲的小妞兒，人又瘦，脾氣又壞，像個野孩子，是在遊樂戲院剛登台演出的新明星。拉博德特把這許多人都塞在一輛馬車裡帶來的。她們在裡邊擠成一堆，瑪麗亞．布隆不得不坐在其他人腿上，現在她們還爲此笑個不停呢。可是，見到娜娜以後，她們全都閉了嘴，只顧握手、行禮，一個個顯得倒挺規矩。佳佳裝得像個孩子一樣有禮貌，但裝過了頭，連說話也吐字不清。只有塔唐．妮妮安靜不下來，因爲在路上有人告訴她，說今晚娜娜家的宵夜，由六個一絲不掛的黑奴侍候，所以她要求看看那幾個黑奴。拉博德特說她是個蠢貨，叫她閉嘴。

「博德納夫呢？」福什里問道。

「啊！眞叫我失望，」娜娜大聲說道，「你想吧，他不能來和我們一塊用宵夜。」

「是啊，」羅絲．米尼翁說道，「他一隻腳踏進活板門裡，給扭傷了，疼得不得了……你們沒見到他那副樣子：一隻腳包紮著伸在椅子上，嘴裡罵罵咧咧！」

大家都爲博德納夫不能來表示惋惜。一頓宵夜沒有博德納夫參加，可說大殺風景。不過，沒有他算了，大家不再想他，已開始談別的事情，卻突然聽見一個粗大的嗓門嚷道：

「怎麼！怎麼！你們就這樣把我活埋了嗎？」

有人驚叫了一聲，大家回頭一看，正是高大的博德納夫，滿臉通紅，扶著西蒙娜．卡比羅的肩膀，直著一條腿，站在門口。現在他與西蒙娜同居。這個小妞兒受過教育，能彈鋼琴，會講英語，頭髮金黃，嬌小玲瓏，體質單薄，被重得可怕的博德納夫壓得都彎下了腰，但臉上還是浮著微笑，一副順從的樣子。博德納夫意識到他們倆成了衆人欣賞的目標了，便擺開姿勢在門口稍停了片刻。

「非愛你們不可，不是嗎？」他又補充說道，「老實講，我是怕無聊，才對自己說：還是去吧……」說到一半他停下來，罵一句：「眞他媽的！」

原來西蒙娜一步邁得太快，碰了他那隻傷腳。他猛地將西蒙娜推開，西蒙娜依然滿面微笑，低下秀氣的臉兒，像一匹怕挨揍的牲口，用她那金髮娃娃般的嬌小的身體，盡力攙扶住他。這時，在一片歡呼聲中，大家紛紛過來幫忙。娜娜和羅絲．米尼翁推過來一張扶手椅，讓博德納夫坐下；另外幾個女士也推過來一張扶手椅，讓他擱腳。在場的所有女演員，自然都過來親他，而他呢，還在唉聲嘆氣，嘟嘟嚷嚷：

「眞他媽的！眞他媽的！不過，這胃口還是挺好的，過會兒，你們看好了。」

又來了一些客人。小客廳裡已經擠得無法動彈。碗碟聲和銀刀叉聲又停止了。現在大客廳裡傳來爭吵聲，侍應領班氣呼呼地在罵人。娜娜估計客人已經到齊，卻總不見開飯，十分奇怪，都有點忍耐不住了，就叫喬治過去看看到底怎麼回事，沒想到又進來一些客人，有男的也有女的，而這些客人也一個也不認識。她有點尷尬地詢問博德納夫、米尼翁和拉博德特，他們也不認識。

她問旺朵夫伯爵，旺朵夫才突然想起來，這是他在繆法伯爵家鼓動來的年輕人。娜娜對他表示感謝，連說很好，很好。只不過，這樣一來可會擠得夠嗆的。她請拉博德特吩咐下去添七副餐具。拉博德特剛跨出門，聽差又領進來三個客人。不行，這一回可眞有點要鬧笑話了。家裡實在蹲不下啊。娜娜開始生氣了，有模有樣地說，這可眞有點不像話了。可是，只見又進來兩個客人，娜娜笑了起來，覺得眞滑稽。活該！能怎麼擠就怎麼蹲吧。所有人都站著，只有佳佳和羅絲·米尼翁坐著，博德納夫一個人占了兩張扶手椅。房間裡一片嗡嗡聲，大家低聲交談，還有人輕輕地打呵欠。

「喂，姑娘，」博德納夫問道，「該入席了吧？……人不是到齊了嗎？」

「哎呀！是啊，說的是，人到齊了！」娜娜笑著答道。

她抬眼一望，神情變得嚴肅起來，似乎意外地發現少了一個人。大概是缺一位她壓根兒沒提起過的客人吧。還得等一等。過了幾分鐘，客人們注意到他們之中多了一位身材魁梧的先生，儀態莊重，蓄一部漂亮的銀鬚。最奇怪的是誰也沒看見他進來。他大概是從臥室一扇半掩的門溜進小客廳的吧。

一陣沉默，隨後是一片竊竊私語。德·旺朵夫伯爵肯定知道那位先生是誰，因爲他們剛才不引人注目地握了握手。可是，女士們問他時，他一笑置之。於是，卡羅莉娜·埃凱低聲打賭說，那是一位英國爵士，明天就要返回倫敦去結婚；這位先生她熟得很，曾經是她的情人。這種說法立刻在女士們中間傳開了。只有瑪麗亞·布隆聲稱，她認出這位先生是一位德國大使，因爲他經常與她的一個朋友睡覺。男士們那邊呢，幾句話就對這個人作出了評價：看樣子他是個嚴肅的人，可能今晚的宵夜是由他出的錢。這很可能，看起來像。哎，管它呢，只要宵夜豐富就行了！最終還是沒弄清楚。等到侍部領班打開大客廳的門時，大家已經把白鬍子老頭忘到腦後了。

「夫人請，請入席。」

娜娜挽起斯泰內伸給她的胳膊，而沒有理會那老頭兒伸過胳膊的動作，老頭兒只好一個人跟在她後面。再說，大家也不可能很可秩序地依次而行。男人、女人亂糟糟地往大廳裡擁，還以布爾喬亞的天真，嘲笑這種不拘禮節的作法。大客廳裡的家具都撤空了，從這頭到那頭只擺了一張長桌，但這張長桌還顯得不夠長，因爲餐盤一個緊挨一個。四個枝形大燭台，每個點十根蠟燭，照亮整個餐桌；其中一個燭台十分特別，外表包金，兩邊還飾有花束。這完全是酒店式的擺闊；描有細金線的碗碟上，沒有主人姓氏起首的字母構成的圖案；銀刀叉由於經常洗滌，已經舊得失去了光澤；水晶玻璃杯也是在任何市場上可以配齊的貨色。這情景令人覺得，像是一位暴發戶匆匆忙忙設宴慶祝遷入新居，而一切還沒有準備就緒。房間裡缺少一盞枝形大吊燈；燭台上的蠟燭太長，燭花沒有綻開，只放射出黃色的淡淡的光線，照著桌上裝滿水果、花式糕點和蜜餞，對稱擺好的高腳盤、平底盤和缸子。

「請吧，」娜娜說道，「大家隨便就座，這樣更有意思。」

她站在餐桌正中。大家不認識的那位老先生占據了她右邊的位子，她把左邊的位子留給斯泰內。有些客人已經坐下，卻突然聽見小客廳裡有人叫罵。原來是博德納夫，大家把他忘了，他正拚命地想從兩張扶手椅裡站起來，一邊謾罵，一邊喊西蒙娜。這個不中用的小娘兒們，居然跟其他人一起走了。女人們都滿懷著憐憫跑過去。博德納夫由卡羅莉娜、克拉莉絲、塔唐·妮妮、瑪麗亞·布隆攙扶進來了。又費了好大工夫，才把他安頓下來。

「讓他坐在餐桌正中，與娜娜對面。」有人喊道，「博德納夫坐正中！讓他當主席！」

於是，那幾位女士讓他坐到正中，但還需要一張椅子給他擱腿。兩個女人抬起他的腿，小心翼翼地讓它伸在椅子上。沒關係，他可以側著身體吃。「他媽的，」他嘟囔道，「到底是不方便啦……啊！我的小貓咪們，爸爸全靠你們照顧啦。」

他右邊是羅絲·米尼翁，左邊是露茜·斯特華。她們表示要很好地照顧他。現在所有人都坐下了。德·旺朵夫伯爵坐在露茜和克拉莉絲之間；福什里坐在羅絲·米尼翁和卡羅莉娜·埃凱之間。餐桌的另一側，埃托克·德·拉·法盧瓦茲不理會對面克拉莉絲的招呼，急忙坐在佳佳旁邊，米尼翁寸步不離斯泰內，與斯泰內之間只隔著布朗施，他左邊是塔唐·妮妮；塔唐·妮妮旁邊是拉博德特。最後，長桌兩頭亂糟糟地擠著那些青年男女，例如西蒙娜、萊婭·德·霍恩、瑪麗亞·布隆等。達蓋內和喬治·于貢也坐在他們之中。這兩個人相處得越來越親熱，都笑瞇瞇地望著娜娜。

最後還有兩個人站著，男人們便開玩笑，叫他們坐到自己膝蓋上。克拉莉絲被擠得胳膊肘不能動彈，便對旺朵夫說，她要吃東西只有靠他餵了。這個博德納夫，一個人坐兩張椅子，占了那麼寬的地方！大家最後又擠緊一點兒，才讓那兩個人也坐下。米尼翁被擠得叫起來，說大家像一桶裝得緊緊實實的鮮魚。

「伯爵夫人蘆筍醬，德司里尼克清燉肉湯。」侍者端著滿滿的盤子，並低聲報菜名。

博德納夫大聲建議大家喝清燉肉湯。正在這時，響起一聲叫喊，引得一些人抗議，一些人生氣。門開了，進來三個遲到的客人，其中一個女客，兩個男客。啊！不行，這三個人委實太多了！娜娜沒有離開座位，瞇起眼睛，竭力看看是否認識這三個人。那個女的是路易絲·維約萊納；那兩個男的她從來沒見過。

「親愛的，」旺朵夫介紹道，「這位是我邀請來的一位朋友，海軍軍官德·富卡蒙先生。」

富卡蒙大大方方地行禮，補充道：「我又自作主張帶來了我的一位朋友。」

「啊！很好，很好，」娜娜說道，「請坐……我看，克拉莉絲，你是不是往後退一點兒。你們那裡還挺鬆嘛……對，只要願意擠……」

大家再擠緊一點，富卡蒙和路易絲在餐桌邊得到一點點位子，但富卡蒙的朋友卻坐得遠離刀叉，要吃東西，只好從鄰座的肩頭之間伸長胳膊去取。侍者撤掉了湯盤，端上來小兔肉香腸燒茭白和巴馬奶酪拌通心粉。博德納夫說，他本想把普呂利埃、馮丹和老博斯克帶來。話一出口，全桌嘩然。娜娜臉一沉，冷冷地說，她可說不準能好好接待他們。她如果想請她的同事們，她自己會請。不，不，不要請嘩衆取寵的人。老博斯克成天半醉半醒；普呂埃過分自命不凡；至於馮丹，他在社交場合總是吵吵嚷嚷，盡說蠢話，讓人們受不了。再說，你想必明白，讓這三個嘩衆取寵的人和我們這些先生們在一起怎麼也不合適。

「對，是的，的確是這樣。」米尼翁說道。

餐桌四周的先生們，個個穿禮服，打白領帶，十分得體，蒼白的面色加之有點疲乏，更顯得高雅。有位老先生動作慢條斯理，臉上掛著狡黠的微笑，彷彿在主持一次外交官會議。旺朵夫像在繆法伯爵夫人家裡一樣，對兩旁的女士和藹可親又彬彬有禮。今天早上娜娜還對她姑媽說過；男客人嘛，全都無可挑剔，一個個不是貴族就是闊老；至於女客人，也全都規規矩矩。布朗施、萊婭、路易絲等幾位，都是袒胸露肩來的，但只有佳佳也許露太多了點，到了她那種年紀，最好是一點也不裸露。現在每個人都有了位子，笑鬧得不那麼厲害了。喬治想，他在奧爾良的市民家裡參加過一些晚宴，那裡的氣氛可快樂得多。在這裡，大家幾乎不交談，男人們互不認識，只是互相打量；女人們全都安安靜靜地待著，這尤其令喬治驚詫莫名。他覺得他們「太規炬」了，原以爲他們一見面就會互相擁抱呢。

接著上的兩道菜是尙波爾式萊茵河鯉魚和英國式煲里脊。這時布朗施大聲說道：

「親愛的露茜，我星期日遇到你的奧利維埃……她長得好高了啊。」

「那還用說，他都十八歲了。」露茜答道，「不過，我並沒有因此而顯得年輕一點點……他昨天回學校去了。」

露茜提起來十分自豪的兒子，是海軍學校的學生。大家便談起了孩子們，所有太太都動容。娜娜也談起了她的莫大快樂：她的寶貝兒子小路易，現在由她姑媽照顧，姑媽每天上午十一點鐘光景把他領過來；她把他抱在床上，讓他與卷毛狗呂呂一起玩。看到他們兩個鑽到被子底下，眞叫人笑得要死。小路易已經那樣機靈，在座的誰也想像不到哩。

「啊！我昨天一天過得眞愉快！」羅絲．米尼翁也說道，「你們想像一下吧，我去寄宿學校去接夏爾和亨利，他們非要我答應晚上帶他們上戲院不可；他們拍著小手，又是跳又是踐：『我們要看媽媽演出了！我們要看媽媽演了……』呵！他們那股高興勁喲！」

米尼翁露出了得意的微笑，眼睛被父愛的淚水濕潤了。

「看演出的時候，」他接著說道，「他們可有意思了，嚴肅得像大人，眼睛盯住羅絲不放，問我媽媽爲什麼那樣光著兩條腿……」

全桌的人都笑了。米尼翁當父親的自豪感得到滿足，十分得意。他寵愛兩個兒子，惟一掛在心頭的事情，是如何以忠實管家的嚴格方式，掌握好羅絲在戲院和別處所賺的錢，使他們的財產不斷增加。當他娶羅絲的時候，他在一家音樂咖啡館當樂隊指揮，羅絲在那裡唱歌，他們如膠似漆地相愛。如今，他們還是好朋友。他們之間作出了安排：羅絲盡最大努力工作，充分發揮她的天才和美貌的作用；米尼翁則放棄了小提琴手的職位，以便更好地幫助她在演員和女人兩方面都扮演盡善。哪裡也找不到比他們更講實際、更和諧的夫妻。

「大的幾歲了？」旺朵夫問道。

「亨利九歲啦，」米尼翁回答，「嘿！長得可結實了。」

接著，他對斯泰內開玩笑，因爲斯泰內不喜歡孩子。他不動聲色地斗膽對斯泰內說，他如果當了父親，就不會愚蠢地糟蹋自己的財產了。他一邊說，一邊從布朗施的肩頭上觀察銀行家，看看他是否與娜娜情投意合。但是，羅絲與福什里親熱地聊了好一會兒了，這使他感到惱火。羅絲也許不至於浪費時間去幹這種蠢事吧。遇到這種情況，他可是要出面阻止的。他伸出白皙、小指上戴鑽戒的手，叉了一塊煲里脊放進嘴裡。

大家繼續談論孩子。拉·法盧瓦茲坐在佳佳旁邊，非常局促不安，就向佳佳詢問她女兒的情況，說上次在遊藝戲院，他有幸看見她和她女兒在一起。莉莉嗎？身體挺好，不過還挺孩子氣！

拉法盧聽說莉莉十九歲了，暗暗吃了一驚，佳佳更令他肅然起敬了。他問她爲什麼不帶莉莉一起來，她臉一沉說道：「啊！不，不，怎麼能帶她來！她死纏硬磨從寄宿學校出來還不到三個月……我嘛，本想馬上把她嫁出去……但她太愛我啦，我不得不又把她接回家，唉！當然不是心甘情願的。」

她談著自己愛女的婚事，藍色的眼皮和焦黃的睫毛一閃一閃的。說實話，到了她這種年紀，還沒攢下一個子兒，還得不停地工作，接待男人，尤其是一些年紀輕輕、她可以當他們祖母的男客，這說明嫁個好丈夫要強得多。談話間，她向拉·法盧瓦茲側過身子，裸露而撲過粉的肥厚肩膀向他壓過來，使他不禁滿臉通紅。「你知道，」她壓低聲音說道，「如果她硬要走我的路，那可不是我的過錯……人年輕的時候眞是古怪！」

餐桌四周一陣騷動。侍者們忙得不亦樂乎。湯後的那道菜上過之後，主菜上來了：有元帥夫人雞、酸辣鯧魚脊肉、鵝肝片，一直只叫侍者斟默爾索酒的侍應領班，這時拿出了尚伯坦酒和菜奧納爾酒。在換餐具的輕微嘈雜聲中，越來越驚訝的喬治問達蓋內，是不是這些女士個個都有孩子。達蓋內覺得他問得有趣，便向他詳細介紹起來：露茜·斯特華，是北站一個英國籍加油工人的女兒，今年三十九歲，生就一張馬臉，但卻令人愛慕，患有肺結核，但總死不了，是所有這些女士中最迷人的一個，接待過三位親王、一位公爵。卡羅莉娜·埃凱，生於波爾多，父親是個小職員，爲女兒的行爲羞辱而死，幸好她母親是個有頭腦的女人，起初詛咒她，後來經過一年的考慮，同她講和了，因爲母親想至少得撈回一筆財產；女兒當時二十五歲，冷若冰箱，是聞名遐聞的美人兒，其賣身價固定不變；母親辦事很有條理，負責管帳，收入和支出筆筆記得一清二楚，一絲不苟，還料理整個家，她的住所比女兒的高兩層，又窄又小，在裡面設立了一個縫紉車間，專做裙子和內衣。至於布朗施·德·西弗里，她的眞名叫雅克琳·博杜，來自亞棉附近的一個村莊，人長得挺標緻，但就是既蠢笨又愛說謊，自稱是一位將軍的孫女，今年三十二歲了，卻不承認這麼大年紀，不過她挺受俄國人賞識，因爲她體態豐滿。接著，蓋達內以一兩句話簡單介紹了其他女人：克拉莉絲·貝魯，是一位太太從海濱聖歐班領回來作女僕的，結果被那位太太的丈夫引到風月場中；西蒙娜·卡比羅什，是聖安東尼老城區一位家具商的女兒，曾在一家很大的寄宿學校讀書，本來準備當小學教員的；瑪麗亞·布隆和路易絲·維約萊納，都是被迫流落巴黎街頭的，更不用說塔唐·妮妮了，她直到二十歲還在貧窮的香檳地區放牛呢。喬治一邊聽，一邊打量這些女士。這種附在他耳邊毫不掩飾的、赤裸裸的介紹，使他既驚愕又興奮，而在他身後，侍者們畢恭畢敬地一再重複道：「元帥夫人雞……酸辣汁鯧魚肉片……」

「親愛的，」達蓋內要喬治按自己的經驗行事，「別吃這魚，現在就吃魚一點意思也沒有……儘管喝萊奧維爾酒好了，這酒後勁不大。」

幾個燭台、一盤盤端上來的菜肴、三十八個人擠得透不過氣來的整個餐桌上，都冒著熱氣。專心服務的侍者們來回奔跑，滴得地毯上盡是油漬。然而，宵夜的氣氛並不輕鬆活潑。女士們小口小口地吃著，將肉剩下一半。只有塔唐·妮妮胃口極好，什麼都吃。在這深更半夜，就是感到餓也是神經性的，胃口都不會好，吃起來必然挑挑揀揀。娜娜旁邊那位老先生，送上什麼菜他都不要，只嘗了一匙肉湯，一聲不響地坐在他的空餐盤前面，四處張望。有人偷偷地打呵欠，不時有人合上眼皮，有人臉色發灰。照旺朵夫的話說，這種場合總是把人累得筋疲力竭。這類宵夜要吃得有趣，就不能這麼正兒八經。要是都這麼鄭重其事，這麼講究派頭，那還不如去上流社會吃，並不會比這裡乏味，好在博德納夫不停地罵罵咧咧，否則大家恐怕都睡著了。博德納夫這傢伙，伸著腿，儼然像位蘇丹，讓左右兩邊的露茜和羅絲伺候他、她們倆一心一意關照他，伺候他，體貼他，給他斟酒，給他夾菜。儘管這樣，他還是不停地抱怨。

「誰來幫我切這塊肉？……我搆不著，桌子離我有一里遠。」

西蒙娜隨時站起來，走到他背後，爲他切肉和麵包。所有女人都關心他吃的東西，不時把侍者叫回來給他添菜，塞得他都透不過氣來了。西蒙娜給他擦嘴，羅絲和露茜則給他換碗碟，他覺得這倒挺可愛，終於露出了高興的神色，說道：

「瞧，姑娘，你倒是挺懂事……女人嘛，這就是本分。」

大家稍稍來了點精神，便交談起來。吃完了桔子冰糕，上來一道熱菜，是茭白燒牛里脊，接著又上來一盤冷盤，是凍汁珠雞。娜娜見客人們全都沒精打采，很不高興，便大聲說道：

「你們大家知道嗎，蘇格蘭王子已經訂了一個包廂，他閣下準備在參觀博覽會的期間來觀賞《金髮維納斯》呢！」

「但願所有王子都像他一樣來看戲。」博德納夫嘴裡塞滿東西，說道。

「星期天波斯國王要來看演出。」露茜．斯特華說道。

聽到這話，羅絲．米尼翁談起波斯國王的鑽石。這位國王所穿的長袍整個綴滿了寶石，那眞是一件罕世寶物，像星星一樣熠熠生輝，價値數百萬。所有女士臉色蒼白，眼睛裡閃著貪婪的光，伸長了脖子，紛紛列舉將要來訪的其他國王和皇帝。每個人都幻想國王會突然看中自己，睡一夜給一大筆錢。

「告訴我，親愛的，」卡羅莉娜．埃凱側著身子對旺朶夫說道，「俄國皇帝多大年紀了？」

「看不出他多大年紀。」伯爵笑著答道，「打他的主意可沒門兒，告訴你吧。」

娜娜裝出受到傷害。這句話說得太生硬了，餐桌上有人低聲表示不滿。但布朗施詳細描繪了一番義大利國王，她曾在米蘭見過他一面；他人長得並不英俊，卻照樣想要哪個女人就能得到那個女人。不過，福什里說義大利國王維克多．埃馬紐埃爾不能來，使布朗施大爲掃興。路易絲．維約萊納和萊婭卻鍾情於奧地利皇帝。突然，大家聽見嬌小的瑪麗亞．布隆說道：「可是，普魯士國王是個乾癟的老頭子！……去年我在巴登，總是遇到他與俾斯麥伯爵在一起。」

「啊！俾斯麥，我見過……」西蒙娜說道，「一個很有魅力的男人。」

「我昨天就這樣說過，」旺朶夫大聲說，「可是誰也不相信。」

像在薩比娜伯爵夫人家一樣，大家長時間談論俾斯麥伯爵。旺朶夫重複他說過的那些話。霎時間，彷彿回到了繆法家的客廳裡，只是在座的女士換了人而已。話題偶然轉到音樂上面，隨後富卡蒙不經意地提了一句全巴黎正議論紛紛的入會當修女那回事。娜娜聽了大感興趣，便打破砂鍋問到底，了解德．福日萊小姐的情況。唉！那個可憐的小姑娘，就這樣給活活埋葬了！可是，如果是神召，那又有什麼法子！餐桌四周的女人個個大動感情。可是，喬治第二次聽到談論這件事，覺得無聊，就向達蓋內打聽娜娜的私生活習慣。這時，談話不可避免地又回到了俾斯麥伯爵身上。塔唐．妮妮附到拉博德特耳邊，問這個俾斯麥是什麼人，她不認識。拉博德特冷冰冰地向她介紹了一些駭人聽聞的情況；這個俾斯麥專門吃生肉，他在自己的巢穴附近遇到女人時，就立刻把她背回去，所以他才四十歲，就已經有三十二個孩子了。」

「四十歲就有三十二個孩子！」塔唐．妮妮信以爲眞，驚訝地叫起來，「那麼，他一定比他的歲數衰老多了。」

大家哄堂大笑，她才明白人家是捉弄她。

「你們才笨呢！你們開玩笑，我怎麼搞得清楚！」

這時候，佳佳還在尋思博覽會的事。她像其他女人一樣，正躍躍欲試，摩拳擦掌。這是一個好季節，外省人和外國人紛湧到巴黎。總而言之，如果生意順利的話，博覽會過後，她也許能隱退到儒維希，搬進她早就覬覦的一棟小樓裡。

「有什麼法子呢？」她對拉．法盧瓦茲說道，「一輩子一事無成……要是還有人愛就好了！」佳佳變得含情脈脈，因爲她感到小伙子的膝蓋貼近了自己的膝蓋。他滿臉通紅；她呢，一邊嘰嘰喳喳，一邊打量他一眼。這是個沒有多少分量的小伙子，不過現在她再也不那麼挑剔了。拉．法盧瓦茲得到了她的住址。

「你看，」旺朵夫悄聲對克拉莉絲說，「我看佳佳正要把你的埃克托搶走呢。」

「我才不在乎呢！」女演員答道，「那小伙子是個傻瓜……我已經三次把他趕出門……我嗎，你知道，看見小伙子迷戀上老太婆，都覺得噁心。」

她打住了話頭，頭微微朝布朗施擺了擺：從晚宴開始以來，布朗施的坐姿就一直令人看不順眼，那樣斜著身子，想讓相隔三個座位的那位高貴的老先生看見她的肩膀。

「人家不是也不要你了嗎？」克拉莉絲對旺朵夫說。

旺朵夫狡獪地一笑，同時做個無所謂的手勢。當然，他是不會去阻止可憐的布朗施去博取好感的。他更感興趣的，是斯泰內在全桌人面前現出的醜態。大家都了解這位銀行家的風流韻事。這個可怕的德裔猶太人，這個在生意場上如魚得水、雙手聚斂了數百萬財富的人，一旦迷戀上一個女人，就變得愚不可及。凡是女人他都要，尤其是一個女人在舞台上出現，他就非弄到手不可，而不問價錢多貴。他揮金如土的事廣為流傳，因為瘋狂地迷戀女色曾兩度破產。正如旺朵夫所說，煙花女子們為了在道德上進行報復，而洗劫他的錢箱。他利用朗德鹽場所作的一筆大交易，恢復了他在交易所的勢力。六個星期以來，米尼翁夫婦死死咬住鹽場不放。不過，已經有人在打賭，說最終吞下這塊肥肉的肯定不是米尼翁夫婦，娜娜已經露出雪白的牙齒、斯泰內又一次墜入了情網，而且陷得那樣深，坐在娜娜身邊，痴痴呆呆，顫抖著嘴唇，臉上布滿老人斑，連吃東西都沒了胃口。

這時，只要娜娜說出一個價錢就成了。然而，她並不著急，而是逗他玩，對著他毛茸茸的耳朵笑，繞有興趣地觀察著他肥大的臉上掠過一陣陣顫慄。要拴住這傢伙，什麼時候都來得及，如果粗鄙的繆法伯爵對她真像約瑟夫❶那樣不動心的話。

「要萊奧維爾酒、還是要尙伯坦酒？」一個侍者從娜娜和斯泰內的肩膀之間伸過頭來，低聲問道。這時，斯泰內正在與少婦說悄悄話。

❶希伯來人，雅各的第十一兒子，被衆兄長賣給商人，又被轉賣給埃及法老的侍衛長為奴僕，受侍衛長淫蕩的妻子的誘惑，但始終不動心；後成為埃及宰相。

「嗯？什麼？」斯泰內摸不著頭緒，期期艾艾說道，「隨便，什麼都一樣。」

旺朵夫用胳膊輕輕碰了露茜．斯特華。這個女人一日一受到別人慫恿，就愛嚼舌根，而且心地歹毒。這天晚上米尼翁的表現使她非常惱火。

「你知道是米尼翁從中牽線，」她對伯爵說道，「他想故技重演，搬出對付容齊耶那套辦法。記得吧，容齊耶嫖上了羅絲，但又對人高馬大的洛爾一見鐘情……米尼翁幫容齊耶把洛爾弄到手，然後又同他手挽手回到羅絲身邊，就像他幹荒唐事是得到妻子允許的……可是這一次，老辦法行不通囉。娜娜可不會把別人借給他的男人歸還的。」

「米尼翁怎麼啦，為何那麼嚴厲地盯著她的妻子？」旺朵夫問道。

他探身望去，只見羅絲對福什里非常熱情，這才明白為什麼他旁邊的這位這樣惱火。他笑著說道：「見鬼，你吃醋了嗎？」

「吃醋！」露茜怒氣衝衝答道，「好啊！如果羅絲想要萊昂，我讓給她好了，他也只配這個……每星期送一束花，還不準有呢！……看到沒有，親愛的，戲班子裡的小娘兒們全是一路貨色。羅絲讀了萊昂那篇寫娜娜的文章，痛哭了一場，這件事我知道。你明白吧，她也需要一篇寫她的文章……文章有人給她寫了……我嘛，馬上就要叫萊昂滾蛋，你等著瞧好了！」

她打住話頭，對拿著兩壺酒站在她身後的侍者說道：「萊奧維爾酒。」然後，她壓低聲音繼續說道：「我不想大喊大叫，我不是那種人……不過，她畢竟是個自命不凡的騷貨。我要是她丈夫，就非狠狠揍她一頓不可……哼！她得不到幸福的。她不了解我的福什里，他可是更卑鄙，和女人親近乎是為了謀求更好的地位……都是些無恥之徒！」

旺朵夫儘量讓她平靜下來。博德納夫呢，羅絲和露茜對他的照顧稍一放鬆，他就大喊大叫，說她們成心讓爸爸餓死渴死。他這一嚷，倒是增加了一點愉快氣氛。宵夜拖拖拉拉，誰也不再吃東西，盛到餐盤裡的義大利式牛肝菌和蓬巴杜脆皮菠蘿餡餅，全都白白糟蹋了。不過，香檳酒大家一直在喝，用過肉湯之後就沒有停止過，漸漸地一個個興奮起來，有點醉意朦朧，最後舉止也不那麼文雅了。女人們把雙肘支到了桌面，望著狼藉的杯盤出神；男人們爲了透透氣，把椅子往後一挪，於是黑色的禮服和鮮豔的短上衣交錯，側轉的、半裸露的肩膀泛著絲綢般柔和的光輝。房間裡太熱，桌子上的蠟燭光越來越黃，越來越昏暗。不過，一個飄蕩著金色鬆髮的脖子往前一彎，鑲滿鑽石的髮扣放射出的熠熠光芒，輝映著高高的髮髻。

大家談笑風生，每雙眼睛裡都蕩漾著微笑，一口口潔白的牙齒時隱時現，香檳酒杯裡反映出燃燒的蠟燭。有人高聲開玩笑，有人比手畫腳，有人提問題但沒有人回答，有人在房間這一頭喊另一頭的人。但吵鬧得最厲害的，還是那些侍者。他們還以爲是在酒店的走廊裡呢，相互擠來擠去給客人送冰淇淋和甜食，一邊拖長嗓子叫喊。

「孩子們，」博德納夫喊道，「你們知道我們明天還要演出……當心！香檳酒不要喝得太多！」

「我嘛，」富卡蒙說道，「地球上五大洲什麼酒沒喝過？各種各樣的名貴酒，甚至會當場醉死人的燒酒，嘿！我喝了一點事兒也沒有。我是不會喝醉的。我試過，就是不會醉。」

他臉色非常蒼白，一副冷漠的樣子，仰靠在椅背上，不停地喝酒。

「不管怎樣，」路易絲·維約萊納低聲說道，「別喝了，你喝得夠多了……如果後半夜還要我來照顧你，豈不讓人笑話。」

露茜·斯特華已喝得半醉，像患肺病的人一樣雙頰排紅；羅絲·米尼翁則兩眼潮潤，樣子顯得更溫柔了。塔唐·妮妮吃得太多，有點昏昏沉沉，獨自傻呵呵地笑自己愚蠢。布朗施、卡羅莉娜、西蒙娜、瑪麗亞等其他人，都在同時說話，各自講述自己的事情。例如，與車夫的一次爭吵，去鄉下野餐的計劃，情郎被偷走又被還回來這類錯綜複雜的故事等等。喬治身旁的一個小伙子想擁吻萊婭·德·霍恩，卻挨了她一記耳光，並聽見她怒氣衝衝地說道：「你怎麼回事！放開我！」喬治醉得很厲害，望著娜娜異常興奮，心裡嚴肅地醞釀著一個想法，只不過究竟是否付諸實行，還猶豫不決。這想法就是四腳落地，從桌子底下爬過去，像隻小狗蹲在娜娜的腳邊。誰也不會看見他，他就乖乖地待在那裡。這時，達蓋內在萊昂的請求下，叫喬治身邊那個年輕人安分點；喬治突然感到非常哀傷，彷彿達蓋內責備的是他似的。眞愚蠢，眞悲哀，再也沒有一丁點身開心事。可是，達蓋內還開玩笑，強迫他灌下一大杯水，問他如果單獨與一個女人在一起，他怎麼辦，既然三杯香檳就能把他醉倒在地。

「聽我說，」富卡蒙又說話，「哈瓦那人用野漿果釀造出的一種燒酒，喝下去就像吞了火似的。可是，一天晚上我喝了一升多，一點事也沒有……還有比這更厲害的呢，一天在科羅曼德爾海岸，當地土人給我們喝了一種不知什麼酒，大概是摻胡椒的劣質燒酒，我喝了同樣一點事也沒有……我是喝不醉的。」

好一陣子，坐在對面的拉·法盧瓦茲那副嘴臉令他反感，他不禁發出幾聲冷笑，說了幾句難聽的話。拉·法盧瓦茲頭昏腦脹，不停地動來動去，身子緊緊貼住佳佳。突然，他大爲不安起來：他的手帕給什麼人拿走了。他已經喝醉了，非要把他的手帕找回來不可，又是問鄰座的人，又是低頭看椅子底下和腳旁邊。佳佳勸他不要著急，他咕噥道：

「我太疏忽了。手帕角上有我的姓名的起首字母和我的爵位標誌，弄丟了可能會給我帶來麻煩的。」

「喂，是不是法拉莫瓦茲，拉瑪法瓦茲，馬法盧瓦茲先生？」富卡蒙大聲說道，覺得將小伙子的姓名這樣胡亂拼來拼去挺有意思。

拉．法盧瓦茲火了，結結巴巴地談到自己的祖先，抓起一把長頸大肚玻璃壺要砸扁富卡蒙的頭。德．旺朵夫伯爵不得不從中勸阻，一再說富卡蒙一向是個挺滑稽的人。這時大家果然都在笑。雙目圓睜的小伙子軟了下來，重新坐下。他表哥大聲命令他吃飯，他便像小孩子一樣順從地吃起來。佳佳也緊緊地摟住了他。只是不時他還陰鬱、焦躁地掃一眼全桌的客人：他仍在尋找他的手帕。

富卡蒙想顯示自己的幽默風趣，就隔著桌子攻擊拉博德特。路易絲．維約萊納一個勁叫他閉嘴，說他這樣拿別人尋開心，到頭來倒楣的總是他。富卡蒙腦子一轉，想出一開玩笑的新方式，叫拉博德特「太太」。這玩笑看來使他挺開心，他再三這樣叫拉博德特呢，並不動氣。每次只是聳聳肩膀說道：「住嘴吧，親愛的，這樣叫太蠢啦。」

可是，富卡蒙繼續這樣叫，甚至莫名其妙地罵起人來，拉博德特不再理他，而對旺朵夫伯爵說道：「先生，叫你的朋友住嘴……我可不想發火。」

富卡蒙曾兩次同人打架，但大家還是尊重他，沒有人排斥他。這時全餐桌的人都說他不對，儘管大家都給逗樂了，覺得他還挺風趣的，不過總不能因爲這個而破壞這次宵夜嘛。旺朵夫眉清目秀的臉變得鐵青，要求富卡蒙還拉博德特本來的性別。米尼翁、斯泰內、博德納夫等頗有名望的男人，也都干涉，大喊大叫，壓倒了富卡蒙的聲音。只有娜娜身旁被大家遺忘了的老先生，保持著高傲的神氣、臉上依然浮著疲倦的、靜靜的微笑，用無神的目光，注視著正餐結束後這亂糟糟的場面。

「我的小寶貝，咱們就在這裡用咖啡怎麼樣？」博德納夫說道，「這裡挺舒服的。」

娜娜沒有馬上回答。自宵夜開始以來，她就好像不是在自己家裡。這些客人呼喊侍者，大聲交談，隨隨便便，就像在餐館裡一樣，弄得她不知所措，暈頭轉向。她忘掉了自己的女主人角色，只顧照顧胖子斯泰內，使得這胖子差點中風死在她身邊。他說話她倒是聽著，但是對他的要求，她還是用搖頭和胖金髮女郎的笑聲加以拒絕。落肚的香檳酒使她雙頰泛起玫瑰紅，嘴唇潮潤，眼睛閃閃發光；每當她雙肩撒嬌似地一扭，回眸時脖子肉感地微微鼓起，銀行家就加一次價錢。看到她耳畔一個嬌嫩、細膩的部位，他都要瘋了。有時，娜娜受到打擾，這才想起她的客人們，趕緊裝出親切可愛的樣子，表示她是很善於招待賓客的。宵夜接近尾聲時，她已醉得很厲害，這使她懊惱。這香檳酒一喝，她就醉了，於是一個念頭激怒了她：這些女人在她家裡胡作非爲，肯定是爲了往她臉上抹黑。哼！她洞若觀火。露茜向富卡蒙眨眼睛，挑峻他與拉博德特作對；羅絲、卡羅莉娜和其他女人，也都在慫恿那些男人。現在都吵鬧得誰也聽不見誰說話了，這豈不是給人以口舌，說在娜娜家宵夜可以爲所欲爲嗎？好吧！讓他們等著瞧吧。她雖然醉了，但還是最迷人、最得體的。

「我的小寶貝，」博德納夫又說道，「叫人把咖啡送到這裡來吧……我希望在這裡，因爲我的腿行動不便。」

可是，娜娜突然站起來，附到斯泰內和那位老先生耳邊悄聲說：

「挺不錯啊，下回我曉得可不能邀請下流胚了。」

兩個人聽了愕然。娜娜接著指一指餐廳門，高聲說道：

「大家知道，要喝咖啡去那裡。」

大家離開餐桌，推推搡搡向餐廳擁去，並沒有留意娜娜在生氣。不一會兒，客廳裡只剩下博德納夫了，他扶著牆，小心翼翼地向前挪動，一邊咒罵這些該死的女人，他們現在撐飽了，就撂下爸爸不管了。他身後，侍者們在領班的吩附下，已開始收拾碗碟，一個個忙忙碌碌，你推我擠，一眨眼工夫就把餐桌撤掉了，好像舞台上美妙的布景，布景師哨子一吹，就撤得無影無蹤了。用完咖啡之後。女士們和先生們還是要回到客廳裡來的。

「哎呀！這裡倒挺涼的。」佳佳一進入餐廳，微微打個寒顫說道。

這個房間的窗戶是敞開的。兩盞燈照亮桌子，桌子上擺著咖啡和酒。這裡沒有椅子，大家只好站著用咖啡，隔壁侍者們的喧嘩有增無減。娜娜不見了。她不在場沒有引起任何人不安。沒有她，大家照樣很好，各人自己動手，小匙不夠，就到碗櫥裡去找。大家分成三個一堆五個一群，在用餐時分隔開的人，現在湊到一起了，互相交換眼色，彼此會意地笑，三言兩語就交流了各方面的情況。

「奧古斯特，」羅絲·米尼翁對丈夫說，「這幾天應該請福什里先生來我們家吃餐中飯，是不是？」

米尼翁正在玩錶鏈，狠狠地瞪了記者一眼。羅絲瘋了。作爲一個好管家，他得整治一下這種浪費行爲。爲了對他那篇文章表示感謝，這次就請了吧，但是以後可得關緊大門。然而，他了解妻子的壞脾氣，而他自己對妻子幹的傻事，該容忍時，照例總是慈父般容忍的，因此他裝出和顏悅色的樣子答道：「當然，我很高興……明天就來吧，福什里先生。」

露茜·斯特華正與斯泰內和布朗施閑聊，聽見了這個邀請，立刻提高聲音，對斯泰內說：

「她們全都瘋了……有一個居然連我的狗也偷走了……你瞧，親愛的，你拋棄了她，這能怪我嗎？」

羅絲回過頭。她正在小口呷著咖啡，臉刷地變白了，定定地盯住斯泰內，被拋棄的滿腔怒全都集中眼睛裡，化爲熊熊怒火。她比米尼翁看得更清楚，試圖把對付容齊耶那一套重搬出來是愚蠢的，那種把戲玩一次有效，玩兩次就不靈了。活該！她將得到福什里，夜宵一開始，她就迷戀上了。米尼翁不高興，正好給他一個教訓。

「你們倆不會打起來吧？」旺朵夫湊過來對露茜·斯特華說道。

「不會的，別擔心。不過，她得安分點兒，否則，我非狠狠教訓她一頓不可。」

說罷，她禁不住向福什里招招手，說道：

「我的寶貝，我家裡還有你的拖鞋哩。明天我叫人送到你的門房那裡去吧。」

福什里想開點什麼玩笑，但她卻帶著王后般的神氣走了。靠在牆邊安安靜靜地喝櫻桃酒的克拉莉絲，聳了聳肩膀。瞧吧，這就是爲了一個男人而招來的麻煩。兩個女人一道與她們的情人在一起時，頭一個念頭不就是互相爭奪嗎？這是規律。就拿她來說吧，如果她願意，豈不會爲了埃克托而挖掉佳佳的眼睛？唉！呸！她才不屑這樣幹呢。過了一會兒，當拉．法盧瓦茲從她身邊走過時，她只對他說道：

「喂，聽著，你愛她們愛得太早了！還沒熟呢，你需要的是熟過頭的爛貨。」

拉．法盧瓦茲現出又生氣又不安詳的樣子，見克拉莉絲挖苦自己，便對她產生了懷疑。

「別開玩笑好不好，」他咕噥道，「你拿了我的手帕，把手帕還給我。」

「他拿他的手帕來找我們的麻煩找夠啦！」克拉莉絲叫了起來，「我問你，白痴，我拿你的手帕幹什麼？」

「哼！」他還是疑心未消，說道，「寄給我家裡，敗壞我的名聲嘛。」

這時，富卡蒙正一個勁地喝酒，望著混在女人中間喝咖啡的拉博德特，還是不住地冷笑，同時說一些沒頭沒腦的話：什麼馬販的兒子呀，什麼按另一些人的說法是一位伯爵夫人的私生子呀，什麼沒有任何收入，口袋裡經常只有二十五個路易呀，什麼窯姐們的奴僕，一個從來不睡覺的傢伙呀，等等。

「從來不睡！從來不睡！」他氣呼呼地重複道，「不，瞧吧，我非給他一記耳光不可。」

他端起一小杯夏托茲酒一飲而盡。這種酒他喝了一點感覺也沒有。「這酒不行。」他說道，用大拇指的指甲敲得牙齒砰砰響。可是，當他向拉博德特走去時，臉色突然變得煞白，人直挺挺地倒在碗櫥前面，已經醉得不省人事。路易茲．納約萊納暗暗叫苦，她早說了他這樣喝下去不會有好結果的，現在這一夜剩下的時間她不得不照料他了。佳佳一邊安慰他，一邊以富有經驗的女性的目光仔細觀查海軍軍官，說沒事兒，這位先生這樣熟睡十二至十五個小時，也不會發生意外。富卡蒙被抬出去。

「瞧，娜娜到哪裡去了？」旺朵夫問道。

是啊，離開餐廳之後，娜娜就不見蹤影了。大家這才想起她，都嚷著要她出來。斯泰內已經不安好一陣子，向旺朵夫那位老先生到哪裡去了，因爲他也不見了。但伯爵叫他放心，那老頭兒是他剛送走的；他是外國人，姓名嘛就沒有必要提了，反正很有錢，樂於負擔各種場合宵夜的費用。大家又把娜娜忘到了腦後，旺朵夫忽然看見達蓋內從一扇門裡探出頭來，招呼他進去。他進入臥室，看見女主人坐在那裡，一動不動，嘴唇發白，達蓋內和喬治站在她身旁，沮喪地看著她。

「你怎麼啦？」旺朵夫驚詫地問道。

娜娜沒回答，連頭也沒回。旺朵夫又問一遍。

「我，」娜娜終於喊出了聲，「我不願意大家不把我放在眼裡！」

於是，她把到嘴邊的話全講了出來。對，是的，她並不是傻瓜，她看得很清楚。在用餐期間，誰也沒把她放在眼裡，大家盡說些下流話，表示對她的蔑視。這群賤貨，與她比差遠了！她常常盡心盡力做好事，末了反而招得人家嚼舌根！她眞不知道自己爲什麼沒把這群下流傢伙趕出去。她越說越氣，再也講不下去了，嗚咽起來。

「得了，姑娘，你喝醉啦。」旺朵夫換成親暱的口吻對她說道，「應當理智才行。」

不，娜娜根本不想聽他的勸告，她就是要待在這裡不出去。

「我可能是醉了，但我要別人尊重我。」

這十五分鐘，達蓋內和喬治再三請求她回餐廳去，但白費了口舌。她硬是不肯出來，她的客人們愛幹什麼就可以幹什麼，她蔑視他們，根本不想再去與他們待在一起。她絕不去！絕不！就是把她碎屍萬段，她也不離開臥室。「我應該想到的，」娜娜又說道，「肯定是刁蠻的羅絲搞的鬼，我盼望的那個正派女人今晚沒有來，準是羅絲阻止她來。」

她說的是羅貝爾太太。旺朵夫用名譽向她擔保，羅貝爾太太是自己不肯來的。他一邊聽娜娜說，一邊同她爭論，臉上一點笑容也沒有，這種場面他早已習以為常，懂得如何應付處於這種狀態的女人。可是，當他抓住娜娜的雙手，想把她從椅子上扶起來，拉到餐廳去時，娜娜怒不可遏地拼命掙扎。她就是不信，繆法伯爵沒來不是福什里從中阻攔，誰說她也不信。這個福什里真是一條毒蛇，一個嫉妒成性的男人，他會瘋狂地對付一個女人，破壞她的幸福。因為她知道，繆法伯爵已經迷戀上了她，她本來可以得到他的。

「他嘛，親愛的，你永遠得不到。」旺朵夫大聲說道，不自覺地笑了。

「為什麼？」娜娜嚴肅地問道，酒有點醒了。

「因為他與神父們混在一起，他用指尖碰了你一下，第二天就得跑去懺悔……聽我一次忠告吧，別放走了另一個。」

娜娜沉默了片刻，顯出思考的樣子。然後，她站起來，去洗了洗眼睛。然而，當旺朵夫要陪她去餐廳時，她還是憤怒地大喊大叫表示拒絕。旺朵夫也不再堅持，笑一笑離開了臥室。他一走，娜娜立刻感情大動，撲進達蓋內的懷抱，連聲說道：「啊！我的咪咪，只有你……我愛你，是的！我深深地愛你！……要是我們能永遠地生活在一起，那該有多好啊。天啊！女人多麼不幸！」

這時，她注意到喬治正滿臉通紅地看著他們擁抱，便也擁抱了他。咪咪不至於嫉妒一個孩子。她希望保羅和喬治永遠同心同德，三個人這樣相處下去，知道彼此相愛，該多溫馨啊。這時，一個奇怪的聲音擾亂了他們，臥室裡有人在打鼾。他們四下尋找，發現是博德納夫，顯然是用完咖啡之後，就舒舒服服地躺在這裡。他躺在兩張椅子上，頭枕著床邊，腿伸得直直的。娜娜見他那副模樣，張著嘴巴，每打一個呼嚕鼻子就動一動，覺得非常滑稽，止不住大笑起來。她走出臥室，後面跟著達蓋內和喬治，穿過餐廳，進到客廳裡，笑得越來越厲害。

「啊！親愛的，」她差點撲到羅絲懷裡，說道，「你怎麼也想像不到的，過來看看吧。」所有女人都不得不跟她一塊去。她親親熱熱拉住她們的手，拼命地拽著她們跑，顯得那麼開心，其他女人也都信任地跟著她笑起來。她們這一幫子離開了客廳，圍住攤手攤腳睡著的博德納夫，大氣不敢出，待了一分鐘回來了，這才一個個笑得前仰後合。她們之中有一個叫大家靜一靜，這就遠遠聽見傳來了博德納夫的呼嚕聲。

已將近凌晨四點鐘。餐廳裡擺好了牌桌，旺朵夫、斯泰內、米尼翁和拉博德特在桌旁坐下，露茜和卡羅莉娜站在他們身後押賭，布朗施直發睏，對這一夜過得很不滿意，每隔五分鐘就催問旺朵夫，他們是不是馬上回去。客廳裡，大家想跳舞。達蓋內坐在鋼琴前，用娜娜的話說，是「坐在五斗櫃前」娜娜不要「瘸腳的鋼琴」，咪咪彈奏華爾茲和波爾卡舞曲，大家要他彈哪首就彈那首。可是，舞跳得沒精打采，這些女士們蜷縮在沙發裡閑聊，昏昏欲睡。突然，外邊傳來一陣喧嘩。有十一個青年人結伴而來，在前廳裡放聲大笑，擠到客廳門口。他們剛參加完內政部的舞會，一個個穿著晚禮服，繫著白領帶，佩帶著叫不上名字的十字勛章。娜娜見到這群年輕人吵吵嚷嚷跑進來，十分生氣，便叫廚房裡的侍者，把這些先生趕出去。她發誓說，這幫年輕人她從來沒見過。福什里、拉博德特、達蓋內等所有男客，都上前要這些年輕人尊重女主人。頓時粗話亂飛，有人伸出了拳頭，眞令人擔心要大打出手了。

然而，一位滿臉病態，一頭金髮的小個子再三說道：

「瞧，娜娜，那天晚上在佩特家的紅色大客廳裡……想想看！你邀請過我們。」

那天晚上在佩特家？娜娜一點點也不記得了。到底是哪天晚上？金髮小個子說出了日子：是星期三；娜娜記得星期三晚上她的確在佩特家吃過夜宵，可是並沒有邀請任何人，這一點她幾乎可以肯定。

「可是，姑娘，要是你邀請了他們呢？」拉博德特有點懷疑了，悄聲說道：「也許你當時高興得有點過頭吧。」

娜娜聽了笑起來。這是可能的，只是她一點印象也沒有了。總之，這些先生既然來了，就可以進來。問題解決了。好幾個剛來的人在客廳裡見到自己的朋友，一場風波以握手言歡告終。那個樣子像生病的金髮小個子，是法蘭西最有名望的一個家族的後代。新來的這幫人還宣布，他們後邊還有人要來。

果然，門頓時被推開，進來的都是戴白手套，穿禮服的人。這些人也是剛剛離開內政部舞會的。福什里開玩笑問：部長大人是不是也會來。但娜娜聽了很不痛快，回答說：部長要去的人家，肯定比不上她家。她憋在心頭沒有說出來的，是她抱著一個希望：看到繆法伯爵混在成群結隊的人之中一塊進來。繆法伯爵可能改變了主意。她一邊與羅絲閑聊，一邊留意門口。

五點鐘了。沒有人再跳舞，只有打牌的人還硬是不肯收攤。拉德德特讓出了自己的位置，女人們又回到了客廳裡。廳裡籠罩著長時間熬夜的睏倦氣氛，燈光十分朦朧，燈油用完了，燃燒的燈心把燈罩映成紅色。在這種時刻，女人們心頭湧上莫名的哀愁，很想講講自己的身世。布朗施·德·西弗里談起了她的將軍祖父；克拉莉絲則編了一個故事，大談她在叔父家的時候，一位獵野豬的公爵如何引誘她。她們倆都背朝著對方，聽了對方的話都只願聳肩膀，心裡想：天哪，她怎麼能這樣胡吹瞎吹。而露茜·斯特華則不動聲色地講述了自己的出身，愉快地談起了自己的青年時代，那時她父親是火車北站的加油工人，每個星期天都讓她飽餐一頓卷邊蘋果醬餡餅。

「哎！讓我說吧！」小瑪麗亞·布隆突隆叫起來，「在我家對面住著一位先生，一個俄國人，一個非常有錢的人。昨天我收到一籃水果！是啊，是一籃水果！有特大的桃子，這麼大粒的葡萄，總之，都是現在這個季節的罕有之物……而且在水果中間，有六張一千法朗的鈔票……這肯定是那個俄國人……當然，我全都退了回去了，不過那些水果，我心底裡眞是有點捨不得。」

女士們你看看我我看看你，一個個都閉著嘴不吭聲。這個瑪麗亞·布隆，小小年紀，竟這樣厚臉皮。而這樣的美事又偏偏讓她這種下三爛的貨碰上！這些女士，彼此之間懷著深深的蔑視。她們特別嫉妒露茜，對她擄有三位親王憤憤不平。自從露茜每天早上騎馬去布洛涅森林漫步，大出了風頭，她們所有人也都發瘋般騎起馬了。

天就要亮了。娜娜不再抱希望，收回盯住大門的目光。大家無聊得要命。羅絲·米尼翁不肯唱《拖鞋歌》，蜷縮在一張長沙發裡，低聲與福什里閑聊，一邊等待米尼翁。米尼翁已經贏了旺朵夫五十個路易。一位肥胖的先生，佩帶著勛章，面容嚴肅，用阿爾薩斯土語朗誦了《亞伯拉罕的犧牲》❷。當朗誦到上帝發誓時，他誦讀的是「以我的聖名」，而以撒總是回答：「是的，爸爸。」只是誰也沒聽懂，這個故事未免顯得荒謬。誰也不知道怎樣才能快活起來，怎麼才能瘋狂地度過這個通宵。拉博德特靈機一動，附到拉．法盧瓦茲耳邊說是女人拿了他的手帕，拉．法盧瓦茲便去每個女人身邊打轉，看她們之中是否有人拿了他的手帕繫在脖子裡。這樣鬧了一陣以後，年輕人發現食櫥裡還有好些香檳酒，便又喝起來。大家互相呼喚，尋找刺激。可是，客廳裡每個人還是不可抗拒地醉得無精打采，無聊得想哭。那個金髮小個子，即法國最有名望的一個家族的後代，再也編不出故事，找不到什麼有趣的話可說，絕望之下，竟又想出個點子，拿起他正喝的那瓶香檳酒，全都倒進鋼琴裡，引得所有人捧腹大笑。

「瞧！」塔唐．妮妮在一旁看見朋，詫異地問道，「他為什麼把香檳倒進鋼琴裡？」

「怎麼！姑娘，連這個你都不懂？」拉博德特一本正經地答道，「對於鋼琴，香檳酒比什麼東西都好，倒進去琴聲更洪亮。」

「哦。」塔唐．妮妮信以為眞。

聽到大家哄堂大笑，她又生氣了：她怎麼知道呢？這些人盡跟她胡攪。

❷拿破崙三世即路易．波拿巴一八四八年二月革命後，結束在國外的流亡返回法國，同年十二月二日被選為共和國總統，一八五二年十二月稱帝，建立法蘭西第二帝國。

情況顯然不妙。這一夜看來就要這麼不像樣子地結束了。瑪麗亞．布隆在一個角落地同萊婭．德．霍恩拌嘴，因爲她責備萊婭盡同一些沒有多少錢的男人睡覺，兩個人粗言穢語罵開了，竟相互攻擊對方臉長得難看。露茜臉子長得醜，聽了便喝令她們閉嘴，說臉怎麼樣有什麼關係，關鍵是要身材長得美。再過去點一張長沙發上，一個大使館的隨從摟住西蒙娜的腰，非要吻她的頸子不可，但西蒙娜已經疲乏不堪，加之心情又不好，每次都把他推開，一邊說：「你眞煩人！」一邊用扇子使勁敲他的臉。這些女人沒有一個願意別人碰自己。誰願意讓人家把自己當成婊子呢？然而，這時佳佳卻抓住拉．法盧瓦茲不放，幾乎讓他坐在自己膝蓋上，而克拉莉絲則被夾在兩個男人之間，身體完全看不見，只聽見她被胳肢得發出神經質的笑聲。鋼琴旁邊，那個愚蠢、瘋狂的小遊戲還在進行，大家你推我擠，都想把喝剩的香檳酒倒進鋼琴裡。這玩法倒是既簡單又有趣。

「喂！老兄，喝一口吧……喔唷！這架鋼琴口渴得眞厲害！……注意！這裡還有一瓶哩，要喝完，一滴也不要浪費。」

娜娜背對著鋼琴，沒看見這幫人的惡作戲。她顯然不得不選擇胖子斯泰內了，這胖子就坐在她身邊。活該！怪只怪繆法，誰叫他自己不來呢。她穿著白綢裙，又薄又皺，像件襯衣裹在身上，人已有幾分醉意，臉色發白，眼睛下面現出黑圈，像一個老實的姑娘，委身了斯泰內。她髮髻和上衣上的玫瑰，葉子脫落了，只剩下梗子。不過，斯泰內突然把手從她的裙子裡抽了出來，因爲他的手碰到了喬治別上的別針。他的手指冒血了，有一滴血掉在白綢裙上，染上了一個紅點。

「現在就像簽字畫押了一樣啦。」娜娜嚴肅地說道。

天色漸亮。窗戶裡照進朦朧而特別淒清的晨光。於是，大家開始散去。眞稱得上一次喪氣而惱人的解散。卡羅莉娜·埃凱爲白白浪費了一夜而氣鼓鼓的，說如果不想看到難堪的事情，是得趕快走啦。羅絲呢，因爲作爲女人的榮譽受到損害而撅著嘴。和這些下流女子在一起情況總是這樣的，她們根本不懂規矩，從一開始就令人討厭。米尼翁贏得旺朵夫口袋裡一個子兒也不剩，夫妻兩根本不管斯泰內就走了，走之前再次邀請福什里第二天去家裡吃中飯。露茜拒絕記者送她回家，而大聲把他趕回到那位蹩腳的女演員身邊去。羅絲一聽，回頭咬牙切齒地罵了一句：「臭婊子！」但米尼翁已經把她推到門外，求她不要再罵了。大凡碰到女人吵架，他總是擺出一副既有經驗又高明的長者風度。在他們後面，露茜獨自一人莊重地走下樓梯。在她後面是拉·法盧瓦茲，他身體不舒服，像孩子一樣抽抽搭搭，不停地呼喚克拉莉絲，因爲克拉莉絲早與兩位先生一起溜了。佳佳不得不把拉·法盧瓦茲帶回家。西蒙娜早就不見了。現在只剩下塔唐、萊婭和瑪麗亞，拉博德特殷勤地表示負責送她們回去。

「我一點睡意都沒有！」娜娜一再說，「咱們該幹點什麼才好。」

她透過玻璃窗看一看天色。天灰蒙蒙的，烏雲急馳。現在是六點鐘。對面奧斯曼大街的另一面，一座座房屋還在沉睡之中，晨曦中呈現出它們濕漉漉的屋頂的輪廓；冷清清的走道上，走過一群清潔工，木鞋留下一串嗒嗒的響聲。面對巴黎這淒迷的黎明，娜娜突然像少女般多愁善感起來，禁不住嚮往鄉村、純樸溫柔的愛情、溫馨而又潔白無瑕的東西。

「哎？你不知道嗎？」她回到斯泰內身邊說道，「你得帶我去布洛涅森林，我們要在那裡喝牛奶。」

她像孩子高興得拍起手來，不等銀行家回答，就去拿了件皮大衣披在肩上。銀行家當然同意帶她去，但心底裡感到無聊，已經在幻想別的事情了。客廳裡除了斯泰內，就只剩下那幫年輕人了。這幫年輕人把杯子裡的酒一滴不剩倒進鋼琴之後，也在談論要離去了；這時，他們的一個伙伴得意非凡地跑過來，手裡拎著在廚房裡找到的最後一瓶香檳酒。

「等一等！等一等！」他喊道，「還有一瓶夏托茲酒哩……瞧，這鋼琴就是需要夏托茲酒，喝下去它就會好啦……孩子們，現在咱們快溜吧。咱們眞是傻瓜。」

佐愛在梳洗間裡一張椅子上打盹，娜娜不得不叫醒她。煤氣燈還燃著。佐愛打著寒戰，幫助太太戴上帽子和穿上皮大衣。

「總算成啦，我照你的意思辦了。」娜娜剛剛拿定一個主意，心情輕鬆，一時衝動之下，對女僕說話口氣格外親暱，「你說得對，找銀行家還是找別人都一樣。」

女僕還有點睡意朦朧，心裡不甚痛快，嘀嘀咕咕，說太太頭天晚上就應該拿定主意的。隨後，她跟著娜娜到了臥室，問還有兩個人該怎麼辦。這兩個人，一個是博德納夫，一直在打呼；另一個是喬治，他不聲不響走進來，把腦袋往一個枕頭底下一鑽就睡著了，正像小天使一樣輕輕地打著鼾。娜娜回答說，讓他們睡去。但看到達蓋內進來，她又動了感情。達蓋內一直在廚房裡窺視她，顯得愁眉不展。

「瞧，我的咪咪，理智點吧。」她把達蓋內摟在懷裡，無比溫存地吻他，「他們也沒改變呀，你知道，我最愛的還是我的咪咪，不是嗎？這是迫不得已的，我向你發誓，這樣你我會更親近。明天來吧，我們將在一起待幾個鐘頭……快，用你的全部愛擁抱我……啊！再緊一點，抱得再緊一點！」

她隨即掙脫出他的懷抱，跑出來找到斯泰內，一想到要去鄉下喝牛奶，就快活極了。空蕩蕩的套間裡，現在只剩下旺朵夫，還有佩帶勛章、朗頌《亞伯拉罕的犧牲》的那個人。那個人就像被釘在牌桌旁，既不曉得自己在什麼地方，也看不見天已經大亮。布朗施則躺在一張長沙發上，正儘量設法入睡。

「啊！布朗施還在這裡！」娜娜叫起來，「親愛的，咱們喝牛奶去……走吧，回頭你再來這裡找旺朵夫就是了。」

布朗施懶洋洋地爬起來。這一回，銀行家那張通紅的臉氣得煞白了，心裡想帶上這個胖姑娘一起去準礙事。但是，兩個女人已經牢牢抓住了他，連連說道：

「你知道，我們要喝當著我們的面擠的牛奶。」

第五章

遊藝劇院正上演第三十四場《金髮維納斯》。第一幕剛剛演完。在演員休息室裡，飾演小洗衣婦的西蒙娜，站在掛在蝸形腳桌子上的鏡子前面。鏡子兩邊各有一扇角門，斜對著通向化妝室的走廊。她獨自端詳著自己，抬起一根手指頭在眼睛下輕抹，潤飾自己的化妝。鏡子兩邊各一盞煤氣燈，強烈的燈光照得她暖烘烘的。

「他來了嗎？」普呂利埃進來問道。他穿著瑞士海軍司令服裝，佩長長劍，足登大皮靴，頭頂飾一大撮翎毛。

「誰呀？」西蒙娜頭也不回反問一句，只顧對著鏡子笑，察看自己的嘴唇。

「王子。」

「不知道，我剛下來……啊！他會來的，他每天都來嘛！」

普呂利埃走到桌子對面的壁爐旁，爐子裡燃著炭火，兩邊也各有一盞很亮的煤氣燈。他抬頭看了看左右兩邊的掛鐘和晴雨表；掛鐘和晴雨表都是帝國時代的款式，上面飾有鍍金的人面獅身像。隨後，他往一張大扶手椅里一躺；扶手椅的綠絨套，被四代演員坐得已經發黃。他就那樣躺在那裡，一動不動，目光渙散，一副厭倦而無可奈何的樣子，恰如一般等待上場的演員。

博斯克老頭兒也進來了，拖著腳步，不停地咳嗽，身上裹一件舊黃外套；外套的一角從肩上滑了下來，露出扮演達戈貝爾王穿的飾金銀箔片上衣。他摘下王冠放在鋼琴上，一聲不吭，悶悶不樂地跺了一會兒腳，不過依然是一副正直人的樣子，兩隻手有點哆嗦，顯示出酒精中毒的最初跡象，而一部長長的銀鬚，倒給他紅紅的酒鬼面孔，增添了可敬的儀容。寂靜中，一陣雨澌澌打在朝院子的大方窗的玻璃上，老博斯克厭惡地擺擺手，咕噥一句：

「這鬼天氣！」

西蒙娜和普呂利埃沒有動。牆上的四五幅風景畫和一幅演員韋爾內的肖像，被煤氣燈薰黃了。一根柱子上雕刻著波蒂埃的半身像，他是遊藝劇院昔日的光榮，一雙無神的眼睛俯視著整個休息室。這時傳來喧嚷聲。是馮丹，他穿著第二幕的戲裝，扮成一個漂亮公子，渾身上下從衣服到手套都是黃色。

「喂！」他手舞足蹈地喊著，「你們都不知道？今天是我的聖名瞻禮日。」

「眞的？」西蒙娜滿面微笑走到他身邊，彷彿是被他的大鼻子和滑稽的闊嘴吸引住了，「那麼你的聖名叫阿基里斯❶？」

「一點不錯！……我要叫人通知伯龍太太，叫她第二幕一完就送香檳酒上來。」

遠處已響了一會兒鈴聲，那悠長的聲音漸漸低落，接著猛響起來。鈴聲一停止，就聽見一個聲音在樓梯上跑上跑下叫喊，然後消失在走廊裡：「第二幕上場啦！第二幕上場啦！……」隨著這喊聲的移近，一個臉色灰白、個子矮小的男人從演員休息室門口經過，使足力氣扯著尖尖的嗓

❶希臘神話裡特洛伊戰爭中的英雄，全身刀箭不入，只有腳踝是其致命弱點，後來果然腳踝中箭身亡。

門，衝裡邊喊道：「第二幕上場囉！」

「眞有你的！香檳酒！」普呂利埃似乎根本沒聽見這叫喊，說道，「祝你快樂！」

「我要是你，就叫咖啡館送香檳來。」老博斯克坐在一張綠絨軟墊長椅上，頭靠著牆，慢條斯理地說道。

但是，西蒙娜說讓伯龍太太賺幾個小錢也是應該的。她拍著手，滿臉通紅，兩眼貪婪地盯住馮丹！馮丹戴著山羊面具，眼睛、鼻子和嘴巴不停地動來動去。

「啊！這個馮丹！」她自言自言道，「只有他能做到！只有他能做到！」

休息室的兩扇門敞開著，對著通向後台的走廊。發黃的牆壁被一盞看不見的煤氣燈照得十分明亮，牆上迅速閃過一個個人影，有穿著戲裝的男人、半裸體裹著披肩的女人，還有第二幕的所有群衆演員，以及出入於「黑球咖啡館」低級舞場的社會渣滓。走廊盡頭，傳來演員踏著五級台階下到舞台的腳步聲。西蒙娜看見個子高高的克拉莉絲跑過，就叫住她，但克拉莉絲說她一會兒回來。果然她幾乎立刻回來了，穿著薄薄的上衣，披著象徵彩虹的披巾，冷得直哆嗦。

「眞該死！」她說道，「一點也不暖和，而我把皮大衣留在化妝室裡了。」

她站到壁爐前烤兩條腿，緊身褲一閃一閃的呈艷麗的玫瑰色。她又說道：

「王子來了。」

「啊！」其他人都發出驚嘆。

「我剛才跑過去就是想看一看……他坐在右邊第一個包廂，就是星期四坐的那個。什麼？這是一個星期之內他第三次來看演出了。這個娜娜眞好運氣……我還打賭他不會再來了呢！」

西蒙娜張開嘴想說話，但休息室旁邊又一聲叫喊蓋住了她的聲音。催場員扯著尖嗓門喊道：「敲過開場鑼啦！」

「都來過三次了，有點不像話啦。」西蒙娜等到那喊聲過去了，說道，「你們知道，他不願上她家，而是把她帶到他那裡去。據說，他爲此出的價錢可不低。」

「當然囉！要進城去嘛！」普呂利埃陰陽怪氣地說道，同時朝鏡子裡看一眼他那受包廂觀衆寵愛的美男子形象。

「敲過開場鑼啦！敲了開場鑼啦！」催場員一聲叫喊，沿著各層樓的走廊漸漸遠去。

馮丹知道王子和娜娜頭一次幽會的始末，便一五一十講給兩個女人聽；她們緊貼著他的身體，聽到他壓低聲音描述的細節，禁不住放聲大笑。

老博斯克一動不動，漠不關心。這種事再也引不起他的興趣了。他撫摸著一隻怡然自得地蜷伏在長椅子上的紅色大貓，最後就像一位年邁痴呆的國王，傻呵呵地、輕輕地把它抱起來。貓弓起背，聞著他長長的白鬍子，聞了好久，大概是聞不慣那膠水味，又回到身長椅子上，把身子一蜷打起盹來。老博斯克仍然一副嚴肅而沉思的樣子。

「這沒什麼，我要是你，肯定要咖啡館的香檳酒，那裡的酒好一些。」他見馮丹向那兩個女人講完了，突然對他說道。

「開場啦！」催場員拖著破鑼般的嗓子喊道，「開場啦！開場啦！」

這聲音回蕩了一會兒，響起一陣吵雜的腳步聲。走廊的門突然開了，飄進來一陣音樂和隱約的喧嘩。門又關上了，四周有軟墊的門扇發出一聲沉悶的響聲。

演員休息室又籠罩在深沉的寂靜之中，彷彿在那掌聲不斷的演出廳百里之外。西蒙娜和克拉莉絲還在議論娜娜。娜娜這個人從來不著急的，昨天晚上又誤了出場。這時，有個高個兒姑娘探進頭來張望，她們立刻住了嘴；那姑娘發現找錯了門，轉身朝走廊裡端跑去了。她是薩丹，戴著帽子，罩著面紗，裝出來看望什麼人的貴夫人樣子。「好一個婊子！」普呂利埃小聲說道。一年來，他在遊藝咖啡館經常見到她。於是，西蒙娜告訴大家，娜娜怎樣認出薩丹是她在寄宿學校的老同學，又如何對她著了迷，纏住博德納夫，要他把她推上舞台。

「哎喲！晚安啊！」馮丹說著，與剛進來的米尼翁和福什里握手。

老博斯克也伸出手，兩個女人則擁抱了米尼翁。

「今晚的觀衆還熱烈吧？」福什里問道。

「啊！熱烈極啦！」普呂利埃答道，「應該說觀衆很看重這場演出！」

「喂！孩子們，」米尼翁提醒道，「該輪到你們上場了吧？」

快啦，還得一會兒。他們都是第四幕才有戲。只有博斯克這個兢兢業業的老演員本能地站了起來。正好這時門口出現了催場員：

「博斯克先生！西蒙娜小姐！」他叫道。

西蒙娜匆忙抓起一件小皮襖往身上一披，就出去了。博斯克則慢吞吞地找到自己的王冠，往腦門上一扣，拍一下，這才披著大衣，步履蹣跚地邁出門檻，嘴裡嘟嘟嘆嚷，像被人打擾了似的，一臉不高興的樣子。

「你最近那篇文章寫得很好，」馮丹對福什里說道，「不過，你爲什麼說演員都好虛榮呢？」

「是呀，親愛的，你爲什麼這樣說？」米尼翁大聲問道，用他粗大的手往記者瘦弱的肩上一拍，拍得他腰都彎了。

普呂利埃和克拉莉絲忍住沒有笑出聲。一段時間以來，整個戲院的人都對在後台所演的一齣笑劇感興趣。妻子的心血來潮，使米尼翁很惱火，而福什里給他們家庭帶來的好處，僅僅是一種引起爭議的廣告宣傳效果，這更使他氣從中來。於是，他想出一個辦法報復福什里，就是拼命對他表示友好，每晚在後台見到福什里，總要對他亂打亂拍，好像親熱得過了頭，控制不住似的。福什里在這個巨人旁邊，顯得又瘦又小，還得強露笑顏，忍受他的拍打，避免同羅絲的丈夫鬧翻臉。

「好呀！你這個傢伙，居然辱罵凴丹，」米尼翁說道，決計把這齣笑劇演下去，「當心！一，二，砰！擊中胸口啦！」

他作了一個衝刺的擊劍動作，給了年輕的記者狠狠一擊，使他好一會兒臉色蒼白，說不出話來。這時，克拉莉絲對大家眨眨睛睛，示意羅絲·米尼翁來了，站在休息室門口。羅絲看見了剛才的場面，但裝作沒看見丈夫，徑直走到記者面前，身穿娃娃戲裝，裸露著雙臂，踏起腳尖，把前額伸給記者親吻，像撒嬌的孩子撇著嘴。

「晚安，寶貝。」福什里說著親切地吻了她一下。

這是他獲得的補償。米尼翁呢，對這一吻似乎沒有在意，因爲在劇院裡，誰都可以吻他妻子。他笑著瞥了記者一眼，羅絲這次任性行事，肯定要使福什里付出沉重代價的。

朝走廊帶軟墊的門打開又關上，一陣暴風雨般的掌聲直撲進休息室。西蒙娜下了場，她回來了。

「嘿！博斯克老爺演得可眞精彩！」她大聲說道，「看得王子直捧腹大笑，和別人一樣鼓掌喝彩，就像被雇來捧場的人一樣……喂，那包廂裡坐在王子旁邊的那位高個子先生，你們認識嗎？好一個美男子，器宇軒昂，一副頰髯可漂亮了。」

「那人就是繆法伯爵。」福什里答道，「我知道，前天在皇后那裡，王子邀請了他今天共進晚餐……大概吃過晚飯之後就帶他到這兒來散心了。」

「哦！原來是繆法伯爵，我們認識他的岳父，不是嗎，奧古斯特？」羅絲對米尼翁說道，「知道嗎？就是德．舒阿侯爵，我去他家唱過歌的……恰好他現在也在看我。我看見他坐在包廂後排。」

普呂利埃插上那一大撮翎毛，轉過身來叫道：「喂！羅絲，咱們上場吧。」

羅絲話沒說完，就跟著普呂利埃跑了出去。這時，戲院的門房伯龍太太抱著一大束花從門口經過。西蒙娜開玩笑地問，這束花是不是送給她的；門房沒回答，用下巴指了指走廊盡頭娜娜的化妝室。這個娜娜！人家把鮮花盡送給了她。不一會兒，伯龍太太回來時，交給克拉莉絲一封信：克拉莉絲想罵沒有罵出口，又是拉．法盧瓦茲這個討厭鬼寫來的！這個人硬是纏住她不放！當門房告訴她這位先生在她那裡等候時，克拉莉絲叫了起來：

「請告訴他，這幕演完了我就下去……我不給他一記耳光才怪呢！」

馮丹急忙跑過來，連聲說道：「伯龍太太，請聽我說……請聽我說，伯龍太太……幕間休息時請送來六瓶香檳酒。」

催場員又氣喘噓噓地出現了，像唱歌似地催促道：

「大家上場啦！……該你啦，馮丹先生！快！趕快！」

「好的，好的，巴里約老爹，這就去。」馮丹有點呆頭呆腦地回答。

他跑步追上伯龍太太，又囑咐一遍：「聽見了嗎？說定了，六瓶香檳酒，幕間休息時送到演員休息室……今天是我的聖名瞻禮日，由我請客。」

隨著一陣裙子響，西蒙娜和克拉莉絲走了。一切復歸寂靜。當朝走廊的門帶著一聲悶響關上時，在靜悄悄的演員休息室裡，又聽見陣雨嘶嘶在窗戶上的聲音。巴里約這個臉色蒼白的小老頭，在戲院打雜三十年了，這時親切地走到米尼翁身邊，把打開的鼻煙盒遞過去。他總是不停地在樓梯上和化妝室的走廊裡跑來跑去，向人家敬一撮鼻煙，這對他來講不啻是片刻的休息。還有娜娜太太——他這樣尊稱她——沒有叫呢。她一味地自由放任，對處罰根本不在乎，想上場晚就晚。巴里約驚訝地停住腳步，自言自語道：

「瞧！她倒是已經準備妥當，出來了……她大概知道王子來了吧。」

娜娜果然出現在走廊裡，一身女魚販的裝束，胳膊和臉白白的，眼睛下抹了兩塊玫瑰紅。她沒進休息室，只對米尼翁和福什里點點頭：「你們好！還可以嗎？」

只有米尼翁握了握她伸過來的手。娜娜隨即繼續朝前走，莊重大方，後面緊跟著女服裝員，不時彎下腰爲她整理裙子的褶子。服裝員後面，給她們殿後的是薩丹，她竭力裝出得體的樣子，實際上感到無聊得要命。

「斯泰內呢?」米尼翁突然問道。

「斯泰內先生昨天動身去盧瓦雷省了。」正返回舞台的巴里約回答，「我想他要在那裡買一座鄉間別墅。」

「哦！對了，我知道，娜娜的鄉間別墅。」

米尼翁臉一沉。這個斯泰內，他曾經許諾給羅絲買座公館呢！得啦，犯不上跟任何人生氣。要緊的是再找機會。米尼翁思緒紛擾，但依然保持著高傲的樣子，在壁爐和蝸形腳桌子之間來回踱步。演員休息室裡只剩下他和福什里了。記者感到疲勞，一頭倒在扶手椅裡，什麼話也不說，半閉著眼睛養神；另一位踱步經過他面前，就掃他一眼。只有他們倆在一塊的時候，米尼翁從來不屑於拍打他；沒有任何旁觀者欣賞這場面，打他又有什麼用呢?作爲一個愛捉弄人的丈夫，演這種鬧劇來自取其樂，他實在沒有這種興趣。福什里得到幾分鐘的休息，十分高興，懶洋洋地伸腳向火，舉目望一下晴雨表，又望一下掛鐘。米尼翁在踱步之中。走到波蒂埃的半身像前停下來，心不在焉地看了一會兒，然後轉過身，走到窗前。

窗外陰沉沉的，院子彷彿張著黑洞洞的大口。雨停了，房間裡非常靜，加之爐膛裡的炭火和煤氣燈的燈火釋放的熱量，這寂靜更有點令人壓抑。後台不再傳來任何聲息，樓梯上和走廊裡一片死寂。這是一幕戲結束之前令人窒息的寂靜，而這時，台上全體演員的演唱之聲震耳欲聾。空無一人的休息室，正在一片嗡嗡聲中昏昏欲睡。

「啊！這兩個混蛋！」突然傳來博德納夫沙啞的叫嚷。

他剛到門口，就破口大罵兩個群衆女演員，因爲她們裝傻，在台上差點跌倒。他看見米尼翁和福什里，連忙打招呼，告訴他們一件事：王子剛剛表示，幕間休息時，要到娜娜的化妝室去向她表示祝賀。他領著米尼翁和福什里向舞台走去時，正好碰到舞台監督。

「你去懲罰一下費爾南德和瑪麗亞那兩個沒用的東西！」博德納夫怒氣沖沖地吩咐道。

他這才消了氣，儘量擺出高貴家長的尊嚴，掏出手帕抹了一把臉，補充道：

「我去接待王子殿下。」

在經久不息的掌聲中，布幕徐徐降落。舞台上，演員們立刻混亂不堪地退下；台上一片昏暗，因爲舞台口的排燈已經熄滅。主要演員和群衆演員們趕緊回到化妝室，布景工們則迅速撤換布景。然而，西蒙娜和克拉莉絲還留在舞台後面悄聲交談。剛才演出時，她們利用念台詞的空檔，商定了一件事：克拉莉絲經過深思熟慮，覺得還是不與拉．法盧瓦茲見面爲好，因爲這個人正在猶豫，是否放棄她去與佳佳相好。她請西蒙娜去向拉．法盧瓦茲打招呼，乾脆告訴他，不能這樣糾纏一個女人。西蒙娜答應去辦。

於是，西蒙娜沒卸下洗衣婦的戲裝，只披了件皮襖，就走下梯級黏滑、牆壁潮濕的窄樓梯，來到門房的小房間。這個小房間位於演員上下的梯子與通向經理室的梯子之間，左右兩邊的板壁是兩塊大玻璃，裡面點著兩盞明晃晃的煤氣燈，看上去像一個通明透亮的大燈籠。一個書架上堆放著信件和報紙；桌子上放著幾束待送的鮮花，旁邊是一些忘了洗的髒碗盤，還有一件舊女襯衫，門房正在重縫這件襯衫的扣子。在這間既亂又髒的小房間裡，四張舊草墊椅上坐著四位上流社會的先生，全都戴著手套，衣冠楚楚，一副耐心而無可奈何的樣子，每當聽見伯龍太太帶著答覆從樓梯上下來，他們便連忙轉過頭。這時，伯龍太太恰好帶下來一封信，交給一位年輕先生。

那位年輕先生急急忙忙走到前廳裡，在一盞煤氣燈下打開信，裡面還是那句老話：「今晚不行，親愛的，我有事。」在這個地方，他一次一次收到的總是這句話，他的臉不自在得有點發白了。拉·法盧瓦茲坐在緊裡的一張椅子上，在桌子和爐子之間。他似乎橫下心要在這裡過夜了，然而還是難免惴惴不安，拼命地把兩條腿縮起來，因爲有一窩小黑貓在他身邊鑽來鑽去，而母貓坐在後腿上，瞪著一對黃澄澄的眼珠子，定定地望著他。

「瞧，是你，西蒙娜小姐，有什麼事嗎？」門房問道。

西蒙娜請她叫拉·法盧瓦茲出來。可是，伯龍太太無法立即滿足她的要求。她在樓梯底下安了一個深櫃子，開設了一間小酒吧。幕間休息時，群衆演員都來這裡買酒喝。這會兒正好有五六個大漢，還穿著「黑球咖啡店」化妝舞會的服裝，一個個喝得要命，緊促著要酒喝，伯龍太太都有點應付不過來。小酒吧裡點著一盞煤氣燈，照亮一張錫面桌子和幾塊擱板，擱板上放著幾瓶已開封的酒。這個黑淒淒的洞穴的門一打開，就有一股強烈的酒味撲出來，與門房裡殘羹剩飯的味道和留在桌子上的鮮花撲鼻的芳香，摻和在一起。

「那麼，」門房招待了幾個群衆演員之後，說了一聲，「你要找的是那邊那個棕色頭髮的矮個子吧。」

「不，別亂來！」西蒙娜說道，「是爐子旁邊那個瘦子，也就是你的母貓正在聞他的褲腿的那個。」

於是，她把拉·法盧瓦茲帶到前廳，而其他幾位先生繼續無可奈何地等待，坐在門房裡面悶得連氣都透不過來；那幾個穿戲裝的群衆演員站在樓梯旁邊灌黃湯，一邊扯著醉漢的沙啞嗓門相互打鬧。

樓上的舞台上，博德納夫正在對布景工們發脾氣，因爲過了這麼長時間，他們還沒把布景撤完，肯定是故意磨洋工，好讓王子經過時，被一塊硬邦邦的東西碰傷腦袋。

「使勁拉！使勁拉！」工頭喊道。

背景布幕終於拉上去了，舞台寬闊了。一直盯住福什里不放的米尼翁，抓住這個機會，對他又推又搡，然後伸出雙臂死死將他挾住，嚷道：

「當心！這根柱子險些砸扁了你。」

他說著將福什里挾起來，一個勁地晃來晃去，然後往地上一扔，引得布景工們哈哈大笑。福什里氣得臉色煞白，嘴唇哆嗦，正想發作，米尼翁卻裝出一副老好人樣子，親切地拍他的肩膀，拍得他幾乎彎成了兩截，嘴裡一邊說道：

「我這是關心你的安全啊！……天曉得，要是你遇到不測，我不就慘了嗎？」

這時傳來一陣低語：「王子！王子！」大家都把目光投向大廳的小門，但看見的還只是博德納夫滾圓的背部和他那屠夫般的脖子，由於他不住地點頭哈腰，那肥胖的脖子也一扭一扭、一鼓一鼓的。過了一會兒，王子才出現。他魁梧，矯健，鬍子呈金黃色，皮膚白裡透紅，顯得風流倜儻，剪裁非常得體的禮服，襯托出發達的四肢。他的後面跟後繆法伯爵和德．舒阿侯爵。劇場的這個角落挺黑，這一行人完全淹沒在大片移動的暗影之中。博德納夫在與王后之子、王位未來的繼承人說話時，換了要狗熊的人那種口吻，裝得挺激動，聲音直哆嗦，不停地說道：

「請殿下隨我來……請殿下朝這邊走……請殿下當心……」

王子一點也不著急，對什麼都挺感興趣，停下來觀看布景工們操作。布景工們放下布景照明燈，那是一排罩在鐵絲網裡的煤氣燈，懸掛在空中，向舞台投下一大片光線。繆法從來沒有參觀過戲院的後台，尤爲驚奇，感到不舒服，隱約的有點反感又有點害怕。他抬頭仰望舞台頂部，只見另外一些布景照明燈，燈頭捻小了，像藍幽幽的群星在閃爍，映出空中橫七豎八的架子，粗細不一的繩子，橫樑，還有展開在空中的背景畫，像晾晒著的大床單。

「放！」工頭突然喊道。

倒是王子叫伯爵當心。一幅背景落了下來。現在正在置放第三幕布景，即埃特納火山上的一個岩洞。一些人把一根根柱子插進滑槽裡，另一些人把舞台緊裡靠牆的幾個框架搬過來，用很粗的繩子綁在柱子上。一位照明工人在最裡邊固定一個撐架，點燃上面帶紅燈罩的所有燈頭，以代表火神的煉鐵爐的熊熊火光，這一切顯得雜亂無章，但亂只是表面的，實際上每一個細微的動作都是有條不紊地操縱的。在這片忙碌之中，那個提台詞的人卻邁著細步踱來踱去，活動活動腿腳。

「殿下眞叫我受寵若驚。」博德納夫還是一個勁地點頭哈腰說道，「這個劇院不大，凡是能辦到的，我們儘量辦到……現在請殿下隨我來吧……」

繆法伯爵已經邁步向化妝室的走廊走去。舞台傾斜得這樣厲害，他十分吃驚，尤其是腳下的地板是活動的，不免使他提心吊膽。透過滑槽的槽縫，可以看見下面亮著煤氣燈，一幕地下生活的場面呈現於眼前：那下面像深淵般黑沉沉的，但有朗朗人聲，也有地窖的陰風，伯爵正往上走時，一個情景使他停住了腳步；兩個嬌小的女人，身著第三幕的戲裝，站在布幕的眼孔前閑聊；

其中一個踏起腳尖，用手指將眼孔撐大，以便更好地向場子裡張望。

「我看見他啦，」她突然說道，「啊！瞧那副嘴臉！」

博德納夫氣極了，拼命忍住才沒給她屁股上踢一腳。不過王子卻滿面微笑，聽到這句話顯得既高興又興奮，注視著那個不把王子殿下放在眼裡的嬌小的女人。那女人放肆地哈哈大笑。博德納夫趕緊請殿下跟他走。繆法伯爵開始出汗，不得不摘掉帽子。最使他受不了的，是這惡濁、悶熱、令人透不過氣來的空氣，這空氣中有一種強烈的氣味，這是後台特有的氣味，混和著煤氣的臭味，布景的膠水味，陰暗潮溼的髒味，還有群衆演員不乾不淨的內衣褲的氣味，走廊裡更加氣悶。卸妝水的氣味，肥皂味，呼吸的碳酸味，嗆得人難以忍受。伯爵經過樓梯邊時，往梯井裡看了一眼，裡面射出的燈光和向他的後頸撲來的熱浪，使他突然感到頭暈目眩。上面傳來臉盆的碰撞聲、笑聲和呼喚聲，還有砰砰開關門的聲音，隨著門的不斷開關，還飄來陣陣女人的香味、化妝品的香味和頭髮刺鼻的難聞氣味。伯爵沒有停留，相反加快了腳步，幾乎是逃離了一個陌生的世界，而從這個世界的洞口撲出的熱氣，使他渾身微微顫慄。

「唔！戲院眞是一個奇異的地方。」德．舒阿侯爵說道。他就像舊地重遊一樣愉快。

這時，博德納夫走到了走廊盡頭娜娜的化妝室門前，不慌不忙地轉動把手將門推開，然後往旁邊一讓，說道：「殿下請進。」

裡面傳來一聲女人的驚叫，只見娜娜幾乎赤裸著上半身，飛快地躲到一塊帷幔後面，而正在替她擦身子的女服裝員，手裡捏著毛巾愣在那裡。

「哎！這樣闖進來多不像話！」躲在後面的娜娜嚷道，「別進來。你們不是看見現在不能進來嗎？」

博德納夫對她這樣躲避似乎不大高興。

「別躲嘛，親愛的，沒有關係。」他說道，「是王子殿下，出來吧，不要耍孩子氣。」

見娜娜仍不肯出來，還是有些驚惶，但已在那裡吃吃笑了，博德納夫便用長輩般似惱非惱的口氣說道：「老天爺！這幾位先生都曉得女人是什麼樣子，不會把你吃掉的。」

「這可說不定。」王子狡黠地說道。

大家都笑起來，笑的方式挺誇張，顯然是對王子表示奉承。博德納夫說；「這眞是妙語，典型的巴黎式妙語。」娜娜不再作聲，只見帷幔在動，她大概在拿主意。這時，雙頰漲得通紅的繆法伯爵，抬眼打量這間化妝室。這是一個四四方方的房間，低低的天花板，牆壁全襯著淺栗色的裝飾布，帷幔也是同樣的裝飾布，掛在一根銅桿上，把裡面那一部分隔成一個小間。兩扇大窗戶朝向戲院的庭院，對面頂多三米遠，有一堵坑坑疤疤的牆壁，夜色中，這邊的窗戶玻璃在它上面反射出許多黃色的方塊。化妝室裡有一面大穿衣鏡，對面是一個潔白的大理石梳妝台，上面雜亂地擺滿了裝髮油、香水和香粉的水晶玻璃瓶子或盒子。伯爵走到鏡子前面，看見自己滿面通紅，腦門上沁出細細的汗珠子；他低垂雙目，走到梳妝台前站定，看著盛滿肥皂水的洗臉台、散亂的象牙小用具、濕漉漉的海綿，一時間似乎忘記了一切，又一次產生了他頭一回去奧斯曼大街娜娜家那那種眩暈之感。他覺得腳下厚厚的地毯變是格外柔軟；梳妝台和穿衣鏡上方燃燒的煤氣燈頭，似乎帶著瞼哄聲向他的太陽穴四周噴射著火苗。他又聞到女性的這種氣味，突然擔心會被這氣味薰得暈倒，便在兩扇窗戶之間的軟墊長椅上坐下。但他立刻站了起來，回到梳妝台旁，什麼也不再看，目光渙散，回想曾經在他的臥室裡放得凋謝了的一束晚玉香，他差點被那香味薰死。晚玉香枯萎時，會散發出和人體一樣的氣味。

「快點呀！」博德納夫從帷幔上探過頭去，悄聲催促道。

這時，德．舒阿侯爵從梳妝台上拿起一個小粉撲，對王子解釋怎樣撲白底粉，王子彬彬有禮地聽著。面容像處女般純潔的薩丹坐在一個角落裡，仔細打量著這幾位先生。服裝師朱爾太太正在預備愛神的緊身衣。

朱爾太太看不出有多大年齡，一張臉皺巴巴的，十分呆板，就像誰也不知道年輕時怎樣的老姑娘。她是在化妝室灼熱的空氣中，在巴黎最著名的大腿和胸脯之間，變得人老珠黃的。她總是穿一件舊黑色長袍，扁平而看不出是女性的上半身，在心臟的部位別了許多別針。

「請幾位先生原諒，」娜娜拉開帷幔說道，「不過剛才我毫無心理準備。」

大家都回過頭來。娜娜還是沒穿衣服，只不過將短小的薄紗胸衣扣上了鈕扣，稍稍遮住了胸脯。剛才這幾位先生不期而至時，她急急忙忙脫掉了女魚販子衣服，妝還沒卸完，褲子後面的襯衫還有一塊沒有塞進去。現在她光著胳膊和肩膀，裸露的乳房挺得高高的，充分展露了這位豐腴的金髮女郎迷人的青春之美。她仍然手抓住帷幔，彷彿一受到驚嚇，準備馬上再把帷幔拉上。

「是的，我毫無心理準備，我絕對不敢……」她期期艾艾說道，裝出很窘的樣子，脖子上紅一塊白一塊，臉上掛著尷尬的微笑。

「行啦，既然這幾位先生覺得你這樣很好！」博德納夫大聲說道。

她還是裝出天眞少女忸忸怩怩的樣子，身子像被人胳肢得一扭一扭的，連聲說道：

「殿下眞是太賞光了……我這個樣子來接待殿下，請殿下寬恕……」

「啊！是我太唐突了。」王子說道，「不過，夫人，我想來向你表示祝賀的意念實在無法抗拒……」

於是，娜娜僅僅穿著襯褲，不慌不忙地從這幾位先生之間向梳妝台走去，幾位先生忙給她讓路。她的臀部很大，把襯褲繃得鼓鼓的，胸部挺得高高的，臉上掛著嫵媚的微笑，一邊走一邊向大家微微點頭。突然，她認出了繆法伯爵，友好地向他伸出手，還責怪他沒有去參加她家的宵夜。王子不顧殿下的身分，與繆法開玩笑；繆法期期艾艾，用滾燙的手抓住娜娜剛浸過香水而發涼的小手，握了片刻，渾身止不住微微哆嗦。王子以善吃喝著稱，今天在他府上晚餐，伯爵酒足飯飽，兩個人都有點醉意，但他們的舉止還十分得體。繆法爲了掩飾自己的騷動不安，便說房間裡太熱。

「天哪！這裡好熱，」他說道，「夫人，在這樣的溫度下你怎麼待得下去？」

大家正要從這個話題開始交談起來，卻聽見門外一片喧嘩。博德納夫拉開帶鐵格子的窺視孔的小木板。原來是馮丹。後面跟著普呂利埃和博斯克。三個人都腋下夾著酒瓶，手裡拿著酒杯。馮丹敲了敲門，大聲說今天是他的聖名瞻禮日，他請大家喝香檳酒。娜娜看一眼王子，徵求他的意見。這還用問！王子殿下可不想妨礙任何人，很高興讓他們進來。可是，馮丹還沒得到允許，就已經進來了，口齒不清地連聲說道：

「我可不是一毛不拔的雞公雞，我出錢買酒請客……」

突然他看見了王子，剛才他並不知道王子在這裡，所以一下子愣住了，現出滑稽而莊重的樣子，說道：

「達戈伯爾國王在走廊裡，請求進來與王子殿下乾杯。」

王子露出了微笑，大家都覺得這場面頗令人開心。然而，化妝室太小，容不下這麼些人。大家只好擠一擠，薩丹和朱爾太太待在裡邊，緊貼著帷幔；男人們則擠在半裸體的娜娜周圍。三位男演員還穿著第二幕的戲裝。普呂利埃摘下瑞士海軍司令帽，因為房子太矮，帽頂上的大翎毛會被天花板碰掉。博斯克身穿紫色外套，頭戴白鐵皮王冠，讓兩條醉漢的腿站穩，向王子行了一個禮，儼然是一位君主接待一個強大鄰國的王子。酒杯都斟滿了，大家互相碰杯。

「為殿下乾杯！」老博斯克莊重地說。

「為軍隊乾杯！」普呂利埃補充道。

「為愛神乾杯！」馮丹叫道。

王子彬彬有禮地舉了舉手中的杯子，等待片刻，連行三個禮，低聲說道：

「夫人，海軍司令，陛下……」

他舉杯一飲而盡。繆法伯爵和德．舒阿侯爵也跟著一飲而盡。大家不再開玩笑，就像在王宮裡一樣。在煤氣燈下熱烘烘的水氣之中，演出這齣嚴肅的滑稽戲，不啻是把舞台的天地延伸到現實世界中來了。娜娜忘了她只穿著襯褲，褲子外面還露出一角襯衫，儼然像一位貴夫人，像愛神王后，正打開她小巧玲瓏的居室，迎接國家的顯貴重臣。她每句話都離不開王子殿下，眞誠地行屈膝禮，把扮演參加化妝舞會的博斯克和普呂利埃，視為君王和伴隨君主的大臣。當今眞正的王子，王位的繼承人，居然在喝一個蹩腳演員的香檳酒，在諸神的狂歡節上，在王國的化妝舞會上，泰然自若地與這幫——服裝師、煙花女子、布景工人、玩弄女性的男人待在一起。這種奇特的混合，卻沒引起任何人發笑。這幕演出使博德納夫大爲振奮，他想，如果王子肯像這樣在《金髮維納斯》第三幕裡露一下臉，那麼他的收入一定會倍增。

「你們說，」他不再拘禮節，說道，「把我那些小娘兒們都叫下來怎麼樣？」

娜娜不贊同。然而，她自己卻放肆起來。馮丹滑稽可笑的化妝吸引著她，她不時用身體蹭他一下，就像一個孕婦見到某種不乾不淨的東西饞得直流口水，兩眼直勾勾地盯住他不放，而且對他的稱呼也突然親暱起來。

「喂！斟酒呀，大笨蛋！」

馮丹再次給每個人斟滿酒，大家舉杯重覆那幾句祝酒詞：

「爲殿下乾杯！」

「爲軍隊乾杯！」

「爲愛神乾杯！」

這時，娜娜擺擺手叫大家安靜，然後高高舉起酒杯，說道：

「不，不，爲馮丹乾杯！今天是馮丹的聖名瞻禮日，爲馮丹乾杯！爲馮丹乾杯！」

大家第三次碰杯，高呼著向馮丹祝賀。王子見少婦貪婪地盯住這個丑角不放，就向他致意。

「馮丹先生，」他非常有禮貌地說道，「我爲你的成功乾杯。」

殿下禮服的後擺掃著身後的大理石梳妝台。這間化妝室，頗像臥室中放床的凹室，也像一間狹小的浴室，裡面彌漫著洗臉池和濕海綿蒸發的水氣、香水撲鼻的香味，還有香檳酒醉人的微微酸味。娜娜夾在王子和繆法伯爵之間，這兩個男人不得不舉著手，否則只要稍許動一動，就會觸到她的臀部或乳房。朱爾太太倒是一點汗也沒出，一直板著面孔待在一旁。薩丹已是墮落成性，然而看到王子和幾位穿禮服的先生，居然與化了裝的演員廝混，一塊討好一個裸體女人，她不由得感到吃驚，心裡暗暗嘀咕，看來這些高雅的人也並不怎麼乾淨。

這時，巴里約老爹搖著鈴，沿著走廊漸漸走過來了。他走到化妝室門口，瞥見裡面三位演員還穿著第二幕的戲裝，不禁愣住了。

「啊！先生們，先生們，」他結結巴巴道，「請你們趕快……觀眾休息室已經響過鈴了。」

「唔！」博德納夫不慌不忙地說，「讓觀眾等著好了。」

不過，又敬幾輪酒之後，酒瓶都空了，幾個男演員便上樓換裝去了。博斯克鬍子給香檳酒泡濕了，便把它摘下來；那令人肅然起敬的鬍子一去掉，立刻露出一副醉鬼的面容，一張臉憔悴得發青，十足的一個沉湎於杯中之物的老戲子。不一會兒，樓梯腳下傳來他嘶啞的聲音，正與馮丹議論王子哩。

「怎麼樣？我給他的印象很不一般吧？」

娜娜的化妝室裡只剩下殿下、伯爵和侯爵。博德納夫與巴里約一起走了，他囑咐巴里約，敲開幕鑼之前一定要叫一聲娜娜太太。

「先生們，對不起！」娜娜說道。她開始化妝胳膊和面孔，她對這兩個部位特別講究，因爲第三幕她要裸體上場。王子和德．舒阿侯爵坐在長沙發上。只有繆法伯爵站著。這小房間裡悶熱得透不過氣來，使得落肚的幾杯香檳酒，更增加了醉人的力量。薩丹看見這三位先生關上門與她的女友待在一起，覺得還是應該迴避一下，便進到帷幔裡頭，坐在一只箱子上，一動不動地待著，很快就感到無聊已極，而朱爾太太不聲不響，目不斜視，不停地來回踱著步。

「你那首輪舞曲唱得精彩極了。」王子說道。

於是，兩個人交談起來，不過句子都很短，而且常常停頓。娜娜不能句句都回答。她用手掌往胳膊和臉上抹了冷霜，然後再用毛巾的一角往上面撲白底粉。她不再往鏡子裡照，而是笑吟吟地不時瞟王子一眼，手仍然在撲底粉。

「殿下待我太好了。」她低聲說道。

化妝是一件複雜的工作，德．舒阿侯爵注視著娜娜的每個動作，似乎從這種觀察中得到了愉快的享受。他開口說道：「那爲你伴奏的樂隊不能演奏得輕一點嗎？它蓋住了你的聲音，這簡直是不可饒恕的罪。」

這回娜娜沒有轉過身來。她拿起粉撲，在臉上輕輕地撲著，撲得非常認眞，身子深深地彎在梳妝台上，臀部撅起來，連綳得緊緊的白襯褲都給襯托出來了，還露出一小角襯衫。她想對老頭子的恭維表示感謝，就扭動了幾下屁股。

一陣沉默。朱爾太太注意到娜娜的右褲管上撕開了一條縫，就從胸前摘下一枚別針，跪在地上，圍繞著她的人腿忙活了一會兒，而少婦似乎根本沒有注意到，仍然撲她的粉，小心翼翼地避免撲到額骨上。這時，王子說，如果娜娜去倫敦演唱，整個英倫三島都會爲她鼓掌喝彩，娜娜聽了嫣然一笑，把身子轉過來片刻，撲得白白的左頰周圍飛舞著白粉。隨後，她突然變得聚精會神了，現在該抹胭脂了。她重新把臉湊近鏡子，把一根手指伸進一個小瓶裡蘸了蘸，將胭脂塗在眼睛下面，隨即輕輕地抹開，一直抹到太陽穴。幾位先生默默地、畢恭畢敬地看著。

繆法伯爵還沒有開口說話。他不禁想起了自己的青年時代。他小時候的臥室裡很冷。後來到了十六歲，他每晚臨睡前都要親吻一下母親，並且把這個涼冰冰的吻一直帶到睡夢之中。一天，他經過一扇半掩的門前，瞥見一位女僕在裡面擦身子，從青春期直到結婚，這是惟一令他騷動不安的回憶。後來結了婚，妻子百依百順，盡她做人妻的本分，他自己呢，則一味地抱著反感。他日漸長大了，又日漸衰老了，但一直沒有領受到肉體的快樂，而是屈從於嚴格的宗教教規，按照訓示和戒律安排自己的生活。現在，他突然被帶進了這間女演員的化妝室，面對這個幾乎全身赤裸的年輕女子。他連繆法太太怎樣結吊襪帶都從來沒有見過，如今卻在這些擺得亂七八糟的罐子和臉盆中間，在這如此強烈又如此宜人的芳香之中，目睹一個女人化妝時最隱秘的細節，他的整個身心不由得奮起反抗。在這段時間，娜娜在他身上漸漸產生魔力，使他感到恐懼，下意識地回想他曾閱讀過的宗教書籍，回想童年時代他常常聽得入迷的魔鬼附身的故事。他是信鬼的。他隱隱感到娜娜就是魔鬼，她的笑、她的乳房和她充滿罪惡的臀部，都顯示她像個魔鬼。不過，他決心當個強者，意圖自衛。

「那麼，一言爲定，」王子怡然自得地坐在長沙發上說道，「明年你來倫敦，我們會非常熱情地接待你，使你永遠也不再想回法國……啊！瞧，親愛的伯爵，你對你們漂亮的女人不夠重視，我可要把她們全搶走啦。」

「這對他才沒有什麼妨害哩！」德·舒阿侯爵小聲地挖苦道，他在知己之間總說冒失話，「伯爵自己就是道德的化身。」

娜娜聽到談繆法伯爵的道德，便神色很異樣地打量他一眼，使繆法伯爵非常反感。這種反應令他自己也感到意外，不免自己生自己的氣。為什麼認為自己有道德這種念頭，會使他在這個年輕女人面前感到難堪呢？他眞想揍娜娜一頓。這時，娜娜拿起一支描眉筆，卻把它碰掉到了地上。她彎腰去撿，繆法也慌忙跑過去撿，兩個人的氣息匯合了，愛神披散的頭髮垂到了他的手上。他感受到了一種摻和著內疚的快感，即一個正在犯罪的天主教徒的快感，這種快感因為害怕下地獄而變得更加強烈。

這時，門外響起了巴里約老爹的聲音。

「夫人，我可以敲開場鑼了嗎？場子裡的觀眾等得不耐煩了。」

「再等一等。」娜娜不慌不忙地回答。她把描眉筆在一瓶黑色顏料裡蘸了蘸，鼻子貼近鏡子，閉上左眼，輕捷地用筆從睫毛間描過去。繆法站在她身後看著這一切。他看見映在鏡子裡的她，她圓滾的肩膀和她淹沒在玫瑰色光影中的胸乳。娜娜那張才上一隻眼睛的臉是那樣令人春情激蕩，臉上那兩個小酒窩裡彷彿蕩漾著情慾，繆法盡力想轉過身不看，卻怎麼也做不到。當娜娜閉上右眼，用筆輕輕描畫時，他明白自己已經是屬於她的了。

「夫人，」催場員喘噓噓地又喊道，「觀眾開始跺腳啦，他們會把座位砸爛的……可以敲鑼了嗎？」

「見鬼！」娜娜不耐煩地說道，「你愛敲就敲，關我屁事！……反正我沒化好妝，他們就得給我等著。」

她平靜下來，轉過身，微笑著對幾位先生說：「眞的，想閑聊一分鐘都不行。」

現在她的臉和胳膊已經化妝好了，接著用手指在嘴唇上抹了兩道胭脂。繆法更感到騷動不安，被標誌著墮落的香粉和胭脂迷住了，被這個青春少婦所激起的狂烈慾望攫住了。這少婦化了妝，臉太白而嘴唇太紅，眼睛畫上了黑圈，顯得更大了，火辣辣的，彷彿被愛情灼傷了似的。這時，娜娜撩開帷幔，到裡面去了一會兒，脫下襯褲，穿上了愛神的緊身褲。然後，她厚顏無恥、心安理得地走出來，解開薄紗短上衣的鈕扣，將兩條胳膊伸給朱爾太太，讓她給她穿短袖上衣。

王子半閉雙眼，以行家的眼光盡情地欣賞她的胸部豐滿的輪廓，而德・舒阿侯爵情不自禁地點著頭。繆法為了不再看她，兩眼盯住地毯。愛神終於化好妝了。她只在肩上披了一塊薄紗。朱爾太太圍著她轉來轉去，樣子像個木偶小老太婆，目光無神卻明亮，利落地從她胸前那個取之不盡的針墊上摘下幾枚別針，別住愛神的緊身衣：她那雙乾癟的手不時碰一碰娜娜豐滿的裸體，但並未喚起她任何回憶，彷彿她對女性漠不關心。

「好啦！」少婦最後朝鏡子裡端詳一眼，說道。

博德納夫不安地跑回來，說第三幕已經開始了。

「好，我這就去。」娜娜說道，「眞是大驚小怪！平時總是我等人家。」

幾位先生退出化妝室，但並未向娜娜告辭，王子表示希望待在後台觀看第三幕的演出。剩下娜娜一個人，她四下張望，吃驚地問道：「她到哪兒去了？」

她找的是薩丹。薩丹坐在帷幔後面的箱子上等待，娜娜找到她時，她平靜地說道：

「我當然不想妨礙你和這些男人在一起！」

薩丹隨即表示她要走了。但娜娜留住她。這個薩丹眞笨！既然博德納夫同意雇用她，等戲演完之後事情就可以辦妥的。薩丹有些猶豫。這裡的人事太複雜，不像她生活慣的天地。然而，她還是留下了。

王子下木頭小梯子時，突然聽見舞台另一邊傳來一種奇怪的聲音，像什麼人在低聲謾罵，又像什麼人在打架，相互踢踹。突如其來地發生了這場糾紛，令準備接場的演員手足無措。

原來，米尼翁又開起了玩笑，以親熱爲名，對福什里又是拍又是打。他還想出了一個新花樣，用手指彈福什里的鼻子，說是「防止蒼蠅叮」。自然，這種玩笑使演員們很開心。可是，米尼翁得寸進尺，突然給了記者一個耳光，一個實實在在、響亮有力的耳光。這回他做得太過分了；當著這麼多人的面，福什里豈能賠著笑臉忍受這樣一記耳光！這可不再是開玩笑，兩個人的臉一下子變得鐵青，充滿仇恨；他們撲向對方，扭打起來，在一個布景架後面的地板上滾來滾去，還罵對方是拉皮條的傢伙。

「博德納夫先生！博德納夫先生！」舞台監督驚慌失措地跑來喊道。

博德納夫向王子說了聲「失陪」，便跟舞台監督走了。他認出在地板上扭作一團的是福什里和米尼翁，氣得直跺跺。這兩個傢伙眞是一切都不在乎，王子殿下就在舞台的另一邊，而且全場觀衆都能聽見！更糟糕的是，正在這時羅絲·米尼翁來了，趕在她就要登場的最後片刻氣喘吁吁地跑來。火神念了上一句台詞，正等她念下一句呢，可是羅絲目瞪口呆，看著滾在她腳旁的丈夫和情人相互又是指，又是踢，又是揪頭髮，禮服上沾滿了灰塵。他們擋住了羅絲的路；搏鬥中，福什里那頂該死的帽子一飛老高，差點兒落到舞台上去了，好在一位布景工人接住了。這時，火神只好胡亂插科打諢，爲觀衆逗樂子，末了又念一遍那句台詞，羅絲呆若木雞，依然盯住地上的兩個男人。

「別看啦！」博德納夫湊到她耳邊怒氣沖沖地低聲說，「上去！上去！……這不關你的事。你誤場了。」

羅絲被博德納夫一推，跨過兩個男人的身體，登上了舞台，在腳燈照耀下出現在觀衆面前。她不明白爲什麼福什里和米尼翁倒在地上相互撕打。她渾身哆嗦，腦袋裡嗡嗡響，臉上腦子著墜入情網的月神動人的微笑，向前台走去，唱出二重唱的第一句，唱得情眞意切，觀衆歡聲雷動。她聽見後台兩個男人還在相互拳打腳踢。他們一直滾到了舞台的布幕旁邊，好在音樂蓋住了他們撞擊布景框架的響聲。

「他媽的！」博德納夫好不容易把兩個人拉開，衝他們罵道，「你們回自己家裡去打好不好？你們明明知道我厭惡打鬥……米尼翁，你給我待在靠院子這邊；福什里，你給我待在靠花園那邊，不老實待在那裡，我就把你趕出戲院的大門……聽明白沒有？嗯？一個待在院子這邊，一個待在花園那邊，否則我從此就不准羅絲再帶你們來。」

博德納夫回到王子身邊時，王子問發生了什麼事。

「噢！什麼也沒發生。」他平靜地低聲答道。

娜娜裹件皮大衣，站在幾位先生身邊與他們閑聊，等著上場。繆法伯爵又上來了，想從兩個布景架之間看一眼舞台上的情形，看見舞台監督朝他做手勢，明白自己腳步太重。從舞台吊布景的上空到後台台面一片寧靜，但十分悶熱。在強烈的燈光照耀的後台，只有爲數很少的幾個人，說話聲音悄悄的，大都待著不動，即使走動也是躡手躡腳。燈光師堅守崗位，待在裝置複雜的煤氣閥門旁邊；一個消防隊員背靠著一個架子，伸長脖子，總想看一眼演出；拉布幕的人坐在高高的凳子上等候著，一副認命的樣子，從來不知道台上演出什麼，只等鈴聲一響就拉繩子。在這悶熱的空氣中，在這輕輕的腳步聲和竊竊私語聲中，舞台上演員的聲音傳過來顯得十分古怪，悶聲悶氣，嗓音假得令人吃驚。舞台外面，從聲音模糊的樂池那邊彷彿傳來一片巨大的呼吸聲，那是整個觀眾廳的呼吸聲，這聲音有時急劇膨脹，爆發成喧嘩、哄笑和鼓掌。觀眾雖然看不見，卻可以感覺到他們的存在，即使在寂靜之中。

「這裡好像有個風口，」娜娜突然說道，一邊把皮大衣一There緊，「巴里約，你去看一看，肯定有人打開了一扇窗戶……這裡眞能把人凍死！」

巴里約一口咬定窗戶是他親手關上的，窗玻璃被打碎了幾塊倒是可能的。演員們總是抱怨有過堂風。被煤氣燈照得悶熱的空氣中，不時刮過一股寒風，窩在這地方不得肺炎才怪呢——正如馮丹所說的。

「你們也袒胸露臂待在這裡試試看。」娜娜生氣地又說道。

「噓！」博德納夫低聲制止她說話。

台上，羅絲唱得字字傳神，觀眾的喝彩聲蓋過了樂隊的伴奏。娜娜沉默不語，神情嚴肅。這時，繆法伯爵冒冒失失鑽進布幕後面的走道，巴里約連忙制止他，告訴他那裡有個空隙會讓觀眾看見。伯爵看見的是布景的背景和側面，布景架後面嚴嚴實實地糊著舊海報；舞台的一角是埃特納火山上銀礦裡的那個洞穴，緊裡有火神的煉鐵爐。垂下來的布景照明燈，把上了大片彩色的金屬板，照得像著了火似的。幾個撐架上嵌著藍色和紅色玻璃，巧妙地利用對比效果，使反射的燈光就像一個烈火熊熊的爐子，而在舞台後部，地上流動著一股股氣體，襯托出一道黑魆魆的岩壩。就在那裡一個可移動的緩坡上，坐著年邁的、扮演天后朱諾的德魯阿夫人，她全身光點閃爍，宛若大衆狂歡之夜草叢裡點燃的盞盞小油燈。這閃爍的光點使德魯阿夫人睜不開眼睛，迷迷糊糊地等著上場。

這時，後台發生了一陣小小的騷動。正在聽克拉莉絲講故事的西蒙娜脫口而喊了一聲：

「瞧！老虔婆特里貢來了！」

果然是老虔婆特里貢來了，鬢角燙著鬈髮，神態就像一位去拜訪訴訟代理人的伯爵夫人。她一瞥見娜娜，就徑直朝她走過去。

她們很快交談了幾句，娜娜答道：「不，現在不行。」

老虔婆臉一沉。這時普呂利埃走過，同她握了握手。兩個小群衆演員激動地望著她。特里貢猶豫了一會兒，招手叫西蒙娜過來，同她簡短地交談幾句。

「好吧，」西蒙娜終於答道，「半個鐘頭之後。」

西蒙娜正返回化妝室，伯龍太太又拿著信件走來走去，順手交給她一封。博德納夫壓低聲音，生氣地責怪門房不該放特里貢進來。這娘兒們！偏偏趕在今晚來，眞叫他惱火，因爲王子殿下今晚也來了。伯龍太太在戲院工作了三十年，用很不客氣的口吻回答：她怎麼曉得？老虔婆特里貢與這裡每個太太都有交易；經理先生碰見她的次數還少嗎，怎麼從來什麼話也沒說呢？當博德納夫打量著幾句粗話該不該出口時，老虔婆特里貢卻不動聲色，兩眼直勾勾地打量著王子，儼然是一眼就能打量出男人分量的女人。她蠟黃的臉上露出了微笑，接著移動腳步，慢慢穿過對她敬重三分的小娘兒們中間走了。

「一會兒就來，對嗎？」她回過頭對西蒙娜說道。

西蒙娜似乎很煩惱。那封信是一位小伙子寄來的，她答應過今晚與他相會。她潦潦草草寫了個字條交給伯龍太太：「親愛的，今晚不成了，我有事。」可是，她還是不放心，生怕那小伙子還是會去等她。她在第三幕裡沒有扮演角色，所以想馬上離開，便請克拉莉絲去看一看小伙子是不是在等她。克拉莉絲要到第三幕末尾才上場，就下樓去了，西蒙娜則上樓回她們倆共用的化妝室。

樓梯腳下，伯龍太太的酒吧間裡，一個扮演冥王的配角演員，穿一件帶金色火焰飾的大紅袍，獨自在喝酒。門房的小本生意看樣子倒是挺興隆，因爲樓梯腳下這個地窖般的洞穴，被涮杯子的水潑得濕漉漉的。克拉莉絲撩起她那彩虹神的服裝，免得下擺拖在黏糊糊的樓梯上。到了樓梯拐彎的地方，她小心地收住腳步，伸長脖子，向門房的小房裡望了一眼。她嗅覺靈敏。拉·法盧瓦茲那個呆子不是還在那裡，仍然坐在桌子和爐子之間那張椅子上嗎？他假裝從西蒙娜面前溜走，然後又回來了。再說，這個小房間總是坐滿了男人，一個個戴著手套，衣冠楚楚，馴服而耐心地等待著。他們全都等待著，一邊冷冷地相互打量。桌子上只剩下髒盤子，最後幾束鮮花伯龍太太全送走了，只有一朵蔫了的玫瑰花掉在黑母貓身旁。黑母貓蜷縮著躺在地上，而那些小貓在幾位先生的腿之間瘋跑亂撞。克拉莉絲真想把拉·法盧瓦茲從小房間裡趕出去。這呆子不喜歡動物，這更可以看出他的爲人。瞧他拼命把胳膊肘縮起來，生怕碰到那隻母貓！

「當心它纏住你！」愛開玩笑的冥王說道。他正上樓梯，一邊用手背抹著嘴唇。

於是，克拉莉絲放棄了給拉．法盧瓦茲一點顏色看看的念頭。她看著伯龍太太把西蒙娜的信交給那個小伙子。小伙子接過信去前廳的燈下看：「親愛的，今晚不成了，我有事。」這句話他大概看得多了，習慣了，所以他不聲不響地走了。啊，這小伙子至少還懂得該如何行事！他不像其他人；其他人坐在伯龍太太的破椅子上，坐在這個悶熱、惡臭、像個大玻璃燈籠的小房間裡，硬是賴著不走。男人到了這個份上眞是沒出息！克拉莉絲反感地返回樓上，穿過舞台，敏捷地登上三級台階，跑向化妝室，給西蒙娜回音去了。

舞台上，王子避開衆人，和娜娜說話。他一直沒有離開娜娜，瞇著眼睛注視著她。娜娜滿面微笑，並不看他，表示同意他的話就點點頭。可是，正在聽博德納夫詳細介紹怎樣操縱絞盤和捲筒的繆法伯爵，突然憑著本能的衝動，撂下博德納夫，跑過來打斷王子和娜娜的談話。娜娜抬起頭，像對王子殿下笑那樣衝他笑一笑。不過，她始終伸長著耳朵，注意聽台上的台詞。

「我想第三幕是最短的一幕。」王子說道。有伯爵在場，他覺得尷尬。

娜娜沒有回答，臉色一變，注意力突然回到演出上，肩膀猛地一抖，將皮大衣抖落，站在她後面的朱爾太太連忙伸手接住。娜娜赤裸著身體，雙手伸進頭髮，像要把頭髮撫平似的，然後就登場了。

「噓！噓！」博德納夫低聲制止大家說話。

伯爵和王子都吃了一驚。在深沉的寂靜中，傳來觀衆深深的驚嘆和隱約竊竊私語。每天晚上愛神赤裸著胴體上場時，都會產生同樣的效果。繆法想看一看，便把眼睛貼近一個洞眼，舞台呈弧形的那排腳燈，照得人眼花繚亂，再往前望去，就是昏暗的大廳，彷彿彌漫著橙黃色的煙霧。

這片暗淡的背景，襯托出一排排朦朧、蒼白的臉。舞台上的娜娜特別突出，身體白皙如玉，顯得十分高大，把樓上樓下的包廂全給擋住了。繆法看見的是她的背部、繃緊的腰和伸開的雙臂，而在她的腳旁，現出提詞人的頭，一個老頭兒的頭，一副可憐巴巴、老實的樣子，像是砍斷了落在地板上。娜娜登台後的頭一段唱腔，唱到某些句子時，只見她從脖子到腰部直到緊身衣拖地的下擺，像波浪般起伏。她唱完最後一個音節，全場響起暴風雨般的歡呼，她連連彎腰鞠躬致謝，身上的薄紗飄起來，一頭長髮直垂腰際。繆法看見她這樣彎著腰，撅起屁股後退著，一直退到他張望的洞眼前面。伯爵連忙直起腰，臉色煞白。舞台消失了，映入他的眼簾的，只是布景的背面，上面橫七豎八地貼滿了花花綠綠的舊海報。在霧氣繚繞的斜坡上，奧林匹斯山諸神找到了正在打盹的德魯阿太太，等待這幕戲結束；博斯克和馮丹坐在地上，下巴擱在膝蓋上；普呂利埃伸了個懶腰又打了個呵欠，這才上場。所有人都沒精打采，兩眼通紅，巴不得回去睡覺。

被博德納夫禁止去靠院子那邊的福什里，一直在靠花園這邊溜達，這時抓住繆法伯爵，裝出一副泰然自若的樣子，自告奮勇帶他去參觀演員化妝室。繆法越來越優柔寡斷，凡事拿不定主意，抬眼尋找德·舒阿侯爵，不見蹤影，終於跟著記者走了。待在後台能夠聽見娜娜演唱，現在離開那裡，他既感到輕鬆，又感到不安。

福什里已在他前面登上樓梯。這種在二、三樓梯口有木頭轉門可以關閉的樓梯，在寒酸的住宅樓裡就有，繆法作爲濟貧委員會成員，去窮人家裡訪問時，就見到過這種樓梯：它毫無裝飾，破舊不堪，漆成黃色，梯級都被上上下下的腳底磨損了，兩邊的鐵扶手也早已被手磨擦得光溜溜的。每層樓梯口平台旁邊，都貼近地面有一個低矮的窗戶，四四方方地陷進去，充作氣窗。固定在牆壁上帶護罩的燈，裡面燃著煤氣火焰，強烈地照射著眼前這幅寒酸景象，同時散發著熱氣，在各層螺旋形的梯井裡上升、積聚。

走到樓梯腳下，伯爵又感到一股熱氣撲向後頸，聞到隨著光和聲音從化妝室湧來的女人氣味。現在每上一級樓梯，他就更強烈地感到，那香噴噴的香粉味和酸溜溜的洗臉水味熱烘烘地撲過來，使他胸悶頭暈。二樓兩條向裡延伸的長廊，突然拐了彎，兩旁的門一式漆成黃色，門上有白色粗體字號碼，看上去像連家具出租、暗娼出入的旅館房間。走廊地板上的花磚不少已經被移動，一塊塊鼓起來，而整個這座舊樓房則已開始下陷。伯爵斗膽向一扇虛掩的門裡看了一眼，只見房間裡髒兮兮的，像郊區一間理髮棚店，裡面有兩張椅子，一個帶抽屜的木板桌，桌面被梳子上的油垢弄得黑壓壓的。一個汗流浹背、雙肩冒著熱氣的大漢，正在房間裡換衣服。而旁邊的一間同樣的房間裡，一個準備出門的女人正在戴手套，本來卷曲的頭髮又直又濕，像剛剛洗過澡。這時，福什里叫伯爵，伯爵跟著他剛到三層樓，就聽見右邊走廊裡傳來怒氣沖沖的一聲「他媽的！」原來是小邋遢鬼瑪蒂德摔破了臉盆，裡面的肥皂水流到了樓梯口平台上。一間化妝室的門砰的一聲關上了，兩個僅穿胸衣的女人一個箭步穿過走廊；另一個女人用牙齒咬住襯衣邊，從門裡出來就一溜煙跑了。接著是一陣陣笑聲，爭吵聲，還有剛開頭就突然停止了的歌聲，沿著走廊，通過門縫往各化妝室裡窺視，可以看見一個個裸體的個別部位、白皙的皮膚，還有淺色的內衣；兩個很快活的姑娘，相互讓對方看自己的美人痣；一個幾乎還是孩子的姑娘，把裙子撩到膝蓋以上，在縫補襯褲；服裝員們見兩個男人走過來，出於檢點，輕輕地拉上簾子。現在正是演出結束的時候，到處人擠人，演員們忙於洗掉臉上的脂粉，換上平常的衣服，間間化妝室裡白粉如霧，半掩的門裡散發出臊臭的氣味。到了第一四層，繆法已經像喝醉了酒似的，有點飄飄然的。群眾演員化妝室在這一層；二十幾個女人擠在一起，肥皂、香水瓶遍地狼藉，簡直像城門入口檢查處的大廳。伯爵經過一扇關閉的門前，聽見裡面有人像發了瘋似的在洗臉，攪得洗臉台裡的水暴雨般嘩嘩響。爬到最上面一層，他出於好奇，透過一個開著的窺視孔向裡面望了一眼：這個房間裡沒有人在煤氣燈照耀下，只見地板上亂糟糟地扔著衣裙，中間有一只被遺忘的尿壺。這個房間是這次參觀給他留下的最後一個印象。到了頂層即五樓，他開始感到胸悶氣短，因爲所有氣味和全部熱氣，都撲向這一層。黃色的天花板經受著炙烤，飄蕩著橙黃的霧氣，中間燃著一盞燈。伯爵扶住鐵欄杆站了一會兒，覺得這鐵欄杆像人體一樣溫暖；他閉上眼睛，深深地吸一口氣，盡情地品嘗著女性的滋味。這滋味對他還是陌生的，現在正一陣陣向他的臉上襲來。

「過來，」剛才有一會兒不見了的福什里喊道，「有人要見你哩。」

他叫伯爵去的地方，是走廊盡頭克拉莉絲和西蒙娜的化妝室。這是一個狹長的房間，在屋頂之下，建築品質很差，牆角斜面對接不嚴，牆上有裂縫。採光的是屋頂兩個很深的洞。不過現在是夜裡，化妝室由煤氣燈照亮。它的牆上糊的是每卷值七個蘇的壁紙，上面印著爬在綠色架子上的紅玫瑰。並排兩塊木板，上面各鋪一塊漆布，作爲梳妝台，漆布黑壓壓的，灑滿了水，木板下面胡亂塞滿了撞得凹凸不平的水壺、盛滿髒水的桶、黃色的粗陶水罐。屋子裡隨意擺著不值錢的日用品，全都用得歪七扭八，髒兮兮的，缺口的臉盆，缺齒的梳子，兩個女人每次化妝和卸妝時，匆匆忙忙，順手亂扔，反正這地方她們不過是暫時待一待，髒也好亂也好，有什麼妨害？

「過來呀，」福什里又叫道，用的是在姑娘房裡的男人那種狎暱的口氣，「克拉莉絲想親親你哩。」

繆法終於跨進了化妝室，看見德．舒阿侯爵坐在兩個梳妝台之間的一把椅子上，十分吃驚。原來侯爵躲到這裡來了。他坐在那裡，兩腿叉開，因爲有一個水桶漏水，他面前地板上積了一攤白色的水。看得出來，他待在這裡很自在，他真會找好地方。待在這種像澡堂子一樣悶得透不過氣來的地方，待在這些心安理得、不把羞恥二字放在心上的女人中間，待在這種使女人人的不知羞恥顯得極其自然，並促使她們更加放縱的角落裡，他恢復了輕佻放蕩的天性。

「你會和這老頭子……」西蒙娜附到克拉莉絲耳邊問道。

「我才不幹呢！」克拉莉絲高聲答道。

她們的服裝員是一個長得挺醜又不拘禮節的姑娘，正在幫西蒙娜穿大衣，聽到她們倆的對話，笑得前仰後合。三個人你推我，我推你，在一塊嘰嘰咕咕，興奮得什麼似的。

「來，克拉莉絲，親一下這位先生，」福什里說道，「你知道他有的是錢。」

他又回過頭對伯爵說道：「你等著瞧吧，她可愛得很，就會來親你的。」

可是，克拉莉絲對男人已感到厭惡。一提起到樓下門房的小房間等待的那些混蛋，她就咬牙切齒。再說，她正急於下去，否則就要誤了最後一場戲了。但福什里堵在門口，她只好在繆法的頰鬚上親了兩下，說道：

「無論如何，這兩個吻不是給你的，而是給與我糾纏不休的福什里的！」

她說罷溜之大吉。伯爵面對岳父，十分尷尬，臉騰地漲得排紅。娜娜的化妝室有帷幔，有鏡子，那樣華麗，不像這間頂樓的陋室，如此寒酸，如此不體面，到處顯示出這兩個女人的自我放任，但恰恰是在這裡，他感到刺激，感到興奮不已。這時，侯爵跟著急於離開的西蒙娜走了，一邊附在她身邊竊竊私語，西蒙娜則不住地搖頭表示不同意。福什里笑著跟在他們後面。於是，伯爵發現化妝室裡只剩下他和女服裝員。女服裝員正在涮洗臉盆。伯爵也走了，下了樓梯，兩條腿軟綿綿的；一聽到他的腳步聲，上半身裸露的女人慌忙縮進化妝室，砰地將門一關。這四層樓每層卸了妝的姑娘，到處亂跑，但伯爵只清楚地看見一隻貓，一隻大紅貓。在這條香味刺鼻、熱得像個爐子的走廊裡，那隻貓翹著尾巴，背部擦著樓梯扶手，一級一級地走著。

「哼！」一個沙啞的女人聲音說道，「我還以爲他們今晚不讓我們下台了呢！這些觀眾眞討厭，一次又一次鼓掌要求我們謝幕！」

演出結束了，布幕剛落下。樓梯上響起雜沓的腳步聲，梯井裡一片喊聲，大家你推我搡，都急於去卸妝、回家。繆法伯爵正要跨下最後一級樓梯，看見娜娜和王子正慢吞吞沿走廊走著。少婦停住腳步，嫣然一笑，低聲答道：

「好吧，待會兒見。」

王子返回舞台上去了；博德納夫在那裡等他。走廊裡只剩下繆法和娜娜；繆法在惱怒和慾望的驅使下，緊跑幾步追上娜娜，當她正要進到化妝室時，冷不防在她的後頸上猛吻了一下，正好吻在她雙肩之間卷曲的、毛茸茸的短髮上。娜娜氣極了，舉手要打，認出是伯爵，卻換成滿面微笑：「啊！你嚇了我一跳。」她簡單地說道。

她的微笑十分可愛，又透露出嬌羞和順從，似乎對這一吻她早已不抱希望，現在得到了，不勝欣喜。可是，她沒有空，今晚和明天都沒有空。必須等待。她即使有空，也要吊一吊對方的胃口。她的眼神表達了這些意思。最後她說道：

「你知道，我自己有一所房子……是的，我買了一座鄉間別墅，在奧爾良附近，那地方你有時也去的。這是寶寶告訴我的，就是小喬治．于貢，你認識他嗎？你去那裡看我吧。」

伯爵本是個膽小怕事的人，對自己剛才的粗魯舉動感到後悔，爲自己的所作所爲感到羞愧，彬彬有禮地向娜娜行了禮，答應一定去看望她，便離開了，一邊走一邊胡思亂想。

他找到了王子，在經過觀衆休息室門口時，聽見薩丹在裡面叫喊：

「啊！好一個下流老頭子！你給我滾開！」

是德．舒阿侯爵屈膝降尊在向薩丹求愛。可是，薩丹對所有這些上流社會的人實在煩透了。娜娜剛把她介紹給博德納夫。不過，就這麼待著，嘴巴貼上封條，生怕不當心說出傻話，這實在叫人受不了。她正想如何彌補這個損失，正巧在後台遇到一位過去的情人，就是扮演冥王的那個丑角，這人是糕點師，曾經給她整整一個星期的愛情和耳光。她正在等待他，侯爵卻把她當成了一個女演員，跑來與她調情，使她非常生氣。最後她甚至擺出一副凜然不可侵犯的樣子，說出這樣的話來：

「我丈夫就要來了，有你好看的！」

這時，演員們穿著大衣，滿面倦容，一個接一個走了。三三兩兩的男人和女人，踏著小螺旋梯往下走，昏暗中望去，是一頂頂歪七扭八的帽子，一條條皺巴巴的披肩，和卸了妝的群衆演員一張灰白、醜陋的臉。舞台上，邊燈和布景燈熄滅了，王子在聽博德納夫講一件趣聞。他想等娜娜一起走。娜娜終於出現了，舞台上已是一片黑暗，值班的消防隊員提著燈在做最後的巡邏。博德納夫爲了不讓王子殿下繞道全景小街，叫人打開了從門房間到前廳那條走廊的門。小娘兒們全都擠進這條走廊，各自奔走，個個喜於形色，因爲這樣就避開了在全景小街鵠望的男人們。她們爭先恐後，你推我擠，不時回頭張望，到了外面才算鬆了口氣。這時，馮丹、博斯克和普呂利埃正邁著慢呑呑的步子離去，一邊走一邊嘲笑那些裝得一本正經的男人：他們還在遊藝戲院的門廊下踱著方步哩，而那些小娘兒們已經在如意郎君陪伴下，在大街上溜達了。最機靈的還是克拉莉絲。她提防著拉．法盧瓦茲。拉．法盧瓦茲果然還在門房的小房間裡，與那幾位硬是不甘心離去的先生，坐在伯龍太太的椅子上等待。幾個人全都伸長脖子望著外面。克拉莉絲呢，躲在一個朋友身後，出其不意走了出去。那幾位先生眨著眼睛，被那麼多旋渦般湧到狹窄的樓梯腳下的裙子弄得眼花繚亂。他們等待了這麼長時間，卻讓她們從眼前底溜走了，一個也沒認出來，你說喪氣不喪氣！那窩小黑貓貼著母貓的肚皮，在漆布上睡著了；母貓恬靜地伸開爪子，而在桌子的另一頭，蹲著那隻大紅貓，它豎著尾巴，瞪著一對黃色眼睛，望著那些逃走的女人。

「請殿下朝這邊走。」到了樓梯腳下，博德納夫指著走廊說道。

有幾個群衆女演員還擠在走廊裡。王子跟著娜娜，他們後面則跟著繆法和侯爵。他們走的是戲院和相鄰的房屋之間的一條長長的巷子，一條狹長的小街，上面蓋著傾斜的頂棚，頂棚上開了幾個玻璃天窗。兩邊的牆壁滲出潮氣。腳踩在石板地面上，咚咚作響，像在地道裡行走一樣。這裡堆滿了通常放在閣樓裡的雜物，一張木工桌，門房常在上面刨布景撐架，還有幾排木柵欄，供晚上放在戲院門口，讓觀衆排隊入場。經過一個界碑形水龍頭前時，娜娜不得不撩起裙子，因爲水龍頭關得不緊，石板地面流滿了水。到了戲院的前廳，大家相互告別。只剩下博德納夫時，他聳了聳肩膀；這動作充滿了深深的蔑視，他對王子的評價，全部包含在其中。

「他免不了有點粗野呢。」他對福什里說道，並未多加解釋。羅絲·米尼翁打算把福什里和她丈夫帶回家，勸他們和好。

只有繆法留在走道上。王子殿下不慌不忙地扶著娜娜上了他的馬車。侯爵跟在薩丹和那個丑角後面走了，他很興奮，一心跟著那對淫蕩的男女，抱著走點桃花運的渺茫希望。繆法伯爵頭腦發熱，決計步行回家。他不再做任何思想鬥爭，一股新生的浪潮淹沒了他四十載的觀念和信仰。當他沿著一條條大街往家走時，夜間最後幾輛馬車的轆轆聲，似乎都震耳欲聾地響著娜娜的名字，一盞盞路燈下似乎都晃動著娜娜裸露的肉體、柔軟的胳膊和雪白的肩膀。他感到娜娜佔有了他，他寧可拋棄一切，出賣一切，但求今宵能擁有她一小時。他的青春終於蘇醒了，一股貪婪的青春的烈火，突然在他天主教徒死灰般的心裡，在他成年人的尊嚴中，熊熊燃燒起來。

第六章

昨天晚上，繆法伯爵偕同妻子和女兒，來到豐岱特莊園。他們是應于貢太太的邀請，來這裏度過一星期。于貢太太帶著兒子喬治孤兒寡母住在這裏。莊園的房子建於十七世紀末，聳立在一片圍牆環繞的四方形的寬闊土地中間，外觀樸實無華，但花園裏綠樹成蔭，旁邊還有一個池塘，有清泉注入其中，長流不斷。這花園位於從奧爾良到巴黎的大路旁邊，樹木叢生，蔥籠翠綠，打破了這平原地區一望無垠的農田的單調。

十一點鐘，午飯的第二下鐘聲把所有人召集於一堂，于貢太太一臉慈祥和善的微笑，在薩比娜的面頰上重重地親了兩下，說道：「你知道，我習慣住在鄉下……看到你來到這裏，我彷彿年輕了二十歲……在你住的那個房間裏睡得好嗎？」

不等伯爵夫人回答，她轉向愛絲泰說道：

「這個小姑娘也是一覺睡到天亮吧？來，孩子，親我一下……」

大家在臨花園的寬敞的餐廳裏就座，但只聚集在大餐桌的一頭，坐得相當擠，以便顯得更親近些。薩比娜非常愉快，這地方喚起了她對青年時代的回憶，她禁不住談起了往事；她曾在豐岱特住過幾個月，在這裏作過長距離的漫步，夏天的一個傍晚她掉進了一個池塘裏，還有她在衣櫃裏發現了一本舊騎士小說，冬天坐在燒葡萄藤的火爐邊讀得津津有味。喬治有幾個月沒見過伯爵夫人了，覺得她挺古怪，臉上產生了某種說不清的變化；相反，瘦得像根竿子的愛絲泰，卻變得更加不起眼了，沉默寡言像個傻瓜。

菜餚很簡單，只有連殼煮的糖心蛋和排骨。作爲家庭主婦，于貢太太抱怨說，現在這鄉下的肉店眞沒法說，送來的肉沒有一塊是稱心的，她不得不一切都去奧爾良買。不過，這回客人吃得不好，倒該怪他們自己：誰叫他們姍姍來遲，季節快過了才來！

「連常識都不懂，」她說道，「我六月份就開始等你們來，現在都九月中旬了……所以，你們看，美景也欣賞不著啦。」

她說著指一指窗外已開始發黃的樹葉和草地。天氣陰沉沉的，遠處籠罩在淡藍色的霧氣中，空氣溫暖、恬靜，但令人惆悵。

「嗯！我盼望有人來，」她接著說道，「有人多快活……首先，喬治邀請了兩位先生，就是福什里和達蓋內兩位；你們都認識他們，不是嗎？……還有旺朵夫先生，他五年前就答應我要來的，今年大概無論如何都要來了吧。」

「好啊！」伯爵夫人說，「哪怕能請到旺朵夫先生也不錯呀！他可是個大忙人。」

「菲利普呢？」繆法問道。

「菲利普請了假，」老太太答道，「不過，等他到的時候，你們可能已經不在豐代岱特了。」

開始用咖啡。話題轉到巴黎，有人提到斯泰內的名字。于貢太太聽到這名字輕輕地叫了一聲。「順便問一句，」她說道，「斯泰內先生，是不是就是有天晚上我在你家裏碰到的那個胖子，那個銀行家？……這人可不正派！他居然在離這裏一法里遠的地方，爲一個女戲子買了一座別墅！就在舒河後面，靠居米埃那邊。整個這地區的人都爲之憤慨……這件事你知道嗎，我的朋友？」

「我一點兒也不知道。」繆法答道，「哦！原來斯泰內在這附近買了一棟別墅！」

喬治聽到母親提起這件事，只顧低頭喝咖啡；不過，聽到伯爵的回答他頗爲吃驚，不禁抬頭打量他一眼？伯爵爲什麼這樣能毫不掩飾地說假話呢？伯爵也注意到小伙子的表情，提防地瞥了他一眼。于貢太太繼續介紹詳細情況：那座別墅名叫「藏嬌屋」；從這裏溯舒河而上，直到居米埃，再過一座橋，才到達那裏；不過這條路要足足多走兩公里，抄近路又要涉水過河，甚至要乘船。

「那個女戲子叫什麼名字？」伯爵夫人問道。

「嗯，人家是倒對我提到過，」老太太嘀咕道，「喬治，今天早上花匠提起的時候，你也在場……」

喬治裝出努力回憶的樣子。繆法手裏轉動著一只小匙，等待著。伯爵夫人轉向丈夫問道：

「斯泰內先生不是與遊藝戲院那個叫娜娜的女歌唱演員相好嗎？」

「對，就是娜娜，眞該死！」于貢太太生氣地嚷道，「正有人在『藏嬌屋』等著她呢。這一切我全是從花匠那裏聽來的……對不對，喬治？花匠說她今天晚上就要來。」

伯爵吃驚地微微哆嗦一下。這時，喬治搶著答道：「哎！媽，花匠是亂說的，他什麼也不知道……剛才車夫說的就完全不一樣：直到後天都不會有任何人來『藏嬌屋』。」

喬治說話時竭力裝出自然的樣子，同時用眼角觀察伯爵對他的話的反應。伯爵又轉動起手裡的小匙，看上去是放心了。伯爵夫人呢，凝望著大花園遠方藍霧氲氤之處，似乎不再聽他們交談，思想隨著心裏突然蘇醒的一個隱秘想法轉動，臉上掠過一絲笑影，而這時愛絲泰直挺挺地坐在椅子上，聽到大家談起娜娜，她那白白的處女臉上，沒有絲毫反應。

「上帝，」于貢太太沉默一會兒，恢復了她天眞善良的天性，細言細語道，「我幹嘛生氣呢？人人都得活下去嘛……這位女士，我們要是在路上遇到她，不同她打招呼也就得了。」

大家離席時，她還責怪薩比娜伯爵夫人今年不該這麼姍姍來遲，讓她久等。但伯爵夫人辯解說，他們來得遲，責任全在她丈夫：有兩次行李都收拾好了，可是臨行前的當天晚上，他又說有急事要處理，取消了動身的計畫；後來，大家都認爲這次旅行計劃徹底吹了，他卻突然決定來了。老太太說，喬治也兩次說就要來了，可是連人影也沒見著；她本來不再指望了，伯爵卻在前天晚上來到了豐岱特。大家走到了花園裏。女人們走在中間，兩個男人一邊一個，默默地低著頭，只顧聽她們交談。

「不過也無所謂，」于貢太太在兒子金色的頭髮上印了幾個吻，說道，「兒子很可愛，甘心待在這偏僻的鄉下陪他媽……我的好寶寶，他心裏有我！」

下午，于貢太太坐立不安。剛吃過中飯，喬治就說腦袋發沉，看來漸漸地變成了劇烈的偏頭疼。將近四點鐘，他說想上樓去睡覺。這是惟一的治療方法，只要他一覺睡到第二天，起來後肯定什麼毛病也沒了，母親堅持要親自送他到床上去。但母親一走出房間，喬治就跳下床把門閂上了，聲稱他把自己反鎖起來，免得有人來打擾，臨了還親親熱熱喊一聲：「小媽媽，晚安，明天見！」而且保證要一覺睡到大天亮。其實他並沒有睡，臉色紅潤，兩眼滴溜溜亂轉，悄沒聲息地又穿上衣服，一動不動地坐在一張椅子上等著。晚餐鐘聲敲響的時候，他窺伺向餐廳走去的繆法。十分鐘過後，肯定不會被人看見了，他便敏捷地爬上窗戶，沿著一條下水管出溜了下去。他的臥室在二樓，朝向住宅的後面。他鑽進一個樹叢，溜出花園，穿過田野向舒河跑去，肚子裏空空的，一顆心激動得怦怦直跳。夜幕降臨了，天上飄下毛毛細雨。

娜娜的確是這天晚上要抵達「藏嬌屋」。五月份斯泰內爲她買下這座別墅之後，她不時想來這裏住，有時眞想得流淚。可是，每次博德納夫總是不准她的假，只答應要到九月份才成，因爲在博覽會期間，他不想找別人替換她，連一個晚上都不行。到了八月底，他又推遲到十月份。娜娜火了，宣布她一定要在九月十五日抵達「藏嬌屋」。她甚至當著博德納夫的面，邀請一大堆人同去，以示反抗。她一直巧妙地回絕繆法對她的追求，可是一天下午在她家，繆法渾身顫抖地苦苦哀求，她終於答應了他，但說明要去「藏嬌屋」別墅才行，而且也約定了九月十五日。可是，到了十二日，她突然迫不及待地帶著佐愛一個人動了身。博德納夫知道了消息，也許又會想辦法來阻攔她的。能夠不辭而別地撂下博德納夫，只給他捎去一張醫生開的證明，對她來講十分開心。想到頭一回到達「藏嬌屋」，在那裏小住兩天而沒有任何人知道，她就緊催佐愛趕快收拾好行李，然後把她推上馬車，一上了車卻又感情大動，又是向佐愛賠不是，又是親她。一直到了火車站的小食部，她才想到寄一封信通知斯泰內。她請斯泰內大後天才去找她，如果他希望見面時她精神清爽的話。她靈機一動，腦子裏湧現出另一個計劃，便寫了第二封信，請她姑媽立即把小路易帶到別墅來。這對小寶寶可是非常有益啊！母子倆一塊在樹下玩，該多有意思！在從巴黎到奧爾良的火車上，她談的全是這件事，兩眼潮潤，突然母性大發，把鮮花、鳥兒和她的兒子混爲一談。

「藏嬌屋」離火車站有四法里。娜娜花了一小時才租到一輛馬車，一輛破舊的大敞棚四輪馬車，走得很慢，響聲卻很大。車夫是個少言寡語的小老頭兒，娜娜立刻抓住他，向他提出一大堆問題，例如：他是否經常趕車經過「藏嬌屋」門前？「藏嬌屋」是不是就在那座小山的背後？那裏是不是有許多樹木？那座房子是不是老遠就能看得見！小老頭兒回答時嘟嘟囔囔的。娜娜恨不得馬上趕到，坐在馬車裏好不安靜！佐愛一直爲這麼匆匆忙忙離開巴黎而生氣，沉著臉，一動也不動地坐著。馬突然停住了，少婦以爲到了呢，從車門裏探出頭，問道：「喂！咱們到了嗎？」

車夫不屑於回答，只朝馬抽了一鞭子，聲稱艱難地爬坡。娜娜興奮地眺望灰色天空下一望無際的原野；天空浮雲密布。

「啊！看呀，佐愛，看這綠油油的草！這些都是麥子嗎？……上帝，多麼美啊！」

「人家一眼就可以看出太太不是出生在鄉下，」女僕緊棚著臉，終於開口說話了，「對鄉下我倒是挺熟悉，我在我的牙醫家住過，他在布吉瓦爾有座別墅……所以我知道今晚會冷。這一帶很潮濕。」

車子駛過樹下。娜娜像隻小狗，用鼻子去嗅樹葉的香味。道路拐過一道彎，她突然看見了綠樹掩映的一座住宅的一角。那也許就是「藏嬌屋」吧，她問車夫，車夫還是搖頭說不是的。過了一會兒，車子駛下另一面山坡時，他用馬鞭一指，低聲說：「瞧，就是那裏。」

娜娜站起來，將整個上半身探出車門外。

「哪兒呀？哪兒呀？」她臉色蒼白地大聲問道，因爲她還是什麼也沒看見。

她終於看見一角牆壁，於是在馬車裏又是叫又是跳，興奮、激動得什麼似的。

「佐愛，我看見啦，看見啦！……你坐到那邊去……啊！屋頂上還有一個磚頭砌的露台哩。那裏是暖房！啊！這座房子好大啊！我太高興啦！看呀，佐愛，看呀！」

馬車在柵欄門前停了下來。一扇小門打開後，走出一個乾瘦高個子園丁，手裏捏著鴨舌帽。娜娜決計重新表現出尊嚴，因爲車夫雖然仍閉著嘴巴，但心裏似乎已經在暗暗發笑。她克制住自己，沒有一下車就往裏跑，而是站在那裏聽園丁說話。園丁是個話多的人，他說別墅收拾得不整齊，請太太原諒，因爲他只是今早上才收到太太的信。娜娜雖然竭力克制自己，還是再也站不住了，邁開腿就大步流星往裏走，佐愛都追不上。走到小徑盡頭，她停了片刻，將整座別墅打量一眼。這是一座義大利風格的寬敞的小樓，旁邊有一座小一點的房子。別墅是一個在那不勒斯居住過兩年的英國人蓋的，但蓋好後他很快就住厭了。

「我領太太各處看看吧。」園丁說道。

但娜娜搶到了他前面，大聲對他說，不必麻煩他，她自己會看的，她更喜歡自己去看。她連帽子也沒摘，就叫著佐愛，跑進了房子，在走廊的這頭向在另一頭的佐愛大發議論，使幾個月來這座一直沒人居住、空蕩蕩的房子裏，充滿了歡聲笑語。一進門就是前廳，裏面有點潮潮的，不過沒關係，又不在這裏睡覺。客廳挺講究，窗外是綠茵草坪，只是紅色的家具太難看，她將來要換掉。至於餐廳，啊，好漂亮的餐廳！在巴黎如果有間這樣大的餐廳，什麼婚筵酒席不能擺？她正上二樓時，突然想起沒有看廚房，便又下來，一看就驚喜地叫起來，多麼漂亮的洗碗槽！爐膛這樣大，可以烤整隻羊，佐愛肯定會贊不絕口。她又上到二樓，最令她神采飛揚的是她的臥室，這臥室是由奧爾良一位裝飾工裝飾的，牆上是路易十六式的淺粉紅色印花裝飾布。啊！在這裏睡覺肯定是又香又甜，好一個明星演員的小窩兒！接下來是四五間客房，然後是理想的閣樓，放箱子再好不過。佐愛卻老大的不高興，慢吞吞地跟在太太後面，走到每間房子門口，只是冷冷地往裏面掃一眼。她望著太太爬上閣樓陡立的梯子不見了。謝天謝地！她才不想跟著太太跑斷腿呢。但是，她聽見遠處傳來一個聲音，彷彿是從壁爐的煙囪裏傳來的：「佐愛！佐愛！你在哪兒？上來呀……啊！……這簡直像仙境。」

佐愛嘀嘀咕咕登上樓梯。她發現太太站在屋頂上，手扶住磚砌的欄杆，俯瞰著面前向遠處延伸、越來越開闊的山溝。地平線一眼望不到頭，籠罩在灰蒙蒙的霧氣中，強勁的風卷著毛毛細雨。娜娜不得不用雙手捏緊帽子，以免被風刮跑；她的裙子高高地飄起來，像旗幟般呼啦啦響。

「啊！這可不行！」佐愛說著一邊把頭縮回來，「太太會給風刮跑的……這鬼天氣！」

太太沒有聽見。她俯視腳下的別墅。整個別墅被圍牆圍起來，占地七八阿爾邦❶。忽然菜園吸引住她，連忙衝下樓，在梯子上與女僕撞了個滿懷，上氣不接下氣地說道：「滿園白菜哩！……啊！這麼大棵的白菜！……還有生菜、酸模（野菠菜）、大蔥，應有盡有，快來！」

雨越下越大。娜娜撐開白綢傘，沿著小徑跑去。

「太太會累出毛病來的！」佐愛靜靜地停在屋檐下的石階上，喊道。

可是，太太就是想看一看，每發現一樣沒見過的東西，就驚喜地叫喊。

---

❶舊時土地面積單位，約合二十至五十公畝。

「佐愛，菠菜！快來呀……啊！還有高麗菜！它們的樣子真古怪。高麗菜也開花的嗎？……瞧！這是什麼？我不認識……快來呀，佐愛，你也許知道。」

女僕站著不動。太太敢情真是瘋了。現在雨開始飄灑而下，白綢小傘已變成黑黑的，根本遮不住太太，她的裙子已經往下流水了。可是，這一切絲毫影響不了她的興致，她冒著大雨看了菜園又看看果園，在每棵果樹前都要停一停，對每裸蔬菜都要彎腰看個夠。然後，她又跑到井邊，往裏頭一眼，抬起一個木頭架子，看看底下有什麼，見到一顆大南瓜，全神貫注打量了好久。她恨不得踏遍每條小徑，立刻嘗一嘗擁有這裏所有東西的滋味，過去她穿著女工的舊鞋在巴黎街上溜達時，就曾幻想擁有這一切。雨越下越大，但她根本沒有感覺到，只是遺憾這麼快天就黑了。眼睛看不清楚了，她就用手摸，非搞清是什麼東西不可。突然，在暮色中她辯認出了草莓，於是她像小時候一樣驚喜地大叫起來：

「草莓！草莓！這裏有草莓，我感覺得出來……佐愛，拿個盤子來！來摘草莓。」

娜娜蹲在泥濘裏，扔掉了傘，任憑大雨淋在身上。她摘著草莓，兩隻手在葉叢中淌著水。然而，佐愛並沒有拿盤子來。少婦直起腰來時，嚇了一跳，她彷彿看見一個黑影溜了過來。

「一頭野獸！」她喊起來。

但是，她在小道中間驚愕地愣住了：那黑影是個男人，她認出來了。

「怎麼！是寶寶！……你在這裏幹什麼，寶寶？」

「沒錯！是我。」喬治答道，「我來了。」

娜娜目瞪口呆。

「你是從園丁那裏知道我要來的嗎？……咦！這孩子！看他給雨淋的！」

「啊！告訴你吧，我在半路上遇到了雨，於是我不想沿河而上去居米埃過橋，而是決定涉水過舒河，結果掉進了一個該死的深潭裏！」

娜娜頓時把草莓忘到了腦後，渾身哆嗦，心裏充滿了憐憫。可憐的孩子掉進了深潭裏！她拉著他就朝房子跑去，說要去燒一爐旺火。

「你知道，」喬治讓她在黑暗裏停下，低聲對她說，「我趕到這裏之後就躲起來了，因爲我怕像在巴黎一樣，事先沒約好跑來看你，會挨你罵。」

娜娜沒答話，哈哈笑起來，在他前額上印了一個吻。直到這天，她一直把喬治當作孩子，沒有把他的愛情表示當眞，只不過把他看成一個無關緊要的小傢伙，逗他玩玩而已。現在要把喬治安頓下來，可是一件麻煩事。娜娜非要把火生在自己臥室裏不可，說到臥室裏烤火方便。佐愛見到喬治倒是不感到吃驚，因爲太太經常約會各色各樣的人，她早習已爲常。可是，園丁送劈柴上來時，見到這位渾身水淋淋的先生，驚愕得說不出話來，因爲他肯定沒有給這位先生開過門。等他放下劈柴，女主人就叫他走，這裏不再需要他。一盞燈把臥室照得亮堂堂的，爐膛裏竄出了歡快的火苗。

「他身上的衣服烤不乾，他會傷風的。」娜娜見喬治打了個寒顫，這樣說道。

這裏連一條男人的褲子都沒有！她正要叫園丁，突然腦海裏閃過一個念頭。佐愛在梳洗室解開了行李，給太太送來換洗的內衣，有襯衫，裙子和室內便袍。

「太好啦！」少婦叫起來，「這些寶寶全能穿。怎麼樣？你不嫌我吧……等你的衣服乾了，你再換上，趕快回去，免得你媽媽罵你……快呀，我也要去梳洗間換衣服。」

十分鐘後，她穿著睡袍出來時，高興得拍手叫道：

「啊！這個小傢伙，打扮成小姑娘眞愛煞人！」

喬治只是隨便穿了件寬大的鑲邊睡衣，一條繡花長褲，外面罩了一件室內便袍，一件長長的、帶花邊的細麻布室內便袍。這樣一身打扮，加上兩條裸露的、透露出青春活力的胳膊，一頭還沒乾的金色披肩長髮，他看上去眞像個姑娘。

「這是因爲他和我一樣苗條，」娜娜摟住他的腰說道，「佐愛，常來看這些衣服他穿上多合身……嘿！簡直像專門爲他做的，只是上衣大了點兒，他的胸圍不如我大，這可憐的小鬼。」

「嗯，當然囉，我的胸部就是癟了點兒嘛。」喬治滿面笑容說道。

三個人全都樂了。娜娜著手從上到下爲喬治扣便袍的扣子，好使他顯得端莊些。她把他像洋娃娃似地轉來轉去，在他身上這裏拍拍那裏拍拍，弄得裙子的後擺鼓起來，一邊問這問那，問他穿上她的衣服是否舒服，是否暖和。咳！這還用問嗎？喬治感到舒服極了，穿上什麼東西也比不上穿件女襯衫暖和；如果可能，他願意永遠穿著這身衣服。穿著這身衣服，他覺得自己的身體格外滑爽，這細軟的布料格外舒適，這衣服既寬鬆又有一股香味，他覺得從中略略觸摸到娜娜溫馨的生命。

這時，佐愛把濕衣服拿到樓下廚房裏，搭在葡萄藤火前，以便盡快烤乾。喬治呢，往沙發裏一躺，鼓起勇氣說出了老實話：

「我說，你今晚不吃晚飯了嗎？……我餓得要命啦。我還沒吃晚飯。」

娜娜一聽就生氣了。眞是個傻孩子，空著肚子從媽媽家裏溜出來，途中還掉進了深潭裏！她自己也已飢腸轆轆。當然要吃飯！不過，只能有什麼吃什麼。於是，他們把一張獨腳小圓桌推到火爐邊，湊合著吃了一頓挺有意思的晚飯。佐愛跑到園丁那裏，園丁已做好一個白菜湯，預備給太太吃的，如果她到達之前沒有在奧爾良吃過晚飯的話。太太在信裏忘了吩咐預備什麼東西。幸好，地窨裏儲存有許多東西。因此，他們喝上了加了一塊大豬油的白菜湯。娜娜又從一個旅行袋裏翻出一堆東西，一些她在出發前考慮周全而塞進去的食物，包括一小罐鵝肝醬，一袋方糖，還有幾個柳橙。兩個人立刻狼吞虎咽起來，到底是二十來歲的年輕人，胃口極好，彼此又是朋友，一點也不拘束。娜娜叫喬治：「親愛的小妞兒」，她覺得這樣稱呼更親切、更多情。用甜食時，爲了不打擾佐愛，他們兩個人用同一根匙子輪流吃，把在壁櫃上面找到的一瓶果醬都吃光了。

「啊！親愛的小妞兒，」娜娜把餐桌推開說道，「我十年沒吃過這麼好的晚餐啦！」

然而，已經很晚了，娜娜想叫小傢伙回去，免得他遭到責難。喬治呢，一再說不急。再說，衣服還沒乾透。佐愛說至少還要一個鐘頭。她由於旅途勞累，已困頓不堪，他們便打發她去睡。於是，這靜悄悄的房間裏只剩下他們兩個人。

這是一個甜蜜的晚上。爐膛裏的火只剩下紅炭，這間藍色的大臥室裏熱得有點叫人透不過氣來。佐愛去睡覺之前鋪好了床。娜娜熱得受不了，站起身去開一會兒窗戶。突然，她輕輕地叫起來：「天哪！多美啊！……來看呀，親愛的小妞兒。」

喬治走過去。他覺得窗台太窄，便攬住娜娜的腰，將頭靠在她的肩膀上。天氣已突然轉晴，深邃的夜空沒有一絲雲翳，一輪皓月向原野灑下金輝。萬籟俱寂，山溝漸漸開闊，一直伸向遼闊無垠的平原，一叢叢樹木，宛若平靜如鏡的月光湖上星羅棋布的、黑漆漆的小島。娜娜心神搖蕩，覺得自己彷彿回到了孩提時代。是的，在她一生中已記不清楚的某個時期，她肯定幻想過這樣的月夜。下了火車之後她所經歷的一切，這麼廣闊無邊的鄉村，這芬芳馥郁的野草，還有這別墅，這蔬菜，一切都令她激動不已，竟至以爲自己離開巴黎已經二十年了呢。昨天的生活變得遙遠了。她感受到種種自己不曾知道的事物。這時候，喬治在她的後頸印上一個又一個愛撫的輕吻，這更使她情懷激蕩。她猶豫地用手推開他；他還是小孩子，他這份親熱勁使人怪膩味的。她一再對他說該走了；他呢，也不說不，只說再等一會兒，再等一會兒他就走。

一隻鳥兒啼了幾聲又停止了。這是一隻知更鳥，棲息在窗前的一株接骨木上。

「等一等，」喬治小聲說，「它是怕燈光，我去把燈吹滅。」

他回來又摟住娜娜的腰，說：「等會兒再把燈點亮。」

喬治緊緊地貼住她的身體。娜娜聽著知更鳥啼叫，突然想起來，此情此景她曾經在一些抒情歌曲裏領略過。過去，要是有這樣皎潔的月色，有這樣婉轉的知更鳥的歌唱，有這樣懷著滿腔愛情緊貼在身邊的小伙子，她早就把自己的心獻上了。上帝啊！這一切如此愜意，她都要落淚了！她無疑天生是個正經女人，可是喬治越來越大膽，她不得不把他推開。

「不，別這樣，我不想……你小小年紀，這樣做太不像話……」

她害起羞來，臉漲得通紅，儘管這時根本沒有人看見，他們身後的臥室暗的不見五指，他們前面的原野靜悄悄沒有一點聲音。她從來沒有這樣害羞過。雖然她感到難爲情而竭力反抗，但漸漸地她感到渾身酥軟。喬治這身姑娘的打扮，這件女襯衫和這件室內些袍，還在追她發笑，就像一個女朋友在逗弄她似的。

「啊!這樣不好,這樣不好。」她最後掙扎了一下,喃喃說道。

於是,在這明月皎皎的夜色中,她像個少女倒進了小伙子的懷抱。整座別墅已進入夢鄉。

第二天,豐岱特莊園的午餐鐘敲響時,餐廳裏那張餐桌再也不顯得太大了,頭一輛馬車載來了福什里和達蓋內兩個人,接踵而至的,是乘後一班火車到達的旺朶夫伯爵。喬治最後一個從樓上下來,臉色略顯蒼白,眼睛下面帶黑圈。他回答大家說,他感覺好多了,但由於這次發作厲害,頭還有點暈。于貢太太面帶不安的微笑看著他的眼睛,幫他理一理今早晨沒梳好的頭髮,可是喬治卻往後躲閃,彷彿母親的愛撫使他難堪似的。入席之後,于貢太太親切地和旺朶夫開玩笑,說她都盼了他五年了。

「你總算來啦……這回怎麼來了?」

旺朶夫也用打趣的口氣回答,他昨天晚上在俱樂部輸了一大筆錢,只好離家出走,想到外省來尋找歸宿。

「眞的,不是說假話,你要是能爲我在這一帶物色一個有大筆財產的女繼承人……迷人的女子這裏大概有的是吧。」

老太太也感謝達蓋內和福什里接受她兒子的邀請。正在這時,她看見乘第三輛車趕來的德・舒阿侯爵進來了,眞是又驚又喜。

「哎喲!」她叫起來,「今天上午大家是約好來這裏聚會的嗎?你們約好來這裏……發生了什麼事嗎?好多年我都沒能請你們一塊來聚聚啦,今天你們倒是一齊來了……啊!我沒哈好抱怨的啦。」

席上添了一副餐具。福什里坐在薩比娜伯爵夫人旁邊；伯爵夫人非常愉快、令福什里感到吃驚，在米羅梅尼爾街那間樸素的客廳裏，她是那樣沒精打采。達蓋內坐在愛絲泰的左邊；緊挨著這個沉默寡言的高個子姑娘，他顯得局促不安，愛絲泰尖尖的胳膊肘，他看了覺得不舒服。繆法和舒阿陰陽怪氣地交換了一下眼色。旺朵夫倒是繼續打趣談起他不久後的婚事。

「說到女子，」于貢太太終於說道，「我有一位新來的女鄰居，你大概認識。」她講出娜娜的名字。旺朵夫裝出最吃驚的樣子。

「怎麼！娜娜的別墅在這附近！」

福什里和達蓋內也表示驚異。德·舒阿侯爵吃了一塊雞胸脯肉，現出莫名其妙的樣子。沒有一個男人臉上露出一絲笑容。

「是呀，就像我剛才說的。」老太太又說道，「這個女人甚至昨晚已經到了『藏嬌屋』別墅呢。這是我今早上聽園丁說的。」

聽到這消息，幾位先生著實吃了一驚，想掩飾也掩飾不住。他們都抬起頭望著于貢太太。怎麼！娜娜已經到了。他們都知道她明天才到，以爲自己比她來得早呢！只有喬治滿臉倦容，低著頭，望著酒杯出神。從午餐一開始，他就似乎睜著眼睛睡著了，臉上似笑非笑。

「小寶，你還是感到不舒服嗎？」他母親問道，她的眼睛一直沒離開兒子。喬治哆嗦一下，紅著臉回答說現在全好了，隨即又變得臉色灰暗，但像個舞跳得過多的姑娘，流露出還想再般的欲望。

「你脖子怎麼啦？」于貢太太又問道，「那一塊全紅了。」

喬治很慌亂，結結巴巴。他不知道怎麼回事，他脖子上什麼也沒有。他把襯衣領子往上提了提，答道：「哦，對，是讓蟲子叮了一口。」

德．舒阿侯爵瞟了一眼那個小紅塊。繆法也看了喬治一眼。中飯吃完了，大家一起商量出遊的計劃。福什里越來越被薩比娜伯爵夫人的笑聲攪得很不平靜。當他遞給她一盤水果時，他們的手相互接觸了一下，伯爵夫人抬起黑黝黝的眼睛注視了他片刻，使他不禁又想起了一天晚上喝醉了酒之後那段吐露眞情的話。自那天晚上之後，她再也不是原來的她了，在她身上某種東西越來越明顯了，她那灰色的綢裙軟軟地貼在肩膀上，給她敏感而神經質的優雅氣質，平添了幾分懶散的氣息。

離席的時候，達蓋內和福什里走在最後邊，毫不隱諱地拿愛絲泰當作笑料的聊開了。達蓋內說她是「一個讓男人摟在懷裏的漂亮掃把」。可是，當記者告訴她愛絲泰的嫁妝高達四十萬法郎時，他就變得嚴肅了。

「還有她母親呢？」福什里問道，「怎麼樣？很有風韻吧！」

「啊！她嗎，讓她去吧……打她的主意可沒門兒，老兄！」

「唔！誰說得準呢……走著瞧吧。」

這一天沒出門玩，雨還是下得很大。喬治急急忙忙離開大家，跑進臥室將門栓插上。這幾位先生對於把他們聚到一起的原因都心照不宣，但誰也不想說破。旺朵夫在賭場上大走霉運，倒眞是想來鄉間休養一下的，指望附近有個女友，不至於太寂寞。福什里利用報社因為自己非常忙碌而給他的假期，打算和娜娜相互切磋，寫出第二篇專欄文章，如果鄉間的環境的他們兩個人產生些什麼作用的話。達蓋內自從娜娜與斯泰內相好之後，一直賭氣不理睬她，這次來是想與她重修舊好，如果有機會，就從她那裏撈點柔情蜜意。至於德．舒阿侯爵，則打算伺機而動。但是，在這些追逐還沒有洗淨化妝脂粉的愛神的男人中，繆法是最熱情，也是最痛苦的一個，欲望、恐懼和憤怒在他的內心鬥爭著，使他坐臥不安。娜娜明確答應等待他的。她怎麼提早兩天動身了呢？他決定今天晚餐後就去「藏嬌屋」別墅一趟。

晚上，當伯爵走出花園的時候，喬治也跟在他後面溜了出來。他聽任伯爵繞道走居米埃那條路，自己則涉過舒河，氣喘吁吁跑到娜娜家，眼裏噙著淚水，氣得都要瘋了。哼！他心裏很清楚，還在路上的那個老傢伙，是娜娜約他來的。娜娜見到他那副吃醋的樣子，不禁愕然，事情的變化如此之大，她很不平靜，便把喬治摟在懷裏，儘量安慰他。不，他弄錯了，她根本就沒有約過什麼人，如果那位先生要來，可不能怪她。這個小鬼眞是個大傻瓜，竟爲沒影的事兒自尋煩惱！她用自己的兒子的性命發誓，她只愛喬治一個人。她一個勁地吻他，給他揩乾眼淚。

「聽我說，你會看到一切都是爲你安排的。」等他平靜了些之後，娜娜說道，「斯泰內來了，現在在樓上。親愛的，這個人你知道我是不能趕出大門的。」

「對，我知道，我指的不是這個人。」喬治低聲說道。

「好！我讓他住最一裏面那個房間，對他說我病了。他正在打開行李呢……既然沒人看見你，你就快躲到我臥室裏去等我吧。」

喬治撲上去摟住她的脖子。這麼說她並非逢場作戲，而是眞的有點愛他！那麼又像昨晚一樣？他們吹滅燈，兩個人在黑暗中一直待到天亮。這時門鈴響了，他趕緊躡手躡腳溜上樓，一到娜娜的臥室，立刻脫掉鞋子，以免發出響聲。然後他藏到帳幔後面，坐在地板上等著。

娜娜接待繆法伯爵時，還心神不定，有點局促不安。她與繆法伯爵有約在先，打心底裏不想食言，因爲她覺得這個人是認眞的。可是，昨夜發生的那種事，說實話，誰會想得到呢？從巴黎到鄉間的旅行，這座陌生的別墅，渾身淋得濕透跑來找她的小傢伙，這一切她覺得是那樣美好，她那麼盼望能繼續下去啊！活該這位先生倒楣！三個月來，她裝成一個正經女人，一直一讓他眼巴巴等著，目的是讓他的欲火燒得更旺。好吧！一講他繼續等待吧，如果他覺得沒意思，就會自己跑掉的，她寧可放棄一切，也不願意欺騙喬治。伯爵像鄉間來登門拜訪的鄰居，彬彬有禮地入座，只是雙手不住地哆嗦。他天生多血質，至今仍是童男，他的情欲被娜娜巧妙地煽動起來，久而久之，使他忍受了可怕的痛苦。這個非常嚴肅的人，這位邁著莊重的步子經常出入杜伊勒利宮各個客廳的王室侍從，夜裏躺在床上，眼前老是浮現同一個性感的形象，直憋得透不過氣來，只好咬住枕頭嚶嚶啜泣。可是這一次，他下定決心要結束這種狀況了。剛才在來的路上，暮色蒼茫，萬籟俱寂，他反覆考慮過想要霸王硬上弓。現在見到娜娜，才寒暄了幾句，他就按捺不住伸出雙手去抓她。

「不，別這樣，當心。」娜娜並沒生氣，只這樣說道，臉上還掛著微笑。

他一把又抓住了她，見她還想掙脫，便變得粗魯無禮了，毫不掩飾地提醒她，他是應約前來同她睡覺的。娜娜儘管有些尷尬，但始終滿面微笑，捏住他的雙手，用親暱的語氣和他說話，使自己的態度儘量溫和些。

「瞧你，親愛的，冷靜點兒……眞的，我不能夠，斯泰內就在樓上。」

可是，繆法失去了理智。娜娜從來沒有見過一個男人衝動到這種程度。她害怕了，用手捂住伯爵的嘴，不讓他大喊大叫。她壓低聲音懇求他不要叫喊，放開她，斯泰內下樓來了，這樣作實在太愚蠢。斯泰內進來時，聽見娜娜軟綿綿地躺倒在沙發上說道：「我特別喜歡鄉下……」話沒說完，她轉過頭看見了斯泰內，忙說道：

「親愛的，是繆法伯爵先生，他在外面散步，看見燈光，便進來問候我們。」

兩個男人握了握手。繆法沉默了一會兒，臉藏在黑暗中。斯泰內滿臉不高興。大家談起巴黎；現在生意難做得很，交易所的行情糟糕透頂。聊了一刻鐘，繆法起身告辭。少婦送他出來時，他要求第二天晚上會面，娜娜沒有答應。斯泰內幾乎立刻上樓睡覺去了，一直嘟嘟囔囔，抱怨這妞兒怎麼總是生病。兩個老傢伙終於給打發走了！娜娜進到樓上的臥室裏時，發現喬治還是乖乖地坐在帳幔後面等她。房間裏一片漆黑。喬治將娜娜扳倒在地板上，讓她坐在自己身邊：兩個人在地板上滾著玩兒，每當他們的光腳碰到家具時，就停下來，相互接吻，以免笑出聲來。遠處，繆法伯爵沿著居米埃大路慢慢走著，把帽摘了下來拿在手裏，讓滾燙的腦袋在夜的涼爽和靜謐中漸漸冷靜下來。

隨後幾天，生活無比甜蜜。娜娜躺在小傢伙的懷抱裏，彷彿回到了十五歲的時光。她習慣並已厭倦了男人的愛撫，現在這個少年的愛撫，使愛情像鮮花似的重新在她心間怒放了。她時而滿臉羞紅，時而衝動得渾身哆嗦，時而想笑，時而想哭，這是因爲她純眞的感情受到情欲的侵擾，使她感到羞恥的綠故。這種感受她從來不曾體驗過。鄉間的生活使她沉浸在柔情蜜意之中，小時候，她曾經好長時間盼望與一隻山羊一起生活在一片草地上，因爲有一回，她在一座城堡的斜坡上看見一隻山羊，拴在一個木樁上，不停地咩咩叫喚。現在，這座別墅，整個這片土地，全都歸她所有了，她激動得心情實在難以平靜，因爲這一切遠遠超過了她小時候的奢望。她重新領略到一個小女孩的新奇感覺，白天，野外的空氣令她沉迷，花草的芳香令她陶醉，晚上，她上樓找到躲在帳幔後面的小鬼，這種感覺，無異於一個寄宿女生趁假期偷偷尋樂，或者像和一個已與她訂了終身的小表哥偷情，又怕被父母發覺，聽到一點點聲音就嚇得渾身哆嗦，充滿了頭次失足那種甜蜜的嘗試和膽戰心驚的快感。

在這段時間，娜娜像一個多愁善感的少女充滿了幻想，經常幾小時出神地望著月亮。有天夜裏，整個別墅已進入夢鄉，她還要喬治陪她下樓去花園裏，相互攬著腰在樹下散步，而後兩人往草地裏一躺，渾身被露水浸得濕漉漉的。又有一次在臥室裏，沉默一陣之後，她摟住小傢伙的脖子哭了起來，期期艾艾說她怕死。她經常哼唱勒拉太太教的一首抒情小調，裏面所唱的盡是鮮花和小鳥，令她感動得直落淚，有時停止哼唱，熱情地把喬治緊緊摟在懷裏，要他發誓永遠愛她。總之，正如她自己承認的一樣，她變得有點痴傻了。事後他們又成了玩伴，光著腿坐在床沿抽烟，用腳後跟踢著床板。

但是，使少婦的心徹底融化的，是小路易的到來，母愛一下子被激發出來，其猛烈的程度像發了瘋一樣。她把兒子帶到陽光底下，看他亂蹦亂跳，把他打扮得像個小王子，和他一起在草地上打滾。孩子剛到，她就馬上要他與勒拉太太一起睡在她隔壁房間裏，等於睡在自己身邊。勒拉太太被鄉間陶醉了，一躺下就鼾聲如雷。小路易絲毫不妨礙喬治，恰恰相反。娜娜說她有兩個孩子，她對兩個孩子都一樣嬌慣，一樣愛憐。夜裏，她十多次離開喬治，去看小路易呼吸是否均勻，回來之後，則帶著剩餘的母愛，把喬治重新摟在懷裏，盡情地撫摸。她盡的是母親的天職。可是，喬治是個墮落的孩子，他就愛裝成小孩子，躺在這個大姑娘的懷抱裏，任憑她像哄嬰兒入睡一樣愛撫他。這種令人銷魂的生活多麼美好啊，娜娜不禁鄭重其事地向喬治建議，他們永遠生活在鄉下算了。他們將把其他人統統打發走，就他們倆加上小路易三個人生活在這裏。他們擬訂了千百種計劃，直到天亮了還議論個沒完，根本沒有聽見勒拉太太的鼾聲。勒拉太太白天在田野裏採花採累了，酣睡如泥，鼾聲大作。

這種美好的生活延續了一個多禮拜。繆法伯爵每天黃昏都來，回去時總是氣得滿臉通紅，雙手發燙。有天晚上，他甚至被拒之門外，而那天斯泰內去了巴黎，有人告訴他太太不舒服。娜娜心裏的鬥爭越來越激烈，她不想欺騙喬治。一個如此天真無邪的小傢伙，而且對她這樣信任！如果欺騙他，她就會被世人看成最下流的女人。何況，她也討厭這樣做。對她這段風流韻事，佐愛是冷眼旁觀，默默地不屑一顧，而心裏認爲太太眞是變糊塗了。

第六天，一群來訪的客人突然闖進了這田園詩般的生活。娜娜來之前邀請了一大堆人，原來以爲他們是不會來的。因此，一天下午，她看到一輛載滿人的馬車停在「藏嬌屋」大門口，眞是目瞪口呆，心裏很不高興。

「是我們呀！」米尼翁頭一個跳下車喊道，隨即把自己的兩個兒子亨利和夏爾抱下來。

接著，跳下車是拉博德特。他一跳下來就回頭去扶一隊長長的女人下車，其中有露茜．斯特華、卡羅莉娜．埃凱、塔唐．妮妮、瑪麗亞．布隆。娜娜以爲就這些人了，不料拉．法盧瓦茲從踏板上跳下來。隨即張開顫抖的雙臂，接住佳佳和她的女兒阿梅莉。總共有十一個人。把這麼多人安頓下來實在傷腦筋。「藏嬌屋」有五間客房，其中一間已經讓勒拉太太和小路易占住了。只好把最大的一間分配給佳佳和拉·法盧瓦茲這一對，而在旁邊的梳洗間裏有張帆布床，讓阿梅莉睡。米尼翁和他兩個兒子住第三間；拉博德特住第四間。剩下一間改成集體宿舍，裏面放四張床，給露茜、卡羅莉娜、塔唐和瑪麗亞睡。斯泰內嘛，安排睡客廳的長沙發上。娜娜起初蠻生氣的，經過一小時忙亂，終於把所有客人都安頓好了，不由得爲自己充當了別墅女主人而形喜於色。所有女人都對她這座「藏嬌屋」贊不絕口：「親愛的，這可是一座令人傾倒的別墅啊！」

除此之外，她們還給娜娜帶來了一點巴黎的訊息，告訴她一周來的馬路消息，大家你一言我一語，又是笑，又是叫，又是拍手。順便問一句：博德納夫怎麼樣？對她的偷偷跑走他說什麼啦？沒什麼大不了的。起初他破口大罵，說非叫警察抓回來不可，但是到了晚上演出時，他只是找了個替身；替身是小維約萊納，她扮演金髮維納斯，也有了相當出色的表現。聽到這個消息，娜娜變得嚴肅了。

這時才下午四點鐘。有人建議出去溜達一圈。

「你們不知道。」娜娜說道：「你們到來的時候，我正要出去撿土豆（馬鈴薯）呢！」

於是，大家都要去撿土豆，連衣服也顧不得換了。大家展開了比賽。園丁和兩個助手已經在別墅後面的凹地。女士們一到凹地就跪下來，連戒指也不摘，就用手在泥土裏挖，發現了一個大土豆，就尖聲叫喊。她們覺得眞好玩極了！塔唐·妮妮成績領先，因爲她小時候撿過許多土豆，現在撿起來不免得意忘形，一邊教人家怎麼撿，一邊說人家是笨蛋。男士們幹得則不那麼帶勁。

米尼翁擺出一副正人君子的樣子，利用這來鄉間小住的機會，對兩個兒子的教育，這時便給他們講開了帕芒蒂埃❷。

這天的晚餐充滿瘋狂的快樂。大家狼吞虎嚥。娜娜特別興奮，與她的招待總管爭吵了起來，這個招待總管曾在奧爾良的主教府邸做過事。咖啡端上來之後，女士們一邊唱一邊抽菸。整個別墅裏像辦喜事一樣熱鬧非凡，喧嚷之聲飄出窗外，傳得很遠很遠，消失在寧靜的暮色之中。晚歸的農夫在籬笆外面駐足，扭頭張望這座燈火輝煌的別墅。

「咳！」娜娜說道，「掃興的是你們後天就要回去了。不過，我們總還可以辦一次活動。」

第二天正好是禮拜天，大家便決定去參觀七公里以外的夏蒙修道院遺址。準備預約五輛奧爾良的出租馬車，午飯後來載大家出發，參觀結束後，七點鐘左右把大家送回「藏嬌屋」晚餐。這樣的安排肯定很有意思。

這天晚上，繆法伯爵像往常一樣，爬上小山，到大門外按門鈴。但是，看到每個窗戶燈火通明，又聽見陣陣歡聲笑語，他覺得奇怪。及至聽出裏面有米尼翁的聲音，他才明白是怎麼回事，便離開了。這個新的阻礙使他怒不可遏，忍無可忍，決心採用粗暴手段。喬治有一扇旁門的鑰匙，他從旁門進來，不慌不忙地爬上樓，沿著牆，偷偷地溜向娜娜的臥室。不過他一直等到半夜過後，娜娜才終於進來，喝得醉醺醺的，比其他夜晚流露出更多母性的柔情。她每回喝了酒，就變得特別多情，愛纏住人不放，所以她非要喬治陪她去參觀夏蒙修道院不可。喬治怕被人看見，

❷帕芒蒂埃（一七三七—一八一三），法國農學家，經過研究，在法國推廣土豆（即馬鈴薯）的種植。

不肯去；如果有人看見他和娜娜同坐在一輛馬車裏，那就會成為一件了不得的醜聞傳播開去。可是，娜娜像個遭了屈辱的女人似地痛哭流涕，並且絕望地大吵大鬧。喬治只好安慰她，答應明天一定和她一起去。

「這就對了，你的確很愛我。」娜娜期期艾艾地說道，「我要你再說一遍你愛我……說呀，我心愛的寶貝，如果我死了，你會很難過嗎？」

有了娜娜這位近鄰，豐岱特莊園可像翻天似的。每天早餐時，善良的于貢太太總是要提起這個女人，講述她從園丁那裏聽來的情況，就像一般高尚的女人，對煙花女子總是耿耿於懷。她本來是十分寬容的，可是這次彷彿感到將要大禍臨頭似的，又氣惱，又憤恨，夜裏常常驚醒，似乎有頭野獸從一家動物園裏逃了出來，在附近一帶徘徊。所以她常常和客人們吵嘴，指責他們一個個都去「藏嬌屋」附近溜達。有人就看見旺朵夫伯爵在大路上與一個不戴帽子的女人調笑。不過，旺朵夫伯爵辯解說，那女人根本不是娜娜。這倒是眞的，那女人是露茜，她陪伯爵外出散步，告訴他自己怎樣把第三個王子攆出了大門。德．舒阿侯爵也每天外出，不過他說是醫生囑咐他要多走路。至於達蓋內和福什里，于貢太太未免不公平。達蓋內根本就沒有離開過豐岱特莊園，他已經放棄與娜娜重修舊好的打算，而懷著虔誠的心情，對愛絲泰大獻殷勤。福什里也總是與繆法太太母女在一起。只有一次，他在一條小徑上遇到米尼翁；後者抱了一大把鮮花，正在給兩個兒子上植物課。他們倆握了握手，交換了有關羅絲的消息。羅絲身體很好；這天早上他們分別收到她的一封信，她在信中希望他們在鄉下再住些日子，好好享受這裏的新鮮空氣。

在所有這些男人中，老太太不加以指責的，只有繆法伯爵和喬治。繆法伯爵說他在奧爾良有重大事情要處理，自然沒有心思去追求那個賤貨。至於喬治嘛，這可憐的孩子越來越令她擔心了，他每天一到晚上就偏頭疼得厲害，所以不得不白天睡覺。

伯爵每天下午都外出，所以福什里成了薩比娜伯爵夫人經常的男伴。他們常去花園盡頭，他幫她拿著帆布折凳和陽傘。福什里作爲一名小記者，思想怪誕，但薩比娜覺得他很有趣；福什里利用鄉村的氣氛，出其不意地使薩比娜成爲自己的知己。薩比娜立即以心相待，覺得有這個小伙子作伴，自己獲得了第二次青春，而這個小伙子冷嘲熱諷、夸夸其談的作風，也不至於給她招惹是非。有時，他們倆單獨在一叢灌木後面逗留一會兒，兩個人的眼睛就會捕捉對方的目光；有時，他們在大笑之中突然停住，一下子變得嚴肅起來，目光深沉，彷彿彼此已經窺透了、並了解對方的心。

星期五中餐時，不得不增加一份餐具。泰奧菲爾·韋諾先生剛剛到達。于貢太太記得是去年冬天在繆法家邀請過他。他弓著背，裝成一個不起眼的老好人，似乎根本沒有注意到大家都對他所表現出的拘謹的尊敬。他成功地使大家忘記了他，飯後用甜點時，他一邊嚼著小塊糖，一邊觀察達蓋內遞草莓給愛絲泰時的態度，或者聽福什里講逗得伯爵夫人很開心的趣聞軼事。只要有人看他一眼，他就露出恬靜的微笑。每次離開餐桌，他就挽起伯爵的胳膊，帶他去花園裏散步。大家都知道，自從伯爵的母親去世之後，他對伯爵有很大影響。關於這位退休的訴訟代理人在這個家庭裏所起的支配作用，外界有種種稀奇古怪的傳聞。他的到來可能給福什里造成不便，所以福什里向喬治和達蓋內透露了他的財富來源：原來他是靠爲耶穌會教士打了一場大官司而發的。據福什里說，這個胖乎乎、表情溫和的老好人，骨子裏是一個可怕的角色，現在那幫狗教士的一切骯髒勾當他都有插手。兩個年輕人開始拿他開玩笑，因爲他們覺得這個小老頭兒呆頭呆腦一副傻相。過去在他們心目中，這個未曾見過的韋諾，一定是個了不起的人物，所以當了所有教士的訴訟代理人。現在看來，這種想像太可笑了。但是，當繆法伯爵出現時，他們都不吭聲了。伯爵依舊挽住老頭兒的胳膊，臉色很蒼白，眼睛紅紅的，像哭過似的。

「他們肯定談到了地獄。」福什里低聲挖苦道。

薩比娜伯爵夫人聽見了，慢慢轉過頭。他們的目光相遇了，彼此久久地相互注視；這是他們在邁出冒險的一步之前，小心翼翼地相互試探。每天午飯過後，客人們都習慣於到花園盡頭一塊空地上散步。那塊台地俯瞰著整個平原。這個星期日下午異常溫暖宜人，將近十點鐘，大家都擔心下雨，可是，天空的雲雖然沒有消散，卻化成了乳白色的霧，化成了閃閃發光的塵埃，被陽光照射成金黃色。於是，于貢太太提議從通向台地的旁門出去散步，朝居米埃那邊走，一直走到舒河邊。她喜歡走路，六十歲了，步履仍很矯健。再說，大家都認爲沒有必要坐車。就這樣一直走到河上的木橋邊，隊伍有點七零八落了。福什里、達蓋內與繆法太太母女倆走在最前邊，隨後是伯爵、侯爵和于貢太太；落在最後邊的是旺朵夫，他抽著雪茄，雖然不失風度，但覺得沿大路這麼走實在無聊。韋諾先生走得時快時慢，忽而與這幾個人走在一起，忽而又與另外幾個人走在一起，臉上總是掛著微笑，似乎想聽到每個人的談話。

「唉！可憐的喬治，這時候正在奧爾良呢！」于貢太太嘮叨道，「他決計去找已不再出診的老大夫埃韋尼埃看偏頭疼……是的，他不到七點鐘就走了，那時你們還未起床。不過，走這一趟總可以讓他散散心。」

說到這裏，她突然頓住了，問道：「瞧，他們為什麼在橋上停下了？」

果然，幾位女士與達蓋內、福什里一動不動地站在橋頭，猶豫不前，似乎遇到了令他們束手無策的障礙。然而，路上什麼障礙也沒有。

「往前走啊！」伯爵喊道。

他們還是站著不動，望著一個什麼東西，那東西正向他們走來，其他人還看不見。那邊道路拐了一個彎，兩邊有密密的白楊樹擋住了視線。不過，聽得見一片低沉的、越來越大的嘈雜聲，那是車輪聲，夾雜著歡笑聲和劈啪的鞭子聲。突然，出現了五輛馬車，一輛接一輛，全都擠滿了人，簡直要把車軸壓斷了，車上的人全都穿著藍色、粉紅色的鮮艷服裝，吵吵嚷嚷，快活得很。

「這是怎麼回事？」于貢太太驚呀地問道。

她立刻就感覺出、揣測出是怎麼回事了，對這幫人侵占她的道路大為惱火。

「啊！這個女人！」她低聲說道，「走啊，走吧，就裝作沒看見……」

可是，已經遲了，那五輛載著娜娜和她那幫人去參觀夏蒙修道院遺址的馬車，已經駛上小木橋。福什里、達蓋內和繆法太太母女倆不得不往後退，而于貢太太和其他人也不得不停下來，排列在路旁。那車隊好不壯觀！車裏的笑聲停止了，一張張臉轉過來，好奇地向路旁張望。一片寂靜，只聽見馬兒奔跑的「得得」聲，車裏車外的人相互打量。頭輛車裏是瑪麗亞·布隆和塔唐·妮妮，像公爵夫人似的仰靠在車座靠背上，裙子在車輪上方鼓得高高的，用蔑視的目光看著這些正經八百走路的女人。第二輛車裏是佳佳，一個人塞滿了整個座位，把坐在她身邊的拉·法盧瓦茲遮得只看見一個不安的鼻子。緊接著的兩輛車裏，分別坐著卡羅莉娜·埃凱與拉博德特，露茜·斯特華與米尼翁父子三人。最後一輛是四輪敞篷馬車，裏面坐著娜娜和斯泰內，娜娜面前的折疊式座位上坐著可憐的小傢伙喬治，他的膝蓋夾在娜娜的膝蓋當中。

「這是最後一輛了，是嗎？」伯爵夫人裝作沒有認出娜娜，若無其事地問福什里。

四輛敞篷車的車輪幾乎擦到了她，但她一步也沒有後退。兩個女人相互意味深長地注視了一眼。那只不過是瞬間的相互審視，但彼此窺透了一切，也表明了一切。至於男人們，個個都無可挑剔。福什里和達蓋內顯得很冷漠，什麼人也沒有認出來。侯爵有些不安，擔心車裏某個女士會和他開玩笑，便折了一根草，在手指間搓來搓去。只有旺朵夫站在大家後面一點，朝露茜眨了眨眼睛，馬車駛過去時，露茜也衝他嫣然一笑。

繆法伯爵心裏很不平靜，兩眼一直盯住從他面前駛過去的娜娜。他妻子慢慢轉過頭，觀察他。於是，他低頭看著地面，彷彿要躲閃那些奔馳而過的馬，它們把他連人和心都帶走了。他痛苦之極，差點喊出來，看見喬治藏在娜娜的裙子之間，一切他全明白了。一個毛孩子！娜娜寧願要一個毛孩子而不要他，這使他五內俱焚。斯泰內和他是半斤八兩，可是一個毛孩子！

不過，于貢太太起初並沒有認出喬治，而喬治呢，過橋的時候，要不是娜娜用雙膝緊緊夾住他，他說不定跳到河裏去了。這時，他渾身冰冷，臉白得像張紙，一動不動坐在那裏，誰也不看。也許不會有誰看見他吧。

「啊！天哪！」老太太突然說道，「和她坐在一起的是喬治！」

五輛馬車從這批相互認識，但互不打招呼的人之間，從這批尷尬的人之間駛過去了。這次微妙的路遇，雖然是片刻間的事，但顯得格外漫長。現在，滾滾的車輪載著那批煙花女子，更加歡快地行駛在金色的田野上。田野的風撲打著她們的面頰，顏色鮮艷的衣角在風中飄蕩，笑聲再起，車裏的人不時回頭張望和嘲笑路邊這些規矩而氣憤的人。娜娜也回頭張望，看見這些散步的人猶豫了片刻，沒有過橋，折回原路走了。于貢太太靠在繆法伯爵的胳膊上，一言不發，非常傷心，誰也不敢安慰她。

「喂！」娜娜沖著旁邊一輛車裏探出身子的露茜喊著，「親愛的，看見福什里了嗎？瞧他那副瘟豬樣！這筆帳我一定要找他算……還有保羅那小子，我過去待他那樣好！連個招呼都不打……眞是一些不懂禮貌的傢伙。」

斯泰內覺得路邊那些先生的態度無可指責，娜娜就衝他大發脾氣。這樣說來，難道他們連脫帽向她們打招呼也不應該嗎？難道隨便什麼粗野的人都可以侮辱她們嗎？多謝指點，原來斯泰內和那些人是一路貨色。凡是見到一個女人，不論何時何地，招呼總是應該打的。

「那個高個子女人是誰？」露茜在車輪滾動聲中甩過一句話來問道。

「是繆法伯爵夫人。」斯泰內答道。

「瞧！我想就是她。」娜娜說道，「哎！親愛的，她徒有伯爵夫人的頭銜，其實並不怎麼樣……的的，不錯，並不怎麼樣……你知道，我是有眼光的。你這位伯爵夫人，現在我可了解啦，就像她是我塑造出來的一樣。她準和福什里那條毒蛇睡過覺，你敢打賭沒有睡過嗎？……我告訴你她和他一定一塊睡過，女人之間，這種事誰也瞞不過誰。」

斯泰內聳聳肩。自昨天晚上以來，他的心情愈來愈壞；他收到了幾封信，不得不在第二天早上趕回巴黎，而且，跑到鄉下來只是睡在客廳的長沙發上，實在也沒有多大意思。

「這可憐的寶貝！」看到喬治坐著一動不動，臉色蒼白，呼吸急促，她突然難過起來。

「你覺得媽媽認出了我嗎？」喬治終於結巴道。

「啊！肯定認出來啦！她喊叫過……這全怪我。喬治本來不願意來的，是我非要他來不可……聽我說，親愛的，我給你媽媽寫封信好嗎？她看上去是個值得尊敬的人。我告訴她我從來沒有見過你，今天是斯泰內頭一回帶你來的。」

「不，不，別寫信。」喬治說道，顯得很不安，「這件事讓我自己來處理……反正她如果對我嘮叨個沒完，我就不再回家了。」

可是，他立刻陷入了沉思，試圖編出一套謊話，晚上回去應付母親。五輛馬車行駛在平原上，沿著一條筆直的、望不到儘頭的道路奔馳。道路兩邊樹木蔥籠，田野籠罩在銀灰色的霧氣之中。車上的女人還是不斷地隔著前面的車夫向其他車子喊話；車夫們暗暗笑這批古怪的乘客。有時，某個女人站起來眺望，而且不肯坐下，使勁扶住旁邊的男人的肩膀，直到車子猛烈的顛簸把她摔回到座位上。這時，卡羅莉娜・埃凱卻與拉博德特在嚴肅地交談。他們一致認為，不出三個月，娜娜就得把她這座鄉間別墅賣掉。卡羅莉娜請拉博德特到時候暗中幫她以賤價買下來。在他們前面的車子裏，深深地墜入情網的拉・法盧瓦茲，嘴唇夠不著佳佳挺直的後頸，就隔著棚得緊緊的裙子，吻她的脊背，而一動不動坐在折疊座上的阿梅莉，叫他們別這樣。她對坐在這個位子十分惱火，看著別人吻自己的母親，而自己束手無措於一旁。在另一輛車裏，米尼翁想給露西一個驚喜，就要求他的兩個兒子各背誦一篇拉・封丹的寓言。老大亨利聰明過人，一篇寓言一口氣背到底，一句都不重覆。坐在頭輛車裏的瑪麗亞・布隆，起初想方設法愚弄笨頭笨腦的塔唐・妮妮，對她說，巴黎的乳品商人所賣的雞蛋，是拿漿糊和番紅花製造的。現在她自己也開始厭煩了。這路怎麼這樣遠，怎麼還沒到？這個問題從一輛車傳到另一輛車，一直傳到娜娜，她問了問車夫，站起來喊道：

「再一刻鐘就到啦……你們看見樹木後面的那座教堂了嗎……」接著她補充道：「你們想必還不知道，夏蒙古堡的主人，據說是拿破侖時代遺留的一位老太太……哦，還是一位花天酒地的風流娘兒們哩。這是約瑟夫告訴我的，他是從主教府邸的僕人那裏聽來的。這種花天酒地的風流娘兒們現在可找不到啦。現在她只好在神父之中混口飯吃囉。」

「她叫什麼名字？」露茜問道。

「當格拉夫人。」

「伊爾瑪·當格拉，我認識！」佳佳喊道。

隨著奔跑得更歡的馬蹄聲，所有車子裏都發出了贊嘆聲。有些人探出頭來看佳佳；瑪麗亞·布隆和塔唐·妮妮跪在座位上，兩手抓住翻卷的馬車頂棚，轉過身望著佳佳。大家七嘴八舌地向佳佳問這問那，其中也有些話中帶刺的挖苦，但被暗暗的欽佩沖淡了。佳佳居然認識伊爾瑪·當格拉，這可是遙遠的過去的事情了，她們一個個都不由得對佳佳肅然起敬。

「是啊，那時我還很年輕。」佳佳說道，「不過那並不礙事，我還清楚記得我和她見面的情形……有人說，她在家裏令人討厭。但是一坐上馬車，她何等瀟灑！關於她，有種種精彩動人的故事，種種淫穢下流的傳說，種種令人笑破肚皮飛短流長……她擁有一座古堡，我一點也不感到奇怪。她搜刮一個男人，眞是不費吹灰之功……啊！伊爾瑪·當格拉還活著！哎喲，我的小寶貝們，她該有九十歲啦。」

所有女人一下子變得嚴肅起來。九十歲！正如露茜大聲說的，她們之中誰都沒有希望能活到這麼大歲數。她們個個體弱多病。不過，娜娜宣稱，她可不想熬到那樣一把老骨頭，那多沒意思。馬上就要到了，談話被劈啪的鞭子聲打斷，車夫們正揮鞭催趕馬兒。然而，在這片嘈雜聲中，露茜又跳到另一個話題，催促娜娜明天與大傢伙兒一塊回去。博覽會就要閉幕了，她們這些女人應該趕回巴黎，那裏這個季節的生意，比她們所希望的還好呢。可是，娜娜就是不肯回去，她厭惡巴黎，絕不會這麼早就趕回去的。

「是嗎？親愛的，我們倆待在這裏。」娜娜夾緊喬治的膝蓋對他說道，絲毫不在乎斯泰內就在旁邊。

幾輛馬車突然停住了。車上的人一驚，隨即跳下車。這是一個荒涼的地方，在一座小山腳下。一位車夫用鞭梢一指，他們才知道前面就是夏蒙修道院遺址。所有人大失所望。女人們覺得上當了：幾堆長滿荊棘的殘磚碎瓦，一座半坍塌的古塔，這就是所謂夏蒙修道院遺址。說眞的，實在值不得顚簸兩法里趕來參觀。車夫又指給看古堡，還有從修道院旁邊伸展開去的古堡花園，建議他們沿牆走一條小徑，過去溜達一圈，而馬車去村子的廣場上等他們。這是一次很有趣味的散步，大家接受了。

「喔唷！伊爾瑪混得眞不錯！」半路上，佳佳在花園角上一道鐵柵欄門前停下來說道。

大家默默地觀看柵欄門裏一大叢矮樹。接著，他們沿著花園的圍牆，踏著一條小徑繼續朝前走，一面抬頭欣賞兩旁的古樹，高高的枝椏伸出來，交錯搭成一條厚厚的綠色拱廊。走了三分鐘，來到另一道柵欄門前，裏面是一片寬闊的草地，兩棵百年橡樹挺立中間，草地蔭涼。又走了三分鐘，又遇到一道柵欄門，裏面一條寬闊的林蔭道，像一條幽暗的長廊，盡頭陽光點點，星星般耀眼。起初，大家只是驚呀地觀賞，誰也不作聲，漸漸地一個個嘖嘖贊嘆起來。他們心裏都帶點嫉妒，想譏諷幾句，可是眼前的景象實在讓他們感慨萬端。這個伊爾瑪眞有魄力！這才叫女人的膽識呢！樹木延綿不斷，覆蓋著牆壁的爬山虎一片接一片，一排排白楊樹，連續著蔥籠茂密的榆樹和山楊，其間露出亭閣的瓦頂。這條綠廊眞的沒有盡頭嗎？女人們都想看看伊爾瑪的住宅，這樣轉來轉去，每一道柵欄門裏除了密密層層的樹葉，其他什麼也看不到。她們開始不耐煩了，抓住欄杆，把臉貼近鐵柵欄往裏張望。她們被遠遠地隔在圍牆之外，那隱藏在無邊綠色中的古堡，想看看不到，而這一切卻是使她們心中升起一股敬意。她們從來不走路，所以沒多久便感到累了。圍牆仍望不到盡頭，踏著小徑，每拐過一道不見人跡的彎，展現在前面的仍是那長長的青石圍牆。有幾個女人覺得沒有希望走到頭了，說要往回走。可是，走得越累，她們越是充滿景仰之情；每走一步，這座古堡莊嚴肅穆的非凡氣派就在她們心目中增加一分。

「我們眞是傻到家了。」卡羅莉娜·埃凱咬著牙說道。

娜娜聳聳肩，示意她別埋怨。她自己有一陣子不再說話，臉色略顯蒼白，神情嚴肅。拐過最後一道彎，正要到達村子的廣場時，圍牆突然到了盡頭，古堡展現在面前，它的正面是一個大庭院。大家停住了腳步，驚異地欣賞著古堡氣勢雄偉的寬闊台階、正面的二十個窗戶和邊角全是石頭砌的三個側翼。亨利四世曾在這座具有歷史價值的古堡裏住過，他的臥室和那張用熱亞那絲絨作罩面的大臥榻，至今仍保留著。娜娜激動得透不過氣來，像小孩子一樣輕輕嘆口氣。「我的天哪！」她自言自語地低聲贊嘆一句。

這時大家都異常激動，因爲佳佳突然說，站在那邊教堂前面的那個人，正是伊爾瑪本人。她認出了她，這個老妖精，儘管年事已高，身板還是挺得樣直，目光依然炯炯有神，現出一副高傲的樣子。人們剛做完晚禱從教堂出來。伊爾瑪在教堂的門廊下站了一會兒。她穿著淡赭色絲綢衣裳，非常樸素高雅，一副令人景仰的容貌，儼然是逃脫大革命的恐怖而幸存下來的一位老侯爵夫人。她右手拿著一本厚厚的祈禱書，在陽光下閃閃發光，慢吞吞地穿過廣場，後面相隔十五步遠，跟著一個穿制服的僕人。教堂裏的人全都出來了，所有夏蒙人都深深地向她鞠躬，一位老先生吻了吻她的手，一個婦女想在她面前下跪。她簡直是一位有權有勢、德高望重的王后。她步上石階，消失了。

「你們看，一個善於謀劃的人能達到什麼境地。」米尼翁心悅誠服地說道，說的時候看著他的兩個兒子，像是教導他們。

於是，大家紛紛發表自己的看法。拉博德特覺得伊爾瑪保養得特別好，瑪麗亞·布隆隨口說了一句下流話，露茜一聽就生氣了，說應該尊敬老年人。總的來講，她們都認爲伊爾瑪是個前所未見的女性。大家上了馬車。從夏蒙到「藏嬌屋」，娜娜沒說過一句話。她兩次回首看那座古堡。在隆隆的車輪搖晃下，她再也感覺不到斯泰內坐在她身旁，看不見喬治坐在她面前。薄暮之中冉冉升起一個形象，那就是伊爾瑪，總在她眼前晃來晃去，那樣威嚴端莊，儼然是一位有權有勢、德高望重的王后。傍晚，喬治回豐岱特吃晚飯。娜娜越來越心不在焉和行爲古怪，打發他回家請求他媽媽原諒，「必須這樣做。」她嚴肅地說道，突然尊重起家庭來了。她甚至要喬治保證這天夜裏不再來和她睡，聲稱她很疲勞，而他按她的話去做，只不過是在他母親面前盡盡孝道。這番說教喬治聽了很不順耳，怏怏不樂、耷頭耷腦回到母親面前。幸好他哥哥菲力普來了。他哥哥是個高個的軍人，性情很快活。他的到來把喬治擔心害怕的一場責罵沖掉了。母親只是兩眼淚汪汪地看著他，菲力普知道了事情的原委，就威脅他說，如果他再去那個女人家，他就去揪住他的耳朵把他拖回來。喬治呢，心裏暗暗盤算，他第二天將近兩點鐘溜出來，和娜娜商量他們以後怎樣幽會。

然而，晚餐席上，豐岱特的客人個個都顯得有些拘謹。旺朵夫宣布他要走了，打算把露茜帶回巴黎；這妞兒他認識十年了，不曾對她動過一絲欲念，現在把她帶走，倒覺得怪有趣的。德·舒阿侯爵埋頭吃飯，其實心裏想著佳佳的千金小姐；他還記得當年莉莉坐在他膝頭上顛著玩的情景，孩子們長得眞快啊！現在這小妞兒已經出落得挺豐滿了。但是，席間最沉默寡言的要算繆法伯爵，只見他滿臉通紅，一副神不守舍的樣子。一離席，他就聲稱有點發燒，上樓去把自己反鎖在房裏。韋諾先生緊跟著衝上樓。他們之間在上頭發生了一場爭吵。伯爵倒在床上，把腦袋埋在枕頭裏，神經質地低聲哭泣。韋諾則輕言細語喚他兄弟，勸他祈求上帝降下慈悲。伯爵一句都聽不進，喉嚨裏直喘，突然跳下床，結巴道：

「我這就去那裏……我再也受不了啦……」

他們剛邁出門檻，兩個人影鑽進了一條黑乎乎的小徑。現在每天晚飯後，福什里和繆法伯爵都留下達蓋內幫助愛絲泰泡茶。到了大路上，伯爵走得飛快，他的伙伴跑步才勉強跟得上。韋諾先生一邊呼呼喘氣，一邊苦口婆心地列舉種種最有說服力的理由，抨擊肉欲的誘惑。伯爵一句話都沒回答，只顧在黑夜裏疾步奔走。到了「藏嬌屋」前面，他只說了句：

「我再也忍受不住了……你去吧。」

「好吧，但願上帝的意志能夠實現。」韋諾喃喃說道，「上帝會通過各種途徑來確保它的勝利……你的罪孽將是他的武器之一。」

在「藏嬌屋」別墅，吃飯的時候大家爭吵了起來。娜娜發現了博德納夫寄給她的一封信，博德納夫在信中以對她毫不在乎的口氣，勸她繼續休息，並告訴她現在維約萊納每天晚上謝幕兩次。這時米尼翁還催促她第二天和大家一起走，娜娜一聽就火了，說她不想聽任何人的勸告。今晚在餐桌上，她一直現出一副一本正經的可笑樣子。勒拉太太不當心說了句難聽的話，她立刻嚷起來，說眞見鬼！她不允許任何人在她面前說不堪入耳的話，就是她自己的姑媽也不行。

接著，她以一種近乎傻氣的正經口氣，大談自己的美好感情、對小路易安排宗教教育的打算，以及培養她自己的良好道德的計劃。大家聽得都不耐煩了，譏諷地笑起來。於是，她又說了一些意味深長的話，像一位信心百倍的良家婦女邊說邊點頭。她說惟有善於安排自己的一生才能發財致富，她自己不想成爲路邊的凍死骨。在場的女人越聽越覺得不對勁，都驚叫起來：怎麼可能呢？居然有人使娜娜變了個樣！而娜娜呢，怔怔地坐在那裏，又陷入了沉思默想，目光渙散，眼前浮現出一個挺富有、挺受尊敬的娜娜。

大家上樓就寢時，繆法來了。是拉博德特首先瞥見他在花園裏。他明白繆法的來意，便幫他把斯泰內支走，並且拉著他的手，引著他沿著漆黑的走廊直到娜娜的臥室。幹這類事情，拉博德特非常高明，做得非常巧妙，似乎特別樂於促成他人的幸福。娜娜並不感到意外，只是對繆法追求她的這種瘋狂勁頭顯得不快。對待生活應該嚴肅，不是嗎？純情的愛實在太愚蠢，什麼也撈不著。再說，她也有所顧忌，因爲喬治年紀太小。眞的，這段時間她的所作所爲的確不正派。好啦！現在她回到了正道上，接受一個老頭子。

「佐愛，」她對巴不得離開鄉下的女僕說道，「明早你一起床就收拾行李，咱們回巴黎。」

這天夜裏她與繆法睡，但索然無味。

第七章

三個月後，十二月份的一天晚上，繆法伯爵在全景小街溜達。這天晚上非常溫暖，一陣驟雨把行人都趕到這裡來了，整條小街人頭鑽動，人們擠在店鋪之間，很難前進，只能緩慢地移動，耀眼的霓虹燈，光華四射，把玻璃櫥窗映得通明透亮，白色的燈罩、紅色的燈籠、藍色的透明畫、成排的煤氣燈、用燈管做的巨型手錶和扇子，在空中熠熠生輝。攤位上五光十色的商品，珠寶店的金飾、糖果店的水晶玻璃瓶、時裝店鮮艷的絲綢，在反射鏡的強光照射下，光彩奪目地映在一塵不染的鏡子裡。在光怪陸離的招牌之中，遠處有一只深紅色手套，像一隻被砍的手，血淋淋地拴在黃色的袖口。

繆法伯爵慢吞吞地踱到大街口，向大街望一眼，然後又貼著店鋪，慢慢地踱回來。濕熱的空氣在狹窄的小街裡凝成閃閃發光的霧氣。在被雨傘滴得濕漉漉的石板地面上，只聽見川流不息的腳步聲，聽不到談話聲。每一個來回，都有一些溜達的人與他擦肩而過，上下打量他，因爲他總是板著被煤氣燈照得灰白的臉。爲了躲避這些好奇的目光，伯爵在一家文具店前停下，全神貫注觀看櫥窗裡的玻璃紙；那些玻璃球裡面浮著山水和花草。

他什麼也沒看見，而是在想著娜娜。爲什麼她又一次說謊呢？這天早晨，她給他寫了一封信，叫他晚上不必再來了，藉口是小路易病了，她要去姑媽家過夜，守護他。但伯爵起了疑心，便趕到她家裡，門房告訴他，太太剛去劇院了。他覺得奇怪，因爲她在這齣新戲裡並沒有擔任角色。爲什麼撒謊呢？這天晚上她在遊藝戲院幹什麼呢？

伯爵根本沒有意識，就被一個行人擠離了鎮紙櫥窗，到了一個小擺設櫥窗前面，呆頭呆腦地望著裡面陳列的小記事本和雪茄煙盒，那些東西都在一個角上印有一隻金藍色的燕子。毫無疑問，娜娜變心了。剛從鄉回來的那幾天，她令他如痴如狂，常常像隻溫柔的母貓，吻遍他的臉和頰鬚，而且信誓旦旦地對他說，他是她鍾愛的小狗，是她熱戀的唯一男人。伯爵不再怕喬治，因爲喬治被他媽關在豐岱特莊園了。現在只剩下斯泰內那個胖子，他有心取而代之，但又不敢和他攤牌。他知道，斯泰內再度陷入了異常嚴重的經濟困境，在交易所幾乎一敗塗地，現在只能死死抓住朗德鹽場的股東們不放，千方百計從他們身上榨出一點好處來。伯爵每次在娜娜家碰到他時，娜娜總是通情達理地對他解釋說，斯泰內爲她花過那麼多錢，她不想把他像條狗一樣踢出大門。再說，三個月以來，伯爵完全沈迷在女色之中，除了占有娜娜的慾望之外，他再也沒有其他特別的需要。在遲遲覺醒的肉慾之中，他就像貪吃的兒童一樣饞，心裡根本沒有虛榮和嫉忌的位置。現在唯一令他大惑不解的奇特感覺是，娜娜對他已經不那麼親熱了，不再吻他的鬍子了。這使他不安，心裡暗暗嘀咕，他是個對女性知之甚少的男人，是不是有什麼地方沒有遂娜娜的心意呢？然而，他覺得自己充分滿足了娜娜的慾望。他又想起早上那封信，娜娜無非是想晚上去劇院，那麼何必編造謊話，把事情搞得那麼複雜呢？他被人群又一擠，就到了小街對面，停在一家餐館前面，目不轉睛地盯著玻璃櫥窗裡幾隻拔了毛的雲雀和一條直挺挺的大鮭魚，而腦子裡苦苦思索著自己提出的問題。

最後，他似乎不再注意櫥窗裡那些東西，擺脫了亂七八糟的想法，抬眼一看，將近九點鐘了，娜媽馬上就要出來，他一定要求她講明眞實的想法。他又開始踱步了，一邊回想起他到戲院門口接娜娜時在這個地方消磨的夜。這裡的每家店鋪他都熟悉，在充滿媒氣味的空氣中，他能辨別出每家店鋪的氣味，有俄羅斯皮革嗆人的氣味，一家地下室巧克力店飄上來的香草味，化妝品店敞開的大門裡散發出的麝香味。櫃台裡臉色蒼白的女店員都覺得他面熟似的，和善地看著他，因此他再也不敢在店鋪前停留。有一陣，他彷彿在研究店鋪上面那一溜小窗戶。而後，他又一次走到大街口，在那裡站了片刻。現在雨變成了毛毛細雨，冰涼地飄在他手上，使他鎮靜了些。他想起了自己的妻子，她住在馬孔附近的一座古堡裡，她的女友謝澤勒太太也住在那裡，自秋天以來就病得利害。馬車在大街上河流般的泥濘中行駛，這樣的鬼天氣，在鄉下肯定更糟糕。這時，繆法似乎突然不安起來，便回到悶熱的小街裡；他在行人之中大步走著，忽然想到，娜娜如果存有戒心，很可能從蒙馬特長廊那邊溜掉。

於是，伯爵跑到劇院門口守候。他本來不喜歡在這小街盡頭等待，生怕被人認出來。這地方在遊戲院走廊和聖馬克走廊交接之處，是個不乾不淨的偏僻所在，店鋪全都黑漆漆的，一家沒人光顧的修鞋店，幾家塵封的家具店，還有一間煙霧彌漫、令人昏昏欲睡的閱覽室，到夜裡，套在罩子裡的燈發出綠幽幽的光，更顯得死氣沈沈。這裡是演員們、喝醉的置景工和衣著破爛的群衆演員的出入口，耐心地在這裡徘徊的，只有一些衣冠楚楚的先生。戲院門口只有一盞煤氣燈照亮，燈泡還十分毛糙。繆法動了一下念頭，想向伯龍太太打聽一下，但又怕娜娜事先知道他在這裡等候，從大街那邊溜掉。他又踱起步來，決心等下去，就像曾經有過的兩次那樣，直到人家要關大門把他趕出來爲止。一想到要一個人孤單單回去睡覺，他心裡就苦不堪言。每當有長髮披肩的女郎或衣服骯髒的男人從門裡出來，上下打量他時，他就趕緊回到閱覽室前面，站在那裡，從貼在玻璃窗上的兩張海報之間往裡看，看見的總是一個小老頭兒，挺直身子，孤零零地坐在寬大的桌子旁邊，在綠色的燈光下，用一雙綠色的手，拿著一份綠色的報紙在閱讀。但是，還差幾分鐘就到十點的時候，又來了一位先生。此人高高的個兒，儀表堂堂，一頭金髮，戴著挺合適的手套，也在戲院問徘徊起來。於是，兩個人每次相遇的時候，都懷疑地斜一眼對方。伯爵一直踱到兩條走廊交接的地方，那裡有一面高高的鏡子，他從鏡子裡面看到自己神色嚴肅、一本正經的樣子，不禁羞怯了起來。

十點鐘敲響了。繆法突然想到，他要知道娜娜是否在化妝室，是很容易的事。於是，他踏上三級台階，穿過粉刷成黃色的小前廳，由一扇只插上插銷的小門，進到院子裡。院子窄窄的，又潮濕，像井底似的，周圍是臭烘烘的廁所、水龍頭、廚房的爐灶，還有門房橫七豎八放在那裡的花草。這時候，這一切全籠罩在黑煙之中，然而兩面並有窗戶的牆壁，卻被照得明晃晃的。底層是道具倉庫和消防處，左邊是辦公室，右邊和樓上是演員化妝室。看上去，這深井的四壁向黑暗洞張著一個個爐口。伯爵立刻看到二層那間化妝室裡亮著燈，心上一塊石頭落了地，高興地抬眼望著上面，忘記了自己是站在巴黎的老房子後面又黏又滑、臭乎乎的污泥之中。一條破裂的水管滴著大顆大顆的水珠。從伯龍太太的窗子裡漏出的昏黃燈光，把一片長滿地衣地面、一段被污水淹沒的牆根和整個堆滿垃圾的牆根，映得黃黃的。垃圾堆裡有不少舊水桶、破瓦罐，一口破鍋裡，居然長出了一株瘦小的、綠綠的衛矛花。伯爵聽見開窗戶的聲音，慌忙退出來。

娜娜肯定就要下來了。繆法回到閱覽室前面。在沈靜的黑暗中，那個小老頭兒依然沒有動過，坐在夜明燈的燈光下，側影的一半投映在報紙上。他繼續踱步，現在踱得更遠，穿過大走廊，沿著遊戲院走廊，一直踱到偏僻、寒冷、黑暗、無人的菲多走廊，然後折回來，經過戲院前面，繞過聖—馬克走廊，一直走到蒙馬特走廊，對那裡一家雜貨店裡的切糖機頗感興趣。可是走到第三圈時，他突然擔心娜娜從他身後溜走，便拋棄了人類的全部自尊，與那位金髮先生一道站到了戲院前面，兩個人交換了一下友好、謙卑的目光，不過他們的目光裡還閃過一絲的不信任，因爲彼此懷疑對方也許是自己的情敵。趁幕間休息出來抽袋煙的幾個置景工撞到他們，他們倆誰也不敢埋怨一聲。三個蓬頭散髮、衣衫骯髒的高個子姑娘出現在門口，啃著蘋果，把子兒滿地亂吐。他們倆趕緊低下頭，忍受著她們肆無忌彈的目光和粗俗下流、滿嘴噴糞般的語言。那幾個騷貨故意推推搡搡，向他們擠過來，還覺得這樣挺有趣。

正在這時，娜娜下了三級台階。當她看見繆法時，臉刷變白了。

「哦！是你。」她張口結舌地說道。

在後面講笑的幾個女群衆演員，認出是娜娜，全都嚇壞了，一排排站定，一個個繃著臉，神情嚴肅，像正在做壞事的女佣人被女主人抓住了似的。那位高個子金髮先生既放心又有點酸溜溜地走開了。

「好吧，挽起我的胳膊吧。」娜娜不耐煩地說道。

他們款步走了。伯爵本來準備了一大堆問題，這時卻無話可說了。還是娜娜先開口，連珠炮似地編出一套謊話：她八點鐘的時候還在姑媽家，後來看到小路易的病情大有好轉，她才想到來戲院看看。

「有什麼重要事情嗎？」繆法問道。

「是呀，要排演一齣新戲，」娜娜猶豫了一下答道，「他們想聽聽我的意見。」

伯爵知道她在說謊。但娜娜的胳膊緊緊地貼住他的胳膊，那種溫暖的感覺，使他全身酥軟。他在長時間等待中那股怒火和怨氣全部都煙消雲散，心裡唯一盤算的是，現在他既然抓住了她，就一定要把她留在身邊，第二天再想辦法知道她到自己化妝室來的目的。娜娜看上去始終猶豫不決，明顯是在心裡盤算什麼，儘量使自己鎮定下來，拿定主意。到了遊藝戲院走廊拐彎的地方，她在一家扇子店的櫥窗前停下來。

「瞧，」她低聲說道，「這把鑲珠貝又飾有羽毛的扇子多漂亮！」

然後，又用一種無所謂的口氣問道：

「那麼，你是要我回家了？」

「當然，」伯爵對這個問題有點奇怪，「既然你的孩子好多了嘛！」

娜娜後悔剛才編了那套謊話。小路易的病可能又加重了，她說要回巴蒂尼奧，可是繆法表示也要去，她就不再堅持要去了。剎時，她氣得臉色煞白，因爲她覺得自己處在別人的控制之下，還不得不表現溫柔。她只好認了，決心爭取時間，只要在半夜之前能擺脫伯爵，一切還可以按照她的安排進行。

「倒也是，今晚你是單身一人，」她咕噥道；「你老婆要明天才能到，不是嗎？」

「是的。」繆法答道。聽到娜娜提到伯爵夫人時口氣這麼隨便，他有點不自在。

但娜娜進一步追問火車幾點鐘到，他是不是要到車站去接他老婆。娜娜的腳步邁得更慢了，好像她對這裡的店鋪很感興趣似的。

「瞧！」她在一家珠寶店前停下來說道，「這手鐲多有意思！」

她非常喜歡全景小街。這種愛好是從少女時代就開始了，也就是喜歡巴黎的仿冒品，假首飾，鍍金的鋅製品，硬紙板冒充的皮革，等等。每次經過時，她總要在一家商店的櫥窗前停留，不忍離去，還像過去那個跟著舊鞋的女孩子一樣，常常站在一家巧克力店的糖果攤前，或者聽著隔壁店裡彈奏管風琴，忘記了一切。她特別感興趣的，是那些稀奇古怪的廉價小擺設，如核桃殼針線盒，放牙籤的小筐子，圓柱形或方碑形寒暑表。可是這天晚上，她心裡太不平靜，對一切都視而不見。行動不自由，終於使她厭煩了。在心頭暗暗的反抗中，她狂怒地渴望幹點什麼傻事。說什麼與體面的男人相好是有利可圖的投資！她剛剛把王子和斯泰內的財產揮霍殆盡，可是連錢究竟到哪兒去了都說不清。奧斯曼大街她那套公寓甚至連家具都沒有配齊，只是客廳的家具全都罩上了紅緞子，但裝飾太過，而且擺得過滿，很不協調。然而現在當她手裡沒有錢的時候，債主上門逼債比過去逼得更凶。這事她自己一直覺得奇怪，因爲她一向自詡爲節約的典範。一個月來，每當她威脅斯泰內，如果他不拿錢來就要把他趕出大門時，斯泰內總要費盡周折才能搞到千把法郎。至於繆法，這人是個白痴，根本不懂得應該拿什麼東西來，而她又無法埋怨他小氣。咳！要不是她每天把良好道德的格言背誦一二十遍，她早就把這些一踢腳開了！必須理智，佐愛每天早上都對她這樣說，而她自己心裡常常湧現一樁帶宗教色彩的回憶，眼前浮現出夏蒙邸個莊重的景象。這景象一再浮現在她眼前，而且越來越高大。因此，她雖然氣得發抖，但還是強忍怒火，溫順地挽著伯爵的胳膊，在越來越稀少的行人中，一個一個櫥窗邊看邊溜達著去。外面的街道已乾，沿著走廊吹過來一股涼風，驅散了玻璃天棚下的熱空氣，吹得五顏六色的燈籠、一排排煤氣燈和像煙火一樣熠熠生輝的巨型扇子東搖西晃。餐館門口，一個服務生正在熄滅燈火，而在已無顧客但仍燈火輝煌的店鋪裡，櫃台裡的女侍依然一動不動，彷彿睜著眼睛睡著了。

「啊！瞧它多可愛！」娜娜走到最後一家店鋪，又折回幾步，對著一只素瓷獵兔狗驚嘆不已，那隻獵兔狗抬起一隻腳，盯住一個隱藏在玫瑰叢里的野兔窩。

他們終於走出了小街。娜娜不願坐車，說天氣很好，他們又沒什麼急事，步行回家更愉決。走到英格蘭咖啡館前面，她突然想吃牡蠣，說她給小路易的病鬧得從早上起沒吃任何東西。繆法豈敢違逆她的意願。不過，他還沒有堂而皇之公開與娜娜在一起，所以要了一個房間，而且穿過走郎也步履匆匆。娜娜跟在他後面，顯然對這家咖啡館很熟悉。房間的侍者拉開門，他們正要進去卻聽見隔壁問笑鬧之聲喧天，從裡面突然出來一個男人。他是達蓋內。

「瞧！是娜娜！」他叫起來。

伯爵慌忙溜進房間，他後面的門仍半開著。達蓋內見他弓著背躲了進去，眨了眨眼睛，用開玩笑的口氣對娜娜說道：

「喔！你混得眞不錯嘛，現在到杜伊勒里宮去找男人啦。」

娜娜笑了笑，抬起一根手指壓住嘴唇，示意達蓋內住口。她覺得達蓋內話太多，但在這裡遇到他還是挺高興，因爲她對他還存有一點柔情，儘管他有點卑鄙，與上流社會的女人在一起時，裝模作樣不認識她。

「你怎麼樣？」她友好地問道。

「我不想當光棍了。眞的，我正在考慮結婚。」

娜娜憐憫地聳了聳肩膀。但是，達蓋內以開玩笑的口氣繼續說，在交易所賺的那點錢剛夠給女人送鮮花，勉強保持一個體面單身漢的名聲，這實在算不上一種生活。他三十萬法郎只花了十八個月。他想還是實際點，娶一位有大筆陪嫁的太太，並且像他父親一樣，最終弄個省長當當。娜娜對這番話一點兒也不相信，臉上始終掛著微笑，朝他剛出來那個房間擺擺頭問道：

「你同什麼人在裡面？」

「啊！一大幫人。」達蓋內答道，酒勁一上來，連自己原本要做的事也忘到腦後，「你想像一下吧，萊婭正在講述她去埃及旅行的情況哩。眞是一次有趣的旅行，還發生過一個沐浴的故事……」

他複述了那個故事。娜娜隨和地聽著，沒有離開的意思。最後，他們面對面背靠走廊交談起來。煤氣燈在低矮的天花板底下嘶嘶燃燒，牆飾的皺褶裡滯留著淡淡的菜肴氣味。不時，當旁邊那間餐室裡喧嘩得厲害，他們彼此要把臉湊近了，才聽得清對方說話。每隔二十秒鐘，就有一位侍者端著菜過來見他們倆堵住了走廊，就請他們讓路。他們倆並不中斷談話，只是不慌不忙地貼緊點牆壁。不管顧客吵嚷得多厲害，侍者推擠得多厲害，他們照樣聊他們的天。「你看。」小伙子指一指繆法進的那個房間，悄聲說道。

兩個人抬眼看去。門像被風刮的一樣在微微晃動，最後非常慢地關住了，沒有聽見任何響聲。兩個人不出聲地相視笑了笑。伯爵一個人待在裡面，那副模樣多半是挺好看的。

「順便問一句，」娜娜說道，「你看過福什里寫的那篇關於我的文章嗎？」

「看過，題目叫《金色蒼蠅》，」達蓋內答道，「我沒對你提起，怕使你難過？」

「難過，爲什麼？他那篇文章挺長的。」

《費加羅報》發表評論地她的文章，她感到挺得意。那份報紙是她的美髮師弗朗西斯帶給她的，如果弗朗西斯不時她解釋，她根本不明白那篇文章所寫的就是她。達蓋內偷偷地打量著她，以開玩笑的神態冷笑一聲。說到底，既然她自感到滿意，別人有什麼理由不滿意呢？

「勞駕！」一位侍者端著一盤冰淇淋，喊一聲把他們分開。

娜娜自繆法正在裡面等待的那個單間挪動一步。

「那麼，再見，」達蓋內說道，「去找你那個王八吧。」

娜娜停住了腳步。

「爲什麼叫他王八？」

「因爲他就是王八嘛，這還用問！」

娜娜又回來背靠在牆上，現出非常興趣的樣子。「噢！」她只這麼說了一聲。

「怎麼，你連這件事也不知道？親愛的，他老婆和福什里睡覺呀……大概是在鄉下的時候開始的。剛才，福什里是在我來這兒的時候和分的手。我猜今晚他們又在他家幽會。我想他們編造了一個藉口，說她外出旅行了。」

娜娜聽了，興奮得連話也說不上來。

「我早就料到啦！」她終於拍著大腿說道，「那回在路上，看見她那副樣子我就猜到了……

一個正經女人居然會欺騙自己的丈夫，而且是和福什里這種風月場上的老手！這回他肯定要把他那套拿手好戲統統教給她啦！」

「唔！」達蓋內陰陽怪氣地說道，「對她來講，這不是頭一次啦。說不定她與福什里一樣是老手呢？」

娜娜聽了，氣憤得叫起來。

「眞是的……什麼世道！眞讓人噁心！」

「勞駕！」一位侍者拿了好多瓶酒，叫喊著從他們中間穿過。

達蓋內把娜娜拉到身邊，抓住她的手握了一會兒，用清脆的嗓音——像口琴吹奏的曲子一樣的嗓音，使娜娜這類女人著迷的嗓音——說道：

「再見，親愛……你知道，我一直愛著你。」

娜娜抽回自己的手，笑吟吟地回答他，但旁邊那問餐室裡的叫喊和歡呼聲震得門直搖晃，把她說的話全淹沒了。

「傻瓜，咱倆的關係早結束了……不過，不要緊。過幾天你來吧，咱們好好聊聊。」

說完，她又變得很嚴肅了，用良家女子的憤懣口氣說道：

「哦！他是個王八……咳，親愛的，這眞叫人厭煩。我嘛，一直就討厭王八。」

娜娜終於進入了那個房間，看見繆法坐在一張窄窄的長沙發上，一副聽天由命的樣子，臉色蒼白，手微微顫抖。他絲毫沒有責備娜娜。娜娜呢，心頭很不平靜，對他既憐憫又蔑視。這個可憐的人，被他的下流老婆如此卑鄙地欺騙了！她眞想撲過去摟住他的脖子，安慰他一番。可是，話說回來，這對他也沒有什麼不公平，他在女人面前總是呆頭呆腦，這回也該吸取點教訓了吧！然而，憐憫之心還是占了上風。她沒有像她打算的那樣，然後一塊回奧斯曼大街。時間是十一點，還不到午夜，她可以想出一個溫和的辦法讓他走。

出於謹慎，她在前廳裡吩咐佐愛道：

「你要監視他，如果另一位還與我在一起，你就叫他別出響聲。」

「可是，太太，你叫我把他安排在哪裡呢？」

「讓他待在廚房裡吧，那裡更安全。」

繆法進臥室後就脫掉了禮服。壁爐裡繞了一爐旺火。還是原來那間臥室，一式的紅木家具，牆飾和椅套都是灰底大藍花的織錦。娜娜曾兩次想把這織錦換掉，第一次想換成黑色絲絨，第二次想換成帶粉紅色結子的白緞子；每次斯泰內答應後，她就按所需費用向他把錢要到手，然後把錢吃光，只是一時的興起，買了張虎皮鋪在壁爐前面，另外買了盞水晶吊燈掛在天花板上。

「我嘛，一點都不睏，我可不想睡。」房門關上之後，她說道。

伯爵再也不怕被別人看見了，順從地依了她。現在他唯一考慮的是不要惹她生氣。

「睡不睡隨你。」他囁嚅道。

然而，他還是幫娜娜脫掉靴子，才在火爐前坐下。娜娜的興趣之一，就是對著衣櫃的穿衣鏡脫衣服，然後站在鏡子前面自我欣賞。她把身上的衣服連襯衣全部脫光，一絲不掛地對著鏡子久久地照著，忘記了一切。她迷戀自己的肉體，陶醉於自己軟緞般的皮膚和線條柔和的腰身，莊重嚴肅、全神貫注地沈浸在自愛之中。美髮師常常撞見她這樣站在穿衣鏡前，她連頭也不回。遇到這種情況，繆法就生氣，而她感到莫名其妙。這繆法怎麼啦？她脫光了可不是讓別人欣賞的，而是給自己欣賞的。

這天晚上，她想更清楚地照自己，就把牆上枝形獨台的六枝蠟燭全點亮了。但她正要讓襯衣滑落時，突然停住了；一段時間來她顯得有些不安，因爲她有個問題已經到了嘴邊，不吐不快。「你讀過《費加羅報》上那篇文章嗎？……報紙在桌子上。」

她想起了達蓋內的冷笑，心裡存著一個疑團。要是這個福什里說了她的壞話，她非報復他不可。「有人說那篇文章寫的是我。」她裝出毫不在乎的樣子說道，「怎麼樣？親愛的，你是怎麼看的？」

她鬆開手裡的襯衣，赤裸裸地站在那裡，等著繆法讀完那篇文章。繆法讀得很慢。福什里那篇文章題爲《金色蒼蠅》，寫的是一位姑娘的身世。這個姑娘祖輩四五代都是酒徒。貧困和酗酒經過一代一代的遺傳，敗壞了她的血液，在她身上演變成了女性的神經失調。她出生於郊區，長長於巴黎街頭，高高的個兒，一身細皮嫩肉，十分漂亮，宛若糞堆上長出的一株茁壯的苗兒；她來自貧窮階層和被社會拋棄的階層，矢志爲它們復仇。她把在平民百姓中發酵的腐化墮落之風帶上來，腐蝕著貴族階級。她變成了一種自然的力量，一種破壞的因素，不自覺地在她兩條雪白的大腿之間腐蝕和瓦解著巴黎，像家庭婦女每個月攪拌牛奶似的，攪得巴黎不得安寧。文章的末尾用了蒼蠅這個比喻，一隻從垃圾堆裡飛出來的金光閃閃的蒼蠅，一隻從充之路旁的死屍上吸取毒素的蒼蠅，它嗡嗡亂叫，到處亂飛，渾身像寶石般熠熠生輝，從窗口飛進一座座宮殿，落在誰身上就會把誰毒死。

繆法抬起頭，兩眼直愣愣地望著爐火。

「怎麼樣？」娜娜問道。

繆法沒有答話，看樣子他想再讀一遍那篇文章。一種冰涼的感覺從頭一直擴散到他的肩膀。這篇文章寫得很潦草，句子之間互不連貫，許多字眼出乎意料，許多對比不倫不類。然而，讀了這篇文章，他感到十分震驚，幾個月來他思考的所有事情，突然他心裡活躍起來了。

他抬起眼睛。娜娜沈浸在自我欣賞之中。她扭轉脖子，全神貫注地從鏡子裡看著自己右腰上面一顆褐色的小痣。她用指尖輕輕地撫摩它一下，身子儘量地往後仰，使它顯得更突出，大概覺得這顆痣生在那個地方既奇特又漂亮。然而，她又仔細研究自己身體別的部位，覺得挺有趣，又產生了小時候那種邪惡的好奇心；每次看到自己的肉體，她總是有一種驚詫之感，像一個姑娘發覺自己正在發育那樣既吃驚又著迷。她慢慢地張開雙臂，充分展示她那豐滿的愛神的上半身，然後彎下腰，仔細打量自己的背部和前面，接著停下來，端詳自己乳房的側影和圓圓的、由粗變細的大腿。她越看越高興，最後竟全身古怪地扭動起來，兩膝分開，左右搖擺，腰肢在臂部之上扭動，就像埃及舞姬跳肚皮舞似的。

繆法出神地看著她，覺得她很可怕，連報紙也從他手裡掉到了地上。此時此刻，他的眼睛雪亮了，所以他蔑視自己。不錯，在三個月時間裡，娜娜腐蝕了他的生活；他感到自己連骨髓都被腐蝕了，被他不曾想到的骯髒東西腐蝕了。現在，他身上的一切就要腐爛了。他突然意識到這種邪惡將帶來的戕害，看到了這種破壞因素所帶來的解體，他本人慘遭毒害，他的家庭被毀壞，社會的一角嘩啦啦一下子就坍塌了。他無法把眼睛從娜娜身上移開，而是死死地盯住她，儘量讓自己心裡對她裸露的肉體充滿反感。

娜娜不再扭動，一條胳膊擱在腦後，一隻手捏住另一隻手，兩肘分開，仰著頭站在那裡。繆法瞥了一眼她那半閉的雙眼、微張的嘴巴和含情脈脈的笑容；腦後金黃色的髮髻散開了，像母獅的鬃毛披散在背上。她挺胸貼肚，腰部繃得緊緊的，像女戰士的腰部一樣結實，乳房硬挺挺的，軟緞緞的皮膚下肌肉十分發達。從她的一個胳膊肘向腳尖一路看下去，只見一條柔美的曲線，惟有肩部和臀部略略呈現波峰。繆法注視著這楚楚動人的側影，注視著那沐浴在金黃色燈光中的金黃色肉體，注視著在燈光下像絲綢緞閃光的豐滿的乳房，不禁想起了自己過去對女人所懷的恐懼，想起了《聖經》中描寫的那頭淫蕩而躁臭的怪獸。娜娜身上長滿了絨毛，橙黃色的寒毛使她渾身毛茸茸的；而在她的臀部和大腿之間，肉感地隆起而又現出深深的褶縫的肌肉，給她的性器官投下一層朦朧而撩人的陰影，正是在那裡隱藏著她的獸性。這是一頭金色的怪獸，像一股沒有意識的力量，僅僅她的氣味就足以使世界糜爛了。繆法一直注視著她，像鬼魂附身、著了魔似的，閉上眼睛想不看她，可是那怪獸又出現在黑暗深處，比原來更高大，更可怕，姿態更迷人。現在，這怪獸將永遠呈現在他的眼前，永遠存在於他的肉體之中。

但娜娜蜷縮起了身子。她的整個肢體似乎動情地微微顫慄了一下。她雙眼潮潤，身子蜷縮成一團，好像是爲了更好地感受自己的肉體。然後，她鬆開相互握著的雙手，順著身體輕輕移動下來，一直移動到乳房，猛地一把抓住，激動地搓揉起來。她抬頭挺胸，自我撫摩著，全身酥軟，深情地用面頰來回贈左右的肩膀。她淫蕩的嘴向自己身上吹著慾火。她伸長嘴唇，久久地吻自己的腋窩旁邊，一邊對著另一個娜娜笑；那另一個娜娜也在鏡子裡吻自己哩。

於是，繆法有氣無力地長長嘆了口氣。娜娜的這種自我淫樂使他惱火。突然，他心裡的那些想法像被刮得無影無蹤了。他衝動之下，一把抱住娜娜，粗暴地將她摔在地毯上。

「放開我！」娜娜喊道，「你弄得我好疼！」

他明白自己失敗了，知道娜娜是個愚蠢、下流、說謊的女人，可是他想占有她，即使被她毒死也罷。

「啊！眞不像話！」當繆法扶她站起來時，娜娜怒氣沖沖地說道。

然而，娜娜倒是平靜下來了。現在繆法該走了吧。她穿上一件鑲花邊的睡衣，走到火爐前往地上一坐。這是她最喜歡的位置。她又一次問繆法對福什里那篇文章的印象，繆法想避免爭吵，回答得模稜兩可。娜娜聲稱她也捏著福什里的一個把柄，隨後就陷入了長時間的沈默，在琢磨用什麼辦法把伯爵打發走。她希望用客氣的方式，因爲她終究是個善良的姑娘。她覺得給人造成痛苦，自己也沒有意思，尤其因爲繆法是個戴綠帽子的角色，想到這一點她的心腸就軟了下來。

「那麼，」她終於開口說道，「你明早上要等你老婆？」

繆法躺在扶手椅里，顯得困頓不堪，四肢疲勞。他點點頭作爲回答。娜娜嚴肅地打量著他，而腦子裡暗暗盤算開了。她坐在那裡，重心壓在一條大腿上，微微壓皺了睡衣的花邊，兩手捏住一隻光腳，無意識地轉來轉去。

「你結婚好多年了嗎？」她問道。

「十九年。」伯爵答道。

「啊！……你老婆可愛嗎？你們倆和睦嗎？」

伯爵默不作聲，過了一會兒才難爲情地說道：

「你是知道的，我曾經求過你永遠不要提這些事。」

「瞧！爲什麼不能提？」娜娜生氣了，嚷起來，「我提起你的老婆，絕不會吃掉她的……親愛的，女人嘛，全都差不多，半斤八兩……」

她打住了，擔心言多必失，只是擺出一副優越的樣子，因爲她認爲自己是菩薩心腸。這個可憐的人，對他就得寬厚點兒。而且，她腦子裡產生了一個愉快的念頭，笑吟吟地打量著伯爵，又說道：

「哦，我還沒有告訴你福什里散佈的有關你的無稽之談呢……這個人是條毒蛇。我並不怨恨他，既然他的文章還是可以接受的，不過他依然是條毒蛇。」

娜娜笑得更響了，放開那隻腳，擄著身子移動到伯爵身邊，將胸脯壓在他的膝蓋上。

「你想一想吧！他一口咬定你娶老婆的時候還是處男……怎麼樣？你還是嗎？……嗯？是眞的嗎？」

娜娜兩眼盯住他，逼他回答，兩手慢慢地伸到了他的肩上，抓住了使勁搖晃，想從他嘴掏出實際情況。

「也許吧。」伯爵終於神色嚴肅地答道。

娜娜聽了，又一屁股坐在自己腳上，瘋狂地笑得連話都說不出來，對繆法拍了幾巴掌。

「不可能吧，這太滑稽可笑啦，只有你這樣，你眞是個怪人……我可憐的寶貝，你當時一定笨手笨腳！一個男人不會幹這種事，豈不令人笑掉大牙！老實講，我眞想看看當時的情形……進行得還好吧？談談嘛，哎，請你談談好嗎？」

她連珠炮似的向繆法提出一大堆問題，什麼都問，連細微末節都不放過。她一陣陣開懷大笑，突然哈哈笑得前仰後倒，連睡衣也笑得滑落下來，不得不一次次撩上去，皮膚給熊熊的爐火映成金黃色。伯爵受到了感染，便一點一點地給她講述了他新婚之夜的情景。他不再感到絲毫的別扭，最後自己來了興致，便以得體的方式介紹了「他是怎樣失去童貞的」。他還有點害羞，所以說話時詞句都是斟酌過的。少婦越聽越有味，進一步向他盤問伯爵夫人的情況。伯爵夫人天生麗質，不過據伯爵說，她可眞是冷若冰霜。

「哎！得啦，」伯爵卑怯地囁嚅道，「你沒有必要吃醋。」

娜娜收斂了笑容，坐回到來的位置，背向爐火，雙手合起來抱住膝蓋，托住下巴，一本正經地說道：

「新婚第一夜在老婆面前呆頭呆腦，可是一點好處都沒有。」

「爲什麼？」伯爵不解地向道。

「因爲，」娜娜以教訓人的口氣慢吞吞答道。

娜娜一邊說明自己的看法，一邊頻頻點頭，不過還是把自己的想法講得相當清楚。

「你看，這是怎麼回事我很清楚……嗯，我的小寶貝，女人可不喜歡呆頭呆腦的男人。你知道，她們因爲害羞，嘴上什麼也不說，但是可以肯定，她們心裡想得可多呢。她們遲早會在你不知不覺的情況下，到別處去打主意的。事情就是這樣，我的寶貝。」

繆法似乎沒有領會。於是，她又更明確地講了一遍。她露出母性的情感，出於一片好心，以朋友的身分給他上了這堂課。知道他是戴綠帽子的丈夫這個祕密之後，她心裡感到很不是滋味，非常渴望與他談一談。

「上帝！我談的盡是與我不相干的事情……等一等，讓我烤一烤肚皮……這樣烤，什麼病痛也沒有啦！」

她轉過身來，胸部向爐火，把雙腳蜷縮到大腿下。

「喂，你是不是不再和你老婆一塊睡覺了？」

「不和她睡，我向你發誓。」繆法怕娜娜找麻煩，這樣答道。

「那麼，那麼你認爲她眞是塊木頭嗎？」

繆法點點頭，表示肯定。

「你是因爲這個而愛我的嗎？……回答呀，我不會生氣的。」

繆法又點了點頭。

「很好！」娜娜最後說道，「我早就料到了。唉！我可憐的寶貝！……你認識我姑媽勒拉太太嗎？等她來的時候，你要她講講她家對面那個水果商的故事給你聽……你想像一下吧，那個水果商……見鬼！這火眞熱。我得轉一轉身子，現在該烤左側了。」

她讓身子的左側朝向爐火，在爐火的閃光中看到自己胖乎乎發紅的身體，十分高興，心裡便起了一個風趣的念頭，傻呵呵地開起自己的玩笑來了：

「嗯？我多像隻肥雞……啊！不錯，一隻架在烤叉上烤的肥鵝……我轉動著烤叉，轉動著。眞的，我正用原汁在烤我自己哩！」

她又哈哈大笑起來，正在這時，傳來說話聲和碰地一聲門響。繆法嚇了一跳，用探詢的目光望著她。她又變得嚴肅起來，神色有點不安。這肯定是佐愛的貓，那隻該死的畜牲，什麼都被它打碎。午夜十二點半鐘。這種時候，她哪裡還有心思考慮這個王八的幸福？現在另一個來了，該打發他走了，越快越好。

「你剛才說什麼？」伯爵討好地問道，見她如此可親可愛，心裡非常高興。

但娜娜一心想打發他走，態度突然變得粗暴起來，說話也不再注意分寸。

「哦！是的，水果商和他的老婆……是啊！親愛的，他們從來沒有碰過對方，根本沒有幹過這種事！……你知道，他老婆這方面的慾望非常強烈，而他呢，笨頭笨腦，一點也不懂……結果呢，他以爲自己老婆是塊木頭，便到別處去尋歡作樂，與婊子們鬼混，享盡了種種低級下流的快活，而他老婆則到外面去找比她的笨蛋丈夫聰明的小伙子，尋求同樣低級下流的快活……夫妻間不能和睦相處，到頭來都會落得這種結果。這種情況我見得多著呢！」

繆法終於聽懂了她這番含沙射影的話，臉刷地變白，想讓她閉嘴，但她已經收不住了。

「不，別打岔！……你們這些男人如果不是沒有教養的傢伙，就會在你們的妻子面前和在我們面前一樣可愛；你們的妻子如果不是蠢貨，就會想方沒法拴住你們，就像我們千方百計把你們勾引到手一樣……浩登切都是教養問題……行啦，我的小寶貝，好好記住這些吧。」

「請不要談論正經女人，」伯爵語氣生硬地說道，「你不了解她們。」

娜娜聽到這話霍地站起來。

「我不了解她們！……可是，她們壓根兒就不乾淨，你那些正經女人！不，她們根本就不乾淨！我就不相信你能找出一個女人，敢於像我現在這樣，把身子脫得光光的讓別人看……老實講，你所謂的正經女人，眞讓我笑掉大牙！你可別逼我太甚，逼得我說出事後又後悔的話。」

伯爵沒有反駁，只是低聲罵了一句。這回輪到娜娜臉色變得煞白了。她默默地盯了他片刻，然後用清脆的嗓音問道：

「如果你老婆欺騙了你，你打算怎麼辦？」

繆法做了一個威脅的動作。

「那麼，如果我欺騙了你呢？」她問。

「唔！你嘛，」伯爵聳聳肩低聲說道。

說實話，娜娜並沒有什麼壞心眼。從談話一開始，她就儘量克制住自己，沒有沖著他的面說他是戴綠帽子的角色。她希望聽他心平氣和地把一切講出來。可是到頭來，倒是繆法激怒了她，這就沒哈客氣好講啦。

「啊，我的小心肝，」娜娜說道，「我不知道你來我家幹什麼的……兩個鐘頭來你讓我煩透了……你還是去找你老婆吧，她正和福什里在幹那事哩。是的，一點兒不錯，在泰布街與普羅旺斯街相接的地方……你瞧，地址我都告訴你了。」

看到繆法突然站起來，像當頭挨了一棒的搖搖晃晃，她得意地說道：

「如果正經女人攪和進來，搶走我們的情人的話！……說實在的，正經女人過得夠舒坦的了。」

可是，沒等她把話說完，伯爵猛不防一把將她抱起來，直挺挺摔在地上，隨即提起腳，想照準她的腦袋一腳踩下去，讓她住嘴。一時間，娜娜嚇得要死。繆法氣昏了頭，瘋子般在房間裡亂走起來。娜娜見他氣得一句話也說不出來，痛苦得渾身直哆嗦，不禁感動得潸然淚下。她後悔得要命，將身子蜷縮起來，讓火烤右側，開始安慰繆法伯爵。

「親愛的，我對你發誓，我以爲你已經知道了。不然的話，我是不會說的，絕不會說……再說，事情也許不是眞的。我嘛，什麼也不能肯定。是人家告訴我的，外面風言風語在議論這件事，但這就算得了眞憑實據嗎？……唉！得了，你犯不上自尋煩惱。我如果是男人，才不會把女人放在眼裡呢！女人嘛，你還沒看透？從上層到下層，全是一路貨色，統統是貪圖享受的婊子。」

娜娜這樣大罵女人，忘記了自己也是女人，只想減輕這一打擊給伯爵帶來的痛苦。但是，伯爵充耳不聞，聽不進去。他一邊跺腳，一邊穿上靴子和禮服，在房間裡又來回走了一會兒，終於找到了房門，最後氣沖沖地走了。

娜娜十分惱火，房間裡只剩下了她一個人，她還是大聲說道：

「好呀！走好！這傢伙，你同他說話，他眞夠禮貌啊！……我還一個勁兒安慰他呢！是我頭一個改變了態度，一再表示了歉意，一點不錯！……所以，是他故意惹得我生氣！」

數落了一通，她心裡還是不痛快，雙手使勁搔發癢的腿。不過，她終於拿定了主意……

「呸！去他的！他戴了綠帽，又不是我的過錯！」

她把渾身四周都烤遍了，烤得熱乎乎像隻鵪鶉，便往被窩裡一鑽，按鈴叫佐愛去請在廚房等待的另一位進來。

外面，繆法氣沖沖地走著。剛才又下了一場陣雨。街上滑溜溜的。他無意識地抬頭看一眼夜空，只見一團團爛絮般的烏雲，從月亮旁邊急馳而過。這個時候，奧斯曼大街行人已很稀少。繆法沿著歌劇院的建築工地，專揀黑暗的地方走，嘴裡嘀嘀咕咕說些不連貫的話。剛才他應該把抬起的腳照準她的腦袋踩下去，把它搗個稀巴爛才對。總而言之，這實在太可恥啦，他永遠不會再見她，永遠不會再碰她，否則他就是一個十足的窩囊廢。他像獲得了解脫，大口地呼吸著。啊！那個赤條條的妖怪，像隻蠢鵝在火邊烤著，褻瀆他四年來所崇奉的一切東西！月亮從烏雲鑽出來，把雪白的光華灑在寥無一人的街道上。繆法彷彿突然陷入了無邊的空虛之中，心裡害怕，絕望而又驚慌失措，止不住嗚咽起來！

「天哪！」他喃喃說道，「完啦，一切全完啦！」

每條大街上，遲歸的夜行人步履匆匆。繆法竭力讓自己平靜下來。那婊子胡編的事一再浮現在他像著了火的腦海裡，他想分析一下事實。伯爵夫人應該在明天早上從謝澤勒太太的莊園回來。事實上，她完全可能昨天晚上就回到了巴黎，在那個男人家裡過夜。現在，繆法回想起了他們在豐岱特莊園作客那幾天的某些細節。一天傍晚，他發現薩比娜在花園的樹叢下，顯得非常慌亂，問她話都答不上來。當時那個男人就在場。現在她爲什麼不可能在他家裡呢？他越想越覺得這件事完全可能，其至覺得它是自然而又必然的。當他在一個婊子家脫掉外衣的時候，他妻子卻在她情人的臥室裡脫得一絲不掛。這種事是再簡單、再合乎邏輯不過了。他一邊這樣分析，一邊儘量保持冷靜。他感覺到彷彿陷入了瘋狂的肉慾之中，這瘋狂的肉慾不斷擴大，淹沒並席捲了他周圍的世界。一個又一個形象不斷浮現在他眼前。赤裸裸的娜娜突然呼喚出赤裸裸的薩比娜。在這幻象之中，這兩個女人一樣厚顏無恥，一樣受淫慾支配。他一失神猶疑了腳步，差點被一輛出租馬車撞著。從一家咖啡館出來的幾個女人，嘻嘻哈哈故意用胳膊肘揉他。一時間，眼淚又湧了上來，怎麼也忍不住，但他不願意在人面前哭泣，便鑽進一條漆黑的、沒有人的小街，即羅西尼街，沿著一家家店鋪，像個孩子一邊哭一邊走。

「完啦，」他悶聲悶聲說道，「全完啦，一切全完啦。」

他哭得那麼傷心，不得不靠住一扇門上，用被淚水沾濕的雙手捂著臉。一陣腳步聲嚇得他慌忙離開那裡。他感到羞恥、恐懼，見人就溜，像深更半夜在外遊蕩的人，慌慌張張。在街道上碰到行人，他就邁著輕鬆的步伐，生怕別人從他的肩膀的抽動看出他的遭遇。他沿著格朗日—巴特里耶街，一直走到郊區蒙馬特街。這條街燈光明亮，嚇得他趕緊往回走。他在這個街區轉來轉去，哪裡最黑暗往那裡鑽，走了將近一個小時。他心中大概有個目的地，腳步自動地引導著他，沿著曲折拐彎的道路，耐心地朝那目的地走去。最後，走到一條街拐角處，他抬頭一看。目的地到了，這就是泰布街和普羅旺斯街交接的地方。他用了一小時才走到這裡，一路上腦子裡嗡嗡亂響，痛苦不堪，其實，這地方只要五分鐘就能走到。他記得上個月有一天上午，他曾來過福什里家，特意登門表示感謝，因為福什里寫了一篇文章，報導杜伊勒里宮一次舞會，在文章裡提到他的名字。福什里住在一樓和二樓之間的夾層，那套房子幾個方形的小窗戶，被一家店鋪寬大的招牌擋住了一半。左邊最後一個窗戶，窗簾沒有拉緊，強烈的燈光從那條縫裡漏出來，把窗戶一分為二。繆法站在那裡，盯住那條亮光，神情專注地等著什麼。

月亮消失了，夜空漆黑如墨，飄著冷颼颼的毛毛雨。聖三教堂敲了兩點鐘。普羅旺斯街和泰布街一片黝黑，星星點點耀眼的燈光，漸漸隱沒在遠處昏黃的夜霧中。繆法沒有動。那就是臥室，他記得四壁張掛著土耳其紅棉布帷幔，還有一張路易十三式的床。燈似乎在右邊的壁爐台上。他們可能睡了，因爲看不到人影，窗戶上那條亮光紋絲不動，就像是夜明燈的燈光。繆法雙眼始終盯住上面，腦子裡想好一個計劃：他去按門鈴，不管門房怎麼叫喊，迅速衝上樓，用肩膀撞開房門，在床上當場抓住他們倆，連彼此摟抱的胳膊都沒來得及鬆開。但想到自己沒有武器，他猶豫了片刻，接著決定用雙手擋死他們。他把計劃又考慮一遍，每一步都想得十分周密，覺得還是應該繼續等一等，看看有什麼跡象，把事情弄確實了再行動。這時如果出現一個女人的影子，他馬上就按門鈴。可是，一想到可能弄錯，他心裡就涼了半截。對方會說什麼呢？他又狐疑起來，他老婆不可能在這個男人家裡；這種想法眞荒唐，根本不可能的事。然而，他還是站在那裡，久久地等待著，眼睛老是盯住窗戶，漸漸地視線模糊了，身體麻木了，軟綿綿地有些堅持不住了。

又一陣驟雨。兩個警察走過來，他不得不離開他避雨的門口。等兩個警察消失在普羅旺斯街他又走回來，淋得像隻落湯雞，渾身瑟瑟發抖。窗戶上依然現出那條亮光。這次他正要離開，突然窗上閃過一個人影。那人影一晃即逝，他以爲是看花了眼。但是，隨即有接二連三的黑暗在窗上晃來晃去，這說明房間裡有人在活動。繆法再次在人行道上一動不動地站住了，覺得胃裡有一種被火燙了難以忍受的感覺，現在他要等著把事情弄個水落石出。窗上飛快地晃過胳膊和腿的輪廓；一隻巨大的手捧著一只水壺從窗口經過。一切都看得不很清晰，但他似乎辨認出了一個女人的髮髻。他心裡嘀咕：那好像是薩比娜的髮型，但後頸似乎太粗。現在他不知道該怎麼辦，他無法作出決定。在猶豫不決、極度焦慮之中，他覺得胃真的疼痛難忍，不得不使勁頂住門，讓疼痛減輕，渾身上下像個窮鬼似的瑟瑟發抖。儘管如此，他雙眼還是死死盯住那個窗口，滿腔的怒火漸漸化成了道德家的幻想：他看到自己當上了議員，正在對議會發表演說，慷慨激昂地譴責荒淫縱慾，宣稱社會已經大難臨頭。他把福什里有關毒蠅那篇文章重一遍，並且現身說法，斷言如果讓這種羅馬帝國末期般的世風繼續下去，那麼這個社會就徹底完蛋了。這種幻想使他輕鬆了許多。但窗口的影子消失了，大概他們又上床睡了。而他呢，依然盯住那窗口，等待著。

三點鐘敲響，接著是四點鐘。繆法不能夠離開。陣雨來時，他就躲進門口的角落裡，兩條腿被濺得濕漉漉的。街上再也沒有任何行人。他兩眼那麼固執、愚蠢地盯住窗口，被那條亮光刺得生疼，不得不不時閉一會兒。又有兩次，窗口現出晃動的人影，重覆著同樣的動作，端著一把巨大的水壺，但兩次又一切重歸平靜，那神祕的燈光依然照亮著窗口。影子也許會更頻繁地出現現吧。繆法一再延遲採取行動的時刻，這時腦子裡又產生一個新想法，使他冷靜下來了：現在他只需在這裡等到妻子出來，是薩比娜他不會認不出來的。這種辦法最簡單，不會鬧出醜聞，又能把事實真相弄個水落石出。他只要待在這裡就成。他心裡充斥著多種烏七八糟的想法，但他現在唯一感覺到的，就是弄明事實真相的隱約願望。但是，在這門下久久地等下去，他實在無聊得發睏，爲了分分心，就試著計算他要等待多少時間。薩比娜必須在將近九點鐘到達火車站。這就是說，他要等待將近四個半鐘頭，覺得倒是挺有趣，所以決心一等到底。

突然，那條亮光消失了。這是十分明顯的事實，對繆法來講卻無異於一個出乎意料的困難，一件令人惱火、令人困惑的事情。顯然，他們熄了燈，要上床睡覺了。已經這個時刻，這是合乎情理的事情。但是，繆法很氣惱，因爲現在那窗戶變得黑糊糊的，再也引不起他的興趣了。他繼續望了一刻鐘，就離開那扇門，在人行道上來回溜達，一直到五點鐘，不時抬頭看一眼那窗戶。窗戶一直死氣沈沈，有時他懷疑自己是不是在作夢，因爲他彷彿看見玻璃窗上有人影晃動。他非常疲勞，人處於痳木狀態，連自己在街角等待什麼也忘記了，腳下不時絆住一塊街石，猛地一驚，才清醒過來，渾身直打寒戰，似乎連自己在什麼地方也不知道了。這世上沒有任何事情值得操心。既然這些人睡了，就讓他們睡吧，何苦去管他們的事？四下裡黑得伸手不見五指，這些事沒有任何人會知道。這樣一想，他心裡的一切煩惱，連同他的好奇心，統統都消失了，只想這事兒拉倒吧，趕快去什麼地方輕鬆地喘口氣。街上越來越冷，不堪忍受，他走開了兩次，又拖著腳步走回來，然後又走得更遠了。完了，一切都完了。他一直朝大街走去，再也沒回頭。

他沿著一條條街道，垂頭喪氣地走走，貼著牆，走得很慢，總是邁著同樣的步子，鞋跟踏得街石作響。他只看見自己的影子在打轉，每碰到一盞路燈，影子先是漸漸變大，然後漸漸變小。他彷彿躺在搖籃裡被搖晃著，完全沈浸在這機械的運動裡。就是後來，他也根本說不清楚自己經過了哪些地方，只知道自己拖著沈重的腳步走了好幾個鐘頭，像在一個馬戰場裡繞圈子似的。只有一件事他還記得很清楚：他的臉貼在全景小街那扇鐵柵欄門上，雙手抓住鐵欄杆。至於怎麼跑到這裡來了，他自己也講不清楚。他沒有搖晃鐵欄杆，只是儘量朝向小街裡張望，心情激動不已。但是，他什麼也沒攬見，整條毫無一人地窖般的潮氣迎面向他撲來。他待在那裡不肯離去。後來，他如從夢中驚醒過來，大爲詫異，心裡嘀咕，在這種時分，自己跑到這裡來尋找什麼？竟然懷著如此強烈的興趣，緊緊地貼住鐵柵欄，鐵欄杆都嵌進臉裡去了。於是，他又遊蕩起來，心中充滿絕望和極度的悲傷，像是被什麼人背叛了，從此要孤零零一個人待在這黑暗中了。

終於破曉了。冬夜過後這灰暗的黎明，映在巴黎泥濘的街道上，顯得十分淒涼。繆法回到了新歌劇院建築工地旁邊幾條正在修建的寬闊街道。鋪了灰泥的路面，被大雨澆濕，再給馬車碾來碾去，變成了爛泥塘。他根本不看腳踩在什麼地方，只顧朝前走，腳下踩滑了，趕緊穩住別跌倒。天越來越亮，巴黎醒來了，街上出現了一隊隊清潔工和一群群上班的工人，這給他帶來了新的惶惑。他的帽子濕淋淋的，渾身泥漿，一副喪魂落魄的樣子，人們無不好奇地打量他。他鑽進了鷹架下，靠在架子上躲了好長時間，頭腦裡一片空白，只有一個意識，就是知道自己是一副可憐相。

這時，他想到了上帝。這種突如祈求上帝救助，祈求神靈安慰的念頭，使他自己不勝驚異，彷彿這是一件意想不到、稀奇古怪的事情；這念頭使他想起了韋諾先生的模樣，眼前浮現出他那張胖胖的小臉和滿口壞牙。幾個月來，他一直避開韋諾先生，使韋諾先生十分懊惱，現在如果他去敲韋諾先生的門，撲到他懷裡痛哭一場，韋諾先生一定會很高興。過去，上帝一直以大慈大悲保佑著他。他在生活中碰到些許的煩惱，碰到一點點障礙，就趕緊走進教堂，跪下來，讓渺小的自己膜拜於萬能的主腳下，虔誠地祈禱一番，走出教堂時，他總是變得堅強了，準備拋棄人世間的一切浮華，一心一意追求靈魂的永生得救。可是今天，只是當下地獄的恐怖再次攫住他時，他才戰戰兢兢地向上帝祈禱；各種淫樂侵蝕了他的靈魂，娜娜妨礙了他盡教徒的本分。現在想到上帝，他自己也不免吃驚。爲什麼在這場可怕的危機之中，在他脆弱的人性瀕於徹底崩潰的危機之中，他沒有馬上想到上帝呢？

這樣想著，他便邁著艱難的步子，去尋找教堂。他不記得哪裡有教堂了，因爲早晨看上去街道都變了樣。走了一陣，他正要轉過黨丹河堤街角時，隱約看見聖三教堂盡頭隱沒在晨霧中的一座塔。蕭瑟的公園裡一座座白色雕像，看上去像黃葉叢中一個個冷得瑟瑟發抖的維納斯。他登上寬大的台階，跑累了，在門廊下停下喘口氣才進去。教堂裡冷森森的，昨天夜裡停了暖氣，高高的拱頂下彌漫著從彩繪玻璃窗滲進來的水氣。側道還沈浸在黑暗之中，那裡一個人也沒有，只聽見朦朧的黑暗中有腳步聲，那是某個剛醒來的管堂職員很不高興地盯著舊鞋子在走動。繆法呢，失魂落魄般撞在一堆橫七豎八的椅子上，心裡沈甸甸的直想落淚，走到一個小神龕的欄杆前面，在一個聖水缸旁邊撲通一聲跪下。他雙手合十，恨不得能在熱情的衝動下獻身。可是，他只是嘴裡念念有詞，他的思想已經逃逸，又到了那面，沿著一條條街道走著，一刻也不停，彷彿被一種不可抗拒的需要鞭策著。他一遍又一遍祈禱：「啊，上帝，救救我吧！啊，上帝，請不要拋棄你的創造物，不要拋棄前來聽候你審判的創造物！啊，上帝，我愛戴你，請不要讓我死在你的敵人的手裡！」沒有任何回答，只有黑暗和寒冷包圍著他，遠處仍不斷傳來那舊鞋拖地的聲音，妨礙他祈禱。他只聽見這個令人惱火的聲音。清晨的教堂空蕩蕩的，還沒有人打掃，更沒有會使空氣稍稍變暖和的望早彌撒的人群。於是，他扶住一張椅子站起來，膝蓋骨嘎吧響了一聲。上帝還沒有來到教堂裡。他爲什麼要撲到韋諾先生懷裡痛哭一場呢？此人同樣什麼也做不到。

他不自覺地回到了娜娜家，在門口滑了一跤，感到眼淚又要湧出來，但對命運並不憤激，只覺得渾身無力，心裡痛苦。他的確已經精疲力竭，淋了太多的雨，挨了太多的凍。一想到要回到米羅梅尼爾街他那陰暗的公館去，他就不寒而慄。娜娜家的門關閉著，他只好等待門房來開門。

上樓的時間，他靈出了笑容，這個小窩已經使他渾身暖洋洋、軟綿綿的，他馬上可以伸伸懶腰，睡上一覺了。

佐愛打開門一見是他，大吃一驚，而且有些不安。太太偏頭疼得厲害，一夜沒有合眼。不過呢，她總是可以去看看太太睡著沒有，她躡手躡腳走進太太的臥室，而繆法一屁股落在客廳的一張沙發上。娜娜馬上出來了。她跳下床，匆匆忙忙穿上裙子，光著腳，披散著頭髮，身上的睡衣經過一夜的顛鸞倒鳳，已經皺巴巴的，有些地方撕破了。

「怎麼！又是你！」她叫起來，臉漲得通紅。

她被怒火激得得跑出來，本想親自把他趕出大門，但一見他那副可憐兮兮、垂頭喪氣的樣子，還是產生了一絲憐憫。

「喔唷！你這渾身上下好乾淨啊，我可憐的狗！」她用比較溫和的口氣說道，「發生了什麼事……嗯？你想去捉姦，結果把自己搞得狼狽不堪？」

繆法沒回答，模樣像條喪家犬。

娜娜明白他根本沒有搞到證據。爲了使他平靜下來，她又說道：

「你看，是我搞錯了。你老婆是個正派女人，我擔保！現在嘛，乖乖，你該回家去睡覺了。你需要睡眠。」

繆法坐著沒動。

「行啦，去吧！我不能留你在這裡……這種時候，你大概不會認爲可以留在這裡吧？」

「怎麼不呢？我們一塊睡覺吧。」他呑呑吐吐道。

娜娜強忍住沒有發火，不過她已經失去耐心。這個繆法莫非變成了白痴？

「行啦，來吧。」他第二次說道。

「不。」

娜娜又氣又反感，於是大發雷霆。

「你這個人眞討厭……老實說，你叫我受夠了，去找你老婆吧，綠帽子是她給戴上的……是的，她給你戴上了綠帽子；這話現在是我對你說的……喂！我的話你聽明白了沒有？你還要死乞白賴纏住我不放？」

「咱們睡覺吧。」

娜娜一下子氣昏了頭，神經質地抽泣得說不出話來。說穿了，這眞是欺人太甚。這些事與她有什麼相干呢？不錯，她出於好意，儘量用委婉的方式讓他知道這件事。可是現在，人家卻想把屎盆子往她頭上扣！不，她可不答應！她心腸是好，但總不能讓人騎到脖上來拉屎。

「見鬼！我受夠了！」她用拳頭捶著桌子罵起來，「好呀！我一直竭力約束自己，一直想忠實於你……可是，親愛的，現在只要我開口，明天我就能成爲富翁。」

繆法驚愕地抬起頭。他從來沒有考慮過金錢的問題。如果娜娜表示出這種願望，他馬上就能讓她遂心如願。他的全部財產都是她的。

「不，太遲啦。」娜娜怒氣沖沖地說道，「我喜歡的是不等我開口就慷慨解囊的男人……不，現在你就是一次給一百萬，我也不會接受，明白嗎？一切都完啦，我還有別的事情呢……滾吧！否則，我可不顧後果了，就是拼上一條命我也不在乎。」

她威脅地向繆法逼近。她這個善良的煙花女子被逼得大發雷霆，但是她還是深信，自己對那些糾纏她不放的男人擁有權利，並且比那些人高尚。門突然開了，進來的是斯泰內。這眞是火上加油。她可怕地叫起來：

「瞧吧！又來了一個！」

聽到她的尖嗓門，斯泰內愣住了。意外地看見繆法在場，他很不高興，因爲他害怕繆法要他作出解釋，三個月來他一直退避三舍。他搖擺著身體，眨著眼睛，避免看伯爵。他呼嚇呼嚇地喘著氣，喘得滿面通紅，模樣都變了，彷彿剛剛跑過整個巴黎，特意帶來一大喜訊，卻觸了一個大霉頭。

「你來幹什麼？」娜娜粗聲粗氣回道，但語氣中透著親暱，故意嘲笑伯爵。

「我……我……」斯泰內結巴道，「我給你帶一樣東西，你知道的。」

「什麼東西？」

斯泰內欲言又止。前天晚上，娜娜對他說，如果他不弄到一千法郎給她還債，她就不再接待他。兩天來，他四處奔走，到今天上午才好不容易湊足這筆錢。

「那一千法郎。」斯泰內終於說道，同時從口袋裡掏出一個信封。

「一千法郎！」娜娜大聲嚷了起來，「我是乞求施捨的嗎？……哼！好像我稀罕你這一千法郎似的。」

她說著抓過信封，一把揉在斯泰內臉上。斯泰內是個謹愼的猶太人，吃力地把信封撿起來，呆頭呆腦望著少婦。繆法與斯泰內交換了一個絕望的眼色，而娜娜兩手叉腰，更使勁地扯開嗓門喊道：

「喂！你們還不想停止對我的侮辱嗎？……你嘛，親愛的斯泰內，我眞高興你也來了，因爲，你瞧，我可以徹底打掃啦……唔！好了，滾吧！」

可是，他們倆呆立不動，沒有想走的意思，所以她又說道：

「怎麼？你們認爲我幹了件蠢事？很可能！但你們讓我煩透！……呸！我幹漂亮事幹夠啦！恨不得幹件把蠢事，連命拼上也開心。」

他們想讓她平靜下來，央求她。

「一，二，你們不肯走？……好哇！等著瞧吧，我這裡可是還有人呢。」

她突然一伸手，把臥室的門完全打開。於是，兩個男人看見凌亂的床中間躺著馮丹。馮丹沒想到會這樣讓人看到。他翹著兩條腿，睡衣敞開，像頭公羊躺在皺巴巴的花邊之中，露出一身黑肉。不過，他並沒有著慌，在舞台上什麼意外的情況他沒經歷過！他起初愣了一下之後，便裝成一副鬼臉來擺脫這種丟臉的場面。照他自己所說，他裝扮成一隻兔子，伸著嘴，歪著鼻子，整個臉不停地抖動。他那副下流的兔子模樣，流露出一副色鬼嘴臉。一個星期以來，娜娜像某些青樓女子一樣，瘋狂地迷上了丑角難看的鬼臉，天天去遊藝劇院找馮丹。

「看見了吧！」她像演戲似的指一指馮丹說道。

繆法本來準備什麼都忍受了的，卻難以忍受這一侮辱。

「婊子！」他結巴地吐出這兩個字。

娜娜已經進了臥室，聽到這句話又走回來，用一句話堵住了繆法的嘴：

「什麼?婊子!那麼你老婆呢?」

她說罷返回臥室,搧地一甩關上門,然後咔地一聲插上門栓。門外剩下兩個男人,大眼瞪小眼,一聲都不敢吭。這時佐愛進來了。她並不趕他們,而是心平氣和地開導他們。她是個明白人,覺得太太的蠢事未免做得過了點兒頭。然而,她仍然爲太太辯護,說她與那個小丑是長久不了的,應該讓她這股狂熱自動冷卻。兩個男人沒說一句話便告退了。到了街上,兩人心裡油然產生了一種兄弟情誼,彼此默默地握了一下手,然後轉過背,拖著沈重的腳步,各走各的路,遠去了。

繆法好不容易回到米羅梅尼爾街自己的公館時,妻子也剛到家。夫妻倆在寬闊的樓梯上相遇。這樓梯旁邊陰森森的牆壁,令人禁住打寒戰。他們同時抬起眼睛,都看見了對方。伯爵衣服上仍沾滿泥巴,臉色蒼白,神色慌張,顯然是在外面鬼混剛回來。伯爵夫人看上去則像乘坐了一夜火車,精疲力竭,困頓不堪,頭髮散亂,眼睛下面有黑眼圈。

第八章

蒙馬特區韋龍街五樓一間小公寓裡。娜娜和馮丹邀請了幾個朋友來吃「三王來朝」節餅，同時慶祝遷入新居，因爲他們搬到這裡來住僅有三天。

他們的同居住到了一起，必非經過深思熟慮，而是在蜜月的熱戀中突然決定的。娜娜大發雷霆，硬把伯爵和銀行家趕出大門的第二天，感到自己周圍的一切都要塌下來了。她的處境一目瞭然：債主馬上就要湧往她家的前廳，甚至干涉她的愛情，揚言要拍賣她的一切，如果她不順從的話；爲了讓他們把四件家具留下來，就得沒完沒了與他們爭吵，直吵得頭昏腦脹。她寧願放棄一切。再說，奧斯曼大街那套房子，她也住膩了。那幾個大房間，全都粉刷成金黃色，眞是看不順眼。她迷戀上馮丹之後，就幻想有一間明亮、漂亮的臥室，就像她昔日當賣花女時所嚮往的一樣，不過那時她所嚮往的，僅僅是一個帶穿衣鏡的紅木衣櫃和一張掛藍色棱紋布帳子的床。兩天之中，她賣掉了能夠脫手的一切，包括小擺設、珠寶首飾等等，然後帶著一萬法郎不知去向，連招呼都沒對門房打一聲，像一頭栽進水裡逃走了，沒留下一點踪跡。這樣一來，那些男人就再也不會來糾纏了。馮丹很可愛，沒說半個不字，一切由著她，甚至表現得像個好伙伴。他手頭也有將近七千法郎，同意拿出來與少婦的一萬法郎湊在一起，儘管大家都說他是小氣鬼。有了這筆錢作爲成家的資本，他們心裡踏實了。從此，他們便一塊花湊到一起的這筆錢，租下韋龍街這間兩居室的公寓，並且配了家具，兩個人像老朋友一樣分享一切。開頭的時候，的確過得挺美滿。

三王來朝節日的這天晚上，勒拉太太頭一個帶著小路易到了，馮丹還沒回來，所以她斗膽對娜娜表示擔憂，說看到姪女放棄了優越的地位，她感到膽寒。

「啊！姑媽，我好愛他！」娜娜大聲說道，雙手以優美的姿勢抱在胸前。

這句話，對勒拉太太產生異乎尋常的效果，她的雙眼立刻潮潤了。

「這倒是眞的，」她深信不疑地說道，「愛情至上嘛。」

說罷，她嘖嘖連聲贊嘆幾個房間的漂亮。娜娜引她看了看臥室和廚房。天哪！房間並不很寬敞，但都重新粉刷過，又換了壁紙，而且充滿宜人的陽光。

勒拉太太讓小路易留在廚房裡，站在正在烤雞的女佣人身後，而她趁機請娜娜在臥室裡停留一會兒，她有些想法斗膽和她談一談，因爲佐愛剛剛離開她家。佐愛對主人眞是忠心耿耿，勇敢地堅守崗位。工錢嘛，過些日子太太再給她好了，她並不爲這個擔心。在奧斯曼大街那套公寓混亂不堪的局面中，是她應付了債主，作風體面漂亮，挽救了不少殘存的東西，在債主們追問時總是回答說太太出門旅行了，而又從來沒有告訴他們地址。甚至，由於害怕有人跟綜，她放棄了來看望太太的樂趣。然而，今天早晨，她來到勒拉太太家，因爲出現了新情況。昨天晚上，一些債主又來了，有地毯商、煤炭商、洗衣婦等，主動表示願意放寬還債的期限，甚至表示願意借一大筆錢給太太，只要她同意搬回去住，做人處事放聰明些。姑媽轉達佐愛的原話，說這件事情背後可能有某位先生在出主意。

「絕不可能！」娜娜憤慨地說道，「哼！這些生意人多麼卑鄙！他們以爲我爲了還清他們的債，就應該賣身！……你看出來了吧，我寧願餓死，也不會欺騙馮丹。」

「我也是這麼回答的，」勒拉太太說道，「我的姪女心腸太好了。」

可是，娜娜聽說「藏嬌屋」別墅給賣了，而且是由拉博德特以極低的價格幫卡羅莉娜·埃凱買下的，大爲惱火。這件事使她對那幫女人特別氣憤，她們一個個裝腔作勢，其實才是眞正的錶子。哼！一點兒不錯，她比她們每個人都正經得多！

「她們愛吹牛儘管吹，」她最後說道，「錢不能給他們帶來眞正的幸福……再說，你看出來了吧，姑媽，我現在太幸福啦，那幫人是否還存在，我都不知道。」

正在這時，馬盧瓦太太進來了，頭上戴一頂奇形怪狀的帽子；那帽什麼形狀只有她自己說得出來。大家又見面了，都很高興。馬盧瓦太太說，她見到大場面就膽怯，現在好了，她可以經常來打打牌了。娜娜第二次引她們參觀她的新居。到了廚房裡，見女佣人正在往烤雞上澆汁，她就當著她的面說要節省過日子，雇個女佣人花錢太多，她想自己料理家務。小路易樂呵呵地盯著烤雞架。

外面傳來說話聲。是馮丹領著博斯克和普呂利埃進來了。可以入席吃飯了，肉湯已端上餐桌，但娜娜第三次引客人參觀她的新居。

「啊！孩子們，你們住在這裡多舒服啊！」博斯克說道，他說這話只不過是爲了討好邀請大家來吃晚飯的主人喜歡，因爲實際上，他對於他所稱的「窩兒」問題向來不感興趣。

到了臥室裡，他又言不由衷地說開了恭維話。平常，他認爲女人都是畜生，想到一個男人居然會受這樣一個骯髒的畜生束縛，他就非常你憤；他是一個醉鬼，一向冷眼看世界，使他義憤塡膺的，只有這件事。

「啊！這兩個家伙！」他眨著眼睛說道，「他們瞞著大家築起了這個窩兒……好啊！說實話，你們做得對。媽的！以後我們常來看看你們，倒是夠意思的。」

這時，小路易騎著掃把過來了。普呂利埃陰陽怪氣地笑一笑，說道：

「瞧！這孩子已經是你們倆的了？」

這句話挺逗趣。勒拉太太和馬盧瓦太太笑得前仰後倒。娜娜一點都沒生氣，而是動情地笑了，說可惜事實上不是這樣，爲了孩子和她自己，她倒希望是這樣；不過，他們也許會生個孩子的。馮丹裝出和善可親的樣子，把小路易抱在懷裡，學童語逗他：

「這並不妨礙他愛他的小爸爸是不是……叫我爸爸，壞小子！」

「爸爸……爸爸……」孩子咿呀叫起來。

大家都跑攏去摸他。博斯克不耐煩，說還是入席吃飯吧，只有吃飯是正經事。娜娜要求讓小路易坐在她身邊。晚餐吃得很愉快。不過，博斯克心裡不痛快，因爲孩子坐在他旁邊，他時時得提防孩子打翻他的餐盤；勒拉太太也使他感到不自在，她顯得感情纏綿，悄聲告訴他一些隱私，說有些挺體面的先生現在還追求她，說著說著，她兩眼淚汪汪的，直往他身上貼，他不得不兩次推開她的膝蓋。普呂利埃對馬盧瓦太太也不禮貌，一次也沒給她遞過菜。他心裡只有娜娜，看到娜娜挨著馮丹，覺得挺不是滋味。何況這對情侶在席間動不動就親嘴，實在討人厭，他們不顧一切禮儀規則，竟然兩個人緊挨著坐在一起。

「見鬼，吃飯吧，你們有的是時間親嘴！」博斯克嘴裡塞滿食物，一次又一次說道，「等我們走了再親也不遲嘛。」

可是娜娜控制不住自己。她沉醉在愛情之中，處子般的臉紅紅的，始終笑嘻嘻的，脈脈含情，一雙眼睛總是盯著馮丹，用各種各樣的親暱稱喚他，什麼「我的小狗」、「我的小狼」、「我的小貓」等等，當他遞水或轉給她時，她就側轉身子吻他的嘴唇，吻他的眼睛、鼻子和耳朵，碰到什麼地方吻什麼地方。如果馮丹抱怨她，她就用巧妙的策略，裝得像挨了打的母貓一樣溫順、嬌柔，回過頭來，悄悄抓住馮丹的手，捏住不放，還親一下。她非得摸一下屬於他的東西不可。馮丹拱著背，乖乖地接受她的愛撫。肉欲的快感使他的大鼻子不停地擴張。他那張山羊臉，又難看，又滑稽，像個醜八怪，由於受到這位白白胖胖的漂亮女郎深摯的愛，而顯得得意非凡。有時，他也回報娜娜一個吻，那神態，顯然是一個享有各種樂趣但想表現得可親可愛的男人。

「說實話，你們倆眞討厭！」普呂利埃嚷道，「喂！你從這裡滾開！」

他趕走馮丹，調換了餐具，自己取代他坐到娜娜旁邊。全桌的人鼓掌歡呼，說了許多不堪入耳的髒話。馮丹裝出一副無可奈何的樣子，露出火神爲愛神灑淚的滑稽表情。普呂利埃立即對娜娜大獻殷勤，在桌子底下去碰她的腳，娜娜猛地一腳踢過去，叫他放老實點兒。不，她才不會和普呂利埃睡覺呢。上個月，她覺得他模樣兒長得俊，倒是對他動過心；現在她見了他就討厭。如果他再假裝撿餐巾捏她的腿，她就把酒杯朝他臉上砸過去。

不過，晚餐的整個氣氛還是愉快。大家自然而然聊到了遊藝劇院。博德納夫那個流氓還沒有死？他那個髒病又患了，折磨得他痛苦不堪，渾身髒得誰也不敢碰他。昨天晚上排練時，他不停地罵西蒙娜。這傢伙死了，是不會有什麼演員爲他落淚的！娜娜說，他如果請她擔任一個角色，她會毫不客氣地一口回絕，而且她說不想再演戲了，劇團怎麼說也比不上小家庭。馮丹呢，無論在新上演那齣戲裡，還是在正排練的那出戲裡，都沒有擔任角色，便以誇張的方式附和娜娜的話，說他現在享受到了人生幸福，因爲他完全自由了，晚飯後能夠陪伴在他的小貓咪身邊，一塊蹺起腳烤火。其他人都嘖嘖贊歎，稱他們是一對幸運兒，假裝羨慕他們的幸福。

大家分吃了三王來朝節餅。蠶豆給勒拉太太分到了，她把它放進博斯克的酒杯。於是，大家齊聲喊道：「國王喝酒！國王喝酒！」娜娜趁大家快活地嚷嚷的機會，走過去鉤住馮丹的脖子，一邊吻他，一邊咬住他的耳朵說悄悄話。但漂亮小伙子普呂利埃氣惱地笑著嚷起來，說他們這樣做不符合規矩。小路易躺在兩張椅子上睡著了。大家一直鬧到一點鐘才散去，一邊下樓一邊大聲說再見。

一連三個星期，這對戀人的生活的確充滿了歡樂。娜娜覺得回到了她穿上頭一件綢裙而喜不自勝的歲月。她很少外出，領略著清靜而簡樸的家庭生活。一天，她一大早下了樓，親自去拉．羅什福科市場賣魚，不料迎面碰到從前的美髮師弗朗西斯，不禁愣住了。美髮師像往常一樣，穿戴體面，上等料子的內衣，無可挑剔的禮服，而她卻穿著晨衣，披頭散髮，趿著舊鞋子。這副模樣在街上讓他撞見，她眞覺得無地自容。但美髮師是個很有分寸的人，對她反而禮貌有加，什麼也沒問，只當太太止在旅行。唉！太太這次決定外出旅行，可想苦了許多人！大家都覺得像失掉了什麼。然而，少婦出於好奇心，忘記了最初的尷尬，終於向美髮師打聽起來了。由於人多擁擠，她把美髮師推到一個洞裡，手裡拎著小菜籃，與他面對面站著說話對她這次出走有些什麼議論？我的天！請他理髮的太太們，說這個，說那個，總之議論得可凶了。對太太來講，眞是一大成功呢？那麼，斯泰內呢？斯泰內先生可是一落千丈了，如果他想不出什麼新辦法，後果就慘啦。達蓋內呢？啊！這一位嘛，日子過得挺好。達蓋內先生善於安排自己的生活。往事的回憶使娜娜興奮不已，她張開嘴還想再問，但覺得難以啓齒說出繆法的名字。弗郎西斯微微一笑，先提起了繆法伯爵。至於繆法伯爵，他眞是可憐，太太走後，他痛苦不堪，靈魂受盡了折磨，他找遍了太太可能去的一切地方，最後米尼翁先生碰到了他，才把他領回家。這消息使娜娜大笑不止，但笑得挺不自然的。

「哦！他現在與羅絲在一起了，」她說道，「很好，你知道，弗朗西斯，我才不在乎呢……你看這個僞君子！他在我這裡養成了習慣，就一個禮拜也熬不住啦！他還信誓旦旦對我說什麼，在我之後，就再也不要任何女人了呢！」娜娜怒火中燒。

「他只不過是我的殘羹剩飯，」她又說道，「是羅絲撿去的一個壞蛋！哦！我明白了，羅絲是想報復我從她身邊搶走了斯泰內那家伙……她眞有兩下子，把被我趕出門的一個男人勾引到了自己家裡！」

「據米尼翁先生的說法，事情可不是這樣。」美髮師說道，「他說是伯爵先生把你趕了出來……是的，而且方式十分粗俗下流，他一腳踢在你屁股上，把你趕了出來。」

娜娜頓時臉色變得煞白。

「啊？是麼？」她嚷道，「他一腳踢在我屁股上？……這女人太過分啦！事實上，親愛的，是我把他趕下樓的，那個王八！是的，他是王八！這你可能知道。他的伯爵夫人和別的男人睡覺，甚至和福什里那個壞蛋睡覺，讓他戴了綠帽……而那個米尼翁，成天在馬路上遊蕩，爲他的醜八怪老婆拉皮條，可是他老婆瘦巴巴，根本沒人要！……這些人眞骯髒！這些人眞骯髒！」

娜娜說得上氣不接下氣，喘了喘，又說道：「噢！他們居然這樣說……好啊！親愛的弗朗西斯，我要去找他們……你願意我們馬上一塊去嗎？……是的，我一定要去，我倒要看看他們是否還有膽量說往我屁股上踢了幾腳。踢我幾腳！我從來就沒有容忍任何人這樣做，也永遠沒有任何人敢打我，明白嗎？哪個男人碰我一根毫毛，我就要把他吃掉。」

不過，她還是平靜下來了。他們畢竟愛說什麼就可以說什麼；在她眼裡，他們只不過像她鞋底上的泥巴一樣。與這些人計較，豈不髒了她自己！她問心無愧。弗朗西斯也隨便起來，見娜娜穿著晨衣出來買菜，在離開她時便給她一些忠告。爲了一時的熱憑而犧牲一切，她這就不對了；這種一時的熱戀，會把生活毀掉的。娜娜低頭聽著；弗朗西斯說這些話時，露出難過的神色，他是過來人，不忍眼見這樣一位漂亮的姑娘自己葬送自己。

「這個嘛，是我自己的事。」娜娜終於說道，「不過，親愛的，我還是該謝謝你。」

她握了握弗朗西斯的手。弗朗西斯儘管衣著體面，但手總有點兒黏糊糊的。分手之後，她就買魚去了。整個這一天，她腦子裡老是想著踢屁股這件事，甚至告訴了馮丹，又裝出一副女強人的樣子，絕不任何人動她一個小指頭。馮丹呢，則自鳴清高，說所有道貌岸然的男人都是衣冠禽獸，應該蔑視他們。聽了這句話，娜娜心裡眞的充滿了蔑視。

就在這天晚上，他們去義大利劇院，看馮丹認識的一個小姑娘首次登台演出。這個小姑娘所擔任的角色只有十行台詞。將近深夜一點鐘，他們步行到蒙馬特高地，在黨丹河堤街頭了一塊咖啡奶油蛋糕，回到家之後上了床吃，天氣雖然不暖和，但也沒有必要生火。他們肩并肩半坐半臥，被子蓋住腹部，枕頭搏起來墊在背後，一邊吃蛋糕，一邊談論那個小姑娘。娜娜覺得她長得很醜，一點也不漂亮。馮丹腳臥著，把床頭櫃上蠟燭與火柴之間切成塊的蛋糕，遞給娜娜。說著說著，他們倆爭吵起來了。

「哼！」娜娜嚷起來，「眞要說的話，她的眼睛活像鑽出來的兩個窟窿，她的頭髮就像一把亂麻似地。」

「住嘴！」馮丹說道，「她的頭髮漂亮極了，她的眼睛燃燒著熱情……眞奇怪，你們女人總是你咬我我咬你。」他現出憤憤不不的樣子。

「行啦，你說得夠多了！」娜娜氣哼哼地說道，「你知道，我可不喜歡人家來煩我……睡覺吧，再手下去可不會有好結果。」

馮丹吹滅了蠟燭。娜娜怒氣難消，還在嘟嘟嚷：她受不了別人用這種語氣和她說話，她一向是受人尊重的。馮丹呢，來個橫豎不答理，娜娜也只好住了嘴，但她睡不著，在床上輾轉反側。

「眞見鬼！你這樣翻來覆去有個完沒有？」

馮丹突然坐起來嚷道。「不能怪我吧？這床上有蛋糕屑。」娜娜沒好氣地說道。

床上的確有蛋糕屑，她連大腿下面都感覺到了，渾身給沾得癢癢的。哪怕只有一粒蛋糕屑，都會使她感到渾身奇癢，連皮膚也搔破了。平常也有在床上吃糕點的時候，但吃完之後，不是總要把被子抖乾淨嗎？馮丹發了滿肚子火，點亮了蠟燭。兩個人下了床，光著腳，穿著睡衣，把被子掀開，用手掃掉床單上的蛋糕屑。馮丹冷得直侈嗦，趕快躺下，娜娜叫他擦一擦腳，他根本不理睬。娜娜終於也上了床，但剛一躺下，又翻起來。床上還有蛋糕屑。

「真是活見鬼！」她說道，「肯定是你的腳沾上來的……我可受不了！跟你說吧，我可受不了！」說罷，她要跨過馮丹的身體，跳下床去。馮丹睏極了，被她鬧得忍無可忍，便狠狠地摑了她一記耳光。這重重的一記耳光，打得她一頭栽倒在枕頭上，一下子傻了眼。

「嗨唷！」她只這麼叫了一聲，同時像孩子似地深深嘆口氣。

馮丹問她還要不要翻來覆去，威脅說，她要是再犯，就再給她一記耳光。說完，他吹滅蠟燭，仰頭一躺，立刻打起呼來。娜娜把臉埋在枕頭裡，低聲啜泣著。仗著力氣大耍威風，真可恥。但她著實害怕了，馮丹平常那副滑稽的模樣，剛才變得真嚇人。她的火氣消掉了，像是那記耳光使她平靜了下來。她不敢碰馮丹，身子緊貼靠巷子那邊的牆壁，儘量把地方讓給他。她雖然面頰火辣辣的，眼睛裡噙滿了淚水，但人疲乏得渾身酥軟，馴服中困頓不堪，就是有蛋糕屑也感覺不到，最後甚至睡著了。早晨她醒來時，赤裸的雙臂摟住馮丹，緊緊地貼在胸前。他不會再打她了，不是嗎？永遠不會了。她愛他愛得太深，挨耳光也心甘情願。

於是，開始了一種新生活。從此半句話不對勁，馮丹就摑她的耳光。她給打慣了，次次都忍受著，但有時也大喊大叫，威脅馮丹；馮丹推得她貼住牆壁，說要打死她，她又軟了下來。通常，她倒在一張椅子裡嗚咽五分鐘，過後就把一切忘到了腦後，又快活起來，又是唱又是跳，滿屋子跑來跑去，飄擺的裙子窸窣作響。然而，最糟糕的是，現在馮丹整天在外邊，不到半夜不進屋。他經常去咖啡館會朋友，娜娜容忍一切，戰戰兢兢，溫柔體貼，只擔心埋怨他兩句，他就會一去不回。可是，有些日子馬盧瓦太太和她姑媽及小路易都不來陪她作伴，她就感到無聊得要死。因此，有個星期日，她去拉・羅什福科市場碰到薩丹，感到格外高興。當時，她正在討價還價買鴿子，而薩丹買了一把蘿蔔。自從馮丹請王子喝香檳酒那天晚上之後，她們倆就沒有再見過面。

「怎麼？是你！你也住在這個街區嗎？」薩丹見她穿著拖鞋，這麼早就上街來買菜，驚異地問道，「哦！我可憐的妹子，看來你混得不順利！」

娜娜皺了眉頭，叫她不要再說下去，因爲旁邊有別的婦女，都穿著室內便袍，沒穿內衣，頭髮散亂，白花花沾滿羽毛。每天清晨，這個街區的青樓女子，把過夜的男人送出門之後，就紛紛跑來買菜。她們睡眼惺忪，趿著舊鞋，經過一夜煩人的應付，情緒惡劣，肢體疲乏。她們從十字路口的各條街向菜市場走來，有的年紀還輕，臉色十分蒼白，情態慵困，姿色撩人；有的人老珠黃，體態臃腫，皮膚鬆弛，在接客以外的時間，再也不在乎別人看到她們這副模樣。在人行道上，行人都回頭看她們，但她們沒有一個露出一絲微笑，全都行色匆匆，像一般家庭主婦，擺出一副高傲的樣子，根本不把男人放在眼裡。正當薩丹付錢買下那把蘿蔔時，一個年輕男子，大概是一個上班遲到的職員，打她身邊經過，對她說了聲：「早安，親愛的。」薩丹猛地直起腰，像王后般尊嚴受到冒犯，說道：「這個豬玀發什麼神經？」

話一出口，她又覺得彷彿認識這個人。三天前午夜時分，她獨自從大街那邊往回走時，在拉布呂耶街拐角處同他交談了將近半個鐘頭，想拉他到家裡過夜。但想起這件事，她心裡反而更加惱火。

「這些人眞沒教養，大白天的，衝你嚷些不三不四的話。」她又說道，「我們出來買東西，不是嗎，就是想要得到別人的尊重嘛。」

娜娜終於買下了那幾隻鴿子，儘管她懷疑是不是新鮮。薩丹領她到自己住所門口看一眼；她就住在附近，即拉．羅什福科街。等到身邊沒人時，娜娜便告訴她自己正與馮丹愛得難分難解。到了自己家門口，矮小的薩丹站住了，手臂下夾著蘿蔔，興奮地聽著娜娜講的最後一件事：娜娜賭咒發誓地瞎編說，是她朝繆法伯爵屁股上狠狠踢了幾腳，把他趕出了大門。

「啊！幹得眞漂亮！」薩丹一迭連聲說道，「幹得眞漂亮！踢得好！他一聲都沒敢吭，不是嗎？眞是個儒夫！我當時在場看見他那副嘴臉就好了……親愛的，你做得對。金錢嘛，呸！我一旦對一個男人一見鍾情，就寧願爲他而死……怎麼樣？常來看我吧，你得答應我。就是左手邊那扇門，你敲三下我就知道是你來了，因爲經常有來搗亂的人。」

從此之後，娜娜百無聊賴時，就去看薩丹。每次薩丹都在家，因爲她不到十點鐘不出門。薩丹住著兩個房間，是一個藥店老板幫她購買家具，以免警察來找她的麻煩。可是，才住了一年，家具都砸破了。椅子坐墊穿了窟窿，窗簾弄髒了，屋子裡垃圾遍地，亂七八糟，像一群瘋貓生活的地方。有時早晨起來，她自己也看不過去，便下決心把房間打掃一下，費力氣清除積垢，可是只要一動手，不是拽下一根椅子橫檔，就是扯下一塊窗簾碎片。近來，房間裡更髒了，連門檻都邁不進去了，因爲門口橫七豎八地落了髒東西。最後她乾脆什麼也不再收拾了。只有在燈光下，那個帶穿衣鏡的衣櫃、掛鐘和殘缺不全的窗簾，還能給嫖客們一點假象。不過六個月來，房東一再威脅要把她趕走。那麼，她爲誰愛惜這些家具呢？莫非爲那個藥店老板？絕不！這樣，遇到早晨起來心情好的時候，她就一邊聲嘶力竭叫喊：「喂！」一邊猛踢衣櫃和五斗櫃，踢得櫃身都要裂了。

娜娜幾乎每次來的時候，總發現薩丹躺在床上，她是早晨下樓去買了菜回來，總感到睏頓不堪，往床邊一歪，又睡著了。白天，她總是東歪西倒，在椅子上打瞌睡，直到天黑點燈時分，才清醒過來。娜娜覺得在薩丹家待著很愉快，往亂糟糟的床上一坐，什麼事也不用幹，地板上隨便扔著臉盆，前一天晚上在外面濺滿泥的裙子，沾得沙發上儘是泥斑。她們在一起沒完沒了地閒聊，推心置腹；薩丹穿著睡衣，躺在床上，腳翹得比頭還高，一邊抽煙，一邊聽娜娜講。有些下午煩愁難解之時，她們就買苦艾酒來喝，按她們自己的說法是「爲了忘卻」；薩丹也不下樓，甚至裙子也不穿，走到樓梯口，跨在欄杆上，叫小門房去買酒。小門房是個十歲的小妞兒，她立刻送上來一杯苦艾酒，一邊偷偷地打量薩丹裸露的腿。娜娜一提起她的馮丹，話就沒個完，每說十句話，就離不了馮丹長，馮丹短。薩丹這姑娘爲人老實，娜娜沒完沒了地講她如何在窗口等待，怎麼爲了一個紅燒肉燒糊了而吵架，一連好幾個鐘頭賭氣誰也不理誰，上了床又怎樣和好了，等等，她聽了倒也不覺得煩。娜娜渴望能和人聊聊這些事，最後把自己如何一次次挨耳光的事也全都抖落出來了。上個禮拜，她的眼睛被打腫了；昨天夜裡，馮丹還因爲找不到拖鞋，一巴掌打得她栽倒在床頭櫃上。薩丹聽了這些，一點不感到奇怪，依然吐她的煙圈，只是偶然停下來插上一句，說遇到這種情況，她總是把頭一低，讓那位先生和他的耳光統統打空。兩個人津津有味地談著這些挨打的事，快活，痴迷，把已經談過上百遍的那些蠢事扯個沒完，沉湎於屈辱地挨揍之後渾身軟綿綿、火辣辣、疲乏無力的感覺之中。這樣回想挨馮丹毒打的滋味，介紹他是怎樣一個人，乃至他脫靴子的方式，對娜娜來講是一大樂趣，所以她每天都來找薩丹，尤其後來，薩丹開始與她一唱一和，介紹自己遭遇的更嚴重的情況，例如有一天，一位糕點師把她打得暈倒在地便揚長而去，而她還是愛他。可是過了一段時間，娜娜每天來到這裡，說著說著便哭起來，聲稱再也不能這樣繼續下去了。每次薩丹都把她送回家門口，並且在街上待一小時，看娜娜是否遭到馮丹殺害。第二天他們倆和好了，爲此兩個女人整個下午都聊得很痛快；不過，她們雖然嘴上不說，心裡還是更喜歡隨時有可能挨打的日子，覺得那種日子更有意思。

兩個女人漸漸變得難分難捨了。然而，薩丹從沒去過娜娜家，因爲馮丹宣稱他不允許生活放蕩的女人登門。娜娜和薩丹經常一塊出去。一天，薩丹領著她的朋友去一個女人家，這個女人就是羅貝爾太太，上次她拒絕參加娜娜家的宵夜，引起了娜娜的注意，對她產生了某種尊敬。羅貝爾太太住在莫斯尼埃街，那是一條清靜的新街，位於歐羅巴小區。這裡沒有一家店鋪，全是漂亮的住宅，窄小的公寓套房全住著女子。正是五點鐘光景，不見行人的街道兩旁，聳立著一座座白色高樓，高雅肅穆，旁邊停放著一輛輛交易所投資家和商人的馬車。一些男人急急忙忙地走著，一邊抬頭望著樓上的窗口；窗前佇立著穿室內便袍的女人，看樣子正等得心急哩。娜娜起初不肯上樓，略顯矜持地說，她不認識那位太太。但薩丹堅時要她上去，說身邊帶個朋友這是常有的事，她只有不過是想作一次禮節性拜訪；羅貝爾太太是她昨天晚上在一家餐館遇到的，待人和藹可親，非要她答應來看望她不可。娜娜終於讓步了。上樓後，一個睡眼矇矓的矮個子女僕對她們說，太太還沒回來，不過她還是客氣地把他們領進客廳，讓她們坐在那裡等候。

「天哪！這房子眞漂亮！」薩丹低聲讚嘆道。

這個套間樸實無華，倒挺舒適，貼著深色壁紙，一看頗像巴黎的店主發了財退休以後的講究。娜娜很有感觸，想取笑幾句。薩丹一聽就火了，說她可以擔保，羅貝爾太太是個品德高尚的人。人們經常看到，挽住她的胳膊陪伴她的，儘是莊重而上了年紀的男人。眼下她所交往的男人，是一個退休的巧克力商，爲人嚴肅，很喜歡這房子的陳設大方，每次來的時候總是叫僕人通報姓名，並且叫羅貝爾太太「我的孩子」。

「瞧，這就是她！」薩丹指著放在座鐘前面的一張照片說道。

娜娜仔細端詳一下那張照片。照片上的女人有著深栗色的頭髮，一張長臉，緊抿的嘴唇隱約浮著一絲微笑，看上去完全可以說是上流社會的一位貴婦，只是顯得拘謹了些。

「眞奇怪，」娜娜終於自言自語般說道，「這副模樣我肯定在什麼地方見過。究竟在什麼地方？我記不起來了，但多半不是在一個乾淨地方……不，肯定不是在一個乾淨地方。」

接著，她轉向自己的朋友問道：「喂，她不是一定要你答應來看她嗎，她想幹嘛？」

「她想叫我幹什麼？當然多半是一塊聊聊天，坐一會兒……這是禮貌嘛。」

娜娜定定地盯住薩丹，盯了一會兒，輕輕砸了一下嘴。說到底，這與她有什麼關係呢？這個女人久等不見回來，娜娜說她不願意再等下去了，於是兩個人走了。

第二天，馮丹告訴娜娜他不回家吃晚飯，娜娜便早早地跑去找薩丹，邀請她去餐館美美地吃一頓。選擇哪家餐館頗費腦筋。薩丹建議了好幾家小餐館，娜娜都覺得格調太低。最後，薩丹說服了娜娜去洛爾餐館。這是一家專門包客飯的餐館，位於殉道者街，一頓晚飯只要三法郎。

晚餐時間還沒到，她們在人行道上等待，無所事事，很不耐煩，便提早二十分鐘上了樓。三間餐廳還是空的。她們進入其中一間，在一張桌子邊坐下。老板娘洛爾．彼埃德費就在這間餐廳裡，坐在櫃台後面一只高椅上。這個洛爾，是位五十歲光景的太太，體態臃腫，腰間和胸部緊緊地束著腰帶和緊身褡。女客們一個接一個地進來，踮起腳尖，從放有茶托的櫃台上探過身子，隨便而親切地給洛爾嘴上一個吻；而洛爾那個龐然大物，眼睛裡噙著淚花，對每個人都一樣殷勤，以免有人嫉妒。招待這些女客的女侍則相反，長得又高又瘦，滿臉痲子，眼皮發黑，眼睛裡閃爍著憂鬱的目光。三間餐廳很快坐滿了客人。總共有一百人左右，大家隨便找張桌子坐下，大部分客人都是四十歲上下，一個個體態肥頂臃腫，因爲生活放蕩，臉上的皮肉都鬆軟下垂，連嘴都給遮得看不見了。在這一大群胸部鼓凸、大腹便便的女人中間，也有幾個苗條漂亮的姑娘，她們舉止放肆，但透露出幾分純樸的天性，全是低級舞場挑選出來的新手，由一位女顧客帶到洛爾餐館來的。而整個餐館裡肥胖的女人們，一聞到她們的青春氣息，就全都坐不住了，你推我搡，像一群不安分的老光棍，在她們周圍圍成一圈，大獻殷勤，爭相買甜食給她們吃。至於男顧客，人數不多，頂多十至十五個，在這咄咄逼人如大潮般的裙子面前，態度十分謙恭。只有四個漢子，是專門來一睹這場面的，顯得無拘無速，談笑風生。

「沒錯吧？」薩丹說道，「這裡的燴肉就是好吃。」

娜娜滿意地點點頭。這裡的晚餐，還像過去外省旅店的晚餐那樣實惠，有金融家調味汁澆魚肉香桔餡酥餅，雞肉米飯，滷汁扁豆，焦糖香草冰奶油。女客們對雞肉米飯特別感興趣，吃得上衣都要撐開了，抬起手不慌不忙地擦著嘴唇。起初，娜娜擔心會遇到過去的朋友，向她問一些愚蠢的問題，但漸漸地她安下心來了。這裡什麼人都有，就是見不到一張熟面孔，只見褪色的衣裙、破舊的帽子和華麗的服飾混在一起，反正大家都是性變態，不過彼此彼此。娜娜看見有個青年男子，對他發生了興趣。那青年男子有一頭卷曲的短髮，表情傲慢，談吐隨便，他的每句話都使同桌那些胖得要死的女子全神貫注，屏息靜聽。

過了一會兒，只見他哈哈一笑，胸部鼓得老高。

「喲！原來是個女人！」娜娜輕輕地驚叫一聲。

薩丹嘴裡塞滿了雞肉，抬起頭來，咕嚕道：

「哦！是的，我認識她……標緻極了，大家都爭奪她哩！」

娜娜反感地將嘴一抿。這其中的奧妙她還不明白。不過，她通達地說，人嘛，各有所好，誰也說不準自己有一天會喜歡上什麼。說罷，她仍落落大方地吃她的焦糖香草冰奶油。不過，她完全注意到了，薩丹那雙天眞單純的藍色大眼睛，使旁邊幾桌的女人們驚喜莫名。尤其是她旁邊一位健壯的女客，一頭金髮，模樣兒挺可愛，眼睛裡燃燒著熱情，漸漸地往薩丹身邊靠，娜娜差點要出面干涉了。

正在這時進來一個女人，使娜娜大吃一驚。她認出那是羅貝爾太太。這位太太是位栗髮少婦，模樣兒俊俏。她朝那個又高又瘦的金髮女侍隨便地點點頭，然後往洛爾的櫃台邊一靠，與她久久地親吻。一個如此高貴的女人，竟與一位餐館老板娘親吻，娜娜心生好奇。尤其這位羅貝爾太太，已經沒有過去那副卑微的神態，而是抬眼掃視一下客廳，與女掌櫃低聲交談起來。洛爾重新坐下，弓著背，神態莊重，儼然一尊淫蕩的老牌偶像，衰老的臉頰已被她的信徒們吻得油光發亮。她比最肥胖的女人還要肥碩，仗著四十年苦心經營積攢的財富，高踞女店家的寶座之上，隔著櫃台上一盤盤滿滿的菜肴，俯視著整個餐廳裡又肥又胖的女顧客。

羅貝爾太太瞥見了薩丹，便撇下洛爾跑過來，一副可親可愛的樣子，說昨天她不在家，眞是太遺憾了。薩丹被她迷住了，一定要擠出點位子來讓她坐。羅貝爾太太發誓說，她已經吃過晚飯，只不過是順便上來看看。她站在這位新結識的朋友身後，倚在她的肩上，笑吟吟的，親切地和她說話，問道：「喂，我什麼時候再和妳見面？要是你有空的話……」

可惜，後面的話娜娜聽不見了。這樣的談話令她掃興，她眞想斥責這個一本正經的女人。恰巧這時，她看見又進來了一群女人，禁不住一下子愣住了。進來的全都是時髦的女人，個個濃妝艷抹，渾身珠光寶氣，稱呼洛爾時，全都又親暱又隨便。她們來這裡聚會，是爲一種反常的性欲所支配，個個炫耀著身上價值數十萬法郎的寶石首飾，卻來這裡吃每份三法郎的晚餐，使那些窮餿餿、髒兮兮的女孩子又驚奇又眼饞。她們大聲交談著，帶著一串串清脆的笑聲跨進門來，就像從外面帶進來一片陽光。娜娜趕忙回頭望去，卻認出其中的露茜·斯特華和瑪麗亞·布隆，眞是大殺風景。那些女人與洛爾寒暄了將近五分鐘，才到隔壁的餐廳。這段時間，娜娜一直低著頭，一門心思在桌布上搓麵條子。最後她回頭一看，不禁目瞪口呆：

她身邊的椅子空空的，薩丹不知去向。

「啊，她到哪兒去了呢？」她情不自禁大聲問道。

旁邊剛才對薩丹大獻殷勤的那個金髮胖女人，正生悶氣，臉上露出譏笑。娜娜被那譏笑惹火了，惡狠狠地盯住她。那女人懶洋洋地拖長著聲音說道：

「不是我，這很顯然，而是旁邊那位從你身邊把她帶走了。」

於是，娜娜明白有人故意要弄她，便不再吭聲。她甚至繼續坐了一會兒，以免讓人看出她在生氣。隔壁餐廳裡傳來露茜．斯特華爽朗的笑聲，她請了整整一桌小妞兒吃飯，都是剛從蒙馬特和聖堂舞會下來的。餐廳裡很熱，彌漫著濃烈的雞肉米飯味；女侍端走一個髒盤子。那四個無拘無束的男人一個勁給五六對女人灌美酒，想把她們灌醉，好聽到她們說不堪入耳的髒話。現在令娜娜惱火的是要為薩丹付飯錢。這個賤貨，吃完了就隨便跟什麼人跑了，連謝謝都不說一聲！雖然是區區三法郎，但這作法未免太不顧顏面，太叫人噁心了。錢娜娜還是付了，她掏出六法郎扔給了洛爾。現在她對這位老板娘嗤之以鼻，把她看得比陰溝裡的淤泥還賤。

出門到了殉道者街上，娜娜越想越生氣。她當然不會去找薩丹。一個漂亮的下賤貨，根本不值得理睬！不過，她這個晚上白白浪費了。她慢慢地向蒙馬特走去。心裡尤其恨透了羅貝爾太太。這個賤貨真是厚臉皮，居然冒充高雅女人。好一個高雅！垃圾堆裡充高雅！現在她可以肯定，她曾在蝴蝶舞廳見過她。那是魚市街一間烏煙瘴氣的低級舞廳，男人花三十蘇就可以叫她伴舞。這種女人居然裝得一本正經，哄得那些機關的頭兒暈頭轉向；人家給她面子，邀請她宵夜，她居然自視清高，拒絕參加！真的，應該戳穿她的假皮！躲在誰也不知道的骯髒角落裡尋歡作樂，醉生夢死的，總是這些假正經的女人。

娜娜想著這些事情，不知不覺到了韋龍街自己的家。看見家裡有燈光，她心裡直發毛。馮丹也被邀請他吃晚飯那個朋友甩掉了，心裡很不痛快回家來的。娜娜本來以為他不到半夜過後一點鐘不會回來了，沒想到他卻回來這麼早，便連忙向他解釋，一邊解釋還一邊害怕挨打。馮丹板起面孔聽著。娜娜當然編了一套謊話，承認她在外面花了六法郎，不過是同馬盧瓦太太一起花掉的。馮丹倒是沒動聲色，而是遞給她一封信。信是寫明娜娜收的，他卻心安理得地拆閱了。這是喬治寫來的一封信。喬治一直被關在豐岱特庄園，只能每星期寫幾頁火熱的情書，以排遣心頭的鬱悶之氣。娜娜很喜歡人家給她寫情書，尤其喜歡那些表達愛情的豪言壯語、海誓山盟。一收到這類信，她就念給大家聽。喬治的筆調馮丹已經很熟悉，並且十分欣賞。但這晚上，娜娜很害怕吵架，便裝出不感興趣的樣子，接封信，不耐煩地草草看了一遍，就扔到一邊。馮丹在窗玻璃上敲著歸營號的節奏，這麼早就上床睡覺，他覺得很無聊，又不知道怎樣打發這個晚上。

突然，他轉過身來說道：「我們立刻來給那小子寫回信怎樣？」往常，娜娜的回信總由馮丹代筆。馮丹竭力賣弄文筆，信寫好之後，就高聲念給娜娜聽，娜娜欣喜若狂，摟住他親吻，一邊大聲說，只有他才能寫出這麼動人的詞句。他聽了不免眉飛色舞。於是，兩個人都興奮起來，愛得如膠似漆。

「你想寫就寫吧；」娜娜答道，「我去燒茶。寫完之後咱們再睡覺。」

於是，馮丹往書桌前一坐，拿出筆、墨、紙，攤了滿滿一桌子，然後屈起雙臂，伸長下巴。

「我的心肝，」他大聲念出開頭一句話。

他聚精會神地寫了一個多鐘頭，不時停下來，兩手捧住頭，推敲、潤色每一句話，搜索枯腸，找到一個情意綿綿的詞語，就露出會心的微笑。娜娜靜靜地待在一旁，已經喝了兩杯茶。最後，馮丹把寫好的信念一遍，用的是舞台上那種誇張的語調，間或還加上一個手勢。他一共寫了五頁，其中談到在「藏嬌屋」別墅度過的甜蜜時光，「那段時光像沁人心脾的芳香，將永遠留在她的記憶裡，」他發誓「將永遠忠實於那個愛情的春天。」最後，結尾時他宣稱，他惟一的願望，就是「重溫那段幸福，如果幸福能夠重溫的話。」

「你知道，」他解釋說，「我寫這一切都是出於禮貌。既然是要取笑他……嗯！我想這封信寫得是很動人的。」

他得意非凡。可是，娜娜太笨了，還是心存疑慮，沒有撲過去鉤住他的脖子大聲叫好，這便鑄成了大錯。她只是覺得這封信寫得還不錯，如此而已。但這可得罪了馮丹。她既然不喜歡他寫的信，豈不是可以另外寫一封？他們沒有像往常那樣，把一些傾訴愛情的句子顛過來倒過去地念，然後相互擁吻，而是兩人都冷冰冰的，杵在桌子兩頭。不過，娜娜還是給他倒了一杯茶。

「這茶叫人怎麼喝！」馮丹往茶裡沾濕一下嘴唇，就嚷起來，「你敢情往裡面放了鹽！」

娜娜聳了一下肩。這下可糟了，馮丹變得怒不可遏。「哼！今晚就沒有一件事順心！」

於是，兩個人吵了起來。座鐘才指到十點鐘，吵架也是消磨時間的一種方式。馮丹氣鼓鼓的，沖著娜娜劈頭蓋腦謾罵開了，同時對她提出種種指責，一條接一條，根本不給她還口的機會。她罵娜娜又下流，又愚蠢，是個放蕩透頂的爛貨。接著，他就拿錢的問題大做文章。他在外面吃飯，什麼時候一頓晚餐花過六法郎？他吃，總是有人請；沒有人請，他寧願回家來吃蔬菜牛肉湯。何況錢花在了馬盧瓦那個老虔婆頭上！那個老妖精明天再來，他不把她踢出門才怪呢！好啊！要是他們倆每天白扔在街上六法郎，這日子還能過幾天？

「別的先不說，我要查帳！」他嚷道：「拿來，把錢拿出來，看看花到什麼地步了。」

他那可鄙的吝嗇本能全部暴露出來了。娜娜給鎮住了，驚慌失措，趕緊從寫字台裡把剩下的錢全拿出來，送到他面前。到目前爲止，鑰匙就插在放錢的抽屜上，他們倆誰要花錢誰就到裡面取。

「怎麼！」馮丹數過錢之後說道，「一萬七千法郎只剩下不到七千法郎了，我們共同生活才三個月……這不可能。」

他猛衝過去，將書桌一推，拉出抽屜，端到燈光下翻找。可是，怎麼翻也只有六千八百零幾法郎。於是，他大發雷霆。

「三個月花掉一萬法郎！」他大聲咆哮道，「他媽的！你怎麼花的？嗯？回答呀！……全給了你那個老不死的姑媽了，對嗎？不然，你就是拿去養漢子了。這再明白不過了……你怎麼不回答！」

「哼！你就知道發脾氣！」娜娜說，「這帳其實很容易算……你沒有把買家具的錢打進去。還有，我也不得不買點衣服什麼的。新安一個家嘛，錢花起來當然快。」

馮丹要求娜娜解釋，卻對她的解釋充耳不聞。

「是嗎，可是也花得太快了！」他說道，不那麼衝動了，「你想必明白，我的小乖乖，我們這種一個鍋裡吃飯的共同生活，我早就過夠了……你知道，這七千法郎是我的。好吧，這筆錢到了我手裡，我就留下了，我可不想落到破產的地步。誰的財產歸誰嘛！」

說罷，他大模大樣地把錢揣進了口袋。娜娜目瞪口呆地看著他，而他揚揚得意地繼續說道：「你想他知道，我可沒那麼傻，去供養別的姑媽和孩子……你的錢，你愛怎麼花就怎麼花，那是你的事；我的錢，誰也休想動一分一厘……以後你每燒一個羊腿，我付一半錢，每天晚上結帳。就這麼辦！」

這一下，娜娜也給逼翻了臉，忍不住嚷了起來：「你說得好輕鬆！我的一萬法郎全給你吃掉了……不要臉的傢伙！」

馮丹不想多費口舌，隔著桌子，使勁給了娜娜一個嘴巴，同時說道：「我叫你閉嘴！」

娜娜挨了巴掌，但嘴還挺硬。於是，馮丹向她猛撲過去，好一頓拳打腳踢。不一會身，娜娜像往常一樣，再也頂不住了，只好脫光衣服，哭著上床躺下。馮丹直喘粗氣，正想跟著上床，瞥見桌子上由他執筆寫給喬治的那封信，便仔細把它折好，轉身沖著床上惡狠狠地說著：「這封信寫得很好，我親自投進郵筒，我可不喜歡反覆無常……別哼了好不好，煩死人了！」

正傷心啜泣的娜娜，立刻摒住了呼吸，等馮丹躺下時，她氣也不敢出，翻身撲到他懷裡，嗚咽起來。他們之間每次打架總是這樣結束。娜娜生怕失去馮丹，忍氣吞聲地總想弄明白，不管怎樣，他還是屬於她的。馮丹兩次傲慢把她推開，但是，這個女人用一雙淚水汪汪的大眼睛望著他，像一條忠實的狗向他搖尾乞憐，加上她無比溫柔的擁抱，終於激起了他的性慾。他裝出寬大為懷的樣子，但絕不俯就她，而是任憑她愛撫自己，任憑她千方百計向他求歡，讓她明白，像他這樣的男人，要得到他的寬宥，花點力氣也是值得的。可是，完事兒之後，他又突然不安起來，擔心娜娜是在哄騙他，是想把放錢那個抽屜的鑰匙要回去。這時，蠟燭已經熄滅，他覺得有必要重申自己的意志。

「你知道，我的妞兒，我是很認眞的，錢我留定了。」

娜娜摟住他的脖子快睡著了，說了一句挺爽氣的話：「好吧，別擔心……我去幹活兒。」

可是，自打這天晚上起，他們倆越來越難以在一起生活了。一個星期從頭至尾，只聽見耳光聲，像時鐘一樣嘀嗒嘀嗒，調節著他們的生活。娜娜被打慣了，竟變得像上等織物那麼柔軟。耳光使她的皮膚越發細嫩，膚色白裡透紅，摸上去光滑，看上去發亮，比從前更加漂亮了。因此，普呂利埃拼命地追求她，馮丹不在家他就來，把她推到屋角，要擁吻她。娜娜呢，總是掙扎不依，又氣又惱，臉羞得通紅。她覺得，普呂利埃挖自己朋友的牆腳，眞不是東西。普呂利埃像受到侮辱，發出冷笑。眞的，這個娜娜變得愚蠢透頂了！她怎麼會迷戀上那樣一隻猴子呢？因爲，說到底，馮丹的確像隻猴子，一個大鼻子成天不停地動來動去。好一副下流模樣！而且還經常毒打她呢！

「也許是這樣吧，我愛他就愛到了這份上。」一天，娜娜心安理得地這樣答道，就像對某種可鄙的愛好供認不諱一樣。

博斯克通常只顧吃飯，偶爾也在普呂利埃身後聳聳肩膀；他覺得，這個普呂利埃是個俊小伙子，但是個不嚴肅的小伙子。馮丹和娜娜吵架，他有好幾次在場，例如馮丹在餐後吃甜食時摑娜娜的耳光，但他仍然專心吃他的，覺得這種事十分自然。他倒是常常對他們的幸福表示讚賞，以報答他們的晚餐。他聲稱自己是個心胸曠達的人，把一切視爲身外之物，連榮譽也棄之如糞土。有時晚飯之後，餐桌已收拾乾淨，普呂利埃和馮丹臥在椅子裡，得意忘形地以舞台上的手勢和語氣，回憶各自的成就，一直談到凌晨兩點鐘。而博斯克呢，則坐在一旁想他的心事，不時鼻子裡輕蔑地哼一聲，不聲不響地喝完他那瓶白蘭地。當年的塔爾馬❶現在怎樣了呢？早被人們忘得一乾二淨了。既然如此，這些人還嘀咕什麼，眞是愚蠢透頂！

❶塔爾馬（一七六三—一八二六），法國著名悲劇演員，深受拿破侖賞識。

一天晚上，博斯克見娜娜哭得像淚人兒似的。娜娜脫掉短上衣，讓他看被打得青一塊紫一塊的背部和胳膊。他像普呂利埃那笨蛋遇到這種情形會作的那樣，仔細察看了她的皮膚，然後以說教的口氣說道：

「孩子，女人和耳光是分不開的。這話我想是拿破崙說的吧……用鹽水洗一洗吧。對這類皮膚輕傷，鹽水效果很好。得啦，你肯定還要挨耳光的，只要不打斷胳膊腿什麼的，就不要哭哭啼啼……你知道，我今天不請自來，是因爲我看見你們家買了羊腿。」

但勒拉太太卻沒有這麼豁達。每當娜娜讓她看雪白的皮膚上紫的新傷痕時，她就大叫大嚷。這傢伙要害死她的姪女，絕不能再聽之任之。事實上，馮丹早把勒拉太太趕出了大門，說他不想再在自己家裡見到她。自那之後，勒拉太太在娜娜家，只要一見馮丹回來，就趕緊從廚房那邊溜走。對她來講，這眞是莫大的屈辱。因此，她經常咒罵這個粗野的傢伙，尤其指責他沒有教養，那神氣，儼然她自己是一位體面女性，論所受的良好教育，誰都比不上她。

「啊！一眼就看得出來，」她對娜娜說道，「他這個人一點禮貌都不懂。他娘一定是個下賤貨；別否認，這感覺得出來！……我說這些不是爲我自己著想，儘管論年記，我應當受到尊敬……我是爲你著想。老實說，他那樣粗野無禮，你怎麼能夠忍受呢？不是我自誇，我一貫教育你要注意舉止，你在家裡總是受到最好的指導，不是嗎？我們全家人相處得很好。」

娜娜並不反駁，只是低頭聽著。

「還有，」姑媽繼續說，「你結識的都是有頭有臉的人……關於這一點，剛好昨天在我家裡，我和佐愛還議論過。她和我一樣不明白，她說道：『太太怎回事呀，像伯爵先生那樣打著燈籠都難找的男人，她弄得人家俯首帖耳，百依百順這裡沒有別人，我覺得他對你的確百依百順——怎麼竟會聽任這個小丑虐待自己呢？』我嘛，也補充說，打罵嘛，還可以忍受；我絕對不能容忍的，是他對人不尊重。這個人半點可取的地方都沒有，看他一眼我都覺得噁心，可是你卻甘願爲這樣一個鳥人毀掉自己的前程。是的，你正在毀掉自己的前程！親愛的，伸舌頭幹什麼！男人有的是，哪怕是最富有的和政府的要員……夠啦，這些事不該由我來說。不過，以後他再幹缺德事，我就要你丟下他，對他說：『先生，你把我看成什麼人啦？』你知道，憑你的高貴氣派，就能叫他不敢亂說亂動。」

聽到這裡，娜娜哇地一聲哭起來，結巴道：「唉！姑媽，我愛他呀！」

事實使勒拉太太日益不安起來：小路易的生活費每次不過二十來蘇，但看上去她姪女都很難掏得起，而且每次拖欠的時間愈來愈長。就算她願意作出犧牲，不管多麼困難也把小路易留在身邊，等待好日子的到來吧，可是，一想到馮丹硬是斷了她與小傢伙和娜娜的財源，她就氣不過，甚至想叫娜娜放棄她的愛情。最後，她說出了這樣語重心長的話：

「聽我說，總有一天他要剝掉你的皮的，那時你來敲我家的門吧，我還是會歡迎你的。」

很快，錢就成了娜娜最頭疼的問題。那七千法郎，不知馮丹拿到什麼地方去了，也許藏在可靠的地方吧，她根本不敢問他。在勒拉太太所稱的這個爛人面前，她總是羞於開口，生怕他認爲，她只是因爲他有幾個錢，才纏住他不放，馮丹倒是答應過拿出錢來居家度日。開頭幾天，他每早上給娜娜三法郎。錢給了，大老爺兒們的要求也隨之而來。他出了三法郎，就要求享用一切，奶油、肉、時鮮蔬菜水果，一樣都不能少。如果娜娜戰戰兢兢提點意見，比如暗示一句，三法郎買不下整個菜市場，他就暴跳如雷，罵她是個沒用東西，敗家子，該死的蠢貨，錢都讓商販給騙去了，而且他經常恫嚇說，他要去別處寄宿搭伙。過了一個月，有些早晨，他就忘了掏三法郎在五斗櫃上，娜娜硬著頭皮，怯生生地兜著圈子問他要。於是，就大吵大鬧起來。他動不動就找碴，讓娜娜不得安生，弄得娜娜寧可不指望他那三法郎。而他呢，正相反，沒有留下三枚二十蘇的錢幣而又有飯吃，他就非常高興，變得挺殷勤，又是親娜娜，又是抱著椅子跳華爾茲舞。娜娜呢，也挺高興，甚至希望五斗櫃上一個子兒也沒有，儘管她無論怎樣想法子，也難以保持收支平衡。

有一天，她甚至把三法郎還給了他，扯謊說，先天的錢還沒花完。其實先天他根本沒有給錢，所以他猶豫了一會兒，擔心娜娜奚落他。但是，娜娜含情脈脈地注視著他，以把整個人獻給他的熱情吻他，他這才把錢揣進口袋，手指緊張得微微哆嗦，就像一個吝嗇鬼，手裡撐著一筆險些丟失的錢。從此以後，他就毫無顧忌了，根本不問家用的錢是哪裡來的，見到餐桌上擺的是土豆，就立刻板起面孔；餐桌上如果是火雞或羊腿，他就幾乎要笑掉下巴。即使如此，他還是不時要打娜娜的耳光，就是在他感到幸福的時候也不例外，爲的是經常練練手。

娜娜找到了維持家計的辦法。有些日子，家裡的食品富富有餘。博斯克每星期有兩次吃得消化不良。一天傍晚，正要離去的勒拉太太看到火上煮著豐盛的晚餐，而自己吃不到，不禁氣鼓鼓地問，這晚餐究竟是誰付的錢。娜娜聽了一驚，不知如何回答好，哭了起來。

「哼，這錢可是不乾不淨！」姑媽明白了一切，說道。

爲了家庭的安寧，娜娜只好認命。再說，這也是特里貢那個老虔婆的罪過。有一天，馮丹嫌鱈魚燒得不好，怒氣沖沖地走了，娜娜在拉瓦爾街碰到了特里貢，就答應了她，而特里貢也正好手頭拮据。馮丹每天總要晚上十點鐘以後才回來，娜娜就利用下午去賺四十法郎、六十法郎，有時還要多一點。如果她保持了從前的地位，本可以要價十至十五個金路易的，可是眼下呢，只要保證有米下鍋，她也就滿足了。到了晚上，她把一切全忘到了腦後；這時，博斯克撐得要死，而馮丹將胳膊肘擱在桌子上，任憑娜娜吻他，神態十分高傲，彷彿他這樣的男人自有人愛似的。

這樣，娜娜以盲目的熱情愛著她的心肝寶貝，愛著她親愛的小狗，同時為此付出了代價，又陷入了最初墮入風塵時那種卑賤的處境。她像當野雞那樣趿著舊鞋子，在街上到處打轉，到處遊蕩，為的是賺一枚一百蘇的銀幣。一個星期天，在拉·羅什福科菜市場，她遇到了薩丹，憤怒地衝過去，責備她不該那樣追隨羅貝爾太太，然後又與她和好了。當時薩丹聽了她的責備，只是回答說，一個人不喜歡某樣東西，不能因此讓別人也不喜歡。娜娜心地寬厚，信服了這種帶哲理性的觀點，心想人嘛，誰也不知道自己會落得什麼結果，所以原諒了薩丹。她甚至起了好奇心，向薩丹打聽她們在一起鬼混的情況，結果了解到一些聞所未聞的事情，以她的年齡和閱歷，眞是大吃一驚，又是笑，又是叫，覺得很新奇，同時有些反感，因為從本質上講，對於凡是超出她的習慣的東西，她都挺保守。

自此之後，每當馮丹在外面吃晚飯時，娜娜又跑到洛爾餐館去晚餐了。在那裡，她很開心地聽其他女客講風月場中的趣聞、態情和爭風吃醋。所有女客都聽得津津有味，但並不妨礙吃東西。然而，正如她自己所說的，她始終沒有成為她們之中的一分子。肸洛爾像慈母般心慈面善，幾次三番邀請她去她的鄉間別墅阿斯尼埃住幾天，說那裡有供七個女人住的房間。娜娜都婉言謝絕了，她感到害怕。可是，薩丹斷言她錯了，說巴黎的先生們已經拋棄了她，而寧願去玩投鐵餅遊戲了❷。於是，娜娜答應，等她能說抽身時再去。

這時的娜娜非常苦惱，極少閑情逸致。她需要錢。當特里貢用不著她時，她就不知道去什麼地方出賣肉體，而這種情況經常發生。於是，她就像發了瘋似的經常和薩丹一塊出去，到社會底層賣淫，在巴黎的街上到處亂轉，在路燈昏黃、全是泥濘的巷子旁邊徘徊。她又出沒於城關的低級舞廳了，當年她就是在這種地方失身的。她又見到了環城大道旁那些黑暗、偏僻之處，還有那些路碑；她十五歲就在這些路碑上接受男人的擁抱，而她父親到處找她，要揍爛她的屁股。現在她與薩丹東奔西走，光顧整個街區每家舞場和咖啡館，爬上遍佈痰跡和被打翻的啤酒弄得濕漉漉的樓梯，或者沿著一條條街道慢慢溜達，站在供車輛出入的門口等待。薩丹是在拉丁區開始踏入風月場的，因此她帶娜娜去布里耶和聖米歇爾大街的一家家酒館。但是，各大學放假了，拉丁區很難拉到嫖客。於是，她們便像以往一樣，回到各條林蔭大道，還是在這些地方機會最多。就這樣，從蒙馬特山丘到氣象台高地，她們走遍了全城。下雨的晚上，鞋跟磨壞了；炎熱的晚上，襯衣沾在皮膚上。長時間的等待，沒完沒了的遊蕩，推搡和吵架，領著一個行人進入一家不三不四的客棧，遭受最粗野的蹂躪，完事兒之後，一邊下黏糊糊的樓梯，一邊罵街。

夏天就要過去了。這年夏天多暴風雨，而夜裡熱得要命。娜娜和薩丹每天晚飯後將近九點鐘一塊出去。洛萊特聖母街兩邊的人行道上，各有一隊女人，撩起裙子，低著頭，貼著店鋪，匆匆

❷巴黎關押暗娼的拘留所。

忙忙向林薩大道走去，誰都顧不上看一眼櫥窗裡陳列的商品。這是華燈初上之時，布雷達街區的妓女們如饑似渴地出動了。娜娜和薩丹沿著教堂走去，總是在皮匠街拐彎。過了闊佬咖啡館一百米左右，就到了她們的活動地段，她們便把一直仔細撩起的裙子放下，任憑它在人行道上拖著，沾滿灰塵也在所不惜，只顧扭動腰肢，邁著碎步，慢悠悠地走著，穿過大咖啡門前燈火輝煌的地段。她們高挺著胸部，放聲大笑，回首顧盼，向轉頭看他們的男人頻頻飛眼，像在自己家裡，毫無顧忌。她們的臉蛋給粉撲得白白的，嘴唇給口紅抹得紅紅的，再加上塗成青色的眼皮，在夜色中，頗像露天市場上廉價的東方珍珠、有著令人眼花繚亂的魅力。直到十一點鐘，她們在人群中擠來擠去，心情十分愉快，不時有魯莽的男人踩掉她們的裙子的邊飾，她們就沖著他們的背後罵一聲「該死的笨蛋！」她們親熱地與咖啡店的侍者打招呼，在一張桌子前停下來閑聊，有客人請喝咖啡時，就高興地坐下去，一邊慢慢地呷著，一邊等待戲院散場。但是，如果夜深了她們還沒有往拉·羅什福科街帶回兩趟客人，她們就變成了下賤妓女，拉客的方式也粗野起來。在行人漸漸稀少的林蔭大道旁邊，黑乎乎的樹底下傳來激烈的討論還價和撕扯聲。這時也會有些體面人家，父母帶著兒女從大道旁經過，他們見慣了這類事，一般並不大驚小怪，而是若無其事地、慢吞吞地走過去。娜娜和薩丹在歌劇院和體育館之間來回十餘趟之後，夜愈深，行人愈少，步履匆匆趕回家，於是她們便固守在蒙馬特郊區街的人行道旁。這條街上，直到深夜兩點鐘，餐館、小酒店、肉食店依然燈火輝煌，許多妓女守在一家家咖啡館門口不肯離去。這裡是夜巴黎最後一個明亮而熱鬧的角落，是達成一夜情交易的最後一個公開市場；從街的一頭到另一頭，三三兩兩的男女毫不掩飾地討價還價，就像在一家妓院時時對外開放的走廊裡一樣。有些夜裡，她們空手而歸，那麼兩個就要吵架。長長的路萊特聖母街黑燈瞎火，冷冷清清，只有一些女人的影子在遊蕩。這是本街區最後一批居民回家的時候，那些一夜沒拉到客的妓女，可憐巴巴的，窩了一肚子火，仍不甘心，在布雷達街或豐台納街拐角處，拖住幾個醉醺醺的酒鬼，扯著沙啞的嗓門與他們討價還價。

不過，也有意想不到的收穫，從一些體面先生手裡撈到金路易。這些先生在跟她們上樓的時候，總是把勛章摘下來塞進口袋。對這些薩丹尤其眼尖。潮濕的晚上，濕潤的巴黎像一間不整潔的大臥室，散發著一種淡淡的氣味。薩丹知道，這種濕熱的天氣和那些不三不四的角落散發的惡臭，會使男人騷躁不安。她轉門注意那些衣著最講究的男人，從他們暗淡的眼神就可以看出他們的騷躁。肉慾的瘋狂彷彿席捲了整個巴黎。不過，她也有點膽怯，因爲最體面的男人往往都是最卑鄙無恥的。揭下表面的油彩，便暴露出赤裸裸的獸性，貪得無厭而又非常挑剔，淫樂的方式精而又精。因此，薩丹對這些坐馬車的體面先生並不尊重，常常當著他們的面大聲嚷嚷，說他們的馬車夫比他們還可愛，因爲他們尊重女人，不會拿上流社會的觀念來殘害她們。這些上流社會的人竟會無恥地陷入腐化墮落，娜娜感到吃驚，因爲她還抱有成見，儘管薩丹正在讓她拋棄這些成見。正如她在閑聊時一本正經地問的，這樣說來就沒有道德可言了嗎？從上而下，大家都在墮落的泥坑裡打滾。唉！從晚上九點鐘到凌晨三點鐘，整個巴黎多半烏煙瘴氣。娜娜用嘲笑的口吻大聲說，如果能向所有臥室裡看一見，一定會看到一種很有趣的情景：小人物們個個神魂顛倒，盡情淫樂；各處的大人物全都一頭栽進骯髒的勾當，比什麼人都要更深。娜娜大長了見識。

一天傍晚，娜娜去找薩丹，在樓梯上遇到了德．舒阿侯爵，只見他臉色蒼白，兩條腿像折了似的，扶著欄杆，一級一級往下走。她轉過頭假裝擤鼻涕避開了侯爵。到了樓上，她發現薩丹家裡髒得一塌糊塗，足有一個禮拜沒有收拾，床上臭氣黑天，地上亂擺著瓦罐。她對薩丹認識侯爵表示驚奇。啊！是的，她不僅認識侯爵，甚至當她與糕點商在一起時，侯爵還常來找他們的麻煩呢！現在他還是隔三岔五地來，一來就纏住她不放，凡是髒的地方他都要聞一聞，連她的拖鞋也不放過。

「是的，親愛的，他聞我的拖鞋……眞是個邋遢塊！總是盤問這盤問那……」

薩丹對這種下流的淫蕩生活直言不諱，使娜娜心裡感到極不是滋味。她想起自己當女明星時那種喜劇般的淫樂，而現在她看到自己周圍這些姑娘，沉迷於這種淫樂而一天天走向毀滅。此外，薩丹使她對警察怕得要死。在這方面，薩丹可謂閱歷豐富。從前她與一位風化警察睡覺，目的是避免麻煩，那個風化警察果然使她兩次免於登記；現在她時時提心吊膽，因爲她幹的勾當很明顯，隨時都可能被抓住。薩丹介紹的情況很值得一聽。警察爲了得到獎金，就拼命地抓暗娼。他們見誰抓誰，你叫喊就給你一記耳光，叫你閉嘴。就是在一大堆暗娼之中抓到一個良家閨女，他們也會得到支持和獎賞。夏天，他們往往十二至十五個人一齊出動，在環城林蔭大道上進行大搜捕。包抄一條人行道，一晚上就能逮住三十多個暗娼。不過，薩丹熟悉地形，遠遠地瞥見警察一露面，她撒腿就跑，其他暗娼也跟著沒命地奔逃，在她後面形成長長的一支隊伍，穿過人群逃之夭夭。所有妓女都對法律存恐懼心理，對警察局怕得要命，當警察出現在一條大街上「大清掃」時，有些站在咖啡館門口的暗娼都嚇得不能動彈。薩丹更害怕的是被人告發。那個糕點商就是個沒心沒肺的傢伙，當她離開他時，他就曾經威脅要告發她。是的，有些男人就是靠這種手段使姘頭不離開他們。暗娼之中也有些卑鄙的下流貨，她們見你比她們長得漂亮，就背信棄義去告發你。娜娜聽著薩丹的介紹，越聽心裡越害怕。一聽到有人提起法律，她就害怕得發抖；在她心目中，法律是一種神秘莫測的力量，是男人們掌握的報復手段。他們可以借助於法律來結果她的性命，而世界上不會有任何人為她辯護。在她看來，聖拉扎爾拘留所無異於一座墳墓，一個活埋女人的陰森森的墳坑；女人在被活埋之前，頭髮還要剃光。她心裡明白，她只要甩掉馮丹，就能找到保護人。儘管薩丹告訴她，警察局有好幾份附有照片的妓女名單，警察在抓人之前都要查看，凡是有保護人的技女，他們是不能碰的，但娜娜還是害怕得發抖，總是看到自己被警察連推帶拖抓走了，第二天就被拉去審訊，坐在被告席上。想到這些，她感到又恐慌又羞愧，雖然她能毫無顧忌地經常在男人面前脫得一絲不掛。

說來也巧，九月底一個晚上，她正與薩丹在魚市大街遊蕩，薩丹突然拔腿猛跑起來，娜娜問她跑什麼。

「警察！」薩丹上氣不接下氣地答道，「快跑！快跑！」

於是，亂哄哄的人群中好一陣瘋狂的奔跑。裙子飄蕩著，「嘶」地一聲給撕破了。只聽見打人聲和嚎叫聲。一個女人倒下了。人群袖手旁觀警察突如其來的大搜捕，還一邊哈哈大笑。警察迅速縮小了包圍圈，娜娜卻跑丟了薩丹，兩條腿變得軟綿綿的，眼看要給逮住了。

正在這時，一個男人挽起她的胳膊，從凶神惡煞般的警察面前把她帶走了。這個男人就是普呂利埃，他認出了娜娜。他一句話沒說，帶著娜娜拐進盧日蒙街。這條街闃無一人，娜娜可以喘口氣了；她渾身無力，普呂利埃不得不攙扶著她，但她連謝都沒謝他一聲。

「怎麼樣，」普呂利埃終於說道，「這回你該聽話啦……去我家吧。」

她就住在附近的牧羊女街。但娜娜一聽就直起腰來，說道：「不，我不願意。」

普呂利埃立刻變得粗野起來，說道：「既然什麼人都可以……不是嗎？爲什麼你不接受我？」

「因爲……」

娜娜覺得，只需說出這兩個字，就把一切都表達清楚了。她太愛馮丹，不肯與他的朋友幹背叛他的事。其他男人不算數，那根本不是尋歡作樂，而是爲生活所迫。普呂利埃是個美男子，見娜娜冥頑不靈，他的自尊心受到傷害，便露出了卑劣的本相，說道：

「好吧，隨你便。不過，我和你走的不是同一條道，親愛的，你自己想法兒脫身吧。」

說罷，他扔下娜娜走了。娜娜又怕得要死，繞了一個很大的彎才回到蒙馬特，一路上貼著店鋪筆直往直走，看見一個男人向她走過來，就嚇得面色如土。

第二天，娜娜還心有餘悸，不料卻在去看望姑媽的路上，在巴蒂尼奧勒的一條小街，劈面撞見了拉博德特。起初，兩個人都顯得拘束。拉博德特仍然那樣殷勤，但心裡有事要隱瞞。不過，他首先恢復了常態，對這次巧遇又驚又喜。眞的，直到現在，大家還對娜娜的銷聲匿跡大惑不解，都在盼望她，老朋友們更是望眼欲穿。最後，拉博德特裝出長者教訓的口吻說道：「親愛的，你我之間不妨坦率地講，你的作法太蠢啦。一時迷憑上某個男人，這是可以理解的。可是，迷戀到這種程度，錢敗被騙光，除了挨耳光什麼也沒得到，你莫非是盼望獲得貞節獎嗎？」

娜娜尷尬聽著。但是，當拉博德特提起羅絲，說她征服了繆法伯爵，正很得意，娜娜眼裡閃過一絲怒火。她咕噥道：「哼！要是我願意……」

拉博德特作爲殷勤眞摯的朋友，立即表示願爲她與伯爵調解，但娜娜拒絕了。於是，拉博德特又從另一點發動進攻，告訴她博德納夫準備排演福什里寫的一個劇本，裡面有一絕妙的角色，正適合她演。

「怎麼！一個劇本裡有個角色！」娜娜驚愕地嚷起來，「他也參加演出，可是他一個字也沒對我提起過！」

她沒有說出馮丹的名字。況且，她立刻冷靜下來了，她絕不會返回舞台。拉博德特似乎不相信，笑一笑，勸她還是重返舞台。

「你知道，和我打交道什麼也不用怕。我去說服你的繆法，你回去演戲，然後我保證揪住耳朵把繆法給你領來。」

「不！」娜娜斬釘截鐵地答道。

說完她就離開了拉博德特。她如此仗義，使她自己深受感動。如果是混蛋男人作出這樣的自我犧牲，肯定要大吹大擂了。不過有一點使她受到觸動：拉博德特剛才給她的勸告，與弗朗西斯給她的勸告完全一樣。晚上，等馮丹一回來，她就問他福什里那個劇本的事。馮丹返回遊藝戲院演戲已經兩月了，爲什麼竟然沒有對她提那個角色？

「什麼？那個角色？」馮丹沒好氣地反問道，「大概不是那個貴夫人的角色吧？……哼，那個角色，你以爲自己有天才演得了嗎？我的妞兒，這樣一個角色你是勝任不了的……你眞讓人笑掉大牙！」

這話嚴重地傷害了娜娜。整個晚上，馮丹總是譏諷地叫她瑪爾斯[3]小姐。馮丹對她越是惡言相加，她越是默默地忍受，從自己對熱戀的堅貞不渝中嘗到了苦澀的樂趣，覺得自己非常崇高，非常深情。自從她出賣自己的肉體來養活他之後，她更愛他了；她在外面感受到全部勞累和全部厭惡，就是愛他的代價。他簡直成了她花錢買來的癖好，成了她不可或缺的需要，他的耳光的刺激使她再也離不了他。馮丹呢，見她這樣愚蠢地百依百順，越發胡來。他一看見她就心煩，甚恨之入骨，連她給他的好處也忘到了腦後。有時，拉博德特提醒他幾句，他就非常惱火，無端地大喊大吵，說什麼娜娜和她預備的豐盛晚餐，他統統不在乎，等到有一天他把手裡的七千法郎奉送給另一個女人時，他就一腳把她踢出去。事實上，他們的關係就是這樣了結的。

一天晚上，娜娜將近十一點鐘回來，發現房門拴上了插銷。她敲了一次，沒有反應，第二次敲，還是沒有反應。然而，她看見門底下有燈光，馮丹明明在裡面，還毫無顧忌地在裡面走動呢。她火了，就再敲，不停地敲，還叫他的名字。裡面終於響起了馮丹的聲音，懶洋洋地含含糊糊嚷出三個字：

「他媽的！」

娜娜雙拳擂門。

「他媽的！」

娜娜擂得更厲害，門板都快擂裂了。

[3] 瑪爾斯（一七七九—一八四七），法國著名女演員。

「他媽的！」

娜娜擂了一刻鐘門，房裡甩出來的就是這句粗話，像回聲似的，她猛擂一下，裡面就嘲諷似地甩出來一句。最後，馮丹見她不肯罷休，便猛地將門打開，抱著雙臂，傲慢地站在門口，依然用冷酷而粗魯的口氣說道：「他媽的！你有完沒完？……你到底要什麼，嗯？」成心不讓我們睡覺是不是？沒見到我今晚有客人嗎？」

房間裡的確不止馮丹一個人。娜娜瞥見意大利歌劇院那個矮小的女人在裡邊，已經穿上睡衣、亞麻色的頭髮亂蓬蓬的，一雙眼睛像鑽出的兩個窟窿，笑盈盈地站在娜娜花錢買的家具之間。馮丹向前邁出一步，樣子很可怕，伸出一隻鉗子般的大手，吼道：

「滾，不然我就指死你！」

娜娜聽到這句話，就哇地一聲大哭起來。她很害怕，就逃走了。於是，她被趕出了大門。狂怒之中她驀地想到繆法。眞是，無論如何也不該輪到他馮丹來報復她啊！

到了人行道上，她頭一個想法是去薩丹那裡過夜，如果薩丹沒有客人的話。她在薩丹門口碰見了薩丹，她也被趕了出來。房東在她的門上加了一把掛鎖，不過她這樣作是違法的，因爲房間的家具都是薩丹購置的。薩丹破口大罵，說要拖房東去警察局。不過，此時已是半夜，當務之急是找個睡覺的地方。薩丹認爲最好別驚動警察，便決計帶娜娜去拉瓦爾街一個女人家裡。那女人開了一家帶具家具的小旅館。她租給她們二樓臨院子的一個小房間。薩丹反覆說：

「我本來可以去羅貝爾太太家。她家總會有我睡的地方，但和你一起去可不成，她現在吃醋吃得可厲害了，有天晚上還摟了我一頓。」

關上房門之後，娜娜涕泗滂沱，一遍又一遍訴馮丹的卑鄙無恥。

薩丹善意地聽著，安慰她，比她還氣憤，毒言惡語咒罵男人：

「啊！這些豬玀！啊！這些豬玀！……明白了吧，從今以後，再也不要這些豬玀了！」

說罷，她幫娜娜脫衣服，看上去眞像一個體貼而溫順的小媳婦兒。她溫存地說道：

「快睡下吧，我的小貓。睡下咱們就會好一些……唉！眞蠢，爲這種人去自尋煩惱！我對你說過，這些人都是混蛋！別再想他們啦。我深深地愛著你哩。看在你的小親親的面子上，別哭了。」

上了床，她立刻把娜娜摟在懷裡，讓她平靜下來。她再也不願聽到馮丹的名字，每當她的女友要說出這個名字，她就吻她的嘴，不讓她說什麼，同時假裝生氣，撅著漂亮的小嘴。她披散著一頭秀髮，模樣兒眞像一個妙齡少女，無比嫵媚，令人動情。在她情意纏綿的擁抱下，娜娜漸漸揩乾了眼淚。她深受感動，以親熱的愛撫回報薩丹。兩點鐘敲響了，蠟燭還沒滅，兩個女人有說不完的情話，不時壓低聲音輕輕地笑。

可是，下面突然傳來喧鬧聲。薩丹身子半裸爬起來，側耳傾聽。

「警察！」她嚇得臉色如土說道，「唉！見鬼！眞倒楣！……我們倆完啦！」

從前，她講過多少次警察搜查旅館的事。偏巧這天晚上，她們倆逃到拉瓦爾街的時候，誰也沒有提防。娜娜聽到警察兩個字，立刻嚇懵了，從床上跳下來，跑到窗前，推開窗戶，失魂落魄，像個瘋女人，就要往下跳似的。眞是天無絕人之路，院子有玻璃頂棚，上面還有一層鐵絲網，與臥室的地面齊平。無是，她毫不猶豫地跨過窗台，消失在黑暗之中，睡衣在空中飄擺，兩條大腿裸露在夜間清涼的空氣中。「趴著別動，」薩丹驚駭萬分地一再說，「你會摔死的。」

薩丹這姑娘心腸好，聽到外面乒乓地敲門，連忙把窗戶關上，把女友的衣服扔進一個衣櫥裡。她早已聽天由命，不管怎麼說，如果給她登記上卡片，以後她也就不必這樣擔驚受怕了。她裝出睏得不行的樣子，一邊打呵欠，一邊問人家來幹什麼，然後開了門。進來一個五大三粗的漢子，胡子亂蓬蓬的，說道：

「把手伸出來……你手上沒有針扎的痕跡，你不是做工的。快穿好衣服。」

「我又不是縫紉女工，我是磨光工。」薩丹厚著臉皮聲稱。

不過，她還是順從地穿上了衣服，因爲她知道沒有爭辯的餘地。整個旅店裡一片叫喊聲。有個姑娘死死抓住房門不肯走。另一個女人是與情夫一塊睡覺，情夫爲她擔保，她便裝成良家婦女受到侮辱，揚言要控告警察局長。將近一個鐘頭，一頭鞋踩得樓梯咚咚響，門被擂得直搖晃，嚎啕大哭，伴隨著激烈的吵鬧，裙子拂得牆壁窸窣作響，所有人都被吵醒了，隨後是一群喪魂落魄的女人被三個警察帶走了，領頭的是一位矮小的黃頭髮警官，一副彬彬有禮的樣子。過了一會兒，旅館又籠罩在一深沉的寂靜中。

娜娜逃脫了，沒有人出賣她。她摸索著回到臥室裡，瑟瑟顫抖，怕得要死。她兩隻光腳被鐵絲劃破，流血了。她在床邊坐了很長時間，一直豎起耳朵傾聽。然而將近早晨，她還是睡著了，但八點鐘一醒來就立刻逃出旅店，跑到姑媽家。勒拉太太正與佐愛在喝牛奶咖啡，見娜娜這麼早就跑了來，全身上下又髒又亂，面無人色，立刻明白出了什麼事。

「嗯！這回死心了吧！」勒拉太太大聲說，「我早就對你說他會剝你的皮……來，進來，在我家裡你隨時會受到歡迎。」
佐愛站起來，用親切面敬的口氣喃喃說道：
「太太終於回到了我們身邊……我一直在盼望太太。」
勒拉太太要娜娜馬上親親小路易，因爲，照她的說法，母親的恍然悔悟是這孩子的福氣。小路易還沒醒來，他面無血色，一副病態。娜娜俯身去親他那蒼白的、害瘰癧（淋巴結核）病的小臉蛋，幾個月來的酸甜苦辣一齊湧上心頭，淚水哽住了她的喉嚨。
「啊！我可憐的寶貝！我可憐的寶貝！」她抽抽搭搭地道。

第九章

遊藝劇院正在排練《小公爵夫人》。第一幕剛剛排練完，第二幕就要開始了。福什里和博德納夫坐在舞台口兩張舊扶手椅裡商量著，負責提詞的駝背小老頭科薩爾老爹，坐在一張草墊椅子上，嘴裡叼著一枝鉛筆，一頁頁翻著腳本。

「喂！還等什麼？」博德納夫突然喊道，一邊怒氣沖沖地用粗手杖戳著地板，「巴里約，爲什麼還不開始？」

「博斯克先生不見了。」巴里約答道。他擔任舞台副監督。

這下子可好了，大家都一起喊叫著博斯克。

博德納夫罵道：

「他媽的！總是這樣。你搖鈴白搖，他們總是不知跑到什麼地方去了。可是，排練超過四點鐘，他們就嘀嘀咕咕。」

這時，博斯克不慌不忙地來了。

「嗯？什麼？叫我幹嘛？哦！該我出場了！也不早點招呼一聲……好吧，剛才西蒙娜說的尾白是：『瞧，客人們到了。』我就該上場了，可是我從什麼地方上場呢？」

「當然從門裡進去。」福什里惱火地說道。

「說的是，可是門在哪兒呢？」

這回，博德納夫把怒火全都發洩到巴里約頭上，他一邊罵、一邊拿手杖猛戳地板。

「他媽的！我早說了在那裡放張椅子當作門。布景嘛，每天都得重搞……巴里約呢？巴里約到哪去了？又一個不見人影了！一個個全都溜了！」

巴里約親自搬來一張椅子，駝著背，默默地一聲不吭，任憑博德納夫發火。

排練開始了。西蒙娜戴著帽子，穿著皮大衣，扮演女僕，正在擺家具。她停下來說道：

「你們知道，我一點也不暖和，需要把雙手放進手籠裡。」

接著，她換了一種口氣，輕輕驚叫一聲對博斯克表示歡迎：

「啊！原來是伯爵先生。你是頭一個到的，伯爵先生，太太肯定會很高興。」

博斯克穿一條沾滿泥巴的長褲和一件寬大的黃色大衣，脖子上圍一條大圍巾，兩手揣在口袋裡，頭戴一頂舊帽子，用低沉的、拖得長長的聲音，一本正經地說：

「伊莎貝爾，別驚動你的女主人，我要嚇她一跳。」

排練繼續進行。博德納夫陰沉著臉，把身子縮在扶手椅裡，不耐煩地聽著。福什里顯得煩躁不安，坐在椅子裡不斷改變姿勢，每時每刻心裡都癢癢的，想打斷排練，但還是忍住了。可是，在他身後空蕩蕩、黑糊糊地大廳裡，他聽見一陣竊竊私語。

「她來了嗎？」他側過身問博德納夫。

博德納夫肯定地點點頭。他讓娜娜飾演熱拉蒂娜這個角色，娜娜要先看看劇情，再決定是不是接受，因為再次演輕佻女人這種角色，她有點猶豫不決。她幻想飾演正派女人的角色。她與拉博德特躲在樓下一個暗黑的包廂裡，拉博德特竭盡全力為她在博德納夫面前說情。福什里抬起眼睛，四下裡找了她一會兒，隨即又繼續看排練。

僅舞台口有燈光照亮。那是一盞小燈，是腳燈分叉處安裝的一個煤氣燈頭，經過一面反射鏡，把前台全部照亮了。那個煤氣火焰宛若一隻橙黃的大眼睛，在昏暗中無精打采地閃爍著。科薩爾捧著腳本，湊近小燈細細的燈杆，以便看得清楚點兒；燈光下，他那隆起的駝背更加顯眼。博德納夫和福什里已經淹沒在黑暗中。一個泊船站的柱子上掛著一盞風雨燈，只照亮大船中間幾米寬的地方；在這片亮光中，演員們像一個個怪模怪樣的幽靈，身後晃動著他們的影子。舞台的其餘部分籠罩在迷霧之中，看去像一片正在拆除建築物的工地，或者像一座坍塌的教堂，只見橫七豎八盼梯子、架子、布景——布景全看不出是什麼顏色，像一堆廢棄物。懸掛在空中的背景，像一家大洗衣店房梁垂掛的破布。最高處，從一扇窗裡漏進一道明亮的陽光，像一根金棒，把舞台上空劈為兩半。

舞台後部，等待上場的演員們在閒聊，漸漸地聲音越來越高。

「喂，怎麼搞的！你們閉上嘴好不好！」博德納夫狂怒地從椅子上跳起來，吼道，「我一句台詞也聽不見……要聊天就到外面去聊；這裡我們正在工作……巴里約，再有人說話，統統給我罰錢！」

那些演員安靜了一會兒。他們一小群人坐在一條長凳和幾張簡陋的椅子上，那是今晚演出時第一幕的道具，擺在花園的一角，演出時布置一下就行了。馮丹和普呂利埃在聽羅絲．米尼翁說話；遊藝劇院的經理剛剛表示願以優厚的報酬，聘請羅絲過去演出。這時，只聽見一個聲音喊道；「公爵夫人！……聖菲爾曼！……上場啊，公爵夫人，聖菲爾曼！」

聽到第二聲叫喊，普呂利埃才想起是他飾演菲爾曼。飾演愛蕾娜公爵夫人的羅絲，已經在等他上場。老博斯克在空洞的、咚咚響的舞台地板上拖著沉重的腳步，慢吞吞地回到後面來坐下歇息。見他過來，克拉莉絲忙給他讓出半截凳子。

「他剛才爲什麼那樣大喊大叫？」克拉莉絲問道，她指的是博德納夫，「其實，過一會兒就好了。現在不管排練哪齣戲，他都要發脾氣。」

博斯克聳聳肩膀。他對一切吵鬧都漠不關心。馮丹悄聲說：

「他預感到要砸鍋。我也覺得這出戲沒啥意思。」

接著，他轉向克拉莉絲，又提起了羅絲的事：「怎麼樣？遊藝場出的價錢，你覺得靠得住嗎？……每晚三百法郎，連演一百場。爲什麼不再加上一座鄉間別墅呢！……有人給米尼翁的老婆三百法郎，他不立刻拋棄博德納夫才怪呢！」

克拉莉絲相信那三百法郎是靠得住的。這個馮丹總愛針對自己的同伴道短流長！這時，西蒙娜打斷了他們。她冷得直打哆嗦。每個人都把衣服扣得嚴嚴實實，脖子上圍著圍巾，仰頭望著頂上那明亮的陽光，可惜那陽光就是照不到這陰冷的舞台。外邊已經結冰，但十一月份的天空卻是一片陽光。

「休息室裡連火都沒生！」西蒙娜說道，「眞可惡，他都變成吝嗇鬼啦！……我可想走了，不願意凍出病來。」

「安靜！」博德納夫又用雷鳴般的嗓門大吼一聲。

於是，幾分鐘間，只聽見演員含糊不清地念台詞的聲音。他們幾乎不做動作，聲音連抑揚頓挫都沒有，免得疲勞。他們要表達某種意願時，就朝大廳掃了幾眼。他們面前的大廳，像一個大洞，裡面漂浮著朦朧暗影，猶如一間沒有窗戶的、高高的穀倉裡飄蕩著微塵。大廳裡沒有燈，僅僅被舞台上昏暗的燈光所映照，彷彿正在昏睡，連輪廓都看不清，顯得淒涼而令人不安。天花板上的畫全隱沒在濃重的黑暗中。舞台左右兩側的包廂，從上到下垂掛著巨幅的灰布，用以保護牆飾。一切都蓋上了罩布，包絲絨的欄杆也蓋上了長條的布罩，整個樓座像裹上兩層裹屍布，灰不灰白不白的，隱約呈現在黑暗中。所有一切都看不出是什麼顏色，只分辨得出一個個黑洞洞凹陷進去的包廂，正是它們勾勒出每一樓層的輪廓，包廂裡的坐椅像一個個黑點，外面包的大紅絲絨看上去都是黑色。大吊燈完全放了下來，它的水晶墜子占據了整個正廳前座，就像劇院準備搬遷，觀眾都一去不復返了似的。

正在這時，羅絲扮演的小公爵夫人，誤入了一個妓女家。她向腳燈走去，舉起雙手，朝天廳嬌滴滴地獗起嘴：大廳空蕩蕩、黑洞洞的，像靈堂一樣陰森。

「我的上帝啊！這人世是多麼地奇怪啊！」她念這句台詞時，特別加重了語氣，滿有把握會產生效果。

娜娜裹條寬大的披肩，躲在包廂的深處聽排練，兩隻眼睛恨不得把羅絲吞下去。她轉向拉博德特，悄聲問道：「你肯定他會來嗎？」

「完全肯定。他也許會與米尼翁一起來，好有個藉口……他一出現，我就帶你去瑪蒂德的包廂裡。」

他們談的是繆法伯爵。這次在一個中立的地方見面，是拉博德特安排的。他找博德納夫嚴肅認眞地談過一次。博德納夫連續兩齣戲演砸了，處境非常困難，所以巴不得把戲院借給他們倆作爲會面的地方，並且安排娜娜演一個角色，以此討好伯爵，指望伯爵借一筆錢給他。

「熱拉蒂娜那個角色你覺得怎麼樣？」拉博德特緊接著問道。

娜娜一聲不吭，毫無反應。第一幕，劇作家描寫博里瓦日公爵怎樣欺騙妻子，與金髮女郎熱拉蒂娜通姦；熱拉蒂娜是輕歌劇明星。第二幕表演的是：一天晚上，公爵夫人愛蕾娜趁參加化妝舞之機，來到這個女演員家裡，想了解這些女人究竟有什麼魔法，能夠征服她們的丈夫，並把他們拴在身邊。帶她來的是一位表兄，美男子奧斯卡·德·聖－菲爾曼，他想引誘她墮落。令愛蕾娜大爲驚訝的是，她上的頭一課，是聽見熱拉蒂娜像個粗鄙之人與公爵大吵大鬧，公爵卻曲意迎逢，滿臉堆笑。愛蕾娜情不自禁大聲說道：「哦！原來應該這樣跟男人說話！」

在這一幕裡，熱拉蒂娜幾乎只有這場戲。而公爵夫人呢，她的好奇心很快就招致了懲罰：老風流德·塔迪沃男爵把她當成了輕佻女人，在她面前大獻殷勤。另一邊，在一張長椅子上，博里瓦日公爵與熱拉蒂娜和好了，盡情地吻她。熱拉蒂娜這個角色還沒有安排演員，便由科薩爾老爹站起來念台詞，他念著念著就加進了自己的意思，整場戲他是倒在博斯克懷裡演的。演了半天才演到這場戲，排練拖拖拉拉，毫無生氣。

這時，只見福什里從椅子上跳了起來，他一直克制著自己，現在再也忍不住了。

「演得不對！」他喊道。

演員們都愣住了，手足無措。馮丹鼻子一歪，用對誰都不買帳的口氣問道：

「怎麼？什麼演得不對？」

「沒有一個人演得對！統統不對！根本不對！」福什里說道。他比手畫腳，走來走去，親自表演起來。「瞧，馮丹，你要理解塔迪沃的內心衝動，應該俯下身去，這樣抓住公爵夫人……而羅絲你呢，這時表情要裝做愣一下，猛地一愣，就像這樣，但不可過早，剛好在你聽到接吻的聲音時……」

他正解釋得起勁，突然頓住，沖著科薩爾喊道：

「熱拉蒂娜，吻呀……吻出響聲來，讓大家都聽見！」

科薩爾老爹轉向博斯克，使勁嘔了一下嘴。

「好！就這樣吻。」福什里得意地說道，「再吻一次……看見沒有，羅絲，我就在這時經過，輕輕地叫一聲：『啊！她吻他呢。』不過，要練好這場戲，塔迪沃還得登場……聽見沒有？馮丹，你還得上場……來，試試看，整個兒重來。」

演員們重新排練這場戲，但馮丹根本不想好好演，排練進行不下去。福什里不得不兩次登台再作示範，而且一次比一次熱情。演員們悶悶不樂地聽著，你看看我，我看看你，彷彿福什里要求他們頭朝下走路，剛笨拙地走兩步，又立刻讓他們停下，刻板得就像操縱斷了線的木偶。

「不行，我覺得這太難了，我不明白爲什麼要這樣作。」馮丹再也憋不住了。

博德納夫一直緊閉雙唇。他完全蜷縮在椅子裡，在昏暗的燈光下，只看見他那頂低低壓到眼睛上的帽子的頂部，不再撐在手裡的手杖橫放在肚皮上。大家還以爲他睡著了呢，可是他突然坐起來。

「小伙子，這太蠢啦。」他不動聲色地對福什里說道。

「怎麼！太蠢了！」劇作家叫起來，臉刷地變得煞白，「你自己才蠢呢，親愛的！」

這話激怒了博德納夫，他又說了一遍：「這太蠢了！」同時搜索枯腸，找齣幾個更厲害的字眼，什麼「低能」啊，「白痴」啊，謾罵開了，觀眾是會起哄的，照這樣子，這齣戲根本沒法演完。每排練一齣新戲時，他們經常相互罵這類粗話，所以福什里並不怎麼覺得受到傷害，不過他確實挺惱火，就乾脆罵博德納夫是個粗野的傢伙。博德納夫完全失去了自制力，把手杖掄得像風車一樣轉，像牛一樣喘著粗氣，嚷道：「他媽的！給我閉上你的鳥嘴……就是聽了你這些餿主意，我們白白浪費了一刻鐘……是的，餿主意。連常識都不懂……而實際上，這再簡單不過了！你，馮丹，你不要動。而你呢，羅絲，你稍微動一動，明白嗎？千萬別動得太厲害，然後你就下去……來啊，這次好好排。吻呀，科薩爾。」

結果一片混亂，排練並無起色。這回輪到博德納夫作示範表演了。他像一頭大象，卻裝出一副媚態，福什里則坐在一旁冷笑，憐憫地聳著肩膀。馮丹也想插一手，博斯克也斗膽提意見。羅絲給折騰得筋疲力竭，一屁股坐在當作門的椅子上。排練搞成一鍋粥。西蒙娜彷彿聽到了該她接的尾白，在這片混亂中過早地登場，更給亂上添亂。博德納夫怒不可遏，將揮得飛快的手杖掄起來，朝西蒙娜屁股上敲了一下。他常常在與女演員們睡過覺之後，在排練時打她們。西蒙娜一氣之下走了，博德納夫沖著她的背影憤怒地喊道：

「你吃不了兜著走吧，他媽的！你們再這樣煩我，我就關閉這家破劇院！」

福什里把帽子往頭上一扣，裝出要離開戲院的樣子，走下舞台，卻看見博德納夫汗流浹背地重新坐下了。於是，他也走到另一張扶手椅前重新坐下。兩個人並排坐著，一動不動地待了一陣，黑暗的大廳籠罩著深沉的寂靜。演員們足足等了兩分鐘，個個都顯得疲勞不堪，都像剛幹完什麼重活兒似的。

「好吧，繼續排練。」博德納夫用完全恢復了平靜的口氣說道。

「對。繼續排練吧。」福什里附和道，「這場戲的問題明天再解決。」

他們說罷往椅子裡一躺，排練又無精打采、心不在焉地進行下去。在劇作家和經理發生爭吵的時候，馮丹與其他演員坐在舞台後部的長凳和簡陋的椅子上，十分輕鬆愉快，吃吃地笑著，嘀嘀咕咕，說些諷刺挖苦的話。但是，當西蒙娜屁股上挨了一棍子，泣不成聲地向後面走來時，他們頓時變得嚴肅了，說如果換了他們，非把那豬玀掐死不可。西蒙娜一邊抹眼淚、一邊點頭，她與博德納夫要從此一刀兩斷，她一定要離開他，況且斯泰內昨天還主動表示要捧她為明星呢。克拉莉絲聽了頗為詫異，這位銀行家如今身無分文了呀，但普呂利埃笑了起來，提醒說，這個該死的猶太人可是個詭計多端的傢伙，他以前為了提高他的朗德鹽場在交易所的身價，不是公開與羅絲打得火熱嗎？眼下他正在到處鼓吹一項新計劃，要在博斯普魯斯海峽開鑿一條海底隧道呢。西蒙娜很感興趣地聽著。克拉莉絲呢，一個星期以來一直生著悶氣。拉．法盧瓦茲那個畜生被她拋棄後，投到了老佳佳的懷抱裡，不久就要繼承一位家財萬貫的叔父的遺產了！她沒指望啦，倒楣的事全給她碰上了。還有博德納夫這個下流趣，又分配她演一個不起眼的角色，台詞總共才五十行，就像熱拉蒂娜那個角色她演不了似的！她一直夢想能演這個角色，但願娜娜拒絕就好了。

「那麼，我呢？」普呂利埃滿臉不高興地也說道，「我連兩百行都不到。我都想把角色退了……讓我演聖—菲爾曼這樣一個糟糕透頂的角色，也太看低人了。而且，朋友們，整個兒是什麼風格！你們知道，這齣戲非砸鍋不可。」

西蒙娜與巴里約老爹聊了一會兒，氣喘噓噓地跑回來說道：

「你們不是講到娜娜嗎？她就在大廳裡呢！」

「在哪兒？」克拉莉絲連忙問，隨即站起來四下張望。

消息立刻傳開。大家都探頭張望，排練中斷了片刻。這時博德納夫突然活過來了，喊道：

「怎麼？出了什麼事？把這幕戲排完……那邊安靜，眞叫人受不了！」

娜娜坐在包廂裡，一直集中注意力看戲，拉博德特兩次想與她說話，她都不耐煩地用胳膊肘搡他，叫他別出聲。第二幕快要演完的時候，舞台後面出現兩個人影。他們躡手躡腳，避免發出聲音。娜娜認出那是米尼翁和繆法伯爵，他們走下台來，默默地與博德納夫打招呼。

「啊！他們來了。」娜娜舒了一口氣，低聲說道。

羅絲·米尼翁說完了最後一句台詞。博德納夫說，要把第二幕再排練一遍，然後再開始排第三幕。說罷，他撂下排練，過分客氣地對伯爵表示歡迎，而福什里則裝出對圍在他身邊的演員關懷備至的樣子。米尼翁雙手抄在背後，吹著口哨，打量一眼顯得有些緊張的妻子。

「怎麼樣？上樓去吧？」拉博德特問娜娜，「我送你去化妝室，然後再下來找他。」

娜娜立刻離開包廂，摸黑沿著正廳前座的過道走去。博德納夫猜到她在黑暗裡悄悄地走著，在台後的過道盡頭攔住了她。那過道很狹窄，日夜都亮著一盞煤氣燈。爲了盡快把事情定下來，他單刀直入提起輕佻女人的角色：「怎麼樣？多好的角色？多麼富有魅力！簡直是專門爲你創作的。你明天來參加排練吧。」

娜娜十分冷淡。她要看看第三幕。

「啊。第三幕妙極啦！……公爵夫人在自己戲裡裝成輕佻女人，使博里瓦日十分討厭，因而他改邪歸正了。此外，還有一場很滑稽的誤會：塔迪沃登門拜訪，還以爲是到了一位舞女家裡……」

「這一幕裡的熱拉蒂娜呢？」娜娜打斷他問道。

「熱拉蒂娜嗎？」博德納夫有點尷尬地說道，「她有一場戲，不太長，但很精彩……相信我吧，簡直是專門爲你創作的。你簽字吧？」

娜娜定定地看著他，最後答道：「這件事等會兒再說吧。」

說罷，她追上在樓梯上等她的拉博德特。戲院裡所有人都認出了娜娜。大家議論紛紛，普呂利埃對她重返舞台十分反感，克拉莉絲則擔心她搶走自己的角色。至於馮丹，他假裝漠不關心，現出冷冰冰的樣子。他犯不上去作賤一個他曾經愛過的女人，但實際上，過去的熱戀轉化成了仇恨，他一想起從前娜娜對他的耿耿忠心，想起她嫵媚動人的外貌，想起他由於興趣極端反常而拋棄的那段共同生活，心裡就充滿了怨恨。

這時拉博德特再次出現，並走到伯爵身邊。因娜娜的到來而警覺起來的羅絲·米尼翁，一下子明白了一切。繆法已經使她感到厭倦，但想到這樣被他拋棄，這口惡氣實在咽不下去。平常在這類事情上，她不愛與丈夫多費口舌，這時一反常態，直截了當地對丈夫說道：

「你看見發生什麼事情了嗎？……我發誓，如果她再次玩弄挖走斯泰內那種手段，我就挖掉她的眼睛！」

米尼翁不動聲色，傲慢地聳聳肩膀，似乎任何事情都逃不過他的眼睛。

「閉上你的嘴好不好，嗯？」他低聲說道，「我請你別開口。」

他知道該抓住什麼東西不放。他已經把繆法的錢全部撈了過來，現在他預感到，只要娜娜招一招手，繆法就會像哈巴狗一樣趴在她腳下。這樣的戀情是阻止不住的。他了解男人，他現在所考慮的，只是如何從眼前的局面中獲得最大好處。必須見機而行。他等待著時機。

「羅絲，上場！」博德納夫喊道，「我們重新開始排第一、二幕。」

「行了，去吧！」米尼翁又說道，「一切有我呢！」

他生性愛冷嘲熱諷，現在卻要恭維福什里的劇本，未免覺得滑稽。這個劇本寫得挺棒，只是裡邊那位貴夫人爲什麼要寫得那樣正派呢？這可是有悖常情。接著他冷笑一聲，問在熱拉蒂娜面前俯首帖耳的那個博里瓦日公爵，是根據哪個模特兒寫的？福什里沒有生氣，相反卻微微一笑。這時，博德納夫朝繆法那邊掃了一眼，挺不高興，米尼翁覺得詫異，趕緊擺出一副嚴肅的面孔。

「趕快開始吧，他媽的！」經理喊道，「開始，巴里約！……怎麼？博斯克沒到？他硬是不把我放在眼裡！」

博斯克沒事兒似地來了。排練重新開始。正在這時，拉博德特帶走了伯爵。伯爵一想到要再見到娜娜，就止不住渾身哆嗦。他們的關係破裂之後，他感到異常空虛、無聊、痛苦，還以爲是因爲生活習慣被打亂所致，便跟著別人去了羅絲家。另一方面，當時他處於懵懵懂懂的狀態，只想忘掉一切，不准自己去找娜娜，同時回避向伯爵夫人作出解釋。他覺得是自己的尊貴身份使他努力忘卻一切。可是，他心裡一直在掙扎著，娜娜又慢慢地征服了他，先是透過對她的思念，接著是意志薄弱地懷念她的肉體，後來又產生了幾乎像父愛般深沉的、新的專一的感情。決裂時那令人痛心的一幕漸漸淡忘了，他眼前不再浮現出馮丹的影子，他耳朵裡不再聽見娜娜把他趕出門外、拿他妻子通姦的事來羞辱他的聲音。這一切都成了消失得無影無蹤的言詞，而在他的心坎上存留著劇烈的絞痛，這疼痛使他越來越感到胸悶氣短，都快要憋悶死了。他不時產生一些天真的想法，認爲當初如果他真心實地的愛娜娜，她也不至於背叛他的。他陷入了難以忍受的憂思之中，覺得自己非常不幸，恰如忍受著舊的創傷的煎熬。不過，煎熬著他的，再也不是那盲目的、迫不及待的、順從一切的欲望，而是對這個女人的無比惋惜之情，是一種只有她，只有她那令他魂牽夢縈的頭髮、嘴唇和肉體才能滿足的渴求。每當想起她的聲音，他的肢體就微微顫慄。他時時渴望再得到她，懷著錙銖不讓的吝嗇，又懷著無限的柔情。這相思侵擾著他，使他非常痛苦，所以一聽到拉博德特說要爲他安排一次會面，他就不顧一切地撲進他的懷抱，只是事後才覺得不好意思：他這樣一個有地位人，居然忘情到如此地步，豈不讓人笑話！

不過，拉博德特對一切都心知肚明，而且行事顯得很有分寸，他陪伯爵走到樓梯腳下就離開了他，只是隨便地悄聲告訴他：

「三層樓走廊右邊，門是虛掩著的。」

劇院這個安靜的角落裡只剩下繆法一個人。他經過演員休息室時，從敞開的門口望見這個寬大的房間破敗不堪，裡面的東西又髒又舊，十分寒酸。但令他感到意外的是，離開又黑又鬧的舞台到了樓梯上，他發現梯井裡竟是這樣明亮，而且異常安靜，與他從前一天晚上所看到的大不一樣：那天晚上，這梯井裡瀰漫著煤氣煙霧，散場的演員樓上樓下奔跑，踩得樓梯咚咚直響。現在，所有化妝室都冷冷清清，各層的走廊都空空蕩蕩，見不到一個人影，聽不到任何聲音。十一月份淡淡的陽光，從樓梯側旁方形的窗戶裡，灑進一片片橙黃的光輝，映照出空中飛舞的塵埃，使整個梯井從上到下，更顯得死一般寂靜。這裡遠離紛擾，如此安靜，繆法感到高興，放慢腳步拾級而上，儘量使呼吸恢復均勻，因爲他的心臟正怦怦亂跳，擔心等會兒自己會像孩子一樣唉聲嘆氣，涕泗滂沱。到了二樓的樓梯口，肯定沒有人看見自己之後，他便往牆壁上一靠，用手帕捂住嘴，打量著歪歪斜斜的梯級、被手磨得光滑的鐵欄杆和剝落的泥灰。這間戲院就像一間妓院，在下午妓女們正睡覺的這個時刻，它的滿目瘡痍在灰白的陽光下暴露無遺。接近三樓時，他不得不從一隻蜷縮在梯級上的大紅貓身上跨過去。這隻貓瞇縫著眼睛，獨自看守著這座戲院，每天傍晚，在女人們留下的冷清的悶味兒中昏昏欲睡。

走廊右邊那間化妝室的門果然是虛掩著。娜娜坐在裡邊等待。瑪蒂德那個純樸而邋遢的小個子女人，把娜娜的化妝室搞得髒兮兮的，隨地亂放著缺口的瓶罐，梳妝台上積滿了油垢，椅子上盡是紅點，彷彿有人在上面流過血。四壁和天花板上的糊牆紙，從上到下布滿肥皂濺的印痕。房間裡瀰漫著發酸的香水味，非常難聞，娜娜不得不打開窗戶。她雙肘支在窗台上呆了一會兒，呼吸新鮮空氣，一邊俯身往下看去，聽見伯龍太太正在打掃狹小、幽暗的院子發綠的石板地面。掛在一扇百葉窗口的一個鳥籠裡，一隻金絲雀發出刺耳的鳴叫。在這裡，根本聽不見林蔭大道和鄰近街道的馬車聲，而是像鄉間一樣寧靜，太陽彷彿在遼闊的空間打盹兒。娜娜抬眼望去，小街裡鱗次櫛比的矮房子和走廊的玻璃天棚盡收眼底，再過去是維維安街巍峨聳立的高樓大廈，正對著她的全是那些大廈的背面，無聲無息，裡面似乎都是空的，但每層都有陽台，一位攝影師在一座大廈頂上建了一個藍色玻璃的大攝影棚。這眺望令人心曠神怡。娜娜正看得入神，彷彿聽見有人敲門，回頭叫道：「請進！」

一見到伯爵，她忙將窗戶關上。房間裡並不熱，再說沒有必要讓伯龍太太那個好奇心重的女人聽見。兩個人相互打量著，樣子都十分嚴肅。娜娜見伯爵直挺挺地站著，氣都透不過來，不由得噗嗤一聲笑了，說道：

「哦，你來啦，大笨蛋！」

伯爵無比激動，整個人彷彿都僵住了。他叫她太太，能與她重逢感到很幸福。娜娜呢，為了使事情盡快確定，顯得更加隨便地說道：「別裝成一個自尊的大笨蛋，既然你渴望見我，不是嗎？那就別像木頭人似地大眼瞪小眼……我們倆都有錯。不過，我原諒了你！」

於是，雙方同意不再提過去的事。繆法點頭贊同。他平靜下來了，但千言萬語湧到了嘴邊，一時竟不知說什麼好。娜娜對他的冷淡感到意外，便裝出很大方的樣子。

「得了，你是個通情達理的人。」她臉上露出一絲笑容接著說道，「現在我們既然已經和好，相互握握手吧，從此做好朋友。」

「怎麼，做好朋友？」繆法急了，突然低聲問道。

「是的，也許我是說傻話，但這是出於對你的尊重……從前的事現在我們講清楚了，以後彼此見了面，至少不要像兩個傻瓜連招呼也不打。」

繆法想打斷她。

「讓我講完……世界上沒有一個男人，聽到沒有？沒有一個男人譴責我幹過缺德的事。你卻是頭一個這樣作了，你說我氣不氣？……誰不顧自己的樣子，親愛的？」

「可是，不是這麼回事！」繆法大聲喊道，「你坐下吧，聽我說。」

他生怕娜娜走掉，推她坐在惟一的一張椅子上，自己則越來越激動地走來走去。小小的化妝室門窗緊閉，充滿陽光，暖洋洋的，空氣潮潤，特別安靜，聽不見外邊的任何聲音。在這安謐之中，只聽得見那隻金絲雀尖尖的鳴囀，像遠處一支笛子吹奏著顫悠悠的曲子。

「聽我說，」繆法往娜娜面前一站，說道，「我到這裡來，是爲了讓你重新與我相好……是的，我希望重新開始。這你很清楚，爲什麼還要這樣跟我說話？……回答呀！你同意嗎？」

娜娜低下頭，用指甲樞著大腿底下彷彿染滿鮮血的紅色草墊子。她見繆法現出一副焦急的樣子，倒反而不慌不忙起來，沉吟了半晌，才抬起變得嚴肅的臉來，而那雙美麗的眼睛裡，則成功地流露出一絲憂傷。

「哦，不可能，小寶貝。我永遠再也不會同你姘居。」

「爲什麼？」繆法結巴著問道，一種難以言傳的痛苦使他的臉抽動起來。

「爲什麼？天哪！就因爲……這不可能，就這麼回事。我不願意。」

繆法熱切地端詳她片刻，然後雙膝一屈，撲通一聲跪倒在地板上。娜娜現出不耐煩的樣子，說了一句：「哎！別像個小孩子好不好。」可是，繆法已經像個小孩子了。他跪在娜娜腳前，一把抱住她的腰肢，摟得緊緊地，臉埋在她的雙膝之間，恨不得鑽進她的肉體裡去。這樣感覺到她的肉體，感覺到她薄薄的衣裙下柔軟的四肢緊緊貼近自己，他突然止不住全身痙攣，像發熱病似的直打哆嗦，瘋狂地擠壓她的雙腿，彷彿要與她融爲一體，壓得那張舊椅子嘎吱亂響，在這間天棚低矮小化妝室裡，在過去的香粉散發的酸臭味中，他被肉欲煎熬得低聲啜泣著。

「好啦，還有什麼？」娜娜說道，任憑他這樣做。「這一切根本幫不了你的忙，既然這是不可能的事……天哪！你眞年輕！」

繆法平靜下來了，但還是跪在地上，抱住娜娜不放，抽抽搭搭地說道：

「你至少應該聽一聽，我來這裡是要送給你什麼……我已經看中了蒙梭公園附近的一座公館。我將滿足你的一切願望。爲了單獨享有你，我願意拿出我的全部財富……是的，惟一的條件是獨享，你聽見沒有？如果你同意只屬於我一個人，啊！我要使你成爲最美麗、最富有的女人，馬車、鑽石、珠寶，應有盡有……」

他每列舉一樣東西，娜娜就高傲地搖搖頭。他繼續列舉，最後不知再拿什麼東西獻給她，就說要拿錢堆滿她身上，娜娜顯得不耐煩了，說道：

「得啦，你在我身上蹭來蹭去，有個完沒有？……我是個好心腸的女子，見你這樣痛苦，讓你蹭一會兒，現在該蹭夠了吧，不是嗎？讓我站起來，你把我累壞了。」

娜娜說著擺脫他，站了起來，說道：「不，不，不……我不要。」

於是，繆法吃力地爬起來，只覺得腿腳發軟，一屁股落在椅子上，雙手捧住臉，靠在椅背上。這回輪到娜娜在房間裡走來走去了。她一邊走，一邊打量著污跡斑斑的牆衣、積滿油垢的梳妝台和沐浴在淡淡的陽光中這間骯髒的斗室。走了一會兒，她在伯爵面前停下，語氣和緩地說道：「眞奇怪，凡是有錢的男人，都以爲能用錢買到一切……可是，如果我不要呢？我才不把你那些禮物放在眼裡呢！你就是將巴黎城送給我，我也不幹，永遠不幹……你看，這間小化妝室並不清潔，可是，如果與你在這裡生活能獲得樂趣，我會心甘情願這麼做的；相反，如果人生活在你的宮殿裡，而心不在那裡，那也會煩死……啊！金錢！我可憐的小狗，我有的是地方去搞！看見沒有？我在金錢上面跳舞，往金錢上面吐唾沫呢！」

娜娜露出厭惡的表情。接著，她轉而動之以情，以憂傷的口氣說道：

「我知道有比金錢更有價值的東西……唉！如果有人能給我所渴望的東西……」

繆法慢慢地抬起頭，眼睛裡閃過一線希望的光。

「咳！這東西你沒法給我。」娜娜接著說道，「因為這件事不由你作主，我才對你提起……總之，我們不過是閒聊……我希望飾演他們這出戲裡那個正派女人的角色。」

「哪個正派女人？」繆法吃驚地低聲問道。

「就是他們那個愛蕾娜公爵夫人！……他們多半以為我會去演熱拉蒂娜！一個根本不起眼的角色，只有一場戲，可能一場戲還沒有呢！況且，問題不在這裡。我演蕩婦演膩了。總演蕩婦，人家會真以為我肚子裡只有蕩婦的貨色呢。總之，這令人感而屈辱，因為我看得很清楚，他們都認為我缺乏教養……哼！小寶貝，他們真是門縫裡看人，把人看扁了。當我想顯得高貴時，我自然會變得嫻雅！……不信，你瞧瞧好了。」

說罷，她退到窗前，然後昂首挺胸，邁著碎步子走過來，像隻肥母雞，小心翼翼，瞻前顧後，生怕弄髒腳爪子似的。繆法眼裡還噙著淚水，注視著她的一舉一動。正當他痛苦不堪之際，卻突然出現這樣一個滑稽的場面，真令他哭笑不得。娜娜走了一會兒，以展現她的全部表演技巧，不時莞爾一笑，眨幾下眼睛，讓裙子飄起來，然後又往繆法面前一站：

「怎麼樣？我想可以吧！」

「啊！完全可以。」繆法還是嗓子發緊，淚眼模糊，支支吾吾道。

「告訴你吧，我還真抓住了正派女人的特點！我在家裡試演過。沒有一個女演員能像我一樣，把公爵夫人不把男人放在眼裡的神態，表演得惟妙惟肖。剛才我經過你面前時，你注意到我斜眼瞟你的神態了嗎？這正是我天生的才能……何況，我一心想演一個正經女人，做夢的時候也想著這件事，我想得好苦啊！這個角色我非演不可，你聽見沒有？」

娜娜變得嚴肅了，口氣生硬，非常激動，真的被自己這愚蠢的願望弄得十分痛苦。繆法呢，一直被娜娜拒絕的態度弄得心神不安，還在等待著，根本不明白娜娜的用意。兩個人沈默了一陣。空蕩蕩的屋子裡安靜極了，連蒼蠅飛舞的聲音都聽得見。

「你還沒聽明白？」娜娜乾脆把事情挑明了，「你去替我把這個角色弄到手。」

繆法目瞪口呆，過了一會兒，現出絕望的神色說道：

「可是，這不可能做到。你自己不是說，這不由我作主嗎？」

娜娜聳聳肩膀打斷他：「你下樓去對博德納夫說你要這個角色……別這樣單純！博德納夫需要錢。那麼，你借給他，既然你的錢多得從窗戶裡往外亂擲。」

看到繆法還猶豫不決，娜娜生氣了。

「好吧，我明白了：你是怕惹火了羅絲……這個女人，你剛才跪在地上哭哭啼啼的時候，我還沒有提到她呢。關於她，我有許多話要說……你對一個女人發誓永遠愛她，那麼就不要第二天又要了隨便碰到的一個女人。啊！創傷仍在，記憶猶新！……再說，親愛的，米尼翁的殘羹剩飯有什麼滋味！你跑來趴在我的膝蓋上裝傻之前，難道不應該與那個髒貨一刀兩斷嗎？」

繆法大叫大嚷表示抗議，終於逮著機會插上一句話了：

「可是，我根本沒把羅絲放在眼裡，我馬上就拋棄她。」

對這一點，娜娜看上去滿意了。她又說道：「那麼，有誰妨礙你呢？博德納夫是老板……你會對我說，除了博德納夫，還有福什里……」

娜娜拖長說話的聲音，因為她觸及了事情最微妙的地方。繆法低垂雙眼，不說話。對於福什里與伯爵夫人來往密切，他一直故意裝作不知道，久而久之，心境平靜下來了，倒希望那個可怕的夜裡他在泰布街一個門洞裡看到的情形，是弄錯了。可是，他對福什里這個人一直十分厭惡，心裡憋了一肚子氣。

「哼，什麼福什里，他又不是魔鬼！」娜娜試探著又說道，想知道伯爵夫人的丈夫和姦夫之間的關係，到底發展到了什麼地步，「福什里嘛，最終總能說服的。我可以向你肯定，他骨子裡是個心地善良的小伙子。怎麼樣？說定了，你去對他說是我要演這個角色。」

伯爵一想到要去求這種情，心裡就十分反感。

「不，不，這絕不行。」他嚷起來。

娜娜等待著。她想說：「福什里什麼也不能拒絕你。」話都到了嘴邊，可是她覺得，拿這句話作為說服繆法的理由，太使他難堪了。她只是微微一笑；這微笑很古怪，清楚地達到了那句話的意思。繆法本來已抬起頭看著她，這時又把頭低下去，局促不安，臉色發白。

「啊！你就是缺乏樂於助人的精神。」娜娜終於說道。

「我辦不到！」繆法苦惱不堪地說道，「你讓我幹什麼都行，心愛的，就是別幹這件事，我求求你！」

於是，娜娜不再多費口舌與他爭論，卻伸出兩隻嬌小的手，捧住他的頭使之微仰，然後俯下身子，將自己的嘴唇貼在他的嘴唇上，印了長長一個吻。繆法感覺到像有股電流傳遍全身，他在娜娜的身子底下瑟瑟顫抖，神魂顛倒，眼睛閉合。

吻完，娜娜將他拉起來，只說出兩個字：「走吧。」

繆法挪動腳步朝門口走去。但是，當他要跨出門檻時，娜娜又撲上去摟住他，裝出謙卑而溫存的樣子，仰著頭，用下巴像母貓似地在他的坎肩上蹭來蹭去。

「你說的那座公館在什麼地方？」她低聲問道，顯得不好意思而又笑吟吟的，像個孩子，剛才給她好東西她不要，現在又要了。

「在維里耶大街。」

「有馬車嗎？」

「有。」

「有花邊嗎？有鑽石嗎？」

「全有。」

「啊！你眞好，我的心肝！你知道，剛才那是因爲嫉妒……這一次，我向你發誓，絕不會像頭一次那樣了，因爲現在你明白一個女人的需要了。你什麼都捨得給，是嗎？那麼，我就不需要其他任何男人了……你瞧，現在我的吻只給你一個人啦。這裡，這裡，還有這裡！」

娜娜雨點般在繆法的手上、臉上印滿了吻，直吻得他熱身沸騰，然後把他推到門外，自己喘了一會兒。天哪！這間化妝室裡的氣味眞難聞，這個瑪蒂德一點也不勤快！不過，這裡面倒是蠻舒適的，像冬天充滿陽光的普羅旺斯的臥室，又暖和又安靜，可就是彌漫著變質的香水味，還有其他髒東西的氣味。她打開窗戶，再次趴在窗口，仔細觀察小街的玻璃天棚，以打發等待的時間。

繆法步履跟鎗地下著樓梯，腦袋裡嗡嗡亂響。他該怎麼說呢？用什麼方式提起這件與他毫不相干的事情呢？他到了舞台旁邊，聽見正在吵架。第二幕快排練完了，普呂利埃大動肝火，因爲福什里要刪去他的一段台詞。

「全刪去好了，」他嚷道，「我寧願全刪去！……怎麼回事，我總共只有兩百行台詞，還要給我刪去！不，我受夠了，這個角色我不演了。」

他從口袋裡掏出一個皺巴巴的小本子，在顫抖的手裡轉來轉去，那樣子似乎想把它扔到科薩爾的膝蓋上。由於虛榮心受到傷害，他蒼白的臉抽動起來，氣得嘴唇也變薄了，眼睛裡燃燒著怒火，內心的衝動想掩飾也掩飾不住。他普呂利埃乃是觀衆崇拜的偶像，居然飾演一個只有兩百行台詞的角色！

「爲什麼不叫我扮演端托盤送信的聽差？」他尖酸地質問道。

「行啦，普呂利埃，隨和點兒嘛。」博德納夫說道。由於普呂利埃對包廂的觀衆頗有吸引力，所以他不敢得罪他。「別製造麻煩了，我們會想辦法增強你的效果，不是嗎？福什里，你會爲他增強效果對嗎？……第三幕甚至可以增加一場戲。」

「那麼，」普呂利埃說道，「我要落幕前的最後一句台詞……這是理所當然的。」

福什里看樣子是默認了，所以普呂利埃把小本子重新塞進口袋，不過心情還是不能平靜，很不痛快。在這場爭吵期間，博斯克和馮丹都現出漠不關心的神情。各人自掃門前雪嘛，事情與他們不相干，他們當然不關心。所有演員圍在福什里身旁，向他問這問那，希望能從他那裡得到幾句贊揚。米尼翁耳朵聽著普呂利埃最後幾句抱怨，眼睛則盯住繆法不放。見伯爵返來了，他非常注意他的行動。

伯爵踏上幽暗的舞台，在緊裡停住了腳步，欲前又止，不想在人家爭吵的時候闖過去。但博德納夫瞥見了他，連忙跑過去。

「咳！瞧這是些什麼人！」他嘟囔道，「伯爵先生，你都想像不到，我與這幫人相處有多難。他們全都一個比一個愛虛榮，而且爾虞我詐，像一幫癩皮狗，成天無事生非，恨不得毀了我的事業才高興……對不起，我火氣上來了。」

博德納夫閉了嘴，隨即出現了沉默的場面。繆法想繞圈子說明來意，想來想去不知怎樣開口，乾脆開門見山，也好早點擺脫尷尬局面。

「娜娜想演公爵夫人的角色。」

博德納夫嚇了一跳，叫起來：「胡來！簡直瘋了！」

說完他抬眼看伯爵，發覺他臉色煞白，心慌意亂，便立刻冷靜下來。

「見鬼！」他只加了一句。

又是一陣沈默。說到底，就讓娜娜演，他也無所謂。讓胖乎乎的娜娜扮演公爵夫人，說不定更有趣呢。再說，只要答應了這件事，他就能把繆法牢牢抓在手裡。所以，他馬上作出了決定，轉過身叫道：「福什里！」

伯爵想阻止他叫福什里。福什里沒聽見。他被馮丹推得貼近舞台的檐幕，正耐著性子聽這位演員解釋他是如何理解塔迪沃這個角色的。馮丹認爲塔迪沃是馬賽人，說話南方口音，他便模仿南方口音念了好幾段台詞，問這樣地道嗎？看來他也只是提出一些想法，自己並沒有把握。但福什里顯得冷淡，提出一些異議，馮丹馬上火了。很好！既然對這個角色他不得要領，那麼爲了大家的利益，他還是不演這個角色爲妙。

「福什里！」博德納夫又叫一聲。

年輕的編劇正巴不得擺脫掉馮丹，聽到叫喚拔腿就跑。

馮丹見他跑得這樣快，自尊心很受傷。

「咱們別待在這裡，」博德納夫說道，「請兩位先生隨我來。」

爲了避開好奇的耳朵，他把他們領進舞台後面的道具倉庫。米尼翁眼見著他們消失了，十分驚訝。三個人下了幾級台階，進入一個四方形的房間。這房間兩個窗戶都朝向院子，髒兮兮的玻璃窗照進地窖般的光線，天花板又低矮，房間相當暗。屋子裡擺了一些帶格的架子，上面橫七豎八地擱著形形色色的東西，簡直就像拉普街一個廉價處理舊貨的攤子，有大大小小的盤子、金色硬紙杯、紅色舊雨傘、意大利水罐、各種式樣的掛鐘、托盤、墨水瓶、火槍和注射器，等等，亂七八糟，有些連名字都叫不上，上面全蒙上了一指厚的灰塵，有些都辨認不出來了，有些缺了口，有些破碎了，五十年來演戲的廢道具，統統堆放在這裡，散發著難聞的廢鐵味、破布味和潮紙板的氣味。

「請進來。」博德納夫說道，「在這裡至少不會有人來打擾。」

伯爵感到挺尷尬地，走了幾步停住了，心想還是讓經理單獨冒風險去向編劇建議吧。福什里覺得奇怪，問道：「究竟什麼事？」

「事情是這樣，」博德納夫終於說道，「我們有一個想法……你聽了千萬別暴跳如雷。我們是很認真的……讓娜娜演公爵夫人這個角色，你覺得怎麼樣？」

編劇家目瞪口呆，過了片刻才大聲嚷道：

「啊！不行。這是開玩笑，對嗎？……觀衆會笑掉大牙的。」

「好啊，能夠讓觀衆笑，可見這主意就不太壞……考慮一下吧，親愛的……伯爵先生挺欣賞這個主意。」

繆法爲了掩飾窘態，從一塊積滿灰塵的木板上拿起一樣東西，翻過來覆過去端詳，好像不認識。那是一個蛋杯，斷了的腳是用石膏重新做的。他不自覺地把蛋杯捏在手裡，走上前來，自言自語般說道：「是的，不錯，這樣安排挺合適。」

福什里轉向他，樣子既粗暴又不耐煩。伯爵與這齣戲毫不相干，他斬釘截鐵地說道：

「絕對不行……你們讓娜娜演輕佻女人，悉聽尊便，可是演上流社會的女人，那是說什麼也不行的！」

「我敢肯定你看錯了。」繆法鼓起勇氣說道，「剛才她還在我面前表演正經女人呢……」

「在什麼地方？」福什里問道，他越發驚奇。

「在樓上一間化妝室裡……不錯，她表演過。嘿！演得好出色呢！尤其是那送秋波的樣子……你知道，她從你身邊經過時，這樣瞟你一眼……」

他心急如火地想說服這兩位先生，竟然得意忘形，手裡捏著蛋杯，模仿起娜娜的動作來了。福什里驚愕不已地望著他，心裡明白了，不再生氣。伯爵感覺到了他那既嘲諷又憐憫的目光，臉微微一紅，停住了。

「上帝！說不定眞行。」編劇討好地說，「她也許會演得很好……只是這個角色已有安排，我們不能從羅絲那裡收回來。」

「啊！如果只有這一點。」博德納夫說道，「事情由我負責來安排好了。」

年輕的編劇見他們兩個人與自己意見相左，明白這件事牽涉到編劇不可告人的利害關係，爲了表示自己不甘示弱，便加倍地激烈反對，幾乎使商談破裂。

「哎！不行；哎！不行。就算這個角色還沒有安排，我也絕不會給她……聽明白了嗎？請別來打擾我……我不想毀了這出戲。」

一陣難堪的沈默。博德納夫覺得自己是多餘的人，離開了。伯爵低著頭，好不容易才抬起來，用變了調的聲音說道：「親愛的，就算我請你幫個忙吧！」

「我辦不到，我辦不到。」福什里硬著頭皮連聲說。

繆法的口氣強硬起來：「我請求你……我要這樣辦！」

他死死盯住福什里。年輕的編劇從他那憤怒的目光裡，覺察到一種威脅，頓時讓了步，結結巴巴說出幾句含糊不清的話：

「就照你的要求辦吧，說到底，我無所謂……啊！你眞是亂來。等著瞧吧，等著瞧吧……」

氣氛更令人難堪。福什里靠在一個架子上，煩躁得直跺腳。繆法一直轉動著那個蛋杯，似乎在專心地進行研究。

「這是吃糖心蛋（即半熟蛋）用的杯子。」博德納夫走進來，殷勤地說道。

「對呀！不錯，是吃糖心蛋用的杯子。」伯爵附和道。

「抱歉，弄得你身上全是灰塵。」經理把蛋杯放回木板上，繼續說道，「你知道，灰塵就是天天掃，也永遠掃不完……所以這裡不怎麼乾淨。哎！眞是髒亂不堪！……不過，信不信由你，這裡面還有些値錢的東西哩。看一看吧，請看看所有這些東西吧。」

他領著繆法，逐個架子走過去，借著院子那邊照進來的綠幽幽的光線，把一件件道具指給他看，笑嘻嘻地說自己是個賣破爛的商人，正在清點貨物，想以此引起繆法的興趣。當他們回到福什里身邊時，他以輕鬆的口氣說道：

「請聽我說，既然我們一致同意這件事，我們就了結它算了……正好米尼翁也來了。」

米尼翁在走廊裡悠轉好一會兒了。博德納夫一提出要修改合同，他就火冒三丈。太卑鄙了，這不是要毀掉他妻子的前程嗎？他非打官司不可。然而，博德納夫很冷靜，列舉一條條理由：首先，這個角色讓羅絲演有點屈才，他想把羅絲保留下來，在《小公爵夫人》演完之後去主演一齣輕歌劇。可是，他丈夫還是大喊大叫，於是博德納夫突然提出要解除合同，理由是這位女演員又想接受遊藝戲院的聘請。聽到這話，米尼翁有點慌神，但並不否認遊藝戲院有此意，而是對金錢表示極大的蔑視：既然簽了合同，已確定讓他妻子演愛蕾娜公爵夫人這個角色，那麼這個角色她就非演不可。他米尼翁丟掉財產也認了，這關係到尊嚴問題，榮譽問題。爭論成了這個樣子，就不會有什麼結果了。經理反覆強調這條理由：既然遊藝戲院表示願意每晚向羅絲付二百法郎，總共演一百場，而在他這裡，她僅僅拿到一百五十法郎，因此只要他同意放人，羅絲就可以多賺一萬五千法郎。但丈夫又提出藝術方面的理由，死死咬住不放：大家看到他妻子的角色被別人搶走，會怎麼想呢？肯定會認爲是她勝任不了，不得不替換她。這可是個巨大的損失，演員的聲譽會一落千丈。不，不行，絕對不行！榮譽比金錢更重要。

過了一會兒，米尼翁突然提出一個妥協方案，根據合同，羅絲如果退出不演這個角色，必須付違約金一萬法郎；那麼，現在只要賠償她一萬法郎，她就去遊藝戲院。博德納夫無言以對，米尼翁則安然等待著，而眼睛一刻也不離開繆法伯爵。

「這就一切都解決了嘛，」繆法如釋重負地說道，「這事好商量。」

「啊！這可不行！這太愚蠢啦！」博德納夫憑他生意人的本能，惱火地叫起來，「以一萬法郎的代價放走羅絲！簡直欺人太甚。」

可是，伯爵一個勁地點頭，叫他接受。他還是猶豫不決。嘟嘟囔囔，很捨不得這一萬法郎，儘管不用他掏腰包。最後他沒好氣地說道：

「不管怎樣，我答應啦。至少，我可以擺脫你們了。」

馮丹對他們幾個人的行爲十分好奇，從樓上跑到院子裡偷聽了一刻鐘。他覺得弄明了眞相之後便跑回舞台給羅絲通風報信；他一貫以幹這種勾當爲樂事。這還了得！有人暗中算計她，把她給扔了。羅絲立刻跑到道具倉庫。大家馬上閉了嘴。她打量著四個男人。繆法低下頭；福什里遇到她詢問的目光，只是絕望地聳聳肩膀。米尼翁呢，正與博德納夫在討論合同的條款。

「發生了什麼事？」羅絲急促地問道。

「沒什麼。」她丈夫答道，「是博德納夫出一萬法郎把他的角色收回去。」

羅絲哆嗦起來，臉色蒼白，兩隻嬌小的手撐得緊緊的。她兩眼盯住丈夫，憋了滿肚子怒火。平常遇到生意上的問題，她向來對丈夫言聽計從，任由他與經理們和她的情人們簽訂合同。這時，她只是喊叫了一聲，這喊叫聲如條鞭子，抽在米尼翁的臉上。

「啊，瞧你！眞是個窩囊廢！」

說罷，她就跑了。米尼翁慌了神，忙追出去。怎麼回事？羅絲莫非瘋了嗎？他悄聲對她解釋說，在這邊拿一萬法郎，到了那邊拿一萬五千法郎，加起來就是兩萬五千法郎。這可是一樁出色的買賣！繆怯反正已經拋棄了她，最後再從他的翅膀上拔下一根羽毛，可謂了不起的成功。羅絲氣得不得了，根本不予理睬。於是，米尼翁輕蔑地離開了她，讓她獨自去發洩女人的怨氣。博德納夫已與福什里和繆法回到舞台上。米尼翁對他說道：

「我們明天早上簽合同，請預備好錢。」

正好這時，娜娜聽到拉博德特傳給她的消息，下樓來了。她裝成正直女人的樣子，一副高貴的派頭，想讓這幫人吃一驚，向這些愚蠢的傢伙證明，她只要願意，會比誰都顯得嫻雅。可是，她差點兒露出了本相。羅絲一瞥見她，就向她撲過來，上氣不接下氣地結巴道：

「你，總有一天我要再見到你的……這筆帳非算不可，你豎起耳朵聽清楚了！」

面對這突然襲擊，娜娜把什麼都忘了，差點兩手叉腰，破口大罵。不過，她控制住了自己，像一位險些踩到桔子皮的侯爵夫人，以誇張的方式，尖聲尖氣說道：

「哎！什麼？你瘋了吧，親愛的。」

羅絲氣得臉都變了樣。當她與米尼翁一前一後離去時，娜娜依然保持著優雅的風度。克拉莉絲欣喜地從博德納夫那裡得到了熱拉蒂娜的角色。福什里臉色陰沉，氣得直跺腳，又下不了決心離開劇院。他的劇本完蛋了，他得想法補救才行。這時，娜娜上前抓住他的手腕子，拉得他靠近自己，問他是否覺得她真那麼狠心腸。他的劇本嘛，她又不會把它吃掉。這句話逗笑了福什里。她又暗示說，以他在繆法家的處境，惹惱了她，未免太愚蠢了。台詞她要是記不住，可以找個提台詞的人。保證場場客滿。再說，別把她看扁，她會讓他看到，她演出時將怎樣充滿激情。這樣，大家一致同意，由編劇把公爵夫人的角色略作刪改，而增加普呂利埃的戲。普呂利埃也高興了。娜娜的加入自然形成了皆大歡喜的局面，獨獨馮丹冷冰冰地站在橙黃的燈光下，裝出一副清高、放浪的樣子，山羊臉側影被燈光映得十分清晰。娜娜大大方方走到他面前，與他握了握手。

「你好嗎？」

「好，不壞。你呢？」

「很好，多謝。」

只這麼兩句話。他們像是昨晚在劇院門口分手的。演員們一直在等待，但博德納夫說第三幕不排練了。剛巧這時博斯克老頭兒走了，一邊走還一邊抱怨：總是毫無必要地把大家留下，浪費大家整個下午的時間。大家都走了。下樓到了人行道上，明亮的陽光刺激得他們直眨巴眼睛，一個個像在地窖裡吵了三個小時架，神經緊張兮兮地，一到陽光下全都一副傻呆呆的模樣。伯爵筋疲力竭，頭腦空空，與娜娜一起登上馬車，拉博德特則陪福什里走了，一邊安慰他。

一個月後，《小公爵夫人》首場演出，娜娜遭到慘敗。她的表演非常拙劣。她本來希冀獲得高雅的戲劇效果，結果卻使觀衆發笑。觀衆倒沒有喝倒彩，因爲他們覺得挺有趣。羅絲．米尼翁坐在一個側包廂裡。每當她的敵手登場，她就尖聲尖氣地大笑，引得全場都笑起來，這是報復的開始。因此，晚上娜娜與繆法單獨在一起的時候，見繆法悶悶不樂，就怒氣沖沖說道：「哼！多麼惡毒的奸計，這一切全是嫉妒……其實他們哪裡知道，我根本不在乎！難道現在我還需要他們嗎？……你瞧吧，凡是嘲笑過我的人，我要叫他們跑到這裡來，趴在我面前舔地板。是的，我就是要演個貴夫人讓你的巴黎看看！」

第十章

娜娜於是乎成了時髦女郎，靠男人們的荒唐和墮落而生存的寄生蟲，具有貴夫人派頭的高等妓女。這崛起雖是突然的，但卻不可逆轉。從此，她躋身於著名風流女人的行列，處於衆人矚目的地位，爲金錢醉生夢死，憑美貌放肆賣弄風情。她頓時傲然卓立於要價最高的妓女們之中。她的照片展示於櫥窗，她的名字見諸報端。當她乘坐馬車從大街上駛過時，行人都扭頭觀望，呼叫她的姓名，其激動之情，比得上百姓向他們的女王致敬；她呢，身著輕飄飄的衣服，優閑地半坐半臥，臉上掛著愉快的微笑，金色的纖纖鬈髮，宛若毛毛雨絲，飄拂著塗藍的眼圈和抹紅的嘴唇。奇妙的是，這個胖姑娘，在舞台上是那樣笨拙，扮演正經女人是那樣滑稽可笑，可是在鬧市中扮演千媚百態的女子，卻如魚得水。你看她腰如水蛇般柔軟，衣著那樣和諧，渾然天成，眞是嫵媚動人，豐姿綽約，頗似一隻矯捷的純種母貓，不愧爲風塵女子中的佼佼者，美麗迷人，傑驁不馴，像一位權力至高無上的女主宰者，將巴黎踩在腳下。她堪爲表率，貴夫人們都模仿她。

娜娜的公館在維里耶大街，坐落於卡迪內街的拐角處。這是一個豪華住宅區，位於原來的蒙梭平原，空地上正雨後春筍般冒出一座座建築。這座公館是一位春風得意的年輕畫家蓋的，可是喬遷之喜剛過，他就把它賣掉了。這房子的建築風格，是文藝復興時期的，外觀像宮殿，內部布置別出心裁，起居設備舒適而現代化，總體布局顯示出刻意追求的特色。繆法伯爵連家具買下了這座公館，又添置了許多小擺設，配上華麗的東方牆飾，古色古香的餐具櫥，路易十三式的大扶手椅，等等。因此，娜娜不期而得到了一套富有藝術特色的家具，全都是精心挑選的，薈萃了不同時代的風格。不過，占據公館中心位置的畫室，對她來說毫無用處，於是她就把樓上樓下徹底改造一翻，在底層造了一間溫室，一間大客廳和一間餐廳；二層則布置了一間小客廳，緊靠她的臥室和梳洗室。她天生要過窮奢極欲的生活，加上當過巴黎的街頭妓女，本能追求時髦漂亮，所以她提出的設想令建築師感到驚訝。總之，她並沒有把公館糟蹋得太厲害，甚至使富麗堂皇的家具增色不少，只是某些方面略顯淺薄和華麗刺眼的痕跡，露出了昔日那個站在商店的櫥窗前面胡思亂想的賣花女的馬腳。

院子裡，大雨罩子遮蓋的正門前石階上鋪著地毯；一踏進前廳，就聞到紫羅蘭的陣陣幽香，四壁帷幔厚實，屋內空氣溫煦。一面彩繪玻璃窗，鑲嵌著黃色和玫瑰色玻璃，射進肉色的淡黃光線，照亮寬大的樓梯。樓梯腳下立著一個黑奴雕像，手托銀盤，接受來訪者的帖子；四個白色大理石女子，胸乳裸露，手擎著高腳燈台；前廳裡和樓梯平台，陳設著中國青銅和景泰藍工藝品，裡面揷著鮮花，還有鋪古波斯坐毯的長沙發，套古色椅套的扶手椅。這樣，二樓樓梯的平台就成了候客室，那裡經常隨便放著黑客的大衣和帽子。在帷幔、地毯環抱之中，這裡沒有任何聲息，使你不由得摒息靜氣，以爲邁進了一座小教堂，頓時肅然起敬，戰戰兢兢；這肅穆和緊閉的房門，平添了一種神秘的氣氛。

大客廳是路易十六時代的風格，陳設過分華麗，娜娜只是在舉行盛大晚會時才打開，用來接待社伊勒利宮達官貴人和外國重要人物。平時，她只是吃飯的時候才下樓；有些日子她一個人在餐廳用餐，就不免感到有點頭暈目眩，因爲餐廳很高，掛著戈貝蘭壁毯，還有一個高大的食具櫥，裡面古雅的瓷器，精美的老式銀餐具，令人賞心悅目。她吃完飯就趕快上樓。她在二樓占用三個房間，一間臥室、一個梳洗室和一間小客廳。臥室已經重新裝飾過兩回：第一回是用淡紫色的緞子，第二回用綴花邊的藍色綢子。她還不滿意，覺得都太平淡，她還在想新花樣，只是暫時還沒想出來。一張像沙發一樣矮的軟床，儘管上面的威尼斯花邊就值兩萬法郎。家具漆成白藍兩種顏色，鑲飾著銀絲；到外隨便扔著白熊皮，多得把地毯都蓋住了。這是娜娜的一種喜好，一種講究，她依然保持著坐在地上脫長襪的習慣。臥室旁邊的客廳裡，五光十色的小玩意兒，琳琅滿目，布置巧妙，美不勝收；牆衣是淺玫瑰紅，即褪色的土耳其玫瑰紅絲綢，上面織有金線，把沿牆擺放、來自不同國家、風格各異的許多擺設，襯托得分外醒目，有意大利珍品收藏櫥，西班牙和葡萄牙小箱子，中國小寶塔，精巧的日本屏風，還有瓷器，青銅器皿、織錦和細針鉤花邊掛毯。扶手椅寬大似床，長沙發深得像放床的凹室，人坐在裡面，渾身軟綿綿、懶洋洋的，油然聯想到後宮裡那種昏昏欲睡的生活。小客廳的基本色調是暗黃褐色，融合著綠色和紅色；室內的座椅格外舒適，但沒有任何東西可以看出這是妓女居住的地方，只有兩尊本色瓷器塑像，一尊是一個穿襯衣的女人，在自己身上抓跳蚤；另一尊是一個一絲不掛的女人，雙腳朝天、兩手倒立行走。這一試圖展示女人情態的愚蠢之作，將整個客廳的高雅格調破壞殆盡。通過一扇幾乎總是敞開的門，可以望見梳洗室，裡面全是大理石和鏡子，有潔白的浴缸，銀水壺和銀臉盆，還有水晶和象牙飾物。透過垂落的窗簾，照進熹微的白光，被紫羅蘭的香味熏得彷彿充滿了矇朧的睡意。這撩人的紫羅蘭香是從娜娜身上散發出來的，整個公館，直到院子裡，到處沁出這種香味。

爲這所房子配置必需品可是一件大事。娜娜當然有佐愛可以調遣。這位女僕願爲娜娜發跡效盡犬馬之勞，對自己的預見深信不疑，幾個月來一直默默地盼望著娜娜暴發之日的到來。現在，佐愛得意非凡，成了公館女管家，一邊謀求自己發財，一邊盡心竭力照顧太太。不過，一個女僕已經不夠了，還需要一個膳食總管、一個車夫、一個門房和一個女廚子。此外還要安置馬廊。這下子，拉博德特可以大效其力了。凡是伯爵懶得跑腿的事，他統統包了下來，爲買馬穿針引線，跑馬車商店，爲少婦挑選出主意，人們看見他挽著娜娜的胳膊出入於各個店鋪。甚至僕人也是拉博德特幫助找來的：一個是夏爾，五大三粗的馬車夫，剛剛離開德·高布勞公爵家；一是個于連，滿頭鬈髮、笑嘻嘻的矮個子膳食總管；還有一對夫妻，女的叫維多麗娜，是廚娘，男的叫弗朗索瓦，是門房兼聽差。弗朗索瓦穿短褲，頭髮上撲粉，上身按娜娜的規定穿淺藍色帶銀色徽章的制服，站在前廳裡接待客人。這制服和這講究，無異於王公貴族之家。

到第二個月，公館便布置妥了。共花了三十萬法郎。馬廊裡有八匹馬，車庫裡有五輛馬車，其中一輛帶銀飾的雙篷四輪馬車，一時間成了巴黎人注目的對象。娜娜在財富之中安了身，建立了自己的安樂窩。她演了三場《小公爵夫人》，便搏下博德納夫離開了舞台；博德納夫雖然金錢上有伯爵資助，但正在破產的邊緣掙扎。然而，對於舞台上的失敗，娜娜還是感到不是滋味。還有與馮丹那段共同生活的教訓，由此她認爲世界上所有男人都是卑鄙的。因此，現在她覺得自己的腳跟站得穩了，不至於不顧一切熱戀一個男人了。不過，她畢竟太輕浮，好事一來就把復仇的打算拋到了九霄雲外。平常除了生氣，她就是如饑似渴地盤算著怎麼花錢，還有就是天生地蔑視不斷拿出錢來，讓她窮奢極欲、揮霍無度的男人；見到情人破產了她就洋洋得意。

娜娜首先確定了伯爵在公館的身份，明確訂立了他們的關係的準則。伯爵每月供給一萬二千法郎，還不算禮物，作爲回報只能要求娜娜對他絕對忠實；娜娜則發誓忠於他，但要求受到尊重，她作爲公館的女主人享有完全的自由，而且她的意願必須依從。因此，她每天接待自己的朋友，而伯爵只能在規定的時間來。總而言之，不管什麼事情，伯爵都必須盲目信任她。當他因爲嫉妒而心慌意亂、猶豫不決時，她就擺出一副尊嚴的架勢，威脅要把一切還給他，或者拿小路易的腦袋賭咒發誓。這就足以讓伯爵滿意了。沒有尊重就沒有愛情。頭一個月，繆法挺尊重她。

但娜娜不滿足，要求更多東西。不久，她就像一個良家女子對伯爵施加影響。如果伯爵來到她這裡時悶悶不樂，她就逗他開心，並讓他講出爲什麼不高興，隨後就給他種種忠告。漸漸地，不論是伯爵內心的煩惱，還是他妻子和女兒的事情，抑或他本人感情和金錢方面的問題，娜娜全都過問，而且表現得理智、公正、誠實。只有一次，她因爲偏見而情不自禁發起火來。那是有一天，伯爵告訴她，達蓋內大概不久就要向他女兒愛絲泰求婚的時候。自從伯爵與娜娜的關係引起人們注目之後，達蓋內就覺得總明的辦法是與娜娜斷絕關係，把她當作壞女人對待，發誓要從她的魔爪下搶救出他未來的岳父。因此，娜娜就大講她從前這位密友的壞話，說他是個好色之徒，專門與不三不四的女人鬼混，把自己的財產吃得精光；他沒有道德，雖然不靠女人拿錢供養他，但是會享受女人的錢，只是不時給你送一束鮮花，或請吃一頓晚飯。伯爵聽了這些弱點，似乎都能原諒，於是娜娜就毫不隱諱地告訴伯爵，達蓋內曾經占有過她，而且說了一個令人作嘔的細節。繆法聽了，臉刷地變得煞白。他再也不能考慮把女兒嫁給達蓋內了，要給這個忘恩負義的年輕人一個教訓。

就在公館還沒完全佈置好的時候，一天晚上，娜娜對繆法海誓山盟，表示一下對他堅貞不渝之後，留下克薩維耶．德．旺朶夫伯爵過夜。旺朶夫伯爵苦苦追求她半個月了，天天來看她，天天送鮮花。娜娜委身於他，並出於熱戀，主要是想證明她是自由的。利益的想法是事後才產生的，即第二天，當旺朶夫爲她償付一張她不願對別人提起的帳單的時候。從此以後，她每月從旺朶夫手裡得到八千至一萬法郎。這筆零花錢用處不小。旺朶夫頭腦發昏，已把自己的家產揮霍殆盡。他的馬匹和露茜吃掉了他三處田莊，現在娜娜又要一口吞掉他位於亞眠附近的最後一座古堡。他彷彿迫不及待地要把一切打掃光，連他的祖先在菲力普—奧古斯特❶時期建造的一座古堡的廢墟也不放過。他似乎瘋狂地渴望破產，覺得把家產中最後一批金幣拱手送給整個巴黎垂涎三尺的這位妓女，是無上榮耀的事情。他也接受了娜娜的條件，讓她完全自由，僅在規定的日子來接受她的愛撫，甚至連熱切地要求她發誓的那份天眞都沒有。繆法沒有起任何疑心。旺朶夫呢，對一切肯定一清二楚，但絕口不提，假裝不知道，臉上總是浮著尋歡作樂、玩世不恭者那種狡黠的微笑。他不要求不可能的事，只要給他安排了時間而且巴黎人都知道，就心滿意足了。

從此，娜娜家裡可眞是一應俱全。僕人齊備，不論在馬廄裡、廚房裡，還是在太太的臥室裡，都有專人伺候。佐愛總管一切，任何錯綜複雜、出乎意料的事情，她那應付自如；整個家布置得像個舞台，運轉得像個大機關，而且一切非常準確，所以頭幾個月，沒有發生任何衝突和故障。只是太太經常輕率冒失，頭腦發熱，假充好漢，給佐愛造成的麻煩實在太多。因此，這位貼

❶十二世紀法蘭西一位強有力的國王。

身女僕漸漸地也就抓得不那麼緊了，而且她發現，越是混亂之時，那太太幹了傻事需要補救之時，她越是可以撈到好處。每當這種時候，禮物就雨點般落下來，她就趁渾水大摸金路易。

一天早上，繆法還沒有從太太房裡出來，佐愛把一個渾身直哆嗦的先生領進梳洗室。娜娜正在裡面換內衣。

「啊！小鬼！」少婦驚愕地說。

進來的確實是喬治。他見娜娜穿著睡衣，金色的頭髮披散在肩上，便撲過去摟住她的脖子，緊緊地擁抱她，在她身上到處亂吻。娜娜怕出事，一邊推他，一邊壓低聲音說道：

「行了，他在房裡！這太不謹慎……你呢，佐愛，你瘋了嗎？還不把他帶走！叫他在樓下等著，我想法子下來。」

佐愛不得不把喬治推走，帶到樓下餐廳裡。娜娜好不容易下來了，把他們倆罵了一頓。佐愛獗著嘴，滿臉不高興地退出去，一邊嘀咕說，她本來是想讓太太高興。喬治又見到娜娜覺得幸福得不得了，一直盯著她，漂亮的眼睛裡噙滿了淚水。現在苦日子終於熬到了頭，他母親相信他明白事理，允許他離開豐岱特。他一下火車，就搭了一輛馬車，盡快趕來吻他親愛的心上人。他說從今以後要生活在她身邊，就像在那裡，在「藏嬌屋」別墅一樣，天天赤著雙腳在臥室裡等她。在被殘酷地分離一年之後，她渴望觸摸娜娜的肉體，所以一邊講他自己的情況，一邊就禁不住伸手撫摩她，捏住她的雙手，然後將自己手伸進她寬大的睡袍衣袖裡亂摸，一直摸到她的肩膀。

「你還愛你這個寶寶嗎？」他用孩子的口氣問道。

「當然愛！」娜娜答道，一邊猛地擺脫他，「可是，你也不打聲招呼就突然來了……你知道，我的小寶貝，我現在身不由己，必須理智點兒。」

喬治風風火火跳下馬車時，一心想著長期的慾望終於要得到滿足了，連他邁進的這座房子也沒看一眼，現在聽到這也話，才意識到周圍的情況已非昔日所能比擬，便抬眼打量這間富麗堂皇的餐廳，裝修一新的高高的天花板，戈貝蘭掛毯和餐具櫥裡耀眼的銀餐具。

「哦！是嘛。」他黯然神傷地說道。

娜娜於是告訴他，以後千萬不要上午來，要來就下午四點到六點鐘來。這是她會客的時間。說罷，見他用探詢而懇求的目光望著她，卻又什麼也不同，她便在他前額上吻了一下，顯示自己是個心腸很好的人。

「乖乖地聽話，我會儘量想辦法的。」她悄聲說道。

其實，娜娜這句話並沒有別的含義。她只不過覺得喬治挺可愛，想和他保持聯繫，作個朋友，並沒有別的打算。然而，喬治每天下午四點鐘來的時候，總是一副愁眉不展的樣子，娜娜常常不忍心，就留住他藏在衣櫥裡，時時拿已讓別人享用盡了的美貌，給他一點小小的安慰。喬治再也不離開公館，與女主人親親熱熱，就像那隻小巧玲瓏的小狗狗珍珍，藏在女主人的裙子裡，即使女主人和別的男人睡覺，他彷彿也分享到一點兒，而在女主人感到孤獨於聊之時，他就能得到意外的甜頭和愛撫。

于貢太太大概獲悉她兒子又投入了這個壞女人的懷抱，趕到巴黎，求助於她的另一個兒子——駐扎在萬桑的菲力普中尉。喬治一向把自己的行蹤瞞著哥哥，這下嚇得要死，害怕哥哥對他動武。他在向娜娜神經質地傾吐感情時，從來什麼也不隱瞞的，所以很快他與娜娜交談時，話題總離不開他的哥哥——一個朝氣蓬勃、什麼事都敢做的男子漢。

「你知道，」他解釋道，「媽媽只要能叫我哥來，就不會親自來你家……他肯定會叫菲力普來找我的。」

娜娜頭一回聽到這話時挺生氣，冷冰冰說道：「我倒要看看他能怎麼樣！管他什麼中尉不中尉，弗朗索瓦會老實不客氣地把他趕出去！」

由於孩子總是提起他哥哥，久而久之，娜娜關心起菲力普來了。過了一個星期，她對他從頭到腳都熟悉了，知道他很高大，很健壯，性格快活，有點兒粗暴；在此基礎上，又了解到一些隱秘的細節，如他胳膊上長滿毛，肩膀上有個胎記，等等。以致有一天，她滿腦子裝著她要趕出大門的這個男人的形象，突然大聲說道：

「喂，小鬼，你哥哥不會來了吧……原來他是個不守信用的人！」

第二天，喬治單獨和娜娜待在一起時，弗朗索瓦上樓來問，太太是不是接見菲力普．于貢中尉。喬治頓時面色如土，結結巴巴道：

「我早料到了，媽媽今天還對我提起過。」

他懇求娜娜回答她不能見客，可是娜娜已經站起來，滿臉紅潮，說道：

「為什麼不見？他還以為我怕他呢。啊！這回我們有笑話可看啦……弗朗索瓦，讓這位先生在客廳裡等一刻鐘，然後領他來見我。」

娜娜沒有再坐下，卻在壁爐的鏡子和掛在一個意大利盒子上方的一面威尼斯鏡子之間，興奮地踱來踱去。每踱到一頭，她就朝鏡子裡看一眼，試圖露出微笑。喬治呢，有氣無力地坐在一張長沙發上，一想到即將發生的場面，就瑟瑟顫抖不止。娜娜一邊踱步，一邊斷斷續續說道：「叫這小伙子等上一刻鐘，可以讓他消消氣……從另一方面講，如果他以爲是邁進了一個妓女家，那麼，那間客廳就可以讓他長長見識……是的，不錯，可愛的先生。那裡可沒有一樣東西是假的，足可教你懂得尊重這個家的女主人。現在只有男人受到尊重……怎麼？一刻鐘過了嗎？還沒有，剛過十分鐘，啊！我們有的是時間。」

她一直不停地走來走去。一刻鐘到了，她叫喬治回避，還要他保證不在門外偷聽，因爲萬一給僕人看見，有失體統。喬治退到臥室裡去的時候，壯起膽子要哽住的聲音說：

「你知道，他是我哥……」

「別擔心，」娜娜威嚴地說道，「他講禮貌，我也講禮貌。」

弗朗索瓦領著菲力普．于貢進來。菲力普穿著禮服。起初，喬治聽從娜娜的吩咐，躡手躡腳向臥室緊裡走去。但說話的聲音使他停住了腳步，心裡七上八下，提心吊膽，兩腿發軟。他想像這下子可是大禍臨頭了，一定會發生打耳光或類似令人髮指的事情，使他以後在娜娜面前總是覺得過意不去。因此，他再也忍不住了，便回轉來，把耳朵貼在門後傾聽。他聽得很不清楚，厚厚的門簾有隔音作用。不過，他還是抓到了菲力普說的幾句話，他和話很不客氣，裡面「孩子」、「家庭」、「榮譽」等字眼特別清晰。喬治焦慮不安地想聽到他的心上人是如何回答的，但他的心怦怦亂跳，平靜不下來，只聽見一片模糊的嗡嗡聲。毫無疑問，娜娜一定破口大罵「下流胚！」或者「給我滾出去，這裡是我的家！」可是，什麼他沒聽見，聲息全無，娜娜彷彿死在裡面了。不一會兒，連他哥哥的聲音也變溫和了。喬治給弄糊塗了，正在這時，他聽到一種奇怪的、絮語般的聲音，不禁驚愕不已。原來是娜娜哭泣起來了。刹那間，矛盾的感情困擾著他，他又想逃走，又想向菲力普撲過去。恰巧這時，佐愛進了臥室。他慌忙從門後走開，因爲被佐愛撞見，很不好意思。

佐愛一聲不響地著手整理一個衣櫥裡的衣服。喬治默默無語，一動不動地站著，前額靠在一面玻璃窗上，心裡忐忑不安沉默了一陣之後，佐愛問道：

「來太太家那個人是你哥？」

「是的。」孩子用哽住的聲音答道。

又一陣沉默。

「喬治先生，這使你感到不安，是嗎？」

「是的。」喬治依然用難受的、難發出聲音的嗓子說道。

佐愛不慌不忙地疊著花邊，慢條斯理地說道：

「你不必擔心……太太會處理好的。」

他們的交談到此爲止，誰也不再說話，但佐愛也不離開臥室。又足足過了一刻鐘，她回頭看一眼，並沒有看出孩子感到氣惱，只見他因爲壓抑和懷疑而臉色發白。喬治不時向客廳那邊瞟一眼。已經過了這麼長時間，他們在幹什麼呢？娜娜也許一直在哭吧。菲力普那個粗暴的傢伙多半揍了她幾巴掌。因此，等到佐愛終於走了，他跑到門後，把耳朵貼在門上。他慌裡慌張，顯然是昏了，因爲他聽見客廳裡突然傳來一陣歡笑、溫柔的低語和女人受到逃逗而抑制不住的笑聲。過了片刻，娜娜把菲力普送到樓梯口，分手時彼此還說了幾句親熱話。

喬治鼓起勇氣走進客廳時，娜娜正站在鏡子前面自我端詳。

「怎麼樣？」喬治懵裡懵懵問道。

「什麼怎麼樣？」娜娜頭也不回地反問。

然後，她漫不經心地補充一句：

「這之前你都說了些什麼？你哥哥挺和藹可親嘛。」

「那麼，問題解決了？」

「當然解決了……哎！你這是怎麼啦？人家還以爲我們要打架呢。」

喬治還是莫名其妙，結巴道：「我彷彿聽見……你沒有哭過？」

「我哭過！」娜娜叫起來，死死盯住喬治，「胡說八道！你爲什麼覺得我哭過呢？」

她大發脾氣，責備孩子不聽話，居然躲在門後偷聽。孩子不知所措，見娜娜賭氣不理他，便裝出順從而可愛的樣子走到她身邊，但心裡還是知道個究竟。

「那麼，我哥他……」

「你哥哥立刻就明白他到了什麼地方……你想必明白，如果我眞的是妓女，那麼考慮到你的年齡和你家庭的榮譽，他出面干預就是名正言順的。嗯！這類感情我能理解……但他進入這座房子看一眼就明白了，所以表現得像個上流社會的人……這樣，你就不用擔心啦，一切都了結了，你哥哥會讓你媽媽放心的。」

說罷，她又笑著補充一句：

「而且，你會在這裡見到你哥哥……我邀請了他，他會再來的。」

「啊！他還會再來。」孩子臉色發白說道。

他沒再多說一句話，他們也不再談菲力普。娜娜換衣服準備外出，喬治瞪著一雙憂鬱的大眼睛看著她。事情解決了，他大致上感到很高興，因爲他寧願死也不願意與娜娜斷絕關係。可是，他的內心深處有一種隱約的不安和深深的痛苦；這不安和痛苦他說不明白，也不敢說出來。他永遠搞不清楚，菲力普是怎麼讓母親放下心的。

事實上，三天以後，母親帶著滿意的神情，返回了豐岱特。就在她返回去那天晚上，在娜娜家裡，當弗朗索瓦通報中尉到時，喬治止不住直打哆嗦。菲力普樂呵呵地開玩笑，說喬治是個逃學的頑童，好在有他庇護，才不會受到追究。喬治心頭發緊，連動都不敢動，即使聽到無關緊要的話，也會像小姑娘一樣羞得滿臉通紅。菲力普比他大十歲，對他很少像兄長般親切，而是像一位嚴父，令他生畏，使他不得不把搞女人的事瞞著他。因此，喬治看見菲力普坐在娜娜身邊，是那樣自由自在，縱聲談笑，以他健壯的體魄盡情地享樂，他就感到羞愧難言，心裡有說不出的滋味。不過，爾後不久，菲力普天天來，喬治終於有點習慣了。娜娜滿面春風。這是她放縱無度的風流生活的最新一項安排；她這座公館已經幾乎給男人和家具擠破了，但卻異乎尋地似乎每天都在舉行喬遷喜宴。

一天下午，于貢兄弟都在娜娜家，繆法伯爵沒按規定時間不期而至。佐愛對他說太太正在接待朋友，他更裝得像個禮貌而知趣的紳士，沒有進門就走了。等到他晚上再來時，娜娜像個受了侮辱的女人，憋了滿肚子火，冷冰冰地接待他。

「先生，」她說道，「我可沒有任何把柄，可以讓你抓住來侮辱我……請你聽清楚，以後凡是我在家裡，請你像別的客人一樣進來。」

伯爵愕然。「可是，親愛的，」他想解釋。

「也許因爲我當時有客人吧！不錯，客人中還有男人。那麼，你以爲我和這些男人在一起幹什麼呢？……有些人就愛裝出一副知趣情人的模樣，宣揚一個女人怎麼怎麼的，我可不允許這樣宣揚我！」

繆法好不容易得到她的寬恕。他心裡還挺高興。娜娜就是透過這樣的辦法，使伯爵順從並對她深信不疑。她早就迫使伯爵接受了喬治，說這是一個「讓她開心的小男孩」。她又讓伯爵同意與菲力普一起共進晚餐。伯爵表現得和藹可親，退席之後還把小伙子拉到一邊，詢問他母親的近況。從此，于貢兄弟、旺朵夫和繆法公開地成了這個家庭的常客，他們見了面就像密友一樣握手。這樣更方便。只有繆法依然謹愼行事，避兇來得太勤，保持著外人登門拜訪的禮節。夜裡，當娜娜坐在地面的熊皮上脫襪子時，他經常友好地談到這幾位先生，尤其是談到菲力普，覺得菲力普簡直是忠誠正直的化身。

「這倒一點不假，他們都挺可愛。」娜娜坐在地上換睡依，這樣說道，「不過，他們都明白我是什麼人……一句話不合適，我就會把他們趕出去！」

然而，娜娜雖然花天酒地，身邊又有這幫奉承者，還得無聊得要命。夜裡她每分鐘都是男人陪伴身旁，她的錢多得連梳妝台的抽屜裡都塞滿了，與梳子和刷子混在一起。可是，這一切已經不能使她滿足了，她莫名其妙地感到空虛，心裡空落落的直打呵欠。她終日無所事事，日子終而復始，每天都一樣單調。她不考慮明天，而像鳥兒一樣生活著，有吃就吃，遇到可棲身的樹枝就過夜。既然衣食無虞，她就成天懶洋洋地躺著，在閑逸之中昏昏欲睡，打發時間，就像生活在修道院裡一樣，無異於做了妓女職業的囚徒。她出門就坐車，腳都不能走路了；她恢復了小女孩時的興趣，從早到晚摟著小狗珍珍親個沒完，想出一些愚蠢的辦法來消磨時間；她唯一的事情就是等待男人，以表面殷勤實則厭倦的態度敷衍他們。

在這種自暴自棄之中，她唯一關心的是自己的美貌，經常仔仔細細照鏡子，仔仔細細洗澡洗臉，仔仔細細全身灑香水。她自鳴得意的是，能夠於任何時候，在任何人面前脫得一絲不掛，而不會感到臉紅。

娜娜每天早上十點鐘起床，總是那隻蘇格蘭卷毛狗珍珍舔她的臉把她喚醒；醒來之後就與小狗玩五分鐘，讓小狗在她的胳膊和大腿間亂跑亂竄，惹得繆法很不高興。珍珍是繆法嫉妒的第一個小男人。讓一隻小狗把鼻子伸進被窩裡拱來拱去，成何體統。玩過之後，娜娜就到梳洗室去沐浴。將近十一點鐘，弗西斯來給她捲頭髮，更複雜的梳妝要等到下午才進行。她討厭一個人用早餐，幾乎總由馬盧瓦太太作陪；這位太太戴著那頂奇形怪狀的帽子，早上不知從什麼地方趕了來，晚上又返回她那神秘的、誰也不關心的天地中去。最難挨的是早餐和下午梳洗之間那兩三個鐘頭。通常她邀馬盧瓦太太與她玩紙牌，有時也看《費加羅報》。這份報紙對戲劇的報導和有關上流社會的新聞，她頗感興趣；她甚至偶爾打開一本書，因為她常自吹有文學修養。她的梳妝要到將近五點鐘才結束。只有那時，她才從漫長的昏昏欲睡中清醒過來，乘馬車外出，或在家裡接待紛至沓來的男人；晚餐經常在外面吃，她總是睡得很晚，第二天起床照樣疲倦不堪，重新開始千篇一律的一天。

娜娜最開心的事，是去巴提尼奧勒她姑媽家看她的小路易。她常常半個月把他忘得一乾二淨，然後像瘋了似的，步行去看他，心裡充滿一個好母親的歉意和慈愛，像去濟貧探親一樣，帶著各種各樣的禮物，其中有給姑媽的煙草，給兒子的桔子和餅乾。有時，她是從布洛涅森林回來時，坐著她的雙篷四輪馬車順道去看他。她的濃妝豔服，總要在那條冷清的小街引起轟動。勒拉太太呢，自從姪女風光起來以後，她的虛榮心就不斷膨脹。她很少在維里耶大街露面，假惺惺地稱那不是她該去的地方，可是在她自己那條街出盡了風頭。當娜娜穿著價值四五千法郎一條的裙子來到時，她就高興得什麼似的，第二天一整天，拿著她收到的禮物給東家瞧西家看，還列舉每樣東西的價錢，使鄰居們驚訝得目瞪口呆。

通常，娜娜總是在星期天與家人團聚；這一天，如果繆法邀請她，她就會像一個年輕的有夫之婦微微一笑，婉言謝絕，說：不行啊，她要去姑媽家吃晚飯，要去看望她的小寶貝。儘管這樣，小路易這可憐的孩子卻總是病懨懨的。他快滿三歲了，是個大小子了，然而不是後頸上長濕疹，就是耳朵裡出現膿腫，眞讓人擔心會引起頭蓋骨潰瘍。每當看見他臉色蒼白，血液變黃，肌肉鬆弛，身上布滿黃色班點，她就愁眉不展，但更多的還是感到奇怪：這個小寶貝怎麼回事，身體如此糟糕？而他的母親卻這樣健康！

不去看望孩子的日子，她依然過著吵吵鬧鬧又單調乏味的生活，去布洛涅森林散步，到劇院看首場演出，進金屋餐館或英格蘭咖啡館晚餐或宵夜，出入於所有公共場所，觀看大家爭先恐後去看的一切節目，如馬比耶舞會、黃色歌舞演出和賽馬等。儘管如此，她還是經常產生閑得發慌的空虛感，像胃痙攣一樣難受。她不斷有令她心醉神迷的熱戀，可是等到剩下一個人時，她就伸懶腰，整個人疲乏不堪，令人憂愁的孤獨感立刻爬上她的心頭，而孤獨感又使她感到空虛，對自己感到厭倦。她有著很愉快的職業和很愉快的天性，可是每當這時，她就變得淒淒切切，常常在兩個呵欠之間，喊出這樣一句足以概括她的全部生活的話：

「啊！男人煩死我了！」

一天下午，娜娜參加音樂會回來，看見蒙馬特街的人行道上有個女人小跑著，只見她鞋跟跑壞了，裙子髒兮兮的，帽子給雨淋得變了形。她一下子認出了那女人。

「停一停，夏爾！」她對車夫感道。

接著就叫那女人：「薩丹！薩丹！」

行人扭過頭，街上的人都停下來觀望。薩丹走過去，衣服蹭在馬車輪子上，弄得更髒了。

「上來吧，妹子。」娜娜根本不把圍觀的人放在眼裡，毫不介意意地說。

娜娜收容了骯髒不堪的薩丹，讓她上了她那輛淺藍色的雙篷四輪馬車，緊貼她鑲尚蒂伊花邊的珠灰裙子坐下，把她帶回家；街上的人看到她車夫氣勢不凡的樣子，都露出了微笑。

從此，娜娜有了迷戀的對象，不再閑得發慌了。薩丹成了她同性戀的伴侶。這姑娘在維里耶大街的公館裡住了下來，洗淨身子，換了衣服，就連續三天給娜娜講述聖拉扎爾教養所的情況，裡面的修女如何討厭，那些混蛋警察如何把她列入了暗娼名單。娜娜聽了很氣憤，一個勁安慰她，發誓說，她一定親自去找部長，把她從那裡搭救出來，眼下嘛，不必著急，警察絕不會到她家裡來找她，這可以肯定。這兩個女人開始在一起度過充滿柔情蜜意的下午，時而說此溫柔體貼的話，時而一邊親吻一邊笑。這正是在拉瓦爾街客店裡玩的那套把戲的繼續。那天晚上被警察衝散了，現在重新開始，只不見帶有開玩笑的性質。後來有一天晚上，她們眞的幹了起來。娜娜在洛爾餐館見到過這一套，本來很反感，現在嘗到了滋味，被弄得神魂顚倒，如痴如狂，尤其到第四天早上。薩丹失蹤了，更讓她難捨難棄。誰也沒看見薩丹走出公館，她穿著新裙子溜掉了，因爲她渴望呼吸新鮮空氣，留戀她的街頭生活。

這一天，公館裡鬧得沸騰騰地，僕人們嚇得個個低著頭，全都不敢吱聲。娜娜差點要揍弗朗索瓦，怪他沒有把守住大門。不過，她還是竭力控制住了自己。她罵薩丹是臭野雞，這回她總算看透了，以後再也不去臭水溝裡撿這種爛貨了。這天下午，太太把自己反鎖在房間裡，佐愛聽見她在哭泣。到了傍晚，她突然叫人套車，她送到洛爾餐館。她腦子裡突然閃過一個念頭，也許能在殉道者街那家餐館的客飯桌上找到薩丹。她不是要再見她一面，而是要摑她一記耳光。果然，薩丹與羅貝爾太太坐在一張小桌子旁用餐。她一看見娜娜就笑了。娜娜呢，心裡挺激動，並沒有發火，相反卻表現得很溫和，很柔順。她請大家喝香檳酒，把五六桌人灌醉，然後趁羅貝爾太太上洗手間之機，把薩丹帶走。到了馬車上，她才狠狠咬薩丹一口，而且威脅說，下次她再逃，非宰了她不可。

後來，這種情況又接連不斷發生，不下二十次。娜娜覺得自己是個受愚弄的女人，又傷心又氣憤，每次都去追尋這隻野雞，而這隻野雞一次次飛走，無非是因爲一時的熱戀和對公館舒適的生活感到厭倦。娜娜揚言要摑羅貝爾太太的耳光，有一天甚至想入非非要同她決鬥，因爲她們三個人有一個是多餘的。現在她去洛爾餐館晚餐時，一定要佩帶珠寶鑽戒，有時還帶上路易絲、瑪麗亞·布隆、塔隆、塔康·妮妮，凡個人全都穿金戴銀，珠光寶氣。在洛爾飯店那燈光昏黃、彌漫著飯菜味的三間餐廳裡，這幾個女人流里流氣地大擺其闊，使得來自附近一帶的那些小婊子個個驚訝萬分。於是她們得意揚揚，離去時每人挑選一個小婊子帶走。每逢這種日子，洛爾總穿著閃閃發光的緊身衣，露出更寬厚的慈母表情，親吻每個人。然而，面對這種爭風吃醋的情形，薩丹卻保持著冷靜，一雙眼睛總是藍瑩瑩的，一張臉總是少女般純潔。兩個女人咬她，打她，爭奪她，而她只是說，這未免太可笑了，她們最好講和；打她的耳光有什麼用，她又不能分成兩半，雖然她誠心誠意想對大家都友好。最後還是娜娜占了上風，因爲她對薩丹百般溫柔，同時送給她數不勝數的禮物。羅貝爾太太爲了報復，就給她的情敵的每個情夫寫惡毒的匿名信。

一段時期以來，繆法伯爵顯得憂心忡忡。一天早晨，她很激動地拿了一封匿名信放在娜娜面前。娜娜看了頭幾行，就知道這封信是告發她對伯爵不忠，暗地裡與旺朵夫和于貢兄弟相好。

「絕沒有這種事！絕沒有這種事！」她以異乎尋常的眞誠口氣，斬釘截鐵地大聲說。

「你敢起誓嗎？」伯爵問道，他已經鬆了一口氣。

「你叫我拿什麼起誓都可以……好！就拿我兒子的腦袋吧！」

那封信很長，後面用露骨、下流的語言，揭發她與薩丹的關係。她讀完後，只是微微一笑。

「現在我知道這封信是誰寫的了。」她輕描談寫地說道。

但繆法要求她闢謠，她就心平氣和地對他說道：

「這個嘛，親愛的，薩丹這件事與你不相干……這對你有什麼影響呢？」

她並不否認，繆法便說了一些氣憤的話。她聽了只是聳聳肩膀。她究竟是不是這個時代的人？這種事到處都有，娜娜舉了她幾個女朋友的例子，肯定說，上流社會的女士們都這樣作。總之，照她的說法，世界上沒有比這更普遍、更自然的事了。只有違背事實的謊言才讓她生氣，例如有關旺朵夫和于貢兄弟的事，正如他剛才看到的。嗯！如果真有那種事，他完全有理由指死她。可是，對於一件什麼也不會妨礙的事，有什麼必要說謊呢？她還是重複剛才那句話：「瞧吧，這究竟對你有什麼影響呢？」

可是，繆法繼續爭吵，娜娜便沒好氣的乾脆打斷他：

「況且，親愛的，如果你覺得不會適，那麼很簡單……門是開著的……我就這樣！要我就得要本來的我。」

繆法低下了頭。實際上，他對娜娜的發誓感到欣慰。娜娜呢，她看到了自己的力量，再也不遷就他了。從此，薩丹便公開在公館裡住了下來，與前面提到的幾位先生平起平坐。汪德夫不用收到匿名信就知道是怎麼回事，他常常冷嘲熱諷，故意與薩丹爭風吃醋；菲力普和喬治卻把薩丹當成伙伴，同時握手，開不堪入耳的玩笑。

娜娜又有一次豔遇。那是一天晚上，薩丹那臭婊子又拋下她溜了，她連忙趕到殉道者街去晚餐，卻沒有見到薩丹。她正一個人吃飯，達蓋內出現了。達蓋內本來已決定過規規矩矩的家庭生活，但有時惡習復萌，便來到這家餐館，心想在巴黎這個下流昏暗的角落，不至於遇到什麼熟人。因此，見到娜娜在那裡，起初不免有些尷尬。可是，他不是一個動輒打退堂鼓的男人，便滿面笑容地上前問，太太是否肯賞臉讓他與她同桌吃飯。娜娜見他一副嬉皮笑臉的樣子，便擺出傲慢冷淡的神氣，乾巴巴說道：「先生愛坐哪裡請自便，大家都是在公共場所廝。」

交談以這種口氣開了頭，自然挺風趣。可是，等到上餐末甜食時，娜娜感到無聊，渴望炫耀自己的勝利，便把兩肘往桌子上一支，用以前那種狎暱的口氣問道：

「喂，寶貝，你的婚事順利麼？」

「不大順利。」達蓋內承認道。

事實上，達蓋內壯起膽子打算去繆法府上求婚時，感到伯爵突然對他非常冷淡，便謹愼地打消念頭。他覺得這件事吹了。娜娜用明亮的眸子盯住他，雙手托著下巴，嘴唇嘲諷地微微一皺。

「哼！我可是個蕩婦呀。」她一字一頓地說道，「哼！可是把未來的岳父從我的魔爪下極救出去……好啊！我看你這個小伙子眞是聰明一世糊塗一時！怎麼著？你居然對一個鍾愛我、什麼話都告訴我的男人說我的壞話！……老實告訴你吧，寶貝，你這婚只有我肯成全才結得成。」

這一點達蓋內剛才就感覺到了，他心裡正盤算怎麼讓娜娜順從他的意志。不過，他說起話來還是沒有正經的，不願意把事情搞得那麼嚴肅。他戴上手套，裝出鄭重其事的樣子，請求允許他與愛絲泰·德·伯維爾小姐結婚。娜娜終於給他逗笑了，就像有人搔得她癢癢似的。啊！這個咪咪！硬是想恨他也恨不起來。達蓋內在女人面前獲得的極大成功，得歸助於他那甜柔的嗓音。他的嗓音是那樣純正，音樂般柔和悅耳，正因爲這樣，青樓女子們送了他一個綽號，叫做「蜜嘴兒」。在他那溫柔的嗓音的包圍之下，她們沒有一個不順從的。達蓋內知道自己的嗓音的這種魅力，就用不絕如縷的絮語給娜娜催眠，給她講一個又一個荒唐的故事。等到他們離開餐桌，挽住他的胳膊的娜娜，已是滿臉紅潮，瑟瑟顫抖，完全被征服了。外面陽光宜人，她便打發馬車回去，自己陪著達蓋內，款款漫步，一直走到他的家門口，自然隨她一同上樓。兩上鐘頭後，她一邊穿衣服一邊說道：

「那麼，咪咪，這婚你一定要結嗎？」

「當然！」達蓋內喃喃說道，「至今這仍是我最好的選擇……你知道我囊空如洗啦。」

她叫他幫她結鞋帶，沉默了一會兒說道：

「天哪！我還有啥可說的……我來給你使勁吧。你那個小妞兒乾瘦得像根木頭椿子，不過既然你們兩相情願……我這個人最樂於助人，我來爲你撮合吧。」

她的胸部還裸露著，說罷她笑吟吟地補充一句：

「不過，你拿什麼東西謝我？」

達蓋內感激涕零，一把摟住她，吻她的雙肩。

娜娜興奮異常，渾身哆嗦，頭往後仰，想躲開他。

「啊！我想好啦，」她被達蓋內的吻刺激得減起來，「聽我說，我遂了你的心願，作爲報答，你結婚那天，要把初夜權給我……就是同你老婆幹之前，聽明白了嗎？」

「一定！一定！」達蓋內答道，笑得比娜娜還響。

他們都覺得這筆交易很有趣，這種安排再好不過。

恰巧第二天，娜娜家裡舉行晚宴。這是每周四例行的晚宴，出席者有繆法、旺朵夫、于貢兄弟和薩丹。繆法伯爵很早就到了。他必須拿出八萬法郎，爲少婦了清兩三筆債務，同時給她買一條藍寶石項鏈；娜娜如饑似渴想得到這樣一條項鏈。伯爵的財產已經動用了很大一部分，但還不敢變賣不動產，所以他想找個放債的人。在娜娜本人的建議下，他對拉博德特講了，拉博德特覺得這筆交易太大，又去對理髮師弗朗西斯說。弗朗西斯很願意爲他的顧客效勞。於是，伯爵就把事情交給這兩位先生去辦理，但明確表示，無論如何都不能暴露是他借錢。兩位先生答應，把十萬法郎的本票放在公事包裡拿回來，讓他簽字；他們又對利息高達兩萬法郎自我圓說，大罵高利貸者黑心腸。可是，照他們的說法，要借錢就不得不去叩他們的門。繆法來到的時候，弗朗西斯剛爲娜娜梳好頭。拉博德特也在梳洗室裡，像一個無足輕重的朋友，隨隨便便在一旁觀看。一看見伯爵，他連忙拿出一大捆鈔票，一聲不響放在香粉和髮蠟中間；伯爵接過本票，就在梳妝台上簽了字。娜娜想留拉博德特晚餐，他謝絕了，說他要領一個外國闊佬逛逛巴黎。這時，繆法把他拉到一旁，央求他去一趟貝克珠寶店，幫他把那條藍寶石項鏈買來，他要今天晚上就給娜娜一個意外的欣喜。拉博德特滿口答應，半個鐘頭後，于連悄悄地把一個珠寶匣子交給伯爵。

晚餐席上，娜娜顯得煩躁不安。一見到八萬法郎，她心裡很不平靜。眞是的，這麼一大筆錢，統統都要交給供應商！她爲這個心裡很不是滋味。剛上湯，她就傷感起來，身處這間豪華的餐廳，面前的銀餐具和水晶器皿熠熠生輝，竟然大談起清貧的幸福來了。幾個男人都穿禮服，她本人也穿了一件繡花白緞袍，只有薩丹比較樸素，穿了一件黑綢袍子，頸子上也只有一個心形金墜子，都是娜娜這個好朋友送給她的禮物。于連和弗朗索瓦站在客人身後侍候，佐愛作幫手，三個人都挺神氣。

「從前我沒有錢的時候，當然玩得更開心。」娜娜說道。

她安排繆法坐在她的右邊，旺朵夫坐在她的左邊，但她很少看他們，心裡只有薩丹。薩丹坐在她對面菲力普和喬治之間。

「不是嗎，我的小貓咪？」她每說一句話，就這樣問薩丹一句，「那時候，我們去波隆梭街約斯嬷嬷的寄宿學校上學時，多麼快樂呀！」

烤肉上來了。兩個女人都回憶起了往事。她們不閑聊就感到空虛，這才回憶往事的。她們突然渴望攪動她們年輕時的污泥；尤其是有男人在場的時候，她們似乎禁不住要狂熱地把她們成長的經驗強加給他們。在座的先生們臉上紅一陣白一陣，眼睛裡現出難爲情的神色。于貢兄弟想強露笑容，旺朶夫神經質地卷著鬍子，繆法變得格外嚴肅。「你還記得維克多嗎？」娜娜問道，「那傢伙可眞的個色鬼，把小姑娘帶到地窖裡去！」

「怎麼不記得。」薩丹答道，「你家那個大院子我還記得很清楚呢。有一個看門的女人，成天拿把掃帚……」

「那是博什大媽，已經去世了。」

「我彷彿還看見你家的店鋪……你媽很胖。有天晚上，我們正在玩兒，你爹喝醉酒回來了，醉得可厲害了！」

這時，旺朶夫想把話題引開，就在兩個女人回憶的時候插話道：

「你說怎麼樣，親愛的？茭白還有的話，我很想再吃點兒……眞鮮嫩。昨天我在科布洛公爵家吃過，可沒有這樣好吃。」

「于連，拿來茭白！」娜娜粗聲粗氣叫道。

接著，她又撿起被打斷的話題：

「啊！可不是麼，我爹夠糊塗的……所以才敗得那樣摻！你要是見過那情景，一落千丈，經濟拮据！……可以說，我什麼苦都吃過，沒有像爹媽那樣把命陪上，眞是奇蹟。」

繆法一直神經質地擺弄著餐刀，這時決心干預了。

「你們講的事情可不令人愉快。」

「嗯？什麼？不會令人愉快！」娜娜惡狠狠地瞪他一眼嚷道，「我也認爲這些不令人愉快！可是，親愛的，我們總要糊口呀……唔！我媽，你知道，是個誠實的姑娘，事情怎麼樣，我就怎麼說。我媽是個洗衣婦，我爹酗酒，是喝酒喝死的。實際情況就是這樣！你們如果聽了不滿意，你們如果覺得我的家庭出身不光彩……」

大家異口同聲表示抗議。她到底想幹什麼？大家都尊重她的家庭出身。可娜娜接著說道：

「你們如果覺得我的家庭出身不光彩，那麼，請撂下我走開好了，我可不要這種連自己的爹娘都不認的女人……你們要我，就要接受我的爹娘，聽明白了沒有？」

他們要她，也接受她的爹娘、她的過去、她所希望的一切。四個男人現在都縮頭縮腦，垂目盯住桌面，娜娜卻儼然至尊至貴，大爲震怒，把他們全都踩在她過去在古道爾街穿的舊鞋子底下。她怒氣未消，現在你送給她財產，送給她宮殿，統統白搭，她還是懷念她啃馬鈴薯的時代。金錢這個東西，騙騙人而已！它是用來送給貨商的。最後，她這通發作總算以一種感傷的願望結束：她要過簡樸的生活，把一顆心捧在手上，生活在普遍的善良之中。

這時，她發現于連垂著雙手，恭候一旁。

「喂，站著幹什麼？斟香檳酒呀！」她說道，「這樣蠢頭蠢腦看著我幹嘛？」

在娜娜發作期間，僕人們臉上全都沒有一絲笑容。他們彷彿沒聽見，太太越是鬧得凶。他們越顯得莊重。于連俐落地開始斟香檳酒。不幸弗朗索瓦遞水果的時候，將水果盤傾斜得太厲害，致使蘋果、梨子和葡萄滾到了桌子上。

「該死的笨蛋！」娜娜大聲罵道。

聽差不該解釋說，水果本來就擺得不穩，佐愛在拿桔子時觸動過。

「那麼，」娜娜說，「就該怪佐愛這個蠢貨。」

「可是，太太……」貼身女僕自尊心受到傷害，細聲說道。

太太霍地站了起來，威風凜凜，一字一頓地說道：

「還不夠嗎？……統統滾出去，我們用不著你們了。」

這樣趕走了僕人們，她反而平靜下來了，立刻顯得非常溫柔可愛。餐後甜點很可口，幾位先生自己動手，吃得挺快活。薩丹削了一個梨，來到她心愛的人兒背後吃，倚在她的肩膀上，附在她耳邊說了幾句悄悄話，兩個人立刻哈哈大笑。不一會兒，薩丹的梨吃剩了最後一塊，她要與娜娜分享，便用牙齒咬住伸給她，兩個人嘴唇貼嘴唇輕輕地咬，最後在親吻中把那塊梨吃掉。於是，先生們怪聲怪氣齊聲抗議。菲力普嚷著叫她們不必顧忌。旺朵夫問他們是不是應該回避。喬治跑過去抱住薩丹的腰，讓她回到自己的座位。

「你們盡是蠢傢伙！」娜娜說道，「吵得這可憐的小嬌娘臉都紅了……別理他們，我的小妞兒，他們要開玩笑讓他們開去，這是咱倆的私事。」

繆法帶著嚴肅的神情看著她們，娜娜轉向他說道：「不是嗎，我的朋友？」

「對，當然對。」繆法咕噥道，一邊慢吞吞點了一下頭。

再也聽不到抗議聲。在這幾位門第高貴、世代受到正統教育的紳士中間，兩個女人面對面坐著，含情脈脈互送秋波，泰然自若地濫施女性的淫威，明目張膽地表示對男性的蔑視，使幾個男人不得不接受她們，承認她們的主宰地位。

大家去樓上小客廳用咖啡。兩盞燈射出柔和的光線，映照著粉紅色的牆飾和暗金色的漆器小擺設。夜裡的這種時刻，在許多小箱子、青銅器和瓷器之間，只見一件白銀或象牙鑲嵌飾物通過透亮，一根發亮的小棒上面鏤刻的圖案非常清晰，一塊鑲板像絲絨般燴爛反光，那都是幽幽的燈光映照的結果。壁爐裡下午生的火只剩下了火炭，這個窗簾和門簾遮得嚴嚴實實的房間裡非常暖和，暖烘烘的令人渾身酥軟。這個房間充滿了娜娜的私生活的氣息，隨處可見她亂扔的手套，掉在地上的手絹，或者一本翻開的書，你常常可以看見她穿著睡衣坐在這裡，身上散發著紫羅蘭香味，加上她有經驗的妓女的淫蕩舉止，再讓周圍的豪華陳設一襯托，格外有一種令人心醉神迷的效果。而那些寬大得像床的扶手椅，深得像放床的凹室的長沙發，直讓人產生想睡覺的欲望，坐在暗幽幽的角落裡，沒完沒了地竊竊私語，笑吟吟地互吐衷腸，把時間忘到了腦後。

薩丹走到壁爐旁邊，往一張長沙發裡一躺，點燃一支香菸抽起來。但是，旺朵夫湊過去尋開心，裝出吃醋的樣子拼命逗弄她，威脅說，要是她繼續纏住娜娜，不讓她盡女主人的職責，他就要找證人來和她決鬥，菲力普和喬治也摻和進來，戲弄她，使勁捏她，弄得她喊了起來：「親愛的！親愛的！讓他們放規矩點兒！他們又粘住我不放了。」

「喂，放開她。」娜娜拉下臉來說道，「你們知道，我不允許人家糾纏她……而你呢，我的小貓咪，爲什麼總和他們廝混，既然他們很不老實？」

薩丹滿臉通紅，吐了吐舌頭，進梳洗間去了。梳洗間的門敞開著，只見裡面有一盞煤氣燈，毛玻璃球形燈罩，放射出乳白色的光線，把大理石的梳妝台映成朦朧的白色。於是，娜娜以迷人的女主人的身份，與四位先生交談起來。白天她看了一本引起轟動的小說，描寫的是一個煙花女子的身世；她對這本小說很反感，認爲從頭至尾全不眞實，而且她對這種標榜反映眞實的淫穢文學表示厭惡和憤慨。彷彿什麼都可以描寫似的！彷彿一本小說寫出來不是要給人以愉快的消遣似的！對於書籍和戲劇，娜娜有著堅定不移的見解，希望讀到充滿柔情的高雅作品，能夠幫助她展開幻想的翅膀，心靈變得更高尚。後來，話題轉到使巴黎動蕩不安的騷亂，報紙上煽風點火的文章，還有每天晚上有人在公衆集會上號召拿起武器，街頭已開始出現鬧事。娜娜憤怒地抨擊共和黨人。這些從來不洗澡的髒鬼到底想幹什麼？難道我們生活不幸福，難道皇上還沒爲老百姓辦到一切嗎？老百姓都是下流胚！她了解老百姓，有資格這樣說。剛才在餐桌上，她還要求尊重她們古道爾那批卑賤者，現在她把這忘得一乾二淨，卻站在發跡女人的立場上，懷著厭惡和恐懼的心理，大肆攻擊自己的人。

就在這天下午，她在《費加羅報》上讀到關於一次公衆集會的報導，那次會開得滑稽可笑，發言者講的是俚語，一個醉鬼醜態百出，給趕出了會場。這些她現在想起來還覺得可笑。

「哼！這些酒鬼。」娜娜露出嫌惡的樣子說道，「可不能讓他們得勢。你們看好了，他們的共和對大家將是一場大災難……啊！但願上帝保佑皇上永坐江山！」

「你的祈願上帝肯定能聽到的，親愛的，」繆法神情嚴肅地說道，「行啦，行啦，皇上穩如泰山呢！」

他就喜歡看見娜娜流露出這種崇高的情感。在政治上，他們倆可謂志同道合。旺朵夫和于貢中尉也沒完沒了地嘲笑那些「流氓」，說他們只會大喊大叫了，一見到刺刀就逃之夭夭。

喬治這天晚上一直臉色蒼白，悶悶不樂。

「這孩子怎麼啦？」娜娜注意到他不舒服的樣子，問道。

「我嗎？沒什麼，我聽你們說話呢。」喬治喃喃說道。

其實他很痛苦。離開餐桌時，他就聽見菲力普和娜娜開玩笑，現在又是菲力普而不是他坐在娜娜旁邊。他覺得胸口發脹，就要爆炸了似的，但自己也不明白是什麼原因。他不罷容忍菲力普和娜娜挨得那麼緊，種種見不得人的想法在他腦中回盪，使他感到又苦悶又羞恥。他嘲笑薩丹，然而他先後容忍了斯泰內、繆法和其他所有人與娜娜相好，他爲此感到惱怒，一想到有一天菲力普也可以摸娜娜，他就氣的發狂。

「來！抱抱珍珍吧。」娜娜爲了安慰他，把在自己裙子裡睡著了的小狗遞給他。

喬治又快活了，這小狗帶著娜娜的膝蓋的溫熱，抱著它等於摟著她的身體某一部分。

話題轉到了旺朵夫頭上，他昨夜在帝國俱樂部賭輸一筆巨款。不會賭錢的繆法，聽了大吃一驚。旺朵夫卻滿面笑容，暗示自己即將破產，整個巴黎已經議論紛紛了；人嘛，怎麼死法無關緊要，要緊的是死得漂亮。一段時間以來，娜娜注意到他焦躁不安，嘴角現出一條衰老的皺紋，清澈的眼睛裡目光猶疑不定。他還保持著高傲的貴族氣派，保持著名門旺族的瀟灑風度，儘管他的家族已經衰敗；不過，在這個被賭博和女人消耗殆盡的頭腦裡，還只是偶然產生短暫的眩暈。有天夜裡，他睡在娜娜身旁，對她說了一番挺可怕的話把娜娜嚇壞了：他說等他把自己的財產吃光了時，就把自己關在馬廄裡，放把火與馬同歸於盡。現在他唯一的希望，寄托在一匹叫做呂西尼昂的馬身上，他正在對它嚴加訓練，準備奪取巴黎賽馬大會的頭獎，他想靠這匹馬翻身，這匹馬維繫著他已動搖的信譽。每次娜娜問他要什麼的時候，他都推到六月份，等呂西尼昂獲了獎再說。

「得了吧，」娜娜開玩笑說道，「它也會可能輸掉，因爲它必須淘汰所有馬才成。」

旺朶夫沒回答，只是露出一絲神秘的笑容。過了一會兒，他才輕鬆地說道：

「對了，我自作主張把你的名字給了我那匹本來獲勝希望不大的母馬……娜娜，娜娜，這名字多響亮！你不生氣吧？」

「生氣，爲什麼？」娜娜反問道，實際上很高興。

大家繼續閒聊，扯到最後要處決一名囚犯，少婦表示很想去觀看。正在這時，薩丹出現在梳洗室門口，用央求的口氣叫她。娜娜立刻起身，撂下幾位先生朝薩丹走去。幾位先生全都懶洋洋地躺著，抽著雪茄，一邊爭論著一個嚴肅的問題：一個患有慢性酒精中毒的殺人犯，究竟該負多少殺人罪責？梳洗室裡，佐愛倒在一張椅子上，眼淚汪汪哭個不停，薩丹怎麼也勸不住。

「怎麼了？」娜娜奇怪地問道。

「啊！親愛的，你來勸勸她吧。」薩丹說，「我都開導她二十分鐘了……她哭就是因爲你罵她蠢貨。」

「是的，太太……罵得太難聽了……罵得太難聽了……」佐愛結結巴巴說道，又被一陣嗚咽哽住了嗓子。

這場面使娜娜的心腸立刻軟了下來。她立刻好言安慰，見佐愛還是平靜不下來，便蹲在她面前，親切隨竟地攬住她的腰。

「哎，瞧你這死腦筋，我罵蠢貨和罵別的話不是一個樣嗎？我哪裡想了那麼多，當時正在氣頭上……好啦，我錯了，別哭了。」

「我這樣熱愛太太……」佐愛喃喃道，「我爲太太辛辛苦苦，到頭來倒落得……」

娜娜聽到這話，親了親貼身女僕，然後爲了表示她並沒有計較什麼，就把自己還沒穿過三回的一件袍子送給了佐愛。這主僕倆之間發生齟齬，往往是靠禮物收場的。佐愛用手絹擦乾眼淚，將袍子搭在手臂上離開了，臨走之前還說，現在廚房裡氣氛抑鬱，于連和弗朗索瓦挨了太太罵，一點胃口也沒有，連飯都吃不下。太太捎給他們每人一枚金路易，作爲她不計較的證據。身邊的人愁眉苦臉，她心裡實在不好受。

娜娜平息了這場風波，消除了第二天的隱憂，愉快地準備返回客廳。薩丹趕緊湊到她耳朵邊抱怨開了，威脅說，這幾個男人再戲弄她，她可就要走了；她要求娜娜這天夜裡把他們統統趕走，教訓教訓他們。再說，兩個人單獨待在一起多麼親密！娜娜一聽又急了，肯定說這是不可能的。於是，薩丹就像一個蠻不講理的孩子，粗暴地非要娜娜按她的意願辦不可。

「我要你趕走他們，聽到沒有！你不趕走他們，我就離開這裡！」

薩丹說罷回到客廳裡，往窗戶旁邊一張長沙發上一躺，離大家遠遠的，像死了似的一聲不響，一雙大眼睛盯住娜娜，等待者。

幾位先生經過議論，一致反對新的刑事犯罪理論。按照這種異想天開杜撰出來的理論，某些病理狀態的罪犯可以不負刑事責任，那樣豈不只有病人，沒有罪犯了嗎？娜娜贊同地點頭，一邊尋思怎樣打發走繆法伯爵。其他人都會走的，惟獨伯爵不一定會肯。實際上不出娜娜所料，菲力普站起來告辭時，喬治也立刻站了起來，他唯一擔心的是他哥哥會留在後面。旺朶夫還待了幾分鐘，他在窺測風向，看看是否碰巧有什麼事迫使伯爵離開，把位置讓給他。待了一會兒，見繆法乾脆待著不動，要在這裡過夜，他也就不再堅持，知趣地告辭走了。走到門口，他發現薩丹兩眼發愣，便明白了一切，覺得挺有趣，就走過去同薩丹握手。

「怎麼樣？我們沒有鬧翻吧？」他低聲說道，「原諒我吧……我以名譽擔保，你是最漂亮的姑娘。」

薩丹根本不屑於回答。她兩眼始終盯住單獨待在一起的娜娜和繆法伯爵。繆法再也沒有什麼顧忌，挪過去緊挨娜娜坐著，捏住她的手指吻起來。娜娜則想尋求脫身之計，便問他女兒愛絲泰身體是否好些了。昨天夜裡，伯爵還抱怨這孩子性情太憂鬱；他在家裡過不上一天舒坦日子，因爲他太太成天不著家，而他女兒成天冷冰冰的一句話也不說。對於伯爵的這些家庭問題，娜娜經常能出於多好主意。她見伯爵今晚輕鬆愉快，肉體和精神都放鬆了，又開始向她訴起苦來，便想起了自己對達蓋內的承諾，於是說道：

「你把她嫁出去怎麼樣？」

娜娜馬上壯著膽子說出了達蓋內的名字。伯爵一聽見這個名字就來氣。聽了娜娜曾經對他說過的那些話，他絕不肯把女兒嫁給這傢伙。娜娜裝出吃驚的樣子，接著哈哈大笑，摟住他的脖子說道：「啊！吃醋啦，好像眞有這麼回事似的！……好好想想吧，當時是他在你面前說了我的壞話，把我氣得不得了……今天我感到很抱歉……」

這時，她從伯爵的肩上遇到了薩丹的目光，心裡有些慌，趕緊鬆開伯爵，嚴肅地說道：

「朋友，這門親事應該結成，我不想妨礙你女兒的幸福。這小伙子挺好，你找不到比他更好的女婿了。」

接著，她就開始大誇特誇達蓋內。伯爵又捏住了她的手；他不再反對，讓他考慮考慮，以後再談。隨後，他提議上床睡覺。娜娜放低聲音，對他解釋說，不行，她來例假了；他對她如果還有點愛心，就不應該強求。然而，繆法硬是賴著不走，娜娜有點軟了下來。正在這時，她又遇到了薩丹的目光。於是，她又強硬起來了。不行，這是不可能的事。伯爵很衝動，樣子很難受，站了起來，尋找自己的帽子。但是走到門口，他記起了那條藍寶石項鏈，因爲他突然觸到了口袋裡的首飾匣。他本來打算把它藏在床裡邊，等娜娜頭一個上床後，一躺下眼就會碰到。這是大孩子讓對方吃驚的送禮方法。從晚餐起他就一直在考慮這個方法。現在這樣被打發走，他心煩意亂，快快不樂，便掏出首飾匣，生硬地遞給了她。

「什麼東西？」娜娜問道，「啊！藍寶石……啊！眞的，是這條項鏈。你眞可愛！你說，親愛的，就是我們看見過的那條嗎？擺在櫥窗裡效果更好。」

這就是她的全部謝忱，她還是讓他走了。伯爵看見薩丹躺在那裡默默地等待。於是，他打量一眼兩個女人，不要強求，順從地下樓去了。前廳的門還沒關，薩丹便摟住了娜娜的腰，又跳又唱。然後，她向窗口跑去。

「應該看看他在人行道上是副啥模樣。」

兩個女人藉著窗簾的掩蔽，趴在鐵欄杆上。時鐘敲響了一點。維里耶大街上沒有行人，只見兩排路燈延伸向遠外，消失在這三月潮呼呼的夜色中，一陣陣狂風夾著雨，從大街上橫掃過去。一塊塊空地，看上去像一個個漆黑的洞；正在建設中的公館一排排腳手架，聳立在黑黝黝的空中。她們看見繆法弓著身，沿著潮濕的人行道，穿過新巴黎這片寒冷而空曠的平原，向前走去，連他的影子都彷彿顯得不勝惆悵。

她們看著他的模樣，瘋狂地笑起來。但娜娜用一句話止住了薩丹的笑：

「當心，警察來了！」

她們立刻忍住笑聲，隱隱地懷著恐懼心理，望著從大街另一頭邁著整齊步伐走過的兩個黑影。娜娜現在生活奢華，貴如女王，頤指氣使，然而對警察卻依然害怕，不希望聽見人家提起，就像不希望聽見提起死亡一樣。發現一個警察抬眼打量她的公館，她就感到不自在，誰也不知道這些人會幹出什麼事來。他們如果聽見她們倆在這深更半夜狂笑不止，就很可能把她們當成妓女。薩丹微微哆嗦，便緊緊貼住娜娜。然而，她們還是待在窗口。被一盞越來越近的燈吸引住了。那燈在道旁一攤攤積水中晃來晃去，原來是一個撿破爛老太婆，扔著燈在水溝裡撈什麼。那老太婆薩丹認識。

「喔唷！」她說道，「原來是包瑪蕾王后扔著她的細柳條筐！」

這對一股風卷起一股水霧，打在她們臉上。薩丹對她心愛的人兒講起了包瑪蕾女王的身世。啊！過去她可是一個美貌絕倫的妓女，整個巴黎無人不誇，有魅力又有膽量，玩得那些男人像牲口似的團團轉，不少人物跑到她的樓梯上來哭泣呢！現在她酗酒啦，附近一帶的女人爲了尋開心，成天灌她苦艾酒；她走在路上，頑皮的孩子們常向她扔石頭。總之，眞是一落千丈，貴爲王后掉到了糞堆裡！娜娜冷冷地聽著這一切。

「讓你看看吧。」薩丹說。

她像男人一樣吹起了口哨。撿破爛的老太婆正走到窗戶底下。抬頭仰起臉往上看。藉著她手裡那盞燈昏黃的燈光，只見她穿得破爛不堪，一塊頭巾破成了碎片片，下面一張臉帶菜青色，布滿長條的傷痕，沒牙的嘴像一個空洞，兩眼紅紅的也布滿傷痕。娜娜面對這個被酒灌得衰老可怕的妓女，突然產生了一樁回憶，在黑暗中彷彿看見了夏蒙古堡，看見了年老德助的伊爾瑪．當格拉那個當年的妓女踏著古堡的台階，而全村居民都拜倒在她腳下。

薩丹還在吹口哨，取笑看不見她的老太婆。

「別吹了，警察來了！」娜娜低聲說，嗓音都變了，「快進屋去吧，小貓咪。」

警察邁著整齊的步伐又回來了。她們關上了窗戶。娜娜頭髮打濕了，渾身直哆嗦，回頭面對客廳，現出愣怔的樣子，彷彿忘記了這是她的客廳，而是走進了一個陌生的地方。她覺得這裡的空氣如此溫馨，油然產生了一種意外的愉悅。這數不清的財富，古色古香的傢俱，全絲綿緞，牙雕，銅器，這一切，全都在玫瑰色的燈光下睡著了，而整座安謐的公館，給人一種無比豪華的感覺，這裡有古樸莊嚴的會客廳，有寬敞舒適的餐廳，有安靜寬闊的樓梯，還有柔軟的地毯和座椅。娜娜突然感到，這一切是她自身的擴充，是她的支配和享受欲望的擴充，是她想擁有一切而後毀掉一切的願望的擴充。她從來沒有如此深刻地體會到自己的性的威力。她抬眼慢慢環顧四周，以一位哲學家的嚴肅神情說道：

「是呀！一個人趁青春年少及時行樂是很對的！」

但是，薩丹已經在臥室裡的熊皮上打滾，一邊叫她：

「快來呀！快來呀！」

娜娜進梳洗室脫掉衣服。為了快點去薩丹身邊，她用雙手抓住厚厚的金髮，在一個銀盆上面抖動，長長的髮夾便像冰雹似的落在亮晶晶的金屬盆子裡，叮噹之聲十分悅耳。

第十一章

剛開始炎熱的六月份這個星期日，天空中醞釀著雷雨，布洛涅森正在舉行巴黎賽馬大會。清晨，朝陽從橙黃色的塵霧中冉冉升起。但將近十一點鐘，當馬車絡驛駛到龍尙賽馬場時，一陣南風吹散了烏雲，灰矇矇的霧化作破絮般飛去，藍盈盈的雲漸漸擴展，整個天空變成了蔚藍。太陽從兩片雲層之間照射下來，整個賽馬場頓時金光燦爛。草地上漸漸擠滿了華麗的馬車、騎師和行人，跑道還是空的，只是旁邊聳立著裁判亭、終點標誌杆和掛有賽馬記時牌的柱子；對面，在騎師體重測量處的圍牆中間，五座對稱的看台層層疊起磚木結構的廊台。賽馬場的外面，是一馬平川的開闊平原，沐浴在中午的陽光裏，四周一些小樹，西邊橫跨著林木蔥蘢的聖—克魯山和蘇勒斯納山，它們的背後聳立著崢嶸的瓦萊蓮峰。

娜娜興致勃勃，非要靠近圍柵坐在終點標誌杆旁邊不可，彷彿這次大賽將決定她的命運似的。她很早就來了，是到得最早的人之一。她乘坐的是一輛鑲銀的雙篷四輪馬車，由兩名車夫駕著四匹雪白的駿馬拉著，全套都是繆法伯爵贈送的禮物。當她出現在草坪入口時，兩名車夫駕在左邊兩匹馬背上駕車疾馳，車子後部一動不動立著兩個跟班，在人群裏引起了一陣騷動，就像王后經過似的。娜娜一身打扮非常別緻，衣服是藍白兩種顏色，即旺朵夫的賽馬服的顏色：藍綢的緊身褡和藍綢的緊身上衣，緊緊地棚在身上，而腰後高高地凸起一個裙撐，這就讓前面大腿的輪廓充分顯現出來了，在當時流行穿鼓起來的裙子的情況下，這是相當放肆的；外面套一件白緞子長袍，袖子也是白緞子的，肩上披一塊三角形的白緞子披肩，而不管是長袍、袖子還是披肩，全都鑲著銀絲的鏤空花邊，在陽光下僭炤生輝。此外，爲了使自己更像一位騎師，她大膽地在髮髻上扣了一頂窄邊軟帽，頂上插一根白姍毛，髮髻上垂下一給繪金髮，一直垂到脊背的中部，像一條橙黃色的大馬尾巴。

十二點鐘了。還要等三個多鐘頭，大賽才開始。娜娜的馬車靠圍柵停好之後，她就像在家裡一樣，讓自己坐得舒舒服服。她心血來潮，居然把小狗珍珍和小路易也帶了來。那隻小狗躺在她的裙子裏，冷得直打哆嗦，儘管天氣炎熱；那孩子呢，身上披滿了彩帶和花邊，一聲不響，蠟黃的一張可憐的小臉，被風吹得一陣陣發白。這時，娜娜根本不在乎旁邊有人，大聲地和于貢家的喬治和菲力普兄弟倆閑聊起來；他們倆與娜娜面對面坐在另一條凳子上，旁邊放了許多鮮花，有一束一束的白色玫瑰和藍色勿忘我花，把他們連肩膀都遮蓋住了。

「就這樣了，」娜娜說道，「他煩得我要死，我就把他趕出了大門……都兩天了，他還在賭氣呢。」

她說的是繆法，只不過她沒有向兩個年輕人坦率講出這頭一次吵架的眞正原因：一天晚上，繆法在她臥室裏發現一頂男人帽子。那是她一時衝動幹的糊塗事，爲了解悶兒，把路上碰到的一個男人帶回家來了。

「你們不知道他多麼可笑，」娜娜繼續說道，她覺得把細節講出來才有趣，「實際上他是一個徹頭徹尾的僞君子……正因爲這樣，他每天晚上都禱告。這可是千眞萬確的。他以爲我什麼也沒有注意，因爲我爲了不妨礙他，每晚都是頭一個睡下，其實我在偷偷觀察他。他口中念念有詞，畫個十字，從我身上跨過去，在裏邊躺下……」

「啊！這傢伙倒很有心機。」菲力普咕噥道，「那麼他事前事後都禱告了。」

娜娜嫵媚地一笑。

「不錯，事前事後都禱告。當我快睡著的時候，我又聽見他口中念念有詞……但令人厭煩的是，每次我們一爭吵，他就重新陷到教士那一套裏去了。我嘛，始終是信教的。你們愛怎麼笑話就怎麼笑話，反正這不能阻止我信奉自己該信奉的東西……不過他也太討人厭了，又是抽抽搭搭，又是表白他如何愧疚。前天就是這樣，我們爭吵過後，他眞是歇斯底里大發作，搞得我一直還惦記著他呢……」

她突然頓住了，叫道：

「你們看，米尼翁夫婦到了。瞧！他們連孩子也帶來了！……那兩個孩子打扮得眞難看！」

米尼翁一家坐著一輛顏色樸素的雙篷四輪馬車，那是市民中的暴發戶豪華的奢侈品。羅絲穿著灰綢連衣裙，上面鑲有紅色縐泡飾帶和花結，滿面微笑，看見兩個兒子挺快活，她心裏十分高興。亨利和夏爾兩個孩子坐在面前的凳子上，穿著過於寬大的學生裝。當車子駛到圍柵前停下時，羅絲看見娜娜得意揚揚地坐在鮮花中間，所乘坐的車子套著四匹馬，還有穿號衣的車夫和跟班，不禁咬住嘴唇，繃緊臉，扭過頭去。米尼翁卻相反，容光煥發，兩眼含笑，招招手打了一下招呼。他一般不捲入女人之間的爭吵。

「對了，」娜娜又說道，「你們認識一個乾淨俐落、滿口壞牙的小老頭兒嗎？……一位姓韋諾的先生……他今早上來看過我。」

「韋諾先生嗎？」喬治不勝驚訝，「不可能吧！他可是耶穌會的會士。」

「正是啊，我也感覺到了。啊！你們想像不到他和我談了些什麼。眞滑稽死啦！他對我談到伯爵，談到他們關係破壞的夫妻倆，央求我把幸福還給這個家庭……不過，這位先生倒是彬彬有禮，滿面微笑……所以，我回答說，這正是我求之不得的事，我保證讓伯爵與他太太和好……你們知道，我並不是開玩笑，如果能看到這些人幸福，我會挺高興！再說，那樣我會感到輕鬆，因爲一些日子以來，他眞讓我煩透了。」

這發自內心的呼聲傾吐了她最近幾個月來的全部厭倦。除了這些，伯爵似乎經濟非常拮据，成天憂心忡忡，他簽給拉博德特的那張本票有可能無法兌現。

「伯爵夫人正好在那邊。」喬治說道，他的目光正朝看台那邊溜來溜去。

「在哪裏？」娜娜大聲問道，「這孩子眼睛眞尖！……給我拿著陽傘，菲力普。」

但喬治搶在哥哥前頭飛快地把傘接了過去；能替娜娜拿這把帶銀色蕾絲的藍綢陽傘，他心裏非常高興。娜娜拿出一副大望遠鏡對準看台望來望去。

「啊，不錯，我看見她了。」她終於說道，「在右邊那個看台，坐在一根柱子旁邊是嗎？她穿淡藍色衣服，她女兒坐在她旁邊，穿白色衣服……瞧！達蓋內過去和她們打招呼了。」

於是，菲力普談起達蓋內不久就要同瘦巴巴的愛絲泰結婚的事。這件事已經是鐵定的了，連結婚預告都登出來了。起初伯爵夫人不同意，但據說伯爵硬是叫她接受了。娜娜微笑著。

「我知道，我知道。」她低聲說，「對保羅來講這是很好的。他是個可愛的小伙子，完全配得上。」

她接著俯身對小路易說：「你覺得好玩嗎，嗯？看你一本正經的樣子！」孩子一點笑容都沒有，望著這人山人海，一副很老成的樣子，彷彿正憂心忡忡地思考著他所看到的一切。娜娜老是動來動去，小狗珍珍從她的裙子裏跳了出來，蹲到小傢伙腳邊哆嗦不止。

草坪上漸漸擠滿了車馬和人群。馬車不斷從瀑布門駛進來，一輛接一輛，排成了望不到頭的長龍。其中有從義大利人大街開來的波利娜大型公共馬車，載有五十個乘客，一直駛到看台右側停下；還有單馬拉的雙輪馬車，四輪敞篷馬車、豪華雙篷四輪馬車，它們同套著劣馬搖搖晃晃的破舊出租馬車混在一起；還有一人駕駛的四馬馬車；有四匹馬拉的郵車，主人高高地坐在上面的座位上，僕人則坐在車廂裏看管香檳酒籃子；此外還有兩輪輕便馬車，巨大的鋼輪閃爍著耀眼的光芒；也有輕便的雙套二輪馬車，構造就像鐘錶的部件一樣精巧，行駛起來發出一串串叮噹的鈴聲。不時有一個騎馬的人或一群慌裏慌張的步行者，從馬車之間穿過。一進入草坪，車子就不再像在布洛涅森林那邊的路上遠遠駛來時那樣隆隆作響，而頓時變成了沉悶的摩擦聲。這裏只聽見鼎沸的人聲，叫喊聲，呼喚聲，還有在空中猛甩的鞭子聲。風動雲馳，當太陽又從一朵烏雲中鑽出來時，一道金光照射下來，鞍具和油漆的車身立刻閃閃發光，女人的服飾流金淌銀，而在閃亮的塵霧中，高踞在駕駛座上的車夫們連同他們的長鞭子，都像著了火似的。

這時，拉博德特從一輛敞篷四輪馬車上跳下來。是佳佳、克莉絲和布朗施．德．西弗里給他提供了一個座位。他匆匆忙忙正要穿過飽道，進入體重測量處時，娜娜叫喬治喊他過來。等他過來了，她笑吟吟地問道：

「我的價碼是多少？」

她指的是那匹名叫娜娜的幼牝馬。那匹馬在荻安娜大獎賽上不光彩地敗北，甚至在今年四月和五月的鐵騎有獎賽和良種幼馬大獎賽中，也榜上無名，而讓旺朵夫的另一匹馬呂西尼昂拔了頭籌。呂西尼昂頓時名聲大噪，從昨天起馬迷們普遍以二比一爲它下賭。

「依然是五十。」拉博德特說道。

「見鬼。我也太賤了，」娜娜說道，她覺得這玩笑挺有趣。「那麼，我不押自己的賭注了，絕對不！一個金路易也不押在我自己頭上。」

拉博德特匆忙轉身走了，但娜娜又叫他回來。她想聽聽他的意見，因爲他同賽馬訓練師和騎師們保持著密切的關係，掌握有關參賽馬的特殊情報，他的預測已經有二十次準確無誤，大家都稱他爲賽馬消息大王。

「你說，我應該押哪幾匹馬？」娜娜問道，「那匹英國馬的價碼是多少？」

「你說的是精靈？是三……瓦萊里奧二世也是三……其他幾匹嘛，科西尼是二十五，幸運四十，布姆三十，皮什內特三十五，杏仁奶油十……」

「啊，我不押那匹英國馬了，我可是愛國的……怎麼？也許瓦萊里奧二世吧；德·科布洛公爵剛才容光煥發呢……哎！不，還是不行。押呂西尼昂五十個金路易，你說怎麼樣？」

拉博德特以異樣的神情看著她。娜娜俯下身子，悄聲向他詢問，因爲她知道，旺朵夫要他爭取登記賭注者爲他下賭注，以便賭得更放手。他要是了解到什麼情況，完全可以講出來。但拉博德特並不解釋，而是叫她相信他的判斷力，她的五十個金路易怎麼押，由他來決定，反正不至於讓她後悔的。

「好吧，押哪匹馬隨你好了。」娜娜愉快地喊道，終於放他走了，「但不要押娜娜，這是一匹劣馬！」

她的馬車裏爆發一陣狂笑。兩個年輕人覺得她剛才這句話非常有趣，小路易什麼也沒聽懂，聽到母親哈哈的笑聲吃了一驚，抬起一雙失神的眼睛望著她。那邊，拉博德特還是沒能說身，羅絲·米尼翁招了招手叫他過去，對他吩咐了幾句，讓他把一些數字記在一個小本上。然後是克拉莉絲和佳佳叫住他，她們在人群中聽到一些議論，想改變押賭的對象，不再想押瓦萊里奧二世，而想押呂西尼昂。拉博德特毫無表情地記錄著。他終於脫身了，大家看見他消失去跑道對面的兩座看台之間。

還不斷有馬車來，現在已停放了五排，沿圍柵所占用的面積越來越大，形成黑壓壓一大片，其間夾雜著白馬的淺顏色。而在這幾排馬車的那邊，毫無秩序地停放著其他馬車，一輛輛單獨停放著，彷彿擱淺在草地上，車輪子、套車的牲口，橫七豎八，怎麼停的都有，有併排的，有打斜的，也有乾脆橫過來的，還有頭對頭的。在沒有停放車輛的草地上騎師們騎著馬作熱身準備，而步行者三個一群，五個一伙，不停地走來走去。在這集市般的草坪上，在亂哄哄的人群中，賣飲料的攤檔支起灰色的帳篷，篷頂在陽光下泛著白色。但人聚得最多，擁擠得最厲害，帽子似潮湧的地方，是那些賭注登記人周圍；他們站在敞篷馬車上，像牙科醫生一樣打著手勢，身旁高高的木牌上，貼著中彩的牌價表。

「連押哪匹馬的賭注都不知道，實在有點不像話，」娜娜說道，「我得自己押幾個金路易冒冒險才成。」

她站起來，想選擇一個態度和氣的賭注登記人。可是，她看見周圍全是熟人，便把自己剛才的打算忘得一乾二淨了。除了米尼翁夫婦、佳佳、克拉莉絲和布朗施，現在在這一大片馬車之中，從左邊、右邊和後邊，把她的雙篷四輪馬車團團圍住的還有塔唐·妮妮和瑪麗亞·布隆乘坐的四輪敞篷馬車，卡羅莉娜·埃凱母女倆和兩位先生乘坐的雙排馬四輪馬車，路易絲·維約萊納獨自駕駛的一輛籃式的小馬車，上面裝飾的彩帶是梅善的賽馬號衣的橙、綠兩種顏色，萊婭·德·霍恩坐在一輛郵車高高的座位上，身邊圍著一幫吵吵嚷嚷的年輕人。更遠一點兒，在一輛頗有貴族氣派的敞篷四輪馬車上，路茵·斯特華穿著十分樸素的黑綢連衣裙，故作高雅，旁邊坐著一個穿海軍準尉服的高個子年輕人。但最叫娜娜吃驚的，是看見西蒙娜乘坐著斯泰內駕駛的一輛雙套二輪馬車而來，車後部一動不動立著一個抱胳膊的跟班，西蒙娜渾身上下是帶黃條紋的白緞子，從腰帶到帽子綴滿了鑽石，珠光寶氣，鮮艷奪目，那位銀行家抬起手中的長鞭子一甩，趕得兩匹馬箭也似飛奔，前頭的是一匹矮小的栗黃色馬，奔跑起來像隻耗子，後面是一匹高大的棗紅馬，奔跑中舉起前蹄，把腿抬得老高。

「哎喲！」娜娜說道，「斯泰內這強盜大概又一次洗劫了交易所吧……不是嗎？西蒙娜打扮得眞時髦！這未免太招搖了吧，他肯定要給抓起來蹲大牢的。」

然而，她還是遠遠地和他們打了個招呼。接著，她轉動身體，滿面微笑地向四面揮手致意，一個也不忽略，好讓人人都看見她。接著，她又聊起來：

「露茜到處帶著的那個年輕人是她兒子，穿著軍服，倒是挺瀟灑……怪不得她故作高雅！你們知道，她是怕兒子，所以冒充演員……那小伙子實在可憐，似乎沒起半點疑心。」

「唔！」菲力普笑著低聲說：「她願意的時候，肯定會到外省給他找一個能帶來大筆遺產的姑娘作老婆。」

娜娜不吭聲了。在車輛最密集的地方，她瞥見了老虔婆特里貢。特里貢是乘出租馬車來的，坐在裏邊什麼也看不見，便爬到車夫的座位上，泰然自若地坐在那裏，挺直高大的身子，兩鬢垂著長長的髻髮，一副高貴的樣子，居高臨下，俯視人群，彷彿統治著她的煙花女臣民。所有煙花女都悄悄地送她一個微笑。而她呢，露出一副高傲的樣子，裝作不認識她們。今天她不是來拉皮條的，而是興致勃勃來看賽馬的。她是個狂熱的賭徒，是個馬迷。

「瞧！拉．法盧瓦茲那呆子！」喬治突然說道。

大家不勝驚訝。娜娜認不出拉．法盧瓦茲了。他繼承了那筆遺產之後，變得非常時髦，穿著破紋硬領，一身淺色衣服，在瘦削的雙肩處棚得很緊，頭戴無邊軟帽，身體扭扭擺擺，裝出一副疲倦的樣子，說話嬌聲柔氣，滿嘴行話俚語，一句話總是不說完，故意賣關子。

「可是，他挺有風度嘛！」娜娜有點著迷地說道。

佳佳和克拉莉絲把拉．法盧瓦茲叫過去，撲向前擁抱他，想重新把他弄到手，但拉．法盧瓦茲半開玩笑半輕蔑地一扭腰，立刻離開了她們。他被娜娜迷住了，跑過來站在她的馬車的踏板上。娜娜拿他與佳佳的關係同他開玩笑，他咕噥道：

「啊！不，我和那個老太婆早就拉倒啦。不要再提她。再說，你知道，現在我的茱麗葉是你……」

拉・法盧瓦茲說著把手放在心口上。這樣在大庭廣衆之前突然傾吐愛慕之情，使娜娜笑得前仰後合。不過，她正要笑話道：

「你說得好聽，其實才不完全是這麼回事呢。你使我把押賭注的事也忘記啦……喬治，瞧那邊那個賭注登記人，就是那個短髮自然卷曲的紅臉胖子。他那副流裏流氣的樣子倒挺討我喜歡……你去他那裏押怎麼樣？不過押哪幾匹呢？」

「我嘛，不愛國，啊！不。」拉・法盧瓦茲期期艾艾說道，「我全押了那匹英國馬……如果英國人贏了那才棒哩！法國人就打道回府吧！」

娜娜聽了挺生氣。這時，大家議論開了各匹馬的優點。拉・法盧瓦茲裝得很了解情況，認爲所有馬都是劣馬。韋爾迪埃男爵的那匹杏仁奶油，說實話，倒是一匹高大的棗紅馬，如果不是在訓練時搞得筋疲力竭，本來是有希望的。至於科布洛的那匹瓦萊里奧二世，它在四月份發生過絞痛，還沒有複雜；哦！這一點被隱瞞了，不過，他拿榮譽擔保，他說的絕沒有錯！最後，他建議大家押梅善的那匹幸運。這是被認爲最差的一匹馬，誰都不願意賭它。天曉得！幸運的體形多棒！多麼敏捷！看吧，這匹馬準叫所有人大吃一驚！

「不。」娜娜說，「我打算押呂西尼昂十個金路易，押布姆五個金路易。」

拉・法盧瓦茲一聽就嚷起來：

「不行，親愛的，布姆可是差得不能再差了！絕不要賭它！連加斯克自己都他對這匹馬失去了信心……你那匹呂西尼昂，根本不可能，別開玩笑了！這可是實打實的，考慮一下吧。絕不可能，實打實地講吧！所有這些馬都腿太短！」

他連氣都透不過來了。菲力普指出，呂西尼昂可是贏得鐵騎有獎賽和良種幼馬大獎賽的。拉．法盧瓦茲立刻反駁說，這能說明什麼?什麼也不能說明。相反，應該打個問號。而且，呂西尼昂的騎手是格勒夏姆，還在這裏瞎咋呼什麼?格勒夏姆運氣不好，絕對贏不了。

在娜娜的馬車上展開的這場爭論，似乎波及了整個草坪。尖聲的叫喊此起彼落，下賭的熱情越來越高漲，人人面紅耳赤，激動得亂揮拳頭；賭注登記人站在他們的車子上，瘋狂地喊著中彩牌價，記錄著數字。這裏還僅僅是些小賭客，大賭的在體重測量處裏邊進行。在這裏激烈較量的，都是腰包裏錢不多的人，他們拿出百把蘇來冒險，所貪圖的充其量也只是贏回幾個金路易。總的來講，這場比賽就是精靈和呂西尼昂之間的一場大戰。一眼就認得出來的英國人，在人群裏走來走去，個個滿面通紅，現出勝利在握的樣子。里丁勛爵的那匹布拉瑪去年就贏得了大獎賽。那次慘敗至今還在法國人心上流血。今年法國如果再次敗北，那就是一場災難了。因此，所有這些女士出於民族的自豪感，個個興奮異常。旺朵夫的馬成了我們的榮譽的堡壘。大家都推薦呂西尼昂，爲它辯護，爲它歡呼。佳佳、布朗施、卡羅莉娜和其他人，全都押了呂西尼昂的賭注。露茜．斯特華因爲兒子在場，沒下賭注，但風聞羅絲．米尼翁委托拉博德特押了二百金路易。只有特里貢坐在車夫身旁，等待著最後的時刻，在七嘴八舌的爭論中始終非常冷靜，在嚷嚷著各匹馬的名字、越來越厲害的嘈雜聲中，保持著超然的態度，在巴黎人活潑的交談和英國人帶喉音的歡呼聲中傾聽著，紀錄著，神態十分莊重。

「娜娜呢?」喬治問道，「無人問津嗎?」

的確無人問津，連提都沒人提，旺朵夫這匹獲勝希望甚微的馬，與身價百倍的呂西尼昂相比，簡直默默無聞。

但是，拉．法盧瓦茲突然胳膊一揮說道：

「有啦！我押娜娜一個金路易。」

「好極了！我押兩個路易。」喬治說道。

「我押三個路易。」菲力普也附和說。

他們不斷提高賭注，得意地大獻殷勤，喊出一個又一個數字，就像在拍賣場搶購娜娜似的。拉．法盧瓦茲說要用金幣把這匹馬蓋住，而且應該讓所有人都來押它的賭注。他們到處去拉賭客。但是，當三個小伙子跑開去宣傳時，娜娜對他們喊道：

「你們知道，我可不想在這匹馬身上下賭注，說什麼我也不下！……喬治，給我押呂西尼昂十個金路易，押瓦萊里奧二世五個金路易。」

可是，他們已經跑遠了。娜娜愉快地望著他們在車輪之間穿過，彎著腰從馬頭底下鑽過，跑遍了整個草地。他們見到某輛車上有個熟人，就趕緊跑過去，拼命地推薦娜娜。他們成功了，就回過頭，用手指比畫著把數目告訴娜娜。娜娜站在車上，揮動著手裏的陽傘，人群中就爆發出一陣大笑。然而，他們的成績十分可憐。只有幾個男人讓他們說服了。例如斯泰內，他見到娜娜，內心很不平靜，押了三個金路易。可是女人們乾脆拒絕。謝謝啦，明知輸定了，幹嘛還下賭注！況且，何苦為一個下流婊子的成功去賣力氣呢？瞧她那四匹白馬，兩個跟班，還有她那副恨不得把整個世界吞下去的神氣，把她們全都給壓倒啦。佳佳和克拉莉絲很冷淡，責問拉．法盧瓦茲，他眼睛裏是否根本沒有她們。當喬治大膽地走到米尼翁的馬車前時，羅絲一副怒氣沖沖的樣子，扭過頭去，根本不予理睬。眞是個十足的下賤貨，不然怎麼會把自己的名字給了一匹馬！相反，米尼翁認眞聽小伙子的宣傳，一副挺感興趣的樣子，說女人總是帶來幸福。

三個年輕人花了很長時間，找遍了賭注登記人。他們返回來的時候，娜娜問道：

「怎麼樣？」

「你是一賠四十。」拉·法盧瓦茲答道。

「怎麼？四十！」娜娜驚愕地叫起來，「剛才我還是一賠五十，發生了什麼事？」

正巧這時拉博德特又出現了。跑道關閉了。一陣鐘聲宣布初賽開始。在大家的一片關切聲中，娜娜問拉博德特，她的牌價（賠率）爲什麼突然提高了。拉博德特支支吾吾地回答，大概是有人下賭注了。娜娜只好滿足於這個回答。再說，拉博德特似乎心事重重，他告訴娜娜說，汪德夫如果能脫身，等會兒會過來。

初賽結束了，似乎並沒有誰注意，因爲大家都在等待爭奪大獎的較量。這時候賽馬場下起雨來了。太陽已隱沒了好一會兒，天空中一片灰白，人群攢聚的草坪上變得陰沉沉的。起風了，緊接著，暴雨突然而至，很大的雨點瓢潑般傾瀉下來。人群中立時大亂，有喊叫的，開玩笑的，護罵的，徒步來的人爭先恐後跑到飲料棚下躲雨。馬車上的婦女們雙手緊緊攥住陽傘，盡可能遮住身上不被打濕，跟班們急急忙忙去撐車篷。但是暴雨又突然停止了，燦爛的陽光輝映著還在飄灑的毛毛細絲。雲層中現出一道湛藍的缽隙，布洛涅森林上空的烏雲漸漸飄散了。天空彷彿喜笑顏開，婦女們放心了，也都笑起來。一匹匹馬打著響鼻，人群中亂紛紛的，大家抖動著被雨水淋濕的衣服，金色的陽光照耀著雨滴晶瑩的草地。

「啊！可憐的小路易！」娜娜說道，「你給雨淋得很濕了吧，我的心肝？」

小傢伙還是不聲不響，讓母親給他把雙手擦乾。年輕的母親隨後用手絹擦那條哆嗦得更厲害的小狗狗珍珍。她自己的白緞子衣服上只有幾個雨點的痕跡，這算不了什麼，她一點兒也不在乎。車上的鮮花經雨一淋，粲然若雪，她拿起一朵，樂滋滋地聞了聞，上面的雨水朝露般沾濕了她的芳唇。

這場陣雨使各個看台突然擠是水洩不通。娜娜舉起望遠鏡觀看。這麼遠的距離，只看見密密麻麻、模模糊糊的一片，擁塞在一排排階梯形的座位上，只有灰暗的背景上呈現出一些亮點子，那是一張張蒼白的臉。陽光從看台頂棚的角上斜射下來，只照亮一部分觀眾，其餘部分，連婦女們的服飾也黯然失色。但是，娜娜特別開心的，是看到看台下沙地上一排排椅子上的婦女，被陣雨趕得似鳥獸散。她們所坐的地方屬於體重測量處的範圍，而那個地方絕對禁止妓女進入，所以娜娜便對這些體面女人大肆挖苦，說她們一個個不僅打扮得怪模怪樣，長相也滑稽可笑。

人群裏突然喧鬧起來，原來皇后步入了位於正中的小看台。那看台是瑞士山區木屋式樣，前面一個寬大的陽台，擺有紅扶手椅。

「瞧，是他！」喬治說道，「我還以爲他這個星期不當班呢。」

「啊！是夏爾！」娜娜叫起來。

繆法伯爵呆板嚴肅的面孔出現在皇后身後，三個年輕人立刻開玩笑說，眞遺憾，薩丹沒來，不然她可以上去拍拍伯爵的肚皮。可是，娜娜從望遠鏡裏看見的是那個也在皇后看台上的蘇格蘭王子。

她覺得王子發福了。十八個月不見，他往橫向長了不少。於是，她介紹起王子來了：嘿！他可是一個挺結實的漢子！

娜娜周圍那些車子裏的女士們議論紛紛，說伯爵拋棄了她。她們說得頭頭是道：自從這位王室侍從公開與娜娜相好以來，杜伊勒里宮對他的行爲大爲憤慨，於是他爲了保住自己的地位，最近與娜娜吹了。拉．法盧瓦茲乾脆把聽來的這些議論，向娜娜說了一遍，並且再次表明心意，叫她「我的茱麗葉」。

可是，娜娜哈哈大笑，說道：

「這個呆子嘛，你根本不了解他。我只要『喂』一聲，他就會不顧一切跑過來。」

剛才這段時間，她一直在觀察薩比娜伯爵夫人和愛絲泰。達蓋內還待在這兩個女人身邊。福什里到達後，穿過人群去向她們打招呼，結果也留在那裏，一副笑容可掬的樣子。

於是，娜娜蔑視地指了指看台，接著說道：

「再說，你知道，我嘛，對這些人已經無動於衷了！我太了解他們了。應該看到他們骨子裏是什麼貨色，那麼就沒有尊嚴了，他們的尊嚴就完蛋了！他們下層骯髒不堪，上層也骯髒不堪，從上到下、圈裏圈外，都骯髒不堪……這就是爲什麼我不願意這些人來糾纏我。」

她說這話的時候，手那麼任意地一擺，那些正把馬牽到跑道上的馬夫，直到正與那個既是王子也是混蛋的夏爾閑聊的皇后，全都成了她的話鋒所指的對象。

「好極了，娜娜！……非常精彩，娜娜！」拉．法盧瓦茲神采飛揚地說道。

鐺鐺的鐘聲隨風飄去，賽馬繼續進行。伊斯帕汗獎剛剛揭曉，被梅善的一匹叫貝蘭戈的馬奪得。娜娜又把拉博德特叫到跟前，詢問她那一百金路易的消息。拉博德特笑了，不肯把所押的馬名告訴她，以免把運氣嚇跑了。反正她的錢押得恰到好處，一會兒就見分曉。娜娜告訴他，她自己也下了賭注，押在呂西尼昂頭上十個金路易，瓦萊里奧二世頭上五個金路易。拉博德特聳聳肩膀，那神態似乎是說，女人總免不了做蠢事。娜娜愕然，都給搞糊塗了。

這時，草坪上更熱鬧了。趁大獎賽還沒開始，有些人舉行了露天野餐酒會。人們大吃大喝，無論草地上，還是一人駕駛的四馬馬車高高的座位上，四匹馬拉的郵車上，四輪敞篷馬車上，雙座轎式馬車上，雙篷四輪馬車上，四輪敞篷馬車上，雙座轎式馬車上，雙篷四輪馬車上，到處都在吃喝，冷肉，跟班們從車箱裏取出的成籃的香檳酒，擺得滿地都是，橫七豎八。瓶塞撥開時砰的一聲響，聲音不高，隨即被風帶走；笑鬧聲此起彼落；酒杯的破碎聲，給這狂熱的歡樂略略增添了不和諧的音調。

佳佳、克拉莉絲與布朗施三個人在一起吃飯的氣氛卻挺嚴肅，拿塊單子鋪開，蓋住膝蓋，吃著三明治。路易絲·維約萊納跳下她的籃式馬車，與卡羅莉娜·埃凱湊在一起；在她們旁邊，有幾位紳士支起一個飲酒的涼篷，塔唐、瑪麗亞、西蒙娜和其他人都過來喝酒，而離那兒不遠，在萊婭·德·霍恩高高的郵車上，一幫年輕人喝了一瓶又一瓶，又經陽光一曬，個個都有點醉醺醺，高居於人群之上，裝腔作勢，大吹牛皮。但不久，多數人都紛紛跑到娜娜的雙篷四輪馬車前面來了。娜娜站在車子上，給前來向她致意的男人們斟香檳酒。跟班弗朗索瓦拿起一瓶瓶酒往外遞，拉·法盧瓦茲模仿江湖藝人的腔調，流里流氣嚷道：「走近點兒啊，先生們，分文不取，人人有份！」

「別這麼嚷嚷好不好，親愛的，」娜娜終於制止道，「讓人家聽了簡直像跑江湖的。」

其實，她覺得拉．法盧瓦茲挺風趣，令她感到挺開心。她突然心血來潮，想叫喬治送杯香檳給羅絲．米尼翁，因爲羅絲假裝不喝酒，弄得亨利和夏爾苦不堪言，那兩個孩子肯定想喝香檳酒。但喬治怕引起吵架，自己把那杯酒喝了。這時，娜娜突然想起了身後的小路易，她早把他忘記了。他也許口渴，她硬給他灌了幾滴，嗆得小傢伙咳嗽不止。

「過來啊，過來啊，先生們，」拉．法盧瓦茲還在嚷嚷，「一個子兒都不收，半個子兒也不收，白喝……」

這時，娜娜驚叫一聲，打斷了他：

「哎喲！博得納夫在那邊……叫他過來，啊，請你快跑過去叫他！」

果然是博得納夫。他背著手在溜達，頭上的帽子在陽光下泛著紅色，一件禮服滿是油垢，錢縫已經發白。這是一個被破產弄得衰老的博得納夫，但還是那樣憤憤不平，在上流社會面前炫耀他的潦倒，以他仍然膀闊腰圓的體格，隨時準備向命運挑戰。

「眞有你的！好風光喲！」當娜娜隨和地把手伸給他時，博得納夫說道。

乾了一杯香檳酒之後，他深爲遺憾地又說道：

「唉！我是女人就好了！……可是，他媽的！不是也沒關係！你願意重返舞台嗎？我有個主意，我去租下快活劇院，就咱兩個人，把巴黎鬧得轟動起來……怎麼樣？你應該幫我這一把。」

他怨天尤人，不過再次見到娜娜還是很高興，因爲，他說這該死的娜娜只要待在他面前，他心裏就能得到安慰。她是他的女兒，是他眞正的骨肉。

娜娜周圍的人越聚越多。現在是由拉．法盧瓦茲斟酒，菲力普和喬治負責拉朋友。慢慢地整個草坪的人都聚攏過來了。娜娜對每個人嫣然一笑，說句風趣的話。一幫一幫酒徒湊了過來，分散的香檳酒都集中到這兒來了。很快就只剩下一群人，一片嘈雜聲了，所有人都聚到她的雙篷四輪馬車周圍來了。

她像女王一樣俯視著伸過來的所有酒杯，一頭金髮在風中飄蕩，雪白的臉龐沐浴著陽光。她這樣風光，氣得其他女人都要瘋了。為了氣死她們，她乾脆往最高處一站，舉起一杯斟得滿滿的酒，擺出的那副姿勢，活脫脫就是她曾扮演的那位戰勝了所有情敵的愛神。

這時，有人從背後輕拍了她一下。她嚇了一跳，回頭一看，原來是米尼翁坐在座位上。她鑽進車廂待了一會兒，坐在米尼翁身邊。米尼翁是來告訴她一件嚴重的事情的。他經常到處說，他老婆對娜娜懷恨在心是很可笑的，他覺得這既愚蠢又於事無補。

「我來就是想告訴你，親愛的，」米尼翁低聲說道，「你要當心，別過分惹火了羅絲……你知道，我想還是事先提醒你為好……是的，她手中掌握著一件武器，而鑒於《小公爵夫人》那件事，她一直沒有原諒你……」

「一件武器，」娜娜插話道，「這與我有什麼相干？」

「聽我說，那是她在福什里口袋裏發現的一封信，是繆法伯爵夫人寫給福什里那個壞傢伙的一封信。那裏面當然寫得明明白白，把老底全抖摟出來了……所以羅絲想把那封信寄給伯爵，對他和你報復。」

「這與我有什麼相干！」娜娜又說一遍，「莫名其妙！……哦！明白了，她和福什里勾搭上了。好呀，再好不過了，我討厭她。這樣我們可有好戲看了。」

「不，我不希望鬧到那種地步。」米尼翁忙接著說，「一樁轟動性的醜聞！我們誰都不光彩……」

他打住話頭，擔心言多必失。

娜娜囔囔說，她肯定不會給一個正經女人扔根救命稻草的。但米尼翁堅持己見，娜娜便定定地盯住他。大概他是擔心福什里與伯爵夫人吹了之後，又會插足於他兩夫婦之間吧。這肯定是羅絲的如意算盤，既報了仇，又繼續保持對這位新聞記者的私情。娜娜沉思起來，想起韋諾先生的登門拜訪，她心裏萌生了一個計劃，而米尼翁還千方百計想說服她。

「咱們假定羅絲會寄出那封信好嗎？那麼就會引起一場大吵大鬧，你肯定要給牽連進去，人家會說你是罪魁禍首……頭一個結果，伯爵得與他夫人離異……」

「爲什麼要離異？」娜娜說道，「恰恰相反……」

這回是她打住了話頭。她沒有必要把心裏所想的東西全都說出來。最後，爲了擺脫米尼翁，她佯裝贊同他的看法。米尼翁建議她對羅絲作出讓步的表示，比如在跑馬場當衆對她進行一次短暫拜訪。她回答說，等會兒再看吧，容她考慮考慮。

外面一陣騷動引得娜娜站起來。跑道上，幾匹馬旋風般奔馳過來。這是巴黎市獎賽，一匹叫風笛的馬獲勝。現在大獎賽即將開始，觀衆熱情高漲，全都眼巴巴盼望著，急得直跺腳，整個人群波濤般動蕩不寧，都恨不得時間過得快點兒。到了這最後的時刻，卻出現了意外的情況，令賭客們驚愕不已：旺朵夫那匹獲勝希望甚微的馬娜娜的牌價還在上升。每分鐘都有幾位先生回來報告新的牌價：娜娜升到了三十，娜娜升到了二十五，接著又升到了二十，升到了十五。誰都弄不明白是怎麼回事。一匹在所有跑馬場都敗下陣來的小母馬，一匹早上標明牌價五十都沒人肯投賭的小母馬！這突然的扶搖直上意味著什麼？有些人嗤之以鼻，說那些上了這場鬧劇圈套的傻瓜，肯定會輸個精光。另一些人現出嚴肅的神情，心裏感到不安，預感到這其中有鬼。這可能是一個騙局。有些人含沙射影，提起各賽馬場默許的舞弊事件。但這一次，由於旺朵夫的鼎鼎大名，沒有人敢公開提出指責。總的來講，還是懷疑派占了上風，他們預言娜娜注定會最後到達終點。

「誰騎娜娜？」拉．法盧瓦茲問道。

剛巧眞的娜娜出來了。於是，在場的男人都把拉．法盧瓦茲這個問題理解歪了，一個個笑得前仰後倒。娜娜向大家欠欠身子，答道：「是普萊斯。」

人群中又開始議論紛紛。普萊斯在英國如雷貫耳，但在法國知之者甚少。往常娜娜總是格勒夏姆騎的，旺朵夫爲何要請來普萊斯這位騎手呢？還有，他把呂西尼昂交給格勒夏姆也令人吃驚，因爲照拉．法盧瓦茲的說法，格勒夏姆從來就沒有跑贏過。

但是，人群中有開玩笑的，發表否定意見的，各種各樣亂七八糟、稀奇古怪的意見都有，爭吵得一塌糊塗，把上面這些議論都淹沒了。爲了消磨時間，有些人又開始整瓶整瓶地喝香檳酒。又過了一陣，只聽見由遠及近一片竊竊私語，人群隨即往兩邊閃開一條路，原來是旺朵夫過來了。娜娜故作嗔怪狀：

「哼，你好體貼人啊，這個時候才來！人家想去看體重過磅處圍地都急壞了。」

「好吧，去吧。」旺朵夫說道，「還來得及，你進去轉一圈，我這裏正好有一張女士入場券。」

他說著挽起娜娜的胳膊走了。露茜、卡羅莉娜和其他女人投來嫉妒的目光。娜娜好不得意！在她後面，留在車上的于貢兄弟和拉．法盧瓦茲繼續痛飲她的香檳酒。她衝他們叫喊，說她一會兒就回來。

旺朵夫瞥見了拉博德特，叫住他，兩個人簡短地交談了幾句話。

「全都收齊了嗎？」

「齊啦。」

「一共多少？」

「一千五百金路易，到處都有點兒。」

他們見娜娜好奇地伸長耳朵傾聽，便不再說了。旺朵夫十分焦躁不安，亮晶晶的眼睛裏，彷彿閃爍著小小的火苗。那天夜裏，他說要把自己連同馬廄裏的馬一塊燒死時，眼睛裏也閃爍著這種火苗。當時直把娜娜嚇壞了。橫穿過跑道時，娜娜壓低聲音，用愛暱的口氣說道：

「你說，到底怎麼回事？為什麼你那匹小母馬的牌價猛漲？大家吵得像開了鍋！」

旺朵夫愣了一下，隨口說道：

「啊！他們瞎說……那些賭客眞不是玩意兒！我有一匹很有希望獲勝的馬時，他們就一窩蜂擁上來，弄得我自己哈也撈不著。而當我的一匹獲勝希望甚微的馬成為人們爭相押賭的對象對，他們就誹謗中傷，大喊大叫，像有人剝了他們的皮似的。」

「應該事先對我說一聲，我也押賭注了。」娜娜又說道，「這匹馬有希望嗎？」

旺朵夫心頭突然升起一股無名怒火。

「什麼？給我閉嘴……每匹馬都有希望。牌價上漲了有什麼奇怪，因爲有人下了賭注嘛。誰下了賭注？我不知道……你如果再拿這類愚蠢的問題來煩我，我就摶下你不管了。」

這口氣既不符合旺朵夫的性格，也不符合他的習慣。娜娜的感覺，驚異多於不快。汪德夫呢，感到挺不好意思，當娜娜冷冰冰地請他禮貌點時，他連忙道歉。這段時間以來，他的脾氣反覆無常。在巴黎的煙花界和社交界，沒有人不知道他今天是孤注一擲。如果他的馬不贏，如果他的馬把押在它們身上的巨額賭資全部輸光，那他就要大難臨頭，徹底垮台了；他多年建立起來的信譽，他那基礎已經毀壞、被酒色和債務掏空了的生活尙維持的高雅外表，就要稀里嘩啦徹底崩潰了。而且，誰都知道，娜娜是個專門吞噬男人的女人，使這個男人徹底完蛋的正是她。她最後一個到來，揮霍他已瀕於崩潰的財產，把他的一切掃蕩個精光。他們瘋狂享樂，揮金如土的傳聞多得很。

有一次，兩人去巴登旅行，她花得他一個子兒都不剩，最後連旅館的帳單都無法支付；一天晚上他們喝醉了酒，抓起一把鑽石扔進火膛裏，看它們是不是會像煤炭一樣燃燒。漸漸地，娜娜以她粗壯的四肢，以她下流女人的淫蕩笑聲，使一個古老世家的這個精明強幹而中道衰落的子弟，在她面前俯首帖耳。現在，這個愛馬和好色成性的人，只好拿身家性命去冒險了，他甚至喪失了懷疑的能力。一個星期之前，娜娜還讓他答應，在諾曼底海邊勒阿佛爾和特魯維爾之間給她買一座別墅，他只好拿自己最後的榮譽作了保證；只不過這一次，他覺得娜娜非常愚蠢，令他惱火，恨不得揍她一頓。

門衛放他們倆進入體重過磅處圍地，沒敢阻攔伯爵挽著胳膊的這個女人。娜娜終於踏進了這塊禁地，得意非凡，從坐在看台腳下的女士們面前，矯揉造作，輕搖慢步地向裏走去。圍地裏有十排椅子，密密麻麻坐著一大片婦女，她們鮮艷的服飾與外面的歡樂氣氛相映成趣。但有些椅子挪動了位置，因爲人們遇到熟人，就隨隨便便組成了一些圈子，像在公園裏樹蔭下乘涼一樣。孩子們活蹦亂跳地在各個圈子之間跑來跑去。上面是一層層的階梯形看台，全都坐滿了人，淺色的衣服融合在樑架淡淡的陰影裏。娜娜打量著那些上流社會的婦女，尤其盯住薩比娜伯爵夫人看。接著，她經過皇后的看台前面，看見繆法站在皇后旁邊，一動不動地擺出一副正經八百的樣子，她一下子樂了。

「哎！瞧他那副傻樣！」她大聲對旺朵夫說。

她什麼都想看。圍地的這一角有草地，有濃密的樹叢，她覺得特別有趣。一個冷飲商在圍柵旁邊擺了一個大冷飲櫃。一間蓋茅草的呈蘑菇狀的鄉村式亭子裏擠滿了人，個個比手畫腳，高聲叫喊，這是賭客席。旁邊的馬欄都是空的，只看見一位警察的馬拴在裏邊，娜娜不免覺得掃興。再往前是遛馬場，有條一百米長的環形跑道，一個馬夫正在遛披上馬衣的瓦萊里奧二世。唔，不過如此！細沙小徑上倒是有不少男人，衣襟上都別著桔紅色的入場卡，看台的露天過道上總有人不斷地來來往往，娜娜倒是頗有興趣地看了片刻。可是，說眞的，這樣的地方不准進來也罷，實在犯不上生氣。

達蓋內和福什里從旁邊經過，向娜娜打招呼。娜娜招了招手，他們不得不走過來。她一開口就猛烈攻擊體重過磅處圍地，但突然頓住了，改口說：

「瞧！德·舒阿侯爵。他老得好厲害！看這老頭子把自己折騰得！他還是那樣瘋狂嗎？」

於是，達蓋內講了這老頭兒最近的一檔子事。這件事就發生在前天，還沒傳出去，誰都還不知道呢！說老頭子圍著佳佳轉了幾個月，終於把佳佳的女兒阿梅莉買到手了，據說花了三萬法郎。

「啊！這眞不像話！」娜娜氣憤地嚷起來，「你們以後就多生女兒吧！……哦，我想起來了，在那邊草坪上與一位太太坐在一輛轎式馬車裏的，八成是莉莉了。怪不得我覺得面熟呢……敢情是老頭子把她帶出來了。」

旺朶夫沒在聽，心裏很不耐煩，恨不得甩掉她。可是，福什里離開時說，如果不去看一看賭注登記人，那就等於白來了。這樣，伯爵儘管明顯的不情願，還不得不帶她去。這下子，娜娜高興了，那果然挺新奇。

一個四面敞開的圓亭子，周圍是草坪，草坪邊上種有幼小的栗樹。在嫩綠的樹葉下，賭注登記人一個挨一個排成一大圈，等待看來下注的賭客，就像在集市上一樣。爲了讓人群都能看見自己，他們站在板凳上面，身旁的樹幹上掛著牌價表。他們眼觀六路，只要下面有賭客做一個手勢，眨一下眼皮，他們就立刻把賭注登記上，其反應之敏捷，令好奇的旁觀者目瞪口呆，莫名其妙地望著他們。這裏一片混亂，只聽見叫喊各種數字，每當牌價發生出乎意料的變化，人群裏就引起一陣騷動。有時，報告員跑過來，停在亭子入口，大喊一聲，報告一輪比賽已起跑或到達終點，於是喧鬧聲就更加厲害，在這光天化日之下的賭場上，引起經久不息的議論。

「這些人眞滑稽！」娜娜很感興趣地低聲說道，「他們一個個都現出神魂顚倒的樣子……瞧那個大個子，我可不願意一個人在森林裏碰到他。」

旺朵夫指給她看一位賭注登記員，此人是時新服飾用品推銷員，兩年就賺了三百萬。他身體瘦弱，白皮嫩肉，金色頭髮，大家對他都挺尊敬，同他說話時都面帶微笑，有些人特意停下來看他一眼。

最後，他們正要離開圓亭子時，一位賭注登記員冒昧向伯爵打了一聲招呼，伯爵對他微微點一下頭。這人是伯爵過去的一個馬車夫，五大三粗，肩膀粗壯如牛，紅光滿面。現在他拿著來路不明的資本，在跑馬場碰運氣。伯爵仍把他當自己的僕人看待，竭力慫恿他，要他為自己下秘密賭注，這一點誰都知道。儘管得到伯爵的庇護，此人還是接二連三地輸掉了巨款。今天他也是孤注一擲，兩眼充血，隨時都有中風倒下的危險。

「喂，馬雷夏爾，」旺朵夫低聲問道，「你下了多少賭注？」

「五千金路易，伯爵先生，」賭注登記人也壓低聲音答道，「怎麼樣？可觀吧……老實對你講吧，我壓低了牌價，降到了三。」

旺朵夫現出不高興的樣子。

「不，不行，我不願意，馬上恢復到二……我可再也不對你說什麼了，馬雷夏爾。」

「啊！現在這對伯爵先生還有什麼影響呢？」馬雷夏爾謙卑地微微一笑，以同謀的口氣說道，「我必須多吸引一些賭客，才能押滿你的兩千金路易。」

旺朵夫叫他快閉嘴。等伯爵走開之後，馬雷夏爾又想起一件事，後悔剛才沒有向伯爵打聽，他那匹小母馬的牌價為什麼上升了。如果那匹小母馬真有贏的希望，那可就糟了，因為他剛剛按五十的牌價押了二百金路易。

伯爵與馬雷夏爾嘀嘀咕咕說的話，娜娜一點也聽不懂，但又不敢叫他解釋，因爲伯爵神色更緊張了。他們在過磅廳前面遇到拉博德特，伯爵突然把娜娜交給他，說道：

「你送她回去吧。我，我有事……再見。」

他進了體重過磅室。那是一個又窄小又低矮的房間，裏面有個大磅秤，頗像郊區車站的一間行李房。這也令娜娜大爲失望，她本來以爲這是個很寬敞的地方，有架巨大的機器專門稱馬匹的體重呢。怎麼！只不過是稱騎手的體重！既然如此，他們值得拿所謂的過磅處這樣裝腔作勢嗎？磅秤上站著一個騎手，一副愚蠢的樣子，套著護膝，等待一個穿禮服的胖子爲他驗明體重；一個馬夫牽著馬站在門口。那匹馬名叫科西尼，旁邊圍了一大群人，鴉雀無聲，全神貫注地觀看。又要關閉跑道了。拉博德特催娜娜快走，但走了幾步他又回轉身，指著不遠處正與旺朵夫閑談的一個矯個子男人給娜娜看。

「瞧，那就是普萊斯。」他說道。

「啊！是嗎？就是騎我的那個人。」娜娜微笑著低聲說。

她覺得那人樣子奇醜。在她看來，所有騎手都像是呆呆的小病患。「大概因爲人們不讓他們長高吧。」她說道。這位騎手乃是一個四十歲的男人，但看上去像一個乾癟的老小孩，一張瘦長的臉，布滿深深的皺紋，呆板得毫無表情，身體骨瘦如柴，穿一件白袖子藍綢上衣，像是披在一個木頭架子上。

「啊，你知道，」她一邊離開那裏、一邊說道，「這樣的男人不會使我感到幸福。」

跑道上還是亂糟糟地擠滿人，濕草被踐踏得變成了黑色。兩塊賽馬一覽表的牌子，高高地掛在生鐵柱子上，前面擁擠不堪，人人抬頭觀看，見到一匹馬的號碼，就一陣嚷嚷；那號碼是通過一根連接過磅室的電線顯示出來的。一些先生對賽程安排指指點點；那匹叫皮什內特的馬被主人撤回去了，引得人們議論紛紛。不過，娜娜挽著拉博德特的胳膊走了過去，一步也沒停留。掛在旗杆上的鐘，鐺鐺敲個不停，催促大家離開跑道。

「唉！孩子們，」娜娜回到自己的馬車上說道，「他們那個過磅處，眞是扯淡！」

周圍的人都爲她歡呼，拍手。

「好啊，娜娜！……娜娜又回到我們身邊來了！」這些傢伙眞笨，難道她娜娜是無情無義的人嗎？她回來得正是時候。注意！大獎賽就要開始了。連香檳酒大家都忘記喝了。

可是，娜娜意外地發現佳佳竟坐在她的馬車裏，膝頭上坐著珍珍和小路易。佳佳決計採取這個行動，是想重新接近拉．法盧瓦茲，但嘴上卻說是想過來親親路易小寶貝，因爲她特別喜歡小孩子。

「順便問一句，莉莉怎樣了？」娜娜問道，「那邊那個老頭的車子裏眞是她嗎？剛才有人告訴了我一件很不像話的事情。」

佳佳聽了現出憂傷的樣子。

「親愛的，我都爲這件事病倒啦。」她痛苦地說道，「我哭得好傷心，昨天在床上躺了一天，本來以爲今天來不成了呢！……唉！你知道我是什麼意見嗎？我是不願意的，我送她進修道院接受教育，目的就是能攀一門好親事。我常常給她嚴肅的忠告，一刻也沒放鬆對她的管教……

可是，親愛的，她竟願意嫁給那個老頭兒。唉！我們吵了一架，流了好多眼淚，說了好多難聽的話，我甚至給了她一記耳光。她在家裏待著太無聊，想擺脫這處境……她對我說：『歸根到底，你沒有權利阻止我。』我呢，回答她說：『你這個賤貨，你丟了我們家的臉，滾吧！』事情就這樣成了，我不得不同意爲她舉辦……啊！我最後的希望破滅啦。唉！我曾經幻想那麼美好的事情啊！」

一陣爭吵聲傳來，引得她們站起來。是喬治模糊聽見人群裏有人對旺朵夫蜚短流長，挺身出來爲他辯護。

「有什麼根據說他要放棄自己的馬？」小伙子嚷道，「昨天在賽馬沙龍，他還爲呂西尼昂押過一千金路易呢。」

「不錯，我當時在場。」菲力普肯定道，「娜娜他一個金路易也沒押……娜娜的牌價升到了十，與他絲毫不相干。硬說人家如何如何算計，是可笑的。他那樣做究竟能得到什麼好處呢？」

拉博德特平靜地聽著，聳了聳肩膀說道：

「得啦，人家愛怎麼說就讓他們說去……伯爵剛才還爲呂西尼昂押了五百金路易；他在娜娜身上也押了百十來個金路易，這是因爲，作爲馬的主人，總得表現出對自己的馬充滿信心。」

「見鬼！幹嘛跟我們囉嗦這些？」拉．法盧瓦茲揮舞著胳膊說道，「贏的肯定是精靈……法國準吃敗仗，英國準大獲全勝！」

又一陣鐘聲宣布馬都到了起跑線上，人群裏出現了一陣長久的、微微的騷動。娜娜爲了看得更清楚，爬到馬車的座位上，把勿忘我花束和玫瑰花束全踩壞了。她站在座位上向四下裏環顧，廣闊的地平線一覽無餘。

在這觀衆熱烈盼望的最後時刻，首先映入她眼簾的跑道還是空的，被灰色的圍柵封閉著，每兩根樁子間站著兩名警察。她面前的帶形草地滿是污泥，越伸展到遠處越綠，最後變的像一片嫩綠的絨毯。娜娜收回目光，俯視場地中央，只見草地上摩肩接踵擠滿了人，全都踮起腳尖，有些爬到馬車上，個個興奮不已，你推我搡，伸張脖子張望；馬發出陣陣嘶鳴，帳篷在風中呼啦啦響，騎馬的人驅馬在徒步者中間奔馳，而徒步者紛紛擁向圍柵，趴在上面觀看。娜娜轉向另一邊，朝看台望去，人們的臉都變小了，密密麻麻的人頭五顏六色地擠滿了過道、階梯和平台，在藍天的襯托下，現出黑壓壓一大片人的輪廓。

越過看台，看見的是跑馬場四周的平原。右邊，在覆蓋著爬山虎的磨坊後面，是一帶低窪的草地，上面有大片的樹蔭；正面，直到在山丘下流淌的塞納河邊，只見公園的林蔭道縱橫交錯，道上靜靜地停放著一排排馬車；左邊，朝布洛涅森林那邊望去，視野又開闊起來，一條小峽谷直通默東蔚藍的天際，但中間被一條泡桐（九重桐）樹林帶隔斷，那些泡桐樹還沒長葉子，樹梢呈粉紅色，整個一片看去既有光澤又鮮艷。還不斷有人來，像一群螞蟻，沿著一條窄帶子般的路，穿過田野，從那邊向這裏絡繹而來，而在巴黎那邊很遠的地方，那些不買入場券的觀衆，像羊群般集中在樹底下，在布洛涅森林邊緣，形成一條由許多黑點組成的流動線。

在遼闊的天空下，十萬如痴如狂的觀衆，像蟲子般蜂聚在這片土地上。突然，一陣歡樂的氣氛使他們大爲興奮。隱進雲層裏一刻鐘的太陽又出現了，陽光普照著大地，一切重新大放光明，婦女們的陽傘像無數金光閃閃的盾牌，罩在人群的頭頂。人們向太陽歡呼，笑逐顏開地向太陽舉起雙臂，彷彿要撥開烏雲似的。

這時，一位治安官員，沿著空無一人的跑道朝前走去，更近處，左邊出現了一個人，手裏拿著一面紅旗。娜娜問那人是誰，拉博德特答道：

「是起跑發令人——德．莫里亞克男爵。」

娜娜周圍擠滿了男人，有的甚至爬上了她的馬車的踏腳板，他們歡呼著，沒完沒了地議論著，大都前言不搭後語，各人說自己即時的印象。菲力普、喬治、博得納夫和拉．法盧瓦茲，全都無法控制住自己不說話。

「別擠！……讓我看看……啊！裁判進到他的小亭子裏了……你們說那是蘇維尼先生？……唔！在這樣的大賽中，可得有好眼力，才能判定領先半個馬頭的距離！別說話了，舉起信號旗了……馬都出來啦，注意看！……頭一匹是科西尼。」

一面黃紅兩色旗在旗杆頂上迎風招展。參賽的馬由馬夫牽著，一匹匹到達跑線，騎手跨在馬鞍上，手臂抬得整齊一致，在陽光下閃爍著一個個亮點。緊跟科西尼之後出現的是幸運和布姆。接著，一陣絮語迎接了精靈，這是一匹高大、漂亮的棗紅色駿馬，制服的顏色卻不協調，是檸檬色和黑色，具有不列顛的陰沉味道。瓦萊里奧二世的入場受到熱烈歡呼，它個頭小，但生氣勃勃，制服是淺綠色帶玫瑰色鑲邊。旺朶夫的兩匹馬遲遲不見出來。最後，在杏仁奶油之後，出現了藍白兩色的制服。呂西尼昂是一匹深棗紅色大馬，體態無可挑剔，但由於娜娜引起的廣大驚異，幾乎沒有人注意它。人們從未見過娜娜這樣好看，陽光照耀之下，這匹栗色的小母馬渾身金黃鮮艷，宛若一位金髮少女，在陽光下像一枚嶄新的金路易閃閃發亮，胸部深凹，頭頸輕盈，背部雄健而感覺靈敏。

「瞧！它的鬃毛同我的頭髮顏色一樣！」娜娜高興得叫起來，「嘿！你們知道，我爲此感到自豪哩！」

大家都往車上爬，博得納夫差點兒踩著被媽媽忘記了的小路易。他像父親一樣嘟嘟嚷嚷把他抱起來，舉到肩上，一邊自言自語道：

「這可憐的小娃娃，也該讓他看一看呀……等一等，我讓你看看你媽媽……看見了嗎？就是那邊那匹馬。」

這時，珍珍跑過來抓他的腿，他便連它也抱起來，娜娜呢，對那匹馬用了她的名字揚揚自得，掃了一眼其他女人，看看她們是何表情。所有女人都如痴如狂。這時，一直坐在出租馬車上一動不動的老虔婆特里貢，在人群頭上向一位賭注登記人招手，叫他登記她押的賭注。預感告訴她，應該押在娜娜身上。

這時，拉·法盧瓦茲嚷得令人難以忍受。他迷戀上了杏仁奶油。

「我突然受到了啓示，」他一遍又一遍說道，「你們看杏仁奶油。怎麼樣？多麼矯健活潑！……我以八押杏仁奶油。誰還押？」

「安靜點兒好不好，」拉博德特終於忍不住了說道，「你會後悔的喲！」

「好一匹劣馬，那個杏仁奶油！」菲力普說道，「它已經渾身汗濕了，你就等著看它試跑吧。」

所有馬都回到右邊，開始試跑，稀稀拉拉地跑過看台前面。於是，觀衆的熱情再度高漲，所有人同時議論紛紛。

「呂西尼昂背部太長了，但競技狀態很好……你知道，瓦萊里奧二世一個子兒也不能押，是布爾納騎精靈……不行，精靈顯然不夠興奮……聽我說，娜娜跑完良種幼馬大獎那模樣我可見過，渾身汗濕透，毛全粘在身上，呼哧呼哧都喘不過氣來了。我敢拿二十金路易打賭，它準跑不了前二、三名！……夠啦！這傢伙老吹他的杏仁奶油，煩死人啦！現在押賭注來不及了，就起跑啦。」

但是拉．法盧瓦茲還在拼命找賭注登記人，他急得都差點兒哭了。大家不得不安慰他。所有人都伸長了脖子。但第一次起跑不算數。那位發令人遠遠望去像一個小黑點，還沒有放下手中的紅旗呢。馬奔跑了一小會兒，都回來了。又有兩次偷跑。發令人再次將馬集合在一起，機警地發出信號，馬都飛奔了出去，博得一陣喝彩。

「棒極了！……不，這是碰巧，不過沒關係，這回成啦！」

大家都焦急不安，再也顧不得歡呼了。現在押賭停止了，孰輸孰贏，正在寬闊的跑道上決戰。起初，全場鴉雀無聲，彷彿所有人都摒住了呼吸。起跑時，幸運和科西尼占上風，跑在最前面；瓦萊里奧二世緊隨其後，其他馬亂糟糟的一群落在後面。當它們像一陣狂風跑過看台前面，踏得地面震動時，馬群已拉開到四十匹馬身長的距離。杏仁奶油跑在最後。娜娜落在呂西尼昂和精靈後面一點點。

「哎呀！」拉博德特嘀咕道，「英國人多麼賣勁想甩掉那一群馬！」雙篷四輪馬車裏的人又議論和歡呼起來。人人踮起腳尖，眼睛盯住奔馳的騎師，他們在陽光照耀下，像一個個顏色鮮艷的點子。上坡的時候，瓦萊里奧二世跑到了頭裏，科西尼和幸運落到了後面，呂西尼昂和精靈仍並駕齊驅，娜娜始終緊緊跟在它們後面。

「英國人當然贏定了，這很明顯。」博得納夫說道，「呂西尼昂疲勞了，瓦萊里奧二世也要堅持不住了。」

「哎，讓英國人贏了，那就太不像話了！」菲力普懷著愛國之心，痛苦地叫起來。

擁擠的人群被焦慮的心情壓抑得透不過氣來。又一次敗北！人人都以異乎尋常的、幾乎虔誠的熱情，祝願呂西尼昂獲得勝利，同時哭喪著臉，嬉笑怒罵精靈和它的騎師。散布在草地上的人，三五成群地像一陣風似地奔跑，一雙雙鞋底在他們身後翻飛。一些人騎著馬瘋狂地橫穿過草地。娜娜慢慢地環顧四周，只見腳下的馬和人波濤般起伏，像一片人頭攢動的海岸，在跑道兩旁被賽馬的旋風卷得動蕩不寧；遠處，騎師像強烈的閃電劃破地平線。她目送著他們的背影和一匹匹馬屁股漸漸遠去；在迅疾馳中伸長的馬腿，漸漸地交短，變小，最後變得像頭髮絲那樣纖細。現在，只見那些馬變得小巧玲瓏，在遠處布洛涅森林暗綠色的背景上飛馳。接著，它們突然被跑馬場中間一大叢樹木擋住，消失了。

「你得了吧！」喬治始終抱有希望，這樣嚷道，「還沒完呢……英國人幾乎被趕上啦。」

可是，拉·法盧瓦茲輕視本國的勁頭又上來了，變得很不像話，居然爲精靈喝彩。好極了！跑得好！法國就需要嘗嘗這滋味！精靈第一，杏仁奶油第二！讓他的祖國苦惱去吧！拉博德特給他嚷得極爲惱火，板起面孔威脅他，說要把他扔到馬車底下去。

「看看他們要跑多少分鐘。」博得納夫平靜地說道。他抱著小路易，掏出懷錶。

馬又一匹接一匹從那叢樹木後面出現了。

全場愕然，人群裏長時間地議論開了。瓦萊里奧二世還保持著領頭的位置，但精靈漸漸趕上來了，它後面的呂西尼昂卻慢了下來，另一匹馬取代了它。大家沒有立刻反應過來，因爲騎師顏色鮮艷的綢上衣難以區分。漸漸地，人群裏發出了歡呼。

「啊，那不是娜娜嗎！……快跑呀，娜娜！我說嘛，呂西尼昂跑不動了……啊！不錯，是娜娜。從它金黃的顏色就認得出來？……現在你瞧它吧！像一團烈火往前衝……好極了，娜娜！瞧吧，好傢伙！……不過，這並不說明什麼，它只不過是爲呂西尼昂助威。」

在幾秒鐘之間，大家都持這種看法。但是，漸漸地，那匹小母馬憑著不懈的努力，越來越領先了。群情激奮。對落在後面的馬誰也不關心了，大家的注意力全集中在精靈、娜娜、呂西尼昂和瓦萊里奧二世之間的最後較量上。大家喊叫著它們的名字，見它們領先了或落後了，就前言不搭後語地亂嚷。娜娜像被誰托起來似的，爬到車夫的座位上，臉色蒼白，渾身哆嗦，激動得連話也說不出來了。拉博德特站在她身旁，臉上又露出了微笑。

「怎麼樣？那匹英國馬不行了吧？」菲力普高興地說，「它跑不動啦。」

「不管怎樣，呂西尼昂算完啦。」拉．法盧瓦茲嚷道，「瓦萊里奧二世趕上來了……看呀！四匹馬跑到一塊啦。」

人們異口同聲地嚷著：「跑得很快！伙計們……這速度眞來勁，乖乖！」

現在，四匹馬閃電般迎面奔馳過來了。大家感覺到它們越來越近，彷彿聽見一種喘息聲、一種鼾聲由遠而近，一秒鐘比一秒鐘更清晰。人群猛衝到圍柵跟前。馬還沒到，人們就從胸膛裏發出經久不息的呼喊，這喊聲動地而來，猶如大海波濤洶湧。這是一場規模巨大的賭博最後的激烈較量，十萬觀衆都抱著一個想法，都迫不及待想看看這些馬奔跑過去之後自己運氣如何，因爲這些馬在奔馳中帶有數百萬金錢。大家你推我擠，撐緊拳頭，張大嘴巴，每個人都想著自己，每個人都用嗓門和手勢驅趕自己的馬快跑。整個人群的喊聲，從穿禮服的胸膛裏發出的喊聲，滾滾而來，越來越清晰；「跑過來了！跑過來了！跑過來了！」

娜娜領先得更多了。現在瓦萊里奧二世已落後兩三頸的距離，與精靈並排了。那動地的雷鳴般的聲音越來越響。它們跑過來了，娜娜的馬車上迎接它們的，是一陣暴風雨般的罵罵咧咧。

「吁！呂西尼昂，你這個窩囊廢啊！孬種！……棒極了，英國佬！加油，再加油，老伙計！……咳！這個瓦萊里奧二世眞惡心！……啊！這廢物！我的十個金路易完蛋啦！……現在只有娜娜了！好啊，娜娜！好極了，娘兒們！」

娜娜站在座位上，又是扭大腿，又是扭腰，彷彿她自己在奔跑似的。她不時挺一挺肚子，就像在爲那匹小母馬使勁似的，每挺一下肚子，就疲倦地嘆息一聲，用嘶啞的嗓子費力地喊道：「快跑呀！……快跑呀……快跑呀！……」

這時出現了極精彩的場面。普萊斯在馬鐙上立起來，馬鞭揚得高高的，狠狠地抽打著娜娜。這個乾瘦的老小孩，那張冷酷、呆板的臉，彷彿噴射著火焰。在狂熱的、大膽的衝動之下，憑著克敵制勝的意志，他將自己的毅力貫注給這匹小母馬，催得它口吐白沫，兩眼血紅，騰躍向前。幾匹馬帶著天崩地陷般的嘯聲衝了過去，人們摒住了呼吸，耳邊風聲呼呼，而裁判卻異常冷靜，兩眼盯住標杆，等待著。跑馬場上回蕩著震天動地的歡呼聲。普萊斯使出最後的力氣，猛催娜娜衝過標杆，終於以一頭的距離打敗了精靈。

這時，全場沸騰，如海潮洶湧。娜娜！娜娜！娜娜！這喊聲此起彼落，越來越宏亮，其勢如暴風驟雨，從布洛涅森林深處到瓦萊蓮峰，從隆尙草原到布洛涅平原，漸漸充盈了整個天際。跑馬場的草坪上，一片如醉如狂的氣氛。娜娜萬歲！法國萬歲！打倒英國！婦女們揮動著手裏的陽傘；一些男人們又蹦又跳，狂呼亂叫；另一些男人神經質地大笑不止，一邊往空中拋帽子。跑道的另一邊，體重過磅處的圍地內也歡聲雷動；看台上沸沸揚揚，在擁擠不堪的人頭頂上，隱約看得見空氣在顫動，像一爐炭火看不見的火苗，在一張張小小的、激動不已的臉上，在一雙雙揮動的胳膊上，在像黑點似的眼睛和張開的嘴巴上燃燒。這狂潮般的熱情經久不熄，不斷高漲，一直席卷了遠處的小徑深處，擴散到聚集在樹蔭底下的人群之中，甚至波及皇家看台，那裏也一片激動，皇后熱烈鼓掌。娜娜！娜娜！娜娜！這喊聲在光輝燦爛的陽光中飄蕩；陽光像金色的雨灑在人群眩暈的頭頂上。

這時，娜娜站在自己那輛馬車的車夫座位上，覺得人群是在向自己歡呼，感到自己頓時高大起來。她一動不動地站在那裏，被自己的勝利驚呆了，眼看著跑道被非常稠密的人潮所淹沒，連草都看不見了，只見一片帽子的黑色海洋。過了一會兒，人群退到兩邊，直到出口排成兩道人牆，再次向娜娜歡呼；娜娜馱著普萊斯向外走去，普萊斯伏在馬背上，筋疲力竭，像虛脫了似的。娜娜使勁拍著大腿，得意忘形，滿懷勝利的喜悅，毫不掩飾地說道：

「啊！見鬼！大家歡呼的是我呀，可是……啊！見鬼！眞好運氣！」

娜娜不知道怎樣表達激動不已的快樂心情，抬頭看見小路易坐在博得納夫肩頭上，便一把摟住他，吻起來。

「三分十四秒。」博得納夫說道，一邊把懷錶放進口袋裏。

娜娜一直聽著人們呼喊自己的名字，整個平原不斷把回聲送到她身朵裏。這是她的人民在向她歡呼，而她挺立在陽光下，披散著星辰般的頭髮，穿著與天空一樣的藍白兩色袍子，俯視著她的人民。從人堆裏脫身出來的拉博德特，過來宣布她贏了兩千金路易，因爲他以四十的價碼，把她那五十個金路易全押到了娜娜身上。可是，這筆錢不如這出乎意料的勝利令娜娜激動，因爲勝利的光輝使她成了巴黎的王后。那些女人全都輸了。羅絲・米尼翁盛怒之下折斷了陽傘；卡羅莉娜・埃凱、克拉莉絲、西蒙娜和露茜・斯特華（儘管兒子在身邊），都因爲這個胖婊子走運而氣得要死，一個勁地低聲咒罵她。而這時候，在參賽馬起跑和抵達終點時都畫過十字的特里貢，則挺直了身子，高踞於這些女人之上，爲自己嗅覺的靈敏而形喜於色，以經驗豐富的老虔婆的身份爲娜娜祝福。

擁向娜娜的馬車周圍的男人越來越多。車上的一幫人狂呼亂叫夠了，只有喬治還繼續扯著嘶啞的嗓門在叫喊。香檳酒喝光了，菲力普便領了幾個跟班，向各飲料棚跑去。娜娜的宮廷不斷擴大，遲遲不肯來的人也被她的勝利吸引過來了；人群不斷擁過來，使她的馬車成了整個草坪的中心，她的子民在狂熱的衝動之下，最後竟尊她爲神——愛神王后。

博得納夫站在她身後，像父親一樣感動不已，嘴裏卻罵罵咧咧。斯泰內再次被娜娜征服了，拋棄了西蒙娜，爬到一個踏腳板上。等香檳酒送到，娜娜便舉起斟得滿滿的酒杯，車上車下響起暴風雨般的掌聲，大家又起勁地高喊：娜娜！娜娜！娜娜！旁邊的人群莫名其妙，都抬頭四下裏尋找那匹小母馬。實際上誰也弄不清楚，大家心裏所想的，究竟是那匹馬呢、還是這個女人。

這時，米尼翁不顧羅絲惡狠狠的目光，也跑了過來。這個走運的妞兒使他再也控制不住自己，渴望吻她一吻。等吻過她兩邊的面頰後，他慈父般地說道：

「使我感到惱火的是，現在羅絲肯定要把那封信寄出去啦……她都氣昏了頭。」

「她寄出去才好呢，我正求之不得！」娜娜順口說道。

但看到米尼翁一副瞠目結舌的樣子，她連忙補充道：

「啊！不，我剛才說什麼啦？……眞的，我連自己說了什麼也不知道啦……我醉了。」

她的確醉了，是被快樂陶醉，被陽光陶醉。她一直舉著酒杯，爲自己歡呼。

「爲娜娜乾杯！爲娜娜乾杯！」她高喊著。周圍的喧鬧聲、笑聲、喝彩聲，越來越高，漸漸響徹了整個跑馬場。

賽事就要結束了。現在正在進行沃布朗獎賽。一些人就旺朶夫的事爭論起來。現在已經很明顯：兩年來，旺朶夫一直在準備這一著，他叫格勒夏姆控制住娜娜，而推出呂西尼昂，目的只是讓娜娜一鳴驚人。賭輸了的人都很生氣，賭輸了的人則只聳聳肩膀。這又怎麼樣呢？難道不是允許的嗎？一位馬主完全可以按自己的意願調配他的馬。許多人不是都這樣作嗎？絕大多數人認爲旺朶夫很了不起，能夠通過他的朋友們找到足夠下賭注的人，使他可以在娜娜身上大賭大撈一筆。這就是娜娜的牌價突然上升的原因。據說他平均以三十的價碼押了兩千金路易，結果贏了一百二十萬法郎。如此巨大的數字，足以引起人們尊敬並原諒一切。

但是，人們都竊竊私語，從體重過磅處圍地裏傳來一條性質很嚴重的消息。從那裏面出來的人把這條消息說得又明白又具體。於是，人們不再避諱，大聲講出了一樁令人髮指的醜聞。這個可憐的旺朵夫完蛋啦。他幹了一件極不高明的蠢事，以愚蠢的舞弊行爲使這次出色的勝利付諸東流。他委托不可靠的賭注登記人馬雷夏爾，暗中爲他押四萬法郎，賭呂西尼昂跑輸，以便撈回他公開下的兩萬多法郎的賭注。這是一種卑鄙的手法，證明他那瀕於徹底崩潰的財產又出現了裂縫。那個賭注登記人知道普遍看好的那匹馬不會贏，於是在這匹馬身上賺了六萬法郎。可是，拉博德特沒有得到明確、具體的指示，偏偏跑去向這位賭注登記人押了娜娜一百金路易，這位賭注登記人不明就裡，繼續以五十的價碼押出。結果他在小母馬娜娜身上輸了十萬法郎，輸贏相抵還淨虧四萬法郎。馬雷夏爾覺得一切都完了，比賽結束後看見拉博德特和旺朵夫在過磅廳前面交談，突然明白了一切。這個昔日的馬車夫感到自己受到詐騙，變得怒不可遏，便暴露出凶悍的本性，公開大吵大鬧起來，無情地揭露了內幕，煽動圍觀的群眾。人們還說，賽馬評判委員會就要開會處理這件事。

菲力普和喬治悄聲把這消息告訴了娜娜；娜娜隨口評論了幾句，還是不停地笑，不停地喝酒。這種事倒是完全可能的，她也想過了一些情況，況且那個馬雷夏爾本來就是無恥之徒。不過，她還是半信半疑，正在這時拉博德特來了，他臉色發白。

「怎麼樣？」娜娜低聲問他。

「完蛋啦！」拉博德特只這麼回答了一句。

這罷他聳聳肩膀。這個旺朵夫簡直是個毛孩子。娜娜不耐煩地揮了一下手。

當晚，娜娜在馬比耶舞廳出盡了風頭。將近十點鐘她出現的時候，那裏已經是沸騰翻天。這個傳統的狂歡舞會，把風流的青年男女全都吸引來了；這些上流社會的人蜂擁而至，卻一個個表現得像下等人一樣粗俗、愚蠢。大家在彩燈下擠作一團。黑色禮服，奇裝異服，袒胸露肩的女人，還有不怕骯的舊袍子，全都擠成一堆，旋轉著，叫嚷著，個個醉得東倒西歪，大耍酒瘋。隔三十步遠，就聽不見銅管樂隊的演奏。誰也不跳舞，只顧胡說八道，在一堆人一堆人之間傳些無聊的話。誰都想顯得滑稽可笑，可是怎麼胡鬧也不能如願以償。七個女人被關在衣帽間裏，哭哭啼啼要大家放她們出來。有人找到一根蔥，拿來拍賣，價錢一直喊到兩個金路易。

正在這時，娜娜到了，還穿著她參加賽馬會穿的藍白兩色衣服。大家在雷鳴般的歡呼聲中把那根蔥獻給她。有人不由分說抱住她，由三位欣喜若狂的先生抬著，穿過被踩壞的草地和遭破壞的樹叢，向花園走去。由於樂隊擋住了去路，大家便衝上去，砸碎椅子和樂譜架。這場大混戰，是由一名頗像長輩的警察指揮的。

直到星期二，娜娜才從勝利的激情中平靜下來。小路易在外面著了涼，病倒了，這天早晨勒拉太太趕來報告病情，娜娜便與她聊起來。目前巴黎人都在紛紛議論一個重大事件，娜娜聽了十分激動。賽馬結束後的當天晚上，皇家俱樂部就宣布，決定將旺朵夫開除出賽馬場。第二天，旺朵夫就鑽進馬廄，一把火將自己和馬一齊燒死了。

「他早就告訴過我他要這樣作。」少婦說道，「這個人是個十足的瘋子！……昨天晚上有人告訴我這消息時，我真嚇壞了。你知道，有天夜裏他本來可以把我殺死的……再說，他難道不應該事先告訴我他哪匹馬能贏嗎？那樣，我至少可以發一筆財了！……他對拉博德特說，如果讓我知道了底細，我就會立刻告訴我的美髮師和一大堆男人。你聽他這話多刻薄！……咳！不，老實講，我不可能怎麼惋惜他。」

娜娜越想越生氣。正在這時，拉博德特進來了。他已經把帳算清楚，給娜娜送來四萬多法郎。娜娜見到這錢，越發惱火，因爲她本來可以贏一百萬法郎的。拉博德特裝得一身清白，對這次的投機勾當一無所知，對旺朵夫更是乾脆落井下石。這些古老的家族早就是虛有其表了，所以才落得這種愚蠢的結局。

「啊！不，」娜娜說，「這樣關在馬廄裏自焚，可不能說是愚蠢。我倒覺得他死得挺勇敢……唔！你知道，我並不是爲他與馬雷夏爾那檔子事辯護。那件事做得愚蠢透頂。一想起布朗施妄圖把那件事的責任推到我頭上，我心裏就來氣。我反駁她說：『難道是我叫他去作弊的嗎？』一個女人可以向一個男人要錢，但這不等於叫他去犯罪呀，你說是不是？如果他對我說：『我已經一無所有了。』那麼，我就會對他說：『很好，那咱們分手吧。』事情絕不致於鬧到不可收拾的地步。」

「說得也是，」娜娜的姑媽一本正經地說道，「男人固執己見，就活該他們倒楣！」

「不過，他那帶點兒喜慶意味的結局，倒是幹得蠻漂亮哩！」娜娜又說道，「看上去那情景很可怖，讓人渾身起雞皮疙瘩。他把所有人支開，帶著汽油，把自己反鎖在馬廄裏……那火轟地一聲燒起來，該夠壯觀的！想像一下吧，一個幾乎全是木頭結構的龐然大物，裏面又裝滿了杭桔和乾草！……火苗竄得像塔一樣高……最壯觀的，還是那些不願意活活燒死在裏面的馬。只聽見它們左衝右突，往門上撞，像人一樣發出哀嚎……是的，那慢慢被燒死的情景，有些人談起來還爲之變色呢！」

拉博德特輕哼一聲，表示懷疑。

他不相信旺朵夫死了。有人賭咒發誓說看見他從一個窗戶裏跳出來跳跑了。他是因爲神經錯亂點燃了馬廏，但等到烤得受不了時，他的頭腦可能清醒了。一個糊里糊塗在女人堆裏鬼混，落得身敗名裂的男人，是不可能這樣勇敢地死去的。

娜娜聽了很掃興，只說了這樣一句話：

「啊！這倒楣鬼！本來幹得多漂亮！」

第十二章

將近半夜一點鐘了，娜娜和伯爵躺在鋪威尼斯針鉤花邊床單的大床上，還沒有入睡。伯爵賭了三天氣，這天晚上回來了，夜明燈照得臥室裡暗幽幽的，充滿睡意，彌漫著溫暖和潮潤的做愛的氣味；鑲銀的白漆傢具，在朦朧中泛著白色。放下的帷幔，將床鋪淹沒在黑暗之中。一聲嘆息，接著一下親吻，打破了寂靜。娜娜鑽出被窩，在床邊坐了一會兒；伯爵頭落在枕頭上，仍待在黑暗中。

「親愛的，你信仁慈的天主嗎？」娜娜沉思了片刻問道。她表情嚴肅，離開情人的懷抱，心裡充滿了宗教的恐怖。

從早上起，她就抱怨心裡難受。照她自己所說，各種各樣的想法，例如關於死的想法，關於地獄的想法，總暗暗地糾纏著她。這些天，有時她夜裡像孩子一樣害怕，被嚇人的胡思亂想折騰得睜開眼睛做惡夢。她又問道：

「怎麼樣？你認爲我將來能上天堂嗎？」

說罷，她不寒而慄。伯爵聽見她在這樣的時刻提出這種古怪的問題，不勝驚訝，還以爲她心裡萌生了天主教徒的悔恨呢。這時，娜娜的睡衣從肩頭滑落了，頭髮也散亂了，她撲到伯爵的胸脯上，死死摟住他，嗚嗚咽咽哭了起來。

「我怕死……我怕死……」

伯爵費了九牛二虎之力才從她的摟抱中掙脫出來。這個女人對平常所懷的恐懼是有感染性的，他擔心自己會受她這種精神錯亂的影響，便開導她說：她身體很好，只要行爲上多加注意，總有一天會得到上天寬恕的。可是，娜娜只顧搖頭，也許她不曾害過任何人吧，甚至她一直在胸前佩帶著聖母像，她還把一根紅絲線繫住掛在兩乳之間的聖母像給他看。不過，上天早就安排好了，凡是沒有結婚而與男人同居的女人，統統都得下地獄。她想起小時候在教理課中所學的一些殘缺不全的話。唉！要是能確切知道死後的事情該有多好，可是，什麼東西也不知道，沒有人帶回死後的消息；說眞的，既然神父們都說蠢話，我們這些人爲什麼還怕這怕那呢？然而，她還是吻了吻聖母像；那聖母像還帶著她的肉體的溫熱，像一道驅除死亡的符咒。一想起死亡，她就懼怕得渾身冰涼。

她去梳洗間也非要繆法陪伴不可。她一個人在裡面待了一分鐘，即使門開著，也會害怕得直打哆嗦。繆法又上床躺下之後，她還在臥室裡徘徊，把每個角落察看一遍，稍微聽見一點兒響動就嚇一下。她在每一面鏡子前停下來，一看到自己的裸體，就像往常一樣把一切全忘了。可是這一回，看到自己的乳房、腰和大腿，她越發害怕了，不由得抬起雙手，久久地摸著自己臉部的骨頭。

「人死了樣子可難看了。」她有氣無力地說道。

她使勁擠壓雙頰，讓眼睛瞪得很大，使上下頜收縮進去，想看一看自己死後是什麼模樣。然後把這張鬼臉轉向伯爵，說道：「你瞧，我死後腦袋會變得很小。」

伯爵一看就生氣了：「你瘋了，來睡吧。」

伯爵彷彿看見娜娜躺在墳墓裡，長眠了百十來年，只剩一堆白骨。他趕緊雙手合十，口中念念有詞祈禱起來。最近一段時間，宗教信仰又征服了他，每天這信仰一發起作來，比中風還厲害，弄得他最後總是筋疲力竭。他的手指嘎嘎響，他只顧不停地重複道：「天主啊……天主啊……天主啊……」這是他軟弱無力的吶喊，是他的罪孽的吶喊，儘管他肯定自己必然會下地獄，卻無力消弭罪孽。

娜娜回到床上時，發現伯爵鑽在被窩裡，一副驚恐不安的樣子，指甲嵌進胸部的皮肉裡，眼睛仰望空中，彷彿在尋找天堂。娜娜又哭起來，兩個人摟抱在一起，上下牙床莫名其妙地磕碰得格格響，一同在愚蠢的頑念中掙扎。他們已經這樣度過一個夜晚，不過今天這一夜過得實在愚蠢透頂——娜娜不害怕了之後，自己也這麼說。她突然產生了疑慮，便小心翼翼問伯爵：莫非羅絲·米尼翁寄出了那封可怕的信？伯爵並不是因爲這個，而僅僅是恐懼，並沒有別的，他連自己戴了綠帽子還蒙在鼓裡呢。

繆法離去之後，就沒消息了。過了兩天之後，他突然上午來了；他從不在這時來的。他臉色發青，兩眼通紅，顯然經歷了一場嚴重的內心鬥爭，人顯得很不平靜。可是，佐愛因爲自己也心慌意亂，沒有注意到他心事重重的樣子，連忙跑上去迎接他，一邊喊道：

「啊！先生，你來得正好！太太昨天晚上都差點兒死了。」

伯爵詢問詳情，佐愛答道：

「一件叫人難以相信的事情……太太早產了，先生。」

娜娜懷孕已三個月。她一直以爲是月經不正常。布塔雷醫生表示懷疑，後來明確證實她懷了孕。娜娜非常煩惱，說什麼也要隱瞞這件事。她那神經質的恐懼症，心情的極度憂鬱，都與這件事都有點關係，因爲她像沒有結婚的姑娘一樣，懷了孕怕羞，硬將它瞞住，嚴守秘密。她覺得這一個可笑的事，有損她的聲譽，人家會取笑她。怎麼搞的！簡直是惡作劇，眞倒楣！她本來以爲這輩子不會再懷孩子了，卻又惹上身來了。她驚愕不已，她的性器官竟紊亂到如此地步，明明你不想要孩子了，並且會這玩意兒作了別的用途，它卻偏偏又給你懷上了孩子！大自然的力量，還有她在尋歡作樂時勃發的莊嚴的生育能力，當她在周圍撒播死亡時卻讓她懷上這條生命，這一切無不令她惱火。難道人就不能免除這許多麻煩，而隨心所欲地生活嗎？這小傢伙究竟是從哪裡來的呢？她根本說不清。啊，天哪！讓她懷上這孩子的男人，除非有著高尚的思想，才會承認這孩子是他的；實際上誰也不會承認這孩子，他將妨礙所有人，一生肯定不會有什麼幸福。

這時，佐愛正把這件倒楣事告訴了繆法。

「將近四點鐘太太開始肚子疼。我見她進了梳洗室很久不出來，就進去看，發現她暈倒在地上，眞的，先生，倒在地上的一攤血裡，就像被人暗殺了似的……我一看就明白了是怎麼回事。我很生氣，太太該把自己的倒楣事告訴我才對……當時恰巧喬治先生也在場。他幫助我把太太扶起來，但一聲到流產兩個字，他自己也難受起來……眞的，從昨天以來，我一直感到心神不定！」

公館裡果然一片忙亂。樓梯上、每個房間裡，僕人們跑來跑去。喬治在客廳的沙發上過了一夜。是他在傍晚太太平常接待客人的時候，把這消息告訴了太太的朋友們。他臉色蒼白，帶著驚異、激動的神色講述了事情的經過。斯泰內、拉・法盧瓦茲、菲力普和其他人都來過了。他們聽到頭一句話，就驚叫起來，不可能！大概是開玩吧！而後，他們變得嚴肅起來，望著房門，搖著頭，現出厭煩的樣子，再也不覺得好笑了。有十一、二位先生坐在壁爐前低聲閑聊，一直待到半夜十二點鐘，他們都是朋友，每個人都暗自尋思父親是不是自己。他們似乎彼此原諒，個個表情尷尬，好像全都幹了件蠢事。然後，他們一個個把背一弓，這事兒與他們誰也不相干，是娜娜自找的。哎，這個娜娜眞讓人吃驚！誰想得到她居然會開這樣一個玩笑！他們一個個躡手躡腳走了，似乎這屋子裡死了人，在這裡是不宜嘻笑。

「先生，還是上樓去看看吧，」佐愛對繆法說，「太太好多了，肯定會接待你……我們正在等待大夫，他答應今天上午來的。」

貼身女僕說服了喬治回自己家去睡覺。樓上的客廳裡只剩下薩丹，躺在一張長沙發上，嘴裡叼著香煙，兩眼望著天花板。事情發生之後，整個公館慌成一團，只有她冷冰冰地生悶氣。不時聳聳肩膀，說些惡毒的話。佐愛從她面前經過時，還是喋喋不休地對伯爵說，可憐的太太眞是吃盡了若頭。薩丹乾巴巴地甩出一句話：

「這才好呢，讓她吸取點教訓！」

兩個人吃驚地轉過頭。薩丹一動沒動，眼睛依然盯住天花板，哆嗦的嘴唇問叼著香煙。

「哼，你眞是好心腸，你！」佐愛說道。

薩丹半坐起來，怒視伯爵，再次朝他劈面甩出那句話：

「這才好呢，讓她吸取點兒教訓！」

說罷，她又躺下，吐出一個細細的煙圈，那神態似乎決計對一切都不再關心，不再過問。不管啦，眞眞愚蠢透頂！

佐愛還是把繆法領進了臥室。臥室裡有股乙醚氣味，又溫暖又安靜。只有維里耶大街偶爾駛過的馬車低沉的轔轔聲，才略略打破了這寂靜。娜娜腦袋躺在枕頭上，臉上毫無血色，並沒有睡著，睜著兩隻大眼睛出神。看到伯爵，她沒有動，只是微微一笑。

「唉！我的心肝，」她有氣無力地說道，「我以爲永遠見不到你了呢！」

當他俯吻她的頭髮時，她感動了，眞誠地談起那孩子，好像伯爵就是孩子的父親似的。

「我一直沒敢告訴你……我感到自己好幸福！啊！我充滿幻想，眞希望他不愧是你生的。可是，現在一切都完了……不過，也許這樣更好。我不想給你的生活增添麻煩。」

聽說自己的那孩子的父親，繆法愕然，含含糊糊說了幾句話。他挪過一張椅子，靠床坐下，一條胳膊放在被窩上。這時，少婦才注意到他臉色不對，兩眼通紅，嘴唇像發燒似的直哆嗦。

「你怎麼啦？」她問道，「你也病了嗎？」

「沒有。」他勉強答道。

她深情地注視著他，見佐愛在整理藥瓶子，遲遲不離開，便揮揮手打發她走。等剩下他們兩個人時，她把他拉到身前，又問道：

「你怎啦，親愛的？……你兩眼含滿了淚水，我都看出來啦……好了，講吧。你這次來肯定有什麼事情要對我說。」

「不，沒什麼，我向你發誓。」他結巴道。

痛苦哽住了他的嗓子，他不知道爲什麼要來到這間病房，但進來後感情受到觸動，不由得抽噎起來，將頭埋在被子裡，試圖抑制痛苦的迸發。娜娜明白了，肯定是羅絲．米尼翁下決心寄出了那封信。伯爵身子猛烈地抽動，把床都震動了。娜娜讓他哭了一會兒，最後用充滿母性的同情口吻說道：「你家裡發生了麻煩？」

伯爵用力地點點頭。娜娜又停頓片刻，然後很低聲地問道：「那麼，一切你都知道了？」

伯爵又肯定地點點頭。又是一陣沉默。這間充滿痛苦的房間，籠罩著沉郁的寂靜。昨天夜裡，伯爵參加完皇后舉辦的晚會回到家裡，收到了薩比娜寫給她的情人的信。他度過了一個可怕的夜晚，腦子裡不停地胡思亂想怎麼報仇。今天一早就從家裡跑了出來，強壓下想宰了妻子的強烈願望。到了外面，六月風和日麗的早晨，驅散了他滿腦子烏七八糟的想法，他來到了娜娜家，就像以往一樣，每當生活中出現了不堪忍受的事情，他就來到這裡。只有在這裡，他才能讓自己的痛苦發洩出來，愉快而怯懦聽娜娜安慰自己。

「算了，冷靜點兒吧。」少婦裝得很善良地說道，「這事兒我早就知道了。不過，當然不宜由我來讓你睜開眼睛。記得吧，去年你曾產生過懷疑，只是由於我小心謹慎，事情才掩飾過去。不管怎麼說，你沒有證據……天啊！今天你如果掌握了證據，那是夠你受的，這我理解。可是，事情既然已經發生，就睜隻眼閉隻眼吧，又不會因爲這種事你就名譽掃地。」

繆法不再哭泣，卻羞愧難當，儘管他早對娜娜談過去他夫妻間最隱秘的事。娜娜不得不陪伴他。別不好意思，她是女人，什麼話對她講都無妨。他嗡聲嗡氣隨口說了一句：

「你身體不好，何苦累著你！……我跑到這裡來眞愚蠢，我走啦。」

「不，」娜娜連忙說，「別走。也許我能給你出點好主意。只是別讓我說話太多，醫生禁止我多說話。」

他終於站了起來，在房間走來走去。

於是，娜娜問他：「現在你打算怎麼辦？」

「我要摑那個男人的耳光，這理所當然。」

娜娜撇了一下嘴表示不贊成。

「這解決不了什麼問題……對你老婆呢？」

「我要和她打官司，現在我有了證據。」

「這也根本不管用，親愛的。這甚至是愚蠢……你知道，我絕不會讓你這樣做。」

娜娜用有氣無力的聲音，沉著老練地指出，決鬥或者打官司，只能造成醜聞，一點用處也沒有。那樣，伯爵將在一個星期期間成爲各家報紙獵奇的對象。這等於拿他的整個生活、他的安寧、他在皇宮裡的顯赫地位、他的姓氏的榮譽去賭博。而爲了什麼呢？爲了讓別人嘲卑自己。

「管不了那麼多啦！」繆法叫起來，「我能報仇就行！」

「我的心肝，」娜娜說道，「這種事想報仇，不立刻報，就永遠休想報啦！」

繆法頓時語塞，沉吟起來，當然，他絕非懦夫，但他覺得娜娜說得有道理；他越來越感到不自在，一種可憐感和羞恥感，使他在盛怒中軟了下來。而且，娜娜以一種決不隱諱任何東西的坦率態度，又給了他一個新的打擊。

「親愛的，你想知道你爲何這樣苦惱嗎？……這是因爲你自己也對你妻子不忠。不對嗎？你經常在外面過夜，不會僅僅爲了消磨時間吧。你老婆可能起疑心。那麼，你能拿什麼話指責她呢？她只要回答說是你給她做出了榜樣，就可以堵住你的嘴……唷，親愛的，這就是爲什麼現在你在我這裡氣得跺腳；而不是在自己家殺掉那樣姦夫淫婦。」

娜娜這番話一針見血，說得繆法垂頭喪氣，又重重地跌在子椅子上。娜娜住了嘴，喘口氣，然後低聲說道：

「啊！我累壞了。幫個忙，讓我躺得上一點吧。我不斷往下滑，頭太低啦。」

繆法讓她躺得上一點兒，她嘆口氣，感覺舒服些了。她又回到剛才的話題，說伯爵如果爲離婚而打官司，肯定會有一場好戲看。他難道看不出，伯爵夫人的律師一定會提到娜娜，讓巴黎人看笑話？什麼都會給抖出來，包括她在遊藝劇院演出的失敗、她的公館和她的生活。啊！不行，那樣丟人現眼她可受不了。下流的女人也許會慫恿他這樣作，藉他的事爲自己大作文章，可是，娜娜所希望的首先是伯爵的幸福。他把伯爵拉到身邊，讓他的頭靠在枕頭上，緊挨她自己的頭，伸出一條胳膊摟住他的脖子，情意綿綿地悄聲對他說：

「聽我的話，寶貝，去與你老婆和好。」

繆法一聽就光火。絕不幹！他肺都要氣炸了，那樣作是奇恥大辱。然而，娜娜還是柔聲細語地勸他：「你要同你老婆和好……想一想吧，你總不願意到處聽見人家說是我拆散你們夫妻倆的吧？這對我的名譽影響太壞，人家會怎麼想我呢？……不過，你要發誓說永遠愛我，因爲從你去找另一個女人那一刻起……」

她的嗓子給淚水硬住了。繆法頻頻吻她，不讓她再講下去，同時一再對她說：

「你瘋了，這根本不可能！」

「不，不，」娜娜又說道，「必須和好……我嘛只好遷就。不管怎樣，她是你老婆。這與你背著我同隨便什麼女人相好是兩碼事。」

繼續講下去，給伯爵最善意的忠告甚至提到了天主。伯爵彷彿聽見韋諾那老頭兒在訓誡他，叫他不要在罪惡的道路上滑下去。不過，娜娜並沒說要與伯爵斷絕關係，而是勸告伯爵兩邊討好，在老婆與情婦之間充當老好人，讓她們平分秋色，從而保持平靜的生活，不給任何人造成煩惱，就像在不可避免的亂糟糟的生活中，能得到恬適的睡眠一樣。這絲毫不會改變他們倆的生活，他依然是她最寵愛的寶貝，只是他來的次數要稍少一點，把不和她一起合歡的夜晚讓給伯爵夫人。娜娜已累得精疲力竭，嬌喘一口氣，最後說道：

「總之，這樣我也算做了件好事，良心上會安穩些，你也會更加愛我。」

一陣沉默。娜娜闔上眼睛，躺在枕頭上，臉色更加蒼白。伯爵現在聽從她，說是不願意讓她說話太多而過於勞累。足足過了一分鐘，娜娜睜開眼睛，喃喃道：「再說錢呢？你發火鬧翻了，到哪兒去弄錢呢？……拉博德特昨天還來催討那張本票的錢……我嘛，什麼都缺，都要衣不蔽體了。」

說罷，她又合上了雙眼，像死了一樣。繆法臉上掠過一絲憂慮的陰影。在昨晚所經受的打擊之下，他倒是把不知如何應付的金錢拮据忘到腦後。那張十萬法郎的本票，持票人雖然明確答應過不轉手，但在延期一次之後，還是拿到市場上流通去了。拉博德特裝出無可奈何的樣子，把一切責任全推到弗朗西斯身上，說他以後再也不和沒有什麼教養的人打交道了，以免損害自己信譽。這筆款子非付不可了，伯爵絕不能拒絕承兌自己簽過的票據。此外，除了娜娜提出的種種新要求，伯爵自己家裡也是極度奢靡。伯爵夫人從豐岱特回來之後，突然變得追求奢侈生活，大講上流社會的享受，把他們的財產揮霍殆盡。人們已開始議論，說她心血來潮，揮金如土，家裡除舊佈新，完全換了排場，花了五十萬法郎裝修米羅梅尼爾街那座舊公館，服飾也極度奢華，大筆大筆的錢消失了，溶化了，也可能送人了，伯爵夫人都沒想到過問一下。有兩回，繆法斗膽提出來，想知道錢花到什麼地方去了。可是，伯爵夫人面帶微笑，神情古怪地盯住她，使他不敢再問，生怕她把事情挑明了。他經娜娜牽線，接受達蓋內作女婿，主要的想法就是可以把愛絲泰的嫁妝減少到二十萬法郎，而且免除了其他一切籌辦事項；那些全由小伙子自己承擔，他出乎意料地達成了這門親事，還是挺高興的。

然而，必須馬上籌措十萬法郎，應付拉博德特。一個星期以來，繆法想來想去，只有一個辦法，一個令他生畏的辦法，就是賣掉拉博德特那座豪華的花園住宅。那座住宅是不久前一位叔父遺贈經伯爵夫人的，估計可值五十萬法郎。不過，要出賣必須有伯爵夫人簽字，而伯爵夫人如想轉讓，按照契約，也必須徵得伯爵的同意才行。昨天晚上他終於下了決心，本來要與妻子談談簽字的事。可是，突然之間一切全完了。在這種時刻他豈能接受這樣的和解！想到這一點，他覺得妻子通姦對他的打擊更加嚴重。娜娜的意思他完全明白。在娜娜面前他從來毫無保留，什麼事情都要徵求他的意見，對她抱怨過自己的處境，也對他談過伯爵夫人簽字這件事情上的麻煩。

不過，娜娜看上去並不堅持。她再也不睜開睛。伯爵見她臉色那樣蒼白，心裡害怕，便讓她聞了聞乙醚。娜娜嘆息一聲，沒提達蓋內的名字問道：

「婚禮什麼時候舉行？」

「星期二訂的婚，五天以後舉行婚禮。」繆法回答。

娜娜依然閉著眼睛，彷彿在黑夜裡談自己的想法：

「總之，我的心肝，看清你該怎麼辦了吧……我的心願是讓大家都高興。」

娜娜握住她的一隻手，讓她平靜下來。好吧，看看再說，重要的是她要休息好。繆法不再生氣。這間病房，如此溫暖，如此沉靜，彌漫著乙醚味，終於使他心平氣和了，渴望享受一下幸福和安寧。在這張溫暖的床邊，在這個他正照料的、受痛苦折磨的女人身邊，在她的熱枕的激勵下，他想起了往日的歡樂，在遭受屈辱後按捺不住的火暴性子，漸漸煙消雲散了。他向娜娜俯下身子，緊緊摟住她；娜娜呢，臉上依然毫無表情，但嘴唇掠過一絲勝利的微笑。正在此時，布塔雷醫生來了。

「怎麼樣了，這可愛的小妞兒？」醫生故意把繆法當作丈夫，親切地對他說道，「見鬼，你一定是讓她說了很多話吧。」

醫生是個美男子，還頗年輕，專門在煙花圈子裡爲漂亳女人治病。他性情快活，像朋友一樣與這些女人說說笑笑，但從不跟她們睡覺，診費收得很費，而且絕不准拖欠，不過隨叫隨到。娜娜非常怕死，每個星期叫人請他來兩三回，惶惶不安地把無關痛癢的小毛病講給他聽，他呢就和她東拉西扯，給她講荒唐的故事，既治好了病，又逗得她挺開心。所有這些女人都喜歡他。不過這一回，娜娜的病非同兒戲。

繆法退出臥室，心情很激動。見他可憐的娜娜那樣虛弱，他心裡充滿了同情。娜娜見他要走，招呼他過來，把前額伸給他，用半開玩笑半威脅的口氣低聲對他說：

「你知道我允許你去幹什麼……快回去與你老婆和好，不然就一切都完了，我會生氣的！」

薩比娜伯爵夫人安排在星期二簽訂婚約，為的是圖個雙喜臨門：以結婚典禮慶祝公館裝修竣工（油漆還沒乾透）。已發出五百張請柬，各界人士都有。當天早晨，掛毯商還在釘帷幔；快九點鐘了，建築師還陪同放不下心的伯爵夫人各處指點。

這是春天的一次盛會，洋溢著春天的柔情和春天的魅力。六月的夜晚溫煦宜人，大客廳的兩扇門全都敞開，舞會一直延伸到鋪細沙的花園裡。頭一批客人來到時，伯爵與伯爵夫人在大門口迎接。客人們一進門，就覺得眼花繚亂。諸位想必還記得過去那間客廳，記得坐在裡面的冷若冰霜的繆法伯爵夫人吧。那間格調古老的客廳，充滿宗教的肅穆氣氛，笨重的桃花心傢具全是帝國時代式樣，天鵝絨帷幔已經發黃，暗綠色的天花板潮呼呼的。現在呢，一步入門廳，就見金色畫框的鑲嵌畫，被高燭台裡的蠟燭映照得熠熠生輝，大理石樓梯扶手上，鏤刻著精緻的花紋。客廳更是金碧輝煌，四面是熱那亞天鵝絨牆衣，天花板是布歇❶的一幅巨大的裝飾畫；這幅畫是唐皮埃爾古堡出賣時，建築師花十萬法郎買下的。枝形吊燈和水晶壁燈映照著一面面鏡和名貴的傢具，顯得富麗堂皇。過去薩比娜的那張長椅子，那張惟一的紅緞面椅子，軟綿綿的與整個客廳很不協調，現在彷彿增加了，擴大了，使整座公館充滿閑適、淫樂的氣氛，正如這麼晚的季節壁爐裡還生著旺火一樣，燃起人們強烈的享樂欲望。

❶布歇（一七〇三－一七七〇），法國畫家。

舞會已經開始。樂隊被安置在花園裡一扇敞開的窗戶外面，正演奏一首華爾滋舞曲。輕盈的節奏飄進客廳，變得柔和了，在空中急速回旋。花園在威尼斯彩燈的映照之下，朦朦朧朧，看上去彷彿大了不少，草地邊上支起了一頂紫色帳篷，裡面設了一個酒菜宴桌。所演奏的舞曲，正好是《金髮維納斯》中那支浪蕩的華爾茲，其中夾雜著淫蕩的笑聲。它的聲波滲透了這座古老公館的每個角落，銷魂的震顫令牆壁發熱，彷彿是從街上吹來一股肉慾之風，將這座氣派非凡的公館死氣沉沉的整整一個時代一掃而光，把繆法家族的過去，把在這座公館裡沉睡了一個世紀的榮譽和信仰，刮得無影無蹤。

伯爵母親年邁的朋友們，躲在壁爐邊他們平常待的位置，一個個感到不自在，覺得頭暈目眩。他們在逐漸擠滿整個客廳的吵吵鬧鬧的客人中，形成一個小小的圈子。杜．榮古瓦太太穿過餐廳進來時，發現所有房間她都不認識了。尙特羅夫人驚愕不已地望著花園，覺得它非常寬闊。不多一會兒，這個角落裡的人就尖刻地竊竊私語議論開了。

「你們說說看，」尙特羅夫人咕噥道，「要是老伯爵夫人回來了，那會怎麼樣？想像一下她在這些人中間進來會是什麼神情吧。搞得這麼金碧輝煌，這麼吵吵鬧鬧，眞是丟盡了人！」

「薩比娜瘋了，」杜．榮古瓦太太附和道，「剛才在門口你注意她沒有？咯，在這裡就看得見……她把她的鑽石首飾全佩帶出來啦。」

兩位太太一齊站起來，遠遠地打量了一陣伯爵夫人和伯爵。薩比娜一身潔白的衣裙，鑲著非常漂亳的英國鉤針花邊，顯得年輕，愉快，爲自己的美貌得意揚揚，總是掛在臉上的微笑帶點自我陶醉的神色。站在她身邊的繆法伯爵，則顯得老邁，臉色有點蒼白，但也帶著微笑，神態安詳而莊重。

「想一想吧，那時繆法是一家之主，」尚特羅太太又說道，「沒有他的允許，一條小板凳也休想增添！……可是，薩比娜改變了一切，現在繆法等於是在她家裡……還記得吧，那時她連客廳都不肯裝修，現在卻把整座公館都裝修了。」

她們都住了嘴，因爲謝澤勒太太進來了，後面跟著一幫年輕的先生。她著了迷似的，不斷發出低聲的贊嘆。

「啊！好極了！多麼精緻！這才叫情趣哩！」

她遠遠地對身後那幫年輕人說道：

「我不是說過麼！這些古老的破房子一經收拾，可眞是沒說的……瞧多漂亮！不是嗎？十足的盛世派頭……薩比娜終於可以招待客人啦。」

兩個老太太又坐下來，壓低聲音，議論開了這門讓許多人吃驚的婚事。愛絲泰剛剛走過去，身著玫瑰紅絲綢連衣裙，還是那樣瘦削、扁平，一張處女的面孔毫無表情。她平靜地接受了達蓋內的求婚，既沒表現出喜悅，也沒表現出憂傷，依然那樣冷冰冰，那樣蒼白，就像冬天的夜晚大家看到她往壁爐裡添柴時的模樣一樣。爲她舉行的這喜慶典禮，這燈光，這鮮花，這音樂，絲毫沒有使她情懷激蕩。

「新郎是個冒險家。」尚特羅太太低聲說。

達蓋內看見了于貢太太和她的兩個兒子，連忙殷勤地挽起她的胳膊，笑嘻嘻地，對她顯得格外新切，似乎由她暗暗相助，他才走了好運似的。

「謝謝，」于貢太太在壁爐邊坐下來說道，「你瞧，這正是我原來坐的角落。」

「你認識他？」達蓋內一走，杜．榮古瓦太太就問于貢太太。

「當然認識，可愛的小伙子。喬治很喜歡他……啊！還出自非常體面的家庭哩！」

這位好心的太太覺察到周圍的人都對達蓋內暗暗懷有敵意，便開始為他辨護。達蓋內的父親很受路易－菲力普器重，直到去世，一直擔任某省省長。小伙子本人呢，也許有點放蕩吧、有人說他是個敗家子。說歸說，可人家的叔父是個大財主，早晚要把財產留給他的。另外兩個太太聽了直搖頭，于貢太太自己也覺得尷尬，只好反覆贊揚他家的好名聲。她說得很累了，就抱怨自己腿疼，說為了一大堆事情，他在黎塞留街的宅住裡住了一個月。說到這裡，她慈祥的笑容中掠過一絲憂鬱的陰影。

「無論如何，」尚特羅太太最後說道，「愛絲泰本來可以追求一門好得多的婚事。」

銅管樂聲驟起，奏的是四對舞舞曲，人們紛紛擁向客廳兩頭，讓出中間的地方。顏色鮮艷的衣裙移動間，中間夾雜著深色的禮服。華燈的光線流瀉在鑽動的人頭上，只見珠寶首飾熠熠耀眼，潔白翎毛瑟瑟抖動，丁香花玫瑰花爭奇鬥妍。歡快的樂曲中，王肩裸露，華麗的種羅紗和綾羅綢緞，散發著沁人心脾的芳香。從開著的門望去，客廳兩側的房間裡坐著一排排女賓客，個個臉上浮著詭秘榮然的微笑，眼睛裡閃光輝，對著不時撇一撇的嘴，輕搖彩扇。客人還不斷到來，一個僕人扯開嗓門通報姓名。在擁擠的人堆裡，男客人慢慢挪動腳步，盡力為自己的女伴尋找位置；女士們挽著男伴的胳膊，顯得局促不安，踮起腳尖，看遠處是不是有空座位。整座公館擠滿了賓客，裙子與裙子摩擦得窸窸作響；有些狹窄地方，大片的花邊、裙結或裙撐堵塞了通道。女人們天生適應這種眼花繚亂的擁擠場合，懂得將就，個個彬彬有禮，不失優雅風度這，這時，成對成雙的男女，離開悶熱的大客廳，逃到彩燈照得朦朦朧朧的花園深處，只見草地邊裙影飄忽，彷彿合著舞曲的節奏在翩翩起舞，隨即轉到樹叢後面，顯得縹緲遙遠了。

斯泰內在酒菜宴桌前香檳酒時，遇到富卡蒙和拉．法盧瓦茲。

「搞得漂亮極啦，」拉．法盧瓦茲打量著固定在金色尖頭杆上的紫色帳篷說道：「簡直像香料蜜糖麵包市集……對嗎？就是香料蜜糖麵包市集！」

現在不論何時何地，他總是擺出一副玩世不恭的樣子，儼然是一個對什麼都嘗試夠了的青年，覺得沒有什麼東西值得認眞對待了。

「可憐的旺朵夫現在如果能來到這裡，肯定比誰都要吃驚。」富卡蒙喃喃道，「還記得他過去坐在壁爐前那副無透頂的樣子吧。眞了不起啊，對這一切不應該抱嘲笑態度。」

「旺朵夫，別提啦，他是一個失敗箸！」拉．法盧瓦茲輕蔑地說道，「他眞是大錯特錯，以爲自焚可以讓世人震驚！現在根本就沒有人再提起他。旺朵夫被勾銷了，忘卻了，埋葬了！談談別的人吧！」

斯泰內握了握他的手，他又說：

「你們知道，娜娜剛才到啦……啊！她進來時表現得眞棒！可以說不同凡響……她首先擁抱了伯爵夫人；而後當新郎新娘走過來時，她向他們祝福，對達蓋內說：『啊！好好聽著，保羅，你如果丟下她去找別的女人，我可饒不了你……』怎麼！那場面你們沒看到？啊！棒極啦！非常出色！」

另外兩個人聽得目瞪口呆。隨後三個人笑起來。拉．法盧瓦茲很得意，覺得自己了不起。

「怎麼？你們以爲眞有那種事？天啊！這樁婚事還是娜娜促成的哦！再說，她也可以算這個家庭的一員嘛！」

于貢兄弟走過來，菲力普叫他不要再講下去。於是，幾個男人議論起這樁婚事來了。喬治很生氣，因爲拉．法盧瓦茲信口雌黃。娜娜把自己過去的一個情人介紹給繆法作女婿，這是確實的，但說她昨天晚上還同達蓋內睡覺，那可是沒有的事。富卡蒙不管這些，聳了聳肩膀說，娜娜什麼時候同什麼人睡覺誰曉得？喬治一氣之下答道：「我，先生，我曉得！」引得大家哈哈大笑。最後，大家都同意斯泰內的說法，世間的事無奇不有，誰也搞不清。

酒菜桌前面漸漸擠滿了人。他們幾個讓出了位置，但並沒分開。拉．法盧瓦茲放肆地盯住女人看，就像在馬耶舞廳一樣。使他們大爲意外的是，他們在一條小徑盡頭發現韋諾先生正與達蓋內侃侃而談。他們便嘻嘻哈哈，信口編笑話：韋諾先生正在讓達蓋內懺悔，告訴他新婚頭一夜應該怎麼搞哩！不一會兒，他們回到客廳的一個門口。客廳裡，一對對男女正隨著波爾卡舞曲，在站著的男人中間搖擺，旋轉，後面留下一陣風。窗口的微風吹進來，燭焰升得老高。一條長裙隨著舞曲旋律，窸窸窣窣飄蕩而過時，捲起陣陣清風，驅散水晶吊燈散發的熱氣。

「哎！他們擠在那裡面夠熱的！」拉．法盧瓦茲嘀咕道。

他們剛從花園神秘的暗影裡走出來，眨巴著眼睛。他們發現德．舒阿侯爵獨自一個人被一群婦女包圍著，他身材高大，俯視著那些女人裸露的肩膀，臉色蒼白，表情嚴肅，一副高貴、自尊的神態，頭髮稀疏銀白。他對繆法伯爵的行爲感到氣憤，剛剛公開與伯爵斷絕關係，並聲稱不再進這座公館的大門。今晚他屈駕光臨，是因爲外孫女非要他來不可，其實他並不贊同這樁婚事，並且以憤激的言詞，攻訐統治階級對現代淫樂的可恥讓步造成自身的崩離。

「唉！完蛋了，」壁爐旁邊，杜．榮古瓦太太附在尙特羅太太的耳邊說道，「那個婊子迷住了這個可憐的人……我們見過，他曾經是那樣虔誠，那樣高貴！」

「他似乎弄到傾家蕩產的地步啦，」尙特羅夫人接著說道，「我丈夫手裡有他一張借票……他現在就住在維里耶街那座公館裡，全巴黎都在議論這件事……天啊！我可不能原諒薩比娜，不過說實話，是他許多事情做得讓薩比娜寒心，可是，如果薩比娜也拿了錢隨便亂扔的話……」

「她扔的何止是錢！」杜．榮古瓦太太搶著說道，「總而言之，兩個人一齊胡作非爲，這個家就敗得更快，眞是掉進污泥裡，陷入滅頂之災呀，親愛的！」

這時，一個溫和的聲音打斷了她們的交談。這是韋諾先生。他走過來坐在她們身後，彷彿要藏起來不讓人看見似的。他探過頭來說道：

「何必說喪氣話？事情到了無可救藥的地步，上帝就會顯聖的。」

這個家他曾經治理過，現在看到它敗落下去，他倒是挺平靜。自從在豐岱特小住幾天之後，他就明白自己無能爲力，只好聽任他們的胡作非爲愈演愈烈。

一切他都接受了，伯爵對娜娜瘋狂的愛情，福什里經常待在伯爵夫人身邊，甚至愛絲泰和達蓋內的婚事。這事些，管他呢！他表現得比從前更隨機應變，更神秘莫測，暗暗希望能夠控制這對新婚夫婦，就像曾經控制那對現在反目成仇的夫婦一樣，因爲他知道，大亂之後必然出現對宗教的虔誠信仰，到時候上天就會顯靈的。

「我們的朋友始終懷著最崇高的宗教感情，」韋諾繼續低聲說道，「他向我提供了最美好的證據。」

「那麼，」杜．榮古瓦太太說道，「他首先得與他妻子和好。」

「當然……恰好我相信他們和好的日子不會太遠了。」

於是，兩位老太太盤問起他來。韋諾再次變得很謙遜，說一切應該聽從上天安排。他的願望是使伯爵和伯爵夫人接近，避免發生公開的醜聞。人只要保持體面，宗教就會寬恕他許多意志薄弱的表現。

「總而言之，」杜．榮古瓦太太說道，「你應該阻止與這個冒險家結成的這樁婚事。」

小老頭兒現出非常吃驚的樣子：

「你們看錯了人，達蓋內先生是一個非常優秀的青年……我了解他的思想。他是想讓大家忘掉他青年時代的錯誤。愛絲泰會讓他迷途知返的，你們可以放心。」

「哼！愛絲泰！」尚特羅太太輕蔑地說，「我覺得這個小妞兒根本沒有主見，誰也不把她當回事！」

韋諾聽到這種看法臉上露出了微笑。他根本不想弄清楚新娘子是怎樣一個人，閉上了眼睛，彷彿表示對此壓根兒不關心。接著，他又消失在裙子後面，縮在他的角落裡。坐在旁邊的于貢太太，雖然有些疲倦而心不在焉，卻聽到了幾句議論。正在這時，德．舒阿候爵向她打招呼，她便現出寬容的神情，以下結論的口氣對他說道：

「這兩位太太十分苛刻。大家都生活得不愉快。不是嗎，朋友？我們自己想得到別人的寬容，就應該多寬容別人。」

侯爵片刻間有些尷尬。擔心于貢太太是影射他，但看到老太太一臉苦笑，他立刻恢復了常態，說道：

「不，對某些錯誤就是不能寬容……社會就是因爲人們總是姑息錯誤，而正走在深淵。」

舞會的氣氛更加熱烈了。又一輪四對舞跳得客廳的地板微微搖晃，彷彿這座古老的住宅在歡樂的震撼下有點塌陷了。在模糊的、亂騰騰的人頭之中，不時清晰地出現一張女人的臉，隨著舞曲飛旋，眼睛閃閃發光，嘴唇微張，雪白的皮膚在水晶吊燈的映照下，更加楚楚動人。杜·榮古瓦太太說，這眞是喪失了理性，一座容納兩百人都挺勉強的房子，硬要擠下五百人，簡直發了瘋。既然如此，爲什麼不到卡魯塞廣場上去舉行訂婚儀式呢？尙特羅太太說，這是新風氣的影響，過去這種隆重儀式都是在自家人之間舉行的，現在呢，非要搞得亂哄哄的不可，連街上的人都可以隨便進來，擁擠不堪，似乎不這樣，這喜慶就太冷清了。人們爲了擺闊，把巴黎的社會渣滓統統請到家裡來，日後家風不正，腐化墮落，那不是再自然不過了嗎？兩位太太抱怨說，這裡她們認得的人不超過五十個。所有的人是從哪兒來的？一些姑娘穿著放肆，袒胸露肩。一個女人穿一件鑲滿黑珠珍的上衣，看上去像一件鎖子甲。另一個女人的裙子緊緊地裹在身上，更放肆得出奇，令人見了不禁暗笑。冬末時節已能穿的華麗服飾全在這裡展示，而出席者則有百無禁忌的聲色犬馬圈子裡的人物，凡是女主人有過一面之交的全都邀請了來，出身名門望族人物和聲名狼藉之徒共聚一堂，大家的共同特點就是如飢似渴追求享樂。房間裡越來越悶熱，在人太多的客廳中間，四對舞照樣進行，一對對舞伴踏著有節奏的舞步。

「伯爵夫人好漂亮啊！」拉·法盧瓦茲在通向花園的門口說道，「她比她女兒年輕十歲……對了，富卡蒙，旺朵夫曾經打賭說她沒有大腿，你能告訴我們是不是眞的嗎？」

這種下流的問題使其他幾個人覺得無聊，富卡蒙只是答道：

「去問你表哥吧，親愛的。啊，正好他來啦。」

果然是福什里來了。他是這個家庭的常客，避開了各個門口擁擠不堪的人，繞了一圈從餐廳裡過來的。初冬的時候，羅絲再次與他勾搭上了，所以他現在同時與那個女演員和伯爵夫人相好，人搞得筋疲力竭，不知道甩掉哪一個才好。薩比娜能滿足他的虛榮心，羅絲則更有味。此外呢，羅絲是眞心眞意愛他，對他像妻子對丈夫一樣忠實，正是這一點使得米尼翁很懊惱。

「喂，」拉·法盧瓦茲抓住表兄的胳膊道，「向你打聽點情況，看到那個穿白綢裙的夫人了嗎？」

拉，法盧瓦茲自從繼承了那筆遺產之後，就顯得放肆而傲慢，經常嘲弄福什里，因爲他剛從外省來到巴黎時，受盡了福什里的譏諷，現在要進行報復，發洩心中的宿怨。

「是的，就是裙子上帶花邊的那位夫人。」

記者踮起腳尖張望，他還沒明白拉·法盧瓦茲的用意。

「就是伯爵夫人嗎？」他終於說道。

「一點不錯，我的好表哥。我和別人賭了十個金路易，她到底有沒有大腿？」

他說罷哈哈大笑，終於捉弄了福什里這傢伙，感到挺得意；過去福什里問他伯爵夫人是不是不和任何男人睡覺，弄得他張口結舌。可是，福什里絲毫沒現出驚訝的樣子，卻兩眼盯住他。

「去你的吧，笨蛋！」最後他聳聳肩膀說道。

說罷，他同在場的幾位先生握握手，拉．法盧瓦茲十分狼狽，自己也不敢肯定他剛才說的話是不是風趣了。大家閑聊起來。上次賽馬之後，銀行家和富卡蒙加入了維里耶大街那一伙。娜娜身體好多了，伯爵每天晚上都去問候他。福什里聽著大家議論，卻顯得心事重重。今天早上在吵架的時候，羅絲．米尼翁乾脆承認她已經寄出了那封信。不錯，他可以出現在這位上流社會的貴婦家裡，他會受到很好的接待。今晚經過再三的猶豫，他還是鼓起勇氣來了，但拉．法盧瓦茲的愚蠢玩笑，攪得他心裡挺不平靜，儘管他表面上沒事兒似的。

「你怎麼啦？」菲力普問他，「你好像不舒服。」

「我嗎？根本沒有。我工作走不開，所以來遲了。」

接著，他以一種被人忽視的、能化解生活中的普通悲劇的大無畏氣概，冷靜地說道：

「我還沒有去向男女主人表示祝賀呢……禮貌不能不講啊。」

他甚至轉向拉．法盧瓦茲，開玩笑說道：

「不是嗎，笨蛋？」

說完，他就從人群中向前擠去。聽差不再扯開嗓門通報客的姓名，但伯爵和伯爵夫人被剛到的女客人拉住，還在門口與她們寒暄。福什里終於到了他們面前，其他幾位先生待在花園的石階上，伸長脖子想看看他們見面的情形。娜娜多半搬弄了是非。

「伯爵沒有看見他。」喬治低聲說道，「注意！他回過頭來了……啊，行啦。」

樂隊又奏起了《金髮女郎》、福什里先向伯爵夫人施禮，伯爵夫人滿面笑容，顯得平靜而愉快。然後，他在伯爵身後一動不動地等了一會兒，很冷靜地等待著。這天晚上，伯爵保持著高傲莊重的神態，高昂著頭，十足的一副達官貴人派頭。等他終於低下眼睛看到新聞記者時，他的神態更變得過分莊重。兩個男人互相看了一會兒，福什里頭一個伸出手，繆法也伸出手，兩隻手握在一起，薩比娜伯爵夫人站在他們面前，滿臉微笑，睫毛低垂，而華爾滋舞曲繼續奏出嘲諷而放蕩的旋律。

「他們自動地和好啦。」斯泰內說道。

「他們兩隻手膠在一起了嗎？」富卡蒙見他們握手的時間那樣長，心生奇怪，這樣問道。

福什里不由自主地想起一件往事，蒼白的面頰不禁微微泛紅。他眼前又浮現出那間道具倉庫，室內綠幽幽的光線和塵封的亂七八糟的道具；繆法站在那裡，手裡拿著蛋杯，滿腹狐疑。現在繆法不再懷疑，他的尊嚴最後一角崩潰了。福什里的恐懼心理消失了，他鬆了口氣，看到伯爵夫人那樣爽朗快活，眞想哈哈大笑，覺得這場面富有喜劇性。

「啊！這回眞是娜娜來了！」拉．法盧瓦茲叫起來，他現在只要自己覺得有趣，就隨意開玩笑，「那裡是娜娜，你們沒瞧見她進去？」

「住嘴，笨蛋！」菲力普低聲說道。

「我不是對你們說過嗎？那支華爾茲舞曲就是爲她演奏的，她當然到了！你們怎麼就沒有看呢？她把我表哥、我表妹和她丈夫三個人一起摟在懷裡，叫他們心肝寶貝。看到這種家人團聚的場面，我眞覺得噁心。」

愛絲泰走了過來。福什里恭維了她幾句，而她呢，本來就是個沉默寡言的姑娘，穿著粉紅色的連衣裙，顯得呆頭頭腦，愕然望著福什里，同時打量幾眼父親和母親。達蓋內也和記者熱烈握手。他們圍成一個圈子，每個人都滿面笑容。韋諾先生溜到他們後面，用滿意的目光注視著他們，心裡對他們充滿虔誠的柔情，爲他們能夠損棄前嫌而感到高興，認爲這就爲實現上天的意志鋪平了道路。

樂隊繼續奏出華爾滋舞曲歡快、放蕩的旋律。歡樂的氣氛出現了新的高潮，像上漲的海潮衝擊著這座古老的公館。樂聲喧騰，短笛奏出顫音，小提琴彷佛在低聲嘆息。在水晶枝形吊燈照輝下，熱那亞絲絨牆衣和金碧輝煌的彩繪，彷佛都散發著騰騰熱氣，空氣裡彷佛在陽光映照下一樣飛舞著微塵。成群的客人經牆上的鏡子一照，加之說話聲音越來越高，人數似乎增加了好幾倍。一對對舞伴攬著對方的腰肢，從面帶微笑坐在一旁的婦女面前飛旋而過，在客廳裡繞著圈子，使地板抖動得更厲害了。花園裡，威尼斯彩燈紅紅的亮光，像遠處一場大火的反光似的，映出在小徑盡頭呼吸新鮮空氣的漫步者黑乎乎的影子。牆壁瑟瑟抖動，燈光宛若紅霧，彷佛最後一場大火，在公館的每個角落熊熊燃燒，而家族古老的榮譽，正在大火中劈啪作響。當初，四月份的一個晚上，福什里曾在這裡聽到水晶玻璃被摔碎聲音，那時這座公館里剛剛開始出現歡樂的場面，未免還有點忸怩不安的樣子，後來漸漸地放肆起來，變得瘋狂了，直到舉行今晚這樣鬧騰的晚會。現在裂縫擴大了，佈滿了公館的牆壁，預示著它不久將徹底倒塌。貧民區的酒鬼，是因爲瘋狂嗜酒花光了最後一個子兒。落得一貧如洗，連麵包也沒有一塊了，他們被破壞的家庭才最後完蛋的。而在這裡，是華爾滋舞曲敲響了一個古老家族的喪鐘，將長期聚斂的財富付之一炬，化爲灰燼；此時此刻，無形的娜娜柔軟的肢體在舞場的空中伸展，她身上的香味飄溢在暖烘烘的空氣裡，和著音樂放蕩的旋律，像酵素一樣滲進上流社會的肌體，使之發酵腐爛。

在教堂舉行了婚禮的那天晚上，繆法伯爵來到妻子的臥室。他有兩年沒有進來了，伯爵夫人很吃驚，先是往後退縮，但臉上掛著微笑；現在每時每刻，她臉上總浮著這如痴如醉的微笑。繆法顯得很尷尬，期期艾艾說不出話來。於是，伯爵夫人乘機數落了他幾句。不過，他們倆誰也沒打算冒冒失失向對方解釋清楚。這種相互的寬恕純粹是出於宗教上的需要，他們雙方達成默契，繼續保侍各自的自由。臨到上床的時刻，伯爵夫人還顯得猶豫不決，於是他們就談起了家務事。伯爵首先提出賣掉博爾德那座莊園。伯爵夫人馬上同意了。他們雙方都急需錢用，賣莊園的錢將對半分。這樣他們就最終和解了。繆法儘管還有幾分內疚，但眞正感到了和解帶來的輕鬆。

就在這天下午將近兩點鐘，娜娜正在睡覺，佐愛大膽地敲了敲她臥室的門。窗簾垂落，房裡暗幽幽，靜悄悄地，十分涼爽，窗戶裡吹進來和煦的微風。娜娜正要起床，只是身體還有點虛弱。她睜開眼睛問道：

「誰來了？」

佐愛正要回答，達蓋內搶先答到，自我通報姓名。娜娜立刻在枕頭上支起身子，打發走女僕，說道：

「怎麼，是你！今天可是你結婚的日子！……出了什麼事嗎？」

猛地進到黑暗裡，達蓋內不太適應，一動不動站在臥室中間，等適應了之後，才走過來。他穿著禮服，結著領帶，戴著白手套，一疊連聲地說道：

「是啊，不錯，是我……你不記得啦？」

不，娜娜一點兒也不記得了。達蓋內只好直截了當說明來意：

「哎，我是來謝你這個媒人的呀……我給你送來了我的童貞之身新婚頭一回。」

達蓋內站在床邊，娜娜伸出赤裸的胳膊一把抱住他，笑得渾身發抖，差點兒連眼淚也笑出來了，因爲她覺得達蓋內實在太可愛了。

「啊！這個咪咪，多麼有趣！……虧他一直把這事放在心上，我早就忘得一乾二淨了！這樣說，你是出了教堂就溜到這兒來了。眞的，你身上還帶著聖香味……快吻我呀！啊，使點勁，我的咪咪！來吧，這可能是最後一回了。」

幽暗的臥室裡還有一股淡淡的乙醚味，他們多情的笑聲停止，熱風鼓蕩著窗簾，窗外大街上傳來孩子們的嬉戲聲。由於時間緊迫，他們完事兒之後，又開了幾句玩笑就分別了。

冷餐酒會結束後，達蓋內馬上偕同妻子，出發度密月去了。

第十三章

九月底有一天，繆法約定要去娜娜家吃晚飯的，卻突然接到命令，叫他去杜伊勒里宮，他便在黃昏時分來告訴娜娜。公館裡還沒掌燈，僕人們在廚房裡大聲說笑，繆法悄沒聲息地爬著樓梯，樓梯旁的彩繪玻璃窗在炎熱的黑暗中閃爍。到了樓上，他無聲無息地推開客廳門。客廳的天花板上，映著一抹行將消失的落日淡紅色的餘暉；紅色的帷幔，寬大的坐榻，油漆的家具，還有隨意亂放的刺繡、銅器和瓷器，已經在黑暗中沉睡。黑暗似綿綿雨水，漸漸淹沒了每一個角落，牙雕不再熗爛生輝，金飾不現璀燦奪目。黑暗之中，只有一團白色十分清晰，那是一條張開的寬大裙子；白裙之上，他看見娜娜仰面躺在喬治的懷裡，這可是千眞萬確、否認不掉了。伯爵忍住沒有叫出聲來，目瞪口呆愣在那裡。

娜娜一躍而起，把他推進臥室，好讓小傢伙有時間逃跑。

「進去，」她慌裡慌張低聲說道，「聽我向你解釋……」

這樣意外的被繆法撞見，她十分惱火。在自己家裡，尤其在這間連門都沒關的客廳裡，她從來沒有這樣放肆過。今天這事兒眞是說來話長，喬治瘋狂地嫉妒菲力普，同他大吵了一場，然後摟著她的脖子哭得那樣傷心，弄得她不知道怎樣安慰他才好，實際上他也眞夠可憐的，所以她就由著他了。這可是絕無僅有的一次。她昏了頭，與一個小孩子幹了這種蠢事，其實這小孩子被他母親管得嚴極了，連紫羅蘭都不能送她一束。偏偏讓伯爵這個時候來撞見了。眞倒楣！有心做個好女子，卻落得這樣的結果！

她把繆法推進去的那間臥室裡一團漆黑。於是，她伸手摸到按鈕，氣呼呼地按鈴叫人送燈來。說來說去，這事兒全怪于連！他要是在客裡點上了燈，這樣的事根本不會發生。正是這該死的黑夜的降臨，使她亂了分寸。

「我求你啦，我的心肝，理智點兒。」等佐愛送來了燈之後，娜娜這樣說道。

伯爵坐著，兩手放在膝蓋上，眼睛盯住地板，剛才看見的情形還使他發呆。他並沒有憤怒地大喊大叫，只是渾身瑟瑟發抖，就像看到了令人毛骨悚然、不寒而慄的東西一樣。這種無言的痛苦觸動了娜娜，她試圖安慰伯爵：

「好了，好了，我錯了……我的所作所爲很惡劣……你看，我已經悔過了。這事兒鬧得你心裡不痛快，我感到非常難過。行啦，你就大方點兒，原諒我吧。」

她在繆法的腳旁蹲下，裝出一副溫順的樣子，探究著他的目光，想弄清楚他是否對她抱著強烈的怨恨。隨後，她長長地嘆了口氣，這才鎭定下來，變得更加嬌媚可愛了，一本正經地用充滿善心的口氣，說明了最後一條理由：

「你瞧，親愛的，人與人之間要相互理解，我不能拒絕我那些窮朋友。」

伯爵被她說得心腸軟了下來，只要求娜娜打發走喬治。不過，現在一切幻想都破滅了，他再也不相信娜娜賭咒發誓表示絕對忠實於他那一套了。過了一夜，娜娜就可能再次欺騙他；他之所以繼續維持這種痛苦的愛情，只是出於一種怯懦的需要，出於對生活的恐懼，擔心沒有娜娜活不下去。

這是娜娜一生中最輝煌燦爛，在巴黎大放異彩的時期。她睥睨整個巴黎，公然地窮奢極慾卻又蔑視金錢，公然地使一家家的財富化爲烏有。她的公館裡好像有一座烈火熊熊的熔爐。她無窮無盡的欲望就是那熊熊燃燒的爐火，她的嘴輕輕一吹，就能使黃金化成灰燼，隨時被風刮得無影無蹤。如此瘋狂的揮霍，眞是見所未見。這座公館彷佛是建造在一個無底洞上面，一個又一個男人連同他們的財產和肉體，甚至他們的姓氏，被它吞沒了，連一點粉末、一點痕跡都沒留下。這個妓女有著虎皮鸚鵡的嗜好，喜歡啃紅皮蘿蔔，嚼杏仁糖，還喜歡細嚼慢嚥地吃肉，她每個月的伙食費就高達五千法郎。廚房裡浪費毫無節制，貪污肆無忌憚，一桶桶葡萄酒被打開糟蹋了，一張張賬單經過三四個人的手便增加了幾倍。維多麗娜和弗朗索瓦像主人一樣在廚房裡進行統治，他們除了把冷肉和肉湯之類拿回家去，給他們的家屬和三親六故食用之外，還經常請人來廚房裡吃吃喝喝。于連向供應商索取回扣，玻璃商來安裝一塊價值三十蘇的玻璃，他就要人家多打二十蘇，作爲佣金落進他的腰包。夏爾則吞噬餵馬的燕麥，成倍虛報買進的東西，而且往往從大門運進來，立刻從後門轉手賣出去。在這股普遍的浪費之風中，在這股像洗劫攻陷的城市般的貪污盜竊之風中，數佐愛手段高超，最善於裝飾門面，掩護其他人的貪污盜竊行爲，從而混水摸魚，保護自己的貪污盜竊行爲。但是，更糟糕的還是隨意糟蹋東西，隔夜的飯菜全都扔進垃圾堆，食物大量堆積，僕人們聞了都覺得噁心，玻璃杯全都黏糊糊沾滿糖，煤氣燈日夜不滅，把牆壁都烤裂了，還有粗心大意、蓄意破壞和意外事故造成的損失，凡此一切，無不加速這個本來被許多張嘴巴吞噬著的家庭的敗落。這種敗落之勢在樓上太太那裡就更加觸目驚心；上萬法郎一條的裙子，只穿過兩次，就被佐愛拿出去賣掉；珠寶首飾經常不翼而飛，像是在抽屜裡自動化成了粉末；東西胡亂買，什麼最時髦買什麼，第二天就遺忘在角落裡，然後掃到街上。凡是見到昂貴的東西，娜娜就非要買到手不可。因此，她的周圍經常隨地扔著殘花和摔碎的貴重小擺設；她時時心血來潮，花錢越多就越高興。她手裡什麼東西也留不住，一切東西不是被她摔碎，就是在她雪白的小手裡蔫萎或弄髒；她不管走到哪裡，身後的地上總要扔下許多叫不上名字的碎屑，髒兮兮的碎片和碎條。如此的大手大腳，胡買亂花，隨之而來的是大筆的帳單需要償付：欠帽子店兩萬法郎，洗衣店三萬法郎，鞋店一萬二千法郎；馬廄吞噬了她五萬法郎；半年時間她在時裝店累積的欠款就高達十二萬法郎。據拉博德持估計，她每年的開銷大約要一百萬法郎。這樣一筆巨款，她自己也給嚇了一跳，說不清都花到什麼地方去了。前來的男人一層疊一層，傾下一車又一車滿載的金子，卻怎麼也塡不滿這座窮奢極慾、搖搖欲墜的公館下面的無底洞。

然而，娜娜新近又抱著一個心血來潮的打算，挖空心思想把她的臥室重新裝修一番。怎麼個裝修法她已經想好了：臥室的四壁被上茶紅色大鵝絨，一直被到天花板，上面釘上小巧玲瓏的銀碼子，邊角之處飾以金絲細繩和金絲流蘇，這樣整個臥室就像一個帳篷。她覺得這樣的布置既華麗又雅緻，可以恰到好處襯托她白裡透紅的皮膚。不過呢，臥室本來是放床的地方，因此床就必須奇妙、迷人。娜娜幻想有一張見所未見的床，它既像座床，又像神壇，讓巴黎的所有男人，都到這床前來膜拜她君主般的裸體。這張床要完完全全用金子和銀子鑲嵌而成，看上去就像一件碩大無朋的首飾，一張架在銀底座上的玫瑰色金絲網；床頭放滿鮮花，鮮花叢中放一排愛神，全都笑嘻嘻地探著身子，窺伺幽暗的帳幔中顛鸞倒鳳的行樂。她把自己的想法對拉博德特講了。拉博德特爲她請來兩個金銀匠。他們已經著手畫圖。這張床將價値五萬法郎；這筆錢要由繆法餽贈給她。

令這位少婦感到奇怪的是，金錢像滔滔不絕的江河，經過她的大腿間流進她的家裡，可是她卻經常缺錢花。有些時候，她竟爲了區區幾個路易而一籌莫展，不得不向佐愛借，或自己變著法子去弄。不過，在不得已採取極端手段之前，她總要裝出開玩笑的樣子，向朋友們摸底，把男人們身上所有，哪怕是幾個蘇，統統搜刮到手。三個月以來，被她以這種手段搜刮一空的，主要是菲力普。在她手頭吃緊的時候，菲力普每次來，非得把錢包留下不可。不久，她膽子越來越大，乾脆張口向他借，每次借兩三百法郎，不會太多，用來償付借據或火燒眉毛的欠款。菲力普七月份被任命爲太尉司庫，每次娜娜向他借錢，他總是第二天就帶來，同時抱歉地說自己手頭不很寬裕，因爲現在于貢老大娘對兩個兒子管得特別嚴。三個月下來，這些經常拖欠的小筆借款，累積起來已達上萬法郎。上尉依然笑得那麼爽朗，那麼宏亮。然而，他人日見消瘦，有時心神不定，臉上浮現著痛苦的陰影。但只要娜娜看他一眼，他立刻容顏大變，臉上現出春心蕩漾，心醉神迷的樣子。娜娜對她十分溫柔多情，經常在門背後吻他，弄得他神魂顛倒，有時以突然的縱慾使他不能自拔；他只要有可能，就溜出兵營。寸步不離待在她身邊。

一天晚上，娜娜說她的教名也叫苔萊絲，聖名瞻禮日是十月十五日。到了那一天，所有男人都紛紛給她送禮。菲力普上尉也送來一份禮物，是一個古老的薩克斯細瓷糖果盒，安放在金子的座架上。他送來時，娜娜正一個人在梳洗室裡，剛從浴缸裡出來，只穿了一件寬大的紅白相間的法蘭絨浴衣，在全神貫注觀看擺在桌子上的禮品。其中一個純石英水晶瓶已經被她打碎，因爲她想拔開瓶塞。

「啊！你眞可愛！」她對菲力普說道，「這是什麼？拿來看看……你眞像孩子一樣，花錢買這種小玩意兒！」

她責備菲力普，既然他手頭不寬裕，爲什麼還要買這麼貴重的禮物。不過，看見他把錢全花在自己身上，她打心底裡還是高興的，這是惟一令她感動的愛的證明。這時，她玩賞起那個糖果盒來，想弄明它的構造，把它開了又關，關了又開。

「當心，」菲力普囁嚅道，「這東西容易打碎。」

娜娜聳了聳肩膀。莫非這菲力普認爲她的手就那樣笨嗎？突然，盒蓋掉到地上摔碎了，手裡只剩下台葉。她驚得愣住了，兩眼盯住地上的碎片，說道：

「唉！打碎了！」

說罷，她哈哈笑起來，似乎覺得地上那些碎片挺有趣。那是一種神經質的笑，一種令人討厭的傻笑，就像一個孩子，摔碎了東西反而覺得開心。在短短的一剎那間，菲力普十分反感，這個可惡的女人，她不知道他爲了弄到這件小擺設花了多少心思。娜娜見他心情很不平靜，便盡力忍住笑。

「哎，這可不是我的錯……那上面已經有裂縫，這類老古董，一點都不結實……這個蓋子就是這樣，你沒看見它掉下後蹦跳了好幾下嗎？」

說罷她又哈哈大笑。小伙子儘管竭力忍住，眼睛還是噙滿了淚水，她立刻多情地摟住他的脖子說道：

「你眞傻！我還是照樣愛你嘛。我們什麼東西也不打碎，商販不是要失業了嗎？一切東西造出來都是要打碎的……瞧這把扇子，不就只是用膠水黏住的嗎？」

她拿起一把綢扇一撕，就撕成了兩半，爲此顯得很興奮。她毀掉了菲力普的禮物，爲了表示她對其他禮物統統瞧不起，就乾脆過過癮，來一場大破壞，把所有禮物全敲碎，以此證明世界上沒有一樣東西是結實的。她冷漠的眼睛閃閃發光，嘴唇微翹起，露出雪白的牙齒。等到一切都砸成碎片之後，她雙頰紅撲撲的，又哈哈大笑起來，張開手掌拍著桌子，像個淘氣的小女孩子，口齒不清地說道：

「完啦！全沒了！全沒了！」

菲力普被這種瘋狂所感染，也興奮起來，摟住她讓她往後仰著，一個勁地吻她的胸乳。娜娜摟住他的肩膀，聽憑他擺佈，她覺得非常開心，好久沒有這樣開心了。她死死摟住他不放，用甜甜的口氣說道：

「記住，親愛的，明天你得給我送十個金路易來……一件惱人的事，麵包店送來的一張帳單讓我不得安生。」

菲力普的臉刷地變白了，在她的前額上最後印了一個吻，隨口說道：

「我儘量想辦法。」

一陣沉默。娜娜開始穿衣服，菲力普將前額貼在窗玻璃上。過了一會兒，他走過來，慢吞吞地說道：

「娜娜，你應該嫁給我。」

少婦覺得這想法非常可笑，連裙子也繫不好了。

「我可憐的小狗，你莫不是腦子有毛病吧。難道我向你要十個金路易，你就向我求婚？……這事兒根本不可能。我太愛你啦。這眞是個傻念頭。」

這時，佐愛進來給太太穿鞋子，他們就不再談這事。女僕瞟了一眼桌子上砸碎的禮物，立刻問太太這些東西是否要收藏起來。太太說統統扔掉，佐愛便用圍裙兜住帶走了。到了廚房裡，大家把太太這些破碎東西挑揀一番，分掉了。

這天，喬治不顧娜娜的禁令，溜進了公館。弗朗索瓦看見他進來的，但僕人們只是私下裡笑，等著看女主人的難堪。喬治一直溜到小客廳外面，突然聽見他哥哥的聲音，便停住腳步，呆立在門背後。整個場面，包括親吻和求婚，他全聽見了。一種厭惡感使他不寒而慄，頭腦裡一片茫然，像傻子似地離去了。一直走到黎士留街，回到母親住處上面自己的臥室裡，他才失聲痛哭起來。這回沒有任何疑問了，他眼前總是浮現那個該詛咒的場面：娜娜撲倒在菲力普懷裡。他覺得這是亂倫。等到他剛剛平靜下來之後，又一陣妒火燒得他再度發作，一頭撲倒在床上，咬住床單，污言穢語地譏罵，越罵越瘋狂。白天就這樣過去了。他聲稱偏頭痛，反鎖在自己房間裡。夜裡就更可怕，他怒氣難消，直想殺人，不停地做惡夢。要是他哥哥也住在這座房子裡，他早就一刀桶死了他。直到天亮之後，他才恢復理智。該死的是他，只要有一輛公共馬車從外面經過，他就從窗戶裡跳出去了事。然而，將近十點鐘，他還是出了門，走遍了整個巴黎，在一座座橋上徘徊，最後心裡產生了一種不可抑制的慾望：他要再見娜娜一面。也許娜娜一句話就能使他絕處逢生。三點鐘敲響時，他進了維里耶大街那座公館。

將近中午時分，一條可怕的消息像晴天霹靂落在于貢太太頭上：菲力普昨天晚上下了大牢，罪名是貪污團隊公款一萬二千法郎。三個月來，他經常挪用小筆公款，僞造單據掩蓋虧缺的款項，希望不久能夠塡補上。由於管理委員會的疏忽，這種貪污行爲一直沒有被發覺。知道兒子犯了罪，老太太驚呆了。立刻怒不可遏地破口大罵娜娜。她知道菲力普與娜娜的關係，爲此傷透了腦筋，擔心他會惹出禍端，所以她才留在巴黎。可是，她萬萬沒想到竟會鬧出這樣丟盡臉的事來；現在她反轉來責備自己，不該把錢摳得死死的不給菲力普，似乎她因此成了兒子的同謀犯。她倒在一張沙發裡，兩腿像癱瘓了似地不能動彈，覺得自己是個廢物，只有在這裡等死，不能爲兒子去上下打點。不過，她突然想到喬治，心裡才得到一點點安慰。喬治還留在她身邊，他能夠去奔走，也許可以搭救菲力普和她。於是，她決定不求助任何人，企圖把這件醜事包起來不讓外人知道，便拖著沉重的雙腿爬到樓上，滿心以爲她還有個知疼知暖的兒子在身邊，可是，到了樓上一看，喬治的臥室裡是空的。門房告訴她，喬治少爺老早就出去了。這個房間預示著第二件禍事。凌亂的床鋪和床單被咬過的痕跡，說明它們的主人極端焦慮；扔得滿地的衣服之中，倒著一張死氣沉沉的椅子。喬治多半是在那個女人家裡。于貢太太眼睛裡沒有淚水，兩條腿恢復了力氣，咚咚咚下了樓。她要自己兩個兒子，她要去討回自己兩個兒子。

從早上起，娜娜就感到煩惱。首先是麵包店老板九點鐘就拿著帳單來催賬，帳款只不過區區一百三十三法郎，但生活排場像王宮裡一樣闊綽的娜娜，居然還不起。麵包店老板已登門二十幾次。從他宣佈不賒帳那天起，娜娜就去別的店買麵包了，這使他十分惱火，現在連僕人也都和他一鼻孔出氣了。弗朗索瓦說，他不大吵大鬧，太太就不給他工錢；夏爾也說要上樓去算一筆一拖再拖的草料舊帳；維多麗娜則建議說，不妨等一等，等到有某位先生來公館，趁他與太太談得最起勁的時候闖進去，錢準能弄到手。廚房成了一個熱鬧的地方，在這裡，所有供應商都把公館的底細了解得一清二楚，因爲這些僕人成天吃飽了沒事幹，就常常在一起嚼舌根，一嚼就是三四個鐘頭，把太太剝得一絲不掛，什麼隱私都給說了出去。只有侍應總管于連裝出維護太太的樣子，說太太還是很漂亮的，其他人就說他和太太睡過覺，他就自命不凡地在一旁發笑，笑得廚娘火得不得了，她覺得太太這種女人眞噁心，她恨不得變成一個男人，朝她們屁股上吐口水。這次弗朗索瓦使壞，叫麵包店老板在前廳裡等候，但並不通報女主人。到吃中飯時娜娜下樓來，與麵包店老板撞了個正著。她接過帳單，叫他下午三點鐘來。麵包店老板污言穢語邊罵邊往外走，發誓下午一定準時來，不管怎樣非把錢要到手不可。

娜娜氣得飯都沒吃好。這個賣麵包的，這回一定要打發了他才行。她已經上十次把預備還他的錢放在一旁，可是每次都花掉了，不是買了鮮花，就是捐給了一位年邁的警察。現在她把希望寄托在菲力普身上，她甚至感到奇怪，菲力普怎麼還沒帶著二百法郎來呢？事情眞不湊巧，昨天晚上她還花了一千二百法郎，給薩丹買了裙子和內衣，弄得手頭一個子兒也沒有了。

將近兩點鐘光景，正當娜娜開始著急的時候，拉博德特來了。他帶來了床的設計圖，讓少婦頓時拋開了愁煩，忘掉了一切，不禁手舞足蹈，高興得什麼似的，懷著極大的好奇心，俯在客廳的桌子上仔細看那設計圖，一邊聽拉博德特解釋：

「你看，這就是床身，中間一叢盛開的玫瑰，這邊是一個由花朵和花蕾編織的花環；葉子由綠色金子製作，玫瑰花由紅色金子製作……這是床頭這個重要部分的設計圖，銀子的床架上安放一圈跳輪舞的小愛神。」

娜娜欣喜若狂，打斷他道：

「瞧！角上這個小傢伙，屁股朝天翹著，多滑稽……是嚒？還有他笑的樣子多鬼！它們一個個眼神都這麼好色！……你知道，親愛的，在它們面前我可不敢幹荒唐事呀！」

娜娜的虛榮心得到極大的滿足。那兩個金銀匠說過，沒有一個王后睡過這樣的床。不過有一點比較麻煩。拉博德特讓她看兩種床腳設計圖，其中一種是一般的床腳，另一種呈人的形狀，即一個裹著薄紗的夜女神，被人身羊足的農牧神揭去薄紗，徹底露出光彩照人的裸體。拉博德特補充說，如果她選定人形床腿，兩個金銀匠打算把女神雕刻得與她一模一樣。聽到這樣大膽的構思，娜娜高興得臉色發白，看見自己已被塑造成銀雕像，象徵著溫馨、歡娛的黑夜。

「當然，你只要頭和肩膀露出來讓他們描摹就行了。」拉博德特說道。

「爲什麼？……既然要塑造一件藝術品，雕刻家怎麼描摹我也不在乎。」

事情講定了，娜娜選擇了人形床腿。但拉博德特叫住她說道：

「等一等……這可得再增加六千法郎。」

「增加就增加吧，我無所謂！」娜娜哈哈大笑說，「你還怕我那個小笨蛋沒有錢麼？」

現在她在關係密切的人中間總是叫繆法伯爵「我的小笨蛋」，其他男人也總是這樣問她：「昨天晚上你見到你的小笨蛋了嗎？」「瞧！我還以爲在這裡找得到他呢！小笨蛋呢？」這稱呼既隨便又親切，只是她還沒敢當時伯爵的面這樣叫他。

拉博德特將設計圖捲起來，最後解釋說：兩位金銀匠應承在兩個月之內，即在十二月二十三日前夕交貨。從下個禮拜起就有一個雕刻師來雕刻夜女神的雛形。娜娜送走拉博德特時，這才想起麵包店老板，所以突然問道：

「對了，你身上有十個金路易嗎？」

拉博德特信守一條他自認爲挺不錯的原則，就是絕對不借錢給女人。他像往常一樣答道：

「沒有，姑娘，我身上一個子兒也沒有……要不要我去找你的小笨蛋？」

娜娜不要他去，說不必勞駕。兩年前，她還從伯爵那裡摳了五千法郎來。然而，她馬上就後悔不該這麼謹小愼微。儘管剛到兩點半鐘，拉博德特前腳剛出門，麵包店老板後腳就到了。他沒好氣地往前廳裡一條長凳上一坐，一邊大聲地罵罵咧咧。少婦在二層樓聽見了他的罵聲，頓時臉色發白，十分痛苦。不過，令她痛苦的主要是聽見僕人們在背後幸災樂禍。他們在廚房裡笑得要死；車夫站在院子裡東張西望；弗朗索瓦無緣無故穿過前廳，對麵包店老板會心地冷笑一聲，然後趕緊去向大家報告消息。誰都不把太太放在眼裡，連牆壁都迴盪著僕人們的嘲笑聲。娜娜被僕人們的蔑視包圍著，感到很孤立；僕人們窺伺著她的一舉一動，用下流的冷嘲熱諷作賤她。她想向佐愛借一百三十三法郎，想來想去還是打消了這念頭；她已經欠了佐愛的錢，像她這樣驕傲的人，是不願冒險去碰釘子的。她心裡很不平靜，返回臥室，一邊自言自語地大聲說道：

「得，得啦，我的妞兒，還是靠你自己吧……你的肉體是屬於你的，與其忍受屈辱，不如自己利用你的肉體呢。」

她甚至沒叫佐愛幫忙，就急急忙忙換了衣服，準備跑去找特里貢。這是她陷入嚴重困境時的最後辦法。她是搶手貨，老虔婆經常央求她去；她同意去還是不同意去，完全視她自己手頭是拮据還是寬鬆。她那王后般的生活中，現在收支越來越經常出現難以彌補的窟窿；每當這種時候，她就去找特里貢，肯定可以賺回二十五個金路易。去特里貢那裡，在她根本就無所謂，因爲她已經習以爲常，就像窮人進當鋪一樣。

可是，她出了臥室，在客廳中間與喬治撞了個滿懷。她沒有注意到喬治蠟黃的臉色，也沒有注意到他圓睜、陰鬱的眼睛裡的怒火，而是如釋重負地嘆口氣說道：

「哦！一定是你哥哥派你來的吧！」

「不是。」小傢伙答道，臉色更加蠟黃。

娜娜現出失望的樣子。他要幹什麼？爲什麼橫在路中間？行啦，她有急事，不過她還是回頭問一句：

「你身上沒有錢吧，嗯？」

「沒有。」

「自然沒有，我眞笨！你身上從來就沒有一個子兒，連坐公共馬車的六個蘇都沒有，媽媽不肯給嘛。是呀，這就是男人！」

她說完就走，但喬治一把抓住她，他有話要和她說。娜娜甩脫他往外走，不期然喬治一句話又讓她停下了。

「聽我說，你要嫁給我哥哥我已經知道了。」

哎，這事兒眞滑稽！娜娜一屁股坐在一張椅子上，好痛痛快快地笑一場。

「是的，我知道了。」小傢伙又說道，「但是我不答應……你應該嫁給我……我就是爲這個來的。」

「嗯？怎麼？你也來提這個！」娜娜嚷起來，「莫非你們家的人神經都有毛病……可是，你們休想！這純粹是痴心妄想！難道我向你們提過這種骯髒的要求嗎？不管你、還是你哥哥，都休想！」

喬治立刻眉頭舒展了。莫非是他自己偶然聽錯了？他又說道：

「那麼，你向我發誓不和我哥哥睡覺。」

「咳！你眞叫我煩透了！」娜娜說著站起來，再度顯得很不耐煩，「耽擱我一小會兒嘛，還算有趣，可是我一再對你說過我很忙！……我高興的話，就同你哥哥睡覺。難道我是你養的嗎？這裡的一切開銷都是你出的錢嗎？你憑什麼來約束我？……不錯，我就是同你哥哥睡覺……」

喬治抓住她的胳膊，死死地抓住不放，幾乎要抓斷了。他結結巴巴說道：

「別說這種話……別說這種話……」

娜娜往他手上猛拍一巴掌，掙脫了他。

「瞧這孩子，現在居然對我動起武來了！……小傢伙，你給我滾，立刻滾出去……過去我留下你，是出於好意，百分之百出於好意！你也不睜開眼睛瞧瞧！……你大概不至於希望我一輩子當你的媽吧。我可是我許多事情要做，不能專門撫養孩子。」

喬治痛苦地聽著這些話，一動不動，沒有反抗。每句話都狠狠地刺痛他的心，他覺得自己要死了。娜娜呢，根本沒有注意他痛苦的模樣，只圖痛快，把一早上的煩惱統統發洩到他頭上，繼續說道：

「你和你哥哥一樣，也是個壞蛋！……你哥哥答應給我送來二百法郎的。哼！呸！讓我等到現在……他的錢，倒不是我非要不可，並不是我沒有錢去買髮膏……而是在我爲難的時候他撂下我不管！……瞧吧！你想知道嗎？好吧，就是由於你哥哥，我現在正要出門和另一個男人睡覺，賺回二十五個金路易。」

喬治聽了這話，完全昏了頭，堵住門口，雙手合攏，哭哭啼啼、結結巴巴哀求道：

「啊！別去。啊！別去。」

「我是非去不可，」娜娜說道，「你有錢嗎？」

沒有，喬治沒有錢。如果能弄到娜娜所需要的錢，就是豁出命他也幹。他從來不曾感到自己這樣可憐，這樣無能，這樣幼小軟弱。他哭得瘦小的身體直抖動，那樣子簡直痛不欲生，娜娜終於注意到了，心腸軟了下來，輕輕推開他說道：

「行了，寶貝，讓我過去，不得已呀……理智點兒吧。你眞是個孩子，你不是乖乖地待了一個禮拜嗎？可是今天我得考慮正經事。你思量一下吧……你哥哥嘛是大人了，這種事我不會對他說……哦！請你記住，這一切沒有必要同他講。他沒有必要知道我上什麼地方去。我一發起脾氣來，總是話太多。」

她說罷哈哈一笑，抓住喬治，吻一下他的前額：

「再見，娃娃，你我結束啦，徹底結束啦，聽到沒有……我走了。」

娜娜離開了他。喬治站在客廳當間，娜娜最後一句話像警鐘在他耳邊迴盪；你我結束啦，徹底結束啦；他覺得腳下的大地在塌陷。他腦子裡一片空空，剛才等候娜娜的那個男人不見了，剩下的只有菲力普，一直緊緊摟在娜娜赤裸的懷裡。娜娜愛菲力普，她並不否認這一點；她不願意讓菲力普知道她對他不忠實，免得他傷心，從這一點也可以看出她的確愛菲力普。他自己與娜娜結束了，徹底結束了。他粗粗地喘口氣，環視一遭客廳，在難以承受的重壓下透不過氣來。往事一幕幕湧上他的心頭，在「藏嬌屋」度過的那些歡樂的夜晚，他覺得自己是娜娜的孩子那些溫馨的時光，還有就在這間客廳裡偷情的歡樂。這一切永遠、永遠不會再有了！他太小，他成長得不夠快；菲力普取代了他，因爲菲力普有鬍子了。啊！完啦，他活不下去了。他的墮落充滿無限的柔情，充滿性愛，他的整個身心深深地陷了進去，不能自拔。再說，他哥哥還留在那裡，叫他怎麼忘得掉呢？他哥哥是他的同胞手足，是另一個他，他哥哥還在那裡尋歡作樂，怎能不叫他嫉妒得發瘋呢？完啦，他不想活了。

公館所有門都敞開著，僕人們見太太步行出去了，便亂吵亂嚷開了。樓下前廳裡，麵包店老板與夏爾和弗朗索瓦坐在長凳子上有說有笑。佐愛穿過客廳時，看見喬治，現出吃驚的樣子，問他是不是等太太。是的，他是在等太太，太太問過他一件事，他忘了告訴她了。等到剩下喬治一個人時，他尋找起來，結果沒找到別的東西，只在梳洗室裡找到一把尖利的剪刀。娜娜總是愛用這把剪刀修飾自己，不是修皮膚，就是剪毛。他耐心地等了一個鐘頭，手緊緊地捏住剪刀放在口袋裡。

「太太回來啦。」佐愛回來說道，她剛才大概一直在臥室的窗口窺伺。

公館裡響起奔跑的腳步聲，笑聲消失了。喬治聽見娜娜付給麵包店老板錢，三言兩語將他打發走，隨後便上樓來了。

「怎麼！你還在這裡！」娜娜一見到喬治就說道：「我們會鬧翻的，我的娃娃！」

當她向臥室走去時，喬治跟在後面問道：

「娜娜，你願意嫁給我嗎？」

娜娜聳聳肩膀，這問題太愚蠢，她不屑於再回答。她打算劈面朝他猛地把門關上。

「娜娜，你願意嫁給我嗎？」

娜娜一甩把門關上。喬治一隻手推開門，另一隻手捏著剪刀從口袋裡抽出來，就那麼使勁一扎，把剪刀扎進了胸膛。

這時，娜娜意識到要出事，一回頭，正看見喬治將剪刀刺進胸膛，氣憤極了。

「啊，這蠢傢伙！啊，這蠢傢伙！用的還是我的剪刀！……快給我住手，你這個壞孩子！……啊！天哪！啊！天哪！」

她嚇得不知所措。孩子慢慢跪了下去，又給自己扎了一刀，便直挺挺地倒在地板上，橫在臥室門口。娜娜失魂落魄，拼命地大叫起來，她不敢跨過那軀體，給堵在臥室裡，沒法跑出來找人救命。

「佐愛！佐愛！快來呀……讓他住手……真是愚蠢透頂，一個孩子幹這種事！……他現在會尋短見啦，而且在我家裡！誰見過這種事！」

喬治的樣子令她害怕。他一張臉煞白，眼睛緊閉。傷口幾乎沒有流血，只有一點點，一塊小小的血跡，消失在坎肩下面。娜娜下決心要跨過他的身體，正在這時出現了一個人，嚇得她往後退。從正對著她的客廳敞開的門裡，正進來一位老太太。她認出那就是于貢太太。老太太驚恐萬分，也不說明來意。娜娜一直往後退著，連手套和帽子也還沒來得及摘。她嚇得要死，不由得結結結爲自己辯護道：

「太太，這與我無關，我向你發誓……他要我嫁給他，我不答應，他就自殺了。」

于貢太太身穿黑服，面無血色，滿頭銀髮，慢吞吞地走過來。在馬車裡，她思想上已把喬治擱到一邊，一心只想菲力普的過錯。娜娜這個女人也許能說明令法官們感動的情況，所以她打算央求娜娜作有利於菲力普的證言。娜娜公館的門全都敞開著，于貢太太徑自進來了，但到了樓梯上，她因爲腿有毛病，又猶豫是不是上去。正在這時，她聽見可怕的叫喊，便循著聲音找了來。到了樓上，只見一個男人躺在地上，襯衣上有血跡。這是喬治，是她另一個兒子。

娜娜呆傻地重覆道：

「他要我嫁給他，我不答應，他就自殺了。」

于貢太太沒有叫喊，俯身去看。是的，這是她另一個兒子，是喬治。她一個兒子身敗名裂，另一個兒子自殺了。她並不感到意外，她這一輩子算是徹底毀了。她跪在地毯上，不知道自己身在何處，沒有注意到任何人，只是凝視著喬治的面孔，將耳朵貼在他的胸口，傾聽著。不一會兒，她輕輕嘆息一聲，她感到喬治的心臟還在跳動。這時，她才抬起頭，打量這個房間和這個女人，似乎記起來了。她茫然的眼睛裡燃起了怒火，默默的一聲不吭，顯得那麼高大，那麼可怕，嚇得娜娜渾身哆嗦，隔著喬治的身體，繼續爲自己辯護道：

「我向你發誓，夫人……他哥哥如果在這裡，他可以作證……」

「他哥哥貪污公款，進了大牢。」這位母親冷冷地說。

娜娜感到透不過氣來。這一切究竟爲什麼？另一個居然貪污了公款！這個家裡的人全都瘋了嗎？她不再拼命爲自己申辯，也彷彿不是在自己家裡，完全任由于貢太太在這裡發號施令。一些僕人終於跑來了，老太太一定要他們把昏迷的喬治抬到樓下她的馬車裡。即使他在搬運過程中死掉，她也要把他從這所房子裡帶走。娜娜瞪著驚愕的眼睛，看著僕人抓住可憐的娃娃的腿和肩膀，把他抬下樓去了。母親跟在後面，現在已筋疲力竭，扶著家具艱難地挪動步子，彷彿正一步步走向死亡，因爲她所鍾愛的一切都化成了泡影。到了樓梯口，她慟哭起來，回過頭，連續兩次說道：

「啊！你給我們造成了多少禍害！……你給我們造成了多少禍害！」

她沒再說別的。娜娜呆若木雞般坐在那裡，依然戴著手套和帽子。馬車剛剛走了，公館陷入了深沉的寂靜。她一動不動，頭腦裡什麼想法也沒有，只因爲這件事而嗡嗡亂響。一刻鐘之後到來的繆法伯爵，發現她還呆坐在那裡。不過見到繆法伯爵，她鬆了一口氣，就滔滔不絕地對他講述這件禍事，把每個細節顚過來倒過去足足重複了二十遍，同時撿起那把帶血跡的剪刀，把喬治自殺的動作比畫給他看。她的用心，主要是證明自己是無辜的。

「你看，親愛的，這難道是我的過錯嗎？你如果是執法者，會判我有罪嗎？……當然，我並沒有叫菲力普侵吞公款，也沒有逼迫這個小倒楣鬼自殺……在整個這一切之中，最不幸的是我。他們跑到我家裡來幹蠢事，給我製造麻煩，還把我當成壞女人。」

她說著哭了起來。神經的鬆弛使她變得渾身軟綿綿的，很不舒服，同時心裡很不平靜，非常悲傷。

「你也一樣，也顯得不高興……你問問佐愛好了，看我是不是有什麼責任……佐愛，說呀，講給先生聽聽……」

女僕從梳洗室拿來一塊毛巾，端來一盆水，想趁血跡未乾，把地毯擦乾淨，她已經忙了好一會兒了。

「唉！先生，」她說道，「太太夠難過的了！」

這個悲劇使繆法震驚，寒心，思緒上總想著那位悲泣自己兩個兒子的母親。他了解那位母親的高尚心靈，彷彿看見她一身寡婦的打扮，在豐岱特慢慢地死去。可是，娜娜更加絕望。現在，倒在地上的喬治的模樣和他襯衣上那個鮮紅的洞，使她痛苦得不堪忍受。

「他是那樣可愛，那樣溫順，那樣親近人……啊！你知道，親愛的，你愛生氣就生吧，我愛他，這孩子！我情不自禁愛他，我控制不住……再說，現在這反正對你也沒什麼影響了。他已經不在了。你如願以償了，今後再也不會意外地撞見我們倆……」

繆法聽了最後這句話，不禁十分懊悔，嗓子發緊，便安慰起娜娜來了。好啦，應該堅強些；她說得對，這並不是她的過錯。但娜娜自己止住了哭，對他說道：

「聽我說，你跑去了解一下他的情況……馬上就去！我要求你去！」

繆法拿起帽子，去了解喬治的情況。三刻鐘過後，他回來了，看見娜娜焦急不安地趴在窗口，便站在便道上大聲對她說，小傢伙沒有死，甚至還有救活的希望。娜娜聽了，立刻高興得跳起來；她邊唱邊舞，覺得生活真美好。這時，佐愛對她擦地毯的結果不滿意，總是望著那塊血跡，每次經過時總要說：

「你知道，太太，這擦不掉啦。」

果然，那塊血跡又現出來了，呈淺紅色，印在地毯的薔薇花上。恰巧在臥室的門口，像鮮血畫的一道槓槓，將門封住。

「唔！」娜娜心情挺愉快，說道，「腳踩來踩去，自然會消失的。」

第二天，繆法伯爵同樣把這個意外忘到了九霄雲外。坐在去黎士留街的馬車裡，在一剎那間，他發誓以後再也不登這個女人的門了。上天向他發出了警告，他覺得菲力普和喬治的不幸，就是他自己毀滅的預兆。可是，無論于貢太太老淚縱橫的情景，還是那孩子發高燒的樣子，都不能給他信守誓言的足夠力量；悲劇引起的短暫的恐懼心理消失了，剩下的是擺脫了情敵而獲得的暗自高興；這個情敵年輕而富有魅力，經常使他惱怒。現在他終於獲得了獨占的愛情，這是不曾有過青春的男人的愛情。他愛娜娜，愛得渴望只有他一個人了解她，只有他一個人聽她說話，只有他一個人撫摸她，只有他一個人感受她的呼吸。這是一種超越了肉慾範疇的愛情，它達到了純感情的境界，是一種總不放心、惟恐失去過去的愛情，有時幻想雙雙跪在天主面前，接受贖罪和寬恕。如今，宗教每天都在更多地恢復對他的影響。他又參加宗教儀式，進行懺悔，領聖體了，但良心不斷受到譴責，因爲他的悔愧之中，總是夾雜著犯罪和受懲罰的快樂。後來，他的神師❶允許他消耗自己的情慾。於是，他養成了習慣，每天都去墮落一次，然後又懷著強烈的信仰和虔誠的謙卑去贖罪。他非常天眞，把自己肉慾上忍受的可怕折磨，當作贖罪的苦行，奉獻給天主。

❶ 對教徒給予心靈和精神引導者。

這種折磨還是越來越厲害，他是一個感情嚴肅而深沉的信徒，卻瘋狂地陷入了對一個妓女的肉慾之中，所以不得不登上他的骷髏地❷。他忍受著折磨，主要是這個女人經常對他不忠實。他不肯和其他男人分享她，對她那樣愚蠢地朝三暮四不理解。他希望的是天長地久、始終如一的愛情。娜娜發過誓的，他正是爲了這個才拿錢供養她。可是，他覺得她的誓言全是謊言，她根本不可能保持貞潔，朋友要她給，路人要她也給，就像一匹天生不穿衣服的牲口。

一天早晨，繆法看見富卡蒙從娜娜家裡出來，時間很不正常，他便同娜娜吵了起來。娜娜對他的吃醋早已厭煩，也立刻火冒三丈。已經有好幾次她表現得挺溫順。就拿繆法撞見她和喬治那天晚上來說吧，還不是她頭一個放下架子，承認錯誤，對他百般溫柔，甜言蜜語，才使他忍了下來。可是，他偏偏這樣固執，對女人一點也不體諒，一味地煩她，終於惹得她撒起潑來了。

「對，不錯，我是和富卡蒙睡過覺。即使睡過又怎麼樣？嗯？你心裡不痛快是不是，我的野漢子？」

這是頭一回她當面叫繆法「我的野漢子」。她的直言不諱令繆法目瞪口呆；娜娜見他攥緊了拳頭，便朝他走過去，逼視著他。

「你鬧得夠啦，嗯？要是你覺得不合適，就請你出去……我不願意你在我家裡大喊大叫……你放明白點兒，我是自由的。我喜歡哪個男人，就同他睡覺。一點不錯，就是這樣……接受還是不接受，你應該當機立斷；不接受，你就可以出去。」

❷《聖經》中耶穌受難的地方，此處意即像耶穌一樣受難，是諷刺說法。

她說著打開了門。繆法並沒有出去。現在這成了她進一步拴住他的方法。只要有一點事不順心，只要拌了幾句嘴，她就聲色俱厲，逼迫他作出抉擇。哼！她隨時可以找到比他更好的男人，只是知道挑選哪一個好；男人外面俯拾皆是，要多少有多少，而且個個不像他這麼笨頭笨腦，全都是血氣方剛的後生呢。繆法低下頭，等待著她變得溫柔的時刻，即她需要錢的時候。每當這種時候，娜娜就百般嬌柔，他忘掉一切；一夜的如膠似漆，足以補償一個禮拜的折磨。繆法與妻子和好之後，家庭生活反而變得不堪忍受。福什里被羅絲重新勾引了過去，拋棄了伯爵夫人；四十來歲的伯爵夫人，本來正當情慾如火，不安分的年齡，便如痴似狂地追求其他男人的愛情，總是那樣心急火燎，在家庭生活中刮起一陣陣旋風。愛絲泰呢，自結婚以後就沒有和父親見過面。這個平庸的、不起眼的姑娘，突然變成了一個具有鋼鐵意志的女人，是那樣獨斷專橫，達蓋內一見到她就害怕得發抖。達蓋內皈依了天主教，現在經常陪同愛絲泰去望彌撒，對岳父與一個妓女鬼混而毀了全家，心裡非常憤慨。只有韋諾先生依然對伯爵態度溫和，等待著引導他改邪歸正的時機，有時甚至上娜娜家，出入於兩個家庭，經常在門背後向人們露出一張笑臉。繆法在家裡苦不堪言，無盡的煩惱和羞恥逼得他離開家，寧願到維里耶街來受窩囊氣。

不久，娜娜和伯爵之間就只剩下一個問題：金錢。

有一天，伯爵明確答應給娜娜帶來一萬法郎，可是，到講定的時間，他居然兩手空空來了。兩天以來，娜娜給了他多少愛撫，多少溫暖，他竟然言而無信，娜娜的努力不是白費了嗎？她怒不可遏，臉色一變，露出了潑婦的本相。

「什麼？你沒有錢……那麼，我的野漢子，什麼地方來的，滾回什麼地方去，滾快點兒！好一個不要臉的傢伙！還想擁抱我呢！……沒有錢，就什麼都休想，聽明白了！」

繆法一再解釋，說錢再過兩天會有的。可是，她粗暴地打斷他：

「我欠的帳到期了！人家會扣押我的財產，而先生你還是一個子兒不拿來……哼！也不撒泡尿照照自己！難道你以爲我愛的是你的外貌嗎？一個男人長了你這樣一副嘴臉，要想叫女人容忍，捨不得花錢能成嗎？……他媽的！那一萬法郎今天晚上你不給我送來，你就連我的小指頭尖兒也別想再吮一下。這回我可要動眞格的了，打發你回你老婆那裡去！」

當天晚上，繆法送來了一萬法郎。娜娜把嘴唇送上去，讓他親了一個長吻，他整整一天的苦惱，就算是得到了報償。使娜娜感到厭煩的，是繆法成天寸步不離守在她身邊。娜娜向韋諾先生抱怨，請他把她的野漢子帶到伯爵夫人身邊去。難道他們夫婦和解就沒有一點效果嗎？她眞後悔過問了這件事，既然他還是回過頭來纏住她不放。她一發起火來，就把利害關係忘到了腦後，發誓要讓他丟臉，叫他再也不會邁進她的門檻。可是，不管她是拍著大腿大喊大叫，還是朝他臉上吐唾沫，繆法嘴裡賠著不是，照樣賴著不走。就這樣，爲了錢，他們不斷地大吵大鬧。她問他要錢時態度總是很粗暴，爲了一筆小小的數目也會破口大罵，每時每刻表現出一種令人厭惡的貪婪，經常狠心地對他說，她同他睡覺，就是爲了錢，不是爲了別的東西，同他睡覺一點樂趣也沒有，她寧肯和別人睡。她不得不要他這類傻瓜供養，眞是倒透了楣！現在連宮廷裡也不想要他了，據傳正在考慮要求他辭職。皇后就說過：「他這個人太討厭。」這話說得不錯，所以每次爭吵，娜娜總要拿這句話作結束：

「聽著！你這個人太討厭！」

如今，她已是毫無顧忌，重新獲得了徹底的自由。她每天都要去湖邊轉一圈，在那裡結識一些人，不過這樣結識的人一轉背就忘到了腦後。妓女們在這裡大肆拉客，在光天化日之下大搖大擺地走來走去，尤其是那些名妓，更是炫耀著煙花女子的微笑和巴黎耀眼的華麗，在這裡招攬顧客。在這裡，公爵夫人們互相使眼色暗示：這個女人就是娜娜；娜娜的雙篷四輪馬車經過時，經常有一長列有權有勢者的車子停下來給她讓路，其中有控制整個歐洲的金融家，有肥胖的指頭扼著法國的咽喉的內閣大臣。娜娜屬於布洛涅森林的上流社會，在其中占有引人注目的地位，她的名聲遠揚於各國首都，凡是到這裡來的外國人都指名要她，她以瘋狂的放蕩使這一群顯赫人物增添光彩，彷彿這就是民族的榮譽和最富刺激性的享受。此外，她經常出入於各大飯店，例如天氣晴朗的日子常常去馬德里飯店，為的是一夜的尋歡和短暫的交媾，第二天早上便忘得一乾二淨。各國大使館的工作人員排著隊來找她；她和露茜．斯特華、卡羅莉娜．埃凱、瑪麗亞．布隆，經常與一些說彆腳法語的先生共進晚餐。這些先生花錢買樂，晚上邀她們出來，本想尋求刺激，卻因酒足飯飽，一個個頭腦空空，麻木不仁，連碰都沒碰她們一下。她們把這種約會叫做「出去玩兒」，每次都懷著蔑視，愉快地回到家裡，躺在心愛的情人懷裡，度過夜晚剩下的時間。

外面的男人，只要娜娜不故意在繆法面前炫耀，繆法就裝作不知道。倒是日常生活中許多丟臉的小事，使他非常難過。維里耶街這座公館現在變成了一座地獄，一座瘋人院。這裡隨時都會出亂子，引發令人厭惡的爭吵。娜娜現在甚至與僕人卯上了。過去有一陣，她待車夫夏爾很好，每次到餐館吃飯，總要叫侍者給他送幾杯啤酒；路上交通堵塞，夏爾與公共馬車夫吵架時，她覺得他挺有趣，便坐在車廂裡高興地同他聊天。可是後來，她卻毫無道理地把他當傻瓜對待，經常爲乾草、麩糠和燕麥同他吵架；她雖然愛牲口，卻覺得她的馬吃得太多。於是，有一天算帳的時候，她指責夏爾偷盜；夏爾一聽就火了，毫不留情地罵她臭婊子，說當然囉，她的馬比她本人要強，因爲它們不同男人睡覺。娜娜便與他對罵起來，佐愛不得不把他們勸開，然後辭退了車夫。這個行動是僕人們潰散的開始。維多麗娜和弗朗索瓦在娜娜的鑽石被竊之後，已經離開。于連也自動離開了，據傳是先生央求他離開的，還給他一大筆錢，因爲他與太太睡覺。每個禮拜廚房裡都出現新面孔。公館像職業介紹所的走廊，一些社會渣滓像走馬燈似地換來換去，每個人都要大撈一把。只有佐愛仍留在這裡，總是一副乾淨清白的樣子，惟一關心的就是製造種種混亂，以便鑽下足夠的錢，實現一項深思熟慮的計畫。

這一切還只不過是可以公開講出來的憂煩。伯爵不得不與愚蠢透頂的馬盧瓦太太玩紙牌，忍受她滿身的哈喇味，不得不忍受勒拉太太和她的閒言碎語，忍受小路易和他痛苦的呻吟。這孩子不知是那個父親留下的一棵壞苗子，成天受病痛折磨。這還不算，伯爵還有更難以忍受的時刻。一天晚上，他在一扇門背後聽見娜娜怒氣沖沖地對貼身女僕說，一個所謂的闊佬把她騙了，不錯，那人看上去倒是風度翩翩，自稱是美國人，在國內擁有幾座金礦，可是實際上是個混蛋，趁她睡著的當兒溜走了，沒有留下一個子兒，反而撈走了一卷卷菸紙。伯爵聽了，面色發白，躡手躡腳下樓走了，裝做什麼也不知道。可是另一次，他想裝做不知道都不成。娜娜熱戀上了咖啡音樂廳的一位男中音歌手，卻被他拋棄了，陷入了難以解脫的感情危機，便想尋短見，拿一把火柴頭泡在一杯水裡，喝了下去，結果人沒死成，卻大病了一場。伯爵不得不照顧她，耐著性子聽她講自己的愛情故事；她一把鼻涕一把眼淚，發誓從今以後再也不依戀任何男人了。她叫男人豬羅，蔑視他們，然而卻拋不開心裡的慾念，總要有個把心愛的情人依附於她的羅裙，沉湎於無法解釋的短暫熱戀和反常的嗜好，以刺激她疲憊不堪的肉體。

佐愛經過盤算，決計撒手不管了，公館裡原來良好的管理一下子亂了套，弄得繆法伯爵連推一扇門、拉一下窗簾或開一個衣櫃都不敢了；一切都癱瘓了。房間裡到處是男客，彼此隨時都可能撞個滿懷。現在繆法要進娜娜的臥室總先咳嗽一聲。一天晚上，美髮師弗朗西斯快給娜娜梳完頭的時候，繆法離開兩分鐘，叫僕人套車，回來差點兒撞見娜娜正摟住弗朗西斯的脖子。現在只要繆法一轉背，娜娜就會突然放任，不管在什麼角落，也不管是穿著睡衣還是禮服，只要見到一個男人，就取樂一下，然後回到他身邊，因爲偷情而滿臉通紅，十分興奮。可是，一與繆法在一起，她就感到厭煩，簡直是活受罪！

可憐的伯爵因爲吃醋成天神魂不安，讓娜娜和薩丹待在一起，心裡才踏實一些。爲了把那些男人排擠走，他眞恨不得促使娜娜與薩丹搞同性戀。可是，就是這方面，也鬧得不可收拾。娜娜像欺騙伯爵一樣欺騙薩丹，同性戀也搞得特別瘋狂，連路邊的野雞也要。從外面乘馬車回來，有時她慾火熾烈，想入非非，見到便道上一個邋里邋遢的野雞，就迷戀上了，把她叫上車，帶回家，完事兒之後給人家塞點兒錢，打發走。還有，她常常裝扮成男人，去逛窯子，肆意縱慾，排遣無聊。薩丹呢，經常被她冷落在一邊，非常惱火，鬧得公館裡天翻地覆，終於把娜娜完全控制住了，使娜娜不得不尊重她。繆法甚至幻想與薩丹結成聯盟。他遇事不敢說話，就慫恿薩丹出面。薩丹曾兩次強迫她心愛的人兒與繆法和好；繆法對薩丹挺殷勤，有事搶先通知她，只要她使個眼色就趕緊躲開。只是這種協調很難持久。薩丹也是個瘋瘋癲癲的女人。她人還是蠻漂亮的，就是有時會把一切砸爛，發起脾氣來或者愛起來，都會折騰得自己半死不活。很可能是佐愛在背後煽動她，因爲佐愛常常把她拉到角落裡嘰嘰咕古，似乎要收買薩丹爲她幹大事，實現她沒有向任何人透露的計畫。

然而，繆法伯爵偶然還是會奮起反抗。他容忍薩丹已經好幾個月了，也容忍一大群陌生男人像走馬燈似地出入於娜娜的臥房，可是一想到娜娜與他那個階層的人，或者僅僅與他的熟人一道耍弄他，他就抑制不住滿腔怒火。當娜娜向他承認她與富卡蒙的關係時，他心裡就非常痛苦，覺得小伙子對他的背叛眞是十惡不赦，打算去找他算帳，同他決鬥。可是，幹這種事他不知道上哪兒去找證人，便找到拉博德特。拉博德特聽了大吃一驚，禁不住笑道：

「爲了娜娜去進行決鬥……可是，親愛的先生，整個巴黎都會嘲笑你的。千萬別爲了娜娜去進行決鬥，那樣太可笑了。」

伯爵頓時臉色發白，惡狠狠地說道：

「那麼，我就在大街上摑他一記耳光。」

拉博德特不得不開導了他一個小時。一記耳光會使這件事變成一樁醜聞，到傍晚時分，大家就都知道了你當街打他的眞正原因，你那記耳光就會成爲各家報紙的笑料。拉博德特還是回到剛才那個結論：

「不成，那太可笑啦。」

每回拉博德特這樣勸他，繆法總覺得這句話像把明亮亮的利刀戳在他心上。他甚至不能爲自己所愛的女人去決鬥，那樣人們會笑掉大牙。他從來沒有如此痛切地感到，自己的愛情竟是這樣不幸，自己嚴肅的感情竟然葬送在譏諷嘲笑之中。這是他最後的反抗。從此之後他算服了，眼睜睜地看著娜娜那些朋友、那些男人與她親親熱熱厮守在公館裡。

幾個月之間，娜娜就貪婪地把這些男人一個個吞噬掉了。她的奢靡生活日益增長的需要，使她貪婪得毫無節制，一口就能把一個男人啃個精光。她頭一個吃掉的是富卡蒙，不消幾天就把他收拾乾淨。富卡蒙在海上到處漂泊，十年間積攢了三萬法郎，本想離開海軍，去美國碰碰運氣；他為人謹慎，甚至吝嗇，可是這些本能全被娜娜制服了，他傾其所有，甚至在通融票據上簽了字，把自己的前途也搭上了。當娜娜把他趕出公館時，他已經身無分文。娜娜還表現得十分仁義，建議他回船上去。賴著不走有什麼用呢？既然他沒有錢了，留下來是不可能的。他必須明白這一點，表現得通情達理。一個傾家蕩產的男人，就像一個熟透的果子，脫離她的手，落在泥土裡自己爛掉。

接著，娜娜又開始吃斯泰內。她對斯泰內既不反感，也沒有柔情，而認為他是一個可鄙的猶太人，似乎對他懷著連她自己也搞不清楚的什麼舊恨，存心要報復他。斯泰內又胖又笨，娜娜將他弄翻，一口啃掉他兩塊肉，急於快點把這個普魯士人收拾掉了。斯泰內拋棄了西蒙娜，他在博斯普魯斯海峽的計畫已經瀕於破產。娜娜以瘋狂的要求加速了他的崩潰。斯泰內還掙扎了一個月，實現了一些奇蹟。他在歐洲開展了大規模的宣傳，使每個角落都充斥著他的廣告、啓事和說明書，到最遙遠的國度去撈錢。他的全部積蓄，包括靠投機大把撈來的錢，和一個銅板一個銅板向窮人搜刮來的錢，統統扔進了維里耶街這個無底洞。另一方面，他與人合夥在阿爾薩斯開了一家煉鐵廠。工廠位於該省一個偏僻的地方，工人們都像煤黑子，個個一身臭汗，肌肉繃得緊緊的，聽得見骨頭嘎嘎響，沒日沒夜地拼命幹，實際上都是為了滿足娜娜尋歡作樂的需要。娜娜猶如熊熊烈火，吞噬掉一切，包括斯泰內做投機生意獲得的利潤和工人們辛勤勞動的果實。這一次，娜娜徹底榨乾了斯泰內，連骨髓都吮得乾乾淨淨，只剩下空空的皮囊，流落街頭，再也想不出騙人的新花招。他的銀行倒閉的時候，他結結巴巴連話都說不出來，一想到要進警察局就渾身發抖。他被宣告破產了，這個曾經經手千百萬法郎的銀行家，如今聽到一個錢字就嚇得目瞪口呆，像小孩子一樣不知所措。一天晚上，他在娜娜家哭哭啼啼，向她借一百法郎，準備支付女傭人的工錢。這個在巴黎到處劫掠達三十年之久的可怕傢伙，落到今天的下場，娜娜見了，既覺得可憐，又感到開心，便拿出一百法郎給他，說道：

「你知道，這一百法郎我送給你算啦，眞有意思……聽我說，小寶貝，你也老大不小了，不能靠我來供養你，該找點別的活幹幹才是。」

緊接著，娜娜又開始吃拉．法盧瓦茲了。拉．法盧瓦茲早就盼望毀在娜娜手裡，以便一舉成名，成為一個名副其實的風流人物。他缺少的就是這個，需要一個女人使他成名才行。那樣兩個月之內，整個巴黎都會知道他了，他的名字會見諸報端。實際上六個月就足夠了。他繼承的遺產是土地、牧場、森林和莊園。這些他不得不接二連三地很快賣光了。娜娜每口吃掉四五十公畝。在陽光下瑟瑟抖動的樹葉，成熟的大片小麥，九月金黃的葡萄園，高及牛腹的牧草，這一切都像投進了無底洞，被吞沒了。甚至還有一條小河、一座石膏礦和三座磨坊，全都消失得無影無蹤。娜娜像一支入侵部隊或一大群蝗蟲，她所過之處，足以把一個省劫掠精光。她小巧玲瓏的腳踩在那塊土地上，那塊土地就會變成焦土；她一個農莊一個農莊，一片牧場一片牧場地啃嚙著拉．法盧瓦茲繼承的遺產，樣子是那樣可愛，甚至連自己都沒感覺到，就像在兩餐飯之間，拿了一包糖衣杏仁放在膝蓋上，一顆一顆地啃著一樣。這樣啃當然不打緊，因為啃的是糖。可是一天晚上，拉·法盧瓦茲只剩下一小片樹林子了。娜娜現出輕蔑的樣子把它吞掉了，其實這根本不值得她張嘴巴。拉·法盧瓦茲一臉傻笑，吮著手杖頭。債務壓得他抬不起頭來，他連一百法郎歲入都沒有了，發覺自己不得不返回鄉間，與古怪的叔叔一塊生活。不過這算得了什麼？他已經是風流人物，《費加羅》報上兩次刊出過他的姓名呢。他向下翻的假尖領之間伸出一個瘦長的脖子，上衣嫌短，彎腰駝背，走路一扭一擺，像虎皮鸚鵡一樣驚呼亂叫，裝出一副精神萎靡的樣子，活像一個沒有感情而滑稽可笑的木偶，娜娜見了就來氣，狠狠揍了他幾下。

這時，福什里又回到了娜娜身邊，是他表弟把他帶來的。這個可憐的福什里，如今有個家了。他與伯爵夫人鬧翻之後，落到羅絲手裡。羅絲把他當成真正的丈夫一樣對待。米尼翁只不過充當太太的管家的角色。這位新聞記者以主人的身份安頓下來之後，便常常對羅絲說慌，不過他欺騙羅絲時倒是小心謹慎，事事在意，裝成渴望最終有個歸宿的好丈夫。娜娜的勝利，就是把他弄到手，而且吃掉了他借朋友的錢創辦的一份報紙。她並沒有公開她與福什里的關係，恰恰相反，寧願把他當成一個不得不偷偷摸摸與她相好的男人。她每次提到羅絲，就說：「那個可憐的羅絲。」那份報紙在兩個月期間給她帶來了實惠。她控制了外省的訂戶，把一切都抓在手裡，從專欄到戲劇新聞欄；在把編輯部搞得無所適從，把經理部搞得四分五裂之後，她又突發奇想，要在公館的一角建造一個冬季花園，所需費用吞沒了印刷行。而且，這一切只不過是開了一場玩笑。米尼翁知道這件事之後，喜在心頭，趕到娜娜的公館，試圖讓她完全接受福什里。娜娜問他是不是想拿她開心：一個身無分文的窮光蛋，只靠寫文章、寫劇本糊口，誰稀罕！這種蠢事，只有可憐的羅絲那種才華橫溢的才女才肯幹。說完這些，她突然起了疑心，擔心米尼翁背後搞鬼，回去把這些話洩露給羅絲，而且考慮到如今福什里除了給她做做廣告，已毫無用處，便當機立斷把他趕走了事。

但是，福什里給她留下了美好的回憶，他們一起出色地耍弄過拉．法盧瓦茲那個傻瓜。當初，如果不是受到嘲弄那個傻瓜的樂趣的刺激，他們也許永遠不會想到重逢的。他們覺得是在演一場滑稽戲，故意經常當著他的面接吻，用他的錢花天酒地，揮霍無度，打發他去巴黎郊區買東西，以便他們倆單獨待在一起，等他回來之後，又拿他取樂，肆意影射他，弄得他摸不著頭緒。一天，在記者的慫恿下，娜娜打賭說她要給拉．法盧瓦茲摑一記耳光。當天晚上，她果然給了他一記耳光，並且繼續打他，覺得挺有趣，挺開心，因爲她用自己的行動表明了男人是多麼怯懦。她把他叫做「巴掌櫃」，經常叫他到自己面前來挨巴掌；幾巴掌打下去，她的手掌就發紅了，因爲她還不習慣。拉．法盧瓦茲現出一副死相笑著，眼睛裡含滿了淚水。這種親熱的表示令他神魂顛倒，他覺得娜娜實在是個不平凡的女子。一天晚上，挨了幾個巴掌之後，他興奮異常地道：

「你應該嫁給我，知道不，嗯？咱倆在一起準開心！」

拉．法盧瓦茲不止是說說而已，他暗暗籌劃著他與娜娜的婚事，渴望讓巴黎大吃一驚。娜娜的丈夫，呵！多麼瀟灑！這可比癩蛤蟆吃上了天鵝肉還榮耀哩！可是，娜娜狠狠臭了他一頓。

「我嫁給你！……想得美！我如果一心想找個丈夫，早就找到了！而且準是個比你強二十倍的男人，我的寶貝……有一大堆男人向我毛遂自薦呢。不信你就和我來數一數：菲力普，喬治，富卡蒙，斯泰內，就這四個了，還不算其他你不認識的男人……他們都唱著同一個調子。我都不能對他們表示親熱，稍一表示，他們立刻就會唱起來：『你嫁給我好嗎？你嫁給我好嗎……』」

她越說越激動，說到後來就怒不可遏了：

「哼！不，我不願意！……難道我是爲這種事生的嗎？你睜開眼睛看看我吧。找個男人成天跟在背後監視自己，我會幹這種事，就不是娜娜了……況且，那也太叫人噁心……」說著，她吐了口唾沫，噁心得直打嗝，彷彿她看見世界上所有污穢的東西都攤開在她腳底下。

一天晚上，拉．法盧瓦茲失蹤了。一個星期以後，有人說他回到了外省，住在他愛採集植物標本的叔叔家裡，幫他貼貼標本，正努力爭取娶一位長得挺醜、但信仰很虔誠的表妹做妻子。

娜娜可沒爲他流過眼淚，他只是對繆法伯爵說道：

「怎麼樣？我的小野漢子，又少了一個敵情。今天你高興死了吧……不過，他滾蛋了，那是因爲他認起眞來了，居然想娶我！」

娜娜見繆法變了臉色，便摟住他的脖子，笑嘻嘻地撫摩他，讓她每句無情的話，都刺進他的心窩。

「你傷透腦筋的，不就是不能娶娜娜嗎？當他們拿結婚的問題來煩我時，你躲在角落裡大生悶氣……你不能結婚，必須等到你老婆歸天之後才成……啊！假如你老婆死了，你一定會迫不及待地跑來，跪在地上向我求婚，你會大大表演一番，又是唉聲嘆氣，又是哭天抹淚，又是賭咒發誓！怎麼樣？親愛的，那眞夠動人的！」

她的聲音甜甜的，裝出時常親熱的樣子捉弄他。繆法深受感動，面頰變得紅紅的，一個勁地回吻她。於是，娜娜嚷道：

「他媽的！我眞猜對了！他就是這樣想的，正在盼望他老婆一命歸西呢……哼！這太過分啦，他比其他男人更混蛋！」

繆法容忍了其他男人，現在他想維護的是自己最後一點尊嚴，使這個家裡的僕人和熟人稱他爲先生，即把他視爲娜娜的正式情人，因爲他是掏錢最多的男人。他的愛情愈來愈強烈。他目前的地位是付了錢才得以維持的，一切都是以極高昂的代價買來的，連微笑也是買來的；甚至可以說他遭到了詐騙，因爲他從來沒有得到與他所付的錢相當的東西。這種情況像疾病一樣折磨著他，使他痛苦不堪。每次進到娜娜的臥室裡，他總要把窗戶打開一會兒，讓其他男人的氣味，讓金髮或褐髮男人的氣味，還有嗆人的、令他窒息的雪茄煙味散出去。這間臥室簡直就像一個交叉路口，男人們紛至沓來，在門口揩揩鞋底，可是沒有一個男人見到橫在門口的那條血跡而卻步。佐愛一直掛慮著那條血跡，她是個愛潔成癖的女人，見那條血總在那裡心裡就不舒服，可是還總是情不自禁要看它。現在她每次進到太太房裡總要說：

「眞怪，它硬是踩不掉，來的人夠多的了啊。」

娜娜得到了消息，說喬治由母親照料在豐岱特養病，正處在康復期，傷口日見好轉，所以她每次總是答道：

「哎！時間久了自然就……腳踩得顏色不是已經變淡了嗎？」

的確，富卡蒙、斯泰內、拉・法盧瓦茲、福什里這些先生，每個人的鞋底都把那血跡帶走了一點兒。繆法同佐愛一樣，心裡總想著那塊血跡，不由得經常觀察它，似乎從它那日益變淡的顏色，能看出有多少男人從上面走過。他隱約懷著一種恐懼心理，每次走到那裡總是猛地跨過去，彷彿生怕踩到一個有生命的東西，生怕踩到一條伸在地上的光胳膊似的。

可是，一進了這間臥室，他就心醉神迷，把那些出入這個房間的亂七八糟的男人，還有門口那條血跡，總之把一切都忘到了九霄雲外，在外面，在空氣新鮮的大街上，有時他會因羞愧和憤恨而流淚，發誓永遠不再進這個房間了。可是，只要門簾一放下，他就又著了迷，覺得自己溶化在房間溫暖的空氣裡，肉體被芳香沁透，充滿了不顧死活追求快感的慾望。他篤信宗教，習慣在富麗堂皇的聖堂裡靜默出神；在這間臥室，他獲得的正是那種虔誠教徒的感覺，彷彿跪在一面彩繪玻璃前，陶醉在風琴的樂音和聖香的煙霧之中。這個女人像震怒的天主，嫉妒而專橫地控制著他，時時使他膽戰心驚，在給他幾秒鐘痙攣般的強烈快樂之後，往往給他幾個鐘頭的可怕折磨，讓他看到地獄的恐怖景象，體驗永恆的酷刑。他經常像在教堂裡一樣地喃喃低語，一樣地祈禱，一樣地感到絕望，尤其是一樣地感到自卑，像一個被詛咒的造物，被碾碎在其出身的污泥之中。他的男人的慾望和他的靈魂的渴求混和在一起，彷彿從他的身體幽暗的深處產生出來，恰如生長的樹幹上開出的惟一一朵花。他聽憑愛情和信仰的力量擺佈自己，而這兩種力量合在一起足以搬動地球。不管理智怎樣反抗，娜娜的這間臥室總是使他如痴如狂。他戰戰兢兢沉迷於全能的性中，就像昏迷於不可知的浩瀚天空下一樣。

娜娜感到他變得非常自卑，便像暴君一樣得意。她天生具有使一切變成卑微的狂熱。她不滿足於毀壞所有東西，還要玷污它們。她那雙纖巧的手在一切東西上留下罪惡的痕跡，使它們所打碎的東西自動化為腐朽。繆法痴愚透頂，心甘情願忍受這一切，還常常模模糊糊想起一些以苦行贖罪的聖徒，他們就情願讓虱子咬自己，還吃自己的排泄物。有時，娜娜留他在臥室裡，將門一關，讓他做男人的各種下流動作，供她取樂。起初，他們一塊逗樂，她輕輕拍他幾巴掌，強迫他做一些滑稽可笑的事情，故意像小孩子一樣發音不清，講半截子話：

「跟我學：『……呸！寶寶才不在乎呢！』」

他很聽話，連她的口氣也模仿得極像。

「……呸！寶寶才不在乎呢！」

有時，她穿著睡衣，爬在地板上的獸皮上裝狗熊，吼叫著轉過身來，像要吃掉他，輕咬他的小腿肚取樂，咬一陣站起來說道：

「現在該你裝熊了……我敢打賭，你裝熊肯定沒我裝得像。」

這種遊戲眞迷人。娜娜裝狗熊的時候，露出雪白的皮膚，披散著紅棕色的頭髮，逗得繆法特別開心，不禁哈哈大笑，也爬在地上吼著要咬她的小腿肚。娜娜裝出挺害怕的樣子，只顧逃走。

「我們都是野獸，是嗎？」娜娜最後說道，「你想像不到你的樣子多醜，我的寶貝！好啊！如果杜伊勒里宮的人看見你這副樣子！」

可是，這類小遊戲很快就玩不下去了。這倒不是因爲娜娜玩起來凶殘；她始終是個善良的姑娘。而是因爲有一種瘋狂的氣氛，像風一樣在這間緊閉的臥室裡越刮越猛。淫蕩使他們神經混亂，思想極度興奮，總是想著肉慾的快樂。過去他們在失眠之夜所懷的宗教的恐懼，現變成了對獸性的渴求，即瘋狂地想用四肢爬行，想吼叫，想咬人。有一天，繆法正裝狗熊，娜娜猛地推了他一把，撞得他撞倒在一件家具上。看到他前額上鼓起一個大包，她情不自禁地哈哈大笑起來。

從此，她利用對拉．法盧瓦茲進行試驗所培養的興趣，把伯爵當成動物對待，經常用鞭子抽他，用腳踢他。

「吁！吁！……你這匹馬，駕！吁！你這匹討厭的劣馬，快給我走！」

有些時候，繆法裝成一隻狗。娜娜把自己灑香水的手絹扔在房間最緊裡，讓他去叼。繆法必須用手和膝蓋爬過去，用牙齒咬住手絹，把它叼過來。

「去叼回來，凱撒！……等一等，你要是瞎逛，我非懲罰你不可！……很好，凱撒！眞聽話！眞乖！……用後腿直立起來！」

繆法喜歡在娜娜面前奴顏婢膝，覺得充當野獸有無窮的樂趣，希望充當更低下的角色：

「打得再重些……汪汪！我是一條瘋狗，打呀！」

娜娜心血來潮，一天晚上要求他穿上皇室侍從的朝服來見她。於是，他佩上寶劍，戴著帽子，套著白短褲，穿著鑲金線絲子的紅呢禮服，左邊的下擺上還掛著一把象徵性的鑰匙，渾身上下十分華麗，跑到她面前。娜娜捧腹大笑，把他好一頓嘲笑。尤其那把鑰匙，使她大大爲開心，竟然想入非非，對它的用途作出種種下流的解釋。她一直大笑不止，對達官顯貴嗤之以鼻，見繆法穿了這套豪華的官服，便一個勁兒拿他取樂，貶低他，搖他，擰他，對他嚷道：「呸！滾出去，皇室侍從！」最後竟至使勁踢他的屁股。這一腳又一腳都是惡狠狠地踢在杜伊勒里宮身上，踢在皇室的威嚴上——那高高在上，人人害怕、魚肉百姓的皇室的威嚴上。她對社會就是這麼看的！這是她的報復，是一種世代遺傳、不自覺的家族仇恨心理。然後，皇室侍從脫掉官服，把它攤開在地上。她叫他往上跳，他跳了；她叫他往上吐痰，他吐了；她叫他踩在鍍金的肩章上，踩在鷹徽上，踩在勳章上，他也踩了。於是，劈哩啪啦，一切全踩碎了。娜娜踩碎一位皇室侍從，就像打碎一個小瓶或一個糖果盒一樣。踩碎以後就變成了垃圾，變成街角的一攤污泥。

然而，那兩個製床的金銀匠不守信用，床一直到一月中旬才交貨。繆法剛巧去了諾曼第，變賣他最後剩下的一點財產。娜娜要求他立刻拿來四千法郎。他本來要再過兩天才回來，這樣只好買賣一成交，便匆匆趕回來，連米羅梅尼爾街也沒去，就直奔維里耶街。這時剛好敲響十點鐘。繆法有把鑰匙，可以打開臨卡迪內街的一扇小門，所以他徑直上了樓。樓上客廳裡，佐愛正在擦銅器，見他進來，顯得很慌張，不知道怎樣攔住他，便哆哆嗦嗦對他說，韋諾先生從昨天晚上起，就一直在找他，已經來過兩次了，神色顯得挺不安，央求太太說，如果先生先上她家來，請務必叫他回家去一趟。繆法聽她絮叨，根本不明白是怎麼回事。後來，他注意到女僕神色慌張。他本來以爲自己不會吃醋了，這時卻突然妒火中燒，恰巧又聽見房裡有笑聲，便朝房門猛力撞去。房門一撞就開了，兩扇門葉子飛向兩邊；這時，佐愛聳聳肩膀溜走了。活該！既然太太變得這麼荒唐，這局面就讓她自己去收拾吧。

繆法站在門口，看到房裡的情形，不由得驚呼道：

「我的天哪！……我的天哪！」

新裝修的臥室金碧輝煌，像王宮般豪華。一個個銀碼子像星星般在茶玫瑰色的天鵝絨帷幔上爛熠耀眼；那茶玫瑰色近似肉紅色，每當天高氣爽的黃昏，白晝將盡，太白星出現在天邊之時，天空往往呈這種顏色。房間的四角垂下金絲細繩，護牆板四周鑲著金色花邊，宛若淡淡的火苗，又似披散的紅棕色秀髮，半遮半掩，使四壁不顯得太過赤裸，卻突出了淫樂的情調。正面就是那張金銀鑲嵌的床，上面新雕鏤的圖案光彩奪目。這床是一張寶床，一張寬大的寶座，足以讓娜娜在上面舒展開赤裸的肢體；這床是一個祭壇，一個富麗堂皇的拜占庭式祭壇，正適合供奉她那威力無窮的性器官。此時此刻，她正將自己的性器官展示在這個祭壇上，赤裸裸地、虔誠而不知羞恥地展示在那裡，像一尊可怕的偶像。而在她身旁，在雪白的胸部的光輝映照下，在她這個得意非凡的女神懷抱裡，躺著一個厚顏無恥，老態龍鍾，既可笑又可憐的老傢伙——穿睡衣的德·舒阿侯爵。

伯爵雙手合十，渾身顫慄，不停地喃喃說道：

「我的天哪！……我的天哪！」

這麼說來，床上那一簇簇濃密的金色葉叢中盛開的金色玫瑰，都是為德·舒阿侯爵開放的，床頭銀欄杆上圍成一圈，嬌媚而調皮地笑嘻嘻的小愛神，都是在探頭探腦窺視德·舒阿侯爵；床腳頭那個人身羊足的農牧神，也是為德·舒阿侯爵揭開夜女神身上的薄紗。那個裸體女神，在恣意雲雨過後，正倦乏而眠，它的形象，直至過分粗壯的大腿，都是以娜娜著名的裸體為模特兒雕刻的，所有男人一眼就能認出來。經過六十年荒淫無度的生活，侯爵已經衰朽萎縮，人無人形，躺在娜娜健壯豐潤、光彩奪目的肉體旁邊，恰如一堆骸骨殘屍扔在那裡。他看見門開了，慌忙抬起身子，像個痴呆的老頭兒，嚇得魂不附體，昨夜的交媾，使他變得虛弱無力，半身癱軟，像個孩子，話也說不出來，結結巴巴，哆哆嗦嗦，掙扎著想逃走，睡衣翻捲在骷髏似的身體上，一條灰白色的瘦腿露在毯子外面，上面長滿灰色的毛。

娜娜非常氣惱，見他這副模樣，止不住笑起來。

「躺下，鑽到被窩裡去。」她說著把他按倒，用被子蒙住，恰似一堆見不得人的垃圾。娜娜跳下床把門關上。眞不走運，偏偏又讓她的小野漢子撞見！他總是來得不是時候。爲什麼他要跑到諾曼第去湊錢呢？德．舒阿老頭子給她送來了四千法郎，她當然就依從了他。她把門關嚴，大聲說道：

「活該！這得怪你自己。誰叫你不敲門就進來的？哼！夠啦，走你的吧！」

繆法給關在門外，呆立在那裡，剛才所見的情景，像炸雷把他擊懵了。他顫抖得越來越厲害，從兩腿一直顫抖到胸腔裡，連天靈蓋都瑟瑟顫抖不已。隨後，他像一棵樹遭到狂風的襲擊，身子搖晃幾下，膝蓋一軟就跪了下去，全身骨節喀嗦作響，絕望地伸著雙手，喃喃說道：

「這太過分了，我的天哪！這太過分了！」

一切他都忍氣吞聲地接受了，這回已忍無可忍，只覺得筋疲力竭，兩眼發黑，人和理智全崩潰了。突然，他顯得異常衝動，雙手越舉越高，尋找著上天，呼喚著天主：

「啊！不，我不甘心哪！……啊！天主，來救救我吧，最好讓我死去吧！……啊！不，趕走這個人吧，天哪！完啦，收容我吧，把我帶走吧，讓我別再看見，別再感覺到……啊！我是屬於你的，天主！我們天上的主……」

他不停地祈求著，心裡充滿火熱的信仰，熱烈的祈禱詞自動地從嘴裡湧流出來。這時，有人輕拍了一下他的肩膀。他抬頭一看，是韋諾先生，見他待在關閉的房門外禱告，現出驚愕的樣子。彷彿天主本人聽到他的呼喚來到了面前，伯爵忙撲過去摟住小老頭兒的脖子。他終於哭出聲來了，嗚嗚咽咽，嘴裡一遍又一遍叫道：

「兄弟……兄弟……」

這樣一叫喊，他痛苦不堪的心靈和肉體，頓時輕鬆多了。他的眼淚沾濕了韋諾先生的面頰；他一邊親韋諾先生，一邊斷斷續續說道：

「啊，兄弟，我多麼痛苦啊！……我現在就只剩下你啦，兄弟……把我帶走吧，永遠帶走，啊！行行好吧，帶我走……」

韋諾先生把他緊緊摟在懷裡，也叫他兄弟。可是，他給繆法帶來的是一個新的打擊。從昨天起，韋諾先生就到處找伯爵，目的是告訴他，薩比娜伯爵夫人因爲精神徹底錯亂，跟隨一家大時新服飾用品店的部門經理私奔了。這可是一件可怕的醜聞，整個巴黎已經議論紛紛。他見伯爵正處在宗教的激昂狀態下，認爲時機有利，便把這個意外事件，把他的家庭可悲可嘆的結局告訴了他。伯爵聽了無動於衷，他妻子私奔了，這與他有什麼關係呢？這件事以後再說吧。他又惶惶不安起來，恐慌地看看這門，這牆壁和天花板，依然一個勁地懇求道：

「帶我走吧……我受不了啦，帶我走吧。」

韋諾先生把他像孩子一樣帶走了。從此，繆法又完完全全屬於韋諾先生了。他重新嚴格履行宗教職責。他的生活已經毀掉。杜伊勒里宮認爲他的行爲丟人而表示憤慨，他只好辭去了皇室侍從的職位。他女兒愛絲泰爲了六萬法郎對他提出起訴：這筆錢是她一位姨媽留給她的遺產，照理在她結婚的時候就應該讓她領取的。伯爵已經傾家蕩產，只靠過去的巨額財產的些許餘剩，緊巴巴地過日子，而且聽憑伯爵夫人把娜娜不屑要的零星財產統統吃光。薩比娜是被娜娜那個妓女的淫亂行爲帶壞的，她爲所欲爲，本身就成了整個家庭的腐蝕劑，導致了家庭的最後崩潰。她在外面鬼混一陣之後回來了，繆法本著基督教逆來順受的寬恕精神，同意重新與她一塊生活。她像恥辱的活證見，陪伴在他身邊。不過，繆法對這些事越來越無所謂，最後根本不感到痛苦了。上天把他從女人手裡奪了出來，交到了上帝的懷抱裡。繼娜娜的肉體快樂之後，現在他享受的是宗教的快樂，作爲一個遭詛咒而被碾碎在自己出身的污泥裡的造物，依然像過去一樣口中念念有詞，一樣祈禱，一樣忍受失望和屈辱。他經常走進教堂，雙膝跪在冰冷的石板地面，重新獲得過去一樣的快樂，像過去一樣感受肌肉的抽動、心靈妙不可言的震顫；他的身心難以言表的需要，也像過去一樣得到滿足。

在娜娜與繆法決裂那天晚上，米尼翁來到維里耶大街。他已經習慣了同福什里共處，而且終於發現，自己的老婆在家裡養個野丈夫，對他有許多好處，例如，可以把瑣碎的家務讓給福什里做，可以依靠他對老婆進行積極的監督，還可以把他寫劇本掙的錢用於家庭日常開銷；另一方面，福什里表現得挺理智，沒有可笑的嫉妒心理，對羅絲在外面另找到新歡，能夠像米尼翁一樣隨和。因此，兩個男人相處得越來越和諧，對他們的合作帶來種種幸福感到高興，在同一個家庭裡，各自建立自己的小安樂窩，而又互不妨礙。一切都按規矩辦，而且進行得很順利，兩個男人都爭相爲共同的幸福貢獻力量。這次米尼翁上娜娜家來，就是按照福什里的建議，看看能不能把娜娜的貼身女僕挖過去。新聞記者很欣賞這位女僕出類拔萃的才智。羅絲正傷腦筋，一個月來雇用的女僕都沒有經驗，經常搞得她狼狽不堪。開門迎接米尼翁的正是佐愛，他連忙把她推進餐廳。他剛開口說明來意，佐愛就微微一笑說，不可能，她離開太太，要自己經營生意，而且她以閃爍其辭的自誇口氣補充說，每天都有人來找她，所有太太都爭著要她呢，例如布朗施太太就表示要以重金雇佣她。其實，佐愛相中了老虔婆特里貢的勾當，這是她反覆考慮了很長時間的一個老計畫。她打算把自己的積蓄全投進去，實現發財的抱負。她的思路很開闊，幻想把這個行當擴大，租一座公館，裡面設立各種各樣的娛樂項目。正是爲了這個，她曾竭力拉攏薩丹，可是那個小蠢貨一個勁糟蹋自己，現在躺在醫院裡都快要死了。

米尼翁再三說服她，說做生意要冒風險，佐愛並沒有說明自己打算做什麼生意，只是勉強笑一笑，嘴裡像含了一塊糖似地說道：

「啊！奢侈豪華的東西總會暢銷的……你瞧，我在別人家幹的時間相當長啦，現在我要叫別人上我家來。」

她嘴巴一振，露出一副凶相。她終於要成爲「太太」了，她將只付幾個金路易，就讓這些女人跪倒在她腳下，而她爲這些女人洗碗刷盆，幹了整整十五年。

米尼翁要她去通報一聲。佐愛告訴他太太今天情緒很壞，然後叫他等一等就進去了。這座公館米尼翁只來過一回，很不熟悉。這間餐廳和它裡面的戈貝蘭掛毯、餐具櫃和銀餐具，使他驚訝不已。他順便推開幾扇門，看了看客廳和冬季花園，再回到前廳。這極度的豪華，這鍍金的家具，這錦緞和天鵝絨，他越看越羨慕，心頭怦怦直跳。佐愛下樓來叫他時，主動領他參觀了梳洗室、臥室等其他房間。到了臥室裡一看，米尼翁不禁心潮起伏，異常興奮、激動。他是見過世面的人，但這個該死的娜娜硬是把他驚得目瞪口呆。這個家雖然瀕於崩潰，奢靡無度，走馬燈般更換的僕人大肆搜刮，但是這裡所聚斂的財富，足以填補虧空，很難耗盡。米尼翁面對這間無比豪華的臥室，不禁想起了一些偉大的工程。在馬賽附近，有人曾帶他參觀過一條引水渠，水渠的石拱橫跨於一個深淵之上，工程浩大，耗資數百萬法郎，整整奮鬥了十年才建成。在瑟堡，他參觀過一座正在興建的港口，那是一個巨大的建築工地，千百名工人在烈日下揮汗如雨，一些機器把大塊大塊的石頭塡入海裡，要從海裡築起一道高牆；在工地上不時有工人被壓成血肉模糊的肉醬。可是，現在看來，那些工程都顯得渺小，娜娜才使他無比振奮。在娜娜的成就面前，他不由得肅然起敬，記起也曾使他肅然起敬的一個晚會。那個晚會是在一位煉糖廠廠主新建的府邸舉行的。新府邸像王宮般富麗堂皇，而建成它所靠的只有一種東西：食糖。可是，娜娜所靠的卻是另一種東西，一個微不足道、人人嘲笑的小東西，即她嬌嫩的裸體上一個小小的東西；這個見不得人的小東西，卻威力無窮，其力量足以把世界攪得天翻地覆。正是靠了它，娜娜一個人，不用工人，不用工程師發明的機器，就震撼了巴黎，建立了偌大的財富，而在這些財富的腳下，躺著許多男人的屍骨。

「嘿！他媽的！她那個玩意兒眞厲害！」米尼翁正看得出神，突然脫口說出這句話，心底裡還私下帶點感恩戴德的意思。

娜娜漸漸陷入嚴重的憂傷之中。起初，侯爵被伯爵撞見，使她神經十分興奮，幾乎感到快活。過後，想起那個半死不活坐出租馬車離開公館的老頭兒，想起那個被她過分激怒、再也見不著了的可憐的傻瓜，她心裡開始有點傷感。後來，她獲悉失蹤了半個多月的薩丹，被羅貝爾太太折騰得病倒了，正躺在拉利布瓦茲埃醫院等死。她吩咐套了馬車，正想去與那個小娼婦再見上一面的時候，佐愛不動聲色地跑過來向她提出辭職。娜娜頓時陷入絕望之中，就像要失去她家裡一個親人似的。天哪！剩下她孤單單一個人怎麼辦？她央求佐愛留下；佐愛看到太太一副絕望的樣子，十分得意，最後親了她一下，表示她並不是生太太的氣才走的，而是非走不可；她要去做生意，感情方面就顧不上了。這一天眞是令人煩惱的一天。娜娜心煩意亂，再也不想出去，沒精打采地在小客廳裡踱來踱去。正在這時，拉博德特跑來告訴她，有一個好機會，可以買到很漂亮的花邊，但言談間，他無意中透露了喬治已死的消息。娜娜聽了渾身冰涼。

「喬治死了！」她喊叫起來。

她的目光不由自主地去尋找地毯上那塊血跡，但那血跡終於不見了，被鞋底擦掉了。拉博德特講了一些詳細情況：喬治究竟怎麼死的，現在還不清楚，有人說是因爲身上一處傷口重新裂開了，也有人說是自殺身亡，在豐岱特一個水池裡投水自盡的。娜娜不停地說道：

「死了！死了！」

她從早上起就心裡堵得慌，這時痛哭了一場，倒覺得輕鬆了些。無限的、巨大的憂傷，沉重地壓得她透不過氣來。拉博德特勸慰她，不要爲喬治的死過於傷心，她揮揮手止住他，結結巴巴說道：

「不僅僅是他，而是一切，一切……我太不幸啦……哦，我知道，這回他們又要說我是個壞女人了……豐岱特那位悲傷的母親，今早上在我房門外呻吟的那個可憐的男人，還有和我一塊把錢財吃光、現在傾家蕩產的其他男人，他們都會這樣說……說得不錯，儘管在背後說娜娜的壞話，儘管在背後痛罵這個畜生好了！啊！我才不在乎呢，我聽得見他們說些什麼，就彷彿我在他們中間：這個同所有男人睡覺的臭婊子，她搜刮光一部分男人，逼死了另一部分男人，給許多人造成痛苦……」

眼淚哽得娜娜透不過氣來，她不得不打住話頭，痛苦地橫倒在長沙發上，把頭埋在墊子裡。她感到自己在周圍造成的不幸，還有她造成的苦難，正化作感傷的熱淚，源源不斷地湧流出來。她像小姑娘一樣哭訴著，聲音越來越小。

「啊！我好痛苦，啊！我好痛苦！……我受不了啦，我要憋死啦……眼看著自己不被人理解，眼看著其他人群起攻擊你，因爲他們比你強大，這實在讓人難以忍受……然而，要是你沒有任何可指責的地方，要是你問心無愧……唉！眞叫人受不了呀，唉！眞受不了呀……」

憤懣之中，她產生了反抗心理，站起來，揩乾眼淚，激動走來走去。

「哼，我不在乎，他們愛說什麼讓他們說去，反正不是我的過錯！難道我心腸歹毒嗎？我把自己所有的一切都給了人家，連蒼蠅都不曾打死一隻……是他們的過錯，是，是他們自己的過錯！我向來總是千方百計給他們帶來快樂。現在他們錢花光了，要淪爲乞丐了，就都裝出一副絕望的樣子……」

說著，她在拉博德特面前停下，拍了拍他的肩膀。

「喂，你是見證人，你說說事實究竟怎麼樣……難道是我逼他們做的嗎？他們不是經常十幾個人相互爭風吃醋，看誰能想出最下流的招數嗎？他們令我噁心，噁心！我努力把握自己，不與他們同流合污，我害怕。聽著，這可是有例爲證：他們全都想娶我。怎麼樣？多麼高尚的想法！不錯啊，親愛的，如果我同意的話，我都當了二十次伯爵夫人或男爵夫人了。可是，我拒絕了，因爲我是個明智的人……啊！我使他們避免了多少骯髒的犯罪行爲，否則他們就會搶劫，去殺人，去謀害父母。我只要說一句話，他們就會去幹這些事的，可是我沒有說。而如今你看我得到的報答……就拿達蓋內來說，這傢伙的婚事還是我促成的呢，當初他窮得連飯都沒有吃，是我免費收留了他幾星期，然後又幫助他獲得了地位。可是昨天我碰到他時，他卻把頭轉到一邊去了。呸！滾你的媽的，髒豬！我比你乾淨得多！」

說罷，她又開始走來走去，朝一張獨腳小圓桌上狠狠擊了一拳。

「他媽的！這太不公平了！這個社會眞不合理。事情明明是男人要求幹的，卻要臭罵女人……好吧，現在我可以坦白告訴你了：我常與他們幹那事兒，不是嗎？可是，幹的時候我一點樂趣也沒有，絲毫樂趣也沒有，相反我感到很厭煩。絕沒有半句假話！……那麼，請問你，這裡面我有什麼責任嗎？……啊！是的，他們令我厭煩！沒有他們，親愛的，沒有他們使我變成現在這樣，我會進了一家修道院，天天向仁慈的天主禱告，因爲我直是信仰宗教的……哼！說到底，他們搭了錢又賠了命，這是他們自己的過錯！我嗎，半點責任都沒有！」

「也許是這樣吧。」拉博德特信服地說道。

佐愛引米尼翁進來，娜娜微笑著迎接他；她剛才哭得好厲害，現在雨過天晴了。米尼翁還沒平靜下來，一開口就恭維她這座公館的陳設。娜娜則表示，她對這座公館已經膩味，現在正考慮幹別的事情，最近就要把一切賣掉。接著，米尼翁爲他這次來訪編造一個藉口，說是爲博斯克那老頭兒組織一次義演，因爲他癱瘓了，躺在一張手椅裡動彈不得。娜娜表示非常同情，訂了兩張包廂票。這時，佐愛說馬車已套好等著太太，娜娜叫把帽子拿來，然後一邊繫帽帶，一邊把可憐的薩丹的遭遇告訴他們，臨了補充道：

「我這就上醫院去看她……誰也沒有像她那樣愛過我。啊！有人說男人沒良心，這話一點兒都沒錯！……誰知道呢？也許我見不到她。不過管他呢，我去要求見她一面。我想擁抱她。」

拉博德特和米尼翁笑了笑。娜娜不再難過，也笑了笑。這兩個人不算在其他男人之列，他們能理解她，都對她肅然起敬。娜娜扣好手套的鈕扣，獨自站在她的公館裡堆積的財富中間，許多男人倒斃在她腳下。她像古代的妖怪，居所的地上鋪滿白骨，腳下踩著人的頭蓋骨。在她周圍發生了一起又一起災禍：旺朵夫葬身於一場大火，富卡蒙淒慘地漂泊於支那（中國）海，破產後的斯泰內不得不老老實實地做人，拉．法盧瓦茲帶著滿足的痴心回到了外省，繆法一家悲慘地敗落，剛剛出獄的菲力普守在喬治慘白的屍體旁邊。娜娜製造了毀滅和死亡。這隻從舊郊區垃圾堆裡飛來的蒼蠅，帶來了促成社會腐敗的酵素，它僅僅往這些男人身上一落，就把他們一個個毒死了。她做得好，她伸張了正義，爲自己出身的階層，爲窮人和被拋棄的人們報了仇。而她的性器官在光輪之中冉冉上升，輝映著這些倒斃的男人，就像一輪初升的太陽，照耀著殺戮的戰場；她依然像一頭沒有意識的漂亮牲口，對自己的工作懵然無知，始終是一個心地善良的妓女。她還是那樣胖，那樣肥，那樣強壯，那樣快活。眼前的這一切都算不得什麼了，這座公館在她眼裡顯得蠢笨，而且太小，塞滿了家具，礙手礙腳。這一切不值一提，只不過是初試鋒芒。她幻想著更美好的東西。她身著盛裝，登車出發，要去最後擁抱一次薩丹，看上去是那樣乾淨俐落，健美結實，容光煥發，彷彿她從來沒有接過客似的。

第十四章

娜娜突然失蹤了，又一次銷聲匿跡，逃之夭夭，飛到異國他鄉去了。走之前，她搞了一場激動人心的大拍賣，把公館，連同家具、首飾，甚至化妝品和內衣褲全都賣得精光，一掃而空。據說，五次拍賣共獲得六十多萬法郎。巴黎最後一次見到她，是在快樂劇院一齣名叫《仙女梅利西娜》的幻夢劇裡。這齣戲是身無分文的博德納夫大膽推出的。這次，娜娜又與普呂利埃和馮丹同台演出，她扮演的是個普通的啞角，一個健美而不說話的仙女，一共只擺了三個造型的姿勢，但卻是全劇最精彩的部分。這次演出大獲成功，一向熱中於宣傳的博德納夫，貼出許多巨幅海報，激起了巴黎人的強烈興趣。可是，一天早晨，突然有人說娜娜前一天晚上離開了巴黎，似乎去了開羅：原因僅僅是她與經理爭吵了幾句，經理的一句話她覺得不順耳，這個女人太有錢又太任性，一氣之下便走了。再說，這也是她所嚮往的，她早就夢想要去土耳其人之中生活。

幾個月過去了，人們漸漸忘記了她。當這些先生和太太重新提起她的名字時，各種離奇的故事不徑而走，而各個故事所提供的消息又相互矛盾，簡直不可思議。有人說，她迷住了總督，住在一座宮殿裡，統治著兩百名奴隸，經常砍他們的頭來取樂。也有人說情況根本不是這樣，她與一個魁梧的黑人鬼混，陷入一場骯髒的熱戀，在開羅過著荒淫無恥的放蕩生活，結果耗盡了全部錢財，連襯衣都沒剩下一件。半個月後，又傳來一條驚人的消息：有人賭咒發誓，說在俄羅斯遇見過她。於是越傳越神，她成了一位王子的情婦，人們談論著她的珠寶鑽石。雖然沒有人能說出消息的確切來源，但不久，所有女人都對娜娜的珠寶鑽石了解得一清二楚，什麼戒指啦，耳環啦，手鐲啦，還有一條兩指寬的項鏈、一頂王后的冠冕，僅冠冕中間那顆閃閃發光的鑽石，就有大拇指般粗。娜娜隱退到了這些遙遠的國度，但是她仍然像一個佩滿珠寶首飾的偶像，放射著神秘的光芒。現在提起娜娜的名字，人人肅然起敬，而且帶著沉思的面容：人家在野蠻人那裡發了大財啊。

七月的一天晚上，將近八點鐘，露茜乘馬車經過聖奧諾雷郊區街，看見卡羅莉娜．埃凱從家裡出來，去附近一家商店買東西，便連忙叫住她，說道：

「吃過晚飯了嗎？有空嗎？……嘿！親愛的，跟我走吧，娜娜回來啦。」

卡羅莉娜立刻跳上馬車。露茜繼續說道：

「你知道，親愛的，當我們在這裡閑聊的時候，她也許死了。」

「死了？你盡扯些什麼！」卡羅莉娜驚愕不已地嚷起來，「在什麼地方死的？怎麼死的？」

「在大飯店……死於天花……唉！說來話長。」

露茜叫車夫趕馬快跑。在馬車沿著御前街和林蔭大道高速奔馳時，她用不連貫的句子，一口氣講述了娜娜的遭遇。

「你想像不到……娜娜突然從俄羅斯回來了，我也不知道爲什麼，大概是與她那位王子吵了架……她把行李存在火車站，趕到她姑媽家，就是那個老太太，還記得吧……咳！她撲到她的孩子身上。孩子出了天花，第二天就死了。娜娜與姑媽吵了起來，原因是她說給姑媽寄過錢，可是老太太一個子兒也沒見過……看起來，孩子就是因爲這個死的，就是說，一個沒人管，沒人照顧的孩子……好嘛！娜娜這就又走了，跑到一家旅館，剛想到要去取行李，不期然遇到米尼翁……她突然感到很不舒服，又打寒顫，又想嘔吐。米尼翁把她送回她的房間，答應幫她去取行李……你說這事兒多蹊蹺！莫非他們事先約好的？可是，最奇妙的還在後頭呢：羅絲聽說娜娜病臥在一間附家具的客房裡，憤憤不平，立刻跑去照料她，還一邊落眼淚呢……還記得吧，她們過去不是相互仇視，不是一對眞正的冤家嗎？可是，親愛的，羅絲叫人把娜娜抬到了大飯店，說是至少也得讓她死在一個講究的地方。娜娜已經在那裡躺了三天，只等死啦……這些是拉博德特告訴我的。我想去看看……」

「對，對，」卡羅莉娜很興奮地說道，「我們上樓去看她。」

她們到達了目的地。林蔭大道上，車輛和行人擁塞不堪，車夫不得不勒住馬。就在這一天，議會表決通過了向普魯士宣戰。人們從四面八方湧向街頭，沿著人行道，像激流似地湧到馬路中央。瑪德萊娜大街那邊，落日沉沒在一片血紅的雲後面，餘暉把高樓的玻璃窗映得火紅。薄暮降臨，這時刻令人感到沉重而茫然，條條大街已開始隱沒在黑暗中，但路燈還沒有像明亮的星星在黑暗中閃爍。在這些行進的人群中，說話聲由遠而近，越來越響，一張張蒼白的臉上，眼睛閃閃發光；普通的不安和驚愕，猶如狂風襲來，使得人心惶惶。

「瞧，米尼翁在那裡，」露茜說，「他可以告訴我們一些消息。」

米尼翁站在大飯店寬大的門廊下，煩躁地望著街上的人群。露茜一開口問他，他就火起來，叫道：

「我怎麼知道！都兩天了，我硬是沒有辦法叫羅絲下來……這樣拿自己的生命去冒險，說到底是愚蠢的。她如果也得了那種病，落得滿臉麻子，那就好看了，我們就遭殃了！」

一想到羅絲會失去美貌，他就上火。他乾脆丟下娜娜不管，對女人這樣愚蠢地盡心竭力照顧別人，感到莫名其妙。這時，福什里穿過馬路來了，一副焦慮不安的樣子，也是來打聽消息的。兩個人立刻相互慫恿對方上樓去。現在他們彼此說起話來，十分親切。

「還是那樣，親愛的，」米尼翁說道，「你應該上去，硬把她帶走。」

「瞧！你眞是好人，你！」記者說道，「你自己爲什麼不上去呢？」

這時，露茜問房間號碼，他們就央求她叫羅絲下來；羅絲再不下來，他們就要發火了。可是，露茜和卡羅莉娜並沒有立即上樓。這時，他們瞥見馮丹兩手揮在口袋裡，在街上閑逛。馮丹看到行人一個個表情古怪，覺得挺有趣。聽說娜娜病倒在樓上，他裝出很同情的樣子地說：

「這可憐的姑娘……我得上樓去問候問候她……她得了什麼病？」

「天花。」米尼翁答道。

馮丹已經向院子走去，聽說是天花，連忙縮回來，打了個寒顫，咕噥道：

「哎約！我的天哪！」

天花可不是鬧著玩的。馮丹五歲時差點兒染上這個病。米尼翁說，他的一個外甥女就是得天花死的。福什里呢，就更有資格談論這種病，他臉上還帶著天花留下的痕跡：鼻樑上端有三個麻點。他讓大家看。米尼翁又慫恿他上樓去，說這種病一個人不會得兩回的；福什里猛烈駁斥這種說法，舉出好幾個病例，罵醫生們都是野蠻人。這時，露茜和卡羅莉娜兒街上人越來越多，十分驚異，便驚叫著打斷他們：

「看呀！看呀！這麼多人！」

天越來越黑，遠處相繼亮起一盞盞路燈。依稀可見家家的窗口都有看熱鬧的人；樹底下的人流每分鐘都在增加，從瑪德萊娜大街到巴士底大街，匯合成浩浩蕩蕩的洪流。馬車行駛緩慢。密密麻麻的人群中傳來低沉的嗡嗡聲，但還沒有發出吼聲。所有人都是渴望加入這群眾的行列而步行來的，個個情緒激昂。

這時，人群突然往後退去。在閃開的人群中，出現了一隊戴鴨舌帽、穿白工裝的人，喊著有節奏的口號，像鐵錘敲打鐵砧一樣鏗鏘有力：「進軍柏林！進軍柏林！進軍柏林！」群眾陰鬱而不信任地望著他們，但就像觀看一支軍樂隊行進一樣，已經受到這種壯烈情景的感染和激勵。

「好呀，好呀，去丟掉你們的腦袋吧！」米尼翁以近似哲學家的口吻低聲說道。

但馮丹卻認為這十分了不起，說他要去從軍。敵人已打到國門外，所有公民都應該奮起保衛祖國。他擺出拿破崙在奧斯特里茨❶發表講話時的姿勢。

「喂！你們和我們一塊上樓上嗎？」露茜問道。

「啊！不去！」馮丹答道，「我才不去惹上一身病呢！」

一個男人坐在大飯店前面的一條長凳上，用手帕掩住面孔。福什里來的時候向米尼翁眨了眨

❶一八〇五年拿破崙在奧斯特里茨大敗奧俄聯軍，這是拿破崙指揮的著名戰役之一。

眼睛，示意他注意這個人。那人一直坐在那裡。是的，他一直沒動窩。新聞記者叫住兩個女人，指給她們看那個人。恰巧那人抬起頭來，兩個女人情不自禁驚叫了一聲。原來那人是繆法伯爵，他抬頭望了一眼樓上的一個窗戶。

「你們知道，他今早晨就待在這裡了。」米尼翁說道，「我早上六點鐘就看見他坐在這裡，一直沒動哦……他從拉博德特那裡聽到消息後，就立刻趕來了，用手帕掩住面孔……每隔半個鐘頭，拖著沉重的步子走過來，打聽樓上那個人好點兒沒有，然後又回去坐下……當然囉！那個房間不乾不淨，不論對一個女人愛得多深，他總不願意丟條命嘛。」

伯爵抬眼望著樓上，似乎絲毫沒注意到周圍發生的事情。他可能根本不知道宣戰這回事，沒有感覺到，也沒有聽到周圍有許多人。

「瞧！」福什里說道，「他站起來啦，你們看他要幹什麼。」

伯爵果然離開了長凳，進到高高的門廊下。門房終於認出了他，沒等他開口詢問，就沒好氣地說：

「先生，她死啦，就在剛才——」

娜娜死了！這消息對所有人都是一個打擊。繆法默默地回到凳子上，依然用手帕掩住臉。其他人發出驚叫。但他們的聲音被淹沒了，又一隊人走過，一邊高喊著：

「進軍柏林！進軍柏林！進軍柏林！」

娜娜死了！眞是可惜，一位多麼漂亮的姑娘！米尼翁輕鬆地嘆了口氣，羅絲終於要下樓來了。一陣冷場。馮丹想扮演悲劇的角色，現出悲痛的樣子，顫抖著嘴角，眼珠子朝上一直翻到眼皮邊；福什里雖然作爲一名小記者愛冷嘲熱諷，這時也眞難過了起來，神經緊張地咬著雪茄。然而，兩個女人還是感嘆不已。露茜最後一次看見娜娜，是在快樂劇院。布朗施也一樣，是在《仙女梅侶茜娜》那齣戲裡。啊！她演得眞出色呀，親愛的，當她出現在水晶岩洞口時！這幾位先生肯定都記憶猶新。馮丹扮演了公雞王子。幾位先生的記憶被喚醒之後，就沒完沒了地談起劇情的細節來了。在水晶岩洞裡，娜娜那豐滿的裸體多麼迷人！她一句話也沒說，本來有一句她的台詞，也給刪掉了，因爲說話反而顯得彆扭；不，她一句話也沒說，這才更了不起。她一登台，就使觀衆神魂顚倒。她那身段，舉世無雙，還有那肩膀，那腿，那腰身，要多美有多美。她居然死了，眞是怪事！你們知道，娜娜上身只穿了一件緊身衣，下身只繫了一條金色腰帶，屁股蛋兒和前面那玩意兒，幾乎全露在外面。她周圍的岩洞，全由鏡子鑲成，亮堂堂的；鑽石的瀑布飛瀉而下，白色的珍珠項鏈，在拱頂的鐘乳石中間僭爛閃爍；周圍的一切全是透明的，一道巨大的閃電照亮清泉飛瀑，娜娜像一輪太陽處在中間，皮膚雪白，頭髮火紅。在巴黎人的心目中，她將永遠是這個樣子，光彩奪目地處在水晶的世界裡，恰如天上那大慈大悲的上帝。咳！處在這種地位，卻讓自己死了，眞是太愚蠢！現在，她躺在樓上，模樣兒一定挺好看吧！

「多少歡樂，全成了過眼雲煙！」米尼翁以悲傷的口氣說道。他這個人看見有用而又美好的東西失去，總是不忍心。

他問露茜和卡羅莉娜是否還想立即上樓去。她們當然立即上去；她們的好奇心更強烈了。正在這時，布朗施氣喘噓噓跑來了，因爲人群堵塞了人行道而很惱火。聽說娜娜死了，她驚叫起來。三人女人向樓梯走去，她們的裙子窸窸作響。米尼翁跟在她們後面大聲喊道：

「告訴羅絲我在等她……叫她立即下來，聽見了嗎？」

「這病到底是開始時傳染、還是末了時傳染，眞還搞不清楚哩。」馮丹對福什里說道，「我的一位朋友是實習醫生，他甚至對我說，人死後那段時間特別危險，因爲屍體裡釋放出疫氣……唉！這個突然的結局眞人遺憾；如果能夠最後一次握握她的手，我會多麼高興。」

「現在說這個還有什麼用？」記者說道。

「是啊，有什麼用呢？」另外兩個人說道。

人群還在增加。家家店鋪亮起了燈，在顫悠悠的煤氣燈光映照下，只見大街兩邊的人行道上，人流浩浩蕩蕩，上面隨流動著無數帽子。

這時，越來越多的人受到這狂熱氣氛的感染，跑上去跟在穿工裝的隊伍後面。洶湧的人流淹沒了大街。從成千上萬的胸膛裡又發出了頑強而短促的口號聲：

「進軍柏林！進軍柏林！進軍柏林！」

五樓那個房間，每天房租十二法郎。羅絲想要一間體面而不豪華的房間，人在痛苦之中是不需要豪華的。房間的四壁貼的是路易十三式樣的大花牆衣，家具像一般旅館裡的一樣，全是桃花心木做的，紅色的地毯上散布著黑色葉叢。房間籠罩在寂靜之中，只有交頭接耳的竊竊私語打破這寂靜。這時，走廊裡有人高聲說話：

「我敢肯定咱們走錯路了。茶房是說向右拐……這鬼地方眞像座兵營！」

「別急，得看看房號……401，401號房間……」

「哎！是這邊405，403……應該馬上……啊！終於找到啦，401……到了，噓！噓！」

三個人不再說話，咳嗽兩聲，定了定神，然後慢慢推開門，進了房間，露茜在前，卡羅莉娜和布朗施隨後。但她們一進門就停住了，房間裡已經有五個婦女。佳佳仰靠在僅有的一張紅色天鵝絨面伏爾泰式扶手椅裡。西蒙娜和克拉莉絲站在壁爐前面，與坐在一張椅子上的萊婭·德·霍恩閑聊。而在位於門左邊的床前，羅絲·米尼翁坐在一個裝劈柴的箱子邊沿，凝視著躺在窗帘的陰影裡的遺體。所有這些婦女都戴著帽子和手套，像來登門造訪的客人。只有羅絲既沒戴手套，也沒戴帽子，由於接連三夜沒合眼，人顯得疲乏，臉色蒼白，面對這突如其來的死亡，一副呆頭呆腦，無限悲痛的樣子。五斗櫃角上，點著一盞帶燈罩的燈，強烈的光線照亮了佳佳。

「唉！多麼不幸！」露茜握住羅絲的手說道，「我們還想來和她道別呢。」

她轉過頭，想看看娜娜，可是燈離得太遠，她又不敢把燈挪近。床上豎躺著一長塊灰色的東西，只分辨得出紅色的髮髻，還有一團灰白色的東西，那大概就是臉。露茜補充道：

「我還是在快樂劇院見到她了，那次她是在水晶豈洞裡。」

聽到這話，羅絲才從呆滯狀態清醒過來，連聲說道：

「咳！她模樣兒變啦，她模樣兒變啦……」

隨即，她又陷入了冥想之中，不做任何動作，不說任何話。大概待一會兒才可以看娜娜吧。三個女人走到壁爐邊其他幾個女人那裡。西蒙娜和克拉莉絲低聲議論著已故者的鑽石首飾。那些鑽石首飾到底存在不存在？誰也沒見過，可能是瞎傳的吧。可是，萊婭·德霍恩認識的一個人見過那些鑽石首飾。啊！一顆顆大得出奇的鑽石！況且，還不止這些呢？娜娜從俄國還帶回來了別的財產，有繡花衣料、貴重小擺設、一套金餐具，甚至還有家具呢；是的，親愛的，總共有五十二件行李，都是特大號的箱子，足足可裝滿三節火車車廂！這些東西全留在火車站。唉！眞是時運不濟，連東西都沒來得及打開就一命歸天了，而且她還有許多錢，大概有一百萬法郎呢。露茜問，這些錢將由誰繼承？一些遠房親戚，多半是那位姑媽。那個老太婆這一下可發橫財了。她什麼也還不知道，病人爲著自己的小寶貝的夭折，對姑媽懷著怨恨，執意不通知她。議論到這裡，在場的女人又都對那孩子表示憐憫，她們記得還是在賽馬會上看見過他了：一個滿身是病的小不點兒，體質極差，愁眉苦臉，總之是一個不該來到這世上的孩子。

「他在黃泉下肯定更幸福。」布朗施說道。

「唔！她也一樣。」卡羅莉娜說，「活在世上並沒有多大意思。」

房間裡這種肅穆的氣氛，使她們產生了悲觀的想法，隨即害怕起來，覺得久久地待在這裡閑聊，未免太愚蠢。可是，她們都想看看娜娜的遺容，所以誰也沒離開。房間裡很熱，而且又潮又暗：玻璃燈罩把燈光反射在天花板上，像一個圓圓的月亮。床底下一個深底盤子裡，盛滿石炭酸，散發著淡淡的氣味。窗戶臨街，窗帘不時給風吹得鼓起來，而從大街上傳來低沉的吵雜聲。

「她死的時候很痛苦嗎？」露茜問道。她一直出神地望著掛鐘上雕刻的圖案，那是拉斐爾的美惠三女神，全都裸體，帶著舞女的微笑。

佳佳像突然驚醒了。

「啊！當然很痛苦，這還消問！……她死的時候我在場。老實告訴你們吧，那樣子眞是慘不忍睹……瞧吧，她全身就這樣不停地抽動……」

可是，她無法繼續介紹下去，樓下傳來陣陣口號聲：

「進軍柏林！進軍柏林！進軍柏林！」

露茜感到氣悶，把窗子完全推開，趴在窗口。外面星斗滿天，清風徐來，十分涼爽。對面，家家的窗戶燈火輝煌，煤氣燈的反光在許多金字招牌之間閃爍。向下俯瞰，情景十分有趣，人行道上和大街上，人群像激流，越過擠成一堆的馬車，滾滾向前；無數手提燈和路燈交相輝映，一片片巨大的黑影在人流上移動。那隊正喊著口號走過來的人都舉著火把；一片紅光從那德萊娜大街那邊移動過來，像一條火帶截斷人流，然後在遠處人群頭頂上擴散開來，彷彿發生了一場大火災。露茜看得入了迷，叫布朗施和卡羅莉娜：

「過來看呀……站在這窗口看得很清楚。」

三個人趴在窗口，興致勃勃地向下觀看。有時，火炬給樹木擋住，看不見了。她們想看看留在樓下的那幾位先生，但是一個突出的陽台擋住了旅館的大門，只看得見繆法伯爵，用手帕蓋住臉，像個包裹扔在那條長凳上。一輛馬車在旅館門口停下了，露茜認出了瑪麗亞·布隆。又一個女人趕來了。瑪麗亞不是一個人，她後面跟著一個胖男人。

「是斯泰內那個強盜。」卡羅莉娜說，「怎麼！還沒有把他遣送回科隆❷！……我倒要看看他進來時是副什麼臉面。」

三個人轉過身。瑪麗亞·布隆兩次上錯了樓梯，過了十分鐘才進來。她只是一個人，露茜挺

❷斯泰內是科隆人，即普魯士人，既然法國對普魯士宣戰，就應把他遣送回科隆。

奇怪，問她，她說道：

「他嗎！咳！親愛的，你以爲他會上來嗎？肯陪我到大門口，就已經很不錯了……他們一共有十一二個男人，都在大門口抽雪茄呢。」

果然所有先生都聚集在旅館大門口。他們都是想看看大街上的景象，徒步溜達來的，曾見之後互相打招呼，便都聚到了這兒。

大家都對這個可憐的姑娘的謝世哀嘆一番，隨後便聊起政治和戰略問題來了。博德納夫、達蓋內、拉博德特、普呂利埃和其他幾個人的到來，增加聚在門口的人數。大家在聽馮丹講述他五天攻克柏林的作戰計劃。

這時候，瑪麗亞．布隆站在死者床前，抑制不住心頭的悲痛，像其他女人一樣喃喃說道：

「可憐的心肝！……我最後一次見到她，是在快樂劇院，在那個水晶岩洞裡……」

「唉！她的模樣兒改變啦，唉！她的模樣兒改變啦……」羅絲．米尼翁帶著哀婉沮喪的淡淡微笑說道。

又來了兩個女人：一個是塔唐．妮妮，一個是路易絲．維約萊納。她們倆在旅館裡找了二十分鐘，向一個又一個茶房打聽，上上下下足足跑了三十層樓，每一層都撞見慌慌張張想趕快離開巴黎的旅客，全都被戰爭的恐怖和街頭的激憤嚇得亂作一團。她們一進房間，便都累得倒在椅子上，顧不上看看死者。

正在這時，隔壁房間傳來一陣吵雜聲，只聽見有人在推動行李，撞得家具咚咚響，還有蠻族嘰哩咕嚕的說話聲。那是一對年輕的奧地利夫婦。佳佳說，娜娜處於彌留之際時，那對夫婦在相互追著玩；由於兩人房間只隔一道封死的門，他們相互抓住時的笑聲和接吻聲，聽得一清二楚。

「好啦，該走了。」克拉莉絲說道，「我們待在這裡又不能使她復活……你要走了嗎，西蒙娜？」

每個人都往床上瞟一眼，但誰也沒動。不過，大家都準備走了，都輕輕地拍打著裙子。露茜一個人又倚在窗口。慢慢地，一陣哀傷之情使她感到胸口憋悶，彷彿從大街上怒吼的人群中，傳來一種強烈的悲愴氣氛，深深感染了她。火炬還在不斷從窗下經過，飛濺著無數火星；遠處，人群像波濤般起伏，延伸向黑暗之中，宛若夜間被趕向屠宰場的牲口群。

那黑壓壓令人眩暈的人群，激浪般滾滾向前，使人想到未來的大屠殺，不禁感到恐怖和深切的憐憫。人群被狂熱沖昏了頭腦，聲嘶力竭地呼著口號，向著黑牆般的地平線後面，向著未知的目標奔去。

「進軍柏林！進軍柏林！進軍柏林！」

露茜轉過身來，背靠窗台，臉色煞白地說道：

「天哪！這回我們的命運會怎麼樣？」

所有女人都搖著頭，神情嚴肅，對時局非常擔心。

「我嗎，」卡羅莉娜．埃凱沉著地說道，「我後天就去倫敦。我媽已經在那裡了，為我預備了一座公館……當然，我不想留在巴黎挨屠殺。」

她母親是個謹慎的女人，早已幫她把錢存到國外去了。誰都說不準一場戰爭會怎樣結束。但瑪麗亞．布隆很生氣，她是個愛國主義者，說要去從軍。

「站在你們面前的可是一位圍獵能手！是的，如果人家要我，我就穿起男人服裝，拿起槍，去揍普魯士人那些豬玀！……揍倒了他們，我們全都完蛋又怎麼樣？那樣死才死得漂亮呢！」

布朗施．德．西佛里聽了大為反感。

「不要罵普魯士人！他們也是人，與其他人沒有什麼兩樣，而且不像你那些法國人成天監視著女人……一個和我生活在一起的普魯士小伙子給趕走了，他是一個很有錢又很溫和的小伙子，根本不會傷害任何人。這種作法真卑鄙，弄得我人財兩空……你們知道，誰也別來氣我，否則我就跑到德國去找他！」

她們正在爭吵時，佳佳以悲傷的口氣喃喃說道：

「完啦，我真倒楣……我在汝維希買了一座小樓，款子付了還不到一星期。唉！老天爺知道，籌足那筆款子多麼不容易！好在莉莉幫忙……現在宣戰了，普魯士人打進來，準把一切燒個精光……我這把年紀了，叫我怎麼再從頭幹起？」

「得了！」克拉莉絲說，「我才不管那麼多！天無絕人之路。」

「當然，」西蒙娜附和道，「仗打起來準挺有意思……說不定正相反，會更順利呢。」

她說著微微一笑，表達了自己還沒有說出的想法。塔唐．妮妮和路易絲．維約萊納都同意這種看法。塔唐．妮妮說，她就同一些軍人花天酒地逍遙自在過，嘿！都是一些好小伙子，為了女人，九死一生都在所不惜。但是，這些女人交談的聲音太高了，一直坐在床前木柴箱子上的羅絲．米尼翁，輕輕地「噓」一聲，請她們安靜。她們一下子都愣住了，不由得瞟一眼死者，這請她們安靜的「噓」聲，彷彿是帳幔的暗影裡傳來的。房間裡立刻變得死一般寂靜；這死一般的寂靜使她們意識到，她們旁邊躺著一具死屍。

外面傳來群衆的怒吼：

「進軍柏林！進軍柏林！進軍柏林！」

她們立刻忘掉了那具僵屍。萊婭．德．霍恩家裡有一個政治抄龍，路易—菲力普時代的一些大臣，經常聚集在那裡諷刺時弊，所以這時她聳聳肩，低聲說道：

「這場戰爭眞是一大錯誤！殺人流血多麼愚蠢！」

聽了這話，露茜立刻爲帝國辯護。她同皇室的一個親王睡過覺，所以對她來講，這場戰爭如同自家的事情。

「別這樣說，親愛的，我們不能繼續任人侮辱了，這場戰爭是法蘭西的榮譽……啊！你們知道，並非因爲親王，我才這樣說。他那人可小氣了！請想像一下吧，夜裡上床睡覺的時候，他把錢藏在皮靴裡；我們賭牌的時候，他總用豆子代替錢下賭注，就因爲有一次我開玩笑，把他的賭注搶了過來……可是，我不能因爲這個就不講公道話。皇上做得對。」

萊婭高傲地搖搖頭，像重覆一些重要人物的話似地，提高嗓門說道：

「這回完了。杜伊勒里宮（法國王宮）那些人都瘋了。你們沒看出來嗎？法國早把他們趕出去就好了……」

在場的女人都憤怒地打斷她。這個女人怎麼啦，這麼瘋狂地反對皇上？現在不是國泰民安嗎？現在不是事業興旺嗎？沒有皇上，巴黎永遠不用想如此盡情享樂。

佳佳清醒了，十分憤慨，生氣地說道：

「給我閉嘴！全是一派胡言，你都不知道自己說的哈！……我嘛，見過路易—菲力普，那是窮光蛋和小氣鬼橫行的時代，親愛的。後來到四八年❸。呸！他們那個共和國，什麼玩意兒。簡直臭不可聞！二月之後，告你吧，我窮得連飯都吃不上！你如果經歷過這一切，你就會跪倒在皇上面前，因爲他是我們的慈父，不錯，是我們的慈父……」

大家不得不勸她，讓她平靜下來。

她又懷著宗教的激情說道：

「啊！天主，請保佑皇上取得勝利，保佑我們的帝國！」

大家跟著重覆這一祈禱。布朗施承認，她經常爲皇帝禱告。卡羅莉娜對皇帝一見鍾情，曾在皇帝經過的路旁遊蕩兩個月，只可惜沒能引起皇上注意。其他人都憤怒地攻擊共和派，說應該把他們消滅在國境線上，使拿破崙三世在打敗敵人之後，能夠安安穩穩地統治，舉國上下一起共享升平年華。

「俾斯麥那個卑鄙的傢伙，也是一個大流氓！」瑪麗亞·布隆指出。

「說起來我還見過他呢！」西蒙娜嚷道，「早知有今日，我當時應該往他酒杯裡下毒藥。」

但是，布朗施一直對她那個普魯士小伙子被驅逐耿耿於懷，竟膽敢爲俾斯麥辯護，說他也許並不壞，各司其職嘛。她補充說：

「你們知道，他熱愛婦女。」

❸指一八四八年二月巴黎人民推翻路易—菲力普的統治，建立第二共和國，即二月革命。

「他愛不愛關我們屁事！」克拉莉絲說道，「我們可能還不想愛他呢！」

「這樣的男人什麼時候都嫌多。」路易絲．維約萊納嚴肅地說道，「和這樣的惡魔打交道，寧肯不要男人。」

她們繼續爭論，剝掉俾斯麥的皮，每個人都懷著波拿巴主義者的熱情，狠狠踢他一腳。塔唐．妮妮說：

「俾斯麥！一提起他我就惱火！……啊！我恨他！……這個俾斯麥過去我不了解！一個人不可能了解所有人。」

「這不要緊，」萊婭．德．霍恩最後說道，「這個俾斯麥要狠狠揍我們一頓了呢……」她沒法再說下去。大家對她群起而攻之。嗯？什麼？狠狠揍我們一頓！是我們要用槍托砸他的脊樑骨，把他趕回老家去！這個壞法國女人，究竟有完沒有？

「噓！」羅絲．米尼翁對這樣吵吵鬧鬧挺生氣，再次制止她們。

大家又想起那冰涼的屍體，一齊尷尬地住了口，面對死者，暗暗擔心傳染上天花。大街上，行進的人群聲嘶力竭地呼著口號：

「進軍柏林！進軍柏林！進軍柏林！」

這時，她們正打算離開，只聽見走廊裡一個聲音叫道：

「羅絲！羅絲！」

佳佳吃了一驚，趕去開了門，出去片刻，回來說道：

「親愛的，是福什里，他待在走廊盡頭不肯過來，正爲你守在屍體旁邊而生氣呢。」

米尼翁終於慫恿記者上來了。一直站在窗口的露茜，探身往外望去，看見那幾個男人站在便道上，仰著頭，正向她做手勢。米尼翁挺生氣，揮舞著拳頭。斯泰內、馮丹、博德納夫和其他幾個，現在擔心而又責備的樣子，張開胳膊，只有達蓋內不願牽連進來，兩手抄在背後，抽著雪茄。

「親愛的，」露茜讓窗戶開著，說道，「我答應過勸你下去的，他們都在下面叫我們呢。」

羅絲難過地離開木柴箱子，喃喃道：

「我這就下去……我這就下去……；當然，她現在不需要我了，就要叫一個修女來的……」她轉過身來，卻找不到自己的帽子和披肩。她無意識地打了一臉盆水放在梳妝台上，一邊洗臉和手，一邊說道：

「我也不知道怎麼回事，覺得她的死對自己是個沉重打擊……我們兩個一向不怎麼友好。咳，你們瞧，我竟痴心起來了……啊！滿腦子亂七八糟的想法，想自己也一死了事，想到世界末日……是的，我需要呼吸新鮮空氣。」

屍體開始在房間裡散發難聞的氣味。大家待了這麼久都沒在意，這時都驚慌不安起來。

「快走，快走，我的心肝寶貝們，」佳佳說道，「這裡不衛生。」

大家朝床上看一眼，都慌忙往外走。羅絲見露茜、布朗施和卡羅莉娜還沒出去，便最後打量一眼整個房間，想把它弄整齊點再離開。她走到窗前放下窗簾，又覺得點著燈不合適，應該點枝蠟燭，便從壁爐台上拿下一個銅燭台，點上一枝，放在屍體旁邊的床頭櫃上。明亮的燭光突然照亮了死者的臉。那樣子真令人毛骨悚然，幾個女人嚇得發抖，趕快逃之夭夭。

「啊！她的模樣變得多厲害，變得多厲害！」走在後面的羅絲·米尼翁低聲說。

她離開了房間，關上門。房間裡只剩下娜娜，在燭光映照下，仰面躺在那裡。那只不過是扔在床墊子上的一具死屍，一攤膿血，一堆腐爛的肉。膿包侵蝕了整個面孔，一個挨一個，已經乾癟，塌陷，像灰白色的污泥，又像地上長出霉菌，附在這堆已經分辨不出形狀的腐肉上。面孔連輪廓都看不出來了，左邊那隻眼睛完全淹沒在黏稠的膿液裡，另一隻眼睛半睜著，但陷了進去，像一個爛乎乎的黑窟窿。鼻子還在流膿。一邊面頰上結了一塊硬痂，一直延伸到嘴邊，扯得嘴巴歪起來，像是在笑，樣子極其醜惡。在這張可怕而畸形的死亡面具上，頭髮，那頭秀髮，仍像陽光一樣閃亮，像金絲一樣披散。愛神正在腐爛。看來，她從陰溝裡和人所不齒的死屍上沾染來的毒素，她曾經毒害過許多人的酵素，已經升到她的臉上，使之腐爛了。

房間裡空蕩蕩的。從大街上刮來的一股寒人的勁風，把窗簾刮得鼓了起來。

「進軍柏林！進軍柏林！進軍柏林！」

〈全書終〉

國家圖書館出版品預行編目資料

娜娜／左拉／著　羅國林／譯
-- 二版 -- 新北市：新潮社，2021.01
面；　公分
譯自：NaNa
ISBN 978-986-316-782-2（平裝）

876.57　　109016597

娜娜

左拉／著
羅國林／譯

【策　劃】林郁
【制　作】天蠍座文創
【出　版】新潮社文化事業有限公司
電話：(02) 8666-5711
傳真：(02) 8666-5833
E-mail：service@xcsbook.com.tw

【總經銷】創智文化有限公司
新北市土城區忠承路 89 號 6F（永寧科技園區）
電話：2268-3489
傳真：2269-6560

印前作業　菩薩蠻、東豪印刷事業有限公司

二　　版　2021 年 03 月